CENT ANS
DE SOLITUDE

GABRIEL GARCIA MARQUEZ

CENT ANS DE SOLITUDE

TRADUIT DE L'ESPAGNOL
PAR CLAUDE ET CARMEN DURAND

FRANCE LOISIRS
123, boulevard de Grenelle, Paris

Edition du Club France Loisirs, Paris

ISBN 2-7242-2033-1

Titre original : *Cien años de soledad*
Éditorial Sudaméricana - Buenos Aires

ISBN 2-02-001537-4 (édition du Seuil brochée)
ISBN 2-02-006388-3 (édition du Seuil reliée)

pour Carmen et Alvaro Mutis

Bien des années plus tard, face au peloton d'exécution, le colonel Aureliano Buendia devait se rappeler ce lointain après-midi au cours duquel son père l'emmena faire connaissance avec la glace. Macondo était alors un village d'une vingtaine de maisons en glaise et en roseaux, construites au bord d'une rivière dont les eaux diaphanes roulaient sur un lit de pierres polies, blanches, énormes comme des œufs préhistoriques. Le monde était si récent que beaucoup de choses n'avaient pas encore de nom et pour les mentionner, il fallait les montrer du doigt. Tous les ans, au mois de mars, une famille de gitans déguenillés plantait sa tente près du village et, dans un grand tintamarre de fifres et de tambourins, faisait part des nouvelles inventions. Ils commencèrent par apporter l'aimant. Un gros gitan à la barbe broussailleuse et aux mains de moineau, qui répondait au nom de Melquiades, fit en public une truculente démonstration de ce que lui-même appelait la huitième merveille des savants alchimistes de Macédoine. Il passa de maison en maison, traînant après lui deux lingots de métal, et tout le monde fut saisi de terreur à voir les chaudrons, les poêles, les tenailles et les chaufferettes tomber tout seuls de la place où ils étaient, le bois craquer à cause des clous et des vis qui essayaient désespérément de s'en arracher, et même les objets perdus depuis longtemps apparaissaient là où on les avait le plus cherchés, et se traînaient en débandade turbulente derrière les fers magiques de Melquiades. « Les choses ont une vie bien à elles, clamait le gitan avec un accent guttural; il faut réveiller leur âme, toute la question est là. » José Arcadio Buendia, dont l'imagination audacieuse allait toujours plus loin que le génie même de la Nature, quand ce n'était pas plus loin que les miracles et la magie, pensa qu'il était possible de se servir de cette invention inutile pour extraire l'or des entrailles de la terre. Melquiades, qui était un homme honnête, le mit en garde : « Ça ne sert pas à ça. » Mais José Arcadio Buendia, en ce temps-là, ne croyait pas à l'honnêteté des gitans, et il troqua son mulet et un troupeau de chèvres contre les deux lingots aimantés. Ursula Iguaran, sa femme, qui comptait sur ces animaux pour agrandir le patrimoine domestique en régression, ne parvint pas à l'en dissuader. « Très vite on aura plus d'or qu'il n'en faut pour paver toute la maison », rétorqua son mari. Pendant plusieurs mois, il s'obstina à vouloir démontrer le bien-fondé de ses prévisions. Il fouilla la région pied à pied, sans oublier le fond de la rivière, traînant les deux lingots de fer et récitant à haute voix les formules qu'avait employées Melquiades. La seule chose qu'il réussit à déterrer, ce fut une armure du XVᵉ siècle dont tous les éléments étaient soudés par une carapace de rouille et qui sonnait le creux comme une énorme calebasse pleine de cailloux. Quand José Arcadio Buendia et les quatre hommes de son expédition parvinrent à désarticuler l'armure, ils trouvèrent à l'intérieur un squelette calcifié qui portait à son cou un médaillon en cuivre contenant une mèche de cheveux de femme.

En mars revinrent les gitans. Cette fois, ils apportaient une lunette d'approche et une loupe de la dimension d'un tambour, qu'ils exhibèrent comme la dernière découverte des Juifs d'Amsterdam. Ils firent asseoir une gitane à un bout du village et installèrent la longue-vue à l'entrée de la tente. Moyennant paiement de cinq réaux, les gens se plaçaient devant la lunette et pouvaient voir la gitane comme à portée de la main. « La science a supprimé les distances, proclamait Melquiades. D'ici peu, l'homme pourra voir ce qui se passe en n'importe quel endroit de la terre, sans même bouger de chez lui. » A midi, par une journée torride, ils se livrèrent à une surprenante démonstration à l'aide de l'énorme loupe : ils disposèrent un tas d'herbes sèches au milieu de la rue et l'embrasèrent grâce à la concentration des rayons solaires. José Arcadio Buendia, qui n'était pas encore parvenu à se remettre de ses déboires avec les aimants, conçut l'idée d'utiliser cette invention comme arme de guerre. Melquiades, à nouveau, tenta de le dissuader. Mais il finit par accepter d'échanger la loupe contre les deux lingots aimantés et trois pièces de monnaie coloniale. Ursula pleura de consternation. Cet argent faisait partie d'un coffre de pièces d'or que son père avait accumulées tout au long d'une vie de privations et qu'elle avait enterrées sous son lit en attendant une bonne occasion de les investir. José Arcadio Buendia n'essaya même pas de la consoler, entièrement absorbé par ses expériences tactiques, avec l'abnégation d'un chercheur et jusqu'au péril de sa propre vie. En voulant démontrer les effets de la loupe sur les troupes ennemies, il s'exposa lui-même à la concentration des rayons solaires et fut atteint de brûlures qui se transformèrent en ulcères et furent longues à guérir. Devant les récriminations de sa femme, alarmée par une si dangereuse inventivité, il faillit mettre le feu à la maison. Il passait de longues heures dans sa chambre à effectuer des calculs sur les possibilités stratégiques de cette arme révolutionnaire, tant et si bien qu'il finit par composer un traité d'une étourdissante clarté didactique et d'un pouvoir de conviction irrésistible. Il l'envoya aux autorités, accompagné de nombreux comptes rendus d'expériences et de plusieurs planches de croquis explicatifs, par l'intermédiaire d'un messager qui franchit la sierra, s'égara dans de gigantesques marécages, remonta des cours d'eau tumultueux et faillit périr sous la patte des bêtes féroces, succomber au désespoir, mourir de la peste, avant de pouvoir faire route avec les mules du courrier. Bien que le voyage jusqu'à la capitale fût en ce temps-là presque impossible, José Arcadio Buendia se promettait de l'entreprendre dès que le gouvernement lui aurait fait signe, afin de se livrer à des démonstrations pratiques de son invention devant les responsables militaires et de les initier en personne aux méthodes complexes de la guerre solaire. Il attendit plusieurs années la réponse. Enfin, lassé d'attendre, il se plaignit à Melquiades de l'échec de son entreprise et le gitan, en l'occurrence, donna une preuve éclatante de son honnêteté : il lui restitua les doublons en échange de la loupe, et lui laissa en outre quelques cartes portugaises et plusieurs instruments de navigation. Il écrivit de sa propre main un condensé très serré des études du moine Hermann, afin qu'il pût se servir de l'astrolabe, de la boussole et du sextant. José Arcadio Buendia passa les longs mois de la saison des pluies cloîtré dans un cabinet qu'il aménagea au fin fond de la maison afin que personne ne vînt le déranger dans ses expériences. Ayant complètement délaissé les obligations domestiques, il passa des nuits entières dans la cour à surveiller le cheminement des astres, et il manqua d'attraper une insolation en voulant établir une méthode exacte pour repérer quand il était midi. Quand il se fut rompu à l'usage et au maniement de ses instruments, il acquit une certaine connaissance de l'espace qui lui permit de naviguer sur des mers inconnues, d'explorer des territoires vierges, de rencontrer des créatures extraordinaires, sans même avoir besoin de quitter son cabinet de travail. Ce fut vers cette époque qu'il prit l'habitude de parler tout seul, arpentant la maison sans prêter attention à personne, tandis qu'Ursula et les enfants courbaient l'échine, dans le potager, à faire pousser les bananes et la malanga, le manioc et l'igname, la citrouille et l'aubergine. Subitement, sans que rien ne l'eût laissé prévoir, son activité fébrile s'arrêta net et fit place à une manière de fascination. Pendant quelques jours, il fut comme possédé, se répétant à lui-même et à voix basse un chapelet de présomptions épouvantables, sans vouloir prêter foi à ce que lui dictait son propre entendement. Enfin, un mardi de décembre, à l'heure du déjeuner, il se libéra d'un seul coup de tout le poids de ses tourments. Les enfants devaient se rappeler toute leur vie avec quelle auguste solennité leur père prit place au haut bout de la table, tremblant de fièvre, ravagé par ses veilles prolongées et son imagination exacerbée, et leur révéla sa découverte :

— La terre est ronde comme une orange.

Ursula perdit patience : « Si tu dois devenir fou, deviens-le tout seul, s'écria-t-elle. Mais n'essaie pas de mettre dans la tête des enfants tes idées de gitan! » José Arcadio Buendia, impassible, ne se laissa pas démonter par la colère de sa femme qui, dans un accès de rage, brisa son astrolabe contre le sol. Il en construisit un autre, réunit dans son cabinet les hommes du village et leur démontra, s'appuyant sur des théories auxquelles nul ne comprenait rien, comment il était possible de revenir à son point de départ en naviguant sans cesse en direction de l'est. Tout le village était convaincu que José Arcadio Buendia avait perdu la raison, quand survint Melquiades pour mettre les choses au point. Il exalta publiquement l'intelligence de cet homme qui, par pure spéculation astronomique, avait échafaudé une théorie déjà vérifiée en pratique, bien qu'ignorée encore à Macondo, et en témoignage d'admiration, lui fit un présent qui devait avoir des répercussions décisives sur l'avenir du village : un laboratoire d'alchimie.

Entre-temps, Melquiades avait vieilli avec une rapidité surprenante. Lors de ses premiers voyages, on lui eût donné le même âge que José Arcadio Buendia. Mais alors que ce dernier conservait cette énergie peu commune qui lui permettait de renverser un cheval rien qu'en le saisissant par les oreilles, le gitan paraissait miné par quelque mal tenace. C'étaient en fait les suites d'étranges et multiples maladies contractées au cours de ses innombrables périples autour du monde. Comme il le raconta lui-même à José Arcadio Buendia tout en l'aidant à installer son laboratoire, la mort le suivait partout, flairant ses basques, mais sans se décider à lui mettre enfin le grappin dessus. Il avait échappé à tout ce que l'humanité avait subi de catastrophes et de fléaux. Il survécut à la pellagre en Perse, au scorbut dans l'archipel de la Sonde, à la lèpre en Alexandrie, au béribéri au Japon, à la peste bubonique à Madagascar, au tremblement de terre de Sicile et au naufrage d'une fourmilière humaine dans le détroit de Magellan. Cet être prodigieux, qui disait détenir les clefs de Nostradamus, était un personnage lugubre, tout enveloppé de tristesse, avec un regard asiatique qui paraissait deviner la face cachée de toute chose. Il portait un grand chapeau noir pareil aux ailes déployées d'un corbeau, et un gilet de velours tout patiné par le vert-de-gris des siècles. Mais malgré son immense savoir et le mystère qui l'entourait, il supportait le poids de l'humaine et terrestre condition qui le faisait s'empêtrer dans les minuscules problèmes de la vie quotidienne. Il se plaignait d'infirmités de vieillard, souffrait des moindres revers de fortune et avait cessé de rire depuis longtemps déjà, le scorbut lui ayant arraché toutes les dents. José Arcadio Buendia eut la certitude que ce jour où, à l'heure suffocante de midi, il lui dévoila ses secrets, devait marquer le début d'une très grande amitié. Ses récits fantastiques lui valurent l'admiration béate des enfants. Aureliano, qui n'avait pas cinq ans à l'époque, devait se rappeler toute sa vie comme il l'aperçut cet après-midi-là, assis le dos tourné au miroitement métallique de la fenêtre, donnant accès, de sa profonde voix d'orgue, aux plus obscures contrées de l'imagination, tandis que ruisselaient sur ses tempes, à cause de la chaleur, des gouttes de graisse fondue. José Arcadio, son frère aîné, devait transmettre cette vision merveilleuse, comme un souvenir héréditaire, à toute sa descendance. Ursula, au contraire, conserva un bien mauvais souvenir de cette visite, car elle pénétra dans la chambre au moment même où, par mégarde, Melquiades brisa un flacon de bichlorure de mercure :

— C'est l'odeur du démon, fit-elle.

— En aucune façon, corrigea Melquiades. Il est prouvé que le démon a des propriétés sulfuriques, quand ceci n'est rien d'autre qu'un peu de sublimé.

Sur le même ton professoral, il se lança dans un savant exposé des vertus diaboliques du cinabre, mais Ursula passa outre et emmena les enfants prier. Cette odeur âcre devait rester à jamais dans sa mémoire, inséparable du souvenir de Melquiades.

L'embryon de laboratoire comprenait — outre une grande profusion de récipients, entonnoirs, cornues, filtres et passoires — un athanor plutôt sommaire, une éprouvette en cristal au long col étroit, à l'image de *l'œuf philosophique,* et un distillateur fabriqué par les gitans eux-mêmes d'après les descriptions modernes de l'alambic à trois branches de Marie la juive. En sus de tout cela, Melquiades laissa des échantillons des sept métaux correspondant aux sept planètes, les formules de Moïse et Zosime pour la multiplication de l'or, et une série de notes et de croquis relatifs aux propriétés du *Grand Magistère,* qui permettaient à qui saurait les interpréter de se lancer dans la fabrication de la pierre philosophale. Séduit par la simplicité des formules de multiplication de l'or, José Arcadio Buendia fit du charme à Ursula pendant plusieurs semaines afin qu'elle le laissât déterrer ses pièces coloniales et les multiplier autant de fois qu'il était possible de diviser le mercure. Comme toujours, devant l'entêtement inébranlable de son mari, Ursula céda. José Arcadio Buendia jeta alors trente doublons dans une casserole et les fit fondre avec de la limaille de cuivre, de l'orpiment, du soufre et du plomb. Il mit le tout à bouillir à feu vif dans un chaudron rempli d'huile de ricin jusqu'à ce qu'il obtînt un épais sirop dégageant une odeur pestilentielle et faisant davantage penser au caramel vulgaire qu'à l'or magnifique. Par suite de distillations plutôt hasardeuses et finalement désastreuses, fondu avec les sept métaux planétaires, travaillé avec le mercure hermétique et le vitriol de Chypre et cuit à nouveau dans de la graisse de porc à défaut d'huile de raifort, le précieux héritage d'Ursula fut réduit à quelques graillons carbonisés qu'on ne parvint pas à détacher du fond du chaudron.

Quand revinrent les gitans, Ursula avait dressé contre eux toute la population. Mais la curiosité fut plus forte que la peur et cette fois les gitans traversèrent le village en faisant un vacarme assourdissant sur toutes sortes d'instruments de musique, cependant que le crieur public annonçait l'exhibition de la plus formidable découverte des gens de Naziance. De sorte que tout le monde s'achemina vers la tente et, en échange d'un centavo, put voir un Melquiades tout à fait rajeuni, remis d'aplomb, sans une ride, pourvu d'une dentition toute neuve, éclatante. Ceux qui se rappelaient ses gencives rongées par le scorbut, ses joues flasques, ses lèvres flétries, frémirent à cette preuve évidente des pouvoirs surnaturels du gitan. L'effarement fit place à la panique quand Melquiades enleva ses dents, pourtant intactes et bien chaussées dans ses gencives, puis les montra rapidement au public — le temps d'un éclair pendant lequel il redevint l'homme décrépi des années passées — pour se les remettre et sourire à nouveau, avec toute l'assurance de sa jeunesse retrouvée. José Arcadio Buendia lui-même jugea que la science de Melquiades, cette fois, avait passé les limites extrêmes de ce qui était permis, mais il se trouva tout réconforté et ravi quand le gitan, dès qu'ils furent seuls, lui eut expliqué le mécanisme de sa fausse dentition. Cela lui parut à la fois si simple et si prodigieux que, du jour au lendemain, il se désintéressa complètement des recherches de l'alchimie. Il traversa une nouvelle crise de dépression, perdit l'appétit et passa ses journées à aller et venir dans la maison. « Il se produit dans le monde des choses extraordinaires, disait-il à Ursula. Pas plus loin que l'autre côté de la rivière, on trouve toutes sortes d'appareils magiques tandis que nous autres continuons à vivre comme les ânes. » Ceux qui le connaissaient depuis l'époque de la fondation de Macondo étaient étonnés du changement qui s'était opéré en lui sous l'influence de Melquiades.

Au début, José Arcadio Buendia était une sorte de jeune patriarche qui donnait des directives pour les semailles, des conseils pour élever les enfants et les animaux, et collaborait avec chacun, jusque dans les travaux manuels, pour la bonne marche de la communauté. Comme, depuis le premier jour, sa maison était la plus belle du village, on fit les autres à son image. Elle avait une salle commune spacieuse et bien éclairée, une salle à manger en terrasse avec des fleurs de couleurs gaies, deux chambres, un patio où croissait un châtaignier géant, un jardin bien cultivé et un enclos où cohabitaient paisiblement les chèvres, les porcs et les poules. Les seuls animaux interdits, non seulement à la maison mais dans tout le village, étaient les coqs de combat.

Dans son domaine, Ursula abattait autant de besogne que son mari dans le sien. Active, méticuleuse, en tout sérieuse, cette femme aux nerfs solides que personne, à aucun moment de sa vie, ne put entendre fredonner un air, semblait partout présente, du petit matin jusqu'à une heure avancée de la nuit, toujours accompagnée du doux bruissement de ses jupes garnies de volants. Par ses soins, le sol de terre battue, les murs de boue séchée qu'on n'avait pas blanchis à la chaux, les meubles rustiques qu'ils avaient fabriqués eux-mêmes, demeuraient toujours propres et les vieux coffres où l'on gardait le linge dégageaient une bonne odeur de basilic.

Jamais on ne trouverait au village homme plus entreprenant que José Arcadio Buendia : il avait réglé la disposition des maisons de telle manière que de n'importe laquelle, on eût accès à la rivière et pût se ravitailler en eau sans avoir à fournir plus d'efforts que le voisin, et il traça les rues avec tant de soin et de bon sens qu'aucune maison ne recevait plus de soleil qu'une autre aux heures de grosse chaleur. En quelques années, Macondo devint le mieux administré, le plus laborieux de tous les villages au-dessus de trois cents habitants connus jusqu'alors. En vérité, c'était un village heureux : nul n'avait plus de trente ans, personne n'y était jamais mort.

Depuis l'époque de sa fondation, José Arcadio Buendia avait construit des pièges et des cages et en peu de temps il remplit de troupiales, de canaris, de mésanges bleues et de rouges-gorges non seulement sa propre maison, mais toutes celles du village. Le concert de tant d'oiseaux divers s'avéra si étourdissant qu'Ursula se boucha les oreilles avec de la cire d'abeille pour ne pas perdre le sens des réalités. La première fois que la tribu de Melquiades s'en vint à Macondo, pour vendre des boules de verre contre la migraine, tout le monde s'étonna qu'ils eussent trouvé le chemin du village, perdu dans la léthargie du marigot, mais les gitans avouèrent qu'ils s'étaient orientés grâce au chant des oiseaux.

Ce bel esprit d'initiative sociale disparut en un rien de temps, balayé par la fièvre des aimants, les calculs astronomiques, les rêves de transmutation et l'ardent désir de connaître les merveilles du monde. D'entreprenant et propre qu'il était, José Arcadio Buendia eut bientôt l'air d'un vagabond, négligé dans sa façon de se vêtir, avec une barbe hirsute qu'Ursula réussissait à grand-peine à tailler avec un couteau de cuisine. Il se trouva toujours quelqu'un pour le considérer comme la malheureuse victime d'un étrange sortilège. Pourtant, même ceux qui étaient les plus convaincus de sa folie quittèrent travail et famille pour le suivre lorsque, jetant sur son épaule ses outils de défricheur, il demanda à chacun de lui prêter main-forte afin d'ouvrir un sentier qui mettrait Macondo en communication avec les grandes inventions.

José Arcadio Buendia ignorait totalement la géographie de la région. Il savait que, vers l'est, se trouvait une chaîne de montagnes infranchissables et, de l'autre côté de cette montagne, l'antique cité de Riohacha où, à une époque reculée — comme lui avait raconté le premier Aureliano Buendia son aïeul — sir Francis Drake s'amusait à chasser à coups de canon les caïmans qu'il faisait rafistoler et empailler pour les rapporter à la reine Isabelle. Dans sa jeunesse, lui et ses hommes, accompagnés des femmes, des enfants et des bêtes, avec toutes sortes d'ustensiles et d'effets, traversèrent la sierra à la recherche d'un débouché sur la mer mais, au bout de vingt-six mois, ils renoncèrent à leur entreprise et fondèrent le village de Macondo pour éviter de revenir sur leurs pas. Aussi cette route ne l'intéressait-elle pas, car elle ne pouvait que le ramener sur les traces du passé. Au sud s'étendait une zone de bourbiers recouverts d'une couche de végétation inexorable, puis le vaste univers du grand marigot qui, de l'aveu des gitans, ne connaissait pas de limites. Le grand marigot se prolongeait vers l'ouest par une étendue d'eau sans horizons, où vivaient des cétacés à la peau délicate, avec une tête et un tronc de femme, qui égaraient les navigateurs par l'attrait maléfique de leurs énormes mamelles. Les gitans voguaient pendant six mois sur cette étendue d'eau avant d'atteindre la ceinture de terre ferme par où passaient les mules du courrier. Si l'on suivait les calculs de José Arcadio Buendia, la seule possibilité de contact avec la civilisation, c'était la voie du Nord. Aussi pourvut-il en outils de défrichage et en armes de chasse les mêmes hommes qui l'avaient accompagné au moment de la fondation de Macondo; il mit dans sa musette ses instruments de navigation et ses cartes, et se lança dans cette folle aventure.

Les premiers jours, ils ne rencontrèrent aucun obstacle majeur. Ils empruntèrent le rivage caillouteux pour descendre jusqu'à l'endroit où, des années auparavant, ils avaient découvert l'armure du guerrier, et de là s'engouffrèrent dans les bois par un sentier d'orangers sauvages. Au bout de la première semaine, ils tuèrent et firent rôtir un cerf mais se contentèrent d'en manger la moitié et salèrent le reste pour les jours à venir. Cette précaution leur permettrait de retarder le moment où il leur faudrait recommencer à manger du perroquet dont la chair bleue avait une âpre saveur de musc. Par la suite, pendant plus de dix jours, ils ne revirent plus le soleil. Le sol devint mou et humide, semblable à une couche de cendres volcaniques, et la végétation multiplia ses pièges, les cris d'oiseaux et le tapage des singes se firent de plus en plus lointains, et le monde devint triste à jamais. Les hommes de l'expédition se sentirent accablés par leurs propres souvenirs qui paraissaient encore plus anciens dans ce paradis humide et silencieux, d'avant le péché originel, où leurs bottes s'enfonçaient dans des mares d'huiles fumantes et où ils s'acharnaient à coups de machette sur des lys sanglants et des salamandres dorées. Pendant une semaine, presque sans échanger une parole, ils progressèrent en somnambules dans un monde de désolation, à peine éclairés par la faible réverbération d'insectes phosphorescents, et les poumons oppressés par une suffocante odeur de sang. Ils ne pouvaient revenir en arrière car le chemin qu'ils ouvraient se refermait aussitôt sur leurs pas, étouffé par une végétation nouvelle qu'ils voyaient presque pousser sous leurs yeux. « N'importe, disait José Arcadio Buendia. L'essentiel est de ne jamais perdre le sens de l'orientation. » Se fiant toujours à la boussole, il continua à guider ses hommes en direction du nord invisible, jusqu'à ce qu'ils réussissent à sortir de cette contrée enchantée. Ce fut par une nuit épaisse, sans étoiles, mais les ténèbres étaient imprégnées d'un air pur, nouveau. Epuisés par leur longue marche, ils suspendirent leurs hamacs et dormirent à poings fermés pour la première fois depuis deux semaines. Quand ils se réveillèrent, le soleil était déjà haut; ils restèrent stupéfaits, fascinés. Devant eux, au beau milieu des fougères et des palmiers, tout blanc de poussière dans la silencieuse lumière du matin, se dressait un énorme galion espagnol. Il penchait légèrement sur tribord et de sa mâture intacte pendaient les vestiges crasseux de sa voilure, entre les agrès fleuris d'orchidées. La coque, recouverte d'une carapace uniforme de rémoras fossiles et de mousse tendre, était solidement encastrée dans le sol rocheux. L'ensemble paraissait s'inscrire dans un cercle coupé du reste du monde, un espace fait de solitude et d'oubli, protégé des altérations du temps comme des us et coutumes des oiseaux. A l'intérieur, que les membres de l'expédition explorèrent avec ferveur et recueillement, il n'y avait rien d'autre qu'un épais buisson de fleurs.

La découverte du galion, indice que la mer était proche, brisa net l'élan de José Arcadio Buendia. Il considérait comme une farce de son destin capricieux d'avoir cherché la mer sans jamais la trouver, au prix de sacrifices et de peines sans nombre, et de l'avoir trouvée sans même la chercher, en travers de son chemin comme un obstacle insurmontable. Bien des années plus tard, le colonel Aureliano Buendia traversa à son tour la région, alors régulièrement parcourue par le courrier, et il ne trouva d'autre trace du vaisseau que ses côtes carbonisées au milieu d'un champ de coquelicots. Convaincu désormais que cette histoire n'était pas un produit de l'imagination de son père, il se demanda comment le galion avait bien pu s'enfoncer à ce point dans les terres. Cette question ne préoccupa guère José Arcadio Buendia lorsqu'il rencontra la mer au bout de quatre nouveaux jours de marche, à quelque douze kilomètres de distance du galion. Ses rêves tournaient court devant cette mer couleur de cendre, écumante et sale, qui ne méritait pas les risques et les sacrifices que son aventure avait comportés.

— *Carajo!* jura-t-il. Macondo est entouré d'eau de toutes parts!

Longtemps prévalut cette idée que Macondo était situé sur une presqu'île, d'après la carte tout à fait arbitraire que dessina José Arcadio Buendia au retour de son expédition. Il en traça les lignes avec fureur, exagérant en toute mauvaise foi les difficultés des communications, comme pour se punir lui-même d'avoir choisi avec un total manque de bon sens l'emplacement du village. « Jamais nous ne pourrons nous rendre nulle part, se lamentait-il auprès d'Ursula. A nous de pourrir sur pied ici, sans recevoir aucun des bienfaits de la science. » Cette conviction, remâchée pendant des mois dans le cabinet qui servait de laboratoire, l'amena à concevoir le projet de transplanter Macondo en un lieu plus propice. Mais, cette fois, Ursula devança ses fébriles desseins. Implacable et secrète dans son travail de fourmi, elle dressa toutes les femmes du village contre les velléités de leurs maris qui déjà commençaient à préparer le déménagement. José Arcadio Buendia ne sut jamais exactement à quel moment, ni en vertu de quelles forces contraires ses plans furent bientôt pris dans un brouillamini de mauvais prétextes, de contretemps et d'échappatoires, jusqu'à se changer en illusion pure et simple. Ursula l'observa avec une innocente sollicitude, et alla même jusqu'à éprouver pour lui un peu de pitié, ce matin où elle le trouva dans le cabinet du fond en train de remâcher ses rêves de déménagement tout en remettant dans leurs caisses respectives les objets qui composaient le laboratoire. Elle le laissa finir. Elle le laissa clouer les caisses et mettre ses initiales dessus avec un gros pinceau trempé dans l'encre, sans lui adresser aucun reproche, mais sachant qu'il n'ignorait déjà plus (elle le lui avait entendu dire dans ses monologues à voix basse) que les hommes du village ne le seconderaient en rien dans son entreprise. Ce n'est que lorsqu'il commença à démonter la porte de son cabinet qu'Ursula se risqua à lui en demander la raison, et il lui répondit avec une amertume qui n'était pas feinte : « Puisque personne ne veut partir, nous irons tout seuls. » Ursula ne s'émut pas pour autant.

— Nous ne nous en irons pas, dit-elle. Nous resterons ici parce que c'est ici que nous avons eu un enfant.

— Nous n'avons pas encore eu de mort, répliqua-t-il. On n'est de nulle part tant qu'on n'a pas un mort dessous la terre.

Ursula lui répondit avec une douce fermeté :

— S'il faut que je meure pour que vous demeuriez ici, je mourrai.

José Arcadio Buendia ne croyait pas la volonté de sa femme aussi inflexible. Il essaya de la séduire en lui ouvrant les trésors de son imagination, en lui promettant un monde extraordinaire où il suffisait de verser sur le sol des liquides magiques pour que les plantes donnassent des fruits à volonté, et où l'on vendait à bas prix toutes sortes d'appareils à supprimer la douleur. Mais Ursula fut insensible à la pénétration de ses vues.

— Au lieu de continuer à penser à toutes ces histoires à dormir debout, tu ferais mieux de t'occuper de tes enfants, répliqua-t-elle. Regarde-les donc, abandonnés à la grâce de Dieu, de vrais ânes.

José Arcadio Buendia prit au pied de la lettre les paroles de sa femme. Il regarda par la fenêtre et vit les deux gosses pieds nus dans le jardin ensoleillé, et il eut l'impression qu'à cet instant seulement ils commençaient vraiment d'exister, comme mis au monde par les adjurations d'Ursula. Quelque chose se produisit alors en lui; quelque chose de mystérieux et de définitif qui l'arracha à son existence présente et le fit dériver à travers une contrée inexplorée de la mémoire. Tandis qu'Ursula se remettait à balayer la maison qu'elle était sûre, à présent, de ne jamais abandonner de tout le restant de sa vie, il continua à s'absorber dans la contemplation des enfants, le regard fixe, tant et si bien que ses yeux se mouillèrent et qu'il dut les essuyer du revers de la main, avant de pousser un profond soupir de résignation.

— Bien, fit-il. Dis-leur de venir m'aider à vider les caisses.

José Arcadio, l'aîné des enfants, avait quatorze ans passés. Il avait une tête carrée, les cheveux hirsutes et le caractère têtu de son père. Bien qu'il se développât aussi rapidement et acquît une vigueur physique comparable à la sienne, déjà il était devenu évident, à l'époque, qu'il manquait d'imagination. Il fut conçu et mis au monde durant la pénible traversée de la sierra, avant la fondation de Macondo, et ses parents remercièrent le ciel en constatant à la naissance que son corps ne comportait aucune partie animale.

Aureliano, le premier être humain qui fût né à Macondo, allait avoir six ans en mars. Il était silencieux et timide. Il avait pleuré dans le ventre de sa mère et était né avec les yeux ouverts. Tandis qu'on coupait le cordon ombilical, il remuait la tête de droite et de gauche, repérant chaque objet qui se trouvait dans la chambre et dévisageant les gens présents avec curiosité mais sans paraître le moins du monde étonné. Bientôt, indifférent à ceux qui s'approchaient pour l'examiner, il concentra toute son attention sur le toit de palmes qui paraissait sur le point de s'effondrer sous la violence terrible de la pluie. Ursula n'eut plus l'occasion de se rappeler l'intensité de ce regard jusqu'au jour où le petit Aureliano, alors âgé de trois ans, fit son entrée dans la cuisine au moment où elle retirait du feu et posait sur la table une marmite de bouillon brûlant. L'enfant, hésitant sur le pas de la porte, dit : « Elle va tomber. » La marmite était bien posée au milieu de la table, mais à peine l'enfant eut-il émis sa prophétie qu'elle amorça un mouvement imperturbable en direction du bord, comme sous l'effet d'un dynamisme intérieur, et se fracassa sur le sol. Ursula, alarmée, raconta cet épisode à son mari, mais celui-ci l'interpréta comme un phénomène tout à fait naturel. Ainsi resta-t-il indéfiniment étranger à l'existence de ses enfants, en partie parce qu'il considérait l'enfance comme une période de débilité mentale, et également parce que lui-même se trouvait toujours trop absorbé par ses propres spéculations chimériques.

Cependant, depuis cet après-midi où il demanda aux enfants de l'aider à déballer les différents objets de son laboratoire, il leur consacra le meilleur de son temps. Dans le repaire de son cabinet dont les murs s'étaient peu à peu couverts de cartes invraisemblables et de fabuleux graphiques, il leur apprit à lire, à écrire et à compter, et leur parla des merveilles du monde, non seulement dans les limites de ses propres connaissances, mais forçant celles de son imagination jusqu'au comble du fantastique. C'est ainsi que les enfants finirent par apprendre que dans l'extrême sud de l'Afrique vivaient des hommes si intelligents et si pacifiques que leur unique passe-temps était de s'asseoir et méditer, et qu'il était possible de traverser à pied la mer Egée en sautant d'une île sur l'autre jusqu'au port de Salonique. Ces exposés hallucinants demeurèrent tellement gravés dans la mémoire des enfants que, bien des années plus tard, une seconde avant que l'officier des troupes régulières ne lançât l'ordre de tirer au peloton d'exécution, le colonel Aureliano Buendia eut le temps de revivre ce doux après-midi de mars où son père interrompit la leçon de physique et resta soudain médusé, la main en l'air, le regard fixe, prêtant l'oreille, dans le lointain, aux fifres, aux tambourins et aux grelots des gitans qui revenaient une fois de plus au village pour exhiber la dernière et ahurissante découverte des savants de Memphis.

C'étaient de nouveaux gitans. De jeunes hommes et de jeunes femmes qui ne parlaient que leur propre langue, spécimens splendides à la peau huilée, aux mains pensives, dont les danses et la musique semèrent par les rues une si folle allégresse qu'on eût dit le village en émeute, avec leurs perroquets bariolés qui récitaient des romances italiennes, et la poule qui pondait un cent d'œufs en or au son du tambourin, et le fagotin qui devinait ce qu'on avait en tête, et la machine à tout faire qui servait en même temps à coudre les boutons et à calmer la fièvre, et l'appareil à oublier les mauvais souvenirs, et l'emplâtre pour passer son temps à ne rien faire, et un millier d'autres inventions, si ingénieuses et insolites que José Arcadio Buendia aurait voulu inventer une machine à se souvenir de tout pour pouvoir n'en oublier aucune. Ils métamorphosèrent le village en un rien de temps. Les habitants de Macondo se sentirent tout à coup perdus dans leurs propres rues, abasourdis par cette fête grouillante et criarde.

Tenant un enfant à chaque main pour ne pas les perdre dans la cohue, heurtant au passage des saltimbanques aux dents couvertes d'or et des jongleurs à six bras, suffocant à cause des odeurs mêlées de fumier et de santal qu'exhalait la foule, José Arcadio Buendia marchait comme un fou, cherchant partout Melquiades afin qu'il lui révélât les innombrables secrets de ce prodigieux cauchemar. Il s'adressa à plusieurs gitans qui ne comprirent rien à sa langue. Il finit par se diriger vers l'endroit où Melquiades avait coutume de planter sa tente, et tomba sur un Arménien taciturne qui vantait en espagnol un élixir pour devenir invisible. Il avait avalé d'un trait une pleine coupe de cette substance ambrée quand José Arcadio Buendia, brutalement, se fraya un passage à travers le groupe qui assistait bouche bée au spectacle, et parvint à poser sa question. Le gitan l'enveloppa de son regard terne avant de se trouver réduit à une flaque de goudron fumante et malodorante sur laquelle continuèrent à flotter les résonances de sa réponse : « Melquiades est mort. » Sous le coup de cette nouvelle, José Arcadio Buendia demeura comme pétrifié, essayant de dominer la peine qu'il ressentait, jusqu'à ce que les gens attroupés se fussent dispersés en réclamant d'autres tours, et que la flaque de l'Arménien taciturne se fût complètement évaporée. Plus tard, d'autres gitans lui confirmèrent que Melquiades avait en effet succombé aux fièvres dans les dunes de Singapour et que son corps avait été jeté dans la mer de Java à l'endroit où elle est la plus profonde. Quant aux enfants, ils n'avaient cure de cette nouvelle. Ils s'étaient mis dans la tête que leur père les emmènerait voir la merveilleuse invention des savants de Memphis, annoncée à l'entrée d'une tente qui, selon les mêmes dires, avait appartenu au roi Salomon. Ils insistèrent tellement que José Arcadio Buendia paya les trente réaux et les conduisit jusqu'au centre de la tente où se tenait un géant au torse velu et au crâne rasé, un anneau de cuivre passé dans le nez et une lourde chaîne à la cheville, promu à la garde d'un coffre de pirate. Dès que le géant en eut soulevé le couvercle, le coffre laissa échapper un souffle glacé. A l'intérieur, on ne voyait qu'un énorme bloc translucide renfermant une infinité d'aiguilles sur lesquelles venaient exploser en étoiles multicolores les clartés du couchant. Interloqué, n'ignorant pas que les enfants attendaient de lui une explication immédiate, José Arcadio Buendia se risqua à murmurer :

— C'est le plus gros diamant du monde.

— Non, corrigea le gitan. C'est de la glace.

Sans comprendre, José Arcadio Buendia tendit la main vers le bloc mais le géant arrêta son geste. « Cinq réaux de plus pour toucher », lui dit-il. José Arcadio Buendia paya et put alors poser la main sur la glace, et l'y laissa plusieurs minutes, le cœur gonflé de joie et de crainte à la fois au contact même du mystère. Ne sachant que dire, il paya dix autres réaux pour permettre aux enfants de connaître cette prodigieuse expérience. Le petit José Arcadio refusa d'y toucher. Aureliano, en revanche, fit un pas en avant, posa la main dessus et la retira aussitôt : « C'est bouillant! » s'exclama-t-il avec frayeur. Mais son père n'y prêta aucune attention. En extase devant cet authentique prodige, il se laissait aller pour le moment à oublier l'échec de ses délirantes entreprises et le cadavre de Melquiades livré en pâture aux calmars. Il paya cinq autres réaux et, la main posée sur le bloc de glace, comme un témoin prête serment sur les Saintes Ecritures, il s'écria :

— Voici la grande invention de notre époque.

Quand, au XVIe siècle, le corsaire Francis Drake attaqua Riohacha, l'arrière-grand-mère d'Ursula fut tellement épouvantée par le tocsin et les coups de canon qu'elle perdit la tête et s'assit en plein sur un fourneau allumé. Les brûlures en firent une épouse inutile pour le restant de ses jours. Elle ne pouvait s'asseoir que de biais, calée sur des coussins, et quelque chose d'étrange dut lui rester dans sa façon de marcher car jamais plus on ne la vit déambuler en public. Elle renonça à toutes sortes d'habitudes et de rapports sociaux, obsédée par l'idée que son corps dégageait une odeur de roussi. L'aube la surprenait dans le patio, n'osant dormir car elle rêvait que les Anglais rentraient par la fenêtre de sa chambre avec leurs chiens féroces pour l'attaque, et la soumettaient à de honteux supplices à l'aide de fers portés au rouge. Son mari, commerçant aragonais dont elle avait eu deux fils, cherchant le moyen d'apaiser ses frayeurs, dilapida la moitié de sa boutique en médecines et distractions. Il finit par liquider son fonds et emmena sa famille vivre loin de la mer, dans un pauvre hameau d'Indiens pacifiques situé sur les contreforts de la sierra, où il édifia pour sa femme une chambre sans fenêtres afin que les pirates de ses cauchemars ne pussent y pénétrer.

Dans ce hameau retiré vivait depuis fort longtemps un créole planteur de tabac, don José Arcadio Buendia, avec lequel l'arrière-grand-père d'Ursula monta une affaire si prospère qu'en peu d'années leur fortune fut faite. Des siècles plus tard, l'arrière-petit-fils du créole épousa l'arrière-petite-fille de l'Aragonais. Voilà pourquoi, chaque fois que les folies de son mari la faisaient sortir de ses gonds, Ursula sautait trois siècles d'événements fortuits en arrière et maudissait l'heure où Francis Drake attaqua Riohacha. Ce n'était qu'un simple moyen de se soulager car, à la vérité, ils étaient unis jusqu'à leur mort par un lien plus solide que l'amour : un commun remords de conscience. Ils étaient cousins l'un de l'autre. Ensemble ils avaient grandi dans l'ancien hameau dont leurs ancêtres respectifs avaient fait, par leur travail et leurs règles de vie, un des meilleurs villages de la province. Bien qu'on eût pu prévoir depuis leur venue au monde qu'ils deviendraient mari et femme, du jour où ils firent part de leur intention de se marier, leurs propres parents s'efforcèrent d'y mettre le holà. Ils craignaient que ces deux rameaux parfaitement sains de deux lignées séculairement entrecroisées ne connussent la honte d'engendrer des iguanes. Il y avait un précédent abominable. Une tante d'Ursula, mariée à un oncle de José Arcadio Buendia, eut un fils qui porta toute sa vie des pantalons flottants aux jambes réunies en une seule, et qui mourut, vidé de tout son sang, après quarante-deux ans d'existence dans le plus pur état de virginité, car il était né et avait grandi pourvu d'une queue cartilagineuse en forme de tire-bouchon avec une touffe de poils au bout. Une queue de cochon qu'au grand jamais il ne laissa voir à aucune femme, et qui lui coûta la vie le jour où un ami boucher s'offrit à la lui couper d'un coup de hachoir. José Arcadio Buendia, avec l'insouciance de ses dix-neuf ans, résolut le problème en une simple phrase : « Peu m'importe d'avoir des petits cochons pourvu qu'ils parlent. » C'est ainsi qu'ils se marièrent et la fête, avec fanfare et feu d'artifice, dura trois jours. Dès lors ils auraient pu vivre heureux si sa mère n'avait terrorisé Ursula avec toutes sortes de prédictions sinistres concernant sa descendance, au point d'obtenir qu'elle se refusât à consommer le mariage. De peur que son robuste et ardent mari ne profitât de son sommeil pour la violer, Ursula, avant de se coucher, enfilait un pantalon grossier que sa mère lui avait taillé dans de la toile à voiles, renforcé par un système de courroies entrecroisées qui se fermait par-devant à l'aide d'une grosse boucle en fer. Ainsi vécurent-ils plusieurs mois. Dans la journée, il paissait ses coqs de combat tandis qu'elle brodait sur son métier en compagnie de sa mère. La nuit venue, ils luttaient pendant des heures avec un déchaînement de violence qui paraissait déjà tenir lieu entre eux de rapports amoureux, jusqu'à ce que l'opinion publique vînt à flairer quelque chose d'anormal dans les événements en cours et que le bruit courût qu'au bout d'un an de mariage, Ursula était toujours vierge, parce que son mari était impuissant. José Arcadio Buendia fut le dernier à connaître la rumeur.

— Tu vois, Ursula, tout ce que racontent les gens, dit-il à sa femme sur un ton très calme.

— Laisse-les parler, répondit-elle. Nous savons bien, l'un et l'autre, que ça n'est pas vrai.

Aussi la situation demeura-t-elle inchangée pendant six autres mois, jusqu'à ce dimanche tragique au cours duquel José Arcadio Buendia remporta un combat de coqs sur Prudencio Aguilar. Hors de lui, rendu furieux par le spectacle de sa bête en sang, l'homme qui avait perdu se détourna de José Arcadio Buendia pour permettre à tout le monde d'entendre ce qu'il avait à lui dire :

— Félicitations! s'écria-t-il. Voyons si ce coq va enfin combler ta femme.

José Arcadio Buendia, l'air serein, ramassa son coq. « Je reviens de suite », lança-t-il à la cantonade. Puis à Prudencio Aguilar en particulier :

— Quant à toi, cours chez toi te chercher une arme, car je vais te tuer.

Lui-même revint au bout de dix minutes avec la lance récidiviste de son grand-père. A la porte de l'enclos de combats de coqs, où se trouvait rassemblée la moitié du village, Prudencio Aguilar l'attendait. Il n'eut pas le temps de se défendre. Projetée avec la force d'un taureau et la même adresse, la même sûreté qui avaient permis au premier Aureliano Buendia d'exterminer tous les tigres de la région, la lance de José Arcadio Buendia lui passa au travers de la gorge. Ce soir-là, tandis qu'on veillait le cadavre sur les lieux du combat, José Arcadio Buendia fit irruption dans sa chambre au moment où sa femme enfilait son pantalon de chasteté. Pointant la lance dans sa direction, il lui ordonna : « Ote ça! » Ursula ne douta pas de la détermination de son mari.

— Ce qui arrivera, tu l'auras voulu, murmura-t-elle.

José Arcadio Buendia planta sa lance dans le sol de terre battue.

— Si tu dois mettre bas des iguanes, nous élèverons des iguanes, répondit-il. Mais plus personne ne mourra à cause de toi dans ce village.

C'était une belle nuit de juin, l'air était frais, la lune brillait; ils restèrent à batifoler dans leur lit jusqu'à l'aube, indifférents au vent qui rentrait dans la chambre et portait jusqu'à eux les pleurs de la famille de Prudencio Aguilar.

L'affaire fut classée comme duel d'honneur mais il leur resta à tous deux mauvaise conscience. Une nuit qu'elle ne pouvait trouver le sommeil, Ursula sortit boire un peu d'eau dans le patio et aperçut Prudencio Aguilar près de la grande cruche. Il était livide, avec une expression de profonde tristesse, et essayait de boucher avec un tampon de spart le trou qu'il avait dans la gorge. Il ne lui fit pas peur, mais plutôt pitié. Elle regagna sa chambre pour raconter ce qu'elle avait vu à son époux qui n'y attacha aucune importance. « Les morts ne reviennent pas, dit-il. Ce qu'il y a, c'est que nous n'en pouvons plus avec ce poids sur la conscience. » Deux nuits plus tard, Ursula vit à nouveau Prudencio Aguilar dans les bains, lavant avec le tampon de spart le sang coagulé à son cou. Une autre nuit, elle le vit se promener sous la pluie. Excédé par les hallucinations de sa femme, José Arcadio Buendia sortit dans le patio, armé de sa lance. Le mort était là avec la même expression de tristesse.

— Va-t'en au diable! lui cria José Arcadio Buendia. Autant de fois tu reviendras, autant de fois je te tuerai à nouveau.

Prudencio Aguilar ne partit pas et José Arcadio Buendia n'osa pas lui jeter sa lance. Dès lors il ne connut plus de repos. L'immense détresse avec laquelle le mort l'avait regardé sous la pluie, la profonde nostalgie qu'il avait du monde des vivants, son anxiété quand il parcourait la maison à la recherche d'un peu d'eau pour humecter son tampon de spart, ne laissaient pas de l'obséder. « Il doit beaucoup souffrir, disait-il à Ursula. On voit qu'il se sent très seul. » Ursula était si attendrie que la fois suivante où elle vit le mort soulever le couvercle des marmites posées sur le fourneau, elle comprit ce qu'il cherchait et à partir de ce moment disposa des bols pleins d'eau dans toute la maison. Une nuit où il le trouva en train de laver ses blessures dans sa propre chambre, José Arcadio Buendia ne put résister davantage.

— C'est bien, Prudencio, lui dit-il. Nous nous en irons de ce village, le plus loin que nous pourrons, et nous n'y remettrons jamais les pieds. Maintenant tu peux partir tranquille.

C'est ainsi qu'ils entreprirent la traversée de la sierra. Plusieurs amis de José Arcadio Buendia, jeunes comme lui, tentés par l'aventure, abandonnèrent leur maison et emmenèrent avec eux femmes et enfants vers cette terre qui ne leur avait été promise par personne. Avant de partir, José Arcadio Buendia enterra la lance dans le patio et égorgea l'un après l'autre ses magnifiques coqs de combat, confiant que, de cette manière, il assurait un peu de repos à Prudencio Aguilar. Ursula n'emporta guère qu'une malle avec son trousseau de jeune mariée, quelques ustensiles domestiques et le petit coffret renfermant les pièces d'or qu'elle avait héritées de son père. Ils ne se tracèrent aucun itinéraire précis. Ils s'efforçaient simplement de progresser en sens opposé de la route de Riohacha afin de ne pas laisser de traces et de ne rencontrer personne de connaissance. Ce fut une expédition absurde. Au bout de quatorze mois, l'estomac ravagé par la chair de ouistiti et le bouillon de couleuvres, Ursula donna le jour à un fils dont toutes les parties du corps étaient humaines. Elle avait fait la moitié du chemin dans un hamac suspendu à un bâton que deux hommes portaient sur l'épaule, car ses jambes avaient monstrueusement enflé et leurs varices crevaient comme des bulles. Bien qu'ils fissent peine à voir avec leurs ventres ballonnés et leurs yeux mourants, les enfants résistèrent mieux que leurs parents au voyage qui s'avéra pour eux, la plupart du temps, une source d'amusement. Un matin, après bientôt deux ans de marche, ils furent les premiers mortels à découvrir le versant occidental de la sierra. Depuis le sommet perdu dans les nuages, ils contemplèrent l'immense surface aquatique du grand marigot qui s'étendait jusqu'à l'autre bout du monde. Mais ils ne rencontrèrent jamais la mer. Une nuit, après avoir erré pendant des mois dans une zone de bourbiers, loin déjà des derniers indigènes croisés en chemin, ils campèrent au bord d'une rivière caillouteuse dont les eaux ressemblaient à un torrent de verre gelé. Des années plus tard, pendant la seconde guerre civile, le colonel Aureliano Buendia essaya d'emprunter ce même chemin pour attaquer Riohacha par surprise, mais au bout de six jours de marche, il comprit que c'était de la folie. Cependant, cette nuit où ils campèrent près de la rivière, la petite troupe de compagnons de son père avait un air de naufragés perdus corps et biens, mais son effectif s'était accru pendant la durée de l'expédition et chacun se sentait tout disposé (ce qui arriva) à mourir de vieillesse. José Arcadio Buendia, cette nuit-là, rêva qu'en ce lieu s'élevait une cité pleine d'animation avec des maisons dont les murs étaient faits de miroirs. Il demanda quelle était cette ville et on lui répondit par un nom qu'il n'avait jamais entendu prononcer, qui n'avait aucune signification mais qui trouva dans son rêve une résonance surnaturelle : Macondo. Le lendemain, il persuada ses hommes qu'ils ne rencontreraient jamais la mer. Il leur ordonna d'abattre des arbres pour dégager une clairière à proximité du cours d'eau, à l'endroit de la rive où il faisait le plus frais, et ils y fondèrent le village.

José Arcadio Buendia resta sans parvenir à expliquer son rêve de maisons aux murs faits de miroirs, jusqu'au jour où il fit connaissance avec la glace. Il crut alors en comprendre la signification profonde. Il pensa que, dans un proche avenir, on pourrait fabriquer des blocs de glace sur une grande échelle, partant d'une matière première aussi commune que l'eau, et en construire les nouvelles maisons du village. Macondo cesserait d'être cette localité torride où charnières et verrous se tordaient à cause de la chaleur, pour se métamorphoser en station hivernale. S'il ne donna pas suite aux tentatives qu'il fit pour aménager une fabrique de glace, c'est qu'il était alors absolument passionné par l'éducation de ses fils, en particulier d'Aureliano qui, d'emblée, avait montré de rares dispositions pour l'alchimie. Le laboratoire avait été dépoussiéré. Relisant les notes de Melquiades, à présent en toute sérénité, sans cette exaltation qu'engendre la nouveauté, ils passèrent de longues séances à essayer patiemment de séparer l'or d'Ursula des débris charbonneux collés au fond du chaudron. C'est à peine si le jeune José Arcadio eut part à ces travaux. Cependant que son père n'avait d'yeux et de pensées que pour son athanor, son entêté de fils aîné, qui fut toujours trop grand pour son âge, se transformait en un adolescent gigantesque. Sa voix changea. Sa lèvre s'ombra d'un duvet naissant. Un soir, Ursula pénétra dans la chambre alors qu'il se déshabillait pour se mettre au lit; elle éprouva un sentiment mêlé de honte et de pitié : c'était, après son mari, le premier homme qu'elle voyait nu, et il était si bien équipé pour la vie qu'il lui parut anormal. Ursula, enceinte pour la troisième fois, connut de nouveau ses affres de jeune mariée.

Vers cette époque venait à la maison une femme enjouée, effrontée, provocante, qui aidait aux travaux ménagers et savait lire l'avenir dans les cartes. Ursula lui parla de son fils. Elle pensait que la disproportion dont il se trouvait affecté était quelque chose d'aussi contre-nature que la queue de cochon du cousin. La femme éclata d'un rire franc et sonore qui se répercuta dans toute la maisonnée comme une volée de cristal. « Au contraire, dit-elle. Il sera heureux. » Pour confirmer ses dires, elle apporta son jeu de cartes à la maison, quelques jours plus tard, et s'enferma avec José Arcadio dans une réserve à grains attenante à la cuisine. Elle étala ses cartes avec beaucoup de calme sur un vieil établi de menuisier, parlant de choses et d'autres tandis que le garçon attendait à ses côté, plus ennuyé qu'intrigué. Soudain elle tendit la main et le toucha. « Quel phénomène! » fit-elle, sincèrement effrayée, et c'est tout ce qu'elle trouva à dire. José Arcadio sentit ses os se remplir d'écume, il fut saisi d'une peur languide et d'une terrible envie de pleurer. La femme ne lui fit aucune avance. Mais José Arcadio ne cessa de la rechercher toute la nuit dans l'odeur de fumée qu'exhalaient ses aisselles et dont sa propre peau était restée imprégnée. Il aurait voulu ne pas la quitter d'une seconde, il aurait voulu qu'elle fût sa mère, ne plus jamais sortir du grenier, et qu'elle lui dît quel phénomène!, qu'elle le touchât à nouveau et lui redît quel phénomène! Un beau jour, il n'y tint plus et s'en fut la trouver chez elle. La visite qu'il lui rendit fut étrangement protocolaire : il resta assis au salon sans prononcer une parole. Sur le moment, il ne la désirait plus. Il la revoyait différente, tout à fait étrangère à l'image qu'inspirait son odeur, comme si c'eût été une autre. Il but son café et quitta la maison déprimé. La nuit venue, dans les phantasmes de l'insomnie, il fut pris de transes violentes et la désira de nouveau, ne l'aimant plus comme il l'avait connue au grenier, mais comme elle lui était apparue cet après-midi-là.

Au bout de quelques jours, sans crier gare, la femme l'appela chez elle où elle se trouvait seule avec sa mère, et le fit entrer dans la chambre à coucher sous prétexte de lui apprendre un tour de cartes. Elle se mit alors à le toucher avec tant de privauté qu'il ressentit de la déception après le premier tressaillement et éprouva plus de peur que de plaisir. Elle lui demanda de venir la chercher le soir même. Il accepta pour se tirer d'affaire, mais sachant qu'il serait incapable de se rendre à son invite. Pourtant, cette nuit-là, dans son lit brûlant, il comprit qu'il devait aller la retrouver alors même qu'il ne s'en sentait pas capable. Il s'habilla à tâtons, prêtant l'oreille, dans le noir, au souffle régulier de son frère, à la toux sèche de son père dans la chambre voisine, à l'asthme des poules dans le patio, au bourdonnement des moustiques, aux battements exagérés de son cœur, au grouillement amplifié du monde auquel il n'avait jamais prêté attention jusque-là, et sortit dans la rue endormie. Il souhaitait de toute son âme que la barre fût mise à la porte et qu'elle ne fût pas seulement poussée comme convenu. Mais la porte était ouverte. Il y appuya l'extrémité de ses doigts et les gonds laissèrent échapper une plainte lugubre et modulée dont il ressentit la résonance glacée jusque dans ses entrailles. Dès l'instant où il se fut infiltré de biais à l'intérieur, tâchant de ne pas faire de bruit, il reconnut l'odeur. Il se trouvait pour le moment dans la petite pièce où les trois frères de la jeune femme suspendaient leurs hamacs dans une position qu'il ignorait et ne pouvait déterminer dans les ténèbres, si bien qu'il lui fallait la traverser à tâtons, pousser la porte de la chambre et, arrivé là, bien s'orienter de façon à ne pas se tromper de lit. Il y parvint. Il buta d'abord contre les cordes des hamacs fixés plus bas qu'il ne l'avait supposé, et un homme qui ronflait jusqu'alors se retourna dans son sommeil et murmura avec une sorte de désenchantement : « C'était mercredi... » En poussant la porte de la chambre, il ne put l'empêcher de racler le sol mal nivelé. Brusquement, dans l'obscurité la plus complète, il comprit avec une infinie nostalgie qu'il était totalement désorienté. Dans cette chambre exiguë dormaient la mère, une autre fille avec son mari et ses deux enfants, et la femme qui peut-être ne l'attendait pas. Il aurait pu se guider à l'odeur si cette odeur n'avait flotté dans toute la maison, si trompeuse et en même temps précise, comme elle était restée imprégnée dans sa propre peau. Il demeura un long moment immobile, ahuri, à se demander comment il avait fait pour en arriver à un désarroi si profond, quand une main aux cinq doigts écartés, tâtonnant dans le noir, lui heurta le visage. Il n'en fut pas autrement surpris car, inconsciemment, c'était bien ce qu'il attendait. Il s'abandonna alors à cette main et, dans un terrible état d'épuisement, se laissa conduire en un endroit inidentifiable où on lui retira ses vêtements et où on l'envoya bouler comme un sac de pommes de terre, où on vous le retourna sur l'endroit et sur l'envers, dans une nuit insondable où il ne savait comment se défaire de ses bras, quand, déjà, ça ne sentait plus la femme mais l'ammoniac, tandis qu'il essayait de se souvenir de son visage à elle et ne trouvait à se rappeler que le visage d'Ursula, vaguement conscient qu'il était en train de faire quelque chose que, depuis fort longtemps, il souhaitait qu'on lui fît, mais qu'il ne s'était jamais imaginé qu'on lui ferait en réalité, sans trop savoir comment il était en train de le faire car il ne savait où étaient les pieds, où était la tête, et la tête de qui, et de qui les pieds, avec la sensation qu'il ne pouvait résister davantage à la révolte sourde et glaciale des ses reins, et à l'air qui lui ballonnait le ventre, et à la peur, et au désir déraisonnable de fuir et de rester en même temps, à jamais, dans ce silence exaspéré et cette solitude épouvantable.

Elle s'appelait Pilar Ternera. Elle avait fait partie de l'exode dont la fin glorieuse fut la fondation de Macondo, emmenée de force par sa famille afin de l'arracher à l'homme qui l'avait violée à l'âge de quatorze ans et l'aima jusqu'à ce qu'elle en eut vingt-deux, mais qui ne se décida jamais à rendre publique leur situation car il était le bien d'autrui. Il lui promit de la suivre jusqu'au bout du monde, mais plus tard, quand il aurait arrangé ses affaires, et elle s'était lassée de l'attendre à force de le reconnaître dans les hommes grands et petits, blonds et bruns, dont les cartes lui promettaient la venue de tous les coins du globe, par terre et par mer, pour dans trois jours, dans trois mois ou dans trois ans. Dans son attente, elle avait perdu la vigueur de ses cuisses, la fermeté de ses seins, et l'habitude de la tendresse, mais elle conservait intacte la folie du cœur. La raison dérangée par ce jouet merveilleux, José Arcadio alla le dépister toutes les nuits dans le labyrinthe de la chambre. Il lui arriva de trouver la barre mise à la porte et il cogna à plusieurs reprises, sachant bien que s'il avait eu l'audace de frapper une première fois, il devait continuer jusqu'à la dernière, et, au bout d'une attente interminable, elle lui ouvrit. Dans la journée, tombant de sommeil, il jouissait en secret des souvenirs de la nuit précédente. Mais lorsqu'elle venait chez lui, gaie, insouciante, spirituelle et grivoise, il n'avait aucun effort à faire pour dissimuler sa surexcitation car cette femme dont les explosions de rire faisaient peur aux pigeons, n'avait rien de commun avec cette puissance invisible qui lui apprenait à retenir sa respiration et à contrôler les battements de son cœur, et lui avait permis de comprendre pourquoi les hommes ont peur de la mort. Il s'était tellement renfermé en lui-même qu'il ne saisit même pas la raison de l'allégresse générale lorsque son père et son frère eurent ameuté toute la maison par l'annonce qu'ils étaient parvenus à réduire les débris métalliques et à isoler l'or d'Ursula.

En effet, après des journées de lutte patiente et complexe, ils avaient réussi. Ursula était tout heureuse et alla même jusqu'à remercier Dieu d'avoir créé l'alchimie, cependant que les gens du village se pressaient dans le laboratoire où on leur servit de la confiture de goyave avec des petits biscuits, pour célébrer le prodige, et que José Arcadio Buendia leur laissait voir le creuset contenant l'or récupéré, comme s'il venait de l'inventer. A force de le montrer à chacun, il finit par se trouver nez à nez avec son fils aîné qui, ces derniers temps, n'avait pour ainsi dire plus mis les pieds au laboratoire. Il lui plaça sous les yeux la masse solidifiée, d'aspect jaunâtre, et lui demanda : « Qu'est-ce que tu en penses? » José Arcadio répondit en toute franchise :

— C'est de la crotte de chien.

Du revers de la main, son père lui appliqua sur la bouche un coup violent qui fit jaillir le sang et les larmes. Cette nuit-là, Pilar Ternera posa sur sa figure enflée des compresses d'arnica, tâtonnant dans le noir pour se servir du flacon et du coton, et, voulant l'aimer sans réveiller son mal, lui fit tout ce qu'il voulut sans lui demander de bouger. Ils parvinrent à un tel degré d'intimité dans leurs rapports que, peu après, sans même s'en rendre compte, l'un et l'autre se laissaient aller à murmurer :

— Je veux être seul avec toi, lui disait-il. Un de ces jours, je vais tout raconter à tout le monde, et fini le temps où il fallait se cacher!

Elle n'entreprit pas de le calmer.

— Ce serait bon, répondit-elle. Une fois seuls, nous laisserons la lampe allumée pour bien nous regarder faire, et je pourrai crier tout ce que je voudrai sans que personne ne vienne s'en mêler, et tu me diras à l'oreille toutes les cochonneries qui te passeront par la tête.

Cette conversation, la cuisante rancune qu'il ressentait à l'égard de son père, et l'éventualité imminente d'un amour sans retenue, lui inspirèrent une confiante hardiesse. Spontanément, sans s'y préparer d'aucune manière, il raconta tout à son frère.

Au début, le petit Aureliano ne voyait guère que le danger, l'énorme marge de risque que comportaient les aventures de son frère, mais il ne parvenait pas à imaginer ce que l'objectif en question avait d'irrésistible. Peu à peu il se laissa gagner par la même fébrilité. Il se faisait raconter chaque péripétie dans le détail, allait jusqu'à éprouver la souffrance et le plaisir de son frère, et se sentait rempli de crainte et de bonheur à la fois. Il l'attendait éveillé jusqu'à l'aube, dans le lit déserté qu'on aurait dit tapissé de charbons ardents, puis tous deux restaient sans dormir, à parler jusqu'à l'heure de se lever, si bien que l'un et l'autre ne tardèrent pas à souffrir de la même apathie, à témoigner d'un semblable mépris pour l'alchimie et le savoir de leur père, et à trouver refuge dans la solitude. « Ces enfants marchent comme des ahuris, disait Ursula. Ils doivent avoir des vers. » Elle leur prépara une répugnante décoction de patte d'oie pilée que tous deux absorbèrent avec un stoïcisme inattendu, et qui les fit s'asseoir en chœur sur leur pot respectif onze fois dans la même journée, jusqu'à expulser quelques parasites roses qu'ils montrèrent à tous avec jubilation, car ils leur permettaient de détourner les soupçons d'Ursula de la véritable origine de leur distraction et de leur langueur. Ainsi, non seulement Aureliano pouvait s'entendre raconter les expériences de son frère, mais il avait loisir de les vivre comme si elles lui fussent arrivées; un jour qu'il lui expliquait avec force détails le mécanisme de l'amour, il interrompit son frère pour lui demander : « Qu'est-ce qu'on ressent? » José Arcadio lui répondit de but en blanc :

— C'est comme un tremblement de terre.

Un jeudi de janvier, à deux heures du matin, naquit Amaranta. Avant que personne ne fît irruption dans la chambre, Ursula l'examina sur toutes les coutures. Elle était lascive et tout humide comme un petit lézard de muraille, mais toutes les parties de son corps étaient humaines. Ce n'est que lorsqu'il sentit la maison pleine de monde qu'Aureliano comprit qu'il y avait du neuf. Profitant de la confusion pour passer inaperçu, il sortit quérir son frère qui avait quitté le lit depuis onze heures du soir, et sa résolution fut si impulsive qu'il ne prit même pas le temps de se demander comment il ferait pour l'attirer hors de la chambre de Pilar Ternera. Il resta plusieurs heures à rôder autour de la maison, sifflant selon le code dont ils avaient convenu, jusqu'à ce que l'approche de l'aube l'obligeât à s'en retourner. Dans la chambre de sa mère, jouant avec la petite sœur qui venait de naître, le visage empreint d'une innocence qui ne faisait guère de doute, il trouva José Arcadio.

Ursula avait à peine observé ses quarante jours de convalescence quand les gitans revinrent. C'étaient les mêmes saltimbanques et jongleurs qui avaient apporté la glace. A la différence de la tribu de Melquiades, il leur avait fallu peu de temps pour faire la preuve qu'ils n'étaient pas des hérauts du progrès, mais de vulgaires colporteurs d'amusettes. Ainsi, lorsqu'ils apportèrent la glace, ils se gardèrent de la présenter en fonction de son utilité dans la vie des hommes, mais comme une simple curiosité de cirque. Cette fois, entre autres ingénieuses attractions, ils revenaient avec un tapis volant. Là encore, ils ne le montrèrent pas comme un apport fondamental au développement des transports, mais comme un objet d'amusement. Les gens, bien entendu, allèrent déterrer leurs dernières miettes d'or pour bénéficier d'un survol rapide des maisons du village. Profitant de la délicieuse impunité que leur assurait le désordre général, José Arcadio et Pilar connurent quelques heures de liberté. Ils allaient comme deux fiancés bienheureux perdus dans la foule, et ils en arrivèrent même à soupçonner que l'amour pouvait être un sentiment plus posé, plus profond que ce bonheur effréné mais éphémère de leurs nuits clandestines. Pilar, cependant, rompit le charme. Stimulée par l'enthousiasme avec lequel José Arcadio paraissait jouir de sa compagnie, elle ne sut choisir ni son moment ni sa formule et, d'un seul coup, elle lui laissa tomber le monde entier sur la tête : « Maintenant, tu es vraiment un homme », lui dit-elle. Et comme il ne saisissait pas ce qu'elle entendait par là, elle le lui expliqua sans ambages :

— Tu vas avoir un fils.

José Arcadio n'osa plus sortir de chez lui pendant plusieurs jours. Il lui suffisait d'entendre Pilar rire à gorge déployée dans la cuisine pour courir se réfugier au laboratoire où les instruments d'alchimie étaient à nouveau rentrés en action avec la bénédiction d'Ursula. José Arcadio Buendia accueillit avec ravissement son enfant prodigue et l'initia aux recherches qu'il avait enfin entreprises sur la pierre philosophale. Un après-midi, les enfants furent saisis d'admiration à la vue du tapis volant qui passa, rapide, au niveau de la fenêtre du laboratoire, portant à son bord le pilote gitan et plusieurs enfants du village qui faisaient des signes joyeux de la main, mais José Arcadio Buendia ne regarda même pas dans sa direction : « Laissez-les rêver, dit-il. Nous autres, nous volerons bien mieux qu'eux avec des moyens plus scientifiques que cette misérable couverture. » Malgré l'intérêt qu'il feignait d'y porter, José Arcadio n'entendit jamais rien aux propriétés de l'*œuf philosophique,* qui ne lui paraissait être qu'un flacon défectueux. Il n'arrivait pas à se libérer de ce qui le préoccupait. Il perdit l'appétit et le sommeil, se laissa aller à la mauvaise humeur tout comme son père devant le fiasco d'une de ses entreprises, et il parut si chamboulé que le même José Arcadio Buendia le releva de ses fonctions au laboratoire, croyant qu'il avait pris l'alchimie par trop à cœur. On se doute qu'Aureliano comprit que l'état de désolation de son frère n'avait pas son origine dans la recherche de la pierre philosophale, mais il ne réussit à lui arracher aucune confidence. José Arcadio avait perdu son ancienne spontanéité. De complice et communicatif qu'il avait été, il devint secret, hostile. Jaloux de sa solitude, tenaillé par une rancœur empoisonnée à l'égard du monde, il quitta son lit comme d'habitude, une nuit, non pour se rendre chez Pilar Ternera, mais pour se perdre dans le tumulte de la foire. Après avoir déambulé entre toutes sortes d'attractions sans s'intéresser à aucune, il tomba en arrêt devant quelque chose qui ne faisait pas partie du spectacle : une gitane toute jeune, presque une enfant, accablée sous le poids de ses verroteries, la plus belle femme que José Arcadio eût jamais vue de sa vie. Elle était dans la foule qui assistait à la triste exhibition de l'homme changé en vipère pour avoir désobéi à ses parents.

José Arcadio n'y prêta pas attention. Tandis que se déroulait le tragique interrogatoire de l'homme-vipère, il s'était frayé un chemin à travers la foule jusqu'au premier rang où se tenait la gitane, et s'était posté derrière elle. Il se pressa contre son dos. La jeune fille essaya de se détacher mais José Arcadio se colla derrière elle avec plus d'insistance. Alors elle le sentit. Elle resta immobile contre lui, tremblante de surprise et de peur, incapable de se rendre à l'évidence, puis finit par tourner la tête et le regarda avec un sourire nerveux. Sur ce, deux gitans replacèrent l'homme-vipère dans sa cage et l'emportèrent à l'intérieur de la tente. Le gitan qui animait le spectacle annonça :

— Et maintenant, mesdames et messieurs, nous allons vous faire assister à la terrible épreuve de la femme condamnée à être décapitée toutes les nuits à cette même heure, pendant cent cinquante ans, pour la punir d'avoir vu ce qu'elle ne devait pas voir.

José Arcadio et la jeune fille n'assistèrent pas à la décapitation. Ils s'en furent sous sa tente à elle, où ils s'embrassèrent avec une impatience fébrile en se libérant de leurs vêtements. La gitane se débarrassa de ses jupes superposées, de ses nombreux cotillons de dentelle amidonnée, de son inutile corset baleiné, de son fardeau de verroteries, si bien qu'il ne resta pratiquement plus rien d'elle. C'était une grenouille fluette aux seins naissants et aux jambes si maigres qu'elles n'atteignaient pas en diamètre les bras de José Arcadio, mais elle faisait preuve d'une décision et d'une chaleur qui compensaient sa chétivité. Cependant, José Arcadio se trouvait empêché de la payer de retour car ils étaient dans une espèce de tente qui n'avait rien de privé, où les gitans passaient avec leurs accessoires de cirque et réglaient leurs affaires, ou s'arrêtaient même près du lit pour jouer aux dés. La lampe pendue au poteau central éclairait tout l'intérieur. Entre deux caresses, José Arcadio s'allongea sur le lit, tout nu, ne sachant trop que faire, tandis que la jeune fille essayait de ranimer ses ardeurs. Une gitane aux chairs plantureuses fit peu après son entrée, accompagnée d'un homme qui ne faisait pas partie de la tribu, mais n'appartenait pas non plus au village, et tous deux commencèrent à se dévêtir au pied du lit. La femme jeta incidemment un coup d'œil sur José Arcadio et se mit à examiner avec une sorte de ferveur pathétique son magnifique animal au repos :

— Eh bien, mon garçon, s'exclama-t-elle, que Dieu te la préserve!

La compagne de José Arcadio les pria de les laisser tranquilles et le couple se coucha par terre, tout contre le lit. La passion des autres ranima la fièvre de José Arcadio. Au premier attouchement, les os de la jeune fille parurent se désarticuler avec un craquement épouvantable comme celui d'une boîte à dominos, et sa peau fondit en suées livides, et ses yeux se remplirent de larmes et tout son corps laissa échapper une plainte lugubre et une vague odeur de vase. Mais elle supporta le choc avec une force de caractère et une vaillance admirables. José Arcadio se sentit alors porté dans les airs jusqu'à un état d'inspiration séraphique où son cœur emballé se fit la source de tendres obscénités qui entraient dans les oreilles de la jeune fille et lui ressortaient par la bouche, traduites en sa propre langue. On était jeudi. Dans la nuit du samedi, José Arcadio se noua un chiffon rouge sur la tête et partit avec les gitans.

Lorsque Ursula découvrit son absence, elle le chercha dans tout le village. Là où les gitans avaient démonté leur campement, il n'y avait plus guère qu'une traînée de détritus entre les cendres encore fumantes des foyers éteints. Quelqu'un qui passait par là, fouillant les ordures en quête de quelque verroterie, confia à Ursula qu'il avait vu son fils, la nuit précédente, dans la cohue des gens du spectacle, poussant une charrette avec la cage de l'homme-vipère. « Il s'est fait gitan! » cria-t-elle à son mari qui n'avait pas donné le moindre signe d'émoi devant cette disparition.

— Plaise à Dieu qu'il en soit ainsi! fit José Arcadio Buendia en pilant dans son mortier la matière mille fois pilée et réchauffée et pilée à nouveau. Il apprendra à devenir un homme.

Ursula s'enquit de la direction qu'avaient prise les gitans. Elle continua à se renseigner en suivant le chemin qu'on lui avait indiqué et, estimant qu'elle avait encore le temps de les rattraper, s'éloigna toujours davantage du village jusqu'à ce qu'elle eût conscience de se trouver si loin qu'il ne lui fallait plus songer à revenir. José Arcadio Buendia ne découvrit l'absence de sa femme qu'à huit heures du soir lorsque, laissant sa matière à réchauffer dans un lit de fumier, il alla voir ce qu'avait la petite Amaranta, enrouée à force de pleurer. En quelques heures, il réunit une petite troupe d'hommes bien équipés, confia Amaranta à une femme qui s'offrit de la nourrir de son lait, et se perdit par des sentiers invisibles sur les pas d'Ursula. Aureliano les accompagnait. A l'aube, des pêcheurs indigènes, dont ils méconnaissaient la langue, leur firent comprendre par signes qu'ils n'avaient vu passer personne. Au bout de trois jours de vaines recherches, ils revinrent au village.

Pendant plusieurs semaines, José Arcadio Buendia se laissa vaincre par la désolation. Il s'occupait comme une mère de la petite Amaranta. Il la baignait, la changeait, l'emmenait chez sa nourrice quatre fois par jour et allait jusqu'à lui chanter, la nuit venue, des airs que jamais Ursula n'avait su lui chanter. Un jour, Pilar Ternera proposa ses services pour effectuer les travaux domestiques en attendant le retour d'Ursula. Aureliano, dont la mystérieuse intuition s'était encore sensibilisée dans le malheur, éprouva comme un éclair de lucidité en la voyant entrer. Dès lors, il fut certain que, de quelque manière inexplicable, c'était elle la responsable de la fugue de son frère, et de la disparition de sa mère qui avait suivi, et il la tourmenta si bien, avec une hostilité silencieuse mais implacable, que la femme ne remit plus les pieds à la maison.

Avec le temps, tout rentra dans l'ordre. José Arcadio Buendia et son fils auraient été bien incapables de préciser à quel moment ils réintégrèrent le laboratoire, secouant la poussière, rallumant l'athanor, rendus une fois de plus à la patiente manipulation de la matière endormie depuis des mois dans son lit de fumier. Amaranta elle-même, couchée dans une corbeille de rotin, observait avec curiosité l'absorbant labeur de son père et de son frère, dans le petit cabinet à l'air raréfié par les vapeurs de mercure. Un beau jour, plusieurs mois après le départ d'Ursula, commencèrent à se produire des choses étranges. Un flacon vide, oublié depuis longtemps dans une armoire, se fit si lourd qu'il fut impossible de le bouger. Une casserole d'eau posée sur la table de travail se mit à bouillir sans feu pendant une demi-heure jusqu'à s'évaporer complètement. José Arcadio Buendia et son fils observaient ces phénomènes avec un ravissement mêlé d'effroi, incapables de se les expliquer mais les interprétant comme des présages de la matière. Un jour, le berceau d'Amaranta se mit à remuer, animé par une impulsion propre, et effectua un tour complet de la chambre à la grande stupéfaction d'Aureliano qui se hâta de l'arrêter. Mais son père ne s'émut pas pour autant. Il remit le berceau en place et l'attacha au pied d'une table, convaincu que l'événement attendu était imminent. Ce fut à ce propos qu'Aureliano l'entendit dire :

— Si tu ne crains pas Dieu, crains les métaux.

Tout à coup, presque cinq mois après sa disparition, Ursula fut de retour. Elle revint plus magnifique, plus jeune que jamais, avec des atours nouveaux d'un style inconnu au village. José Arcadio Buendia eut du mal à résister au choc : « C'était bien cela! s'écriait-il. Je savais que ça devait arriver! » Et il en était intimement persuadé car, dans ses retraites prolongées, tandis qu'il manipulait la matière, il priait dans le fond de son cœur pour que le prodige attendu ne fût pas la découverte de la pierre philosophale, ni la libération du souffle qui fait vivre les métaux, ni la possibilité de changer en or les charnières et les serrures de la maison, mais ce qui venait juste de se réaliser : le retour d'Ursula. Elle-même, cependant, ne semblait nullement partager son allégresse. Elle lui donna un baiser fort conventionnel, comme si elle ne s'était absentée que depuis une heure, et lui dit :

— Va voir à l'entrée.

José Arcadio Buendia mit longtemps à se remettre de sa perplexité lorsqu'il sortit dans la rue et aperçut la foule. Ce n'étaient pas des gitans. C'étaient des hommes et des femmes semblables à eux, aux cheveux raides et à la peau sombre, qui parlaient la même langue et se plaignaient des mêmes maux. Ils étaient venus avec des mules chargées de provisions, des chariots traînés par des bœufs, remplis de meubles et d'ustensiles, simples accessoires de la vie d'ici-bas que vendent sans esbrouffe les petits marchands de la réalité quotidienne. Ils arrivaient de l'autre rive du marigot, à seulement deux jours de marche, où se trouvaient d'autres villages qui recevaient le courrier tous les mois et connaissaient les machines génératrices de mieux-être. Ursula n'avait pas rattrapé les gitans mais elle avait trouvé la route que son mari, dans sa recherche infructueuse des grandes inventions, n'avait su découvrir.

Deux semaines après sa naissance, on apporta le fils de Pilar Ternera chez ses grands-parents. Ursula l'accepta bien à contre-cœur, cédant une fois de plus à l'obstination de son mari qui ne pouvait se faire à l'idée qu'un rejeton de son sang restât abandonné à la dérive, mais elle fit admettre qu'on cacherait à l'enfant sa véritable identité. Bien qu'il reçût le nom de José Arcadio, ils finirent par l'appeler plus simplement Arcadio pour éviter toutes confusions. A cette époque régnait une activité si intense au village, et la maison était en proie à un tel remue-ménage que le soin d'élever les enfants se trouva relégué au second plan. On les confia à Visitacion, une Indienne guajira qui était venue au village accompagnée d'un frère, fuyant une peste de l'insomnie qui frappait sa tribu depuis plusieurs années. Ils étaient tous deux si obéissants et si serviables qu'Ursula les prit à son service pour l'aider aux travaux domestiques. C'est ainsi qu'Arcadio et Amaranta surent parler l'idiome des Indiens guajiros avant le castillan, et apprirent à boire du bouillon de lézard et à manger des œufs d'araignée sans qu'Ursula se doutât de rien, trop occupée elle-même par un commerce prometteur de petits animaux en caramel. Macondo était métamorphosé. Les gens qui avaient escorté Ursula révélèrent la bonne qualité de son sol et sa position privilégiée par rapport au marigot, de sorte que le hameau nu et sauvage eut vite fait de se changer en un village plein d'activité avec des magasins, des ateliers d'artisans, et une route où le trafic devint incessant, par laquelle arrivèrent les premiers Arabes chaussés de babouches, des anneaux aux oreilles, troquant des colliers de verroterie contre des perroquets. José Arcadio Buendia ne connut pas un instant de répit.

Fasciné par une réalité immédiate qui lui parut dès lors plus fantastique que le vaste univers de sa propre imagination, il se désintéressa complètement du laboratoire d'alchimie, laissa dormir la matière exténuée par de longs mois de manipulation et redevint l'homme entreprenant des débuts, celui qui décidait du tracé des rues et de la disposition des nouvelles maisons afin que nul ne profitât d'avantages dont les autres n'eussent pas bénéficié également. Il se tailla une telle autorité parmi les nouveaux arrivants qu'il ne se jeta de fondations ni ne se dressa de clôtures sans que son avis fût pris, et il fut décidé que ce serait lui qui présiderait à la distribution des terres. Lorsque revinrent les gitans saltimbanques, avec leur foire ambulante transformée à présent en un énorme établissement de jeux de hasard, ils furent accueillis avec allégresse dans la mesure où l'on pensait que José Arcadio s'en revenait avec eux. Mais José Arcadio n'était pas de retour et ils ne ramenaient pas l'homme-vipère qui, d'après Ursula, était le seul à pouvoir donner des nouvelles de leur fils, si bien qu'on n'autorisa pas les gitans à s'installer au village, non plus qu'à y remettre jamais les pieds à l'avenir, car on les considéra comme des ambassadeurs de la concupiscence et du pervertissement. José Arcadio Buendia, cependant, déclara formellement que l'ancienne tribu de Melquiades, qui avait tant contribué à l'épanouissement du village avec son savoir millénaire et ses fabuleuses inventions, trouverait toujours portes ouvertes. Mais la tribu de Melquiades, à ce que racontèrent les gens du voyage, avait été gommée de la face de la terre pour avoir outrepassé les limites de la connaissance humaine.

Echappant, du moins pour un moment, aux méandres de son imagination, José Arcadio Buendia fit rapidement régner l'ordre et le labeur, et la seule fantaisie qu'on se permit fut la libération des oiseaux qui, depuis la fondation de Macondo, ensoleillaient chaque journée avec leurs airs de flûte, et leur remplacement par des horloges musicales dans chaque maison. C'étaient de précieuses horloges en bois ouvragé que les Arabes échangeaient contre des perroquets et que José Arcadio Buendia synchronisa avec tant de précision que, toutes les demi-heures, l'ensemble du village s'égayait aux accords d'une même mélodie qui allait se développant jusqu'au point culminant d'un midi exact et unanime avec la valse complète. Ce fut encore José Arcadio Buendia qui, vers cette époque, décida que les rues du village seraient plantées d'amandiers au lieu des acacias, et qui découvrit sans jamais la révéler la manière de rendre ces arbres éternels Bien des années plus tard, lorsque Macondo ne fut plus que baraquements en bois aux toits de zinc, dans les rues les plus anciennes subsistaient encore les amandiers tout mutilés et couverts de poussière, mais personne ne savait plus qui les avait semés. Tandis que son père mettait de l'ordre dans le village et que sa mère consolidait le patrimoine familial avec sa merveilleuse industrie de coqs et de poissons en sucre qui, deux fois par jour, sortaient de la maison, embrochés sur des baguettes d'arbre à kapok, Aureliano passait de longues heures dans le laboratoire abandonné, s'initiant par pur plaisir de la recherche à l'art de l'orfèvrerie. Il était tellement monté en graine que les vêtements que lui avait laissés son frère ne lui allèrent bientôt plus et qu'il se mit à emprunter ceux de son père, mais Visitacion dut lui faire des plis et des remplis à ses chemises et à ses pantalons car Aureliano n'avait pas hérité la corpulence des autres. L'adolescence avait fait perdre toute douceur à sa voix et l'avait rendu taciturne et irrémédiablement solitaire, mais en revanche lui avait redonné cet intense éclat qu'il avait dans les yeux à sa naissance. Tout à ses expériences d'orfèvrerie, c'était à peine s'il quittait le laboratoire pour manger. Préoccupé par le caractère renfermé de son fils, José Arcadio Buendia lui remit les clefs de la maison et un peu d'argent, pensant que, peut-être, c'était d'une femme qu'il avait besoin. Mais Aureliano dépensa son argent en acide chlorhydrique pour préparer l'eau régale, et, pour les embellir, plongea les clefs dans un bain d'or. Ses extravagances étaient à peine comparables à celles d'Arcadio et d'Amaranta qui avaient déjà commencé à faire leurs dents et marchaient encore en s'accrochant toute la sainte journée aux ponchos des Indiens, fermement décidés à ne pas parler espagnol mais la langue des guajiros. « Tu n'as pas à te plaindre, disait Ursula à son mari. Les enfants héritent les folies de leurs parents. » Et tandis qu'elle se plaignait de sa mauvaise fortune, convaincue que les excentricités de ses enfants ne le cédaient en ignominie à une queue de cochon, Aureliano lui décocha un regard qui la plongea dans l'incertitude.

— Quelqu'un va venir, lui dit-il.

Comme toujours lorsqu'il émettait une de ses prophéties, Ursula tenta de le désarmer avec sa logique de femme d'intérieur. C'était tout naturel que quelqu'un arrivât. Tous les jours, des dizaines d'étrangers passaient par Macondo sans susciter d'inquiétudes et sans se faire annoncer de quelque secrète manière. Cependant, par-delà toute logique, Aureliano paraissait sûr de son présage :

— J'ignore qui ce sera, fit-il en insistant. Mais qui que ce soit, il est déjà en route.

Le dimanche suivant arriva en effet Rebecca. Elle n'avait pas dépassé onze ans. Elle avait effectué le pénible voyage depuis Manaure avec des trafiquants de fourrures qui avaient pour mission de l'acheminer, ainsi qu'une lettre, jusqu'à la maison de José Arcadio Buendia, mais qui ne purent expliquer avec précision quelle était la personne qui leur avait demandé ce service. Pour tous bagages, elle avait une mallette d'effets personnels, un petit fauteuil à bascule en bois décoré à la main de petites fleurs multicolores, et une sorte de sacoche en toile goudronnée qui faisait un bruit continuel de cloc-cloc-cloc, dans lequel elle transportait les ossements de ses parents. La lettre adressée à José Arcadio Buendia était écrite en termes très affectueux par quelqu'un qui continuait à l'aimer beaucoup en dépit du temps écoulé et de la distance, et qui se sentait contraint, mû par la plus élémentaire humanité, de lui envoyer charitablement cette pauvre orpheline abandonnée à elle-même, cousine au second degré d'Ursula et par conséquent parente également de José Arcadio Buendia, bien que d'une manière plus lointaine, car c'était la fille de cet inoubliable ami qu'était Nicanor Ulloa et de sa très digne épouse Rebecca Montiel, que Dieu rappela dans le royaume des cieux, dont les restes se trouvaient joints à la présente afin que sépulture chrétienne leur fût donnée. Tous les noms mentionnés, ainsi que la signature de la lettre, étaient parfaitement lisibles, mais ni José Arcadio Buendia ni Ursula ne se rappelaient avoir eu des parents ainsi nommés, et ni l'un ni l'autre ne connaissaient personne du nom de l'expéditeur, et encore moins la lointaine ville de Manaure. Il fut impossible d'arracher aucun renseignement supplémentaire à la petite fille. Depuis son arrivée, elle restait assise à sucer son pouce dans son fauteuil à bascule et à observer tout un chacun de ses grands yeux épouvantés, sans paraître comprendre un mot de ce qu'on lui demandait. Elle portait des vêtements en diagonale, teints en noir, râpés par l'usure, et des bottines vernies tout écaillées. Ses cheveux étaient retenus derrière les oreilles par des bouffettes de ruban noir. A son cou pendait un scapulaire aux dessins effacés à cause de la sueur et elle avait au poignet droit, monté sur cuivre, un croc d'animal carnivore qui devait servir d'amulette contre le mauvais œil. Son teint verdâtre, son ventre ballonné, à la peau tendue comme celle d'un tambour, étaient signes d'une mauvaise santé et témoignaient d'une faim plus vieille qu'elle-même, mais lorsqu'on lui proposa à manger, elle resta avec son assiette sur les genoux sans vouloir y toucher. On en arriva même à croire qu'elle était sourde et muette, jusqu'au moment où les Indiens lui eurent demandé dans leur langue si elle désirait un peu d'eau : ses yeux reprirent vie comme si elle venait de retrouver des gens de connaissance et elle fit oui de la tête.

Ils la gardèrent parce qu'il n'y avait pas d'autre issue. Ils décidèrent de l'appeler Rebecca qui était, d'après la lettre, le prénom de sa propre mère, et parce qu'Aureliano eut la patience d'épeler devant elle tous les saints du calendrier sans obtenir de réaction de sa part à aucun prénom. Comme, en ce temps-là, il n'existait pas de cimetière à Macondo puisque personne encore n'y était mort, ils conservèrent la sacoche remplie d'ossements en attendant le trouver un lieu convenable où les ensevelir, et longtemps encore les parents de Rebecca encombrèrent la maison, jamais à la même place, avec leurs caquètements et leurs gloussements de poule couveuse. Il fallut beaucoup de temps pour que Rebecca finît par s'incorporer à la vie familiale. Elle restait assise dans le fauteuil à bascule à sucer son pouce dans le coin le plus reculé de la maison. Rien n'éveillait son intérêt, excepté la musique des horloges, toutes les demi-heures, qu'elle cherchait avec des yeux inquiets comme si elle eût espéré l'apercevoir quelque part en l'air. Pendant plusieurs jours, on ne réussit pas à la faire manger. Personne ne comprenait comment elle n'était pas déjà morte de faim quand les indigènes, auxquels rien n'échappait parce qu'ils parcouraient sans arrêt la maison à pas feutrés, découvrirent que Rebecca ne se plaisait à manger que la terre humide du patio et les plaques de chaux qu'elle détachait des murs avec les ongles. Il était évident que ses parents, ou quiconque l'avait élevée, avaient dû la réprimander pour cette mauvaise habitude, car elle ne s'y livrait qu'en cachette et consciente de mal agir, s'évertuant à dissimuler ses rations pour les dévorer à l'insu de tout le monde. Dès lors ils la soumirent à une surveillance de tous les instants. Ils répandirent du fiel de vache dans le patio et badigeonnèrent les murs de sauce au poivre, croyant avec de semblables méthodes venir à bout de son vice pernicieux, mais elle fit preuve de tant d'astuce et d'adresse pour chercher à se procurer de la terre qu'Ursula dut avoir recours à des moyens plus drastiques. Elle versait du jus d'orange sur de la rhubarbe dans une casserole qu'elle laissait à la belle étoile toute la nuit et, le lendemain, lui administrait la potion à jeun. Bien que personne ne lui eût dit qu'un tel remède était spécialement destiné à guérir de leur vice les mangeurs de terre, elle pensait que n'importe quelle substance amère dans un estomac vide ne manquerait pas de faire réagir le foie. Rebecca était si rebelle et si forte malgré son rachitisme qu'on devait la maîtriser et la terrasser comme un jeune veau pour lui faire avaler son médicament, et c'est à peine si l'on pouvait réprimer ses trépignements et supporter les hiéroglyphes embrouillés qu'elle vociférait entre deux morsures ou deux crachats, et qui, selon les indigènes scandalisés, représentaient les pires obscénités qui se pouvaient concevoir en leur langue. Lorsque Ursula l'apprit, elle compléta son traitement avec des coups de fouet. On ne put jamais établir si ce fut la rhubarbe ou les raclées qui produisirent de l'effet, ou la combinaison des deux, mais il est certain qu'au bout de quelques semaines, Rebecca commença à donner des signes de guérison. Elle prit part aux jeux d'Arcadio et d'Amaranta qui l'accueillirent comme une grande sœur, et mangea avec appétit en se servant convenablement de son couvert. Bientôt, il apparut qu'elle parlait castillan aussi couramment que la langue des Indiens, qu'elle était remarquablement adroite de ses mains et qu'elle chantait la valse des horloges avec de très jolies paroles qu'elle avait elle-même composées. Chacun ne tarda plus à la considérer comme faisant partie de la famille. Elle témoignait à Ursula une affection que ne lui montrèrent jamais ses propres enfants, elle appelait Amaranta petite sœur, Arcadio petit frère, elle donnait du mon oncle à Aureliano et du grand-père à José Arcadio Buendia. Ainsi finit-elle par mériter autant que les autres le nom de Rebecca Buendia, le seul qu'elle reçut jamais et qu'elle porta dignement jusqu'à sa mort.

Une nuit, vers cette époque où Rebecca guérit de son vice de mangeuse de terre et fut amenée à partager la chambre des autres enfants, l'Indienne qui dormait avec eux se réveilla par hasard et entendit un curieux bruit de va-et-vient dans un coin. Elle se mit sur son séant, alarmée, croyant qu'il était entré quelque bête dans la chambre, quand elle découvrit Rebecca dans son fauteuil à bascule, suçant son pouce et les yeux allumés comme ceux d'un chat dans l'obscurité. Pétrifiée de terreur, effondrée par cette fatalité qui la poursuivait, Visitacion reconnut dans les yeux de Rebecca les symptômes de l'épidémie qui les avait contraints, son frère et elle, à s'exiler pour toujours d'un royaume millénaire où ils avaient titre de princes. C'était la peste de l'insomnie.

Au point du jour, on ne trouva plus l'Indien Cataure à la maison. Sa sœur resta; son cœur fataliste lui disait que, de toute façon, le mortel fléau la poursuivrait jusque dans le dernier recoin de la terre. Personne ne comprit l'inquiétude de Visitacion. « Si l'on ne peut plus dormir, tant mieux, disait José Arcadio Buendia avec bonne humeur. Pour nous la vie n'en sera que plus féconde. » Mais l'Indienne leur expliqua que le plus à craindre, dans cette maladie de l'insomnie, ce n'était pas l'impossibilité de trouver le sommeil, car le corps ne ressentait aucune fatigue, mais son évolution inexorable jusqu'à cette manifestation plus critique : la perte de mémoire. Elle voulait dire par là qu'au fur et à mesure que le malade s'habituait à son état de veille, commençaient à s'effacer de son esprit les souvenirs d'enfance, puis le nom et la notion de chaque chose, et pour finir l'identité des gens, et même la conscience de sa propre existence, jusqu'à sombrer dans une espèce d'idiotie sans passé. José Arcadio Buendia, mort de rire, considéra qu'il s'agissait ni plus ni moins d'une de ces nombreuses maladies inventées par la superstition des indigènes. Mais Ursula, en cas, prit la précaution de séparer Rebecca des autres enfants.

Après plusieurs semaines, alors que la frayeur de Visitacion paraissait calmée, José Arcadio Buendia se mit une nuit à se tourner et à se retourner dans son lit sans pouvoir s'assoupir. Ursula, réveillée elle aussi, lui demanda ce qu'il avait et il lui répondit : « Je repense encore à Prudencio Aguilar. » Ils ne purent fermer l'œil une minute mais le lendemain, ils se sentirent si frais et dispos qu'ils oublièrent leur mauvaise nuit. A l'heure du déjeuner, Aureliano raconta comment il était étonné de se sentir parfaitement en forme après avoir passé toute la nuit au laboratoire à dorer une broche qu'il pensait offrir à Ursula pour son anniversaire. Personne ne s'inquiéta vraiment jusqu'au troisième jour où, ne se sentant aucune envie de dormir au moment de se coucher, ils réfléchirent qu'ils avaient pu rester plus de cinquante heures sans sommeil.

— Les enfants aussi sont restés éveillés, fit remarquer l'Indienne avec son fatalisme inébranlable. Quand elle entre quelque part, personne n'échappe à la peste.

Ils avaient effectivement contracté la maladie de l'insomnie. Ursula, qui avait appris de sa mère les vertus médicinales des plantes, prépara et fit boire à chacun un breuvage à base d'aconit, mais ils ne trouvèrent pas le sommeil pour autant et passèrent la journée à rêver tout éveillés. Dans cet état de lucidité effrayante et d'hallucination, non seulement ils voyaient les images qui composaient leurs propres rêves, mais chacun voyait en même temps les images rêvées par les autres. C'était comme si la maison s'était remplie de visiteurs. Assise dans son fauteuil à bascule dans un coin de la cuisine, Rebecca rêva d'un homme qui lui ressemblait beaucoup, habillé de toile blanche, le col de sa chemise fermé par un bouton en or, et qui venait lui apporter un bouquet de roses. Il était accompagné d'une femme aux mains délicates qui prit une rose et la mit dans les cheveux de la fillette. Ursula comprit que cet homme et cette femme n'étaient autres que les parents de Rebecca mais, bien qu'elle fît effort pour les reconnaître, cette vision confirma sa certitude de ne les avoir jamais rencontrés. Cependant, par une négligence coupable que José Arcadio Buendia ne se pardonna jamais, les petits animaux en caramel continuaient à se vendre de par le village. Les adultes comme les enfants suçaient avec ravissement les délicieux coquelets verts de l'insomnie, les exquis poissons roses de l'insomnie et les tendres petits chevaux jaunes de l'insomnie, si bien que l'aube du lundi surprit tout le village éveillé. Au début, personne ne s'inquiéta. Au contraire, tout le monde se félicitait de ne point dormir car il y avait tant à faire alors à Macondo que les journées paraissaient toujours trop courtes. Les gens travaillèrent tellement qu'il n'y eut bientôt plus rien à faire et ils se retrouvèrent les bras croisés à trois heures du matin, à compter les notes de musique de la valse des horloges.

Ceux qui voulaient dormir, non parce qu'ils étaient fatigués mais pour pouvoir rêver à nouveau, eurent recours à toutes sortes de méthodes épuisantes. Ils se réunissaient pour converser sans trêve, se répétant pendant des heures et des heures les mêmes blagues, compliquant jusqu'aux limites de l'exaspération l'histoire du coq chapon, qui était un jeu sans fin où le narrateur demandait si on voulait bien qu'il raconte l'histoire du coq chapon, et si on répondait oui, le narrateur disait qu'il n'avait pas demandé qu'on lui dise oui, mais si on voulait bien qu'il raconte l'histoire du coq chapon, et quand on répondait non, le narrateur disait qu'il n'avait pas demandé qu'on lui dise non, mais si on voulait bien qu'il raconte l'histoire du coq chapon, et si tout le monde se taisait, le narrateur disait qu'il n'avait demandé à personne de se taire, mais si on voulait bien qu'il raconte l'histoire du coq chapon, et nul ne pouvait s'en aller parce que le narrateur disait qu'il n'avait demandé de partir à aucun, mais si on voulait bien qu'il raconte l'histoire du coq chapon, et ainsi de suite, en un cercle vicieux qui pouvait durer des nuits entières.

Lorsque José Arcadio Buendia se rendit compte que la peste avait envahi le village, il réunit les chefs de famille pour leur expliquer ce que lui-même connaissait de la maladie de l'insomnie, et l'on prit des mesures afin d'éviter que le fléau ne se répandît parmi les autres hameaux du marigot. C'est ainsi qu'on ôta aux chèvres les clochettes que les Arabes avaient apportées en échange de perroquets, et qu'on les mit à l'entrée du village à la disposition de ceux qui, restant sourds aux recommandations et aux adjurations des sentinelles, insistaient pour y pénétrer. Tout étranger parcourant en ce temps-là les rues de Macondo devait faire sonner ses clochettes afin que la population malade sût qu'il ne l'était pas. On ne les autorisait à rien boire ni manger au cours de leur séjour, car il ne faisait aucun doute que la maladie se transmettait seulement par la bouche et que tout ce qu'on pouvait manger et boire se trouvait contaminé par l'insomnie. Aussi bien la peste demeura-t-elle circonscrite dans le périmètre du village. Si efficace fut la quarantaine que vint le jour où l'état d'urgence fut considéré comme une chose toute naturelle; la vie s'organisa de telle manière que le travail reprit son rythme et personne ne s'inquiéta plus de l'inutile coutume qui voulait qu'on dormît.

Ce fut Aureliano qui conçut la formule grâce à laquelle ils allaient se défendre pendant des mois contre les pertes de mémoire. Il la découvrit par hasard. Expert en insomnie puisqu'il avait été l'un des premiers atteints, il avait appris à la perfection l'art de l'orfèvrerie. Un jour, en cherchant la petite enclume qui lui servait à laminer les métaux, il ne se souvint plus de son nom. Son père le lui dit : « C'est un tas. » Aureliano écrivit le nom sur un morceau de papier qu'il colla à la base de la petite enclume : *tas*. Ainsi fut-il sûr de ne pas l'oublier à l'avenir. Il ne lui vint pas à l'idée que ce fût là un premier symptôme d'amnésie, parce que l'objet en question avait un nom facile à oublier. Pourtant, quelques jours plus tard, il s'aperçut qu'il éprouvait de la difficulté à se rappeler presque tous les objets du laboratoire. Alors il nota sur chacun d'eux leur nom respectif, de sorte qu'il lui suffirait de lire l'inscription pour pouvoir les identifier. Quand son père lui fit part de son inquiétude parce qu'il avait oublié jusqu'aux événements les plus marquants de son enfance, Aureliano lui expliqua sa méthode et José Arcadio Buendia la mit en pratique dans toute la maisonnée, et l'imposa plus tard à l'ensemble du village. Avec un badigeon trempé dans l'encre, il marqua chaque chose à son nom : *table, chaise, horloge, porte, mur, lit, casserole*. Il se rendit dans l'enclos et marqua les animaux comme les plantes : *vache, bouc, cochon, poule, manioc, malanga, bananier*. Peu à peu, étudiant les infinies ressources de l'oubli, il se rendit compte que le jour pourrait bien arriver où l'on reconnaîtrait chaque chose grâce à son inscription, mais où l'on ne se souviendrait plus de son usage. Il se fit alors plus explicite. L'écriteau qu'il suspendit au garrot de la vache fut un modèle de la manière dont les gens de Macondo entendaient lutter contre l'oubli : *Voici la vache, il faut la traire tous les matins pour qu'elle produise du lait et le lait, il faut le faire bouillir pour le mélanger avec du café et obtenir du café au lait*. Ainsi continuèrent-ils à vivre dans une réalité fuyante, momentanément retenue captive par les mots, mais qui ne manquerait pas de leur échapper sans retour dès qu'ils oublieraient le sens même de l'écriture.

A l'entrée du chemin du marigot, on avait planté une pancarte portant le nom de *Macondo* et, dans la rue principale, une autre proclamant : *Dieu existe*. Pas une maison où l'on n'eût écrit ce qu'il fallait pour fixer dans la mémoire chaque chose, chaque sentiment.

Mais pareil système exigeait tant de vigilance et de force de caractère que bon nombre de gens succombèrent au charme d'une réalité imaginaire secrétée par eux-mêmes, qui s'avérait moins pratique à l'usage mais plus réconfortante. Ce fut Pilar Ternera qui contribua le plus à répandre cette mystification, quand elle eut l'idée ingénieuse de lire le passé dans les cartes comme, jadis, elle y lisait l'avenir. Par ce biais, ces gens qui ne dormaient pas commencèrent à vivre en un monde issu des intercurrences et du hasard des cartes, où le souvenir du père s'identifiait bon gré mal gré à celui de tel homme brun arrivé début avril, et l'image de la mère à celle de telle femme brune qui portait un anneau d'or à la main gauche, et où telle date de naissance ne pouvait que remonter au dernier mardi qu'on entendit chanter l'alouette dans le laurier. Ces pratiques consolantes eurent raison de José Arcadio Buendia qui décida alors de construire cette machine de la mémoire dont il avait déjà eu envie autrefois pour se souvenir de toutes les merveilleuses inventions des gitans. Le principe de cette machine consistait à pouvoir réviser tous les matins, du début jusqu'à la fin, la totalité des connaissances acquises dans la vie. Il l'imaginait comme une sorte de dictionnaire à mouvement giratoire qu'un individu situé dans l'axe pourrait actionner au moyen d'une manivelle, de sorte qu'en quelques heures défileraient devant ses yeux les notions les plus nécessaires à l'existence. Il en était arrivé à rédiger près de quatorze mille fiches lorsque survint par le chemin du marigot un extraordinaire vieillard, avec la mélancolique clochette des dormeurs, une valise ventrue amarrée à l'aide de cordes et une voiturette recouverte de chiffons noirs. Il se rendit directement chez José Arcadio Buendia.

En lui ouvrant la porte, Visitacion ne le reconnut pas et pensa qu'il avait l'intention de fourguer quelque marchandise, ignorant que rien ne pouvait plus être vendu dans un village qui s'enlisait irrémédiablement dans les fondrières de l'oubli. C'était un vieillard tout décrépit. Malgré sa voix également brisée par l'incertitude et ses mains qui paraissaient douter de l'existence des choses, il était clair qu'il venait du monde où les hommes pouvaient encore dormir et se souvenir. José Arcadio Buendia le trouva assis dans la salle commune, s'éventant avec son chapeau noir tout rapiécé, en train de lire avec attention et commisération les écriteaux fixés aux murs. Il le salua en lui prodiguant force démonstrations d'amitié, car il craignait l'avoir connu en d'autres temps et ne plus le remettre à présent. Mais le visiteur perçut son manège. Il se sentit oublié, victime non d'un oubli du cœur auquel on pouvait remédier, mais d'un autre oubli plus cruel et inguérissable qu'il connaissait fort bien, car c'était l'oubli de la mort. Alors il comprit. Il ouvrit sa valise bourrée à craquer d'objets mystérieux et en sortit une mallette pleine de flacons. Il donna à boire à José Arcadio Buendia une substance de couleur engageante et la lumière se fit dans sa mémoire. Ses yeux se brouillèrent de larmes, puis il prit conscience de l'absurdité de l'endroit où il se trouvait, où chaque objet était marqué à son nom, il eut honte de tant d'énormités et de bêtises affichées sur les murs, et il finit par reconnaître, ébloui, radieux, transporté d'allégresse, la personnalité du nouveau venu. C'était Melquiades.

Cependant que Macondo fêtait la reconquête de ses souvenirs, José Arcadio Buendia et Melquiades secouaient un peu la poussière de leur vieille amitié. Le gitan venait au village, tout disposé à y rester. Il était allé chez les morts, en effet, mais s'en était retourné parce qu'il ne pouvait supporter la solitude. Banni de sa tribu, dépouillé de tout pouvoir surnaturel en châtiment de sa fidélité à la vie, il résolut de se réfugier dans ce coin perdu de la terre que la mort n'avait pas encore découvert, pour se consacrer à la mise en place et au fonctionnement d'un laboratoire de daguerréotypie. José Arcadio Buendia n'avait jamais entendu parler d'une semblable invention. Mais quand il se vit avec toute sa famille, fixé pour l'éternité sur une plaque de métal aux reflets gorge-de-pigeon, la stupeur le rendit muet. De cette époque datait le daguerréotype tout oxydé sur lequel on peut voir José Arcadio Buendia, le cheveu dru et cendré, avec un col à manger de la tarte fermé par un bouton de cuivre, l'air solennel et ahuri, tel enfin qu'Ursula le décrivait, morte de rire, en le comparant à « un général effarouché ». En vérité, José Arcadio Buendia était assez effrayé en cette matinée diaphane de décembre où fut pris ce daguerréotype, car il s'imaginait que les gens devaient peu à peu s'user à force de laisser leur image s'inscrire sur les plaques métalliques. Par un curieux retour des choses, ce fut Ursula qui lui ôta cette idée de la tête, comme ce fut elle qui, oubliant ses anciennes rancœurs, décida que Melquiades resterait vivre à la maison, bien qu'elle ne permît jamais qu'on lui fît un daguerréotype car (pour reprendre ses propres termes) elle ne voulait pas demeurer indéfiniment la risée de ses petits-enfants. Ce matin-là elle revêtit les enfants de leurs plus beaux atours, leur poudra la figure et administra une cuillerée de sirop d'extrait de moelle à chacun, pour les faire rester tout à fait immobiles pendant presque deux minutes devant l'appareil de prise de vues de Melquiades. Dans ce daguerréotype de famille, le seul qui fût jamais pris, Aureliano apparaissait tout habillé de velours noir, entre Amaranta et Rebecca. Il avait la même expression languide et ce regard pénétrant qui devaient être encore les siens, des années plus tard, face au peloton d'exécution. Pourtant, il n'avait encore éprouvé aucune prémonition de son destin. C'était un orfèvre expert, estimé dans toute la région du marigot pour son travail raffiné. Dans l'atelier qui abritait également l'extravagant laboratoire de Melquiades, c'était à peine si on l'entendait respirer. On aurait dit qu'il s'était réfugié dans un autre temps, cependant que son père et le gitan interprétaient à grands cris les prédictions de Nostradramus, dans l'entrechoquement des fioles et des cristallisoirs, le désastre des acides renversés, du bromure d'argent perdu à cause des coups de coude et des croche-pieds qui se faisaient ou se donnaient à chaque instant. Cette assiduité dans le travail, le bon sens avec lequel il gérait ses propres intérêts, avaient permis à Aureliano d'amasser rapidement plus d'argent que n'en avait gagné Ursula avec sa délicieuse faune en caramel, mais tout le monde s'étonnait de ce qu'il fût déjà un homme accompli et qu'on ne lui connût aucune femme. En réalité, lui-même n'en avait connu aucune.

Quelques mois plus tard revint Francisco-l'Homme, vieillard de presque deux cents ans qui avait roulé sa bosse de par le monde et passait fréquemment par Macondo, chantant des airs de sa composition. Francisco-l'Homme y relatait avec force détails les événements survenus dans les villages qui jalonnaient son itinéraire, depuis Manaure jusqu'aux confins du marigot, de sorte que si on avait un message à envoyer ou une nouvelle à faire connaître, on lui donnait deux centavos pour qu'il les mît à son répertoire. C'est ainsi qu'Ursula apprit la mort de sa mère, par pure coïncidence, une nuit qu'elle écoutait ces chants dans l'espoir d'y trouver quelque chose à propos de son fils José Arcadio. Francisco-l'Homme, ainsi appelé parce qu'il avait vaincu le diable dans un concours de chants improvisés, et dont personne ne sut jamais le véritable nom, avait disparu de Macondo pendant la peste de l'insomnie et, sans prévenir, une nuit, refit son apparition dans l'établissement de Catarino. Tout le village s'en vint l'écouter pour être au courant de ce qui s'était passé dans le monde. Cette fois, il était revenu accompagné d'une femme si grosse qu'il fallait quatre Indiens pour la transporter dans son fauteuil à bascule, tandis qu'une mûlatresse à peine nubile, l'air désemparé, la protégeait du soleil avec un parapluie. Aureliano, cette nuit-là, se rendit jusque chez Catarino. Il trouva Francisco-l'Homme, comme un caméléon tout d'un bloc, assis au milieu d'un cercle de curieux. Il chantait les nouvelles de sa vieille voix désaccordée, s'accompagnant sur le même accordéon archaïque que lui avait offert Sir Walter Raleigh en Guyane, tout en battant la mesure de ses longs pieds de grand marcheur tout gercés par le nitre. Face à la porte du fond par où entraient et sortaient quelques hommes, siégeait et s'éventait en silence la matronne au fauteuil à bascule. Catarino, une rose en feutre sur l'oreille, vendait à l'assemblée des bols de guarrapo, et profitait de l'occasion pour s'approcher des hommes et leur mettre la main là où il ne fallait pas. Au milieu de la nuit, la chaleur était devenue insupportable. Aureliano prêta l'oreille aux nouvelles jusqu'à la fin sans en trouver aucune qui intéressât sa famille. Il se disposait à rentrer chez lui quand la matrone lui fit un signe de la main.

— Entre donc, toi aussi, lui dit-elle. Ça ne coûte que vingt centavos.

Aureliano jeta quelque monnaie dans la tirelire que la matrone tenait entre les jambes et pénétra dans la chambre sans savoir ce qu'il allait y faire. La mûlatresse toute jeune, avec ses petits tétons de chienne, était étendue nue sur le lit. Avant Aureliano, dans la même nuit, soixante-trois hommes étaient passés par cette chambre. L'air du local était si vicié, chargé de tant de sueurs, brassé par tant de soupirs, qu'il s'en fallait de peu qu'il ne tournât en boue. La jeune fille retira le drap trempé et demanda à Aureliano de le tenir à un bout. Il était aussi lourd que de la toile à voiles. Ils l'essorèrent en tordant chaque extrémité jusqu'à ce qu'il recouvrât son poids normal. Ils retournèrent la paillasse, mais la sueur ressortait de l'autre côté. Aureliano espérait bien ne voir jamais la fin de ces opérations. Il connaissait les principes mécaniques de l'amour mais il ne pouvait tenir debout à cause de ses jambes qui se dérobaient sous lui et, bien qu'il eût la chair de poule et la peau en feu, il ne pouvait résister au besoin pressant d'expulser ce qui pesait si lourd dans son ventre. Lorsque la jeune fille eut fini de refaire le lit et lui eut ordonné de se déshabiller, il hasarda sans réfléchir une explication : « On m'a fait entrer. On m'a dit de jeter vingt centavos dans la tirelire et de ne pas traîner. » La jeune fille comprit sa confusion : « Si tu jettes vingt autres centavos à la sortie, tu peux rester un peu plus », dit-elle d'une voix suave. Aureliano se dévêtit, tourmenté par des questions de pudeur, sans pouvoir s'ôter de l'idée que sa nudité ne résistait pas à la comparaison avec celle de son frère. En dépit des efforts de la jeune fille, il se sentit de plus en plus indifférent, et terriblement seul. « Je mettrai vingt autres centavos », fit-il d'une voix navrée. La jeune fille l'en remercia en silence. Elle avait le dos à vif. Sa peau collait à ses côtes et sa respiration était entravée par une incommensurable fatigue. Deux ans plus tôt, très loin d'ici, elle s'était endormie sans éteindre sa bougie et s'était réveillée cernée par l'incendie. La maison qu'elle habitait avec la grand-mère qui l'avait élevée demeura réduite en cendres. Depuis ce jour, la grand-mère l'avait emmenée de village en village, la faisant coucher pour vingt centavos, afin de rentrer dans le prix de la maison incendiée. D'après les calculs de la jeune fille, il lui manquait encore quelque dix ans à raison de soixante-dix hommes par nuit, car elle devait payer en sus les frais de voyage et de nourriture pour toutes deux et le salaire des quatre Indiens qui portaient le fauteuil à bascule. Lorsque la matrone frappa à la porte pour la seconde fois, Aureliano quitta la chambre sans avoir rien fait, tout étourdi par l'envie de pleurer. Il ne put fermer l'œil de la nuit en pensant à la jeune fille avec un mélange de désir et de pitié. Il se sentait un irrésistible besoin de l'aimer et de la protéger. A l'aube, harassé par le manque de sommeil et la fièvre, il résolut calmement de l'épouser afin de la soustraire à la tyrannie de sa grand-mère et de profiter chaque nuit des satisfactions qu'elle procurait à soixante-dix hommes à la file. Mais à dix heures du matin, quand il arriva à l'établissement de Catarino, la jeune fille avait quitté le village.

Le temps eut raison de cette résolution qu'il avait prise sur un coup de tête mais aggrava son sentiment de frustration. Il se réfugia dans le travail. Il se résigna à n'être toute sa vie qu'un homme sans femme pour dissimuler sa honte d'être un bon à rien. Cependant, Melquiades acheva d'enregistrer sur ses plaques tout ce qu'on pouvait enregistrer à Macondo, et abandonna le laboratoire de daguerréotypie aux délires de José Arcadio Buendia qui avait résolu de l'utiliser pour apporter la preuve scientifique de l'existence de Dieu. En suivant un processus complexe d'expositions superposées, réalisées en divers endroits de la maison, il était assuré de faire tôt ou tard le daguerréotype de Dieu, s'il existait, ou de mettre fin une fois pour toutes aux hypothèses favorables à son existence. Melquiades se mit à approfondir les interprétations de Nostradamus. Il restait très tard, s'asphyxiant dans son étroit gilet de velours décoloré, à griffonner des papiers de ses minuscules mains de moineau dont les bagues avaient perdu l'éclat d'une autre époque. Une nuit, il crut avoir trouvé une prédiction se rapportant au devenir de Macondo. Ce serait une ville-lumière avec de grandes maisons de verre, où ne subsisterait nulle trace de la lignée des Buendia. « Erreur ! gronda José Arcadio Buendia. Ce ne seront pas des maisons de verre mais en glace, comme je l'ai rêvé, et il y aura toujours un Buendia, dans tous les siècles des siècles. » Dans cette maisonnée extravagante, Ursula luttait pour préserver le sens commun et avait élargi son commerce de petits animaux en caramel grâce à un four qui produisait toute la nuit des corbeilles et des corbeilles de pain, et une prodigieuse variété de poudings, de meringues et de biscuits, qui se dispersaient en quelques heures par tous les chemins tortueux du marigot. Elle était arrivée à un âge où on a le droit de se reposer mais elle, au contraire, se montrait de plus en plus active. Elle était si absorbée par l'essor de ses entreprises qu'un après-midi, levant distraitement les yeux en direction du patio, tandis que l'Indienne l'aidait à sucrer la pâte, elle aperçut deux adolescentes inconnues et ravissantes qui brodaient sur leur métier dans la lumière du crépuscule. C'étaient Rebecca et Amaranta. Elles venaient juste de quitter le deuil de la grand-mère, qu'elles avaient gardé avec une inflexible rigueur pendant trois ans, et leurs toilettes de couleur vive paraissaient les avoir mises au monde pour la seconde fois. Rebecca, contre toute attente, était devenue la plus belle. Elle avait le teint diaphane, de grands yeux tranquilles, des mains magiciennes qui semblaient passer des fils invisibles dans la trame de la broderie. Amaranta, la plus jeune, était un peu dépourvue de grâce mais possédait la distinction naturelle, la fierté intérieure de la défunte grand-mère. A côté d'elles, bien qu'il montrât déjà, sur le plan physique, le même développement fougueux que son père, Arcadio avait l'air d'un enfant. Il s'était consacré à l'apprentissage de l'orfèvrerie avec Aureliano qui lui avait appris en outre à lire et à écrire. Ursula prit soudain conscience que la maison s'était remplie d'un tas de monde, que ses enfants allaient être en âge de se marier et d'avoir eux-mêmes des enfants, et qu'ils se verraient obligés de partir de droite et de gauche à cause du manque de place. Elle sortit alors l'argent qu'elle avait accumulé au cours de longues années de dur labeur, obtint quelques accommodements avec ses clients et entreprit d'agrandir la maison. Elle ordonna qu'on construisît une pièce réservée aux visites, une autre plus pratique et plus fraîche pour l'usage quotidien, une salle à manger susceptible d'abriter une table de douze couverts, où pourraient prendre place toute la famille et tous les invités; neuf chambres avec des fenêtres donnant sur le patio et une large véranda protégée des éclats de midi par des massifs de roses, avec une main courante où disposer des pieds de fougères, des bégonias en pots. Elle donna l'ordre d'agrandir la cuisine pour y aménager deux fours, de détruire le vieux grenier où Pilar Ternera avait tiré les cartes à José Arcadio, et d'en édifier un autre deux fois plus grand afin que la maison ne manquât jamais de vivres en réserve. Elle donna l'ordre que fussent construits dans le patio, à l'ombre du châtaignier, un bain pour les femmes et un autre pour les hommes, et au fond une grande écurie, un poulailler tout en grillage, une étable pour traire les vaches et une volière ouverte à tous les vents où viendraient s'installer à leur gré les oiseaux errants. Suivie de douzaines de maçons et de menuisiers, comme saisie de la même fièvre étourdissante que son époux, Ursula réglementait l'orientation de la lumière, la transmission de la chaleur, répartissait l'espace sans la moindre idée de ses limites. La construction primitive des pionniers se trouva remplie d'outils et de matériaux, d'ouvriers suffocants et suants qui priaient tout le monde de ne pas se mettre dans leurs pieds sans que l'idée leur vînt que c'étaient eux qui se mettaient dans les pieds de tout le monde, exaspérés par la sacoche d'ossements humains qui les poursuivaient de tous côtés en tintinnabulant sourdement. Parmi tant de désagréments, à respirer la chaux vive et la mélasse de goudron, personne ne comprit au juste comment put surgir des entrailles de la terre non seulement la plus grande maison qui se bâtirait jamais au village, mais la plus hospitalière et la plus fraîche qu'on pût jamais trouver dans la région du marigot. José Arcadio Buendia, qui essayait de surprendre la Divine Providence au beau milieu de tout ce cataclysme, fut celui qui le comprit le moins. La nouvelle maison était presque achevée quand Ursula s'en vint le sortir de son univers chimérique pour l'informer qu'on avait donné ordre de peindre la façade en bleu, et non en blanc comme ils en avaient eux-même décidé. Elle lui montra, écrite noir sur blanc, la réglementation officielle. José Arcadio Buendia, sans avoir saisi ce que venait de lui dire son épouse, déchiffra la signature :

— Qui est ce type-là? demanda-t-il.

— C'est le corrégidor, fit Ursula d'un ton désolé. On dit que c'est un représentant de la loi envoyé par le gouvernement.

Don Apolinar Moscote, le corrégidor, était arrivé en douce à Macondo. Il était descendu à l'Hôtel de Jacob — aménagé par un des premiers Arabes qui étaient venus troquer leurs babioles contre des perroquets — et, le lendemain, il avait loué un petit bureau qui donnait sur la rue, à deux pâtés de maisons de chez les Buendia. Il y disposa une table et une chaise achetées à Jacob, cloua au mur un écusson de la République qu'il avait apporté, et peignit sur la porte l'inscription « *Corrégidor* ». Ses premières dispositions furent d'ordonner qu'on peignît en bleu toutes les maisons pour célébrer la date anniversaire de l'indépendance nationale. José Arcadio Buendia, tenant à la main son exemplaire du nouveau règlement, s'en vint le trouver faisant la sieste dans un hamac suspendu en travers de la pièce nue qui lui servait de bureau. « C'est vous qui avez rédigé ce papier? » demanda-t-il. Don Apolinar Moscote, qui était un homme mûr, timoré, de complexion sanguine, lui répondit que oui. « De quel droit? » demanda à nouveau José Arcadio Buendia. Don Apolinar Moscote chercha une feuille de papier dans le tiroir de la table et la lui montra : « J'ai été nommé corrégidor de ce village. » José Arcadio Buendia ne regarda même pas la nomination.

— Dans ce village, on ne se fait pas obéir avec des papiers, dit-il en gardant son calme. Et tenez-vous le pour dit, nous n'avons nul besoin d'un corrégidor parce que chez nous, il n'y a rien à corriger.

Devant l'attitude impavide de Don Apolinar Moscote, toujours sans élever la voix, il récapitula de manière détaillée comment il avait fondé le village, comment les terres avaient été réparties, les chemins ouverts, comment des progrès avaient été réalisés quand la nécessité s'en était fait sentir, tout cela sans importuner aucun gouvernement et sans que personne ne fût venu les déranger. « Nous sommes si pacifiques que nous ne sommes même pas arrivés à mourir de mort naturelle, ajouta-t-il. Vous pouvez constater que nous n'avons pas encore de cimetière. » Il ne se plaignit pas de ce que le gouvernement ne leur fût pas venu en aide. Au contraire, il se félicitait de ce qu'il les eût laissés se développer en paix jusqu'alors, car ils n'avaient pas créé leur village pour que le premier venu se mît à leur dicter ce qu'ils avaient à faire. Don Apolinar Moscote avait enfilé une large veste de coutil, blanche comme ses pantalons, sans se départir un seul moment de ses belles manières.

— De sorte que si vous voulez rester ici, au même titre que les autres, comme un citoyen ordinaire, alors soyez le bienvenu, conclut José Arcadio Buendia. Mais si vous venez semer le désordre en obligeant les gens à peindre leur maison en bleu, vous pouvez prendre vos cliques et vos claques et retourner d'où vous venez. Parce que ma maison à moi doit être et sera blanche comme une colombe.

Don Apolinar Moscote devint tout pâle. Il recula d'un pas et serra les mâchoires pour lâcher avec un certain chagrin :

— Je veux vous avertir que je suis armé.

José Arcadio Buendia n'aurait pu dire à quel moment lui monta dans les mains cette force juvénile avec laquelle, jadis, il terrassait un cheval. Il prit Don Apolinar Moscote par les revers de la veste et le souleva jusqu'à hauteur de ses yeux.

— Si je fais cela, lui dit-il, c'est que je préfère vous porter vivant plutôt que de porter votre mort sur la conscience pour le restant de mes jours.

Il le trimbala ainsi jusqu'au milieu de la rue, toujours accroché par ses revers, et le remit sur ses deux pieds, face au chemin du marigot. Une semaine n'était pas passée qu'il était de retour, accompagné de six soldats, nu-pieds et déguenillés, armés d'escopettes, et suivi d'une charrette à bœufs où voyageaient sa femme et ses sept filles. Par la suite arrivèrent deux autres charrettes contenant les meubles, les malles et les ustensiles domestiques. Il installa sa famille à l'Hôtel Jacob, le temps de trouver une maison et de rouvrir son bureau sous la protection des soldats. Les anciens pionniers de Macondo, décidés à expulser les envahisseurs, s'en vinrent se mettre à la disposition de José Arcadio Buendia avec leurs fils aînés. Mais celui-ci s'y opposa, expliquant que Don Apolinar Moscote était revenu avec sa femme et ses filles et qu'il n'était pas digne d'un homme d'en humilier un autre devant sa famille. Aussi résolut-il de régler la situation à l'amiable.

Aureliano l'accompagna. Il portait et soignait déjà cette moustache noire aux pointes cosmétiquées et avait cette voix de stentor qui le rendirent célèbre à la guerre. Sans armes, ne faisant aucun cas des sentinelles, ils pénétrèrent dans le bureau du corrégidor. Don Apolinar Moscote ne perdit pas son sang-froid. Il leur présenta deux de ses filles qui se trouvaient là par hasard : Amparo, seize ans, aussi brune que sa mère, et Remedios, jolie fillette d'à peine neuf ans, au teint de lys et aux yeux verts. Toutes deux avaient beaucoup de grâce et d'éducation. Sitôt qu'ils firent leur entrée, avant même d'être présentées, elles approchèrent des chaises pour les faire asseoir. Mais l'un et l'autre restèrent debout.

— Très bien, ami, dit José Arcadio Buendia. Vous resterez ici, mais pas à cause des bandits de grands chemins qui sont à votre porte. Ce sera par considération pour votre digne épouse et pour vos filles.

Don Apolinar Moscote parut troublé mais José Arcadio Buendia ne lui laissa pas le temps de répliquer :

— Seulement nous vous posons deux conditions, ajouta-t-il. En premier lieu, que chacun puisse peindre sa maison de la couleur dont il a envie. Et deuxièmement, que les soldats partent sur-le-champ. De notre côté, nous vous garantissons que l'ordre règnera.

Le corrégidor tendit la main droite :

— Parole d'honneur ?

— Parole d'ennemi, répondit José Arcadio Buendia. Et il ajouta d'un ton amer : Parce que je veux vous dire une chose, c'est que vous et moi continuons d'être ennemis.

Les soldats plièrent bagages l'après-midi même. Quelques jours plus tard, José Arcadio Buendia procura une autre maison au corrégidor et à sa famille. La paix était revenue dans tous les esprits, sauf chez Aureliano. L'image de Remedios, la fille cadette du corrégidor, qui par son âge aurait pu être sa propre fille, resta fixée douloureusement dans certaine partie de son corps. C'était une sensation physique qui le gênait presque pour marcher, comme un petit caillou dans sa chaussure.

La nouvelle maison, blanche comme une colombe, fut inaugurée par un bal. L'idée en était venue à Ursula depuis cet après-midi où elle s'aperçut que Rebecca et Amaranta étaient devenues des adolescentes, et sans trop exagérer, on pourrait dire que ce qui l'incita principalement à faire construire fut le désir de procurer aux jeunes filles un endroit convenable où recevoir. Pour que rien ne vînt déparer l'éclatante beauté de son projet, elle travailla comme un forçat tandis que s'effectuaient les réaménagements, si bien qu'avant même la fin des travaux, elle avait commandé un tas d'ustensiles et d'éléments décoratifs fort coûteux, dont cette admirable invention qui devait susciter l'émerveillement du village et la joie de tous les jeunes : le piano mécanique. On l'apporta en pièces détachées dans plusieurs caisses qui furent livrées en même temps que les meubles viennois, les cristaux de Bohême, la vaisselle de la Compagnie des Indes, les nappes de Hollande, et une riche variété de lampes et de chandeliers, de vases, d'ornements et de tapis. La société importatrice lui envoya pour son compte un spécialiste italien, Pietro Crespi, chargé de remonter et d'accorder le piano mécanique, d'en enseigner le mode d'emploi aux clients et de leur apprendre à danser sur les airs à la mode dont il y avait six rouleaux.

Pietro Crespi était un jeune homme blond, le plus beau et le mieux élevé qu'on eût jamais rencontré à Macondo, si soigné dans sa mise qu'en dépit de la chaleur suffocante, il travaillait en chemise de brocart et sans quitter sa lourde cape de drap sombre. Dégouttant de sueur, demeurant à distance respectueuse des maîtres de maison, il s'enferma plusieurs semaines au salon, aussi absorbé qu'Aureliano dans son atelier d'orfèvrerie. Un matin, sans ouvrir la porte ni convoquer aucun témoin pour le miracle, il plaça le premier rouleau sur le piano mécanique : le martelage obsédant et l'incessante cacophonie des tringles cessèrent comme par surprise et au silence succédèrent, harmonieuses et limpides, les notes de musique. Tout le monde se précipita au salon. José Arcadio Buendia parut médusé, non pas à cause de la beauté de la mélodie, mais par ce pianotement autonome de l'instrument, et il planta au salon l'appareil de prise de vues de Melquiades dans l'espoir d'obtenir le daguerréotype de l'exécutant invisible. Ce jour-là, l'Italien partagea leur repas. Rebecca et Amaranta, qui servaient, furent intimidées par l'adresse et l'élégance avec lesquelles se servait des couverts cet homme angélique aux mains pâles et dépourvues de bagues. Dans la salle commune contiguë au salon de réception, Pietro Crespi leur apprit à danser. Il leur indiquait les pas à distance, marquant le rythme à l'aide d'un métronome, sous l'aimable surveillance d'Ursula qui ne quitta pas la pièce un seul instant, tout le temps que ses filles reçurent des leçons. En ces occasions, Pietro Crespi portait des pantalons spéciaux, très moulants et élastiques, ainsi que des chaussons de danse. « Tu n'as pas de raison de t'en faire, disait José Arcadio Buendia à sa femme. Cet homme n'est qu'une tapette. » Mais elle ne relâcha pas sa surveillance tant que dura l'apprentissage et jusqu'à ce que l'Italien eût quitté Macondo. Alors commencèrent les préparatifs de la fête. Ursula dressa une liste d'invités triés sur le volet, ne retenant que les seuls descendants des fondateurs de Macondo, exception faite de la famille de Pilar Ternera, laquelle avait déjà eu deux autres fils de pères inconnus. C'était en réalité un choix de caste, où n'intervenaient que des questions d'amitié, car les heureux élus se composaient non seulement des plus anciens et proches voisins de José Arcadio Buendia avant que ne commençât l'exode qui devait aboutir à la fondation de Macondo, mais également de leurs enfants et petits-enfants qui étaient les compagnons habituels d'Aureliano et d'Arcadio depuis leur plus jeune âge, et de leurs filles qui étaient les seules à venir à la maison pour broder avec Rebecca et Amaranta. Gouverneur débonnaire, uniquement préoccupé de subvenir avec ses maigres ressources à l'entretien de deux policiers armés de bâtons, Don Apolinar Mascote, en fait d'autorité, n'était qu'une potiche. Pour parer aux dépenses de la maisonnée, ses filles ouvrirent un atelier de couture où elles confectionnaient tout aussi bien des fleurs en feutrine, de la confiture de goyave et des billets doux sur commande. Mais bien qu'elles fussent sages, dévouées, les plus jolies filles du village et les mieux au courant des danses nouvelles, elles ne réussirent pas à compter parmi les invités à la fête.

Tandis qu'Ursula et les jeunes filles déballaient les meubles, faisaient briller l'argenterie et suspendaient aux murs des tableaux où l'on voyait des jouvencelles dans des barques pleines de roses, insufflant ainsi une vie nouvelle aux espaces vides édifiés par les maçons, José Arcadio Buendia renonça à pourchasser l'image de Dieu, convaincu de son inexistence, et entreprit d'ouvrir et de décarcasser le piano mécanique afin de percer les secrets de sa magie. Deux jours avant la fête, bien embarrassé de se retrouver avec un tas de marteaux et de goupilles en trop, emmêlé de la tête aux pieds dans un écheveau de cordes qui s'enroulaient à un bout quand il les déroulait à l'autre, il acheva de détraquer complètement l'instrument. Jamais il n'y eut autant d'émoi, de péripéties, d'allées et venues qu'en ces journées, mais les nouvelles lampes à pétrole s'allumèrent à la date et à l'heure prévues. La maison ouvrit ses portes, encore pleine d'odeurs de résine et de chaux humide, et les fils et petits-fils des fondateurs de Macondo purent découvrir la véranda aux fougères et aux bégonias, les chambres silencieuses, le jardin saturé du parfum des roses, avant de se réunir au salon devant l'invention mystérieuse qu'on avait recouverte d'un drap blanc. Ceux qui avaient déjà vu de vrais pianos, assez répandus dans les autres villages autour du marigot, ressentirent un peu de déception, mais plus amère fut la désillusion d'Ursula quand elle plaça le premier rouleau, afin qu'Amaranta et Rebecca ouvrissent le bal, et que la mécanique ne voulut pas fonctionner. Melquiades, déjà presque aveugle, tombant en miettes à force de décrépitude, fit appel aux ressources de son très ancien savoir pour essayer de la réparer. Enfin José Arcadio Buendia réussit à bouger par erreur quelque dispositif enfoui et la musique se mit à sortir, d'abord à gros bouillons, puis en une cascade de notes à l'envers. Frappant contre les cordes disposées sens dessus dessous, et témérairement accordées, les petits marteaux se démantibulèrent. Mais les opiniâtres descendants des vingt et un pionniers intrépides qui avaient éventré la sierra en se frayant par l'ouest un chemin vers la mer, éludèrent les écueils consécutifs à ce renversement de l'ordre mélodique et le bal se prolongea jusqu'à l'aube.

Pietro Crespi revint arranger le piano mécanique. Rebecca et Amaranta l'aidèrent à remettre de l'ordre parmi les cordes et partagèrent son hilarité à propos des valses interprétées à l'envers. Il était extrêmement affable et d'un fond si honnête qu'Ursula renonça à sa surveillance. La veille de son départ, grâce au piano mécanique réparé, on improvisa un bal d'adieu et il fit avec Rebecca une démonstration de danses modernes digne de virtuoses vertueux. Arcadio et Amaranta les égalèrent en grâce et en légèreté. Mais la représentation fut interrompue par Pilar Ternera qui se trouvait à la porte avec les curieux et qui, mordant, tirant les cheveux, se battit avec une autre femme qui avait osé dire que le jeune Arcadio avait des fesses de femme. Vers minuit, Pietro Crespi prit congé en faisant un petit discours émouvant et promit de revenir très bientôt. Rebecca le conduisit jusqu'à la porte et, après avoir fermé la maison et éteint toutes les lampes, se retira dans sa chambre pour pleurer. Ce chagrin inconsolable et qui se prolongea plusieurs jours, Amaranta elle-même n'en connut pas la cause. Son hermétisme n'avait rien d'étrange. Bien qu'elle parût volontiers expansive et cordiale, son caractère était taciturne et son cœur impénétrable. C'était une splendide adolescente, longue et bien charpentée, mais elle s'entêtait à se servir du petit fauteuil à bascule en bois qu'elle avait apporté lors de son arrivée à la maison, renforcé à de nombreuses reprises et dont on avait supprimé les accoudoirs. Nul ne s'était encore aperçu qu'à son âge, elle avait conservé l'habitude de s'enfermer dans les bains et ne s'endormait plus que le visage tourné du côté du mur. Les après-midi où il pleuvait, tandis qu'elle brodait en compagnie d'un petit groupe d'amies sous la véranda fleurie de bégonias, il lui arrivait de perdre le fil de la conversation et une larme de nostalgie roulait jusqu'à lui saler le palais, à la vue des couches veinelées de terre humide et des monticules de boue qu'édifiaient les vers au jardin. Ces goûts cachés, vaincus en d'autres temps par le mélange d'oranges et de rhubarbe, rallumèrent un appétit impossible à contenir lorsqu'elle se mit à pleurer. Elle remangea de la terre. La première fois, ce fut presque par curiosité qu'elle s'y remit, persuadée que le dégoût qu'elle éprouverait serait le meilleur remède contre la tentation. Et, de fait, elle ne put supporter de garder la terre dans sa bouche. Mais elle insista, vaincue par un désir croissant, et peu à peu retrouva l'appétit ancestral, le goût des minéraux primaires, cette satisfaction sans faille que procurait l'aliment originel. Elle glissait des poignées de terre dans ses poches et les mangeait par petits grains sans se faire remarquer, remplie de bonheur et de rage à la fois, tandis qu'elle enseignait à ses amies les points de broderie les plus difficiles et parlait des autres hommes qui ne méritaient pas qu'on poussât le sacrifice jusqu'à avaler pour eux la chaux des murs. Les poignées de terre rendaient moins lointain et plus réel le seul homme qui méritait pareil avilissement, comme si cette terre qu'il foulait de ses fines bottes vernies en quelque autre endroit du monde, transmettait jusqu'à elle la densité et la chaleur de son sang, par cette saveur minérale qui lui laissait un goût de cendre dans la bouche et déposait un sédiment de paix au fond de son cœur. Un après-midi, sans fournir aucun motif, Amparo Moscote demanda la permission de venir voir la maison. Amaranta et Rebecca, déconcertées par cette visite impromptue, la reçurent froidement. Elles lui montrèrent la demeure telle qu'elle avait été réaménagée, lui firent entendre les rouleaux du piano mécanique et lui proposèrent de l'orangeade accompagnée de gâteaux secs. Amparo fut un modèle de dignité, de charme personnel et de bonnes manières, et Ursula, dans les courts instants où elle put prendre part à la visite, en fut impressionnée. Au bout de deux heures, alors que la conversation commençait à languir, Amparo profita d'un moment d'inattention d'Amaranta pour remettre une lettre à Rebecca. Celle-ci eut le temps de lire le nom de la très distinguée demoiselle dona Rebecca Buendia, rédigé de la même écriture appliquée, avec la même encre verte, la même disposition précieuse des mots que le mode d'emploi du piano mécanique, et plia la lettre du bout des doigts avant de la glisser dans son corsage, regardant Amparo Moscote avec une expression d'éternelle et inconditionnelle gratitude, et la promesse tacite d'une complicité qui durerait jusqu'à la mort.

La soudaine amitié entre Amparo Moscote et Rebecca Buendia ranima les espoirs d'Aureliano. Le souvenir de la petite Remedios n'avait cessé de le tourmenter mais il ne trouvait pas moyen de la revoir. Lorsqu'il se promenait dans le village avec ses meilleurs amis, Magnífico Visbal et Gerineldo Márquez — fils des pionniers de mêmes noms — il cherchait anxieusement à l'entrevoir dans l'atelier de couture mais n'apercevait que ses sœurs aînées. La présence d'Ampara Moscote dans la maison fut pour lui une sorte de prémonition : « Il faut qu'elle vienne avec elle, se dit Aureliano en lui-même. Elle doit venir à tout prix. » Il se le répéta si souvent et avec tant de conviction qu'un après-midi, dans son atelier où il était en train de dorer un petit poisson, il eut la certitude qu'elle avait répondu à son appel. Peu après, effectivement, il entendit la petite voix enfantine et, levant les yeux, le cœur glacé d'effroi, il vit la fillette sur le pas de la porte, dans une robe d'organdi rose et chaussée de bottines blanches.

— N'entre pas, Remedios, fit Amparo Moscote depuis le couloir. Les gens travaillent.

Mais Aureliano ne lui laissa pas le temps d'écouter. Il leva le petit poisson doré pendu à une chaînette qui lui sortait de la bouche et lui dit :

— Entre !

Remedios s'approcha et posa à propos du poisson quelques questions auxquelles Aureliano fut bien empêché de répondre à cause d'un asthme soudain. Il aurait voulu rester à jamais auprès de cette peau de lys, de ces yeux d'émeraude, tout près de cette voix qui, pour chaque question qu'elle lui posait, lui disait « Monsieur » avec le même respect qu'à son propre père. Melquiades était dans son coin, attablé à son secrétaire, griffonnant des signes indéchiffrables. Aureliano se prit à le détester. Il ne put rien faire, sinon dire à Remedios qu'il allait lui offrir le petit poisson, et cette offre effraya tant la fillette qu'elle prit ses jambes à son cou et quitta l'atelier. Cet après-midi-là, Aureliano se départit de la patience avec laquelle il avait attendu en secret l'occasion de la voir. Il abandonna son travail. Il ne cessa de l'appeler, faisant des efforts désespérés de concentration, mais Remedios ne répondit pas. Il la chercha dans l'atelier de ses sœurs, derrière chaque rideau de la maison, dans le bureau de son père, mais ne put la revoir autrement que par l'image qui obsédait la terrible solitude où il se trouvait. Il passait des heures entières au salon avec Rebecca, à écouter les valses du piano mécanique. Elle-même les écoutait parce que c'était sur ces airs que Pietro Crespi lui avait appris à danser. Aureliano les écoutait simplement parce que n'importe quoi, même la musique, lui rappelait Remedios.

La maison baigna dans l'amour. Aureliano l'exprima en poèmes sans début ni fin. Il les rédigeait sur les parchemins rugueux dont Melquiades lui faisait cadeau, sur les cloisons des bains, sur la peau de ses bras, et partout, transfigurée, apparaissait Remedios : Remedios dans l'atmosphère soporifique de deux heures de l'après-midi, Remedios dans la respiration feutrée des roses, Remedios dans le secret clepsydre des perce-bois, Remedios dans la vapeur du bain à l'aube, Remedios de toutes parts et Remedios à jamais. Rebecca attendait l'amour vers quatre heures de l'après-midi, brodant près de la fenêtre. Elle savait que la mule du courrier ne passait que tous les quinze jours mais elle ne cessait de l'attendre, persuadée qu'un jour ou l'autre, elle allait arriver par erreur. C'est tout le contraire qui se produisit : une fois, la mule ne vint pas à la date prévue. Folle de désespoir, Rebecca se leva au milieu de la nuit et s'en alla au jardin manger des poignées de terre avec avidité, à s'en faire mourir, pleurant de douleur et de rage, mastiquant la chair tendre des vers et se brisant les molaires sur les coquilles d'escargots. Elle vomit jusqu'au petit matin. Elle sombra dans un état de prostration fébrile, perdit connaissance et son cœur s'épancha en divagations sans pudeur. Ursula, scandalisée, força la serrure de la mallette et trouva tout au fond, nouées de faveurs couleur de rose, les seize lettres parfumées, les squelettes de feuilles et de pétales conservés dans de vieux livres et les papillons naturalisés qui, au premier contact, se changèrent en poussière.

Aureliano fut le seul à pouvoir comprendre tant de détresse. Le même après-midi, tandis qu'Ursula essayait de sortir Rebecca du bourbier de son délire, il se rendit au magasin de Catarino en compagnie de Magnífico Visbal et de Gerineldo Márquez. On avait rajouté à l'établissement, de l'extérieur, une série de chambres en bois qu'habitaient des femmes seules à l'odeur de fleurs mortes. Un ensemble d'accordéons et de tambourins exécutait les chansons de Francisco-l'Homme qui n'avait plus remis les pieds à Macondo depuis plusieurs années. Les trois amis burent du guarapo fermenté. Magnífico et Gerineldo, qui avaient le même âge qu'Aureliano mais étaient plus au fait des choses de la vie, buvaient avec méthode, des femmes sur les genoux. L'une d'elles, particulièrement flétrie, avec une dentition tout en or, fit à Aureliano une caresse dont il frémit de la tête aux pieds. Il la repoussa. Il avait découvert que plus il buvait, plus il se souvenait de Remedios, mais mieux il supportait la torture que son souvenir lui infligeait. Il n'aurait pu dire à quel moment lui vint l'impression de flotter. Il vit ses compagnons et les femmes naviguer dans une sorte de réverbération lumineuse, sans poids ni formes, proférant des mots qui ne sortaient pas de leur bouche et faisant des signes mystérieux qui ne correspondaient pas à leurs gestes. Catarino lui mit la main sur l'épaule et lui dit : « Il va être onze heures. » Aureliano tourna la tête, vit l'énorme visage déformé avec une fleur en feutre à l'oreille, perdit alors la mémoire comme au temps de la peste de l'insomnie, et ne la retrouva qu'à l'aube, par une matinée qui lui parut très éloignée dans le temps, dans une chambre tout à fait inconnue où se tenait Pilar Ternera, en combinaison, pieds nus, dépeignée, allumant une lampe et n'en croyant pas ses yeux :

— Aureliano !

Aureliano se mit d'aplomb sur ses jambes et redressa la tête. Il ignorait comment il était arrivé jusqu'ici mais il en connaissait la raison qu'il tenait cachée depuis l'enfance dans un double fond inviolable de son cœur.

— Je viens coucher avec vous, lui dit-il.

Ses vêtements étaient souillés de boue et de vomissures. Pilar Ternera, qui ne vivait alors qu'avec ses deux plus jeunes fils, ne lui posa aucune question. Elle le conduisit jusqu'au lit. Elle lui nettoya le visage avec un torchon mouillé, le débarrassa de ses vêtements, puis acheva elle-même de se déshabiller et abaissa la moustiquaire afin que ses fils ne la vissent pas au cas où ils se réveilleraient. Elle s'était fatiguée d'attendre l'homme qui voulait bien rester, les hommes qui partaient, les innombrables hommes qui prenaient le chemin de sa maison, tous plus ou moins confondus dans l'incertitude des cartes. A force d'attendre, sa peau s'était crevassée, ses seins étaient devenus flasques, les braises de son cœur s'étaient éteintes. Elle chercha Aureliano dans l'obscurité, posa sa main sur son ventre et l'embrassa dans le cou avec une tendresse toute maternelle : « Mon pauvre petit garçon », murmura-t-elle. Aureliano tressaillit. Avec une habileté tranquille, sans le moindre faux pas, il laissa loin derrière lui les falaises escarpées de la douleur et rencontra Remedios changée en grand marécage sans horizons, sentant la chair fraîche et le linge fraîchement repassé. Quand il sortit des flots, il pleurait. Ce ne furent d'abord que des sanglots involontaires et entrecoupés. Puis, sentant que quelque chose d'enflé et de douloureux venait de crever en lui, il libéra en se vidant des torrents de larmes. Elle attendit, lui grattant la tête du bout des doigts, jusqu'à ce que son corps eût évacué cette sombre humeur qui l'empêchait de vivre. Alors Pilar Ternera lui demanda : « Qui est-ce? » Et Aureliano le lui dit. Elle éclata de ce rire qui terrifiait autrefois les colombes et ne réveillait même plus les enfants à présent. « Il te faudra finir de l'allaiter », fit-elle en se moquant. Mais, derrière cette plaisanterie, Aureliano découvrit de la compréhension, comme un plan d'eau dormante en amont des rapides. Lorsqu'il quitta la chambre, débarrassé de tous les doutes qu'il avait pu avoir sur sa propre virilité, mais aussi de ce poids amer qu'il avait supporté tant de mois au fond de son cœur, Pilar Ternera lui avait fait spontanément une promesse :

— Je vais parler à l'enfant, lui dit-elle, et tu vas voir si je ne te la sers pas sur un plateau.

Elle tint parole. Mais à un mauvais moment car la maison avait perdu la paix des autres jours. En découvrant la passion de Rebecca, qu'il ne fut pas possible de tenir secrète à cause de ses cris, Amaranta fut prise d'un accès de fièvre. Elle aussi endurait avec souffrance l'écharde d'un amour solitaire. Enfermée dans les bains, elle se soulageait des tourments d'une passion sans espoir en écrivant des lettres enfiévrées qu'elle se contentait de cacher au fond de la mallette. Ursula put à peine suffire aux soins que réclamaient les deux malades. Au terme d'interrogatoires interminables et insidieux, elle ne réussit même pas à connaître les causes de la prostration d'Amaranta. Pour finir, dans un moment d'inspiration subite, elle força la serrure de la mallette et découvrit les lettres nouées avec des faveurs couleur de rose, gonflées de fleurs de lys qui n'avaient pas eu le temps de faner, encore mouillées de larmes, adressées et jamais envoyées à Pietro Crespi. Elle pleura de fureur, maudit l'heure où l'idée lui était venue d'acquérir un piano mécanique, interdit les cours de broderie et décréta une sorte de deuil sans mort qui devait se prolonger jusqu'à ce que les jeunes filles eussent renoncé à leurs espérances. C'est en vain que voulut intervenir José Arcadio Buendia qui avait rectifié sa première impression sur Pietro Crespi et admirait son habileté à faire fonctionner les mécaniques musicales. Aussi, lorsque Pilar Ternera dit à Aureliano que Remedios était prête à l'épouser, celui-ci comprit que la nouvelle achèverait de plonger ses parents dans la désolation. Mais il fit face aux événements. Convoqués au salon pour une entrevue des plus sérieuses, José Arcadio Buendia et Ursula écoutèrent sans broncher la déclaration de leur fils. Mais en apprenant le nom de la fiancée, José Arcadio Buendia s'empourpra d'indignation : « L'amour est une peste ! fit-il d'une voix tonitruante. Ce ne sont pas les jeunes filles jolies et honnêtes qui manquent, mais la seule chose qui te vient à l'esprit, c'est de te marier avec la fille de l'ennemi! » Cependant, Ursula partagea le choix d'Aureliano. Elle avoua qu'elle tenait en affection les sept sœurs Moscote en raison de leur beauté, de leur assiduité au travail, de leur honnêteté et de leur bonne éducation, et se réjouit de la sagesse de son fils. Vaincu par l'enthousiasme de sa femme, José Arcadio Buendia posa alors une condition : Rebecca, en contrepartie, se marierait avec Pietro Crespi. Ursula emmènerait Amaranta en voyage jusqu'à la capitale de la province, lorsqu'elle en aurait le temps, afin de la mettre en contact avec des milieux étrangers et lui faire oublier ses illusions perdues. Dès qu'elle connut cet accord, Rebecca recouvra la santé et écrivit à son fiancé une lettre débordante de joie qu'elle soumit à l'approbation de ses parents et remit au courrier sans recourir à des intermédiaires. Amaranta feignit d'accepter la décision et se rétablit progressivement de ses accès de fièvre, mais en se jurant bien qu'avant de se marier, Rebecca devrait lui passer sur le corps.

Le samedi suivant, José Arcadio Buendia mit son costume de drap foncé, son col de celluloïd et les bottes en peau de chamois qu'il avait étrennées le soir de la fête, et partit demander la main de Remedios Moscote. Le corrégidor et son épouse furent à la fois flattés et troublés de le recevoir, d'abord parce qu'ils ignoraient le propos de cette visite inattendue, puis parce qu'ils crurent qu'il y avait confusion sur le nom de la fiancée. Pour dissiper le malentendu, la mère alla réveiller Remedios et la porta dans ses bras jusqu'au salon, encore tout abrutie de sommeil. Ils lui demandèrent si elle était vraiment décidée à se marier et elle répondit en pleurnichant que son seul désir était qu'on la laissât dormir. José Arcadio Buendia, comprenant combien les Moscote pouvaient être déconcertés, s'en fut éclaircir la question auprès d'Aureliano. Quand il revint, les époux Moscote avaient revêtu des habits de cérémonie, changé la position des meubles et mis des fleurs nouvelles dans les vases, et l'attendaient en compagnie de leurs filles les plus âgées. Etouffant à cause de l'inconfort de sa situation et de son col dur qui le gênait, José Arcadio Buendia confirma qu'en effet, c'était bien Remedios l'heureuse élue. « Ça n'a aucun sens, fit don Apolinar Moscote consterné. Nous avons six autres filles, toutes célibataires et en âge de prendre mari, qui seraient enchantées d'être les très dignes épouses de messieurs aussi sérieux et travailleurs que votre fils, et voilà qu'Aureliano pose justement les yeux sur la seule qui pisse encore au lit. » Son épouse, une femme bien conservée aux paupières tristes, au maintien affligé, lui reprocha son incorrection. Lorsqu'ils en eurent fini avec la compote de fruits qu'on avait servie, tous avaient accepté avec satisfaction la décision d'Aureliano. Mme Moscote demandait seulement la faveur d'un entretien en tête à tête avec Ursula. Intriguée, protestant qu'on ne la mêlât pas aux affaires des hommes, mais en réalité intimidée et tout émue, Ursula lui rendit visite le lendemain. Au bout d'une demi-heure, elle revint avec la nouvelle que Remedios était impubère. Aureliano ne considéra pas la chose comme un obstacle majeur. Il avait tant attendu qu'il pouvait bien attendre encore, autant qu'il le faudrait, que sa fiancée fût en âge de concevoir.

L'harmonie retrouvée fut seulement perturbée par la mort de Melquiades. L'événement était prévisible mais ses circonstances le furent moins. Quelques mois après son retour, il s'était mis à vieillir si vite et d'une manière si inquiétante qu'on le prit bientôt pour un de ces arrière-grands-pères inutiles qui déambulent comme des ombres d'une chambre à l'autre, traînant les pieds, se rappelant à voix haute une belle époque révolue, et dont personne ne s'occupe ni ne se souvient vraiment jusqu'au jour où on les retrouve morts au petit matin dans leur lit. Au début, José Arcadio Buendia l'avait secondé dans ses travaux, enthousiasmé par la nouveauté du daguerréotype et les prédictions de Nostradamus. Mais il était devenu de plus en plus difficile de se faire comprendre de lui et, peu à peu, il l'avait abandonné à sa solitude. Melquiades perdait la vue et l'ouïe, paraissait confondre ses interlocuteurs avec des gens qu'il avait connus en des temps reculés de l'histoire de l'humanité, et répondait aux questions qu'on lui posait par un pot-pourri confus de langues et de patois. Il marchait en tâtonnant dans le vide, mais parvenait à se couler entre les objets avec une inexplicable souplesse, comme s'il avait été doué d'un sens de l'orientation reposant sur des pressentiments immédiats. Un jour, il oublia de mettre son dentier qu'il laissait la nuit dans un verre d'eau près de son lit, et jamais plus ne le remit. Lorsque Ursula décida d'agrandir la maison, elle lui fit aménager une chambre particulière contiguë à l'atelier d'Aureliano, loin de tous bruits et du remue-ménage domestique, avec une fenêtre par où le soleil coulait à flots, et une étagère où elle-même rangea les livres presque perdus à cause des mites et de la poussière, les papiers si fragiles entièrement recouverts de signes incompréhensibles et le verre qui contenait le dentier où s'étaient fixées des plantes aquatiques aux minuscules fleurs jaunes. Le nouvel endroit parut convenir à Melquiades car on ne le revit plus, même à la salle à manger. Il ne se rendait qu'à l'atelier d'Aureliano où il passait des heures et des heures à gribouiller sa littérature énigmatique sur les parchemins qu'il avait apportés et qui paraissaient fabriqués en une matière très sèche qui se fendillait comme une pâte feuilletée. Il prenait là les repas que Visitacion lui apportait deux fois par jour bien que, les derniers temps, il perdît l'appétit et ne s'alimentât que de légumes. Bientôt il prit cet aspect de chose à l'abandon bien propre aux végétariens. Sa peau se couvrit d'une mousse tendre pareille à celle qui croissait sur le gilet anachronique dont il ne se sépara jamais, et, quand il respirait, son haleine dégageait une odeur d'animal endormi. Aureliano finit par l'oublier, trop absorbé par la composition de ses poèmes, mais il eut une fois l'impression de comprendre quelque chose à ce qu'il racontait dans ses monologues bourdonnants, et il se fit plus attentif. En fait, la seule chose qu'il put détacher de ces longues avalanches de conciliabules, ce fut l'insistante répétition du même mot équinoxe équinoxe équinoxe, ainsi que le nom d'Alexander von Humboldt. Arcadio se rapprocha un peu de lui lorsqu'il commença d'aider Aureliano dans ses travaux d'orfèvrerie. Melquiades répondit à ces efforts de communication en lâchant quelquefois des phrases en castillan qui n'avaient que peu de rapport avec la réalité. Un après-midi, pourtant, il parut illuminé par une émotion soudaine. Bien des années plus tard, devant le peloton d'exécution, Arcadio devait se rappeler de quelle voix chevrotante Melquiades lui lut plusieurs pages de son indéchiffrable écriture, auxquelles il ne comprit naturellement rien mais qui, récitées ainsi à haute voix, ressemblaient à des encycliques psalmodiées. Puis il sourit pour la première fois depuis longtemps et dit en espagnol : « Quand je serai mort, brûlez du mercure pendant trois jours dans ma chambre. » Arcadio en parla à José Arcadio Buendia et celui-ci tenta d'obtenir de plus amples renseignements, mais ne s'attira pour toute réponse que cette phrase : « J'ai atteint l'immortalité. » Lorsque l'haleine de Melquiades commença à empester, Arcadio l'emmena se baigner à la rivière tous les jeudis matins. Il parut aller mieux. Il se déshabillait et se jetait à l'eau avec les jeunes gens, et son mystérieux sens de l'orientation lui permettait d'éviter les endroits profonds et dangereux. « L'eau est notre élément », dit-il une fois. Ainsi s'écoula-t-il une longue période sans qu'on le vît à la maison, excepté la nuit où il déploya de touchants efforts pour réparer le piano mécanique, et les jours où il allait à la rivière avec Arcadio portant sous le bras le récipient en fruit de totumo et la boule de savon ordinaire enveloppés dans une serviette. Un jeudi, avant qu'on ne fût venu l'appeler pour se rendre à la rivière, Aureliano l'entendit dire : « Je suis mort de fièvre dans les laisses de Singapour. » Ce jour-là, il pénétra dans l'eau par un mauvais passage on ne le retrouva que le lendemain matin, plusieurs kilomètres en aval, échoué dans un tournant de la rivière tout inondé de lumière, un urubu solitaire posé sur le ventre. Malgré les protestations outrées d'Ursula qui le pleura avec plus de douleur que son propre père, José Arcadio Buendia s'opposa à ce qu'on l'enterrât. « Il est immortel, déclara-t-il, et c'est lui-même qui a révélé la formule de la résurrection. » Il rendit la vie au vieil athanor oublié et mit à bouillir un chaudron de mercure auprès du cadavre qui commençait à se couvrir de boursouflures bleues. Don Apolinar Moscote se risqua à lui faire observer qu'un noyé non enseveli représentait un danger pour la santé publique. « Et pourquoi donc, puisqu'il est vivant ? » se borna à répliquer José Arcadio Buendia qui alla jusqu'au bout des soixante-douze heures de fumigations au mercure, alors que, déjà, le cadavre commençait à éclater en efflorescences livides dont les sifflements ténus imprégnaient la maison d'une vapeur pestilentielle. Seulement alors permit-il qu'on l'enterrât, non pas comme n'importe qui mais avec les honneurs réservés au plus grand bienfaiteur de Macondo. Ce furent les premières obsèques, suivies par la foule la plus nombreuse, que l'on vît au village, à peine surpassées un siècle plus tard par le carnaval funèbre de la Mamá Grande. On l'inhuma sous une pierre tombale érigée au centre d'un terrain qu'ils destinèrent au cimetière, avec une plaque sur laquelle demeura écrite la seule chose qu'on sût de lui : MELQUIADES. On lui consacra les neuf nuits de veille. Profitant de la confusion qui régnait dans le patio où l'on venait boire du café, raconter des blagues et jouer aux cartes, Amaranta trouva moyen de confesser son amour à Pietro Crespi, lequel, quelques semaines auparavant, avait conclu définitivement ses fiançailles avec Rebecca et installait à présent un magasin d'instruments de musique et de jouets à ressorts, dans le quartier même où végétaient les Arabes qui, dans le temps, échangeaient leurs babioles contre des perroquets, quartier que les gens n'appelaient plus autrement que la Rue aux Turcs. L'Italien, dont la tête couverte de frisettes laquées provoquait chez les femmes un irrésistible besoin de soupirer, traita Amaranta en gamine capricieuse qui ne valait pas la peine qu'on la prît trop au sérieux.

— J'ai un frère cadet, lui dit-il. Il va venir m'aider au magasin.

Amaranta se sentit humiliée et, pleine d'une violente rancœur, dit à Pietro Crespi qu'elle était prête à empêcher les noces de sa sœur même, si pour ce faire, elle devait allonger son propre cadavre en travers de la porte. L'Italien fut tellement impressionné par le tragique de cette menace qu'il ne put résister à la tentation d'en faire part à Rebecca. C'est ainsi que le voyage d'Amaranta, toujours différé en raison des occupations d'Ursula, fut organisé en moins d'une semaine. Amaranta n'opposa aucune résistance mais, au moment de donner le baiser d'adieu à Rebecca, elle lui susurra à l'oreille :

— Ne te fais pas d'illusions. M'emmènerait-on au bout du monde, je trouverais toujours moyen d'empêcher ton mariage, même s'il me faut te tuer.

A cause de l'absence d'Ursula, de la présence invisible de Melquiades qui continuait ses allées et venues discrètes d'une pièce à l'autre, la demeure parut immense et désertée. Rebecca était restée pour s'occuper de la bonne marche de la maison, cependant que l'Indienne se chargeait des travaux de boulange. A la tombée de la nuit, quand arrivait Pietro Crespi précédé d'un frais zéphyr fleurant bon la lavande, toujours porteur d'un jouet en cadeau, sa fiancée recevait sa visite au salon principal, toutes portes et fenêtres ouvertes afin de n'éveiller aucun soupçon. C'était une précaution superflue car l'Italien s'était montré si respectueux qu'il n'avait même pas touché la main de celle qui serait sa femme avant un an. Toutes ces visites finirent par remplir la maison de jouets extraordinaires. Les danseuses automates, les boîtes à musique, les singes acrobates, les chevaux trotteurs, les clowns tambourineurs, la riche et surprenante faune mécanique qu'apportait Pietro Crespi eurent raison du chagrin que José Arcadio Buendia éprouvait à la suite de la mort de Melquiades, et le transportèrent à nouveau au bon vieux temps où il était alchimiste. Il vécut dès lors dans un paradis d'animaux éventrés, de mécanismes démontés, s'évertuant à les perfectionner par un système de mouvement perpétuel reposant sur le principe du pendule. Aurelieno, pour sa part, avait délaissé son atelier pour apprendre à lire et à écrire à la petite Remedios. Au début, la fillette préférait ses poupées à cet homme qui venait tous les après-midi et à cause duquel on l'arrachait à ses jeux pour la baigner, l'habiller et l'asseoir au salon où elle recevait sa visite. Mais la patience et la dévotion d'Aureliano finirent par la séduire, tant et si bien qu'elle prit l'habitude de passer de longues heures en sa compagnie, à étudier la signification des lettres et à dessiner dans un cahier, à l'aide de crayons de couleurs, des maisons avec des vaches dans les enclos et des soleils tout ronds avec des rayons jaunes qui se cachaient jusque derrière les collines.

Seule Rebecca se sentait malheureuse à cause de la menace d'Amaranta. Elle connaissait le caractère de sa sœur, son esprit orgueilleux, et la violence de son ressentiment lui faisait peur. Elle passait de longues heures dans les bains à sucer son pouce, s'obstinant à déployer d'épuisants efforts de volonté pour ne pas manger de la terre. Elle chercha ce qui pourrait bien soulager ses affres et fit appel à Pilar Ternera pour qu'elle lui lût l'avenir. Après une litanie de révélations imprécises et conventionnelles, Pilar Ternera lui fit la prédiction suivante :

— Tu ne seras jamais heureuse tant que tes parents resteront sans sépulture.

Rebecca tressaillit. Elle eut l'impression de se rappeler un rêve et revit son arrivée à la maison, tout enfant, avec sa mallette et le petit fauteuil à bascule en bois, et un étui dont elle ne sut jamais ce qu'il contenait. Elle se souvint d'un monsieur chauve, vêtu de lin, le col de chemise fermé par un bouton en or, qui n'avait rien à voir avec le roi de cœur. Elle se souvint d'une très jeune et très belle femme, dont les mains douces et parfumées n'avaient rien de commun avec les mains rhumatisantes de la dame de carreau, et qui lui mettait des fleurs dans les cheveux, l'après-midi, quand elle l'emmenait promener à travers un village aux vertes allées.

— Je n'y comprends rien, dit-elle.

Pilar Ternera parut déconcertée.

— Moi non plus, mais c'est ce que disent les cartes.

Rebecca resta tellement préoccupée par cette énigme qu'elle en fit part à José Arcadio Buendia, lequel la gronda d'avoir ajouté foi aux prédictions des cartes, mais se fit un devoir d'aller sans bruit fouiller malles et armoires, déplacer les meubles, retourner les lits, regarder sous les parquets, à la recherche de la sacoche aux ossements. Il ne se rappelait pas l'avoir revu depuis l'époque de la reconstruction. Il convoqua secrètement les maçons et l'un d'eux révéla qu'il avait emmuré la sacoche dans une des chambres parce qu'elle l'importunait dans son travail. Au bout de plusieurs jours d'auscultation, l'oreille collée aux murs, ils perçurent le son creux du cloc-cloc. Ils perforèrent la cloison et furent en présence des ossements dans leur sacoche intacte. Le jour même, ils l'ensevelirent dans une fosse sans pierre tombale, creusée à la hâte près de celle de Melquiades, et José Arcadio Buendia s'en revint chez lui soulagé d'un poids qui, l'espace d'un instant, avait pesé aussi lourd sur sa conscience que le souvenir de Prudencio Aguilar. En traversant la cuisine, il déposa un baiser sur le front de Rebecca :

— Ote-toi toutes ces mauvaises idées de la tête, lui dit-il. Tu verras que tu seras heureuse.

L'amitié de Rebecca rouvrit à Pilar Ternera les portes de la maison qu'Ursula lui avait fermées depuis la naissance d'Arcadio. Elle arrivait à toute heure du jour, aussi envahissante qu'un troupeau de chèvres, et trouvait dans les plus durs travaux un exutoire à son énergie frénétique. Elle pénétrait parfois dans l'atelier et aidait Arcadio à sensibiliser les plaques du daguerréotype avec une efficacité et une tendresse qui finirent par le confondre. Cette femme l'étourdissait. Le hâle de sa peau, son odeur de fumée, le trouble que jetait soudain son rire dans la chambre noire, perturbaient son attention et le faisaient se cogner aux objets.

Un beau jour, Aureliano étant occupé à ses travaux d'orfèvrerie, Pilar Ternera s'en vint s'appuyer à l'établi pour admirer sa patience et son application au labeur. Tout se passa en un rien de temps. Aureliano eut la confirmation qu'Arcadio se trouvait dans la chambre noire avant même de lever les yeux et de rencontrer le regard de Pilar Ternera, dont la pensée était parfaitement lisible, comme exposée à la lumière de midi.

— Bon, fit Aureliano. Dis-moi ce qu'il y a.

Pilar Ternera se mordit les lèvres en souriant tristement.

— Il y a que tu es bon pour la guerre, lui dit-elle. Où tu vises, tu mets dans le mille...

Ses présomptions se confirmant, Aureliano respira. Il se concentra à nouveau sur son travail, comme si de rien n'était, et sa voix se fit plus ferme et tranquille :

— Je le reconnais, dit-il. Il portera mon nom.

José Arcadio Buendia récolta enfin le fruit de ses recherches : il raccorda une danseuse à ressort au mécanisme d'une horloge et l'automate dansa sans s'arrêter, au rythme de sa propre musique, pendant trois jours. Cette trouvaille l'excita beaucoup plus qu'aucune autre de ses folles entreprises. Il ne mangea plus. Il ne dormit plus. Sans les soins vigilants d'Ursula, il se serait laissé emporter par son imagination jusqu'en un état de perpétuel délire dont il ne fût jamais sorti. Il passait toutes ses nuits à tourner en rond dans sa chambre, pensant tout haut, cherchant quelque façon d'appliquer les principes du pendule aux charrettes à bœufs, aux socs de charrue, à tout ce qui était utile à l'homme une fois mis en mouvement. La fièvre de l'insomnie épuisa tant ses forces qu'un beau matin, il ne put reconnaître le vieillard à tête blanche et aux gestes peu assurés qui pénétra dans sa chambre. C'était Prudencio Aguilar.

Lorsqu'il l'identifia enfin, étonné que les morts vieillissent eux aussi, José Arcadio Buendia se sentit tout retourné par la nostalgie. « Prudencio! s'exclama-t-il. Comment as-tu fait ton compte pour venir de si loin jusqu'ici? » Après un grand nombre d'années passées dans la mort, le regret du monde des vivants était si aigu, le besoin de compagnie si pressant, et si atterrante la proximité de l'autre mort à l'intérieur de la mort, que Prudencio Aguilar avait fini par aimer son pire ennemi. Il devait rester longtemps à le chercher sans succès. Il enquêtait sur lui auprès des morts de Riohacha, des morts en provenance de la Vallée de Upar, de ceux qui arrivaient du marigot, et nul ne lui donnait de ses nouvelles pour la bonne raison que Macondo était un village inconnu des morts, jusqu'au jour où Melquiades arriva qui signala sa position par un petit point noir sur les cartes bariolées de la mort. José Arcadio Buendia conversa avec Prudencio Aguilar jusqu'à l'aube. Quelques heures plus tard, harassé d'avoir tant veillé, il fit irruption dans l'atelier d'Aureliano et lui demanda : « Quel jour sommes-nous? » Aureliano lui répondit qu'on était mardi. « C'est bien ce que je pensais, dit José Arcadio Buendia. Mais d'un seul coup je me suis rendu compte qu'on continuait à être lundi, comme hier. Regarde le ciel, regarde les murs, regarde les bégonias. Aujourd'hui aussi, c'est lundi. » Habitué à ses extravagances, Aureliano ne prêta pas cas à celle-ci. Le lendemain, mercredi, José Arcadio Buendia revint à l'atelier : « C'est une vraie calamité, dit-il. Regarde l'air, écoute le vrombissement du soleil, tout est pareil à hier et avant-hier. Aujourd'hui aussi c'est lundi. » Ce soir-là, Pietro Crespi le trouva sous la véranda, pleurant avec cette façon de pleurer disgracieuse qu'ont les vieillards, pleurant Prudencio Aguilar, pleurant Melquiades, pleurant les parents de Rebecca, pleurant son papa et sa maman, tous ceux dont il était capable de se souvenir et qui se trouvaient seuls, désormais, dans la mort. Il lui fit cadeau d'un os à ressort qui marchait tout seul sur deux pattes sur une corde raide, mais il ne réussit pas à le distraire de ce qui l'obsédait. Il lui demanda ce qu'était devenu le projet qu'il lui avait exposé quelques jours auparavant, sur la possibilité de construire une mécanique à pendule permettant aux hommes de voler, et José Arcadio lui répondit que ce n'était guère possible car le pendule pouvait enlever n'importe quoi dans les airs mais ne pouvait s'enlever lui-même. Le jeudi, il refit son apparition dans l'atelier avec une douloureuse mine de déterré : « La mécanique du temps s'est déréglée! fit-il en sanglotant presque. Et dire qu'Ursula et Amaranta sont si loin! » Aureliano le gronda comme un enfant et il prit un air soumis. Il passa six heures à examiner chaque chose, essayant de déceler une différence avec leur aspect de la veille, tâchant de découvrir en elles quelque changement qui révélât l'écoulement du temps. Toute la nuit, dans son lit, il resta les yeux ouverts, appelant Prudencio Aguilar, Melquiades, tous les morts, pour qu'ils vinssent partager son chagrin. Mais nul ne répondit à son invite. Le vendredi, avant que personne ne fût levé, il observa à nouveau l'apparence des choses de la nature, jusqu'à ce qu'il fût tout à fait convaincu qu'on continuait à être lundi. Alors il saisit la barre qui servait à fermer une des portes et, avec cette violence sauvage qui caractérisait sa force peu commune, brisa jusqu'à les réduire en poussière tous les instruments d'alchimie, le cabinet de daguerréotypie, l'atelier d'orfèvrerie, hurlant comme un possédé en une langue pompeuse qu'il parlait avec aisance mais à laquelle on ne comprenait absolument rien. Il se disposait à en finir avec le reste de la maison quand Aureliano demanda aux voisins de lui prêter main-forte. Il fallut dix hommes pour le maîtriser, quatorze pour le ligoter, vingt pour le traîner jusqu'au châtaignier du patio où on le laissa attaché, aboyant dans une langue étrangère, une écume verte aux lèvres. Quand Ursula et Amaranta revinrent, il était encore attaché pieds et poings liés au tronc du châtaignier, tout mouillé par la pluie et dans une totale simplicité d'esprit. Elles lui adressèrent la parole, il les regarda sans les reconnaître et leur répondit quelque chose d'incompréhensible. Ursula libéra ses poignets et ses chevilles blessés par la tension des cordes et le laissa seulement attaché par la ceinture. Plus tard, on lui construisit un petit auvent de palmes pour le protéger du soleil et de la pluie.

Aureliano Buendia et Remedios Moscote se marièrent un dimanche de mars, devant l'autel que le Père Nicanor Reyna fit aménager au salon. Ce fut l'apothéose de quatre semaines de préparatifs fiévreux chez les Moscote, car la petite Remedios arriva à puberté sans s'être départie de ses habitudes enfantines. Bien que sa mère l'eût instruite des changements consécutifs à l'adolescence, un après-midi de février, poussant des cris épouvantés, elle fit irruption au salon où ses sœurs étaient en conversation avec Aureliano, et leur exhiba sa culotte barbouillée d'une pâte chocolat. On fixa les noces à dans un mois. On eut à peine le temps de lui apprendre à se laver et à s'habiller toute seule, à connaître les problèmes élémentaires que suppose la charge d'un foyer. On la fit uriner sur des briques brûlantes pour corriger sa mauvaise habitude de mouiller ses draps. On eut beaucoup de mal à la convaincre de l'inviolabilité du secret conjugal car Remedios était si étourdie, et en même temps si émerveillée par la révélation qui l'attendait, qu'elle aurait voulu faire part à tout le quartier des détails de sa nuit de noces. Tout cela demanda des efforts épuisants mais à la date prévue, la fillette en savait aussi long sur les choses de la vie que n'importe laquelle de ses sœurs. Don Apolinar Moscote la prit à son bras et la conduisit par la rue décorée de fleurs et de guirlandes, dans le fracas des pétards, les flonflons de plusieurs orchestres, tandis qu'elle saluait de la main et remerciait d'un sourire ceux qui lui souhaitaient bonne chance depuis leurs fenêtres. Aureliano, vêtu d'un costume de drap noir, chaussé de ces mêmes bottines vernies à crochets métalliques qu'il devait porter quelques années plus tard devant le peloton d'exécution, était d'une extrême pâleur et sentit une boule dure dans sa gorge au moment d'accueillir sa fiancée sur le seuil de la maison et de la conduire jusqu'à l'autel. Elle fit preuve de tant de naturel et d'élégance à la fois qu'elle ne perdit rien de sa gravité lorsque, s'apprêtant à le lui passer, Aureliano laissa tomber l'anneau. Au milieu des murmures et de la confusion qui commençait à régner parmi les invités, elle garda la main tendue, dans ce gant de dentelle qui laissait ses doigts découverts, l'annulaire prêt à recevoir l'alliance, jusqu'à ce que son fiancé eût réusi à bloquer l'anneau du bout de sa bottine pour l'empêcher de rouler vers la sortie et s'en fût revenu à l'autel, rougissant et honteux. Sa mère et ses sœurs se firent tellement de mauvais sang par crainte que la fillette ne commît quelque impair durant la cérémonie qu'à la fin ce furent elles qui, sans se gêner, la soulevèrent de terre pour l'embrasser. A partir de ce jour, Remedios révéla un sens des responsabilités, une grâce naturelle, un sang-froid qui ne devaient jamais la quitter dans les circonstances les plus défavorables. Ce fut elle qui eut l'idée de mettre de côté la meilleure part du gâteau de mariage et de la porter sur une assiette, avec un couvert, à José Arcadio Buendia. Attaché au tronc du châtaignier, tassé sur un petit banc en bois et sous l'auvent qu'on lui avait fabriqué avec des palmes, l'énorme vieillard décoloré par le soleil et par la pluie lui adressa un vague sourire de gratitude et mangea la pâtisserie avec ses doigts, mâchonnant un psaume inintelligible. Au milieu de ces réjouissances à tout rompre qui se prolongèrent jusqu'à l'aube du lundi, la seule à ne pas partager l'allégresse générale fut Rebecca Buendia. Sa fête à elle était à l'eau. Ursula avait décidé que son propre mariage devait se célébrer le même jour mais, le vendredi, Pietro Crespi avait reçu une lettre lui annonçant que sa mère était à l'agonie. La noce fut reportée à une date ultérieure. Une heure après avoir reçu la missive, Pietro Crespi prit le chemin de la capitale de la province et, en cours de route, croisa sa mère qui, ponctuelle, arrivait pour la nuit du samedi et chanta au mariage d'Aureliano la complainte qu'elle avait préparée pour le mariage de son fils. Pietro Crespi revint le dimanche en pleine nuit pour balayer les cendres de la fête, après avoir crevé cinq chevaux sous lui dans l'espoir d'arriver à temps pour ses noces. Jamais on ne sut qui avait écrit cette lettre. Harcelée de questions par Ursula, Amaranta se récria en pleurant et jura qu'elle était innocente devant l'autel que les menuisiers n'avaient pas fini de démonter.

Le père Nicanor Reyna — que don Apolinar Moscote était allé chercher dans la région des marais pour qu'il célébrât la noce — était un vieil homme endurci par l'ingratitude de son ministère. C'était un être morose qui n'avait bientôt que la peau sur les os, avec un ventre proéminent et rondelet et une expression d'ange sur le déclin qui était faite de simplicité d'esprit plutôt que de bonté. Son intention était de retourner à sa paroisse après le mariage mais il fut terrifié par l'aridité des âmes de Macondo dont les habitants prospéraient dans le scandale, obéissant aux lois naturelles sans baptiser leurs enfants ni sanctifier les jours de fêtes. Pensant qu'aucune contrée n'avait autant besoin de la semence de Dieu, il décida de rester une semaine de plus afin de christianiser circoncis et païens, légaliser les concubinages et donner les derniers sacrements aux moribonds. Mais personne n'y prêta vraiment cas. Il s'entendait répondre que, pendant des années et des années, les gens étaient demeurés sans curé, réglant les affaires de l'âme directement avec Dieu, et ne se sentaient plus concernés par la malignité du péché mortel. Las de prêcher dans le désert, le père Nicanor résolut d'entreprendre l'édification d'une église, la plus grande du monde, avec des saints grandeur nature et des verres de couleur aux murs, afin que depuis Rome l'on vînt honorer Dieu au centre même de l'impiété. Il allait partout demander l'aumône dans une sébille en cuivre. On lui donnait beaucoup mais il voulait davantage car le temple devait posséder une cloche dont le glas remonterait des flots ceux qui y descendaient à reculons. Il supplia tant et si bien qu'il en perdit la voix. Ses os commencèrent à se remplir de bruits. Un samedi, n'étant même pas parvenu à rassembler le prix du portail, il se laissa gagner par le désespoir. Il bâtit un autel improvisé sur la place et, le dimanche, parcourut le village en agitant une sonnette, comme à l'époque de l'insomnie, convoquant les gens à la messe en plein air. Beaucoup s'y rendirent en curieux. D'autres par nostalgie. D'autres pour que Dieu ne se sentît personnellement offensé par le mépris dont eût été victime son représentant sur terre. Ainsi, à huit heures du matin, la moitié du village se trouva-t-elle réunie sur la place où le père Nicanor chanta les évangiles d'une voix tout éraillée à force de quémander.

A la fin, alors que l'assistance commençait à partir en débandade, il leva les bras pour retenir l'attention :

— Un moment, dit-il. Nous allons maintenant être témoins d'une marque irréfutable de l'infinie puissance de Dieu.

Le gamin qui avait servi la messe lui apporta une tasse de chocolat bien crémeux et fumant qu'il avala sans prendre le temps de respirer. Puis il s'essuya les lèvres avec un mouchoir qu'il sortit de sa manche, leva les bras en croix et ferma les yeux. Alors on vit le père Nicanor s'élever de douze centimètres au-dessus du sol. L'expédient se révéla fort convaincant. Pendant plusieurs jours, il alla d'une maison à l'autre, répétant son expérience de lévitation grâce à son stimulant chocolaté, cependant que l'enfant de chœur récoltait tant d'argent dans sa sacoche qu'au bout d'un mois à peine put être entreprise l'édification de l'église. Personne ne mit en doute l'origine divine d'une pareille démonstration, excepté José Arcadio Buendia qui contempla, imperturbable, l'attroupement de villageois qui se forma un beau matin autour du châtaignier pour assister une fois de plus au spectacle de la révélation. C'est à peine s'il se redressa sur son petit banc et haussa les épaules quand le père Nicanor commença à quitter le sol et à s'élever avec la chaise sur laquelle il était assis.

— *Hoc est simplicisimum,* fit José Arcadio Buendia : *homo iste statum quartum materiae invenit.*

Le père Nicanor leva la main, et les quatre pieds de la chaise se reposèrent à terre en même temps.

— *Nego,* dit-il. *Factum hoc existentiam Dei probat sine dubio.*

C'est ainsi qu'on apprit que le maudit charabia de José Arcadio Buendia n'était rien d'autre que du latin. Le père Nicanor profita de ce qu'il était, en la circonstance, la seule personne à pouvoir communiquer avec lui, pour tenter d'infuser la foi dans son cerveau dérangé. Chaque après-midi, il s'asseyait à côté du châtaignier et prêchait en latin, mais José Arcadio Buendia se refusa obstinément à admettre les chemins tortueux de la sophistique et autres transmutations du chocolat, et exigeait comme seule et unique preuve de son existence le daguerréotype de Dieu. Le père Nicanor lui apporta alors des médailles et des images pieuses et même une reproduction du linge blanc de Sainte Véronique mais José Arcadio Buendia les réfuta comme autant d'objets fabriqués de toutes pièces et sans aucun fondement scientifique. Il se montra si têtu que le père Nicanor finit par renoncer à ses projets d'évangélisation et continua à lui rendre visite, seulement animé de sentiments humanitaires. Mais ce fut José Arcadio Buendia qui prit alors les devants et entreprit d'ébranler la foi du curé à l'aide de mille ruses rationalistes. Un jour que le père Nicanor s'en vint le voir sous son châtaignier avec un damier et une boîte de jetons pour le convier à jouer aux dames avec lui, José Arcadio Buendia ne voulut point accepter car, lui dit-il, jamais il n'avait pu comprendre quel sens pouvait revêtir un combat entre deux adversaires d'accord sur les mêmes principes. Le père Nicanor, qui n'avait jamais envisagé le jeu de dames sous cet angle, perdit toute envie d'y rejouer. Chaque fois plus étonné de la justesse de vues de José Arcadio Buendia, il finit par lui demander comment il se pouvait qu'on le gardât attaché à un arbre.

— *Hoc est simplicisimum,* répondit-il : Parce que je suis fou.

Désormais, avant tout préoccupé par sa propre foi, le curé cessa de lui rendre visite et se consacra entièrement à hâter la construction de l'église. Rebecca sentit l'espoir renaître en elle. Son avenir dépendait de l'achèvement de l'édifice, depuis ce dimanche où le père Nicanor avait déjeuné à la maison et où la famille réunie autour de la table avait parlé de la solennité et de la pompe que revêtiraient les cérémonies dès que l'église serait édifiée. « Rebecca aura été la plus chanceuse », dit Amaranta. Et, comme Rebecca ne comprenait pas ce qu'elle entendait par là, elle le lui expliqua avec un sourire plein d'innocence.

— Ce sera à toi d'inaugurer l'église par tes noces.

Rebecca essaya d'imaginer où tout cela pouvait conduire. Au rythme où progressait la construction, l'église ne serait pas achevée avant dix ans. Le père Nicanor exprima son désaccord : la générosité croissante des fidèles permettait de se livrer à des calculs plus optimistes. Devant la sourde indignation de Rebecca, dont le déjeuner s'arrêta là, Ursula applaudit à l'idée d'Amaranta et versa une contribution considérable afin qu'on accélérât les travaux. Le père Nicanor estima qu'avec un autre apport équivalent à celui-ci, le temple serait prêt dans trois ans. Dès lors, Rebecca n'adressa plus la parole à Amaranta, persuadée que son initiative était bien moins innocente qu'elle n'en avait eu l'air. « C'était pour moi la solution la moins grave, lui répliqua Amaranta au cours de la virulente discussion qui les opposa ce soir-là. Ainsi, dans les trois ans qui viennent, je n'aurai pas à te donner la mort. » Rebecca accepta le défi.

Lorsque Pietro Crespi apprit le nouvel ajournement de ses noces, il fut profondément désabusé mais Rebecca lui apporta une preuve de suprême fidélité. « Dès que tu l'ordonneras, nous prendrons la fuite » lui dit-elle. Pietro Crespi, cependant, n'était pas homme à s'aventurer. Le tempérament impulsif de sa fiancée lui faisait défaut et pour lui, le respect de la parole donnée était comme un capital qu'on ne saurait dilapider. Aussi Rebecca eut-elle recours à des procédés plus audacieux. Un vent mystérieux venait à éteindre toutes les lampes du salon et Ursula surprenait les fiancés en train de s'embrasser dans le noir. Pietro Crespi bredouillait des explications confuses sur la mauvaise qualité des lampes modernes qui fonctionnaient au goudron, et aidait même à disposer dans la pièce des systèmes d'éclairage moins défaillants. Mais, une autre fois, c'était le combustible qui manquait ou bien les mèches qui s'encrassaient, et Ursula trouvait Rebecca sur les genoux de son fiancé. Elle finit par ne plus vouloir entendre aucune explication. Elle chargea l'Indienne des travaux de boulange et prit l'habitude de s'asseoir dans un fauteuil à bascule pour surveiller les rendez-vous des fiancés, bien disposée à ne pas se laisser avoir par des manœuvres qui, dans sa jeunesse, avaient déjà fait leur temps. « Pauvre maman, s'indignait Rebecca d'un air moqueur, quand elle voyait Ursula bâiller dans la demi-torpeur de leurs rendez-vous. Quand elle mourra, on la reverra encore expier ses fautes dans son fauteuil à bascule. » Au bout de trois mois d'idylle sous surveillance, exaspéré par la lenteur des travaux qu'il allait inspecter quotidiennement, Pietro Crespi résolut de verser au père Nicanor la somme qui lui manquait pour achever l'église. Amaranta garda son calme. Tout en bavardant avec les amies qui venaient tous les après-midi broder ou tricoter sous la véranda, elle s'efforçait d'imaginer d'autres stratagèmes. Une erreur de calcul fut préjudiciable à celui qu'elle avait considéré comme le plus efficace : retirer les boules de naphtaline que Rebecca avait glissées dans sa robe de mariée avant de la ranger dans la commode de sa chambre. Ce qu'elle fit, alors qu'il s'en fallait de deux mois encore pour que l'église fût terminée. Mais Rebecca était si impatiente, au fur et à mesure qu'approchait le jour de ses noces, qu'elle voulut préparer sa robe avec plus d'avance que ne l'avait escompté Amaranta. Elle ouvrit la commode, déroula d'abord les papiers d'emballage, puis la toile protectrice et trouva le satin de la robe, la dentelle du voile et jusqu'à la couronne de fleurs d'oranger pulvérisés par les mites. Bien qu'elle fût certaine d'avoir glissé dans le paquet deux pleines poignées de boules de naphtaline, le désastre paraissait si accidentel qu'elle n'osa soupçonner Amaranta. On était à moins d'un mois du mariage mais Amparo Moscote promit de lui confectionner une nouvelle robe en l'espace d'une semaine. Amaranta se sentit défaillir, ce jour pluvieux où Amparo, sur le coup de midi, fit son entrée tout enveloppée dans une écume de dentelle afin de procéder sur Rebecca au dernier essayage de sa robe. Elle sentit les mots se bloquer dans sa gorge et un filet de sueur glacée descendre tout au long du sillon de sa colonne vertébrale. Elle avait passé de longs mois à trembler dans l'attente de cette heure, car si elle se révélait incapable de concevoir un empêchement définitif au mariage de Rebecca, elle était certaine qu'au dernier moment, quand auraient successivement échoué tous les moyens dont elle avait eu idée, elle aurait assez de courage pour l'empoisonner. Cet après-midi là, tandis que Rebecca étouffait de chaleur dans la cuirasse de satin qu'Amparo Moscote ajustait sur son corps, armée d'un millier d'épingles et d'une patience infinie, Amaranta se trompa plusieurs fois dans ses points de crochet et se piqua le doigt avec son aiguille, mais résolut avec un calme épouvantable que la date serait le dernier vendredi précédant la noce, et le moyen, une bonne lampée de laudanum dans le café.

Un plus grand empêchement, aussi irrémédiable qu'imprévu, contraignit à repousser encore et indéfiniment la noce. Une semaine avant la date fixée pour la cérémonie, la petite Remedios se réveilla au beau milieu de la nuit baignant dans un chaudeau bouillant qui avait explosé dans ses entrailles avec une sorte de rot déchirant, et elle mourut au bout de trois jours, empoisonnée par son propre sang avec une paire de jumeaux en travers du ventre. Amaranta se sentit mauvaise conscience. Elle avait mis tant de ferveur à prier Dieu qu'advînt quelque chose de terrible qui lui évitât d'avoir à empoisonner Rebecca, qu'elle se jugea coupable de la mort de

Remedios. Ce n'était pas là l'obstacle qu'elle avait tant appelé de ses prières. Avec Remedios, ç'avait été un souffle de joie qui était entré dans la maison. Elle s'était installée avec son mari dans une chambrette voisine de l'atelier, qu'elle avait ornée des poupées et des jouets de son enfance encore toute proche; sa vitalité et sa bonne humeur débordaient des quatre murs de la chambrette et traversaient comme une bouffée d'air salubre la véranda aux bégonias. Elle chantait dès l'aube. Elle fut la seule à oser s'interposer entre Rebecca et Amaranta quand elles se disputaient. Elle s'arrogea l'écrasante corvée de s'occuper de José Arcadio Buendia. Elle lui portait ses repas, l'aidait dans ses besoins quotidiens, le lavait au savon avec un torchon, veillait à ce que sa barbe et ses cheveux fussent débarrassés des poux et des lentes, ainsi qu'au bon état du petit auvent de palmes qu'elle renforçait avec des toiles goudronnées imperméables quand le temps se gâtait. Ces derniers mois, elle était parvenue à communiquer avec lui par des phrases d'un latin rudimentaire. Quand le fils d'Aureliano et de Pilar Ternera vint au monde, et qu'on l'amena à la maison pour le baptiser dans l'intimité du nom d'Aureliano José, Remedios insista pour qu'on le considérât comme son fils aîné. Son instinct maternel surprit Ursula. Aureliano, pour sa part, trouva en elle la raison de vivre qui lui faisait jusque-là défaut. Il travaillait toute la journée dans son atelier et, au milieu de la matinée, Remedios lui portait un bol de café sans sucre. Chaque soir, ils allaient tous deux rendre visite aux Moscote. Aureliano faisait avec son beau-père d'interminables parties de dominos, cependant que Remedios bavardait avec ses sœurs ou parlait avec sa mère de problèmes de grandes personnes. Le rattachement à la famille Buendia renforça dans le village l'autorité de don Apolinar Moscote. A la suite de fréquentes démarches à la capitale de la province il obtint du gouvernement que fût construite une école dont serait chargé Arcadio qui avait hérité l'enthousiasme didactique de son grand-père. Par la persuasion il réussit à ce que la plupart des maisons fussent peintes en bleu pour la fête de l'indépendance nationale. A la demande du père Nicanor, il prit des mesures pour transférer l'établissement de Catarino en une rue éloignée et fermer plusieurs lieux de débauche qui faisaient fureur dans le centre du village. Un jour, il s'en revint accompagné de six policiers armés de fusils auxquels il confia le maintien de l'ordre sans que personne ne songeât à se rappeler le compromis originel, d'interdire le village aux gens en armes. Aureliano était satisfait de l'importance de son beau-père. « Tu vas devenir aussi gros que lui », lui disaient ses amis. Mais la vie sédentaire, qui accentua les pommettes de ses joues et concentra l'éclat de son regard, ne lui fit pas prendre de poids et n'altéra en rien son caractère réservé, mais durcit au contraire sur ses lèvres le pli sévère de la méditation solitaire et des résolutions inébranlables. L'affection que son épouse et lui-même avaient suscitée dans leur belle-famille respective était telle que le jour où Remedios annonça qu'elle allait avoir un enfant, même Rebecca et Amaranta conclurent une trêve pour tricoter de la layette en laine bleue au cas où naîtrait un garçon, et en laine rose pour le cas où ce serait une fille. Et ce fut elle encore la dernière personne qu'Arcadio revit en pensée, quelques années plus tard, face au peloton d'exécution.

Ursula ordonna le deuil qui condamna portes et fenêtres et interdit à tous d'entrer et de sortir à moins que ce ne fût absolument indispensable; elle défendit qu'on parlât à voix haute pendant un an et plaça le daguerréotype de Remedios à l'endroit même où fut veillé le cadavre, avec un crêpe en travers et une lampe à huile continuellement allumée. Les générations suivantes, qui ne laissèrent jamais s'éteindre cette lampe, furent déconcertées par cette fillette en jupe plissée, avec des bottines blanches et un ruban d'organdi dans les cheveux, qu'ils ne pouvaient faire coïncider avec l'image traditionnelle d'une bisaïeule. Amaranta s'occupa d'Aureliano José. Elle l'adopta comme un fils qui partageait sa solitude et la délivrerait du laudanum involontaire que ses prières insensées avaient versé dans le café de Remedios. A la tombée de la nuit, Pietro Crespi entrait sur la pointe des pieds, portant le crêpe au chapeau, et rendait une visite silencieuse à Rebecca, si blême dans sa robe noire dont les manches lui descendaient jusqu'aux poignets, qu'on l'aurait dit vidée de son sang. La seule idée de fixer une nouvelle date pour le mariage eût été si irrévérencieuse que leurs rapports firent bientôt figure d'éternelles fiançailles, un amour recru de fatigue et dont personne ne se préoccupait plus, comme si les amoureux qui, autrefois, déréglaient les lampes pour pouvoir s'embrasser, devaient se plier maintenant aux quatre volontés de la mort. Déboussolée, complètement démoralisée, Rebecca recommença à manger de la terre.

Tout à coup — alors que le deuil était porté depuis si longtemps qu'on avait repris les séances de point de croix —, vers deux heures de l'après-midi, dans le silence de mort des grandes chaleurs, quelqu'un poussa la porte de la rue et les piliers remuèrent si fort sur leur base qu'Amaranta et ses amies brodant sous la véranda, Rebecca suçant son pouce dans sa chambre, Ursula dans la cuisine, Aureliano à l'atelier et jusqu'à José Arcadio Buendia sous le châtaignier solitaire, eurent l'impression qu'un tremblement de terre était en train d'ébranler la maison. Celui qui arrivait ainsi était un véritable colosse. C'était à peine si ses épaules carrées passaient dans la largeur des portes. Il avait à son cou de bison une petite médaille de la Vierge des Remèdes, les bras et le torse constellés de tatouages cryptiques, et au poignet droit le bracelet serré des *enfants-en-croix*. Il avait le cuir tanné par le sel des intempéries, le cheveu court et hérissé comme une crinière de mulet, des mâchoires d'acier, un regard triste. Son ceinturon était deux fois plus gros que la sangle d'un cheval, il portait des bottes à houseaux avec des éperons et des talons ferrés, et les tremblements causés par sa seule présence donnaient l'impression d'une secousse sismique. Il traversa le salon et la salle commune, portant à la main des bissacs à demi décousus, et entra comme un coup de tonnerre sous la véranda aux bégonias où Amaranta et ses amis demeurèrent paralysées, chacune avec son aiguille en l'air. « Salut! » leur dit-il d'une voix fatiguée; il jeta ses sacs sur la table à ouvrage et, sans s'arrêter, se dirigea vers l'arrière de la maison. « Salut! » lança-t-il à Rebecca effrayée qui le vit passer par la porte de sa chambre à coucher. « Salut! » fit-il à Aureliano qui était à son établi d'orfèvre, les cinq sens en alerte. Il ne se retarda avec aucun. Il alla droit à la cuisine et s'y arrêta pour la première fois au terme d'un voyage qui avait commencé à l'autre bout de la terre. « Salut! » dit-il. Ursula resta bouche bée pendant une fraction de seconde, le regarda en plein dans les yeux, poussa un cri et lui sauta au cou en s'exclamant et en pleurant de joie. C'était José Arcadio. Il revenait aussi démuni qu'il était parti, à tel point même qu'Ursula dut lui donner deux pesos pour payer la location de son cheval. Il parlait un espagnol mêlé du jargon des gens de mer.

On lui demanda où il était allé et il répondit : « Par-là. » Il suspendit son hamac dans la chambre qu'on lui destina et dormit durant trois jours. Dès son réveil, après avoir gobé seize œufs tout crus, il se rendit directement à l'établissement de Catarino où sa colossale stature provoqua chez les femmes un mouvement de curiosité panique. Il demanda de la musique et fit servir une tournée générale d'eau-de-vie. Il fit des paris en luttant à la force du poignet contre cinq hommes à la fois. « C'est impossible, disaient-ils en se rendant à l'évidence qu'ils ne parvenaient même pas à lui remuer le bras. Il a le bracelet des enfants-en-croix. » On disait qu'ils s'ouvraient les veines du poignet avant de passer ce bracelet, et en retiraient une force surhumaine. Catarino, qui n'y croyait pas, paria douze pesos qu'il ne ferait pas bouger le comptoir. José Arcadio l'arracha du sol, le brandit au-dessus de sa tête et le porta jusque dans la rue. Il fallut onze hommes pour le rentrer. Dans la chaleur de la fête, il exhiba sur le comptoir son invraisemblable virilité entièrement tatouée d'un entrelacement d'inscriptions en bleu et rouge, rédigées en plusieurs langues. Aux femmes qui l'assiégèrent de leur convoitise, il demanda laquelle payait le plus cher. La plus fortunée offrit vingt pesos. Il proposa alors de se mettre en loterie à dix pesos le numéro. C'était un prix exorbitant, car la femme la plus sollicitée ne gagnait pas plus de huit pesos dans la nuit, mais toutes acceptèrent. Elles écrivirent leur nom sur quatorze petits papiers qu'elles mirent dans un chapeau, et chaque femme en sortit un. Lorsqu'il ne resta plus que deux papiers au fond du chapeau, on put établir de qui il s'agissait.

— Cinq pesos de plus pour chacune, proposa José Arcadio, et je me partage entre vous deux.

Il vivait de ça. Il avait fait soixante-cinq fois le tour du monde, enrôlé dans un équipage de marins apatrides. Les femmes qui couchèrent avec lui cette nuit-là dans l'établissement de Catarino, le ramenèrent tout nu jusque dans la salle de bal où l'on put voir que pas un millimètre de son corps, des pieds à la tête et devant comme derrière, n'était sans tatouages. Il ne parvenait pas à s'adapter à la vie de famille. Il dormait tout le jour et passait la nuit dans le quartier des maisons de tolérance à parier sur sa force physique. Les rares fois où Ursula réussit à lui faire prendre place autour de la table, on le vit avenant et rayonnant, surtout quand il se mettait à raconter ses aventures en pays lointains. Il avait fait naufrage et dérivé pendant deux semaines dans la mer du Japon, se nourrissant du cadavre d'un de ses compagnons qui avait succombé à l'insolation et dont la chair salée, ressalée et cuite au soleil, était granuleuse et douçâtre à manger. Dans le golfe du Bengale, en plein midi, par temps magnifique, son bateau avait eu raison d'un dragon de mer dans le ventre duquel ils trouvèrent le casque, les fermaux et les armes d'un croisé. Ils avaient aperçu dans les Caraïbes le fantôme du bateau-corsaire de Victor Hughes, la voilure arrachée par les vents de la mort, les mâts rongés par les cafards de mer, faisant route vers la Guadeloupe et se trompant toujours de cap. A table, Ursula pleurait comme si elle était en train de lire toutes les lettres qui n'arrivèrent jamais à destination et où José Arcadio relatait ses exploits et ses mésaventures. « Alors que tu as une si grande maison ici, mon fils, sanglotait-elle. Alors qu'on a jeté tant de nourriture aux cochons! » Mais, dans le fond, elle ne pouvait imaginer que le jeune garçon emmené par les gitans fût ce grand escogriffe qui s'empiffrait un demi-cochon de lait à déjeuner et dont les vents faisaient se faner les fleurs. Le reste de la famille avait des réactions similaires. Amaranta ne pouvait dissimuler la répugnance que lui causaient, à table, ses éructations bestiales. Arcadio, qui ne sut jamais le secret de sa filiation, répondait à peine aux questions qu'il lui posait dans le dessein évident de conquérir son affection. Aureliano essaya de revivre en souvenir cette époque où ils partageaient la même chambre, tâcha de restaurer leur complicité d'enfance, mais José Arcadio avait oublié tout cela : la vie en mer lui avait saturé la mémoire de beaucoup trop de choses à se rappeler. Seule Rebecca succomba sur le coup. L'après-midi où elle le vit passer devant sa chambre, elle trouva que Pietro Crespi n'était qu'un petit crevé de gringalet à côté de ce super-mâle dont la respiration volcanique s'entendait dans toute la maison. Tous les prétextes lui étaient bons pour se trouver à côté de lui. Un jour, José Arcadio la détailla avec attention, sans aucune pudeur, et lui dit : « Te voilà une vraie femme, petite sœur. » Rebecca ne se domina plus. Elle recommença à manger de la terre et la chaux des murs avec la même avidité qu'autrefois et suça son pouce avec tant de frénésie qu'il se forma un durillon au bout. Elle vomit un liquide verdâtre contenant des sangsues mortes. Elle passa des nuits blanches à trembler de fièvre, à se débattre contre le délire, à attendre, jusqu'à ce que la maison fût ébranlée par le retour de José Arcadio, à l'aube. Un après-midi, alors que tout le monde faisait la sieste, elle n'y tint plus et alla jusqu'à sa chambre. Elle le trouva en caleçon, éveillé, étendu dans son hamac qu'il avait suspendu aux grosses poutres avec des câbles dont on se sert pour amarrer les bateaux. Son extraordinaire nudité, toute tarabiscotée, l'impressionna si fort qu'elle se sentit envie de rebrousser chemin. « Pardon, dit-elle pour s'excuser : je ne savais pas que vous étiez là. » Mais elle parla à voix basse afin de ne réveiller personne. « Viens ici » lui répondit-il. Rebecca obéit. Elle s'arrêta tout près du hamac, suant de la glace, sentant ses boyaux se nouer, tandis que José Arcadio, du bout des doigts, lui caressait les chevilles, puis les mollets, et bientôt les cuisses, en murmurant : « Ah petite sœur, ah petite sœur! » Elle dut faire un effort surhumain pour ne pas rendre l'âme quand une force cyclonale la souleva par la taille d'une manière étonnamment régulière, la dépouilla de ses effets intimes en deux temps trois mouvements et l'écartela comme un oisillon. Elle eut le temps de remercier Dieu de l'avoir fait naître, avant de s'abandonner, inconsciente, au plaisir inouï de cette douleur insupportable, dans le marécage fumant du hamac qui absorbait comme papier buvard l'explosion de son sang.

Trois jours plus tard, ils se marièrent à la messe de cinq heures. José Arcadio était allé la veille au magasin de Pietro Crespi. Il l'avait trouvé en train de donner une leçon de cithare et lui parla sans même le prendre à part. « J'épouse Rebecca » lui lança-t-il. Pietro Crespi devint tout pâle, tendit la cithare à un de ses élèves et déclara la leçon terminée. Lorsqu'ils furent seuls au salon tout encombré d'instruments de musique et de jouets à ressort, Pietro Crespi dit :

— C'est votre sœur.

— Ça m'est égal, répliqua José Arcadio.

Pietro Crespi s'épongea le front avec son mouchoir imprégné de lavande.

— C'est contre nature, expliqua-t-il, et de plus, la loi le défend.

Plus que son argumentation, ce fut la pâleur de Pietro Crespi qui fit perdre patience à José Arcadio.

— Je chie et je rechie sur la nature, lui répondit-il. Et je viens vous le dire pour vous éviter la peine d'aller rien demander à Rebecca.

Mais ses manières brutales se radoucirent quand il vit les yeux de Pietro Crespi se remplir de larmes.

— Maintenant, lui dit-il sur un autre ton, si c'est la famille qui vous plaît, il vous reste encore Amaranta.

Le père Nicanor révéla dans son sermon du dimanche que José Arcadio et Rebecca n'étaient pas frère et sœur. Ursula ne pardonna jamais ce qu'elle considéra comme un manque de respect inimaginable et, quand ils s'en revinrent de l'église, défendit aux jeunes mariés de remettre les pieds à la maison. Pour elle, ils étaient comme morts. Ils louèrent alors une petite bicoque en face du cimetière et y emménagèrent sans autre mobilier que le hamac de José Arcadio. Pendant la nuit de noces, un scorpion qui s'était introduit dans sa pantoufle mordit Rebecca au pied. Elle sentit sa langue s'engourdir mais cela ne les empêcha pas de passer une lune de miel qui fit scandale. Les voisins étaient terrifiés par les cris qui réveillaient tout le quartier jusqu'à huit fois par nuit, jusqu'à trois fois pendant l'heure de la sieste, et priaient qu'une passion si intempestive n'allât troubler le repos des morts.

Aureliano fut le seul à se faire du souci pour eux. Il leur acheta quelques meubles et leur procura de l'argent jusqu'à ce que José Arcadio retrouvât le sens des réalités et se mit à travailler la terre dans le lopin contigu au patio de la maison et qui n'était à personne. Amaranta, en revanche, ne parvint jamais à surmonter sa rancœur contre Rebecca, bien que le sort lui réservât une satisfaction dont elle n'avait même pas rêvé : sur la proposition d'Ursula, qui ne savait comment réparer cette honte, Pietro Crespi continua à déjeuner tous les mardis à la maison, surmontant son échec avec calme et dignité. Comme preuve de son estime à l'égard de la famille, il conserva le crêpe à son chapeau, et il avait plaisir à marquer son affection pour Ursula en lui apportant des cadeaux exotiques : sardines portugaises, confitures de rose de Turquie, et, un jour, un ravissant châle de Manille. Amaranta l'accueillait avec un tendre empressement. Elle devinait ce qu'il aimait, arrachait les fils décousus à ses poignets de chemise, broda une douzaine de mouchoirs à ses initiales pour son anniversaire. Chaque mardi, après déjeuner, tandis qu'elle brodait sous la véranda, il lui tenait joyeusement compagnie. Pietro Crespi eut bientôt la révélation de cette femme qu'il avait toujours considérée et traitée comme une gamine. Son type de beauté manquait d'une certaine grâce mais elle était d'une sensibilité rare, capable d'apprécier les choses de la vie, pleine d'une secrète tendresse. Un mardi, quand personne ne doutait plus de ce qui devait arriver tôt ou tard, Pietro Crespi la demanda en mariage. Elle n'interrompit pas son ouvrage. Elle attendit que se dissipât la chaude rougeur qui lui était montée aux oreilles et prit une voix posée, solennelle, de personne d'expérience :

— Bien entendu, Crespi, lui dit-elle, mais attendons de nous connaître mieux. Il n'est jamais bon de vouloir précipiter les choses.

Ursula s'offusqua. Bien qu'elle tînt Pietro Crespi en haute estime, elle n'arrivait pas à établir si sa résolution était bonne ou mauvaise du point de vue moral, après ses longues et tumultueuses fiançailles avec Rebecca. Mais elle finit par l'accepter comme quelque chose de ni bien ni mal, puisque personne ne partageait ses doutes. Aureliano, qui était l'homme de la maison, la confondit bien davantage encore en émettant une opinion aussi formelle qu'énigmatique :

— Ce n'est pas le moment de se mettre à penser mariage.

Cette opinion, dont Ursula ne comprit le sens que quelques mois plus tard, était la seule qu'Aureliano pouvait alors exprimer en restant sincère avec lui-même, non seulement pour ce qui était du mariage, mais pour toute autre préoccupation qui n'était pas la guerre. Lui-même, face au peloton d'exécution, ne devait jamais comprendre très clairement comment s'étaient enchaînés cette suite de hasards ténus mais déterminants qui l'avaient conduit jusque-là. La mort de Remedios ne produisit pas en lui cette commotion qu'il appréhendait. Ce fut plutôt une sourde colère qui se dissipa peu à peu, ne lui laissant qu'un sentiment de frustation solitaire et passive, semblable à celui qu'il éprouvait à l'époque où il s'était résigné à se passer de femme. Il se plongea à nouveau dans le travail mais garda l'habitude d'aller jouer aux dominos avec son beau-père. Dans une maison bâillonnée par le deuil, les conversations nocturnes consolidèrent l'amitié entre les deux hommes. « Remarie-toi, Aurelito, disait le beau-père. J'ai six filles, tu as le choix. » Un jour, à la veille des élections, Don Apolinar Moscote, au retour d'un de ses fréquents voyages, se montra préoccupé par la situation politique du pays. Les libéraux étaient décidés à se lancer dans la guerre. Comme Aureliano, à cette époque, avait des notions très confuses des différences entre conservateurs et libéraux, son beau-père les lui simplifia en quelques leçons. Les libéraux, lui expliquait-il, étaient francs-maçons : gens aux mauvais instincts, partisans de pendre les curés, d'instaurer le mariage civil et le divorce, de reconnaître les mêmes droits aux enfants naturels et aux légitimes, de faire éclater le pays par un système fédéral qui dépouillerait le pouvoir central de ses prérogatives. Au contraire, les conservateurs, qui tenaient le pouvoir directement de Dieu lui-même, veillaient sur la stabilité de l'ordre public et la morale familiale; c'étaient les défenseurs de la foi du Christ, du principe d'autorité, et ils n'étaient pas disposés à permettre que le pays fût écartelé en collectivités autonomes. Ses sentiments humanitaires poussaient Aureliano à sympathiser avec l'attitude libérale en ce qui concernait les droits des enfants naturels, mais, de toute manière, il ne comprenait pas comment on en arrivait à faire la guerre pour des choses qu'on ne pouvait toucher du doigt. Il jugea excessif que son beau-père se fît envoyer, pour la période des élections, six hommes armées de fusils sous les ordres d'un sergent, dans un village dépourvu de toute passion politique. Non seulement les soldats débarquèrent, mais ils s'en furent de maison en maison confisquer les armes de chasse, les machettes et jusqu'aux couteaux de cuisine, avant de distribuer aux hommes de plus de vingt-et-un ans des bulletins bleus portant les noms des candidats conservateurs, et des bulletins rouges portant les noms des candidats libéraux. La veille des élections, don Apolinar Moscote en personne lut un avis interdisant, dès le samedi minuit et pour quarante-huit heures, la vente de boissons alcoolisées et les rassemblements de plus de trois personnes n'appartenant pas à la même famille. Les élections se passèrent sans incident. Dès huit heures du matin, le dimanche, on installa sur la place l'urne en bois gardée par les six soldats. On vota en toute liberté, comme put lui-même le constater Aureliano qui resta presque toute la journée auprès de son beau-père, veillant à ce que personne ne votât plus d'une fois. A quatre heures de l'après-midi, un roulement de tambour annonça sur la place la clôture du scrutin, et don Apolinar Moscote scella l'urne avec une bande de papier gommé en travers de laquelle il apposa sa signature. Le soir même, pendant sa partie de dominos avec Aureliano, il donna l'ordre au sergent de rompre la bande de papier gommé afin de faire le décompte des suffrages. Il y avait à peu près autant de bulletins rouges que de bleus, mais le sergent n'en laissa que dix et compléta la différence avec des bleus. Puis l'urne fut scellée à nouveau avec une bande neuve et le lendemain, à la première heure, fut acheminée sur la capitale de la province. « Les libéraux partiront en guerre » dit Aureliano. Don Apolinar Moscote ne relâcha pas son attention au jeu de dominos : « Si tu dis ça à cause des échanges de bulletins, non, ils ne partiront pas en guerre, répondit-il. On laisse exprès quelques bulletins rouges pour qu'il n'y ait pas de réclamations. » Aureliano comprit les inconvénients de l'opposition. « Si j'étais libéral, dit-il, je partirais en guerre pour cette histoire de bulletins. » Son beau-père le regarda par-dessus la monture de ses lunettes :

— Si tu étais libéral, mon pauvre Aurelito, et quand bien même serais-tu mon gendre, tu n'aurais pas assisté à l'échange des bulletins.

Ce qui provoqua réellement l'indignation du village, ce ne fut pas le résultat des élections mais le fait que les soldats n'eussent pas rendu les armes. Une délégation de femmes s'en vint parler avec Aureliano afin qu'il obtînt de son beau-père la restitution des couteaux de cuisine. Don Apolinar Moscote lui expliqua en grand secret que les soldats avaient emporté les armes confisquées comme autant de preuves que les libéraux se préparaient à la guerre. Le cynisme de cette déclaration l'inquiéta. Il ne fit aucun commentaire mais, une nuit que Gerineldo Marquez et Magnifico Visbal bavardaient entre amis au sujet de l'incident des couteaux, on lui demanda s'il était libéral ou conservateur et Aureliano n'hésita pas :

— S'il faut appartenir à quelque chose, je serai libéral, répondit-il, car les conservateurs sont des tricheurs.

Le lendemain, à la demande de ses amis, il rendit visite au docteur Alirio Noguera pour se faire soigner une prétendue douleur au foie. Lui-même ignorait totalement le sens de cette comédie. Le docteur Alirio Noguera avait débarqué à Macondo quelques années auparavant, avec une boîte à pharmacie remplie de petites pastilles insipides et une devise médicale qui ne convainquit personne : *Un clou sort l'autre*. C'était en réalité un imposteur. Derrière son innocente façade de médecin sans réputation se cachait un terroriste qui dissimulait sous des chaussures à talon plat, qui lui montaient jusqu'à mi-jambes, les cicatrices que lui avaient laissées aux chevilles cinq ans passés aux fers. Capturé lors de la première équipée fédéraliste, il réussit à s'échapper à Curaçao, déguisé avec le costume qu'il détestait le plus au monde : une soutane. Au terme d'un exil prolongé, enthousiasmé par les nouvelles, rendues meilleures qu'elles n'étaient, que rapportaient à Curaçao les proscrits de toutes les Caraïbes, il monta à bord d'une goélette de contrebandiers et réapparut à Riohacha avec ses petits flacons de comprimés qui n'étaient rien d'autre que du sucre raffiné, et avec un diplôme de l'Université de Leipzig qu'il avait falsifié lui-même. Il fut si déçu qu'il en pleura. La ferveur fédéraliste, que les exilés comparaient à un baril de poudre sur le point d'exploser, s'était dissoute en vagues illusions électorales. Aigri par l'échec, désireux de trouver quelque endroit où attendre ses vieux jours en sécurité, le faux homéopathe se réfugia à Macondo. Dans la chambrette exiguë tout encombrée de flacons vides qu'il loua en bordure de la place, il vécut plusieurs années sur le dos de malades désespérés qui, après avoir tout essayé, se consolaient avec du sucre en pastilles. Ses instincts d'agitateur demeurèrent en repos tant que don Apolinar Moscote se contenta d'être une autorité d'apparat. Il tuait le temps avec ses souvenirs et à lutter contre l'asthme. L'approche des élections fut le fil qu'il n'eut qu'à suivre pour retrouver l'écheveau de la subversion. Il prit contact avec les jeunes du village qui manquaient de formation politique et engagea une secrète campagne de propagande et de recrutement. Les nombreux bulletins rouges qui apparurent dans l'urne et dont la présence fut attribuée par don Apolinar Moscote à un amour des nouveautés bien propre à la jeunesse, constituaient en fait un aspect de son plan : il obligea ceux qui le suivaient à voter pour les convaincre que les élections n'étaient qu'une farce. « Le seul recours efficace, disait-il, c'est la violence. » La plupart des amis d'Aureliano étaient enthousiasmés par l'idée de liquider l'ordre conservateur, mais nul n'avait osé l'inviter à se rallier à leurs plans, non seulement parce qu'il était lié au corrégidor, mais en raison de son tempérament solitaire et de ses attitudes évasives. L'on savait, en outre, qu'il avait voté bleu sur les indications de son beau-père. Ce fut donc par pure coïncidence qu'il révéla ses sentiments politiques et par simple curiosité qu'on lui mit dans l'idée d'aller rendre visite au docteur pour se faire soigner une douleur dont il ne souffrait pas. Parvenu dans le taudis comme une toile d'araignée puant le camphre, il se trouva en présence d'une espèce d'iguane toute poussiéreuse dont les poumons sifflaient à chaque respiration. Avant de lui poser aucune question, le docteur le conduisit à la fenêtre et lui examina le blanc de l'œil en lui tirant sur les paupières inférieures. « Ce n'est pas là », dit Aureliano en respectant les instructions qu'il avait reçues. Il appuya fortement le bout des doigts à l'emplacement de son foie et ajouta : « C'est ici que j'ai mal, à tel point que ça m'empêche de dormir. » Alors le docteur Noguera ferma la fenêtre sous prétexte que le soleil donnait trop fort et lui expliqua en termes simples pourquoi il était du devoir des patriotes d'assassiner les conservateurs. Pendant plusieurs jours, Aureliano porta dans la poche de sa chemise un petit flacon qu'il sortait toutes les deux heures. Il versait trois comprimés dans le creux de sa main, les projetait d'un coup sec dans sa bouche et les y laissait fondre lentement sur sa langue. Don Apolinar Moscote se moqua de sa confiance dans les vertus de l'homéopathie mais ceux qui faisaient partie du complot reconnurent en lui l'un des leurs. Presque tous les fils des fondateurs de Macondo étaient impliqués dans l'affaire, bien qu'aucun ne sût pratiquement en quoi consistait l'action qu'ils étaient censés tramer. Cependant, le jour où le médecin mit Aureliano dans le secret, celui-ci se retira de la conspiration. Bien qu'il fût alors convaincu de l'urgence qu'il y avait à liquider le régime conservateur, ce plan l'horrifiait. Le docteur Noguera était un mystique de l'attentat personnel. Son système se réduisait à coordonner une série d'actions individuelles qui apparaîtraient comme un coup de maître sur le plan national, en liquidant tous les fonctionnaires du régime avec leur famille respective, surtout les enfants pour que fût détruite la mauvaise graine du conservatisme. Don Apolinar Moscote, son épouse et ses six filles figuraient naturellement sur la liste.

— Vous n'êtes ni libéral ni rien d'autre, lui dit Aureliano sans se départir de son calme. Vous n'êtes rien de plus qu'un boucher.

— Dans ce cas, répliqua le docteur sur le même ton impassible, rends-moi le petit flacon. Tu n'en as plus besoin.

Au bout de six mois, Aureliano se rendit compte que le docteur avait renoncé à voir en lui un homme d'action, et le considérait comme un être sentimental, sans avenir, au caractère passif et condamné à vivre en solitaire. Les autres essayèrent de ne pas le perdre de vue de peur qu'il ne dénonçât la conspiration. Aureliano les tranquillisa: il ne dirait pas un mot, mais la nuit où ils iraient assassiner la famille Moscote, ils le trouveraient défendant leur porte. Il se montra si résolu que l'exécution du plan fut ajournée. C'est à cette époque qu'Ursula lui demanda son avis sur le mariage de Pietro Crespi et d'Amaranta, et qu'il lui répondit que ce n'était pas le moment de penser à ce genre de choses. Depuis une semaine, il portait sous sa chemise une antiquité de pistolet. Il surveillait ses amis. Chaque après-midi, il allait prendre le café chez José Arcadio et Rebecca qui commençaient à s'installer vraiment et, à partir de sept heures, il faisait sa partie de dominos avec son beau-père. A l'heure du déjeuner, il discutait avec Arcadio qui était déjà un adolescent colossal, et chaque jour le trouvait plus exalté par l'imminence de la guerre. C'est à l'école, où Arcadio enseignait à des élèves plus âgés que lui mêlés à d'autres qui commençaient à peine à parler, que s'était développée la fièvre libérale. On parlait de fusiller le père Nicanor, de transformer l'église en école, d'instaurer l'amour libre. Aureliano essaya de modérer son impétuosité. Il lui recommanda discrétion et prudence. Sourd à ses raisonnements posés et à son sens des réalités, Arcadio lui reprocha publiquement sa faiblesse de caractère. Aureliano prit patience. Enfin, dans les premiers jours de décembre, Ursula, toute retournée, fit irruption dans l'atelier :

— La guerre a éclaté!

Effectivement, la guerre avait éclaté, depuis trois mois. La loi martiale régnait dans tout le pays. Le seul à le savoir, à l'époque, était don Apolinar Moscote, mais il se garda même de donner la nouvelle à sa femme, cependant qu'arrivait le peloton de l'armée qui devait occuper le village par surprise. Ils entrèrent sans bruit avant le lever du jour, avec deux pièces d'artillerie légère tirées par des mules, et établirent leur quartier dans l'école. Le couvre-feu fut fixé à six heures de l'après-midi. On procéda à une réquisition encore plus draconienne que la précédente, maison par maison, et cette fois même les outils de travail furent emportés. Ils traînèrent hors de chez lui le docteur Noguera, le ligotèrent à un arbre de la place et, sans autre forme de procès, le passèrent par les armes. Le père Nicanor essaya de faire impression sur les autorités militaires avec son exhibition miraculeuse de lévitation, mais un soldat le blessa à la tête d'un coup de crosse. L'exaltation libérale fit place à une terreur silencieuse. Aureliano, livide, renfermé sur lui-même, continua ses parties de dominos avec son beau-père. Il comprit qu'en dépit de son titre actuel de commandant civil et militaire de la place, don Apolinar Moscote n'était à nouveau qu'une potiche. Les décisions étaient prises par un capitaine de l'armée qui, chaque matin, percevait un impôt d'exception pour le maintien de l'ordre public. Sur son ordre, quatre soldats arrachèrent à sa famille une femme qui avait été mordue par un chien enragé, et la massacrèrent à coup de crosse en pleine rue. Un dimanche, au bout de deux semaines d'occupation, Aureliano entra chez Gerineldo Marquez et, avec sa sobriété coutumière, demanda un bol de café sans sucre. Lorsque tous deux se retrouvèrent seul à seul à la cuisine, Aureliano prit un ton autoritaire qu'on ne lui avait jamais connu : « Rassemble les gars, dit-il. Nous partons en guerre. » Gerineldo Marquez n'en crut pas ses oreilles.

— Avec quelles armes? demanda-t-il.

— Avec les leurs, répondit Aureliano.

Le mardi, au milieu de la nuit, en une expédition insensée, vingt et un hommes de moins de trente ans sous le commandement d'Aureliano Buendia, armés de couteaux de table et de fers affilés, prirent la garnison par surprise, s'approprièrent les armes et fusillèrent dans la cour le capitaine et les quatre soldats qui avaient massacré la femme.

Dans la même nuit, tandis qu'on entendait les décharges du peloton d'exécution, Arcadio fut nommé commandant civil et militaire de la place. Ceux des rebelles qui étaient mariés eurent à peine le temps de dire adieu à leur épouse qu'ils abandonnèrent à son propre sort. Ils partirent au point du jour, acclamés par la population délivrée de la terreur, pour rejoindre les forces du général révolutionnaire Victorio Medina qui, d'après les dernières nouvelles, marchait en direction de Manaure. Avant de partir,

Aureliano sortit don Apolinar Moscote de l'armoire où il s'était caché : « Beau-père, vous allez rester tranquille, lui dit-il. Vous avez ma parole d'honneur que le nouveau commandement garantit votre sécurité personnelle ainsi que celle de votre famille. » Don Apolinar Moscote eut du mal à reconnaître ce conspirateur aux grandes bottes, le fusil en travers de l'épaule, avec lequel il avait joué aux dominos jusqu'à neuf heures du soir.

— Tu es en train de faire une bêtise, Aurelito, s'écria-t-il.

— Aucune bêtise, répliqua Aureliano. Nous sommes en guerre. Et ne me dites plus Aurelito quand je suis déjà le colonel Aureliano Buendia.

Le colonel Aureliano Buendia fut à l'origine de trente-deux soulèvements armés et autant de fois vaincu. De dix-sept femmes différentes, il eut dix-sept enfants mâles qui furent exterminés l'un après l'autre dans la même nuit, alors que l'aîné n'avait pas trente-cinq ans. Il échappa à quatorze attentats, à soixante-trois embuscades et à un peloton d'exécution. Il survécut à une dose massive de strychnine versée dans son café et qui eût suffi à tuer un cheval. Il refusa l'Ordre du Mérite que lui décernait le président de la République. Il fut promu au commandement général des forces révolutionnaires, son autorité s'étendant sur tout le pays, d'une frontière à l'autre, et devint l'homme le plus craint des gens au pouvoir, mais jamais il ne permit qu'on le prît en photographie. Il déclina l'offre de pension à vie qu'on lui fit après la guerre et vécut jusqu'à ses vieux jours des petits poissons en or qu'il fabriquait dans son atelier de Macondo. Bien qu'il se battît toujours à la tête de ses troupes, la seule blessure qu'il reçut jamais, ce fut lui qui se la fit après la capitulation de Neerlandia qui mit fin à bientôt vingt années de guerre civile. Il se lâcha un coup de pistolet en pleine poitrine et le projectile lui ressortit par l'épaule sans avoir atteint aucun centre vital. Tout ce qui demeura de cette succession d'événements fut une rue à son nom dans Macondo. Et pourtant, d'après ce qu'il déclara quelques années avant de mourir de vieillesse, il n'en espérait pas tant, ce jour où il partit avec ses vingt et un hommes, à l'aube, rejoindre les forces du général Victorio Medina.

— Nous te laissons Macondo, se borna-t-il à dire à Arcadio avant le départ. Nous te le laissons en bon ordre, fais en sorte que nous le retrouvions encore en meilleur état.

Arcadio donna une interprétation toute personnelle à cette recommandation. Il s'inventa un uniforme avec des galons et des épaulettes de maréchal, inspiré de ce qu'il avait vu dans les gravures d'un livre de Melquiades, et pendit à sa ceinture le sabre à glands dorés du capitaine fusillé. Il plaça les deux pièces d'artillerie à l'entrée du village, fit revêtir l'uniforme à ses anciens élèves exaltés par ses discours incendiaires et les laissa tout armés déambuler par les rues afin de donner aux étrangers l'impression que le village était invulnérable. Ce fut un stratagème à double tranchant car le gouvernement resta dix mois sans oser attaquer la place, mais lorsqu'il le fit, il lança contre elle des forces si disproportionnées qu'en l'espace d'une demi-heure, toute résistance se trouva anéantie. Dès sa première journée de prise de pouvoir, Arcadio révéla un goût prononcé pour les décrets. Il lui arriva d'en rendre jusqu'à quatre par jour pour ordonner et faire exécuter tout ce qui lui passait par la tête. Il instaura le service militaire obligatoire dès l'âge de dix-huit ans, déclara d'utilité publique tous les animaux qui sillonnaient les rues après six heures du soir, et imposa aux hommes majeurs le port obligatoire d'un brassard rouge. Il séquestra le père Nicanor dans le presbytère, le menaçant d'être fusillé s'il sortait, lui interdit de dire la messe et de faire sonner les cloches à moins que ce ne fût pour célébrer les victoires libérales. Pour que personne ne vînt à douter de la gravité de ses intentions, il ordonna qu'un peloton d'exécution s'entraînât sur la place publique en tirant sur un épouvantail à moineaux. Au début, nul ne le prit au sérieux. Ce n'étaient, après tout, que les grands gosses de l'école qui s'amusaient à jouer aux adultes. Un soir, pourtant, quand Arcadio pénétra dans l'établissement de Catarino, le trompettiste salua son entrée d'une sonnerie guerrière qui provoqua l'hilarité de tous les clients, et Arcadio le fit fusiller pour injure au représentant de l'autorité. Ceux qui protestèrent, il les mit au pain sec et à l'eau, les fers aux chevilles, dans une des salles de classe. « Tu es un assassin! lui criait Ursula chaque fois qu'elle apprenait une nouvelle mesure arbitraire. Quand Aureliano le saura, il te fera fusiller à ton tour et je serai la première à m'en réjouir. » Mais tout fut peine perdue. Arcadio continua à resserrer l'étau, d'une manière aussi rigoureuse que gratuite, jusqu'à devenir le plus cruel tyran que connut jamais Macondo. « Vous vérifiez à vos dépens la différence, dit un jour Apolinar Moscote. Voici le paradis libéral. » Arcadio fut mis au courant. A la tête d'une patrouille, il donna l'assaut à la maison, brisa tous les meubles, fessa les filles et traîna après lui Apolinar Moscote. Au moment où Ursula fit irruption dans la cour de la caserne après avoir traversé le village en clamant sa honte et en brandissant, pleine de rage, un martinet, Arcadio en personne s'apprêtait à donner l'ordre de tirer au peloton d'exécution.

— Ose, bâtard! s'écria Ursula.

Avant qu'Arcadio n'ait eu le temps de faire un geste, elle lui asséna le premier coup de fouet : « Ose, assassin! fit-elle en hurlant. Et tue-moi par-dessus le marché, fils de mauvaise mère. Comme ça, je n'aurai plus d'yeux pour pleurer de honte d'avoir élevé un monstre pareil. » Elle le frappa tant et si bien qu'Arcadio se replia et rentra en lui-même comme un escargot. Don Apolinar Moscote était inconscient, ligoté au poteau où l'avait précédé l'épouvantail à moineaux tout déchiqueté par les tirs d'entraînement. Les petits jeunes qui composaient le peloton d'exécution se dispersèrent de crainte qu'Ursula n'achevât de soulager sur eux sa colère. Mais elle n'eut même pas un regard pour eux. Elle laissa Arcadio avec son uniforme traînant dans la poussière, bramant de rage et de douleur, et détacha Apolinar Moscote pour le reconduire chez lui. Avant de quitter le quartier, elle ôta leurs fers aux prisonniers.

A compter de ce jour, ce fut elle qui commanda au village. Elle rétablit l'office dominical, suspendit le port des brassards rouges, annula toutes mesures édictées sous le coup de la mauvaise humeur. Pourtant, en dépit de l'énergie dont elle faisait preuve, elle ne cessa de pleurer sur son infortuné destin. Elle se sentit si seule qu'elle rechercha la vaine compagnie de son époux oublié sous le châtaignier. « Regarde où nous en sommes arrivés, lui disait-elle, cependant que les pluies de juin menaçaient d'effondrer le petit auvent de palmes. Vois la maison vide, nos enfants éparpillés de par le monde, et nous deux à nouveau seuls comme aux premiers temps. » José Arcadio Buendia, plongé dans un abîme d'inconscience, restait sourd à ses lamentations. Au début de sa folie, c'était sur un ton pressant et par des bribes de latin qu'il prévenait de ses besoins. De brefs éclairs de lucidité, quand Amaranta lui apportait à manger, lui permettaient de communiquer les peines et les soucis qui lui pesaient le plus, et de se prêter avec docilité à ses ventouses et à ses sinapismes. Mais, à l'époque où Ursula s'en vint se lamenter auprès de lui, il avait perdu tout contact avec la réalité. Toujours assis sur son petit banc, elle baignait successivement chaque partie de son corps tout en lui donnant des nouvelles de la famille. « Aureliano est parti pour la guerre, cela fait déjà plus de quatre mois et nous ne savons rien de lui, disait-elle en lui frictionnant l'épaule avec un torchon trempé dans l'eau savonneuse. José Arcadio est de nouveau parmi nous, c'est maintenant un homme fait, plus grand que toi et tout brodé au point-de-croix, mais il n'est revenu que pour jeter la honte sur notre maison. » Elle crut pourtant déceler que son mari devenait plus sombre à entendre ces mauvaises nouvelles. Elle choisit alors de lui mentir. « Ne crois rien de ce que je te raconte, disait-elle en recouvrant de cendres ses excréments pour les ramasser à la pelle. Dieu a voulu que José Arcadio et Rebecca se marient, et à présent les voilà très heureux. » Elle en vint à le duper avec tant de sincérité que ses propres mensonges finirent par la consoler. « Arcadio est déjà un homme posé, disait-elle, et très courageux, très beau garçon avec son uniforme et son sabre. » Autant parler à un mort, car José Arcadio Buendia était déjà hors d'atteinte de toute préoccupation de ce genre. Mais elle insista. Elle le voyait si inoffensif, si indifférent à tout, qu'elle résolut de le détacher. Il ne se leva même pas de son petit banc. Il continua à demeurer exposé au soleil et à la pluie, comme si les cordes n'étaient pas ce qui l'avait retenu attaché au tronc du châtaignier, mais quelque force supérieure à toute entrave visible. Vers le mois d'août, alors que l'hiver commençait à s'éterniser, Ursula put enfin lui apporter une nouvelle qui paraissait vraie.

— Figure-toi que la bonne fortune ne veut décidément pas nous laisser souffler, lui dit-elle. Amaranta et l'Italien au piano mécanique vont se marier.

L'amitié d'Amaranta et de Pietro Crespi, en effet, avait bien progressé, favorisée par la confiance d'Ursula qui, cette fois, ne jugea pas nécessaire de surveiller leurs rendez-vous. Leurs fiançailles étaient crépusculaires. L'Italien arrivait en fin d'après-midi, un gardénia à la boutonnière, et traduisait pour Amaranta des sonnets de Pétrarque. Ils demeuraient sous la véranda à respirer le suffocant parfum d'origan et de roses, lui plongé dans sa lecture et elle filant de la dentelle au fuseau, indifférents aux péripéties et aux mauvaises nouvelles de la guerre, jusqu'à ce que les moustiques les contraignissent à chercher refuge au salon. La sensibilité d'Amaranta, sa tendresse discrète mais enveloppante avaient peu à peu tissé autour de son fiancé une invisible toile d'araignée qu'il devait bel et bien écarter de ses doigts pâles et dépourvus de bagues, pour quitter la maison à huit heures sonnantes. Ils avaient rempli un bel album de cartes postales que Pietro Crespi recevait d'Italie. C'étaient des images d'amoureux dans des parcs solitaires, avec des vignettes représentant des cœurs percés de flèches et des rubans dorés tenus par des colombes. « Je connais bien ce parc de Florence, disait Pietro Crespi en regardant les cartes postales. On n'a qu'à tendre la main et les oiseaux descendent y manger. » Parfois, devant une aquarelle de Venise, la nostalgie changeait en doux arômes de fleurs l'odeur de vase et de fruits de mer avariés des canaux. Amaranta soupirait, riait, rêvait d'une seconde patrie où hommes et femmes, tous aussi beaux les uns que les autres, parlaient avec des mots d'enfants, et de villes antiques où ne subsistaient, pour perpétuer le souvenir de leur grandeur passée, que les chats rôdant parmi les ruines. Après avoir traversé l'océan à sa recherche, après l'avoir confondu avec la passion que mettait Rebecca dans ses fougueux attouchements, Pietro Crespi avait enfin trouvé l'amour. Le bonheur apporta avec lui la prospérité. Son magasin occupait alors presque toute la largeur d'un pâté de maisons et était devenu le refuge de l'imagination, où l'on aimait s'éterniser, avec des reproductions du campanile de Florence qui donnaient l'heure en un concert de carillons, des boîtes à musique de Sorrente, des poudriers de Chine qui jouaient un air sur cinq notes dès qu'on soulevait leur couvercle, et tous les instruments de musique imaginables, et toutes les mécaniques à ressorts qui se pouvaient inventer. Bruno Crespi, son frère cadet, tenait le magasin, car lui-même ne pouvait déjà pas suffire à tous ses cours de musique. Grâce à lui, la rue aux Turcs, avec son éblouissante vitrine de bibelots, devint bientôt un îlot de calme, plein de mélodies, où l'on pouvait oublier les menées tyranniques d'Arcadio et le lointain cauchemar de la guerre. Quand Ursula décida la reprise des offices dominicaux, Pietro Crespi fit don à l'église d'un harmonium allemand, organisa une chorale enfantine et prépara tout un répertoire grégorien qui mit une note de splendeur dans le rituel funèbre du père Nicanor. Personne ne doutait qu'il ferait d'Amaranta une épouse comblée. Sans précipiter l'évolution de leurs sentiments, se laissant guider par le penchant naturel de leur cœur, ils en arrivèrent au moment où il ne resta plus qu'à fixer la date du mariage. Ils ne devaient rencontrer aucun obstacle. Ursula, dans son for intérieur, s'accusait d'avoir fait mal tourner le destin de Rebecca par ses atermoiements répétés, et elle n'était pas disposée à collectionner les remords. Le deuil sévère imposé par la mort de Remedios avait été relégué au second plan par les mortifications de la guerre, l'absence d'Aureliano, la brutalité d'Arcadio et la mise à la rue de José Arcadio et Rebecca. Comme les noces étaient toutes proches, Pietro Crespi avait laissé entendre qu'Aureliano José, auquel il portait un amour presque paternel, pourrait être considéré comme son fils aîné. Tout donnait à penser qu'Amaranta s'orientait vers un bonheur sans encombres. Mais, au contraire de Rebecca, elle ne montrait aucun empressement. Aussi patiemment qu'elle décorait les nappes de couleurs vives, cousait de merveilleux ouvrages en passementerie, brodait au point de croix des paons royaux, elle attendit que Pietro Crespi ne pût plus résister aux commandements impétueux de son cœur. Son heure arriva avec les pluies funestes d'octobre. Pietro Crespi retira le métier à broder qu'elle tenait sur ses genoux et lui prit la main et la serra entre les siennes. « Je n'en peux plus d'attendre, lui dit-il. Nous allons nous marier le mois prochain. » Au contact de ses mains glacées, Amaranta ne trembla point. Elle retira la sienne comme un petit animal fuyant, et retourna à son labeur.

— Ne sois pas naïf, Crespi, fit-elle en souriant. Même morte je ne me marierai pas avec toi.

Pietro Crespi ne se contrôla plus. Il se mit à pleurer sans pudeur, allant presque jusqu'à se briser les doigts de désespoir, mais ne réussit pas à l'ébranler. « Ne perds pas ton temps, trouva seulement à ajouter Amaranta. Si vraiment tu m'aimes tant que ça, ne remets plus les pieds dans cette maison. » Ursula crut devenir folle de honte. Pietro Crespi épuisa toute la gamme des prières et supplications. Il en arriva à connaître les pires et les plus incroyables humiliations. Il pleura tout un après-midi dans les bras d'Ursula qui aurait vendu son âme pour le consoler. Certains soirs de pluie, on le vit rôder autour de la maison, muni d'un parapluie de soie, essayant de surprendre un peu de lumière dans la chambre d'Amaranta. Jamais il ne fut mieux habillé qu'à cette époque. Son auguste tête d'empereur en proie aux tourments acquit un étrange air de grandeur. Il importuna les amies d'Amaranta, celles qui allaient broder sous la véranda, pour qu'elles voulussent bien essayer de la convaincre. Il délaissa ses affaires. Il passait toute la journée dans l'arrière-boutique à écrire des billets insensés qu'il faisait parvenir à Amaranta, accompagnés de pétales séchés et de papillons naturalisés, et qu'elle retournait sans même les ouvrir. Il restait des heures et des heures enfermé à jouer de la cithare. Une nuit, il se prit à chanter. Macondo se réveilla dans une sorte de stupeur, transporté au septième ciel par une cithare qui ne méritait pas de jouer en ce bas monde et par une voix chargée de tant d'amour qu'on ne pouvait croire que sa pareille existât sur terre. Pietro Crespi vit alors la lumière apparaître à toutes les fenêtres du village, sauf à celle d'Amaranta. Le deux novembre, jour de tous les morts, son frère ouvrit le magasin et trouva toutes les lampes allumées, toutes les boîtes à musique ouvertes, toutes les pendules bloquées à la même heure désormais éternelle, et au milieu de ce concert désordonné, découvrit Pietro Crespi dans le bureau de l'arrière-boutique, les poignets tranchés avec un rasoir, les deux mains dans une bassine de benjoin.

Ursula décida qu'il serait veillé à la maison. Le père Nicanor s'opposait aux obsèques religieuses et à la sépulture en terre chrétienne. Ursula tint bon contre lui : « D'une façon que ni vous ni moi ne pouvons comprendre, lui dit-elle, cet homme est un saint. Et je vais l'enterrer, contre votre volonté, à côté de la tombe de Melquiades. » Elle le fit, avec l'approbation de tout le village, en de grandioses funérailles. Amaranta ne quitta pas sa chambre. Elle entendit depuis son lit les sanglots d'Ursula, les pas et les murmures de la foule qui envahit la maison, les hurlements des pleureuses, et bientôt un profond silence plein du parfum des fleurs piétinées. Longtemps encore elle continua à sentir l'odeur légère de lavande qui précédait Pietro Crespi à la tombée du jour, mais elle eut assez de forces pour ne pas s'abandonner au délire. Ursula se mit à l'ignorer. Elle ne leva même pas les yeux pour s'apitoyer sur elle, cet après-midi où Amaranta fit irruption dans la cuisine et mit sa main dans les braises du fourneau, jusqu'à ce que la douleur fût telle qu'elle ne sentit plus rien, sauf la puanteur de sa propre chair brûlée. Ce fut un remède de cheval contre le remords. Pendant plusieurs jours, elle alla et vint dans la maison, la main dans un bol de blancs d'œufs, et quand ses brûlures furent guéries, ce fut comme si les blancs d'œufs avaient pareillement cicatrisé les ulcères de son cœur. La seule trace visible de cette tragédie resta la bande de gaze noire qu'elle enroula autour de sa main brûlée et qu'elle devait porter jusqu'à sa mort.

Arcadio fit montre d'une rare générosité en décrétant un deuil général après la mort de Pietro Crespi. Ursula interpréta son geste comme le retour de la brebis égarée. Pourtant, elle se trompait. Elle n'avait pas perdu Arcadio depuis le jour où il avait revêtu l'uniforme de soldat, mais depuis toujours. Elle croyait l'avoir élevé comme un fils, ainsi qu'elle avait élevé Rebecca, sans privilèges ni discriminations. Cependant, tout le temps que dura la peste de l'insomnie, entre la fièvre utilitaire d'Ursula, les délires de José Arcadio Buendia, l'hermétisme d'Aureliano, la rivalité mortelle d'Amaranta et de Rebecca, Arcadio demeura un enfant solitaire et effarouché. Aureliano lui apprit à lire et à écrire, mais en pensant à autre chose, comme l'aurait fait un étranger. Il lui faisait don de ses vêtements, que Visitacion devait retailler, quand ils étaient déjà bons à jeter. Arcadio souffrait de ses chaussures trop grandes pour lui, de ses pantalons rapiécés, de ses fesses de femme. Il ne réussit jamais à se confier à quelqu'un mieux qu'il ne le fit avec Visitacion et Cataure dans leur propre langage. Melquiades fut le seul à s'occuper vraiment de lui, quand il lui faisait écouter ses textes incompréhensibles ou qu'il lui donnait des indications sur l'art de la daguerréotypie. Nul ne s'imagina combien il put pleurer sa mort en secret et avec quel désespoir il s'acharna à vouloir le ressusciter en étudiant vainement les papiers qu'il avait laissés. L'école, où on faisait attention à lui et le respectait, puis l'exercice du pouvoir, avec ses décrets sans discussion et son uniforme de gloire, le libérèrent du poids de son ancienne amertume. Un soir, chez Catarino, quelqu'un osa lui dire : « Tu ne mérites pas le nom que tu portes. » Contre toute attente, Arcadio ne le fit pas fusiller.

— Je m'en fais gloire, dit-il. Je ne suis pas un Buendia.

A cette réplique, ceux qui connaissaient le secret de sa filiation pensèrent qu'il était également au courant, mais en réalité il ne le sut jamais. Pilar Ternera, sa mère, qui lui avait fait pétiller le sang dans les veines lorsqu'il la vit dans le cabinet de daguerréotypie, l'obséda d'une manière aussi irrésistible qu'autrefois José Arcadio, puis Aureliano. Bien qu'elle eût perdu ses charmes et son rire éclatant, il la cherchait et la trouvait dans l'odeur de fumée qu'elle traînait après elle. Peu avant les hostilités, un jour où, vers midi, elle tardait à venir chercher son plus jeune fils à l'école, Arcadio se mit à l'attendre dans la pièce où il lui arrivait de faire la sieste et où il enchaîna plus tard les prisonniers. Tandis que l'enfant s'amusait dans la cour, il guetta sa venue, tremblant d'impatience dans son hamac, certain que Pilar Ternera devait passer par là. Elle arriva. Arcadio la saisit par le poignet et voulut la renverser dans le hamac. « Je ne peux pas, je ne peux pas, fit Pilar Ternera avec horreur. Tu ne peux imaginer à quel point je voudrais te faire plaisir, mais Dieu m'est témoin que je ne peux pas. » Arcadio la souleva par la taille avec cette force prodigieuse qu'il avait reçue en héritage, et sentit que le monde entier s'évanouissait au seul contact de cette peau. « Ne fais pas la sainte, lui disait-il. En fin de compte, tout le monde sait que tu n'es qu'une putain. » Pilar surmonta le dégoût que lui inspirait son misérable destin.

— Les enfants vont s'apercevoir de quelque chose, murmura-t-elle. Mieux vaut cette nuit; ne mets pas la barre à ta porte.

Ce soir-là, Arcadio l'attendit, grelottant de fièvre dans son hamac. Il attendit sans fermer un instant les yeux, prêtant l'oreille aux criailleries des grillons annonçant l'aube qui n'en finissait pas de venir, écoutant les butors, leur implacable ronde à heure fixe, de plus en plus persuadé qu'on s'était joué de lui. Tout à coup, alors que son impatience avait tourné à la colère, la porte s'ouvrit. Quelques mois plus tard, devant le peloton d'exécution, Arcadio devait revivre toutes ces allées et venues dans la salle de classe, les heurts contre les bancs d'écoliers, et, pour finir, la rencontre de ses mains et d'un corps dans les ténèbres de la pièce, et le souffle précipité d'un autre cœur que le sien, battant à tout rompre. Il tendit la main et trouva une autre main portant deux bagues au même doigt, sur le point de faire naufrage dans le noir. Il sentit les nervures de ses veines, son pouls en détresse, et sentit aussi la paume humide de cette main dont la ligne de vie était tranchée à la base du pouce par le coup de griffe de la mort. Alors il comprit que ce n'était pas là la femme qu'il attendait, car elle ne sentait pas la fumée mais la brillantine à la fleurette, et avait des seins gonflés et aveugles, avec des tétins d'homme, et le sexe tout incrusté et rond comme une noix, et la tendresse désordonnée de l'inexpérience qui s'exalte. Elle était vierge et portait l'invraisemblable prénom de Sainte Sophie de la Piété. Pilar Ternera lui avait versé cinquante pesos, la moitié des économies qu'elle avait réalisées dans toute sa vie, pour faire ce qu'elle était en train de faire. Arcadio l'avait souvent aperçue qui tenait le petit commerce d'alimentation de ses parents, mais il n'avait jamais fixé son attention sur elle, car elle avait cette rare vertu de n'exister tout à fait qu'aux moments opportuns. Mais, à partir de ce jour-là, elle vint se pelotonner comme un chat à la chaleur de son aisselle. Elle se rendait à l'école à l'heure de la sieste, avec le consentement de ses parents auxquels Pilar Ternera avait versé l'autre moitié de ses économies. Plus tard, lorsque les troupes gouvernementales lui firent quitter les lieux, ils s'aimèrent dans l'arrière-boutique entre les boîtes de saindoux et les sacs de maïs. Vers l'époque où Arcadio fut nommé commandant civil et militaire de la place, ils eurent une fille.

Les seuls de la famille à l'apprendre furent José Arcadio et Rebecca avec lesquels Arcadio entretenait à présent des rapports intimes, fondés sur un sentiment de complicité davantage que sur leurs liens de parenté. José Arcadio avait baissé la crête sous le joug du mariage. La fermeté de caractère de Rebecca, la voracité de son ventre, son ambition tenace, suffirent à mobiliser l'extraordinaire puissance de travail de son mari qui, de fainéant et coureur de jupons qu'il était, se métamorphosa en une énorme bête de somme. Ils avaient une maison bien propre et bien en ordre. Au petit jour, Rebecca l'ouvrait en grand et le vent des tombes entrait par les fenêtres pour ressortir par les portes du patio, laissant les murs blanchis et les meubles tout cussonnés par le salpêtre des morts. Sa fringale de terre, le cloc-cloc des ossements de ses parents, le bouillonnement de son sang devant l'humeur passive de Pietro Crespi, tout cela était relégué au grenier de la mémoire. Tout le jour, elle brodait à la fenêtre, ignorante des affres de la guerre, jusqu'à l'heure où se mettaient à vibrer à l'intérieur du bahut les pots de céramique et qu'elle se levait pour mettre à cuire le repas, bien avant l'apparition de la meute maigre et sale des chiens de chasse précédant le colosse portant houseaux et éperons, armé d'un fusil à deux coups, qui ramenait parfois un cerf entier sur l'épaule et presque toujours une belle brochette de lapins et de canards sauvages. Un après-midi, au début de sa prise de pouvoir, Arcadio s'en vint leur rendre visite inopinément. Ils ne l'avaient pas revu depuis qu'ils avaient quitté la maison mais il se montra si affectueux, faisant la preuve qu'il les considérait toujours comme de la famille, qu'ils l'invitèrent à partager leur tambouille.

Arcadio attendit le café pour révéler le motif de sa visite : il avait reçu une plainte contre José Arcadio. On racontait qu'il avait commencé par labourer son propre terrain, démolissant les clôtures et rasant les chaumières avec ses bœufs, jusqu'à s'approprier par la force les meilleurs sols des environs. Des paysans qu'il n'avait pas dépouillés parce que leurs terres ne l'intéressaient pas, il exigea un impôt qu'il percevait tous les samedis, accompagné de ses chiens et armé de son fusil à deux coups. Il ne chercha pas à nier. Il disait être dans son droit car les terres usurpées avaient été distribuées par José Arcadio Buendia au moment de la fondation du village et il croyait possible de démontrer que son père, entre-temps, était devenu fou puisqu'il avait disposé d'un patrimoine appartenant en fait à toute la famille. Son plaidoyer était d'ailleurs inutile : Arcadio n'était pas venu pour faire justice. Il proposa simplement la création d'un office où seraient enregistrés les domaines de chacun, afin que José Arcadio pût légaliser ses titres de propriété usurpés, mais à condition qu'il déléguât au gouvernement local le droit de percevoir les contributions qu'il touchait. Ils se mirent d'accord. Quelques années plus tard, quand le colonel Aureliano Buendia examina les titres de propriété, il découvrit qu'avaient été enregistrées au nom de son frère toutes les terres que pouvait embrasser le regard, depuis la hauteur où se trouvait son jardin jusqu'au fond de l'horizon, y compris le cimetière, et que durant ses onze mois de pouvoir, Arcadio s'était rempli les poches, non seulement avec l'argent des impôts, mais avec celui qu'il extorquait aux habitants du village en échange du droit d'enterrer leurs morts sur le domaine de José Arcadio.

Ursula mit plusieurs mois à apprendre ce qui était déjà de notoriété publique, les gens le lui dissimulant pour ne pas aviver sa souffrance. Bientôt elle commença à avoir des soupçons. « Arcadio est en train de se construire une maison », confia-t-elle à son mari avec une fierté feinte, tandis qu'elle essayait de lui introduire entre les dents une cuillerée de sirop de totumo. Mais en même temps elle ne put s'empêcher de soupirer : « Je ne sais pourquoi, tout cela ne me dit rien qui vaille. » Plus tard, quand elle apprit qu'Arcadio avait non seulement achevé sa maison mais commandé tout un mobilier viennois, ses doutes se changèrent en certitude qu'il était en train de puiser dans les fonds publics. « Tu es la honte de notre famille », lui cria-t-elle un dimanche, après la messe, lorsqu'elle l'aperçut dans sa maison neuve, jouant aux cartes avec ses officiers. Arcadio n'y prêta aucun cas. Ursula n'apprit qu'alors qu'il avait une petite fille de six mois et que Sainte Sophie de la Piété, avec qui il vivait en concubinage, était à nouveau enceinte. Elle résolut d'écrire au colonel Aureliano Buendia, en quelque lieu qu'il pût se trouver, pour le mettre au courant de la situation. Mais les événements qui se précipitèrent de jour en jour l'empêchèrent de mettre ses desseins à exécution et, qui plus est, la firent se repentir de les avoir conçus. La guerre qui, jusque-là, n'avait été rien d'autre qu'un mot servant à désigner une conjoncture vague et lointaine, prit l'aspect d'une réalité tragique. Vers la fin février arriva à Macondo une vieille femme toute cendrée, juchée sur un âne chargé de balais. Elle avait l'air si inoffensive que les sentinelles en faction la laissèrent passer sans questions, comme une marchande parmi d'autres qui affluaient régulièrement des villages du marigot. Elle se rendit directement au quartier. Arcadio la reçut dans le même local qui avait servi jadis de salle de classe et qui avait été transformé à présent en une sorte de camp retranché, plein de hamacs roulés et pendus aux anneaux, de paillasses entassées dans les coins, de fusils, de carabines et même d'escopettes de chasse jetés pêle-mêle par terre. La vieille prit un air martial, fit le salut militaire et déclina son identité :

— Je suis le colonel Gregorio Stevenson.

Il apportait de mauvaises nouvelles. Les derniers foyers de la résistance libérale, d'après ce qu'il disait, étaient sur le point d'être anéantis. Le colonel Aureliano Buendia, qu'il avait laissé battre en retraite du côté de Riohacha, l'avait enjoint d'aller trouver Arcadio et de lui parler. Il devait remettre la place sans résistance en posant comme condition que fussent sauvegardés, sous parole d'honneur, la vie et les biens de tous les libéraux. Arcadio détailla avec commisération cet étrange messager qu'on aurait pu confondre avec quelque vieille ayant pris la poudre d'escampette.

— Bien entendu, vous avez sur vous quelque message écrit, lui dit-il.

— Bien entendu, répondit l'émissaire, je n'ai rien sur moi. Il est aisé à comprendre que, dans les circonstances actuelles, on ne puisse porter sur soi rien de compromettant.

Tout en parlant, il sortit de son corsage et posa sur la table un petit poisson en or. « Je pense que ceci suffira », dit-il. Arcadio constata qu'il s'agissait bien d'un des petits poissons fabriqués par le colonel Aureliano Buendia. Mais quelqu'un pouvait tout aussi bien l'avoir acheté avant-guerre, ou l'avoir dérobé, et le sauf-conduit n'avait par conséquent aucune valeur. Pour prouver son identité, le messager en fut réduit à violer un secret militaire. Il révéla qu'il se rendait en mission à Curaçao où il comptait recruter des exilés de toutes les Caraïbes et se procurer suffisamment d'armes et de munitions pour tenter un débarquement vers la fin de l'année. Confiant en ce plan, le colonel Aureliano Buendia souhaitait que, pour l'instant, on ne fît pas de sacrifices inutiles. Mais Arcadio demeura inflexible. Pendant qu'il vérifiait son identité, il mit le messager sous les verrous et résolut de défendre la place jusqu'à la mort.

Il n'eut pas à attendre longtemps. Les nouvelles de l'échec libéral se faisaient chaque fois plus précises. Vers la fin mars, peu après minuit, sous une pluie précoce, la sourde tension des semaines passées éclata brutalement, par une sinistre sonnerie de trompette suivie d'un coup de canon qui démolit la tour de l'église. En réalité, la volonté de résister d'Arcadio était pure folie. Il disposait d'à peine cinquante hommes, mal équipés, auxquels était alloué un maximum de vingt cartouches chacun. Mais tous autant qu'ils étaient, ses anciens élèves, excités par de retentissantes proclamations, étaient décidés à se faire trouer la peau pour une cause perdue. Au milieu des bruits confus de bottes, d'ordres contradictoires, des coups de canon qui faisaient trembler la terre, des coups de feu tirés sans ordre et des sonneries de trompette sans nécessité, le soi-disant colonel Stevenson réussit à s'entretenir avec Arcadio. « Evitez-moi l'indignité de mourir aux fers dans ces hardes de femme, lui dit-il. Si je dois mourir, que ce soit au combat. » Il parvint à le convaincre. Arcadio donna ordre qu'on lui remît une arme et vingt cartouches et qu'on le laissât, avec cinq hommes, défendre le quartier général, cependant que lui-même et son état-major se portaient aux premières lignes de la résistance. Il ne put arriver jusqu'au chemin du marigot. Les barricades avaient été démolies et les défenseurs se battaient à découvert dans les rues, d'abord jusqu'à épuisement de leur ration de cartouches, puis au pistolet contre les fusils et, pour finir, au corps à corps. Devant l'imminence de la débâcle, quelques femmes s'élancèrent en pleine rue, armées de bâtons et de couteaux de cuisine. Dans la confusion régnante, Arcadio tomba nez à nez avec Amaranta qui le cherchait comme une folle, en chemise de nuit, tenant deux vieux pistolets de José Arcadio Buendia. Il donna son fusil à un officier qui avait perdu le sien au cours du combat et s'échappa avec Amaranta, par une rue latérale, afin de la ramener à la maison. Ursula attendait sur le pas de la porte, indifférente aux coups de feu qui avaient ouvert une meurtrière dans la façade de la maison voisine. La pluie avait cessé mais les rues étaient glissantes, toutes ramollies comme du savon à demi fondu, et on avait du mal à évaluer les distances dans l'obscurité. Arcadio laissa Amaranta avec Ursula et voulut faire face à deux soldats qui, simultanément, tirèrent au jugé depuis le coin de la rue. Les vieux pistolets, conservés depuis tant d'années au fond d'une armoire, ne fonctionnèrent pas. Faisant un bouclier de son corps pour protéger Arcadio, Ursula essaya de l'entraîner jusqu'à la maison.

— Viens, par Dieu! lui cria-t-elle. Assez de folies comme ça!

Les soldats les mirent en joue.

— Lâchez cet homme, Madame, hurla l'un d'eux. Ou nous ne répondons de rien.

Arcadio poussa Ursula jusque chez elle et se rendit. Peu après se turent les armes et les cloches se mirent à sonner. La résistance avait été écrasée en moins d'une demi-heure. Pas un seul des hommes d'Arcadio ne survécut à l'attaque, mais avant de mourir, ils avaient mis en pièces quelque trois cents soldats. Le quartier fut le dernier bastion. Avant l'assaut, le soi-disant colonel Gregorio Stevenson libéra les prisonniers et ordonna à ses hommes de descendre se battre dans la rue. L'extraordinaire mobilité et l'extrême précision avec lesquelles il tira ses vingt cartouches par les différentes fenêtres, donnèrent l'impression que la caserne était bien gardée et les assaillants la démantelèrent à coups de canons. Le capitaine qui commandait les opérations fut tout étonné de ne rencontrer personne parmi les décombres, à l'exception d'un seul homme en caleçon, raide mort, le fusil déchargé encore tenu par un des bras qui avait été complètement arraché du corps. Il avait une épaisse chevelure de femme enroulée autour de la nuque et fixée par une barrette, et portait au cou un scapulaire avec un petit poisson en or. Le capitaine, retournant le corps du bout de sa botte pour en éclairer le visage, demeura interloqué : « Merde! » s'exclama-t-il. D'autres officiers s'approchèrent.

— Regardez-moi où a choisi de se montrer ce revenant, leur dit le capitaine. C'est Gregorio Stevenson.

A l'aube, après un conseil de guerre constitué à la hâte, Arcadio fut fusillé contre le mur du cimetière. Pendant les deux dernières heures de sa vie, il ne put comprendre pourquoi cette peur qui le tourmentait depuis sa tendre enfance avait disparu. Impassible, sans même se préoccuper de donner des preuves de son nouveau courage, il écouta l'interminable réquisitoire de l'accusation. Il pensait à Ursula qui, à cette heure-là, sous le châtaignier, devait boire le café avec José Arcadio Buendia. Il pensait à sa fille de huit mois qui n'avait pas encore de prénom, et à son enfant qui allait naître en août. Il pensait à Sainte Sophie de la Piété qu'il avait laissée, la veille au soir, en train de saler un cerf pour le déjeuner du samedi, et il eut la nostalgie de ses cheveux ruisselants sur ses épaules et de ses cils qui avaient l'air de faux cils. Sans vaine sentimentalité, il pensait à tous les gens qu'il avait connus, dans une sorte de sévère règlement de comptes avec la vie, et commençait à comprendre combien il aimait en fait les êtres qu'il avait le plus haïs. Le président du conseil de guerre entama son discours final et Arcadio ne s'était pas rendu compte que deux heures s'étaient déjà écoulées. « Bien que les charges relevées contre l'accusé ne témoignent pas de grands mérites, disait le président, l'imprudence criminelle et l'irresponsabilité avec lesquelles il poussa ses hommes à périr inutilement, suffiraient à lui faire mériter la peine capitale. » Dans l'école lézardée où il avait ressenti pour la première fois cette assurance que donne le pouvoir, à quelques mètres de la pièce où il avait connu les incertitudes de l'amour, Arcadio trouva ridicule ce formalisme de la mort. En fait, la mort ne lui importait guère, mais plutôt la vie : aussi bien, quand fut prononcée la sentence, n'éprouva-t-il aucun sentiment de frayeur, mais seulement de la nostalgie. Il resta muet jusqu'à ce qu'on lui eût demandé d'exprimer sa dernière volonté.

— Dites à ma femme, répondit-il d'une voix bien timbrée, qu'elle donne à la petite le prénom d'Ursula. Il marqua un silence et confirma ce qu'il venait de dire : Ursula, comme la grand-mère. Et dites-lui aussi, si l'enfant à naître est un garçon, qu'elle l'appelle José Arcadio, non en souvenir de son oncle, mais de son grand-père.

Avant qu'on ne l'emmenât jusqu'au grand-mur, le père Nicanor voulut l'assister. « Je n'ai à me repentir de rien », dit Arcadio, et il se mit aux ordres du peloton d'exécution après avoir bu une tasse de café noir. Le chef du détachement, spécialisé dans les exécutions sommaires, portait un nom qui était bien plus qu'un simple hasard : capitaine Roque Carnicero [1]. Sur le chemin du cimetière, malgré la bruine persistante, Arcadio constata qu'à l'horizon pointait un mercredi radieux. Sa nostalgie se dissipait avec le brouillard et faisait place à une immense curiosité. Ce n'est qu'au moment où on lui donna l'ordre de se placer le dos au mur qu'Arcadio aperçut Rebecca, les cheveux mouillés, vêtue d'une robe à fleurs roses, qui ouvrait la maison en grand. Il fit effort pour qu'elle le reconnût. Rebecca regarda effectivement en direction du mur et resta paralysée de stupeur; c'est à peine si elle put réagir et adresser à Arcadio un signe d'adieu. Arcadio lui répondit de la même manière. Au même moment pointèrent sur lui les gueules noircies des fusils, et il entendit distinctement les encycliques psalmodiées par

1. *Carnicero :* boucher (N.D.T.).

Melquiades, et il perçut la démarche égarée de Sainte Sophie de la Piété, encore vierge, dans la salle de classes, et il sentit son nez gagné par cette rigidité de glace qui avait attiré son attention sur les fosses nasales du cadavre de Remedios. « Ah! *carajo!* réussit-il encore à penser. J'ai oublié de leur dire que si c'est une fille, on l'appelle Remedios. » Cependant, ramassée en un seul coup de griffe qui le déchira cruellement, il ressentit à nouveau cette terreur qui l'avait tourmenté toute sa vie. Le capitaine donna l'ordre de tirer. Arcadio eut à peine le temps de bomber le torse et de relever la tête, sans comprendre d'où pouvait couler le brûlant liquide qui lui cuisait les cuisses :

— Bande de cons! s'écria-t-il. Vive le parti libéral!

En mai s'acheva la guerre. Deux semaines avant que le gouvernement n'en fît l'annonce officielle par une retentissante proclamation qui promettait un châtiment sans pitié aux promoteurs de l'insurrection, le colonel Aureliano Buendia fut fait prisonnier alors qu'il était sur le point d'atteindre la frontière occidentale, déguisé en sorcier indigène. Des vingt et un hommes qui l'avaient suivi à la guerre, quatorze étaient morts au combat, six avaient été blessés et un seul l'accompagnait encore au moment de la débâcle finale : le colonel Gerineldo Marquez. La nouvelle de la capture fut portée à la connaissance de Macondo par avis spécial. Ursula en informa son mari : « Il est vivant. Prions Dieu que ses ennemis soient cléments. » Au bout de trois jours de larmes, un après-midi qu'elle battait quelque dessert au lait dans la cuisine, elle entendit distinctement la voix de son fils tout près de son oreille. « C'était Aureliano, s'écria-t-elle en courant jusqu'au châtaignier, pour faire part de la nouvelle à son époux. Je ne sais comment est arrivé ce miracle, mais il est en vie et nous allons le voir très bientôt. » Elle le donna pour acquis. Elle fit laver par terre dans toute la maison et modifia l'emplacement des meubles. Une semaine plus tard, un bruit courut, dont on ignorait l'origine et qu'aucun avis ne devait officialiser, qui confirmait tragiquement le présage. Le colonel Aureliano Buendia avait été condamné à mort et, pour servir d'exemple à la population, la sentence serait exécutée à Macondo même. Un lundi, à dix heures vingt du matin, Amaranta était en train d'habiller Aureliano José lorsqu'elle perçut dans le lointain un bruit confus de troupe en marche ainsi qu'un coup de trompe, une seconde avant qu'Ursula ne fît irruption dans la chambre en poussant un cri : « Ils le ramènent déjà! » La troupe luttait à coups de crosses pour contenir la foule houleuse. Ursula et Amaranta se précipitèrent jusqu'au coin de la rue, jouant des épaules pour se frayer un passage, et c'est alors qu'elles le virent. On aurait dit un mendiant. Ses vêtements étaient en haillons, sa chevelure et sa barbe broussailleuses, et il marchait nu-pieds. Il foulait la poussière brûlante sans rien sentir, les mains liées derrière le dos par une corde qu'un officier à cheval avait nouée au troussequin de sa selle. A ses côtés, aussi mal vêtu et en aussi piteux état, se trouvait ramené le colonel Gerineldo Marquez. Ni l'un ni l'autre n'étaient tristes. Ils paraissaient plutôt troublés par l'importance de la foule qui criait à la troupe toutes sortes d'injures.

— Mon fils! s'écria Ursula au milieu du tumulte et en donnant une torgnole au soldat qui tentait de la retenir.

Le cheval de l'officier se cabra. Alors le colonel Aureliano Buendia s'arrêta, tout tremblant, esquiva les bras de sa mère et, droit dans les yeux, la fixa avec dureté.

— Retournez à la maison, maman, lui dit-il. Demandez un permis aux autorités et venez me voir à la prison.

Il regarda Amaranta qui restait, indécise, à deux pas derrière Ursula, et lui demanda en souriant : « Qu'est-ce qui t'est arrivé à la main? » Amaranta leva sa main bandée de noir : « Une brûlure », répondit-elle, et elle entraîna Ursula pour qu'elle ne se fît pas piétiner par les chevaux. La troupe s'ébranla à nouveau. Une garde spéciale entoura les prisonniers et les emmena au trot jusqu'au quartier.

En fin de journée, Ursula alla à la prison rendre visite au colonel Aureliano Buendia. Elle avait essayé d'obtenir un laissez-passer par l'intermédiaire de don Apolinar Moscote mais, devant la toute-puissance des militaires, celui-ci avait perdu toute autorité. Quant au père Nicanor, il était cloué chez lui par une fièvre hépatique. Les parents du colonel Gerineldo Marquez, lequel n'était pas condamné à mort, avaient cherché à le voir et furent refoulés à coups de crosse. Toute intervention s'avérant impossible, convaincue que son fils serait fusillé avant l'aube, Ursula réunit dans un baluchon ce qu'elle voulait lui faire parvenir et s'en fut seule à la caserne.

— Je suis la mère du colonel Aureliano Buendia, dit-elle en se présentant aux sentinelles.

Celles-ci lui barrèrent la route. « De toute façon, je vais entrer, les avertit Ursula. De sorte que si vous avez ordre de tirer, vous pouvez commencer tout de suite. » Elle repoussa sans ménagement un des factionnaires et fit irruption dans l'ancienne salle de classe où un groupe de soldats entièrement nus graissaient leurs armes. Un officier en tenue de combat, tout rougissant, avec des lunettes aux verres très épais et des manières cérémonieuses, congédia d'un geste les sentinelles.

— Je suis la mère du colonel Aurelio Buendia, répéta Ursula.

— Vous voulez dire, corrigea l'officier avec un sourire aimable, que vous êtes la mère de *monsieur* Aureliano Buendia.

Ursula reconnut au ton affecté de ses paroles le débit traînant des gens du haut-plateau, les cachacos.

— Comme vous voulez, *monsieur,* admit-elle, pourvu que vous m'autorisiez à le voir.

Il y avait des ordres supérieurs interdisant les visites aux condamnés à mort, mais l'officier prit la responsabilité de lui accorder une entrevue de quinze minutes. Ursula lui montra le contenu du baluchon qu'elle apportait : du linge propre pour se changer, les souliers que son fils avait chaussés pour la noce et les gâteaux au lait caillé qu'elle avait mis de côté pour lui depuis le jour où elle avait eu le pressentiment de son retour. Elle trouva le colonel Aureliano Buendia dans la pièce transformée en cellule, étendu sur un lit de camp, les bras écartés car il avait les aisselles remplies de furoncles. On lui avait permis de se raser. La moustache épaisse, aux pointes relevées, faisait paraître ses pommettes plus saillantes. Il parut à Ursula plus pâle qu'au moment de son départ, un peu plus grand aussi, et plus solitaire que jamais. Il était au courant du moindre détail de ce qui s'était passé à la maison : le suicide de Pietro Crespi, la tyrannie d'Arcadio et son exécution, l'impassibilité de José Arcadio Buendia sous le châtaignier. Il savait qu'Amaranta avait consacré son veuvage de vierge à élever Aureliano José et que celui-ci commençait à donner des preuves d'un très bon jugement, et qu'il commençait à lire et à écrire dans le même temps qu'il apprenait à parler. Dès l'instant où elle pénétra dans la pièce, Ursula se sentit intimidée par la maturité de son fils, cette supériorité dont il semblait auréolé, l'autorité rayonnante qui émanait de lui. Elle se montra surprise qu'il fût si bien renseigné. « Vous n'ignorez pas que je suis devin, dit-il en plaisantant. Et il ajouta, parlant sérieusement : Ce matin, lorsqu'ils m'ont emmené, j'ai eu l'impression d'être déjà passé par tout cela. » En vérité, tandis que la foule grondait sur son passage, il demeurait absorbé dans ses pensées, étonné de voir combien le village avait vieilli en l'espace d'un an. Les amandiers avaient leur feuillage tout dépenaillé. Les maisons peintes en bleu, bientôt repeintes en rouge puis à nouveau en bleu, avaient fini par acquérir une teinte indéfinissable.

— Que veux-tu, soupira Ursula, le temps passe.

— C'est un fait, reconnut Aureliano, mais pas à ce point-là...

Sur ce mode, l'entrevue tant attendue, en vue de laquelle chacun avait préparé ses questions et même prévu ses réponses, se réduisit une fois de plus à la conversation quotidienne de toujours. Lorsque la sentinelle annonça la fin de l'entretien, Aureliano sortit de sous la paillasse du lit de camp un rouleau de papiers trempés de sueur. C'étaient ses vers. Ceux qu'avait inspirés Remedios et qu'il avait emportés au moment de son départ, et ceux qu'il avait écrits par la suite, pendant les hasardeux répits de la guerre. « Promettez-moi que personne ne les lira, lui dit-il. Ce soir même, allumez le four avec. » Ursula le lui promit et se leva pour lui donner un baiser d'adieu.

— Je t'ai apporté un revolver, murmura-t-elle.

Le colonel Aureliano Buendia s'assura que la sentinelle n'était pas en vue et répliqua à voix basse : « Il ne m'est d'aucune utilité. Mais donnez-le moi quand même au cas où on vous fouillerait à la sortie. » Ursula sortit le revolver de son corsage et le glissa sous la paillasse du lit de camp. « Et maintenant, conclut-il en enflant la voix avec calme, ne me dites pas adieu. Ne suppliez personne et ne vous rabaissez devant personne. Mettez-vous dans l'idée qu'ils m'ont fusillé depuis longtemps déjà. » Ursula se mordit les lèvres pour ne pas pleurer.

— Mets des pierres chaudes sur tes furoncles, lui dit-elle.

Elle fit demi-tour et quitta la pièce. Le colonel Aureliano Buendia resta debout, pensif, jusqu'à ce que la porte se fût refermée. Puis il se recoucha, les bras écartés. Dès sa plus tendre adolescence, lorsqu'il avait commencé à reconnaître certains présages, il s'était dit que la mort ne manquerait plus de s'annoncer à lui par quelque signe défini, sans ambiguïté ni recours, mais il s'en fallait encore de quelques heures qu'il ne mourût et le signe ne venait toujours pas. Une fois, une très jolie femme avait pénétré dans son quartier général de Tucurinca et avait demandé aux sentinelles la permission de le voir. On la laissa passer, connaissant le fanatisme de certaines mères de famille qui envoyaient leurs filles se glisser dans le lit des plus fameux guerriers afin, prétendaient-elles, d'améliorer la race. Le colonel Aureliano Buendia, cette nuit-là, était en train d'achever son poème de l'homme égaré sous la pluie battante, quand la jeune fille fit irruption dans la chambre. Il lui tourna le dos pour glisser la feuille de papier dans le tiroir où il mettait sous clef ses poèmes. Alors il eut un pressentiment. Sans tourner la tête, il saisit le pistolet qui se trouvait dans le tiroir.

— Ne tirez pas, je vous prie, lui dit-il.

Lorsqu'il lui fit face, le pistolet braqué, la jeune fille avait baissé le sien et ne savait plus que faire. Ainsi avait-il réussi à déjouer quatre des onze attentats dirigés contre lui. En revanche, on ne parvint pas à capturer celui qui, une nuit, s'infiltra dans le quartier révolutionnaire de Manaure et assassina à coups de poignard l'ami intime d'Aureliano, le colonel Magnifico Visbal, auquel il avait cédé son lit de camp pour lui faire suer sa fièvre. Dans la même pièce, à quelques mètres de là, dormant dans un hamac, il ne s'était rendu compte de rien. Les efforts qu'il déployait pour systématiser les présages étaient inutiles. Ils se présentaient d'un seul coup, en un éclair de lucidité surnaturelle, comme autant de moments de certitude absolue et éphémère, mais insaisissable. En d'autres circonstances, ils étaient si naturels qu'il ne les identifiait comme présages qu'après coup. Quelquefois encore, ils étaient clairs et nets et ne se réalisaient pas. A force d'habitude, ce ne furent bientôt rien de plus que de vulgaires accès de superstition. Mais lorsqu'il fut condamné à mort et qu'on lui demanda d'exprimer sa dernière volonté, il n'eut aucune difficulté à reconnaître le pressentiment qui lui inspira sa réponse :

— Je demande que la sentence soit exécutée à Macondo, dit-il.

Le président du tribunal se fâcha.

— Ne faites pas le malin, Buendia. Ce n'est qu'un stratagème pour gagner du temps.

— Vous êtes libre de ne pas l'accomplir, répondit le colonel, mais telle est ma dernière volonté.

Depuis lors, les présages l'avaient abandonné. Le jour où Ursula lui rendit visite à la prison, après avoir longuement réfléchi, il arriva à la conclusion que la mort ne s'annoncerait peut-être pas à lui cette fois-ci, car elle ne dépendait plus du hasard mais de la ferme résolution de ses bourreaux. Il passa la nuit sans trouver le sommeil, tant ses furoncles le faisaient souffrir. Peu avant l'aube, il entendit des pas dans le couloir. « Ils viennent déjà », se dit-il et il se mit à penser sans raison à José Arcadio Buendia, lequel, au même moment, dans la clarté lugubre du jour naissant, sous le châtaignier, pensait à lui. Il n'avait pas peur, n'éprouvait aucune nostalgie mais une colère viscérale à l'idée de mourir d'une mort fabriquée de toutes pièces, de ne pas pouvoir connaître la fin de tant de choses qu'il allait laisser inachevées. La porte s'ouvrit et la sentinelle entra, portant un bol de café. Le lendemain à la même heure, il en était au même point, rageant contre ses aisselles douloureuses, et il se produisit exactement la même chose. Le jeudi, il partagea les gâteaux au lait caillé avec les sentinelles, enfila ses vêtements propres dans lesquels il se sentit à l'étroit et chaussa ses souliers vernis. Le vendredi, on ne l'avait pas encore fusillé.

En fait, nul n'osait exécuter la sentence. L'hostilité du village donna à penser aux militaires que l'exécution du colonel Aureliano Buendia aurait de graves conséquences politiques, non seulement à Macondo mais dans toute la région du marigot, si bien qu'ils consultèrent les autorités provinciales de la capitale. Le samedi soir, alors qu'ils attendaient une réponse, le capitaine Roque Carnicero se rendit chez Catarino en compagnie d'autres officiers. Il ne se trouva qu'une femme, et encore, presque sous la menace, pour oser l'emmener dans sa chambre. « Elles ne veulent pas coucher avec un homme dont elles savent qu'il va mourir, lui avoua-t-elle. Personne ne sait au juste comment cela se fera, mais tout le monde va disant que l'officier qui fusillera le colonel Aureliano Buendia, et tous les soldats du peloton d'exécution, un par un, seront assassinés, inexorablement, tôt ou tard, même s'ils vont se cacher à l'autre bout de la terre. » Le capitaine Roque Carnicero en parla aux autres officiers qui en parlèrent à leurs supérieurs hiérarchiques. Le dimanche, bien que personne ne l'eût ouvertement révélé, et bien qu'aucun fait d'armes n'eût troublé le calme apparent des derniers jours, tout le village savait que les officiers étaient disposés à se décharger, sous toutes sortes de prétextes, de la responsabilité de l'exécution. Par le courrier du lundi arriva l'ordre officiel : l'exécution devait avoir lieu dans les vingt-quatre heures. Ce soir-là, les officiers jetèrent dans une casquette sept petits papiers où ils avaient inscrit leurs noms, et l'inclément destin du capitaine Roque Cornicero lui valut de tirer le billet gagnant : « La malchance ne connaît pas de faille, dit-il avec une profonde amertume. Je suis né fils de putain et je meurs fils de putain. » A cinq heures du matin, il désigna les hommes du peloton d'exécution par un autre tirage au sort, les fit s'aligner dans la cour et alla réveiller le condamné avec une formule prémonitoire :

— Allons, Buendia, lui dit-il. Notre dernière heure est arrivée.

— C'était donc ça, répondit le colonel. J'étais en train de rêver que mes abcès avaient crevé.

Depuis qu'elle savait qu'Aureliano serait fusillé, Rebecca Buendia se levait à trois heures tous les matins. Elle restait dans la chambre plongée dans l'obscurité, surveillant par la fenêtre entrouverte le mur du cimetière, cependant que le lit où elle se tenait assise vibrait à cause des ronflements de José Arcadio. Toute la semaine, elle attendit ainsi avec la même obstination secrète qu'elle montrait autrefois dans l'attente des lettres de Pietro Crespi. « On ne le fusillera pas ici, lui disait José Arcadio. Ils le fusilleront à minuit et à l'intérieur de la caserne pour que personne ne sache qui faisait partie du peloton, et je parie même qu'ils l'enterreront là-bas. » Rebecca continua d'attendre. « Ils sont tellement bêtes qu'ils viendront le fusiller ici », répondait-elle. Elle en était si convaincue qu'elle avait prévu la façon dont elle ouvrirait la porte pour lui dire adieu d'un geste de la main. « Ils ne vont pas le conduire par les rues, avec six soldats tremblants de peur, sachant que les gens sont prêts à tout », insistait José Arcadio. Indifférente aux raisonnements de son mari, Rebecca continuait son guet à la fenêtre.

— Tu verras qu'ils sont assez bêtes pour ça, faisait-elle.

Le mardi, à cinq heures du matin, José Arcadio avait déjà bu son café et lâché les chiens quand Rebecca ferma la fenêtre et se cramponna à la tête du lit pour ne pas tomber. « Ils l'amènent, soupira-t-elle. Qu'il est beau! » José Arcadio se mit à la fenêtre et l'aperçut, tout frissonnant dans la clarté de l'aube, vêtu de pantalons qui avaient été les siens dans sa jeunesse. Il était déjà le dos au mur, les mains aux hanches à cause des nodosités brûlantes de ses aisselles qui l'empêchaient de baisser les bras le long du corps. « Se faire avoir de cette manière! murmurait le colonel Aureliano Buendia. Se faire baiser au point que ces pédés se mettent à six pour te descendre, sans que tu puisses rien faire! » Il remâchait cela avec tant de rage qu'on eût presque dit de la ferveur et le capitaine Roque Carnicero en fut ému car il le crut en train de prier. Quand les hommes du peloton le mirent en joue, cette rage avait pris une consistance visqueuse, au goût amer, qui lui endormit la langue et l'obligea à fermer les yeux. Alors s'éteignit pour lui l'éclat d'aluminium du lever du jour et il se revit lui-même, tout petit enfant, en culottes courtes et un ruban autour du cou, et il revit son père, par un après-midi splendide, le conduisant jusque sous la tente de foire, et il revit le bloc de glace. Lorsqu'il entendit le cri, il crut qu'on donnait l'ordre final au peloton. Il rouvrit les yeux avec curiosité, tout secoué de frissons, s'attendant à se retrouver sur la trajectoire incandescente des projectiles, mais il ne retrouva en fait que le capitaine Roque Carnicero, les mains en l'air, et José Arcadio qui traversait la rue avec son effrayant fusil, prêt à faire feu.

— Ne tirez pas, lança le capitaine à José Arcadio. C'est la divine Providence qui vous envoie.

Ici commença une autre guerre. Le capitaine Roque Carnicero et ses six hommes partirent avec le colonel Aureliano Buendia libérer le général révolutionnaire Victorio Medina condamné à mort à Riohacha. Ils pensèrent gagner du temps en traversant la sierra par le même chemin qu'avait emprunté José Arcadio Buendia au moment de la fondation de Macondo, mais, au bout d'une semaine, ils furent convaincus que c'était là une entreprise impossible. Aussi durent-ils suivre le dangereux itinéraire des contreforts sans autres munitions que celles du peloton d'exécution. Ils campaient à proximité des villages et l'un d'eux, déguisé, tenant un petit poisson en or dans le creux de la main, y faisait son entrée en plein jour et prenait contact avec les libéraux au repos qui, le lendemain matin, s'en allaient à la chasse pour ne plus jamais revenir. Lorsque, à un détour de la sierra, ils aperçurent Riohacha, le général Victorio Medina avait déjà été passé par les armes. Ses hommes proclamèrent le colonel Aureliano Buendia chef des forces révolutionnaires pour le littoral de la mer des Caraïbes, avec grade de général. Il voulut bien assumer cette fonction mais refusa la promotion, et se jura de ne jamais l'accepter tant qu'ils n'auraient pas renversé le régime conservateur. Au bout de trois mois, ils avaient réussi à armer plus de mille hommes, mais ils furent anéantis. Les quelques survivants gagnèrent la frontière orientale. Quand on entendit à nouveau parler d'eux, ils avaient débarqué au cap de la Voile, venant de l'archipel des Antilles, et un communiqué gouvernemental diffusé par télégraphe et reproduit dans tout le pays sous forme d'avis pleins de jubilation, annonça la mort du colonel Aureliano Buendia. Mais quarante-huit heures plus tard, un télégramme expédié partout, gagnant presque de vitesse le premier, annonça un autre soulèvement dans les plaines du Sud. Ainsi naquit la légende de l'ubiquité du colonel Aureliano Buendia. Des informations simultanées et contradictoires le déclaraient victorieux à Villanueva, battu à Guacamayal, dévoré par les Indiens Motilon, mort dans un petit village du marigot et à nouveau insurgé du côté d'Urumita. Les dirigeants libéraux, qui négociaient à l'époque leur participation au Parlement, le signalèrent comme un aventurier ne représentant personne et n'appartenant à aucun parti. Le gouvernement le relégua au rang de bandit de grand chemin et mit sa tête à prix, pour cinq mille pesos. Après seize revers, le colonel Aureliano Buendia sortit de la région de la Guajira à la tête de deux mille indigènes bien armés et la garnison surprise en plein sommeil dut abandonner Riohacha. Il y établit son quartier général et déclara une guerre sans merci contre le régime. Il reçut une première notification du gouvernement, menaçant de fusiller le colonel Gerineldo Marquez sous quarante-huit heures s'il ne se repliait pas avec ses troupes jusqu'à la frontière orientale. Le colonel Roque Carcinero, qui était alors son.chef d'état-major, lui remit le télégramme avec un air consterné, mais c'est avec une satisfaction tout à fait imprévisible qu'il en prit connaissance :

— C'est épatant! s'exclama-t-il. Nous avons déjà le télégraphe à Macondo.

Sa réponse fut catégorique. Il comptait établir son quartier général à Macondo dans les trois mois. S'il ne retrouvait pas alors le colonel Gerineldo Marquez en vie, il fusillerait sans autre forme de procès tous les officiers qu'il aurait fait prisonniers, à commencer par les généraux, et donnerait ordre à ses subordonnés d'agir de la même façon jusqu'à la fin des hostilités. Trois mois plus tard, lorsqu'il entra victorieux à Macondo, la première personne à venir le serrer dans ses bras sur le chemin du marigot fut le colonel Gerineldo Marquez.

La maison était pleine d'enfants. Ursula avait recueilli Sainte Sophie de la Piété avec sa fille aînée et une paire de jumeaux qui vinrent au monde cinq mois après l'exécution d'Arcadio. A l'encontre des dernières volontés du fusillé, elle baptisa la petite fille du nom de Remedios. « Je suis sûr que c'est ce qu'Arcadio a voulu dire, prétendit-elle. Nous ne l'appellerons pas Ursula parce qu'on souffre beaucoup trop avec un prénom pareil. » Quant aux jumeaux, elle les appela José Arcadio le Second et Aureliano le Second. Amaranta s'occupa de tous. Elle disposa des petites chaises en bois dans la salle commune et, avec d'autres enfants de familles voisines, organisa un jardin d'enfants. Lorsque le colonel Aureliano fut de retour, accueilli par les pétarades de fusées, les cloches carillonnantes, ce fut une chorale enfantine qui lui souhaita la bienvenue à la maison. Aureliano José, d'aussi haute stature que son grand-père, vêtu en officier révolutionnaire, lui rendit les honneurs militaires.

Toutes les nouvelles n'étaient pas bonnes. Un an après la fuite du colonel Aureliano Buendia, José Arcadio et Rebecca s'en étaient allés vivre dans la maison construite par Arcadio. Personne ne fut jamais au courant de son intervention pour empêcher l'exécution. Dans la maison neuve située à l'angle le plus favorable de la place, à l'ombre d'un amandier qui avait le privilège de trois nids de rouges-gorges, avec une grande porte pour recevoir les visiteurs et quatre fenêtres pour la lumière, ils établirent un foyer des plus accueillants. Les anciennes amies de Rebecca, parmi lesquelles quatre sœurs Moscote restées célibataires, reprirent les séances de broderie interrompues des années auparavant sous la véranda aux bégonias. José Arcadio continua d'exploiter les terres usurpées dont les titres de propriété furent validés par le gouvernement conservateur. Chaque après-midi, on le voyait revenir à cheval, avec sa meute de chiens des montagnes et son fusil à deux coups, et une ribambelle de lapins pendus à sa monture. Un après-midi de septembre, sentant l'orage menacer, il rentra à la maison plus tôt que de coutume. Il salua Rebecca installée dans la salle à manger, attacha ses chiens dans le patio, suspendit les lapins dans la cuisine afin de les saler un peu plus tard, et alla se changer dans la chambre. Par la suite, Rebecca déclara qu'au moment où son mari pénétrait dans la chambre, elle-même s'était enfermée pour prendre un bain et ne s'était rendu compte de rien. Cette version des faits était à peine croyable, mais on n'en possédait aucune autre qui fût plus vraisemblable, et personne ne put concevoir pour quel motif Rebecca aurait assassiné l'homme qui l'avait rendue si heureuse. Peut-être fut-ce là le seul mystère qu'on ne put jamais élucider à Macondo. Dès que José Arcadio eut refermé la porte de la chambre à coucher, un coup de pistolet retentit entre les murs de la maison. Un filet de sang passa sous la porte, traversa la salle commune, sortit dans la rue, prit le plus court chemin parmi les différents trottoirs, descendit des escaliers et remonta des parapets, longea la rue aux Turcs, prit un tournant à droite, puis un autre à gauche, tourna à angle droit devant la maison des Buendia, passa sous la porte close, traversa le salon en rasant les murs pour ne pas tacher les tapis, poursuivit sa route par l'autre salle, décrivit une large courbe pour éviter la table de la salle à manger, entra sous la véranda aux bégonias et passa sans être vu sous la chaise d'Amaranta qui donnait une leçon d'arithmétique à Aureliano José, s'introduisit dans la réserve à grains et déboucha dans la cuisine où Ursula s'apprêtait à casser trois douzaines d'œufs pour le pain.

— Ave Maria Très-Pure! s'écria Ursula.

Elle suivit le filet de sang en sens inverse et, cherchant son origine, traversa la réserve à grains, passa sous la véranda aux bégonias où Aureliano José chantait que trois et trois font six et six et trois font neuf, traversa la salle à manger et les salons, continua en ligne droite dans la rue, puis tourna à droite, ensuite à gauche jusqu'à la rue aux Turcs, sans se rappeler qu'elle portait encore son tablier de boulangère et ses chaussons d'intérieur, déboucha sur la place et entra par la porte d'une maison où elle n'avait jamais mis les pieds, poussa la porte de la chambre à coucher et faillit être étouffée par l'odeur de poudre brûlée, trouva José Arcadio allongé face contre terre, sur ses bottes qu'il venait de quitter, et elle aperçut d'où était parti le filet de sang qui avait déjà cessé de couler de l'oreille droite. On ne découvrit aucune blessure sur le corps et on ne put davantage trouver où était l'arme. Il s'avéra également impossible de débarrasser le cadavre de sa tenace odeur de poudre. On commença par le laver à trois reprises avec une lavette et du savon, puis on le frotta au sel et au vinaigre, ensuite avec de la cendre et du citron, et pour finir on le mit dans un tonneau plein de lessive où on le laissa tremper pendant six heures. On le frictionna tant et si bien que les arabesques des tatouages commencèrent à se décolorer. Quand on en vint, en désespoir de cause, à imaginer de l'assaisonner avec du piment, du cumin et des feuilles de laurier, et de le faire bouillir toute une journée à feu doux, il avait déjà commencé à se décomposer et on dut l'enterrer précipitamment. On l'enferma hermétiquement dans un cercueil sur mesure de deux mètres trente de long sur un mètre dix de large, renforcé à l'intérieur par des plaques de fer et vissé à l'aide de boulons d'acier, et même ainsi on n'empêcha pas l'odeur de se répandre dans les rues qu'emprunta l'enterrement. Le père Nicanor, à cause de son foie enflé et tendu comme un tambour, lui donna sa bénédiction depuis son lit. On eut beau, dans les mois qui suivirent, renforcer sa sépulture par plusieurs murs superposés entre lesquels furent jetés pêle-mêle de la cendre tassée, du son et de la chaux vive, le cimetière continua à sentir la poudre pendant nombre d'années encore, jusqu'à ce que les ingénieurs de la compagnie bananière fissent recouvrir la tombe d'une carapace de béton. Dès qu'on eut sorti le cadavre, Rebecca ferma les portes de sa maison et s'enterra vivante, entourée d'une épaisse gangue de mépris qu'aucune tentation en ce bas monde ne devait parvenir à rompre. Elle ne descendit dans la rue qu'une seule fois, déjà très vieille, avec des souliers couleur de vieil argent et un chapeau à fleurs minuscules, à l'époque où le village vit passer le Juif errant qui provoqua un accès de chaleur si intense que les oiseaux brisaient les grillages des fenêtres pour venir mourir dans les chambres. Elle fut aperçue en vie pour la dernière fois le jour où, d'un coup de pistolet bien ajusté, elle tua un voleur qui tentait de forcer la porte de sa maison. Hormis Argénida, sa domestique et confidente, personne, depuis lors, n'eut de contact avec elle. A une certaine époque, on sut qu'elle écrivait des lettres à l'évêque, qu'elle considérait comme son cousin germain, mais il ne fut jamais dit qu'elle eût reçu de réponse. Le village l'oublia.

En dépit de son retour triomphal, le colonel Aureliano Buendia ne se laissait pas griser par les apparences. Les troupes gouvernementales abandonnaient les places sans résistance et cela créait dans les rangs libéraux une illusion de victoire dont il n'était pas opportun de les priver, mais les révolutionnaires connaissaient bien la vérité, et mieux que tout autre le colonel Aureliano Buendia. Bien qu'il eût à l'époque plus de cinq mille hommes sous ses ordres et dominât deux états du littoral, il avait conscience d'être acculé à la mer et placé dans une situation politique si confuse que le jour où il ordonna de restaurer le clocher de l'église abattu par un coup de canon de l'armée régulière, le père Nicanor put dire, sur son lit de malade : « Ironie du sort : les défenseurs de la foi du Christ détruisent le temple et ce sont les maçons qui le font réparer. » Cherchant quelque brèche par où s'enfuir, il passait des heures et des heures dans le bureau du télégraphe, conférant avec les commandants d'autres places et, chaque fois, son impression en sortait renforcée que la guerre était en train de s'enliser. Quand arrivait l'annonce de nouveaux triomphes libéraux, leur proclamation faisait l'objet d'avis pleins d'allégresse, mais lui-même mesurait sur les cartes la véritable progression de ses troupes et comprenait qu'elles ne faisaient que pénétrer dans la jungle où elles auraient à se défendre de la malaria et des moustiques, tournant le dos à la réalité. « Nous sommes en train de perdre notre temps, se plaignait-il à ses officiers. Nous continuerons à perdre notre temps tant que tous ces cons du parti ne cesseront de mendier un siège au congrès. » Pendant les nuits de veille, étendu sur le dos dans son hamac qu'il suspendait dans la pièce même où il avait été condamné à mort, il se figurait tous ces avocats vêtus de noir qui quittaient le palais présidentiel dans le petit matin glacé, le col de leur manteau relevé jusqu'aux oreilles, se frottant les mains, chuchotant entre eux, se réfugiant dans les petits bistrots lugubres du point du jour, pour spéculer sur ce qu'avait voulu dire le président lorsqu'il avait dit oui, ou sur ce qu'il avait voulu dire quand il avait dit non, et, par la même occasion, faire des suppositions sur ce que le président était en train de penser lorsqu'il disait quelque chose de tout à fait différent, tandis que lui-même chassait les moustiques par trente-cinq degrés de chaleur, sentant s'approcher cette aube redoutable où il lui faudrait donner à ses hommes l'ordre de se précipiter à la mer.

Par une nuit d'incertitude, alors que Pilar Ternera chantait dans le patio avec la troupe, il demanda qu'elle vînt lui lire l'avenir dans les cartes. « Attention à la bouche », ce fut tout ce que Pilar Ternera put tirer au clair après avoir étalé et ramassé les cartes par trois fois. « J'ignore ce que cela signifie, mais le signe est tout à fait limpide : attention à la bouche. » Deux jours plus tard, quelqu'un remit à une ordonnance un bol de café non sucré, que l'ordonnance passa à un autre, et celui-ci à un autre encore, jusqu'à ce que le bol, passant de main en main, arrivât au bureau du colonel Aureliano Buendia. Il n'avait pas demandé de café mais puisqu'on lui en proposait, le colonel le but. Il contenait une dose de noix vomique capable de tuer un cheval. Lorsqu'on le porta à la maison, il était tout raide et arqué, la langue coupée entre les dents. Ursula entreprit de l'arracher à la mort. Après lui avoir nettoyé l'estomac à l'aide de vomitifs, elle l'enveloppa de couvertures chaudes et lui fit absorber des blancs d'œufs pendant deux jours jusqu'à ce que le corps ravagé par l'empoisonnement recouvrît sa température normale. Au quatrième jour, il était hors de danger. Bien malgré lui, cédant aux adjurations d'Ursula et des officiers, il resta au lit une semaine de plus. Ce n'est qu'alors qu'il apprit qu'on n'avait pas brûlé ses vers. « Je ne voulais pas me presser, expliqua Ursula. Cette nuit-là, au moment d'allumer le four, je me suis dit qu'il valait mieux attendre qu'on apporte le cadavre. » Dans le brouillard de la convalescence, entouré des poussiéreuses poupées de Remedios, le colonel Aureliano Buendia, relisant ses vers, vit repasser dans son esprit les instants décisifs de son existence. Il se remit à écrire. Pendant de longues heures, en marge des soubresauts d'une guerre sans avenir, il récapitula en vers rimés ses expériences à la lisière de la mort. Ses pensées se firent alors si claires qu'il put les examiner sur l'endroit et sur l'envers. Un soir, il demanda au colonel Gerineldo Marquez :

— Dis-moi une chose, camarade : pourquoi te bats-tu?

— Parce qu'il le faut, camarade, répondit le colonel Gerineldo Marquez. Pour le grand parti libéral.

— Tu as bien de la chance de pouvoir répondre, répliqua-t-il. Pour ma part, c'est à peine si je me rends compte à présent que je me bats par orgueil.

— Ça, ce n'est pas bien, fit le colonel Gerineldo Marquez.

Son inquiétude amusa le colonel Aureliano Buendia. « Naturellement, dit-il. Mais dans tous les cas, ça vaut mieux que d'ignorer pourquoi on se bat. » Il le regarda dans les yeux et ajouta en souriant :

— Ou de se battre comme toi pour quelque chose qui n'a de sens pour personne.

Son orgueil l'avait empêché d'entrer en rapports avec les groupes armés de l'intérieur du pays, tant que les responsables du parti ne seraient pas revenus publiquement sur leur déclaration selon laquelle il n'était qu'un bandit de grand chemin. Cependant, il était conscient qu'aussitôt qu'il mettrait de côté ces scrupules, il romprait le cercle vicieux de la guerre. La convalescence lui donna le temps d'y réfléchir. Il obtint alors qu'Ursula lui remît le reste de l'héritage enterré et ses nombreuses économies; il nomma le colonel Gerineldo Marquez commandant civil et militaire de Macondo et s'en alla établir la liaison avec les groupes rebelles de l'intérieur.

Le colonel Gerineldo Marquez n'était pas seulement l'homme en qui avait le plus confiance le colonel Aureliano Buendia, mais Ursula le recevait à la maison comme un membre de la famille. Fragile, timide, d'une bonne éducation naturelle, il était pourtant mieux fait pour la guerre que pour l'administration. Ses conseillers politiques n'avaient pas de mal à l'égarer dans les labyrinthes de leurs théories. Mais il réussit à faire régner à Macondo ce climat de paix rurale dans lequel le colonel Aureliano Buendia rêvait de mourir un jour de vieillesse, fabriquant des petits poissons en or. Bien qu'il habitât chez ses parents, il déjeunait chez Ursula deux à trois fois par semaine. Il initia Aureliano José au maniement des armes à feu, lui donna une instruction militaire précoce et, plusieurs mois de suite, l'emmena vivre à la caserne, avec le consentement d'Ursula, afin qu'il se fît homme. Bien des années auparavant, encore presque enfant, Gerineldo Marquez avait fait sa déclaration d'amour à Amaranta. Celle-ci était alors si aveuglée par sa passion solitaire pour Pietro Crespi qu'elle avait ri de lui. Gerineldo Marquez patienta. Un jour, depuis la prison, il envoya un petit mot à Amaranta lui demandant le service de lui broder une douzaine de mouchoirs de batiste aux initiales de son père. Il lui fit parvenir de l'argent. Au bout d'une semaine, Amaranta se rendit à la prison pour lui remettre la douzaine de mouchoirs brodés et lui rendre l'argent, et ils restèrent plusieurs heures à parler du passé. « Quand je sortirai d'ici, ce sera pour t'épouser », lui dit Gerineldo Marquez au moment de prendre congé. Amaranta eut un sourire mais ne cessa de penser à lui tout en apprenant à lire aux enfants, et elle désira revivre avec lui la passion juvénile qu'elle avait éprouvée pour Pietro Crespi. Le samedi, jour de visite aux détenus, elle passait par chez les parents de Gerineldo Marquez et les accompagnait à la prison. Un de ces samedis, Ursula s'étonna de la trouver à la cuisine, attendant qu'on sortît les biscuits du four pour choisir les meilleurs et les envelopper dans une serviette qu'elle avait brodée pour la circonstance.

— Marie-toi avec lui, lui dit-elle. Tu auras du mal à trouver un homme comme lui.

Amaranta feignit de faire la dégoûtée.

— Je n'ai nul besoin de courir après les hommes, répliqua-t-elle. Je porte ces biscuits à Gerineldo Marquez parce qu'on va le fusiller tôt ou tard et que j'en ai pitié.

Elle ne pensait pas un mot de ce qu'elle disait mais ce fut à ce moment-là que le gouvernement rendit publique sa menace de passer le colonel Gerineldo Marquez par les armes si les forces rebelles ne rendaient pas Riohacha. On interdit les visites. Amaranta s'enferma pour pleurer, accablée par un sentiment de culpabilité identique à celui qui l'avait tourmentée à la mort de Remedios, comme si ses paroles irréfléchies avaient pour la seconde fois causé la mort de quelqu'un. Sa mère la consola. Elle lui assura que le colonel Aureliano Buendia ferait quelque chose pour empêcher l'exécution, et promit qu'elle-même se chargerait d'attirer Gerineldo Marquez lorsque prendraient fin les hostilités. Elle tint cette promesse avant le terme prévu. Quand Gerineldo Marquez revint à la maison, investi de sa nouvelle dignité de commandant civil et militaire, elle le reçut comme un fils, conçut d'exquises flatteries pour le retenir et pria avec toute l'ardeur de son cœur pour qu'il se souvînt de son projet d'épouser Amaranta. Ses prières avaient l'air d'agir. Les jours où il venait déjeuner à la maison, le colonel Gerineldo Marquez restait tout l'après-midi sous la véranda aux bégonias à faire des parties de dames avec Amaranta. Ursula leur apportait du café au lait et des biscuits et s'occupait des enfants pour qu'ils ne vinssent pas les déranger. En fait, Amaranta devait se forcer pour rallumer dans son cœur les cendres oubliées de sa passion juvénile. C'est avec une impatience qui arrivait à devenir intolérable qu'elle attendait les jours où il venait déjeuner, les après-midi de dames, les heures fugitives en compagnie de ce guerrier au nom plein de nostalgie, dont les doigts tremblaient imperceptiblement lorsqu'il bougeait les pions. Mais le jour où le colonel Gerineldo Marquez lui fit part à nouveau de sa volonté de l'épouser, elle le repoussa :

— Je ne me marierai avec personne, lui dit-elle, avec toi moins qu'avec tout autre. Tu aimes tellement Aureliano que tu m'épouserais faute de pouvoir te marier avec lui.

Le colonel Gerineldo Marquez était un homme patient. « J'insisterai encore, lui dit-il. Tôt ou tard je te convaincrai. » Il continua à venir à la maison. Enfermée dans sa chambre, ravalant ses larmes en secret, Aramanta se bouchait les oreilles pour ne pas entendre la voix de son prétendant qui narrait à Ursula les dernières nouvelles de la guerre, et bien qu'elle mourût d'envie de le voir, elle eut la force de ne pas sortir à sa rencontre.

Le colonel Aureliano Buendia trouvait alors le temps d'envoyer tous les quinze jours un rapport détaillé à Macondo. Mais il n'écrivit à Ursula qu'une seule fois, bientôt huit mois après son départ. Un messager spécial s'en vint porter à la maison une enveloppe cachetée contenant une feuille de papier où l'on reconnaissait l'écriture précieuse du colonel : *Prenez bien soin de papa car il va mourir*. Ursula prit peur : « Si Aureliano le dit, c'est qu'Aureliano le sait », fit-elle. Et elle demanda qu'on lui prêtât main-forte pour transporter José Arcadio Buendia jusque dans sa chambre. Non seulement il était aussi lourd qu'avant, mais durant son séjour prolongé sous le châtaignier, il avait acquis peu à peu la faculté d'augmenter de poids à volonté, si bien que sept hommes ne purent en venir à bout et qu'il fallut le traîner pour le conduire jusqu'à son lit. Une odeur de champignons frais, de fleur d'arbre, d'intempéries anciennes et concentrées, imprégna l'air de la chambre dès que le vieux colosse macéré sous le soleil et la pluie se fut mis à le respirer. Le lendemain, au point du jour, il ne se trouvait plus dans son lit. Après l'avoir cherché dans toutes les chambres, Ursula le découvrit de nouveau sous le châtaignier. Ils l'attachèrent alors sur son lit. Malgré toutes ses forces demeurées intactes, José Arcadio Buendia n'était pas en état de lutter. Tout lui était égal. S'il était retourné sous le châtaignier, ce n'était pas volontairement mais par une sorte de réflexe de son organisme. Ursula s'occupait de lui, lui donnait à manger, lui apportait des nouvelles d'Aureliano. Mais, en réalité, le seul être avec qui il pouvait entrer en rapport depuis bien longtemps, c'était Prudencio Aguilar. Déjà presque réduit en poussière par la profonde décrépitude de la mort, Prudencio Aguilar venait deux fois par jour bavarder avec lui. Ils parlaient de coqs de combat. Ils se promettaient d'organiser un élevage de bêtes magnifiques, non pas tant pour jouir de quelques victoires dont ils n'avaient plus nul besoin, mais pour se réserver de quoi se distraire pendant les ennuyeux dimanches de la mort. C'était Prudencio Aguilar qui lui faisait sa toilette, lui donnait à manger et lui apportait de merveilleuses nouvelles d'un inconnu nommé Aureliano, colonel à la guerre. Quand il était seul, José Arcadio Buendia se consolait en rêvant à une succession de chambres à l'infini. Il rêvait qu'il se levait de son lit, ouvrait la porte et passait dans une autre chambre identique à la première, avec le même lit à tête en fer forgé, le même fauteuil de rotin et le même petit tableau avec la Vierge des Remèdes sur le mur du fond. De cette chambre, il passait à une autre exactement semblable, dont la porte livrait passage dans une autre exactement semblable, puis dans une autre exactement semblable, à l'infini. Il aimait aller ainsi de chambre en chambre comme dans une galerie de glaces parallèles, jusqu'à ce que Prudencio Aguilar vînt lui toucher l'épaule. Il s'en retournait alors de chambre en chambre, s'éveillant au fur et à mesure qu'il revenait en arrière et parcourait le chemin inverse, et trouvait Prudencio Aguilar dans la chambre de la réalité. Mais une nuit, deux semaines après qu'on l'eût emmené jusque dans son lit, Prudencio Aguilar lui toucha l'épaule dans une chambre intermédiaire et il y demeura à jamais, croyant que c'était là sa chambre réelle. Le lendemain matin, Ursula lui portait son petit déjeuner quand elle vit un homme s'approcher par le couloir. Il était de petite taille et massif, vêtu d'un costume de drap noir, portant un chapeau également de couleur noire, énorme, enfoncé jusqu'à ses yeux moroses. « Mon Dieu, pensa Ursula. J'aurais juré que c'était Melquiades. » C'était Cataure, le frère de Visitacion, qui avait quitté la maison, fuyant la peste de l'insomnie, et dont on n'avait plus jamais eu de nouvelles. Visitacion lui demanda pourquoi il était revenu et il lui répondit dans son langage plein de solennité :

— Je suis venu pour l'enterrement du roi.

Ils pénétrèrent alors dans la chambre de José Arcadio Buendia, le secouèrent de toutes leurs forces, lui crièrent à l'oreille, lui mirent une glace devant les narines, mais ne parvinrent pas à le réveiller. Peu après, tandis que le menuisier prenait ses mesures pour le cercueil, ils virent par la fenêtre tomber une petite pluie de minuscules fleurs jaunes. Elles tombèrent toute la nuit sur le village en silencieuse averse, couvrirent les toits, s'amoncelèrent au bas des portes et suffoquèrent les bêtes dormant à la belle étoile. Il tomba tant de fleurs du ciel qu'au matin les rues étaient tapissées d'une épaisse couverture, et on dut les dégager avec pelles et rateaux pour que l'enterrement pût passer.

Assise dans le fauteuil à bascule en osier, son ouvrage interrompu sur les genoux, Amaranta était en contemplation devant Aureliano José qui, le menton barbouillé de mousse, affilait le rasoir de barbier sur la lanière de cuir afin de se raser pour la première fois. Il ne réussit qu'à se faire saigner ses petits boutons, à se couper la lèvre supérieure en essayant de se tailler une moustache de duvets blonds, et finalement resta tout comme il était auparavant, mais cette laborieuse opération laissa à Amaranta l'impression qu'à compter de ce moment elle s'était mise à vieillir.

— Tu es pareil à Aureliano quand il avait ton âge, lui dit-elle. Te voilà déjà un homme.

Il l'était depuis bien longtemps, depuis ce jour déjà lointain où Amaranta, croyant qu'il était encore un enfant, continua à se déshabiller devant lui dans les bains, comme elle avait toujours fait, comme elle avait pris l'habitude de le faire après que Pilar Ternera le lui eut confié pour finir de l'élever. La première fois qu'il la vit, la seule chose qui frappa son attention fut la profonde dépression entre ses seins. Il était alors si innocent qu'il s'enquit de ce qui lui était arrivé, et Amaranta fit semblant de se creuser la poitrine du bout des doigts en répondant : « On m'en a retiré des tranches et des tranches et des tranches... » Quelque temps plus tard, lorsqu'elle fut remise du suicide de Pietro Crespi et se baigna de nouveau avec Aureliano José, celui-ci ne porta plus ses regards sur cette dépression mais éprouva un tressaillement inconnu à la vision des seins splendides aux mamelons violets. Il continua à l'examiner, découvrant l'un après l'autre chaque empan de son intimité miraculeuse, sentant sa peau se hérisser par cette contemplation, comme se hérissait sa peau à elle au premier contact de l'eau. Depuis sa tendre enfance, il avait pris l'habitude de quitter son hamac pour se retrouver au matin dans le lit d'Amaranta dont le contact avait la vertu de dissiper la peur du noir. Mais, à partir du jour où il fut conscient de sa nudité, ce ne fut plus la peur du noir qui le poussa à venir se glisser sous sa moustiquaire, mais le besoin de sentir la tiède respiration d'Amaranta au lever du jour. Un matin, vers l'époque où furent repoussées les avances du colonel Gerineldo Marquez, Aureliano José se réveilla avec l'impression de manquer d'air. Il sentit les doigts d'Amaranta comme des petits vers chauds et impatients qui cherchaient son ventre. Feignant de dormir, il changea de position pour éliminer toute difficulté et sentit alors la main, débarrassée de la bande noire qui l'entourait, plonger comme un mollusque aveugle entre les algues où nichait son attente. Bien qu'ils fissent semblant d'ignorer ce que tous deux savaient, et ce que chacun savait que l'autre savait, ils demeurèrent unis, depuis cette nuit-là, par une inviolable complicité. Aureliano José ne pouvait trouver le sommeil tant qu'il n'entendait pas la valse de minuit à la pendule de la salle commune, et la vieille fille dont la peau commençait à se rembrunir ne connaissait pas un moment de repos qu'elle ne sentît se glisser sous sa moustiquaire ce somnambule qu'elle avait élevé sans imaginer qu'il serait un jour un palliatif à sa solitude. Dès lors, non seulement ils dormirent ensemble, tout nus, échangeant d'épuisantes caresses, mais ils se mirent à se poursuivre dans tous les coins et recoins de la maison, et à s'enfermer dans les chambres à toute heure du jour, dans un état de surexcitation permanente, sans relâche aucune. Ursula manqua les surprendre un après-midi où elle fit irruption dans la réserve à grains au moment où ils commençaient à s'embrasser. « Tu l'aimes beaucoup, ta tante? » demanda-t-elle en toute innocence à Aureliano José. Il répondit que oui. « Tu fais bien », conclut Ursula et elle acheva de peser la farine pour le pain avant de s'en retourner à la cuisine. Cet épisode sortit Amaranta du délire. Elle se rendit compte qu'elle était allée trop loin, que le temps était passé où elle jouait à échanger des bécots avec un enfant, mais qu'elle était en train de s'enliser dans une passion automnale, pleine de dangers et sans avenir, à laquelle brusquement elle coupa court. Aureliano José, qui finissait alors son instruction militaire, finit par se rendre à la réalité et s'en fut dormir à la caserne. Tous les samedis, il allait avec les militaires à l'établissement de Catarino. Il se consolait de sa brutale solitude et de son adolescence prématurée avec des femmes à l'odeur de fleurs mortes qu'il idéalisait dans les ténèbres et métamorphosait en Amaranta, moyennant de terribles efforts d'imagination.

Peu après, on se mit à recevoir des nouvelles contradictoires de la guerre. Alors que le gouvernement lui-même reconnaissait les progrès de la rébellion, l'état-major de Macondo était confidentiellement informé de l'imminence d'une paix négociée. Au début d'avril, un émissaire spécial se présenta au colonel Gerineldo Marquez. Il lui confirma que les dirigeants du parti avaient pris contact avec les chefs rebelles de l'intérieur et étaient à la veille de conclure l'armistice en échange de trois ministères accordés aux libéraux, d'une représentation minoritaire au parlement et de l'amnistie générale des rebelles ayant déposé les armes. L'émissaire était porteur d'un message hautement confidentiel du colonel Aureliano Buendia, qui n'était pas d'accord avec les clauses de l'armistice. Parmi les meilleurs de ses hommes, le colonel Gerineldo Marquez devait en sélectionner cinq et se préparer à quitter le pays avec eux. L'ordre fut exécuté dans le plus grand secret. Une semaine avant que l'accord ne fût proclamé, au milieu d'une tempête de bruits contradictoires, le colonel Aureliano Buendia et dix officiers de confiance, parmi lesquels le colonel Roque Carnicero, débarquèrent en douce à Macondo, passé minuit, dispersèrent la garnison, enterrèrent les armes et détruisirent les archives. A l'aube, ils avaient quitté le village avec le colonel Gerineldo Marquez et cinq officiers. L'opération fut si rapide et discrète qu'Ursula n'en eut connaissance qu'à la dernière minute, lorsqu'on vint frapper à petits coups à la fenêtre de sa chambre et murmurer : « Si vous voulez voir le colonel Aureliano Buendia, allez immédiatement jeter un coup d'œil à la porte. » Ursula bondit hors de son lit et sortit sur le seuil en chemise de nuit, et c'est à peine si elle réussit à percevoir le galop de la petite troupe de cavaliers qui abandonnaient le village au milieu d'un silencieux nuage de poussière. Ce n'est que le lendemain qu'elle apprit qu'Aureliano José était parti avec son père.

Dix jours après qu'une déclaration commune du gouvernement et de l'opposition eut annoncé la fin des hostilités, arrivèrent les nouvelles du premier soulèvement armé du colonel Aureliano Buendia sur la frontière occidentale. Ses troupes insuffisantes et mal équipées furent dispersées en moins d'une semaine. Mais dans le courant de la même année, tandis que libéraux et conservateurs s'efforçaient de convaincre le pays de leur réconciliation, il alluma sept autres foyers d'insurrection. Une nuit, il canonna Riohacha depuis une goélette et les soldats de la garnison sortirent de leur lit, pour les fusiller en représailles, les quatorze libéraux les plus notoires de l'agglomération. Il occupa pendant plus de quinze jours un poste frontalier d'où il lança à la nation un appel à la guerre totale. Une autre de ses expéditions s'égara en forêt pendant trois mois, au cours d'une folle tentative pour traverser plus de quinze cents kilomètres de contrées vierges et proclamer la guerre jusque dans les faubourgs mêmes de la capitale. Une fois, il se retrouva à moins de vingt kilomètres de Macondo et fut contraint par les patrouilles du gouvernement à se replier dans les montagnes toutes proches de la région enchantée où son père, bien des années auparavant, avait découvert le fossile d'un galion espagnol.

Vers cette époque mourut Visitacion. Elle qui avait renoncé à un trône par peur de l'insomnie, se donna le plaisir de mourir de mort naturelle, et sa dernière volonté fut que l'on déterrât de dessous son lit ses gages économisés depuis vingt ans, et qu'on les envoyât au colonel Aureliano Buendia pour qu'il pût continuer la guerre. Mais Ursula ne se donna pas la peine d'aller extraire cet argent car, à ce moment-là, courait le bruit que le colonel Aureliano Buendia avait trouvé la mort en débarquant près de la capitale de la province. L'annonce officielle — la quatrième en moins de deux ans — fut tenue pour vraie pendant presque six mois, car on resta tout ce temps-là sans entendre parler de lui. Soudain, alors qu'Ursula et Amaranta avaient pris à nouveau le deuil par-dessus tous les précédents, arriva une nouvelle insolite. Le colonel Aureliano Buendia était en vie, mais apparemment il avait renoncé à harceler les autorités de son propre pays et s'était rallié au fédéralisme triomphant en d'autres républiques des Caraïbes. Il apparaissait sous des noms différents chaque fois plus loin de sa terre natale. On devait connaître plus tard l'idée qui l'animait alors et qui était l'unification des forces fédéralistes d'Amérique centrale afin d'en finir avec tous les régimes conservateurs de l'Alaska à la

Patagonie. Les premières nouvelles qu'Ursula reçut directement de lui, plusieurs années après son départ, consistaient en une lettre chiffonnée et à demi effacée qui lui parvint de main en main depuis Santagio de Cuba.

— Nous l'avons à jamais perdu, s'exclama Ursula à cette lecture. Il est en passe de se retrouver au bout du monde pour la Noël.

Son interlocuteur, qui fut la première personne à qui elle montra la lettre, était le général conservateur José Raquel Moncada, maire de Macondo depuis la fin de la guerre. « Cet Aureliano — commenta le général Moncada — dommage qu'il ne soit pas conservateur. » Il l'admirait pour de bon. Comme beaucoup de civils conservateurs, José Raquel Moncada n'avait fait la guerre que pour défendre son parti, et avait conquis le grade de général sur le champ de bataille bien qu'il n'eût aucune vocation pour les armes. Au contraire, à l'instar de beaucoup de ses camarades de parti, il était antimilitariste. Il considérait les gens d'armes comme des vauriens sans foi ni loi, intrigants et ambitieux, tout juste bons à tenir tête aux civils pour semer le désordre. Intelligent, sympathique, de tempérament sanguin, aimant la bonne chère et fanatique des combats de coq, il avait été, à une certaine époque, l'adversaire le plus redoutable du colonel Aureliano Buendia. Il réussit à imposer son autorité chez les militaires de carrière sur un large secteur du littoral. Un jour que des convenances stratégiques le contraignirent à abandonner certaine place aux troupes du colonel Aureliano Buendia, il lui laissa deux lettres. Dans l'une, fort longue, il l'invitait à se joindre à lui pour une campagne d'humanisation des combats. L'autre lettre était pour son épouse qui vivait en territoire libéral, et il la laissa avec prière de la faire parvenir à destination. Dès lors, même durant les périodes de lutte les plus acharnées, les deux commandants organisèrent des trêves pour procéder à l'échange des prisonniers. Au cours de ces pauses régnait une certaine ambiance de fête et le général Moncada les mettait à profit pour apprendre au colonel Aureliano Buendia à jouer aux échecs. Ils devinrent de grands amis. Ils en arrivèrent même à envisager la possibilité de coordonner les éléments populaires de chacun des deux partis pour mettre fin au rôle déterminant des militaires et des politiciens professionnels, et instaurer un régime humanitaire qui utiliserait le meilleur de chaque doctrine. Lorsque la guerre prit fin, cependant que le colonel Aureliano Buendia disparaissait dans les étroits défilés de la subversion permanente, le général Moncada fut nommé corrégidor de Macondo. Il revêtit son costume civil, remplaça les militaires par des agents de police sans armes, fit respecter les lois sur l'amnistie et vint en aide à quelques familles de libéraux morts au combat. Il obtint que Macondo fut érigé en municipalité, en devint ainsi le premier maire et développa un tel climat de confiance qu'on ne pensa plus à la guerre autrement que comme à un absurde cauchemar du passé. Le père Nicanor, consumé par les fièvres hépathiques, fut remplacé par le père Coronel, qu'on appelait *el Cachorro* [1], vétéran de la première guerre fédéraliste. Bruno Crespi, marié à Amparo Moscote, et dont le magasin de jouets et d'instruments de musique ne se lassait pas de prospérer, aménagea un théâtre que les troupes d'acteurs espagnols inclurent dans leurs itinéraires. C'était un vaste foyer en plein air, avec des bancs en bois à dossier, un rideau de velours orné de masques grecs, et trois guichets en forme de têtes de lion par les gueules béantes desquelles on vendait les billets. Ce fut aussi vers cette époque qu'on répara les bâtiments scolaires. L'école fut prise en charge par don Melchor Escalona, un vieux maître envoyé de la région du marigot, qui obligeait les mauvais élèves à marcher à genoux dans la cour pleine de graviers, et faisait manger du piment aux bavards, avec l'accord tacite des parents. Aureliano le Second et José Arcadio le Second, les capricieux jumeaux de Sainte-Sophie de la Piété, furent les premiers à s'asseoir dans la salle de classe, munis de leur ardoise, de leur crayon d'ardoise et de leur petite timbale en aluminium gravée à leur nom. Remedios, héritière de la pure beauté de sa mère, commençait déjà à être connue sous le nom de Remedios-la-belle. Malgré le temps, les chagrins accumulés, les deuils qu'il avait fallu prendre les uns sur les autres, Ursula se refusait à vieillir. Aidée par Sainte-Sophie de la Piété, elle avait donné une nouvelle impulsion à son commerce de pâtisserie et non seulement elle récupéra en peu d'années la fortune que son fils avait dilapidée à la guerre, mais elle farcit à nouveau d'or pur les calebasses enterrées dans sa chambre. « Tant

1. Petit d'une bête fauve (N.D.T.).

que Dieu me prêtera vie — avait-elle coutume de dire — l'argent ne manquera pas dans cette maison de fous. » On en était là lorsque Aureliano José déserta des troupes fédéralistes du Nicaragua, s'enrôla dans l'équipage d'un vaisseau allemand et fit son apparition dans la cuisine de la maison, aussi costaud qu'un cheval, brun et velu comme un indien, secrètement résolu à épouser Amaranta.

Quand Amaranta le vit entrer, sans qu'il eût rien dit, elle devina sur-le-champ pourquoi il était revenu. A table, ils n'osaient se regarder en face. Mais deux semaines après son retour, en présence d'Ursula, il fixa Amaranta et, les yeux dans les yeux, lui dit : « Je n'ai cessé de penser beaucoup à toi. » Amaranta le fuyait. Elle se prémunissait contre les rencontres fortuites. Elle s'arrangeait pour ne pas se séparer de Remedios-la-belle. Le jour où son neveu lui demanda jusqu'à quand elle comptait porter la bande noire qui entourait sa main, elle interpréta la question comme une allusion à sa virginité et le rouge qui vint dorer ses joues l'indigna. A son arrivée, elle ferma le verrou de sa chambre mais il s'écoula tant de nuits pendant lesquelles elle put entendre ses ronflements paisibles dans la chambre voisine, qu'elle finit par négliger cette précaution. Un matin, bientôt deux mois après son retour, elle l'entendit pénétrer dans sa chambre. Alors, au lieu de fuir, au lieu de crier comme elle avait prévu de le faire, elle se laissa envahir par une douce sensation de repos. Elle le sentit se glisser sous la moustiquaire, comme il faisait lorsqu'il était enfant, comme il avait toujours fait, et ne put s'empêcher d'avoir des sueurs froides et de claquer des dents lorsqu'elle se rendit compte qu'il était complètement nu. « Va-t-en », murmura-t-elle, si anxieuse de connaître la suite qu'elle en étouffait. « Va-t-en ou je me mets à crier. » Mais Aureliano José savait alors ce qu'il lui restait à faire, car ce n'était plus un enfant qui a peur du noir, mais une bête de casernement. A compter de cette nuit-là reprirent ces sourdes batailles sans issue qui se prolongeaient jusqu'à l'aube. « Je suis ta tante, murmurait Amaranta épuisée. C'est presque comme si j'étais ta mère, non seulement par l'âge mais parce qu'il ne m'a manqué qu'une chose : te donner la tétée. » Au matin, Aureliano s'échappait et s'en revenait le lendemain bien avant le lever du jour, chaque fois plus excité quand il constatait qu'elle n'avait pas poussé son verrou. Il n'avait cessé un seul instant de la désirer. Il l'avait retrouvée dans les obscures chambres des villages vaincus, surtout les plus abjectes, et identifiait sa présence dans l'odeur de sang séché sur les pansements des blessés, dans cette peur instantanée d'être en péril de mort, à toute heure et en tous lieux. Il l'avait fuie, essayant d'annihiler son souvenir non seulement par l'éloignement mais par un acharnement féroce, incontrôlé, que ses compagnons d'armes qualifiaient de témérité, mais plus il roulait son image dans le fumier de la guerre, plus la guerre ressemblait à Amaranta. Il endura ainsi son exil, cherchant l'occasion de la tuer avec sa propre mort, jusqu'au jour où il entendit raconter la vieille histoire de l'homme qui avait épousé une de ses tantes qui, de plus, était sa cousine, et dont le fils finit par se retrouver son propre grand-père.

— Est-ce qu'on peut se marier avec une de ses tantes? demanda-t-il avec étonnement.

— Non seulement on peut, lui répondit un soldat, mais nous sommes en train de faire cette guerre contre les curés pour avoir le droit de se marier avec sa propre mère.

Quinze jours plus tard, il déserta. Il trouva Amaranta plus flétrie que dans son souvenir, plus mélancolique et pudibonde, et doublant déjà, en fait, le dernier cap de la maturité, mais plus fébrile que jamais dans les ténèbres de sa chambre, plus provocante que jamais dans la manière agressive dont elle lui résistait. « Tu n'es qu'une brute, lui disait Amaranta, acculée par sa meute de bouledogues. Ça n'est pas vrai qu'on puisse traiter ainsi sa pauvre tante, à moins d'une dispense spéciale du pape. » Aureliano José promettait d'aller à Rome, promettait de parcourir l'Europe à genoux, et de baiser les sandales du souverain pontife pourvu qu'elle voulût bien baisser ses ponts-levis.

— Il ne s'agit pas seulement de cela, rétorquait Amaranta. C'est ainsi que naissent les enfants avec des queues de cochon.

Aureliano José restait sourd à tout argument.

— Et quand bien même il naîtrait des tatous, répondit-il en suppliant.

Un matin, avant l'aube, vaincu par l'insupportable douleur de sa virilité contenue, il se rendit chez Catarino. Il trouva une femme aux seins flasques, câline et bon marché, qui lui calma le bas-ventre pour quelque temps. Il essaya de traiter Amaranta par le mépris. Il l'apercevait sous la véranda, en train de coudre sur une machine à manivelle dont elle avait appris à se servir avec une dextérité admirable, et ne lui adressait même pas la parole. Amaranta se sentit libérée d'un poids, et elle-même ne comprit pas pourquoi, dès lors, elle se mit de nouveau à penser au colonel Gerineldo Marquez, pourquoi elle se souvenait avec nostalgie des après-midi passés à jouer aux dames, et pourquoi elle en arriva même à le désirer comme compagnon de lit. La nuit où, ne pouvant plus supporter cette comédie de l'indifférence, il s'en retourna dans la chambre d'Amaranta, Aureliano José ne s'imaginait pas à quel point il avait perdu du terrain. Elle le repoussa avec une franche détermination, que rien n'aurait pu fléchir, et ferma définitivement le verrou de sa chambre à coucher.

Quelques mois après le retour d'Aureliano José se présenta à la maison une femme exubérante, toute parfumée de jasmins, accompagnée d'un enfant de cinq ans. Elle affirma qu'il était le fils du colonel Aureliano Buendia et qu'elle l'amenait pour le faire baptiser par Ursula. Personne ne mit en doute les origines de cet enfant sans nom : il ressemblait trait pour trait au colonel à l'époque où on l'emmena faire connaissance avec la glace. La femme raconta qu'il était né avec les yeux grands ouverts, portant sur les gens un regard adulte qui paraissait les juger, et que la manière dont il fixait chaque chose sans ciller, l'effrayait. « Il est tout pareil, dit Ursula. La seule chose qui lui manque, c'est de faire basculer les chaises rien qu'à les regarder. » On le baptisa du prénom d'Aureliano, mais avec le nom de sa mère car la loi ne permettait pas qu'il portât le nom de son père avant que celui-ci ne l'eût reconnu. Le général Moncada servit de parrain. Amaranta eut beau insister pour qu'on le lui laissât, afin de finir de l'élever, la mère s'y opposa.

Ursula ignorait encore la coutume qui veut qu'on envoie des pucelles dans la chambre des guerriers, tout comme on lâche des poules aux coqs racés, mais elle eut tout loisir de l'apprendre dans le courant de cette année-là : neuf autres fils du colonel Aureliano Buendia furent amenés à la maison afin d'y être baptisés. L'aîné, brun de peau, les yeux verts, étrange, n'avait rien de commun avec la souche paternelle et avait passé les dix ans. On amena des enfants de tous âges, de toutes les couleurs, mais tous mâles et nantis d'un air de solitude qui interdisait qu'on mît en doute leur consanguinité. Deux seulement se détachaient du lot. L'un, trop grand pour son âge, qui mit en miette les pots de fleurs et plusieurs pièces de vaisselle, parce que ses mains paraissaient avoir la faculté de briser tout ce qu'elles touchaient. L'autre était un blond, avec les mêmes yeux bleus que sa mère, et auquel on avait laissé les cheveux longs et bouclés comme à une fille. Il pénétra dans la maison avec la plus grande familiarité, comme s'il y avait été élevé, se dirigea directement vers un grand coffre situé dans la chambre d'Ursula et exigea : « Je veux la danseuse qui se remonte. » Ursula prit peur. Elle ouvrit le coffre, fouilla parmi les très vieux et poussiéreux objets du temps de Melquiades et retrouva, enveloppée dans une paire de bas, la danseuse à ressort que Pietro Crespi avait un jour apportée à la maison et dont personne ne s'était plus jamais souvenu. En moins de douze ans, ils baptisèrent du prénom d'Aureliano et du nom de leur mère respective tous les fils que le colonel avait semés de long en large sur tous ses champs de bataille : soit dix-sept. Au début, Ursula leur bourrait les poches d'argent et Amaranta tentait de les retenir. Mais elles finirent par se borner à leur remettre un cadeau et à leur servir de marraines. « Nous faisons notre devoir en les baptisant, disait Ursula, notant dans un cahier le nom et l'adresse de chaque mère et le lieu et la date de naissance de chaque enfant. Aureliano doit certainement tenir ses comptes à jour et ce sera à lui de prendre ses dispositions quand il reviendra. » Au cours d'un déjeuner, épiloguant avec le général Moncada sur cette déconcertante prolifération, elle fit part de son désir de voir le colonel Aureliano Buendia revenir un jour et rassembler à la maison tous ses fils.

— Ne vous en faites pas, *comadre,* dit le général Moncada d'un air énigmatique. Il reviendra plus tôt que vous ne l'imaginez.

Ce que le général Moncada savait et n'avait pas voulu révéler au cours de ce déjeuner, c'était que le colonel Aureliano Buendia était déjà en chemin pour se mettre à la tête de la plus longue, de la plus radicale et de la plus sanglante rébellion qu'il eût jusqu'alors fomentée.

La situation redevint aussi tendue qu'au cours des mois qui avaient précédé la première guerre. Les combats de coqs, qu'animait le maire en personne, furent suspendus. Le capitaine Aquiles Ricardo, commandant la garnison, assuma en fait le pouvoir municipal. Les libéraux le signalèrent comme provocateur. « Il va se passer quelque chose de terrible, disait Ursula à Aureliano José. Ne mets pas les pieds dehors après six heures du soir. » C'étaient là vaines prières. Aureliano José, semblable à Arcadio en d'autres temps, avait cessé de lui appartenir. C'était comme si le retour au foyer, la faculté de vivre sans avoir à se tracasser pour les nécessités quotidiennes, avaient réveillé en lui les mêmes aspirations à la concupiscence et à la nonchalance que chez son oncle José Arcadio. Sa passion pour Amaranta s'éteignit sans laisser de traces. Il allait un peu à vau-l'eau, jouant au billard, soignant sa solitude auprès de femmes occasionnelles, fouillant les interstices où Ursula finissait par oublier l'argent qu'elle avait dissimulé. « Ils sont tous les mêmes, se lamentait Ursula. Au début, on n'a aucun mal à les élever, ils sont obéissants et sérieux, paraissent incapables de tuer une mouche, et à peine la barbe leur pousse-t-elle qu'ils se jettent dans la perdition. » A la différence d'Arcadio qui ne connut jamais sa véritable filiation, il sut qu'il était fils de Pilar Ternera, laquelle avait suspendu un hamac dans sa maison pour qu'il y vînt faire la sieste. Ils étaient, davantage que mère et fils, complices dans une même solitude. Pilar Ternera avait perdu toute trace d'espoir. Son rire avait acquis des sonorités d'orgue, ses seins avaient succombé à la lassitude des éventuelles caresses, son ventre et ses cuisses avaient été victimes de son irrévocable destin de femme partagée, mais son cœur vieillissait sans amertume. Obèse, médisante, pleine de vanités de matrone en disgrâce, elle renonça à l'illusion stérile des cartes et trouva un havre de consolation dans les amours des autres. Sous le même toit où Aureliano faisait la sieste, les jeunes filles des environs recevaient leurs amants du moment. « Tu me prêtes la chambre, Pilar » lui disaient-elles simplement, lorsqu'elles étaient déjà à l'intérieur. « Bien sûr », répondait Pilar. Et si quelqu'un se trouvait là, elle lui expliquait :

— Ça me rend heureuse de savoir les gens heureux dans mon lit.

Jamais elle ne faisait payer ce genre de service. Jamais elle ne refusait cette faveur, et pareillement ne la refusa jamais aux innombrables hommes qui la cherchèrent jusqu'au crépuscule de sa maturité, sans lui donner argent ni amour, mais seulement parfois du plaisir. Ses cinq filles, héritières d'une si ardente semence, se perdirent dès l'adolescence par les chemins scabreux de la vie. Des deux garçons qu'elle parvint à élever, l'un mourut au combat dans les troupes du colonel Aureliano Buendia, l'autre fut blessé et capturé à l'âge de quatorze ans, alors qu'il essayait de voler un grand cageot de poules dans un village du marigot. D'une certaine façon, Aureliano José fut cet homme grand et brun que, pendant un demi-siècle, lui avait annoncé le roi de cœur, et qui, comme tous les êtres envoyés par les cartes, arriva jusqu'à son cœur déjà marqué du signe de la mort. Elle le lut dans les tarots.

— Ne sors pas cette nuit, lui dit-elle. Reste à dormir ici. Carmelita Montiel n'en peut plus de me supplier que je la laisse dans ta chambre.

Aureliano José ne perçut pas la prière que cachait au fond cette proposition.

— Dis-lui qu'elle m'attende à minuit, fit-il.

Il se rendit au théâtre où une troupe espagnole affichait *el Puñal del Zorro* qui, en réalité, était l'œuvre de Zorrilla, *el Puñal del Godo,* mais son nom avait été changé sur ordre du capitaine Aquiles Ricardo, parce que les libéraux traitaient les conservateurs de *godos* [1]. Ce n'est qu'au moment de présenter son billet à l'entrée qu'Aureliano José aperçut le capitaine Aquiles Ricardo, accompagné de deux soldats armés de fusils, en train de refouler le public. « Prenez garde, capitaine, l'avertit Aureliano José. L'homme qui mettra la main sur moi n'est pas encore né. » Le capitaine tenta de lui interdire l'entrée par la force et Aureliano José, qui était désarmé, partit en courant. Les soldats n'obtempérèrent pas à l'ordre de tirer. « C'est un Buendia » expliqua l'un d'eux. Aveuglé par la rage, le capitaine lui arracha alors le fusil des mains, se plaça au milieu de la rue et épaula.

— Bande de cons! réussit-il à hurler. Dommage que ce ne soit pas le colonel Aureliano Buendia!

Carmelita Montiel, une vierge de vingt ans, sortait d'un bain

1. *Goths :* nom donné initialement aux Espagnols en Amérique et terme péjoratif dont les libéraux désignent encore les conservateurs en Colombie (N.D.T.).

d'eau de fleur d'oranger et était en train d'éparpiller des feuilles de romarin sur le lit de Pilar Ternera quand retentit la détonation. Aureliano José était destiné à connaître avec elle tout le bonheur que lui avait refusé Amaranta, à en avoir sept fils et à mourir de vieillesse dans ses bras, mais la balle de fusil qui lui entra par l'épaule et lui déchiqueta la poitrine avait été dirigée par une mauvaise interprétation des cartes. Le capitaine Aquiles Ricardo, qui était en fait celui qui devait mourir cette nuit-là, périt effectivement quatre heures avant Aureliano José. A peine la détonation eut-elle éclaté qu'il fut abattu par deux coups de feu simultanés, dont l'origine ne fut jamais établie, et qu'un cri unanime ébranla la nuit :

— Vive le parti libéral! Vive le colonel Aureliano Buendia!

A minuit, tandis qu'Aureliano achevait de se vider de son sang et que Carmelita Montiel ne se trouvait dans les cartes qu'un avenir en blanc, plus de quatre cents hommes avaient défilé devant le théâtre et déchargé leurs revolvers sur le cadavre abandonné du capitaine Aquiles Ricardo. Il fallut toute une patrouille pour déposer sur une charrette le corps lourd de plomb qui se défaisait comme du pain mouillé.

Echauffé par les exactions de l'armée régulière, le général José Raquel Moncada mobilisa toutes ses influences politiques, endossa à nouveau l'uniforme et prit en main le commandement civil et militaire de Macondo. Néanmoins, il n'espérait pas que son attitude conciliatrice parviendrait à empêcher l'inévitable de se produire. Septembre fut plein de nouvelles contradictoires. Cependant que le gouvernement annonçait qu'il gardait le contrôle du pays tout entier, les libéraux étaient secrètement informés de l'existence de soulèvements armés à l'intérieur. Le régime ne voulut pas admettre que le pays se trouvait en état de guerre, jusqu'au jour où fut proclamé publiquement qu'une cour martiale avait jugé le colonel Aureliano Buendia par contumace, et l'avait condamné à mort. Ordre était donné à la première garnison qui le prendrait d'exécuter la sentence. « Ça veut dire qu'il est de retour » se réjouit Ursula auprès du général Moncada. Mais lui-même n'en savait rien.

En réalité, le colonel Aureliano Buendia se trouvait dans la contrée depuis plus d'un mois. Précédé de rumeurs contradictoires, supposé au même moment dans les endroits les plus diamétralement opposés, le général Moncada lui-même attendit, pour croire à son retour, l'annonce officielle qu'il avait fait main basse sur deux états du littoral. « Toutes mes félicitations, *comadre,* dit-il à Ursula en lui montrant le télégramme. Sous peu, vous l'aurez ici. » Une chose préoccupa alors Ursula pour la première fois : « Et vous, que ferez-vous, *compadre*? » demanda-t-elle. Le général Moncada s'était déjà posé cette question à maintes reprises.

— La même chose que lui, *comadre,* répondit-il. Je ferai mon devoir.

Le premier octobre à l'aube, le colonel Aureliano Buendia attaqua Macondo avec mille hommes armés jusqu'aux dents, et la garnison reçut l'ordre de résister jusqu'au bout. A midi, tandis que le général Moncada déjeunait avec Ursula, un coup de canon des rebelles, qui retentit dans tout le village, pulvérisa la façade de la trésorerie municipale. « Leur armement est aussi bon que le nôtre, soupira le général Moncada, mais par-dessus le marché, ils ont plus envie de se battre que nous. » A deux heures de l'après-midi, tandis que la terre tremblait sous les coups de canon échangés de part et d'autre, il quitta Ursula avec la conviction qu'il était en train de livrer une bataille perdue d'avance.

— Je prie Dieu que vous n'ayez pas ce soir Aureliano à la maison, dit-il. S'il en est ainsi, embrassez-le de ma part, car je n'escompte plus le revoir jamais.

Il fut capturé cette nuit-là alors qu'il tentait de s'enfuir de Macondo, après avoir rédigé une longue lettre au colonel Aureliano Buendia, dans laquelle il lui rappelait leurs communs projets d'humaniser la guerre et lui souhaitait de remporter une victoire définitive sur la corruption des militaires et les ambitions des politiciens des deux partis. Le lendemain, le colonel Aureliano Buendia déjeuna avec lui chez Ursula, où il resta cloîtré jusqu'à ce qu'un conseil de guerre révolutionnaire décidât de son sort. Ce fut une réunion de famille. Mais tandis que les adversaires oubliaient la guerre pour évoquer des souvenirs du passé, Ursula éprouva la sombre impression que son fils était chez elle un intrus. Elle l'avait ressenti dès l'instant où elle l'avait vu entrer, protégé par un bruyant déploiement de forces qui avait mis les chambres sens dessus dessous jusqu'à se convaincre qu'il n'y avait nul danger. Non seulement le colonel Aureliano Buendia laissa faire, mais il donna des ordres formels, d'une extrême sévérité, et interdit à quinconque de s'approcher de lui à moins de trois mètres, jusqu'à Ursula, tant que les membres de son escorte n'auraient pas fini de placer des sentinelles tout autour de la maison. Il portait un uniforme de treillis ordinaire, sans insigne d'aucune sorte, et de hautes bottes aux talons maculés de boue et de sang séché. Il avait à son ceinturon un revolver automatique dans son étui ouvert, et sa main constamment appuyée sur la crosse révélait la même tension, vigilante et résolue, qui se lisait dans son regard. Sa tête laissait voir à présent les grands angles rentrants de ses tempes dégarnies, et semblait avoir doré à feu doux. Son visage fouetté et meurtri par le sel des Caraïbes avait acquis une dureté de métal. Il était préservé contre la vieillesse imminente par une vitalité qui n'était pas sans avoir quelque rapport avec la froideur des entrailles. Il était plus grand que lorsqu'il était parti, plus pâle, plus osseux, et on reconnaissait chez lui les premiers symptômes de résistance à la nostalgie. « Mon Dieu, se dit Ursula avec inquiétude. Maintenant, il a l'air d'un homme capable de tout. » Il l'était en effet. Le châle aztèque qu'il apporta à Amaranta, les évocations auxquelles il se livra pendant le déjeuner, les anecdotes amusantes qu'il put raconter, n'étaient guère que les cendres de son humour d'autrefois. Aussitôt que fut exécuté l'ordre d'enterrer les morts dans la fosse commune, il confia au colonel Roque Carnicero la mission de hâter les jugements du conseil de guerre et eut à cœur de se réserver la tâche écrasante d'imposer les réformes radicales qui ne laisseraient pas une pierre sur l'autre dans tout l'édifice effondré du régime conservateur. « Nous devons devancer les politicards du parti, disait-il à ses adjoints. Quand ils rouvriront les yeux sur la réalité, ils se trouveront devant le fait accompli. » Ce fut alors qu'il décida de réviser les titres de propriété des terres, en remontant de cent ans en arrière, et découvrit les escroqueries légalisées de son frère José Arcadio. Il annula tous les registres d'un trait de plume. Dans un dernier mouvement de courtoisie, il délaissa ses occupations pendant une heure et rendit visite à Rebeca pour l'informer de ses résolutions.

Dans la pénombre de sa demeure, la veuve esseulée qui avait été jadis la confidente de ses amours réprimées et dont l'obstination lui avait sauvé la vie, n'était plus qu'un spectre du passé.

Tout enveloppée de noir jusqu'aux poignets, le cœur réduit en cendres, c'est à peine si les nouvelles de la guerre arrivaient jusqu'à elle. Le colonel Aureliano Buendia eut l'impression que la phosphorescence de ses os passait au travers de sa peau, et qu'elle se mouvait dans une atmosphère de feux follets, un air croupissant où se devinait encore une secrète odeur de poudre. Il commença par lui recommander d'atténuer la rigueur de son deuil, d'aérer sa maison, de pardonner au monde la mort de José Arcadio. Mais Rebeca était déjà à l'abri de toute vanité. Après l'avoir inutilement cherchée dans la dégustation de la terre, les lettres parfumées de Pietro Crespi, le lit tempétueux de son époux, elle avait trouvé la paix dans cette demeure où les souvenirs, par la force d'une évocation implacable, finissaient par prendre forme et se promener comme des êtres humains à travers les chambres closes. Renversée dans son fauteuil à bascule en osier, regardant le colonel Aureliano Buendia comme si c'était lui qui avait l'air d'un spectre du passé, Rebecca ne se laissa même pas troubler par la nouvelle que les terres usurpées par José Arcadio seraient rendues à leurs propriétaires légitimes.

— Tout se fera selon ta volonté, Aureliano, dit-elle en soupirant. J'ai toujours pensé — et voilà qui le confirme aujourd'hui — que tu n'étais qu'un renégat.

La révision des titres de propriété s'accomplit en même temps que furent rendus les jugements sommaires, sous la présidence du colonel Gerineldo Marquez, qui s'achevèrent par l'exécution de tous les officiers de l'armée régulière faits prisonniers des révolutionnaires. Le dernier conseil de guerre fut celui devant lequel comparut le général José Raquel Moncada. Ursula intervint. « C'est le meilleur administrateur que nous ayons eu à Macondo, dit-elle au colonel Aureliano Buendia. Je ne te dirai rien de son bon cœur, ni de l'affection qu'il nous porte, car tu les connais mieux que personne. » Le colonel Aureliano Buendia lui lança un regard réprobateur :

— Je ne peux m'arroger le pouvoir de rendre la justice, répliqua-t-il. Si vous avez quelque chose à dire, allez le dire devant le conseil de guerre.

Non seulement Ursula n'hésita pas à le faire, mais elle emmena faire leur déposition toutes les mères d'officiers révolutionnaires résidant à Macondo. L'une après l'autre, les vieilles fondatrices du village, parmi lesquelles certaines avaient participé à la téméraire traversée de la sierra, exaltèrent les vertus du général Moncada. La dernière à défiler fut Ursula. Sa dignité douloureuse, le poids de son nom, la véhémence persuasive de sa déclaration, firent vaciller un moment le bon équilibre de la justice. « Vous avez pris très au sérieux ce jeu effrayant, et vous avez bien fait, car vous accomplissiez votre devoir, dit-elle aux membres du tribunal. Mais ne l'oubliez pas : tant que Dieu nous prêtera vie, nous ne cesserons pas d'être des mères, et tout révolutionnaires que vous soyez, nous avons le droit de vous baisser les pantalons et de vous flanquer une fessée au premier manque de respect. » Le jury se retira pour délibérer tandis que résonnaient encore ces derniers mots dans l'enceinte de l'école transformée en quartier. A minuit, le général José Raquel Moncada fut condamné à mort. Le colonel Aureliano Buendia, malgré les violentes récriminations d'Ursula, se refusa à commuer la peine. Peu avant l'aube, il rendit visite au condamné dans la cellule des détenus.

— Souviens-toi, *compadre,* que ce n'est pas moi qui te fusille, lui dit-il. C'est la révolution.

Le général Moncada ne se leva même pas du lit de camp en le voyant entrer.

— Va te faire foutre, *compadre,* répliqua-t-il.

Jusqu'à cette minute, le colonel Aureliano Buendia ne s'était pas donné le temps, depuis son retour, de le regarder avec les yeux du cœur. Il fut effrayé de remarquer combien il avait vieilli, le tremblement de ses mains, la résignation quelque peu routinière avec laquelle il attendait la mort, et il ressentit alors un profond mépris pour lui-même, qu'il prit pour un début de miséricorde.

— Tu sais mieux que moi, lâcha-t-il, que tout conseil de guerre n'est qu'une farce, et qu'en vérité tu dois payer pour les crimes des autres, car cette fois, nous allons gagner la guerre à n'importe quel prix. Toi-même, à ma place, n'aurais-tu pas agi de même?

Le général Moncada se mit sur son séant pour nettoyer ses lunettes à grosse monture d'écaille avec le pan de sa chemise. « Probablement, répondit-il. Mais ce qui me préoccupe, ce n'est que tu me fasses fusiller, parce qu'en fin de compte, pour les gens comme nous, cette mort est la mort naturelle. » Il posa les lunettes sur le lit et ôta sa montre de sa chaîne. « Ce qui me préoccupe, poursuivit-il, c'est qu'à force de tellement haïr les militaires, de tant les combattre, de tant songer à eux, tu as fini par leur ressembler en tous points. Et il n'est pas d'idéal dans la vie qui mérite autant d'abjection. » Il retira son alliance et sa médaille de la Vierge des Remèdes, et les posa à côté des lunettes et de la montre.

— A ce rythme, conclut-il, non seulement tu deviendras le dictateur le plus tyrannique et le plus sanguinaire de toute notre histoire, mais tu feras fusiller ma *comadre* Ursula en voulant apaiser ta conscience.

Le colonel Aureliano Buendia demeura de marbre. Le général Moncada lui remit alors les lunettes, la médaille, la montre et l'alliance, et prit un autre ton :

— Mais je ne t'ai pas fait venir pour t'engueuler. Je voulais te demander le service d'envoyer ces objets à ma femme.

Le colonel Aureliano Buendia les glissa dans ses poches.

— Elle est toujours à Manaure?

— Toujours à Manaure, confirma le général Moncada. Dans la même maison, derrière l'église, où tu expédias jadis cette lettre.

— Je le ferai très volontiers, José Raquel, fit le colonel Aureliano Buendia.

Lorsqu'il ressortit à l'air envahi d'une brume bleutée, son visage en fut humecté, comme par le passé, un autre jour, à l'aube, et ce n'est qu'alors qu'il comprit pourquoi il avait décidé que la sentence serait exécutée dans la cour et non contre le mur du cimetière. Le peloton s'était rangé devant la porte et lui rendit les honneurs réservés à un chef d'Etat.

— Vous pouvez l'emmener, ordonna-t-il.

Le colonel Gerineldo Marquez fut le premier à ressentir la vanité de la guerre. En tant que commandant civil et militaire de Macondo, deux fois par semaine, il conversait par télégraphe avec le colonel Aureliano Buendia. Au début, ces entretiens déterminaient l'évolution d'une vraie guerre, en chair et en os, dont les contours parfaitement définis permettaient à tout moment de le situer avec exactitude et de prévoir ses itinéraires à venir. Bien qu'il ne se laissât jamais entraîner sur le terrain de la confidence, même avec ses plus proches amis, le colonel Aureliano Buendia gardait alors ce ton familier qui permettait de l'identifier à l'autre bout de la ligne. Il lui arriva plusieurs fois de prolonger ces conversations au-delà de la durée prévue et de se laisser aller à des considérations d'ordre familial. Peu à peu, cependant, à mesure que la guerre gagnait en intensité et en extension, son image s'estompa dans un univers irréel. Les points et les traits de sa voix devenaient chaque fois plus lointains et indistincts, se fondaient et se combinaient pour ne plus former que des mots insensiblement dépourvus de tout sens. Le colonel Gerineldo Marquez se bornait alors à écouter, accablé par l'impression qu'il avait de se trouver en communication télégraphique avec un inconnu d'un autre monde.

— Compris, Aureliano, concluait-il en actionnant le manipulateur. Vive le parti libéral!

Il finit par perdre tout contact avec la guerre. Ce qui, en d'autres temps, avait consisté en une activité réelle, passion irrésistible de sa jeunesse, ne fut bientôt plus pour lui qu'une référence lointaine : quelque chose qui se perdait dans le vague. Son seul refuge était l'atelier de couture d'Amaranta. Il allait la voir tous les après-midi. Il aimait à contempler ses mains tandis qu'elle plissait des falbalas de mousseline sur la machine à manivelle que faisait tourner Remedios la belle. Ils restaient des heures et des heures sans se parler, résignés à se tenir l'un l'autre compagnie, mais tandis qu'Amaranta, intérieurement, se plaisait à entretenir le feu de sa dévotion, lui-même ignorait quels secrets desseins recélait ce cœur indéchiffrable. Lorsqu'on avait appris la nouvelle de son retour, l'impatience de le revoir avait failli étouffer Amaranta. Mais quand elle le vit rentrer à la maison mêlé à la bruyante escorte du colonel Aureliano Buendia, qu'elle le découvrit meurtri par les rigueurs de l'exil, vieilli par l'âge et l'oubli, couvert de sueur et de poussière mêlées, sentant le bouc, affreux, le bras gauche en écharpe, la désillusion fut telle qu'elle se sentit défaillir. « Mon Dieu, se dit-elle, ce n'était pas lui que j'attendais. » Le lendemain, pourtant, il s'en revint à la maison parfaitement rasé et propre, la moustache parfumée à l'eau de lavande et débarrassé de son écharpe ensanglantée. Il lui apportait en cadeau un livre d'heures à la reliure incrustée de nacre.

— Comme les hommes sont bizarres, fit-elle, ne trouvant rien d'autre à dire. Ils passent leur vie à lutter contre les curés et ils vous font cadeau de livres de prières.

Désormais, même pendant les plus dramatiques journées de la guerre, il lui rendit visite tous les après-midi. Bien des fois, quand Remedios la belle n'était pas là, c'était lui qui faisait tourner la roue de la machine à coudre. Amaranta se sentait troublée par tant de persévérance, de fidélité, de soumission chez un homme investi de tant de pouvoirs et qui se dépouillait néanmoins de ses armes, au salon, pour pénétrer sans défense aucune dans l'atelier de couture. Mais pendant quatre années de suite il lui répéta son amour et elle trouva toujours une façon de le repousser sans le blesser, car si elle ne parvenait pas elle-même à l'aimer, elle ne pouvait déjà plus vivre sans lui. Remedios la Belle, qui paraissait indifférente à tout, et dont on pensait qu'elle était un peu arriérée, ne resta pas insensible à tant de dévotion et intervint en faveur du colonel Gerineldo Marquez. Amaranta découvrit brusquement que cette fillette qu'elle avait élevée, qui commençait à peine à s'ouvrir à l'adolescence, était déjà la plus belle créature qu'on eût jamais vue à Macondo. Elle sentit renaître en son cœur le ressentiment qu'elle avait éprouvé autrefois à l'encontre de Rebecca, et priant Dieu qu'elle ne se laissât pas entraîner, à la limite, à souhaiter sa mort, elle la mit à la porte de l'atelier de couture. C'est vers cette époque que le colonel Gerineldo Marquez commença à être dégoûté de la guerre. Il fit appel à tout son pouvoir de persuasion, à son immense tendresse contenue jusque-là, disposé à renoncer pour Amaranta à une gloire qui lui avait coûté le sacrifice des meilleures années de sa vie. Mais il ne parvint pas à la convaincre. Un après-midi du mois d'août, accablée sous le poids insupportable de sa propre obstination, Amaranta s'enferma dans sa chambre, décidée à pleurer sur sa solitude jusqu'à la mort, après qu'elle eut dit son dernier mot à son tenace prétendant :

— Oublions-nous à jamais, lui dit-elle; nous sommes déjà trop vieux pour ce genre de choses.

Cet après-midi là, le colonel Gerineldo Marquez eut à répondre à un appel télégraphique du colonel Aureliano Buendia. Ce fut un entretien de pure routine qui ne devait ouvrir aucune brèche dans l'enlisement des combats. Au moment d'en finir, le colonel Gerineldo Marquez contempla les rues désolées, l'eau cristallisée sur les amandiers, et se sentit perdu dans sa solitude.

— Aureliano, fit-il en actionnant tristement le manipulateur. En ce moment, il pleut à Macondo.

Il y eut un long silence sur la ligne. Puis, brusquement, les appareils tressautèrent pour livrer passage aux signes impitoyables du colonel Aureliano Buendia.

— Ne sois pas con, Gerineldo, répondirent les signes. Il est naturel qu'il pleuve en août.

Il y avait tellement longtemps qu'ils ne s'étaient vus que l'agressivité de cette réaction déconcerta le colonel Gerineldo Marquez. Deux mois plus tard, pourtant, lorsque le colonel Aureliano Buendia s'en revint à Macondo, son déconcertement se changea en stupeur. Même Ursula fut étonnée de constater combien il avait changé. Il arriva sans bruit, sans escorte, enveloppé dans une couverture malgré la chaleur, et accompagné de trois maîtresses qu'il installa sous le même toit où il passa désormais la majeure partie de son temps, couché dans un hamac. A peine lisait-il les dépêches télégraphiques qui donnaient des informations sur les opérations de routine. Un jour, le colonel Gerineldo Marquez vint lui demander des instructions pour l'évacuation d'un village-frontière où la guerre menaçait de dégénérer en conflit international.

— Ne me dérange pas pour de pareilles vétilles, lui ordonna-t-il. Demande conseil à la divine Providence.

On en était peut-être à la phase la plus critique de la guerre. Les propriétaires libéraux, qui avaient commencé par soutenir la révolution, avaient conclu de secrètes alliances avec les propriétaires conservateurs dans le but d'empêcher la révision des titres. Les politiciens qui, avec la guerre, faisaient leur beurre en exil, s'étaient publiquement désolidarisés des décisions drastiques du colonel Aureliano Buendia, mais même ce désaveu paraissait le laisser indifférent. Il n'avait plus relu ses vers, qui occupaient plus de cinq volumes et demeuraient oubliés au fond de leur malle. Le soir, ou à l'heure de la sieste, il appelait dans son hamac une de ses femmes dont il retirait une satisfaction sommaire avant de s'endormir d'un sommeil de plomb que ne venait troubler le plus léger indice d'une préoccupation quelconque. Il était le seul à savoir alors que son cœur plein de vertiges était à jamais condamné à l'incertitude. Au début, enivré par la gloire du retour, par d'invraisemblables victoires, il s'était laissé fasciner par l'abîme de la grandeur. Il se plaisait à être le fidèle compagnon du duc de Marlborough, son grand maître dans l'art de la guerre, dont la fastueuse tenue en fourrure et griffes de tigre inspirait le respect aux adultes et effrayait les enfants. C'est alors qu'il décida qu'aucun être humain, pas même Ursula, ne l'approcherait à moins de trois mètres. Au centre du cercle de craie dessiné par ses aides de camp en quelque endroit qu'il arrivât, et à l'intérieur duquel lui seul pouvait entrer, il décidait du destin du monde par ordres brefs et sans appel. La première fois qu'il se rendit à Manaure après l'exécution du général Moncada, il s'empressa d'accomplir la dernière volonté de sa victime, et la veuve rentra en possession des lunettes, de la médaille, de la montre et de l'alliance, mais lui interdit de passer le seuil de chez elle.

— N'entrez pas, colonel, lui dit-elle. Vous commandez dans votre guerre mais je commande encore dans ma maison.

Le colonel Aureliano Buendia ne fit montre d'aucune rancœur mais son esprit ne trouva vraiment le repos qu'après que sa garde personnelle eut mis à sac et réduit en cendres la maison de la veuve. « Fais attention à ton cœur, Aureliano, lui disait alors le colonel Gerineldo Marquez. Tu es en train de pourrir sur pied. » Il convoqua vers cette époque une seconde conférence des principaux commandants rebelles. Il y trouva un peu de tout : des idéalistes, des ambitieux, des aventuriers, des déclassés aigris, et jusqu'à des délinquants de droit commun. Il y avait même un ancien fonctionnaire conservateur qui s'était réfugié dans l'insurrection afin d'échapper à une condamnation pour détournement de fonds. Beaucoup allaient jusqu'à ignorer pourquoi ils combattaient. Parmi cette assemblée bigarrée dont les mobiles si différents faillirent provoquer une explosion interne, se détachait une ténébreuse personnalité de chef : le général Téofilo Vargas. C'était un pur Indien, farouche, analphabète, doué d'une sagacité taciturne et d'une vocation messianique qui inspirait à ses hommes un fanatisme dément. Le colonel Aureliano Buendia avait organisé cette conférence dans le dessein d'unifier le commandement rebelle contre les manœuvres des politiciens. Le général Téofilo Vargas alla bien au-delà de ses intentions : en quelques heures, il fit éclater la coalition des commandants les mieux qualifiés, et s'empara du commandement suprême. « Ce n'est qu'un requin dont il faut se méfier, dit le colonel Aureliano Buendia à ses officiers. Cet homme est encore plus dangereux pour nous que le ministre de la Guerre. » Un capitaine tout jeune, qui s'était constamment distingué par sa timidité, leva alors un doigt prudent :

— C'est très simple, colonel, proposa-t-il. Il faut le tuer.

Le cynisme de cette suggestion ne troubla point le colonel Aureliano Buendia, mais plutôt la façon dont elle n'avait précédé que d'une fraction de seconde sa propre pensée.

— N'attendez pas que je donne cet ordre, fit-il.

Il ne le donna pas en effet. Mais quinze jours plus tard, le général Téofilo Vargas fut dépecé à coups de machette au cours d'une embuscade, et le colonel Aureliano Buendia assuma le commandement suprême. La nuit même où son autorité fut reconnue par tous les commandos rebelles, il se réveilla en sursaut pour réclamer à grands cris une couverture. Un froid intérieur qui le pénétrait jusqu'aux os et le mortifiait même en plein soleil, l'empêcha de bien dormir pendant plusieurs mois, jusqu'à ce qu'il en prît l'habitude. L'ivresse du pouvoir commença à se gâter par bouffées amères. Cherchant un remède contre le froid, il fit fusiller le jeune officier qui avait proposé l'assassinat du général Téofilo Vargas. Ses ordres étaient accomplis avant d'être communiqués, avant même qu'il ne les conçût, et allaient toujours beaucoup plus loin qu'il n'aurait osé les faire aller. Egaré dans la solitude de son immense pouvoir, il commença à perdre la boussole. Il était irrité par les gens des villages vaincus qui l'acclamaient : pour lui, c'étaient les mêmes qui acclamaient l'ennemi. Partout il rencontrait des adolescents qui le regardaient avec ses propres yeux, qui parlaient avec sa propre voix, qui le saluaient avec le même air méfiant qui était le sien pour répondre à leur salut, et qui disaient être ses fils. Il se sentit dispersé, répété, et plus solitaire que jamais. Il acquit la certitude que ses propres officiers lui mentaient. Il se prit de querelle avec le duc de Marlborough. « Le meilleur ami, avait-il coutume de dire alors, c'est celui qui vient de mourir. » Il se lassa de cette incertitude, du cercle vicieux de cette guerre éternelle qui le trouvait en tel et tel endroit toujours les mêmes, seulement plus vieux chaque fois, plus ravagé, plus ignorant du pourquoi, du comment, du jusques à quand. Il y avait toujours quelqu'un en dehors du cercle de craie. Quelqu'un qui avait besoin d'argent, qui avait un fils atteint de coqueluche ou qui désirait s'en aller dormir à jamais parce qu'il ne pouvait plus supporter dans sa bouche le goût de merde de la guerre, et qui, cependant, réunissait ses dernières forces pour se figer au garde à vous et rapporter : « Rien à signaler, mon colonel. » Et ce rien à signaler était précisément la chose la plus épouvantable dans cette guerre qui n'en finissait pas : rien ne se passait. Seul, abandonné par les présages, fuyant le froid qui devait ne pas le quitter jusqu'à la mort, il s'en vint chercher un dernier refuge à Macondo, à la chaleur de ses plus anciens souvenirs. Si grande était son incurie qu'au moment où on lui annonca l'arrivée d'une commission de son parti mandatée pour discuter des orientations que pouvait prendre la guerre, il se retourna dans son hamac sans se réveiller tout à fait.

— Conduisez-les chez les putains, dit-il.

C'étaient six avocats en redingote et haut-de-forme qui supportaient avec un rude stoïcisme le dur soleil de novembre. Ursula les hébergea sous son toit. Ils passaient la plus grande partie de leur journée enfermés dans une chambre, en secrets conciliabules, et, à la tombée de la nuit, demandaient une escorte ainsi qu'un ensemble d'accordéons, et investissaient l'établissement de Catarino. « Ne les dérangez pas, ordonnait le colonel Aureliano Buendia. En fin de compte, je sais bien ce qu'ils veulent. » Au début de décembre, la rencontre tant attendue, et dont beaucoup avaient imaginé qu'elle donnerait lieu à d'interminables discussions, prit fin en moins d'une heure.

Au salon où il faisait chaud, près du spectre du piano mécanique recouvert d'un drap blanc, le colonel Aureliano Buendia renonça cette fois à s'asseoir au milieu du cercle de craie qu'avait tracé ses aides de camp. Il prit place sur une chaise entre ses conseillers politiques et, enveloppé dans sa couverture de laine, écouta en silence les brèves propositions des émissaires. Ils demandaient en premier lieu, afin de retrouver le soutien des propriétaires terriens libéraux, qu'on renonçât à la révision des titres. En second lieu, ils demandaient qu'on renonçât à la lutte contre l'influence cléricale afin d'obtenir l'appui des masses catholiques. Pour préserver l'intégrité des foyers, ils demandaient enfin qu'on renonçât aux aspirations à l'égalité des droits entre fils naturels et légitimes.

— Ce qui veut dire, fit en souriant le colonel Aureliano Buendia dès que la lecture fut achevée, que nous ne luttons que pour le pouvoir.

— Ce sont des réformes tactiques, répliqua l'un des délégués. Pour l'instant, l'essentiel est d'élargir la base populaire de la guerre. Après nous verrons.

Un des conseillers politiques du colonel Aureliano Buendia s'empressa d'intervenir :

— C'est un contresens, dit-il. Si ces réformes sont bonnes, cela veut dire que le régime conservateur est bon. Si, grâce à elles, nous parvenons à élargir la base populaire de la guerre, comme vous dites, cela signifie que le régime repose sur une large base populaire. Cela veut dire en résumé que, pendant presque vingt ans, nous avons lutté contre les sentiments mêmes de la nation.

Il allait poursuivre, mais le colonel Aureliano Buendia l'interrompit d'un geste. « Ne perdez pas votre temps, docteur, lui dit-il. Ce qui importe, c'est que dès cet instant, nous ne luttons que pour le pouvoir. » Sans cesser de sourire, il prit les feuillets que lui remirent les délégués et s'apprêta à signer.

— Puisqu'il en est ainsi, conclut-il, nous ne voyons aucun inconvénient à accepter.

Ses hommes se regardèrent consternés.

— Pardonnez-moi, colonel, dit d'une voix aimable le colonel Gerineldo Marquez, mais ceci est une trahison.

La plume déjà trempée dans l'encre s'immobilisa en l'air et le colonel Aureliano Buendia fit tomber sur lui tout le poids de son autorité :

— Remettez-moi vos armes, ordonna-t-il.

Le colonel Gerineldo Marquez se leva et posa ses armes sur la table.

— Allez vous présenter au quartier, continua le colonel Aureliano Buendia. Vous resterez à la disposition des tribunaux révolutionnaires.

Puis il signa la déclaration et en remit les feuillets aux émissaires en leur disant :

— Voici vos papiers, Messieurs. Vous pouvez vous les mettre où vous voulez.

Deux jours plus tard, le colonel Gerineldo Marquez, accusé de haute trahison, fut condamné à mort. Ecroulé sur son hamac, le colonel Aureliano Buendia demeura insensible aux prières de ceux qui vinrent implorer sa clémence. La veille de l'exécution, enfreignant l'ordre de ne pas le déranger, Ursula lui rendit visite dans sa chambre. Tout enveloppée de noir, elle était investie d'une rare solennité et resta debout pendant les trois minutes que dura l'entrevue. « Je sais que tu vas faire fusiller Gerineldo, lui dit-elle sereinement, et je ne peux rien pour l'empêcher. Mais je t'avertis d'une chose : dès que j'aurai vu son cadavre, je te jure sur les restes de mon père et de ma mère, et sur la mémoire de José Arcadio Buendia, et devant Dieu, que je te sortirai de ton trou, où que tu te caches, et te tuerai de mes propres mains. » Avant de quitter la chambre, sans même attendre de réponse, elle conclut :

— C'est ce que j'aurais fait si tu étais né avec une queue de cochon.

Durant cette nuit interminable, cependant que le colonel Gerineldo Marquez évoquait les mortes après-midi passées dans l'atelier de couture d'Amaranta, le colonel Aureliano Buendia resta des heures et des heures à griffer et gratter, dans l'espoir de la rompre, la dure écorce de sa solitude. Ses seuls instants de bonheur, depuis ce lointain après-midi où son père l'avait emmené faire connaissance avec la glace, il les avait connus dans l'atelier d'orfèvrerie où il passait son temps à dorer des petits poissons. Il lui avait fallu déclencher trente-deux guerres, il lui avait fallu violer tous ses pactes avec la mort, et se vautrer comme un porc dans le fumier de la gloire, pour découvrir avec près de quarante ans de retard tous les privilèges de la simplicité.

A l'aube, ravagé par les tourments de cette nuit blanche, il fit irruption dans la cellule une heure avant l'exécution. « Fini la comédie, camarade, dit-il au colonel Gerineldo Marquez. Partons d'ici avant que les moustiques n'achèvent de te fusiller. » Le colonel Gerineldo Marquez ne put dissimuler le mépris que lui inspirait une telle attitude.

— Non, Aureliano, répliqua-t-il. Je préfère être mort que de te voir transformé en boucher.

— Tu n'es pas près de m'y voir, répondit le colonel Aureliano Buendia. Mets tes chaussures et aide-moi à en finir avec cette merde de guerre.

Ce disant, il ne se figurait pas qu'une guerre est plus facile à commencer qu'à finir. Il lui fallut se montrer inflexible et sanguinaire pendant près d'un an pour contraindre le gouvernement à proposer des conditions de paix favorables aux insurgés, et une autre année pour convaincre ses partisans de l'intérêt qu'il y avait à les accepter. Sur le plan de la cruauté, il en arriva à d'inconcevables extrémités quand il voulut étouffer la rébellion de ses propres officiers, qui s'opposaient à ce qu'on marchandât la victoire, et il finit par s'appuyer sur des forces ennemies pour en venir à bout.

Jamais il ne fut meilleur guerrier qu'alors. La certitude qu'il avait de combattre pour sa propre libération, et non plus pour des idéaux abstraits, des mots d'ordre que les politiciens avaient tout loisir de retourner à l'endroit ou à l'envers selon les circonstances, lui communiqua un enthousiasme plein de flamme. Le colonel Gerineldo Marquez, qui se battit pour la défaite avec autant de conviction qu'il avait lutté pour le triomphe, lui reprochait son inutile témérité. « Ne t'en fais pas, lui répondait-il en souriant.

Mourir, c'est beaucoup plus difficile qu'on ne croit. » Dans son cas, c'était vrai. L'assurance que sa dernière heure était déjà fixée l'investit d'une mystérieuse immunité, une immortalité à terme qui le rendit invulnérable aux périls des combats, et lui permit finalement de remporter une défaite beaucoup plus difficile, beaucoup plus sanglante et coûteuse que la victoire elle-même.

En près de vingt années de guerre, le colonel Aureliano Buendia était venu nombre de fois à la maison, mais la précipitation dans laquelle il arrivait toujours, le déploiement de forces qui l'accompagnait partout, l'auréole de légende qui rehaussait sa présence et à laquelle Ursula elle-même ne resta pas insensible, avaient fini par en faire un étranger. La dernière fois qu'il vint à Macondo et logea sous un autre toit ses trois concubines, on ne le vit à la maison qu'à deux ou trois reprises, quand il prit le temps d'accepter des invitations à manger. C'est à peine si Remedios la Belle et les jumeaux, nés en pleine guerre, le connaissaient. Amaranta ne parvenait pas à accorder l'image de ce frère qui avait passé son adolescence à fabriquer des petits poissons en or, et celle de ce guerrier mythique qui avait mis, entre lui-même et le reste de l'humanité, une distance de trois mètres. Mais quand on sut que l'armistice était proche, lorsqu'on s'imagina qu'il revenait de nouveau changé en être humain, rendu enfin à l'affection des siens, les sentiments familiaux si longtemps en sommeil renaquirent avec plus de force que jamais.

— Enfin, dit Ursula, nous allons avoir à nouveau un homme à la maison.

Amaranta fut la première à suspecter qu'ils l'avaient, en fait, irrémédiablement perdu. Une semaine avant l'armistice, lorsqu'il pénétra dans la maison sans escorte, précédé de deux ordonnances nu-pieds qui déposèrent dans le couloir le harnachement de la mule et le coffret contenant ses poèmes, seul reliquat de son ancien équipage impérial, elle le vit passer devant l'atelier de couture et l'appela. Le colonel Aureliano Buendia parut avoir du mal à la remettre.

— C'est moi Amaranta, dit-elle avec bonne humeur, heureuse de le voir de retour, et elle lui montra sa main entourée de la bande noire : Regarde.

Le colonel Aureliano Buendia lui adressa le même sourire que le jour où il la vit pour la première fois avec cette bande, ce matin déjà lointain où il s'en était revenu à Macondo, condamné à mort.

— Comme le temps passe! s'écria-t-il. C'est épouvantable.

Les troupes régulières durent protéger la maison. On se moqua de lui, on cracha sur son passage, on l'accusa d'avoir relancé la guerre dans le seul but de la liquider à plus haut prix. Il tremblait de fièvre et de froid; il avait les aisselles à nouveau remplies de furoncles. Six mois auparavant, quand elle avait entendu parler de l'armistice, Ursula avait rouvert et balayé la chambre nuptiale, et brûlé de la myrrhe dans les coins, s'imaginant qu'il allait revenir disposé à doucement vieillir entre les poupées moisies de Remedios. En fait, au cours des deux dernières années, il avait fini par payer à la vie tous les arriérés qu'il lui devait, y compris ceux du vieillissement. En passant devant l'atelier d'orfèvrerie qu'Ursula avait rangé avec un soin tout particulier, il ne remarqua même pas que les clefs étaient restées sur le cadenas. Il ne perçut rien de ces déchirants et minuscules délabrements que le temps avait opérés dans la maison et qui, après une si longue absence, eussent semblé désastreux à quiconque aurait gardé vivants ses souvenirs. La vue de la chaux écaillée des murs ne le fit pas souffrir, ni les cotons sales des toiles d'araignée dans les coins, ni la poussière des bégonias, ni les nervures dessinées par les termites sur les poutres, ni la mousse poussée dans les gonds, ni aucun des pièges insidieux que lui tendait la nostalgie. Il s'assit sous la véranda, enveloppé dans sa couverture, sans ôter ses bottes, comme s'il attendait la première éclaircie pour se lever, et il resta tout l'après-midi à regarder la pluie tomber sur les bégonias. Ursula comprit alors qu'elle ne le garderait pas longtemps à la maison. « Si ce n'est pas la guerre, songea-t-elle, il ne peut s'agir que de la mort. » Cette supposition lui parut si limpide et si convaincante qu'elle y vit un présage.

Au cours du souper, ce soir-là, celui des jumeaux qu'on supposait être Aureliano le Second émietta son pain de la main droite et mangea sa soupe avec la gauche. Son frère, celui qu'on supposait être José Arcadio le Second, émietta son pain de la main gauche et mangea sa soupe avec la droite. Leurs gestes étaient coordonnés avec une telle précision qu'on n'aurait pas dit deux frères assis l'un en face de l'autre, mais un jeu de miroir. Ce spectacle, que les jumeaux avaient conçu dès lors qu'ils avaient pris conscience de leur parfaite ressemblance, fut redonné en l'honneur du nouveau venu. Mais le colonel Aureliano Buendia ne s'en aperçut pas. Il semblait si étranger à tout qu'il ne remarqua même pas Remedios la Belle qui se dirigeait toute nue vers sa chambre. Ursula fut la seule à oser le déranger dans ses pensées.

— Si tu dois t'en aller à nouveau, lui dit-elle au milieu du repas, tâche au moins de te souvenir comment nous étions ce soir.

Le colonel Aureliano Buendia se rendit compte alors, sans en être autrement surpris ni peiné, qu'Ursula était le seul être humain à avoir vraiment réussi à déchiffrer sa propre misère, et pour la première fois depuis nombre d'années, il osa la regarder en face. Elle avait la peau toute fendillée, les dents cariées, les cheveux fanés, sans couleur, le regard éteint. Il la compara à l'image la plus ancienne qu'il gardait d'elle, cet après-midi où il eut le pressentiment qu'une marmite de bouillon allait choir de la table, et ce fut pour retrouver cette image en morceaux. Il découvrit soudain les égratignures, les meurtrissures, les marques à vif, les ulcères et les cicatrices que lui avait laissés plus d'un demi-siècle d'existence quotidienne, et il constata que la vue de ces ravages n'éveillait en lui aucun sentiment, même de pitié. Il fit alors un dernier effort pour chercher en son cœur l'endroit où s'était décomposé son amour, et ne put le trouver. Autrefois, du moins éprouvait-il une confuse impression de honte lorsqu'il découvrait sur sa propre peau l'odeur d'Ursula, et il lui arrivait à maintes reprises de sentir ses pensées recouper les siennes. Mais tout cela avait été rasé par la guerre. Même Remedios, sa propre épouse, n'était plus à présent que l'image estompée de quelqu'un qui aurait pu être sa fille. Les innombrables femmes qu'il avait connues dans le désert de l'amour, et qui avaient dispersé sa semence sur tout le littoral, n'avaient laissé aucune trace dans son cœur. La plupart étaient entrées dans sa chambre en pleine obscurité et étaient reparties avant l'aube; le lendemain, il ne subsistait d'elles qu'un peu de dégoût dans la mémoire du corps. La seule affection qui résista au temps et à la guerre fut celle qu'il porta à son frère José Arcadio, du temps qu'ils étaient enfants, et encore ne reposait-elle pas sur l'amour mais sur la complicité.

— Je vous demande pardon, répondit-il en s'excusant à la demande d'Ursula. C'est que cette guerre a eu raison de tout.

Durant les jours qui suivirent, il s'occupa de détruire toutes traces de son passage en ce monde. Il dépouilla l'atelier d'orfèvrerie, n'y laissant que les objets anonymes, fit cadeau de ses effets aux ordonnances et enterra ses armes dans le patio avec la même contrition que son père, le jour où il avait enfoui la lance qui avait tué Prudencio Aguilar. Il ne conserva qu'un pistolet, avec une seule balle. Ursula n'intervint pas. Elle ne voulut le dissuader qu'une fois, quand il fut sur le point de détruire le daguerréotype de Remedios qu'on gardait au salon, éclairé par une lampe éternelle. « Ce portrait a cessé de t'appartenir depuis longtemps, lui dit-elle. C'est une relique de famille. » La veille de l'armistice, alors qu'il ne restait plus à la maison aucun objet qui pût rappeler son souvenir, il se rendit à la cuisine, portant le coffret qui contenait ses vers, au moment où Sainte Sophie de la Piété se préparait à allumer le four à pain.

— Allumez-le avec ça, fit-il en lui tendant le premier rouleau de papiers jaunis. Ça prendra mieux, ce sont de très vieilles choses.

Sainte Sophie de la Piété, elle si silencieuse, si complaisante, qui ne contrariait jamais personne et jusqu'à ses propres enfants, eut l'impression qu'on lui demandait de commettre quelque chose de défendu.

— C'est des papiers importants, dit-elle.

— Rien d'important, lui répondit le colonel. Des choses qu'on écrit pour soi-même.

— Alors brûlez-les vous-même, colonel.

C'est ce qu'il fit et, sans s'arrêter là, il brisa le coffret avec une hachette et jeta les morceaux au feu. Quelques heures auparavant, Pilar Ternera était venue lui rendre visite. Au bout de tant d'années sans la voir, le colonel Aureliano Buendia fut stupéfait de constater combien elle avait vieilli et grossi, comme elle avait perdu son rire splendide, mais il fut également étonné par la pénétration qu'elle avait acquise dans la lecture des cartes. « Attention à ta bouche » lui dit-elle, et il se demanda si la fois précédente, quand elle lui avait dit la même chose et qu'il se trouvait à l'apogée de sa gloire, ce n'avait pas été une vision extraordinairement anticipée de son destin. Peu après, lorsque son médecin personnel acheva d'extirper les furoncles de ses aisselles, il lui demanda, l'air de n'y attacher aucune importance particulière, l'endroit exact où se trouvait son cœur. Le docteur l'ausculta puis lui dessina un rond sur la poitrine avec un coton imbibé de teinture d'iode.

Le mardi de l'armistice, le jour se leva tiède et pluvieux. Le colonel Aureliano Buendia fit son apparition dans la cuisine sur le coup de cinq heures du matin et but son habituel café sans sucre. « C'est un jour comme celui-ci que tu es venu au monde, lui dit Ursula. Avec tes yeux ouverts, tu fis peur à tout le monde. » Il ne releva pas ce qu'elle lui disait, toute son attention se trouvant mobilisée par les préparatifs de la troupe, les sonneries de trompettes, les ordres lancés qui troublaient la pureté de l'aube. Au bout de tant d'années de guerre, tous ces bruits auraient dû lui paraître familiers et pourtant, cette fois, il sentit ses genoux se dérober sous lui et sa peau parcourue de vagues serrées, tout comme ce qu'il avait éprouvé dans sa jeunesse en présence d'une femme nue. Confusément, enfin pris à un piège de la nostalgie, il pensa que, marié avec celle-là, il serait peut-être devenu un homme qui n'aurait connu ni la guerre ni la gloire, un artisan anonyme, un animal heureux. Ce sursaut tardif, auquel il ne s'attendait pas, donna un goût plus amer à son petit déjeuner. A six heures du matin, quand le colonel Gerineldo Márquez s'en vint le chercher en compagnie d'un groupe d'officiers rebelles, il le trouva plus taciturne, plus absorbé dans ses pensées, plus solitaire que jamais. Ursula voulut lui jeter sur les épaules une couverture toute neuve. « Que vont penser les gens du gouvernement, lui dit-elle. Ils vont s'imaginer que tu t'es rendu parce que tu n'avais même plus de quoi te payer une couverture. » Mais il refusa. Déjà sur le seuil, voyant que la pluie continuait de tomber, il se laissa coiffer d'un vieux chapeau de feutre ayant appartenu à José Arcadio Buendia.

— Aureliano, lui dit encore Ursula, si tu rencontres là-bas le mauvais sort, promets-moi que tes pensées iront à ta mère.

Il lui adressa un sourire distant, leva sa main grande ouverte, et, sans mot dire, quitta la maison pour affronter les cris, les blâmes et les blasphèmes qui devaient pleuvoir sur lui et le poursuivre jusqu'à la sortie du village. Ursula mit la barre à sa porte, décidée à ne plus la retirer de tout le restant de sa vie. « Nous pourrirons sur place, ici, à l'intérieur, se dit-elle en elle-même. Nous retournerons en poussière dans cette maison sans hommes, mais nous ne donnerons pas à tous ces misérables la joie de nous voir pleurer. »

Elle passa la matinée à chercher, dans les recoins les plus secrets, un souvenir de son fils, mais ne put en trouver.

La cérémonie eut lieu à une vingtaine de kilomètres de Macondo, à l'ombre d'un arbre à kapok gigantesque, autour duquel devait se fonder plus tard le village de Neerlandia. Les délégués du gouvernement et des partis, ainsi que la commission rebelle chargée de remettre les armes, furent servis par un groupe de sémillantes novices en habits blancs qui ressemblaient à un envol de colombes effarouchées par la pluie. Le colonel Aureliano Buendia arriva sur une mule crottée. Il n'était pas rasé, plus tourmenté par les douloureux furoncles de ses aisselles que par l'immense effondrement de ses rêves, car il était parvenu au terme de tout espoir, bien au-delà de la gloire et de la nostalgie de la gloire. Conformément aux dispositions qu'il avait prises lui-même, il n'y eut pas de musique, ni pétards, ni carillons d'allégresse, ni vivats, non plus qu'aucune manifestation qui aurait pu altérer le caractère de deuil de l'armistice. Un photographe ambulant, qui prit l'unique portrait de lui qu'on aurait pu conserver, fut contraint de détruire ses plaques sans les développer.

La cérémonie dura à peine le temps nécessaire pour coucher les signatures sur le papier. Autour de la table rustique disposée au centre d'une tente de cirque rapiécée, où prirent place les délégués, se trouvaient les derniers officiers demeurés fidèles au colonel Aureliano Buendia. Avant de recueillir les signatures, l'envoyé personnel du président de la République voulut lire à haute voix l'acte de reddition, mais le colonel Aureliano Buendia s'y opposa. « Ne perdons pas de temps en pures formalités », dit-il, et il s'apprêta à signer les feuillets sans même les lire. L'un de ses officiers rompit alors le silence soporifique qui régnait sous la tente :

— Colonel, faites-nous la grâce de ne pas être le premier à signer.

Le colonel Aureliano Buendia accéda à sa prière. Lorsque le document eut fait le tour complet de la table, au milieu d'un silence si pur qu'on aurait pu déchiffrer les signatures à seulement entendre les gribouillages de la plume sur le papier, la première place était encore en blanc. Le colonel Aureliano Buendia se disposa à la remplir.

— Colonel, fit alors un autre de ses officiers, vous avez encore le temps de bien vous en tirer.

Sans se troubler, le colonel Aureliano Buendia contresigna le premier exemplaire. Il n'avait pas fini de signer le dernier qu'apparut à l'entrée de la tente un colonel rebelle tirant par le licol une mule chargée de deux coffres. Malgré son extrême jeunesse, il avait un aspect tout desséché, une expression résignée. C'était le trésorier de la révolution pour la circonscription de Macondo. Il venait de faire un pénible voyage de six jours, traînant la mule qui mourait de faim, pour arriver à temps pour l'armistice. Avec cérémonie, d'une manière exaspérante, il déchargea les coffres, les ouvrit et posa sur la table, un à un, soixante-deux lingots d'or. Nul ne se rappelait l'existence de ce trésor. Dans le désordre de la dernière année, quand le commandement central vola en éclats et que la révolution dégénéra en une sanglante rivalité entre chefs, il était devenu impossible de déterminer aucune responsabilité. L'or de la rébellion, fondu en blocs à leur tour recouverts de terre cuite, échappa dès lors à tout contrôle. Le colonel Aureliano Buendia fit inclure les soixante-deux lingots d'or dans l'inventaire de la reddition, et mit fin à la cérémonie sans autoriser aucun discours. Le maigre adolescent resta planté devant lui à le fixer de ses yeux sereins couleur de miel.

— Que veux-tu de plus? lui demanda le colonel Aureliano Buendia.

Le jeune colonel répondit, les dents serrées :

— Le reçu.

Le colonel Aureliano Buendia le lui rédigea de sa propre main. Puis il prit un verre de limonade et un biscuit que distribuaient les novices, et se retira sous une tente militaire qu'on avait aménagée pour le cas où il voudrait se reposer. Une fois à l'intérieur, il retira sa chemise, s'assit sur le bord du lit de camp et, à trois heures et quart de l'après-midi, se tira une balle de pistolet dans le rond de teinture d'iode que son médecin personnel lui avait dessiné sur la poitrine. A la même heure, à Macondo, Ursula souleva le couvercle de la casserole de lait sur la cuisinière, étonnée qu'elle tardât tant à bouillir, et la trouva remplie de vers.

— On a tué Aureliano! s'écria-t-elle.

Elle regarda en direction du patio, obéissant à une habitude qu'elle avait contractée dans sa solitude, et aperçut alors José Arcadio Buendia, tout trempé, pluvieusement triste, beaucoup plus vieux que lorsqu'il mourut. « On l'a tué en traître, précisa Ursula, et personne ne lui a fait la charité de lui fermer les yeux. » A la tombée de la nuit, elle vit, à travers ses larmes, s'entrecroiser dans le ciel, rapides et étincelants, ces disques lumineux semblables à des étoiles filantes, et pensa que c'était signe de mort. Elle était encore sous le châtaignier, pleurant dans le giron de son mari, lorsqu'on apporta, enveloppé dans sa couverture toute raide de sang séché, le colonel Aureliano Buendia, les yeux grands ouverts de rage.

Il était hors de danger. La balle avait suivi une trajectoire si nette que le médecin put lui enfiler par la poitrine et lui sortir par le dos une mèche imbibée de teinture d'iode. « Voilà mon œuvre maîtresse, lui dit-il avec satisfaction. C'était le seul point par où pouvait passer une balle sans toucher aucun centre vital. » Le colonel Aureliano Buendia se vit entouré de novices compatissantes qui entonnaient des psaumes désespérés pour l'éternel repos de son âme, et il regretta alors de ne pas s'être tiré la balle dans la bouche, comme il en avait eu l'intention, ne fût-ce que pour ne pas donner raison à la prophétie de Pilar Ternera.

— Si j'avais encore quelque autorité, dit-il au médecin, je vous ferais fusiller sans autre forme de procès. Non pour m'avoir sauvé la vie, mais pour ne m'avoir pas épargné le ridicule.

Cette défaite de la mort lui rendit en quelques heures tout le prestige qu'il avait perdu. Les mêmes qui le calomniaient en racontant qu'il avait bradé la guerre en échange d'un logement dont les murs étaient faits de briques d'or, à présent parlaient de sa tentative de suicide comme d'un geste d'honneur et le proclamèrent martyr. Par la suite, quand il refusa l'ordre du Mérite que lui décernait le président de la République, même ses plus acharnés rivaux vinrent défiler dans sa chambre pour lui demander de renier les termes de l'armistice et de déclencher une nouvelle guerre. La maison se remplit de cadeaux destinés à réparer les injures passées. Tardivement impressionné par le soutien massif de ses anciens compagnons d'armes, le colonel Aureliano Buendia n'écarta pas l'éventualité de répondre à leur désir. Bien au contraire, il parut par moments si enthousiasmé à l'idée d'une nouvelle guerre, que le colonel Gerineldo Márquez pensa qu'il n'attendait qu'un prétexte pour la déclarer. Ce prétexte lui fut effectivement offert lorsque le président de la République refusa d'accorder leurs pensions aux anciens combattants, qu'ils fussent libéraux ou conservateurs, tant que chaque dossier n'aurait pas été révisé par une commission spéciale, et la loi d'allocation approuvée par le Congrès. « C'est une infraction aux lois! tonna le colonel Aureliano Buendia. Ils mourraient tous de vieillesse à attendre le courrier. » Il quitta pour la première fois le fauteuil à bascule qu'Ursula lui avait acheté pour sa convalescence, et, tout en arpentant sa chambre, dicta un message sans équivoque adressé au président de la République. Dans ce télégramme, dont la teneur ne fut jamais rendue publique, il dénonçait la première violation du traité de Neerlandia et menaçait de déclarer une guerre sans merci au cas où le versement des pensions ne serait pas décidé dans un délai de quinze jours. Sa prise de position était si juste qu'elle permettait d'envisager jusqu'au ralliement des anciens combattants conservateurs. Mais, pour toute réponse, le gouvernement renforça la garde qu'on avait disposée à l'entrée de la maison, sous prétexte d'en assurer la protection, et interdit les visites quelles qu'elles fussent. Des mesures analogues furent prises dans tout le pays à l'encontre d'autres chefs qu'on avait à l'œil. L'opération fut déclenchée au bon moment et menée d'une manière si radicale, si efficace, que deux mois après l'armistice, quand le colonel Aureliano Buendia fut considéré comme guéri, ses meneurs les plus résolus étaient morts ou expatriés, ou avaient été définitivement ingérés par l'administration publique.

Le colonel Aureliano Buendia quitta sa chambre en décembre, et il lui suffit de jeter un coup d'œil en direction de la véranda pour ne plus songer à la guerre. Avec une vitalité qu'il paraissait impossible de déployer à son âge, Ursula avait de nouveau rajeuni la maison. « Maintenant, ils vont voir à qui ils ont affaire, dit-elle lorsqu'elle fut assurée que son fils vivrait. Il n'y aura pas de meilleure maison, ni plus hospitalière que cette maison de fous. » Elle la fit nettoyer et repeindre, changea les meubles, remit le jardin en état et sema des fleurs nouvelles, ouvrit portes et fenêtres pour qu'entrât jusque dans les chambres l'éblouissante clarté de l'été. Elle décréta la fin des nombreux deuils qui s'étaient surajoutés les uns aux autres, et elle-même troqua sa vieille toilette sévère contre une tenue juvénile. La musique du piano mécanique égaya de nouveau la maison. En l'entendant, Amaranta se souvint de Pietro Crespi, de son gardénia crépusculaire, de son odeur de lavande, et au fond de son cœur flétri refleurit une haine toute neuve, purifiée par le temps. Un après-midi où elle s'évertuait à mettre de l'ordre au salon, Ursula demanda aux soldats qui protégeaient la maison de lui prêter main forte. Le jeune commandant de la garde donna son autorisation. Peu à peu, Ursula leur assigna de nouvelles tâches. Elle les invitait à manger, leur faisait cadeau de vêtements et de souliers, leur apprenait à lire et à écrire. Lorsque le gouvernement mit fin aux mesures de surveillance, l'un d'eux resta vivre à la maison, et demeura à son service pendant de nombreuses années. Rendu fou par Remedios la Belle qui l'avait si souvent éconduit, le jeune commandant de la garde mourut d'amour près de sa croisée à l'instant même où se levait l'aube du Premier de l'An.

Bien des années plus tard, sur son lit d'agonie, Aureliano le Second devait se rappeler cet après-midi pluvieux de juin où il fit irruption dans la chambre pour faire connaissance avec son premier fils. Bien que ce dernier fût maladif, pleurnicheur, et qu'il n'eût rien de commun dans les traits avec un Buendia, le père n'eut pas besoin d'y réfléchir à deux fois pour lui coller un nom.

— Il s'appellera José Arcadio, dit-il.

Fernanda del Carpio, la belle femme avec qui il s'était marié l'an passé, donna son accord. Ursula, par contre, ne put dissimuler un vague sentiment d'inquiétude. Dans la longue histoire de la famille, la répétition persistante des prénoms lui avait permis de tirer des conclusions qui lui paraissaient décisives. Alors que les Aureliano étaient renfermés, mais perspicaces, les José Arcadio étaient impulsifs et entreprenants, mais marqués d'un signe tragique. Dans les seuls cas de José Arcadio le Second et d'Aureliano le Second, la classification s'avérait impossible. Au cours de leur enfance, ils étaient si ressemblants et si remuants que Sainte Sophie de la Piété elle-même ne parvenait pas à les distinguer. Le jour de leur baptême, Amaranta leur passa des bracelets portant leur nom respectif et les habilla de vêtements de différentes couleurs, marqués aux initiales de chacun, mais lorsqu'ils commencèrent d'aller en classe, ils choisirent d'échanger leurs effets et leurs bracelets et de s'appeler mutuellement du nom de l'autre. Le maître d'école, Melchor Escalona, habitué à reconnaître José Arcadio le Second à sa chemise verte, ne sut plus à quel saint se vouer quand il découvrit que celui-ci portait le bracelet d'Aureliano le Second, lequel disait pourtant s'appeler Aureliano le Second bien qu'il portât la chemise blanche et le bracelet gravé au nom de José Arcadio le Second. Désormais, il était impossible de savoir avec certitude qui était qui. Même lorsqu'ils grandirent et que la vie les rendit différents, Ursula continua à se demander s'ils ne s'étaient pas eux-mêmes trompés à un moment ou à un autre de l'imbroglio qu'ils s'étaient amusés à créer, et n'étaient pas restés intervertis pour toujours. Jusqu'au début de l'adolescence, ce furent comme deux mécaniques bien synchronisées. Ils se réveillaient en même temps, éprouvaient à la même heure l'envie d'aller au petit coin, connaissaient les mêmes ennuis de santé et allaient jusqu'à rêver des mêmes choses. A la maison, où chacun croyait qu'ils coordonnaient leurs actes par simple plaisir d'induire les gens en erreur, personne ne se rendit compte de ce qui s'était réellement passé, jusqu'au jour où Sainte Sophie de la Piété ayant donné un verre de citronnade à l'un d'eux, celui-ci n'y avait pas encore goûté que l'autre affirma qu'elle n'était pas sucrée. Sainte Sophie de la Piété, qui avait effectivement oublié de sucrer la citronnade, fit part de l'incident à Ursula. « Ils sont tous comme ça, dit-elle sans paraître surprise. Tous fous de naissance. » Le temps finit de tout emmêler. Celui qui, après leur imbroglio, était resté avec le prénom d'Aureliano le Second, devint aussi colossal que son grand-père et celui auquel finit par échoir le prénom de José Arcadio le Second, aussi maigre et osseux que le colonel, et le seul trait commun qu'ils conservèrent fut cet air de solitude qu'ils tenaient de famille. Ce fut sans doute cette interversion des noms, des caractères et des constitutions physiques qui amena Ursula à suspecter que l'erreur qui avait brouillé les cartes remontait à leur enfance même.

La différence radicale entre les deux apparut en pleine guerre, lorsque José Arcadio le Second demanda au colonel Gerineldo Márquez qu'il l'emmenât assister aux exécutions. Son désir fut satisfait contre la volonté d'Ursula. Aureliano le Second, en revanche, frémit à la seule idée de voir fusiller quelqu'un. Il préférait rester à la maison. A douze ans, il s'enquit auprès d'Ursula de ce que contenait la petite pièce condamnée. « Des papiers, lui répondit-elle. Ce sont les livres de Melquiades et les choses bizarres qu'il a écrites dans les dernières années de sa vie. » Cette réponse, au lieu de l'apaiser, augmenta sa curiosité. Il insista tellement et jura avec tant d'ardeur qu'il ne dérangerait rien, qu'Ursula lui confia les clefs. Personne n'était entré dans le cabinet de travail depuis qu'on en avait sorti le cadavre de Melquiades et posé sur la porte un cadenas dont la rouille avait soudé toutes les pièces. Mais quand Aureliano le Second eut ouvert les fenêtres, il y pénétra une lumière familière qui paraissait habituée à venir éclairer quotidiennement le cabinet de travail, et on n'aurait pu déceler la moindre trace de poussière ou de toile d'araignée, bien au contraire : tout était propre, balayé, mieux balayé et plus propre qu'au jour même de l'enterrement, et l'encre n'avait pas séché au fond de l'encrier, l'oxyde n'avait pas altéré le brillant des métaux, et dans l'athanor qui permit à José Arcadio Buendia d'obtenir des vapeurs de mercure, les braises ne s'étaient pas éteintes. Sur les étagères étaient disposés les livres recouverts d'une sorte de carton livide semblable à de la peau humaine tannée, ainsi que les manuscrits intacts. Bien que la pièce fût demeurée condamnée pendant de nombreuses années, l'air y paraissait plus pur que dans le reste de la maison. Tout était si net et en si bon état qu'au bout de quelques semaines, quand Ursula fit irruption dans le cabinet de travail, armée d'un seau d'eau et d'un balai pour laver par terre, elle ne trouva rien à faire. Aureliano le Second était plongé dans la lecture d'un livre. L'ouvrage ne portait pas de couverture et son titre n'apparaissait nulle part, mais cela n'empêcha pas l'enfant de dévorer avec le plus grand plaisir l'histoire de cette femme qui se mettait à table pour ne manger que des grains de riz qu'elle piquait avec des épingles, et l'histoire de ce pêcheur qui emprunta du lest pour son filet à un voisin, et remercia ce dernier, par la suite, avec un poisson qui avait un diamant dans l'estomac, les histoires de lampe qui exauce tous les désirs et de tapis volants. Stupéfait, il demanda à Ursula si tout cela était vrai, et elle lui répondit qu'en effet, bien des années auparavant, les gitans étaient venus à Macondo avec ces lampes merveilleuses et ces tapis volants.

— Ce qu'il y a, soupira-t-elle, c'est que le monde va finissant peu à peu, et ces choses-là n'arrivent plus.

Lorsqu'il eut achevé le livre dont beaucoup de contes étaient incomplets parce qu'il manquait des pages, Aureliano le Second entreprit de déchiffrer les manuscrits. Ce lui fut impossible. Les lettres ressemblaient à du linge mis à sécher sur un fil de fer et tenaient davantage de la notation musicale que de l'écriture littéraire. Par une ardente journée, vers midi, tandis qu'il s'astreignait à vouloir percer le secret des manuscrits, il sentit qu'il n'était pas seul dans la pièce. Se découpant sur la réverbération de la fenêtre, Melquiades était assis, les mains sur les genoux. Il n'avait pas plus de la quarantaine. Il portait le même gilet anachronique et son chapeau en ailes de corbeau, et le long de ses tempes blafardes ruisselait la graisse des cheveux fondue par la chaleur, comme l'avaient remarqué Aureliano et José Arcadio dans leur enfance. Aureliano le Second le reconnut sur-le-champ car ce souvenir héréditaire s'était transmis de génération en génération et, partant de la mémoire de son aïeul, était arrivé jusqu'à lui.

— Salut, dit Aureliano le Second.

— Salut, jeune homme, répondit Melquiades.

Dès lors, pendant plusieurs années, ils se virent presque chaque après-midi. Melquiades lui parlait du monde, essayait de lui inculquer son vieux savoir, mais il se refusa à traduire les manuscrits. « Nul ne doit en connaître le sens avant que ne se soient écoulés cent ans », expliqua-t-il. Aureliano le Second garda toujours pour lui-même le secret de ces entrevues. Un jour, il sentit s'écrouler cet univers qui n'appartenait qu'à lui, à cause d'Ursula qui fit irruption dans la pièce au moment où Melquiades s'y trouvait. Mais elle ne le vit pas.

— Avec qui es-tu en train de parler? lui demanda-t-elle.

— Avec personne, fit Aureliano le Second.

— Ton arrière-grand-père était comme ça, dit Ursula. Lui aussi parlait tout seul.

José Arcadio le Second, cependant, avait satisfait son désir d'assister à une exécution. Il se souviendrait pour le restant de sa vie de l'éclair livide des six détonations simultanées et de l'écho des coups de feu qui se répercuta entre les monts, et du triste sourire, des yeux perplexes du fusillé qui demeura debout, tête haute, tandis que sa chemise s'imprégnait de sang, et qui continua encore à sourire quand on l'eut détaché du poteau et mis dans une caisse pleine de chaux. « Il est vivant, se dit-il. Ils vont l'enterrer vivant. » Il fut tellement impressionné qu'il se prit alors à détester toutes les pratiques militaires et la guerre, non à cause des exécutions elles-mêmes, mais en raison de cette habitude épouvantable qu'on avait d'enterrer vivants les fusillés. Par la suite, personne ne sut exactement à quel moment il commença à faire sonner les cloches de la tour et à servir la messe du père Antonio Isabel, successeur *d'el Cachorro,* aussi bien qu'à élever des coqs de combat dans la cour du presbytère. Quand le colonel Gerineldo Márquez fut au courant, il le réprimanda durement, lui reprochant d'apprendre des activités réprouvées par les libéraux. « La question, répondit-il, c'est qu'il me semble à moi que je suis conservateur. » Il y croyait comme à une décision du sort. Le colonel Gerineldo Márquez, scandalisé, le rapporta à Ursula.

— Tant mieux, approuva-t-elle. Plaise au ciel qu'il se fasse curé et que Dieu pénètre enfin dans cette maison!

On apprit très rapidement que le père Antonio Isabel le préparait pour sa première communion. Il lui enseignait le catéchisme pendant qu'il apprêtait ses coqs en leur rasant le cou. Tandis qu'ils plaçaient dans leurs nids les poules couveuses, il lui expliquait avec des exemples simples comment, au second jour de la création, Dieu conçut que les poussins se formeraient à l'intérieur de l'œuf. Dès cette époque, le curé manifestait les premiers symptômes de ce délire sénile qui l'amena, des années plus tard, à dire que le diable était probablement sorti victorieux de sa rébellion contre Dieu, et que c'était lui qui se trouvait assis sur le trône céleste, mais sans révéler sa véritable identité pour attraper les innocents. Emporté par la hardiesse de son professeur, José Arcadio le Second parvint en quelques mois à se montrer aussi expert en martingales théologiques destinées à confondre le démon, qu'il était adroit à déjouer les pièges de l'enclos où se donnaient les combats de coqs. Amaranta lui confectionna un costume de lin, avec col et cravate, lui acheta une paire de souliers blancs et peignit son nom en lettres dorées sur le ruban tout autour de son cierge. Deux soirs avant la première communion, le père Antonio Isabel s'enferma avec lui dans la sacristie afin de le confesser à l'aide d'un dictionnaire des péchés. La liste fut si longue que le vieux curé, habitué à se coucher dès six heures, s'endormit dans son fauteuil avant la fin. L'interrogatoire fut pour José Arcadio le Second une véritable révélation. Il ne s'étonna point quand le père lui demanda s'il avait commis de vilaines choses avec les femmes, et répondit honnêtement par la négative, mais il fut désarçonné par la question de savoir s'il en avait commises avec des animaux. Le premier vendredi de mai, il communia, dévoré par la curiosité. Plus tard, il posa la question à Petronio, le sacristain malingre qui vivait dans le clocher et dont on racontait qu'il se nourrissait de chauves-souris, et Petronio lui répondit : « C'est qu'il y a des chrétiens corrompus qui font ces choses-là avec les ânesses. » José Arcadio le Second continua à faire montre de tant de curiosité, demanda tant et tant d'explications que Petronio perdit patience :

— J'y vais tous les mardis, pendant la nuit, confessa-t-il. Si tu promets de n'en rien dire à personne, je t'emmène mardi prochain.

Le mardi suivant, en effet, Petronio descendit du clocher, muni d'un petit tabouret dont personne, jusque-là, ne connaissait l'usage, et emmena José Arcadio le Second jusqu'à un pré des environs. Le jeune homme prit tellement goût à ces incursions nocturnes qu'on ne le vit pas de sitôt à l'établissement de Catarino. Il devint passionné des coqs de combat. « Tu vas me faire le plaisir d'emporter ces animaux ailleurs, lui ordonna Ursula, la première fois qu'elle le vit entrer avec ses bêtes de race. Les coqs ont déjà apporté suffisamment de malheurs dans cette maison pour que tu viennes toi aussi nous en amener d'autres. » José Arcadio le Second les emporta sans discuter, mais continua à les élever chez sa grand-mère Pilar Ternera qui mit tout ce dont il avait besoin à sa disposition, pourvu qu'elle l'eût sous son toit. Bientôt, lors des combats de coqs, il mit en pratique tout le savoir que lui avait inculqué le père Antonio Isabel et disposa d'assez d'argent, non seulement pour développer ses élevages, mais pour se procurer également de vraies satisfactions d'homme. A cette époque, quand Ursula le comparait à son frère, elle ne parvenait pas à comprendre comment les deux jumeaux, qui pouvaient passer pour un seul et même être lorsqu'ils étaient enfants, avaient fini par être si différents. Sa perplexité fut d'assez courte durée car Aureliano le Second commença subitement à faire preuve de fainéantise et de dissipation. Tant qu'il demeura cloîtré dans le cabinet de travail de Melquiades, ce fut un homme renfermé sur lui-même, comme l'avait été le colonel Aureliano Buendia dans sa jeunesse. Mais peu de temps avant le traité de Neerlandia, un hasard le fit sortir de son absorbement et le mit face à la réalité du monde. Une jeune fille, qui vendait des billets de loterie pour le tirage au sort d'un accordéon, le salua avec la plus grande familiarité. Aureliano le Second n'en fut pas surpris car il arrivait fréquemment qu'on le prît pour son frère. Mais il ne chercha pas à dissiper l'équivoque, même lorsque la jeune fille voulut lui ramollir le cœur avec ses pleurnicheries, et elle finit par l'emmener dans sa chambre. Elle retira de cette première rencontre un tel amour pour lui qu'elle tricha lors du tirage au sort pour lui faire gagner l'accordéon. Au bout de deux semaines, Aureliano le Second se rendit compte que cette femme avait couché alternativement avec lui et avec son frère, croyant qu'il s'agissait du même, et au lieu d'éclaircir la situation, il s'arrangea pour la faire durer. Il ne remit plus les pieds dans le cabinet de travail de Melquiades. Il passait tous les après-midi dans le patio à apprendre d'oreille à jouer de l'accordéon, malgré les protestations d'Ursula qui avait alors interdit la musique à la maison, en raison des deuils successifs, et qui de plus méprisait l'accordéon qu'elle considérait comme un instrument tout juste bon pour les vagabonds, héritiers de Francisco l'Homme. Cependant, Aureliano le Second réussit à devenir un virtuose de l'accordéon et continua de l'être après avoir pris femme et fait des enfants, et fut l'un des hommes les plus respectés de Macondo.

Pendant près de deux mois, il partagea cette femme avec son frère. Il l'épiait, dérangeait ses plans, et quand il était sûr que José Arcadio le Second ne rendrait pas visite cette nuit-là à leur commune maîtresse, il allait coucher avec elle. Un beau matin, il s'aperçut qu'il était malade. Deux jours plus tard, il trouva son frère dans les bains, cramponné à une poutre, tout dégoulinant de sueur et pleurant à chaudes larmes, et il ne lui en fallut pas davantage pour comprendre. Son frère lui avoua que la femme l'avait plaqué parce qu'il lui avait fait cadeau de ce qu'elle appelait une maladie de mauvaise vie. Il lui raconta aussi comment Pilar Ternera essayait de l'en soigner. Aureliano le Second s'infligea en cachette les ardents lavages au permanganate, les eaux diurétiques, et chacun de son côté, tous deux finirent par guérir au bout de trois mois de secrètes souffrances. José Arcadio le Second ne revit plus la femme. Aureliano le Second obtint son pardon et demeura auprès d'elle jusqu'à sa mort.

Elle s'appelait Petra Cotes. Elle avait débarqué à Macondo en pleine guerre, avec un mari occasionnel qui vivait de loteries, et quand cet homme mourut, elle reprit son petit commerce. C'était une mûlatresse, jeune et propre, avec des yeux jaunes en forme d'amandes qui donnaient à son visage une férocité de panthère, mais elle avait un cœur généreux et de magnifiques dispositions pour l'amour. Lorsque Ursula se rendit compte que José Arcadio le Second élevait des coqs de combat et qu'Aureliano le Second jouait de l'accordéon tandis que sa concubine lui faisait fête sans discrétion aucune, elle crut devenir folle de honte. C'était comme si ces deux-là avaient concentré en eux tous les défauts de la famille et pas une de ses vertus. Alors elle décida que nul ne s'appellerait plus Aureliano ni José Arcadio. Pourtant, lorsque Aureliano le Second eut son premier fils, elle n'osa pas le contrarier.

— D'accord, fit Ursula, mais à une condition : je me charge de l'élever.

Bien qu'elle fût déjà centenaire et sur le point de rester aveugle des suites de cataractes, elle gardait intacts son dynamisme physique, l'intégrité de son caractère et son esprit équilibré. Nul n'était mieux indiqué pour former l'homme vertueux qui restaurerait le prestige de la famille, un homme qui n'aurait jamais entendu parler de la guerre, ni des coqs de combat, des femmes de mauvaise vie, des entreprises délirantes, ces quatre calamités qui, d'après Ursula, avaient entraîné la décadence de sa lignée. « Celui-ci sera curé, se promit-elle solennellement. Et si Dieu me prête vie, il faudra bien qu'il devienne pape. » Tout le monde éclata de rire à l'entendre, non seulement dans la chambre mais dans toute la maison où se trouvait réunie la bande d'amis turbulents d'Aureliano le Second. La guerre, reléguée au grenier des mauvais souvenirs, trouva un éphémère rappel dans l'éclatement des bouchons de champagne.

— A la santé du pape, lança Aureliano le Second en levant son verre.

Les invités trinquèrent tous en chœur. Puis le maître de maison joua de l'accordéon, on lança des fusées et, en signe d'allégresse, on fit battre le tambour dans tout le village. A l'aube, les invités tout imbibés de champagne sacrifièrent six vaches qu'ils laissèrent en pleine rue à la disposition de la foule. Personne ne se scandalisa. Depuis qu'Aureliano le Second avait pris la maison en charge, ce genre de festivités étaient choses courantes, bien qu'aucun motif ne fût plus valable que la venue au monde d'un pape. En quelques années, sans effort, par purs coups de chance, il avait accumulé l'une des plus importantes fortunes de la région du marigot, grâce à la prolifération surnaturelle de ses animaux. Ses juments poulinaient des triplés, les poules pondaient deux fois par jour, et les porcs engraissaient d'une manière effrénée, tant et si bien que personne n'était capable d'expliquer une si furieuse prospérité autrement que par des pratiques magiques. « Profites-en pour économiser aujourd'hui, disait Ursula à son écervelé d'arrière-petit-fils. Cette chance ne va pas te sourire toute la vie. » Mais Aureliano le Second ne l'écoutait pas. Plus il débouchait de bouteilles de champagne pour saouler ses amis, plus ses bêtes mettaient bas avec frénésie, et plus il arrivait lui-même à se convaincre que sa bonne étoile ne devait rien à ses propres agissements, mais dépendait de l'influence de Petra Cotes, sa concubine, dont l'amour avait la vertu d'exaspérer la nature. Il était tellement persuadé que c'était là l'origine de sa fortune qu'il garda toujours Petra Cotes à proximité de ses élevages et, malgré son mariage et les enfants qu'il en eut, il continua à vivre auprès d'elle avec le consentement de Fernanda. Solidement bâti, aussi colossal que ses aïeux, mais plein d'une vitalité et d'un charme irrésistible qui leur avaient fait défaut, Aureliano le Second avait à peine le temps de surveiller ses troupeaux. Il lui suffisait d'emmener Petra Cotes jusqu'aux élevages et de la promener à cheval sur ses terres pour que tout animal portant sa marque succombât à cette incurable peste de la prolifération.

Comme tout ce qui lui advint de bon au cours de sa longue carrière, cette extraordinaire fortune n'eut d'autre origine que le hasard. Jusqu'à ce que les guerres prissent fin, Petra Cotes continuait à subvenir à ses besoins grâce au produit de ses tombolas, et Aureliano le Second s'arrangeait de temps à autre pour faire main basse sur les tirelires d'Ursula. Ils formaient un couple frivole, sans autre souci que de coucher ensemble toutes les nuits, même aux dates défendues, et de batifoler dans le lit jusqu'au lever du jour. « Cette femme a été ta perdition, criait Ursula à son arrière-petit-fils quand elle le voyait regagner la maison comme un somnambule. Elle t'a tellement embobiné qu'un de ces jours, je vais te voir te tordre de coliques avec un crapaud rentré dans le ventre. » José Arcadio le Second, qui mit longtemps à découvrir qu'il avait été supplanté, ne parvenait pas à comprendre la passion de son frère. Il se souvenait de Petra Cotes comme d'une femme ordinaire, plutôt paresseuse au lit, et tout à fait dépourvue de talents amoureux. Demeurant sourd aux cris d'Ursula et aux moqueries de son frère, Aureliano le Second ne songeait alors qu'à trouver un métier qui lui permettrait d'offrir un toit à Petra Cotes et d'y mourir avec elle, sur elle et sous elle, en une nuit de fébrile abandon. Lorsque le colonel Aureliano Buendia rouvrit son atelier, enfin gagné aux paisibles délices de la vieillesse, Aureliano le Second songea que ce serait une bonne affaire que de se consacrer lui-même à la fabrication de petits poissons en or. Il resta des heures et des heures dans la petite pièce torride à observer comment les feuilles de dur métal, travaillées par le colonel avec cette inénarrable patience de l'homme privé de ses illusions, se transformaient peu à peu en écailles dorées. Le métier lui parut si pénible, et le souvenir de Petra Cotes était si tenace et si pressant qu'au bout de trois semaines, il disparut de l'atelier. Ce fut à cette époque que Petra Cotes eut l'idée de mettre en loterie des lapins. Ils se reproduisaient et devenaient adultes avec une telle rapidité qu'ils laissaient à peine le temps de vendre les billets de tombola. Au début, Aureliano le Second ne remarqua pas les proportions alarmantes de cette prolifération. Mais une nuit, alors qu'au village personne ne voulait déjà plus entendre parler de ces tombolas de lapins, il perçut une grande agitation derrière le mur du patio. « N'aie pas peur, lui dit Petra Cotes. Ce sont les lapins. » Ils ne purent fermer l'œil du reste de la nuit, dérangés par le remue-ménage des animaux. A l'aube, Aureliano le Second ouvrit la porte et vit le patio tout pavé de lapins bleus dans l'éclat du jour naissant. Petra Cotes, morte de rire, ne résista pas à la tentation de lui faire une farce.

— Ceux-là, ce sont les derniers-nés de cette nuit, lui dit-elle.

— Quelle horreur! s'écria-t-il. Pourquoi n'essaies-tu pas avec des vaches?

Quelques jours plus tard, voulant libérer un peu son patio, Petra Cotes remplaça les lapins par une vache, laquelle au bout de deux mois mit bas des triplés. Ainsi débutèrent les choses. Du jour au lendemain, Aureliano le Second devint propriétaire de domaines et de troupeaux, et c'est à peine s'il avait le temps d'agrandir les écuries et les porcheries débordées. C'était une prospérité si délirante qu'elle le faisait éclater de rire et le moins qu'il pouvait faire pour soulager sa bonne humeur était d'adopter des attitudes extravagantes. « Hors de mon chemin, les vaches! s'écriait-il. La vie est si courte! » Ursula se demandait dans quel guêpier il s'était fourré, s'il n'était pas en train de voler, s'il n'avait pas fini par se faire voleur de bestiaux, et chaque fois qu'elle le voyait déboucher une bouteille de champagne pour le seul plaisir de se déverser la mousse sur la tête, elle lui reprochait à grands cris tout ce gaspillage. Elle l'importuna tant et si bien qu'un beau jour, Aureliano le Second, débordant de bonne humeur au réveil, surgit avec un coffre plein d'argent, un pot de colle et un pinceau, et, chantant à gorge déployée les vieux airs de Francisco l'Homme, tapissa la maison de l'intérieur et du dehors, et de bas en haut, avec des billets d'un peso. La vieille demeure, peinte en blanc depuis l'époque où l'on avait fait venir le piano mécanique, prit l'aspect équivoque d'une mosquée. Au milieu du branle-bas de toute la famille, des éclats de voix scandalisés d'Ursula, de l'allégresse du village qui envahit la rue pour assister à cette glorification du gaspillage, Aureliano le Second finit par tapisser de la façade jusqu'à la cuisine, sans oublier les bains et les chambres à coucher, et jeta les billets de reste dans le patio.

— Et maintenant, dit-il en conclusion, j'espère que personne dans cette maison ne me reparlera plus d'argent.

Il en fut ainsi. Ursula fit décoller les billets dont étaient étiquetées les grandes tourtes de chaux des murs, et repeignit la maison en blanc. « Mon Dieu, suppliait-elle, rends-nous aussi pauvres que nous l'étions quand nous avons fondé ce village, que nous n'ayons pas à te régler, dans l'autre vie, tout cet argent jeté par les fenêtres. » Ses prières furent écoutées mais c'est tout le contraire qui fut entendu. En effet, l'un des ouvriers qui décollaient les billets buta accidentellement contre un énorme saint José en plâtre que quelqu'un avait déposé à la maison dans les dernières années de la guerre, et la statue creuse se fracassa contre le sol. Elle était bourrée de pièces d'or. Nul ne se rappelait qui avait apporté ce saint grandeur nature. « Trois hommes l'amenèrent jusqu'ici, expliqua Amaranta. Ils m'ont demandé que nous le leur gardions jusqu'à ce que la pluie cessât, et je leur ai dit de le poser là, dans le coin, où personne n'irait buter contre lui, et ils l'y ont déposé avec beaucoup de précautions, et depuis ce temps-là il y est resté parce que les hommes ne sont jamais revenus le chercher. » Ces derniers temps, Ursula lui avait mis des cierges et s'était prosternée devant lui, sans soupçonner qu'en fait de saint, elle était en train d'adorer quelque deux cents kilos d'or. Cette preuve tardive de son paganisme involontaire accentua sa désolation. Elle ne voulut pas toucher à cet amoncellement spectaculaire de pièces de monnaie, en remplit trois sacs de toile et l'enterra en un lieu secret dans l'attente que les trois inconnus vinssent le réclamer tôt ou tard. Longtemps après, dans les sombres années de son arrière-vieillesse, Ursula se mêlait de temps à autre à la conversation des nombreux voyageurs qui passaient alors par la maison et leur demandait si, pendant la guerre, ils n'avaient pas laissé en garde un saint José en plâtre, le temps que cessât la pluie.

Toutes ces choses qui consternaient tellement Ursula étaient monnaie courante à l'époque. Macondo sombrait dans une prospérité miraculeuse. Les maisons en glaise et en bambou édifiées par les fondateurs avaient fait place à des constructions en brique, avec volets en bois et sols cimentés, qui rendaient plus supportable la chaleur suffocante de deux heures de l'après-midi. De l'ancien hameau de José Arcadio Buendia ne subsistaient que les amandiers poussiéreux, destinés à tenir bon en dépit des circonstances les plus tragiques, et la rivière aux eaux diaphanes dont les pierres préhistoriques se trouvèrent broyées par les coups de masses endiablés de José Arcadio le Second, du jour où celui-ci se mit en tête de déblayer le lit de la rivière pour établir un service de navigation. Ce fut un rêve délirant, à peine comparable à ceux de son arrière-grand-père, car le cours caillouteux et les nombreux rapides empêchaient tout transit entre Macondo et la mer. Mais José Arcadio le Second, dans un imprévisible accès de témérité, se cramponna à son projet. Jusque-là, il n'avait fait preuve d'aucune imagination. En dehors de son aventure passagère avec Petra Cotes, on ne lui avait jamais connu de femme. Ursula le tenait pour le spécimen le plus terne de toute l'histoire de la famille, incapable de se mettre en valeur, même pas comme animateur de combats de coqs, lorsque le colonel Aureliano Buendia lui raconta un beau jour l'histoire du galion espagnol échoué à douze kilomètres à l'intérieur des terres et dont il avait vu de ses propres yeux, durant la guerre, la carcasse carbonisée. Ce récit que tant de gens, pendant si longtemps, avait jugé incroyable, fut pour José Arcadio le Second une révélation. Il vendit ses coqs au plus offrant, recruta des hommes et acheta des outils, et se lança avec obstination dans la colossale entreprise qui consistait à casser les rocs, creuser des canaux, dégager les écueils, voire niveler les cataractes. « Je connais déjà tout ça par cœur, s'écriait Ursula. C'est comme si le temps tournait en rond et que nous étions revenus au tout début. » Lorsqu'il estima que la rivière était devenue navigable, José Arcadio le Second fit à son frère un exposé détaillé de ses plans, et celui-ci lui remit l'argent dont il avait besoin pour son entreprise. Il resta longtemps absent. On avait déjà raconté que son projet d'acheter un bateau n'était rien de plus qu'un subterfuge pour lever le camp avec l'argent de son frère, quand la nouvelle se répandit qu'une étrange embarcation approchait du village. Les habitants de Macondo, qui ne se souvenaient déjà plus des colossales entreprises de José Arcadio Buendia, se précipitèrent sur la rive et assistèrent, avec des yeux chavirés d'incrédulité, à l'arrivée du premier et dernier bateau à jamais accoster au village. Ce n'était rien de plus qu'un radeau de troncs d'arbres halé à l'aide de gros filins par une vingtaine d'hommes marchant sur la berge. A l'avant, une lueur de satisfaction dans le regard, José Arcadio le Second dirigeait la manœuvre finale qui avait tant coûté. Avec lui arrivait un groupe de splendides matrones qui se protégeaient du soleil brûlant sous de voyantes ombrelles, les épaules couvertes de jolis châles de soie, avec des onguents de couleur sur le visage, des fleurs naturelles dans les cheveux, des serpents d'or autour des bras et des diamants dans les dents. Le radeau de troncs d'arbres fut la seule et unique embarcation que José Arcadio le Second pût remonter jusqu'à Macondo — et pour un seul voyage — mais il ne voulut jamais reconnaître que son exploit n'était rien moins qu'une victoire de la volonté. Il rendit scrupuleusement des comptes à son frère et ne tarda pas à sombrer de nouveau dans sa manie des coqs de combat. La seule chose qui resta de cette malencontreuse initiative fut le souffle rénovateur qu'apportèrent avec elles les matrones venues de France, dont les magnifiques compétences changèrent les méthodes traditionnelles de l'amour, et dont le sens du bien-être social ruina le vieil établissement de Catarino et transforma la rue en un bazar de petites lanternes japonaises et d'orgues de Barbarie nostalgiques. Ce furent elles qui organisèrent ce carnaval sanglant qui, trois jours durant, plongea Macondo dans le délire et dont l'unique conséquence durable fut d'avoir donné à Aureliano le Second l'occasion de connaître Fernanda del Carpio.

Remedios la Belle fut proclamée reine. Ursula, que l'inquiétante beauté de son arrière-petite-fille faisait trembler, ne put empêcher l'élection. Elle avait réussi jusqu'alors à éviter qu'elle sortît dans la rue, sauf pour se rendre à la messe en compagnie d'Amaranta, mais encore l'obligeait-elle à se couvrir le visage d'une mantille noire. Les hommes les moins pieux, ceux qui se déguisaient en curés pour dire des messes sacrilèges chez Catarino, allaient à l'église dans le seul but d'entrevoir, ne fût-ce qu'un instant, le visage de Remedios la Belle, dont la beauté légendaire faisait parler d'elle avec ferveur et saisissement dans tout le périmètre du marigot. Beaucoup de temps passa avant qu'ils n'obtinssent de la voir, et il aurait mieux valu que cette occasion ne se présentât jamais car la plupart d'entre eux ne purent retrouver un sommeil paisible. L'homme qui rendit possible cet événement — c'était un étranger — perdit à jamais la sérénité d'esprit, s'enlisa dans les marais herbeux de l'abjection et de la misère et, bien des années après, fut déchiqueté par un train de nuit alors qu'il s'était endormi sur les rails. Du jour où on l'aperçut à l'église, vêtu d'un costume en velours côtelé vert et d'un gilet brodé, tout le monde fut persuadé qu'il venait de très loin, peut-être d'une lointaine cité de l'extérieur, attiré par cette fascination magique qu'exerçait Remedios la Belle. Il était si beau garçon, il paraissait si hardi et posé à la fois, il savait si bien jouer de sa prestance que Pietro Crespi, à côté de lui, aurait fait figure d'enfant prématuré, et beaucoup de femmes murmurèrent avec un sourire de dépit que c'était lui qui, véritablement, méritait la mantille. Il ne fréquenta personne à Macondo. Il apparaissait le dimanche matin au point du jour, comme un prince de légende, sur une monture aux étriers d'argent, avec couverture de cheval en velours, et quittait le village sitôt la messe terminée.

Sa présence avait un tel pouvoir qu'à compter du jour où on le vit pour la première fois à l'église, tout le monde tint pour acquis qu'entre Remedios la Belle et lui s'était instauré un duel tendu et muet, une convention secrète, un irréversible défi qui ne pouvait seulement s'achever dans l'amour mais dont la mort était aussi le terme. Le sixième dimanche, le cavalier apparut tenant une rose jaune à la main. Il entendit la messe debout, comme il faisait toujours, et, quand elle fut terminée, se mit sur le passage de Remedios la Belle et lui offrit sa rose solitaire. Elle la prit avec un geste naturel, comme si elle avait été préparée à recevoir cet hommage, et c'est alors qu'elle se découvrit le visage un moment et remercia d'un sourire. Elle ne fit rien de plus. Mais, pour le cavalier, et non seulement pour lui mais pour tous les infortunés qui eurent le privilège de le vivre, cet instant fut éternel.

Désormais le cavalier disposa des musiciens près de la fenêtre de Remedios la Belle et les fit jouer parfois jusqu'à l'aube. Aureliano le Second fut le seul à éprouver pour lui une pitié cordiale et il tenta de décourager sa persévérance. « Ne perdez pas davantage votre temps, lui dit-il un soir. Les femmes de cette maison sont pires que des mules. » Il lui offrit son amitié, l'invita à se baigner dans le champagne, essaya de lui faire entendre que les femelles, dans sa famille, avaient des entrailles de pierraille, mais il ne parvint pas à vaincre son entêtement. Exaspéré par ces interminables nuits de concert, le colonel Aureliano Buendia menaça de guérir sa peine à coups de pistolet. Rien ne put le faire renoncer sinon le lamentable état de démoralisation où il se trouvait. Lui qui était si élégant, si impeccable, devint abject, déguenillé. On murmurait qu'il avait abandonné puissance et fortune dans sa lointaine patrie, bien qu'en vérité nul ne connût jamais ses origines. Il se mit à se disputer avec tout le monde, à se quereller dans les tripots, et se réveilla un matin chez Catarino vautré dans ses propres déjections. Le plus triste de sa dramatique histoire était que Remedios la Belle ne fit jamais attention à lui, même pas à l'époque où il se présentait à l'église vêtu comme un prince. Elle avait accepté la rose jaune sans penser du tout à mal, plutôt amusée par l'extravagance du geste, et n'avait soulevé sa mantille que pour mieux voir son visage, non pour lui montrer le sien.

En réalité, Remedios la Belle n'était pas une créature de ce monde. Sa puberté était déjà très avancée que Sainte Sophie de la Piété devait encore la baigner et lui passer ses vêtements, et quand bien même elle sut faire ce qu'elle avait à faire sans l'aide de personne, il fallait la surveiller pour qu'elle n'allât pas dessiner de petits animaux sur les murs avec un bâtonnet enduit de son propre caca. Elle arriva à l'âge de vingt ans sans savoir lire ni écrire, ni se servir des couverts à table, se promenant par toute la maison dans le plus simple appareil, parce que sa nature opposait de la résistance à tous les conventionalismes, quels qu'ils fussent. Quand le jeune commandant de la garde lui déclara sa flamme, elle le repoussa avec ingénuité, parce que tant de frivolité l'effarouchait. « Vois comme il est simple, dit-elle à Amaranta. Il prétend qu'il est en train de mourir pour moi comme si j'étais une colique de miserere. » Quand on le trouva mort pour de bon à proximité de sa fenêtre, Remedios la Belle confirma sa première impression.

— Vous voyez bien, fit-elle. Il était tout à fait simple.

On aurait dit qu'une pénétrante lucidité lui permettait de discerner la réalité des choses au-delà de tout formalisme. C'était du moins l'avis du colonel Aureliano Buendia pour qui Remedios la Belle n'était en rien une retardée mentale, comme on le croyait, mais tout le contraire. « C'est comme si elle était de retour au bout de vingt ans de guerre », disait-il quelquefois. Pour sa part, Ursula remerciait Dieu d'avoir récompensé la famille en lui donnant un être d'une pureté exceptionnelle, mais en même temps sa grande beauté l'inquiétait car elle lui paraissait une qualité contradictoire, un piège diabolique au milieu de tant de candeur. C'est pour cette raison qu'elle résolut de l'éloigner du monde, de la préserver de toute tentation terrestre, sans savoir que Remedios la Belle était déjà à l'abri de toute contagion depuis le temps où elle se trouvait encore dans le ventre de sa mère. Jamais l'idée ne l'effleura qu'on pourrait l'élire reine de beauté dans le pandémonium d'un carnaval. Mais Aureliano le Second, transporté à l'idée fantaisiste de se déguiser en tigre, amena le père Antonio Isabel à la maison afin qu'il persuadât Ursula que le carnaval n'était pas une fête païenne, comme elle le disait, mais une tradition catholique. Finalement convaincue, elle voulut bien consentir, bien qu'à contre cœur, à la cérémonie du couronnement.

La nouvelle selon laquelle Remedios Buendia allait être la souveraine de la fête se répandit en quelques heures au-delà des limites du marigot, parvint jusqu'en des contrées lointaines où l'on ignorait tout du rayonnement immense de sa beauté, et suscita de l'inquiétude chez ceux qui considéraient encore son nom de famille comme symbole de la subversion. Cette inquiétude était sans fondement. Si quelqu'un s'avérait inoffensif à l'époque, c'était bien le colonel Aureliano Buendia, victime de l'âge et des désillusions, et qui avait progressivement perdu tout contact avec la réalité du pays. Cloîtré dans son atelier, ses seuls rapports avec le monde extérieur concernaient son commerce de petits poissons en or. Un des anciens soldats qui avaient monté la garde autour de la maison durant les premiers jours de paix, allait les vendre aux autres habitants du marigot et revenait chargé de pièces de monnaie et de nouvelles. Il rapportait que le gouvernement conservateur, soutenu par les libéraux, était en train de réformer le calendrier pour permettre à chaque président de rester au pouvoir pendant cent ans. Et qu'on avait enfin signé le concordat avec le Saint-Siège, et qu'il était arrivé de Rome un cardinal portant une couronne de diamants sur la tête et assis sur un trône en or massif, et que les ministres libéraux s'étaient fait photographier à genoux au moment de baiser l'anneau. Que la cantatrice d'une troupe espagnole, de passage dans la capitale, avait été séquestrée dans sa loge par un groupe d'individus masqués et, le dimanche suivant, avait dansé toute nue dans la résidence d'été du président de la République. « Cesse de me parler politique, lui disait le colonel. Vendre des petits poissons, voilà toute notre affaire. » La rumeur publique selon laquelle il ne voulait rien savoir de la situation du pays parce qu'il était en train de faire fortune avec son atelier, fit pouffer de rire Ursula lorsqu'elle lui arriva aux oreilles. Avec son impitoyable sens pratique, elle ne pouvait comprendre le commerce du colonel, lequel échangeait ses petits poissons contre des pièces d'or, puis transformait les pièces d'or en petits poissons, et ainsi de suite, si bien qu'il devait travailler davantage chaque fois qu'il vendait plus, afin de satisfaire à ce cercle vicieux particulièrement exaspérant. En vérité, ce n'était pas le commerce qui l'intéressait, mais le travail. Il avait tellement besoin de se concentrer pour sertir des écailles, incruster de minuscules rubis à la place des yeux, laminer les ouïes et assembler les nageoires, qu'il ne lui restait pas un seul espace vide à laisser remplir par les désillusions de la guerre. L'extrême minutie de son artisanat exigeait une telle attention de sa part et l'absorbait tellement qu'en peu de temps il vieillit davantage qu'au cours de toutes les années de guerre, cependant que sa position lui tordait la colonne vertébrale, que ce travail au millimètre lui usait la vue, mais cette concentration de tous les instants lui valut de trouver la paix de l'esprit. La dernière fois qu'on le vit prêter l'oreille à quelque affaire ayant trait à la guerre, ce fut le jour où un groupe de vétérans des deux partis s'en vint solliciter son appui pour que fût confirmée l'allocation des pensions à vie, toujours promises et toujours au point mort. « Oubliez cela, leur dit-il. Voyez comme j'ai moi-même refusé ma pension pour m'épargner la torture d'avoir à l'attendre jusqu'à ma mort. » Au début, le colonel Gerineldo Marquez s'en venait le voir en fin d'après-midi et tous deux s'asseyaient sur le seuil, face à la rue, pour évoquer le passé. Mais Amaranta ne put supporter les souvenirs que réveillait en elle cet homme fatigué, précipité par la calvitie dans l'abîme d'une vieillesse prématurée, et elle lui fit subir des vexations si injustes qu'il finit par ne plus revenir, sauf en des occasions très spéciales, puis par disparaître tout à fait, rayé par la paralysie de la liste des bien-vivants. Taciturne, silencieux, insensible au nouveau souffle de vie qui faisait trembler la maison, c'est à peine si le colonel Aureliano Buendia comprit que le secret d'une bonne vieillesse n'était rien d'autre que la conclusion d'un pacte honorable avec la solitude. Il se levait à cinq heures après avoir dormi d'un sommeil léger, buvait à la cuisine son éternelle tasse de café amer, s'enfermait toute la journée dans l'atelier et, à quatre heures de l'après-midi, il traversait la véranda en traînant un tabouret après lui, sans même prêter attention à l'incendie des rosiers, à l'éclat de l'heure, à l'attitude impavide d'Amaranta dont la mélancolie faisait un bruit de bouilloire parfaitement perceptible à la tombée du jour, et allait s'asseoir sur le pas de la porte, face à la rue, jusqu'à ce que les moustiques le fissent rentrer. Quelqu'un osait parfois venir troubler sa solitude :

— Comment allez-vous, colonel? lui lançait-on en passant.

— Comme ça, répondait-il. J'attends que passe mon enterrement.

Aussi bien l'inquiétude provoquée par la réapparition publique de son nom, à propos du couronnement de Remedios la Belle, ne reposait sur rien de vraiment sérieux. Pourtant, beaucoup furent d'un avis contraire. Sans imaginer un instant la tragédie qui le menaçait, le village se pressa sur la place publique qu'il envahit en une bruyante explosion de joie. Le carnaval avait atteint son plus haut degré de folie, Aureliano le Second avait enfin réalisé son rêve de pouvoir se déguiser en tigre et, tout heureux, déambulait parmi la foule déchaînée, la voix éraillée de tant brailler, quand apparut sur le chemin du marigot une mascarade nombreuse parmi laquelle on put voir, portée sur des brancards dorés, la femme la plus fascinante que l'imagination humaine pût concevoir. Pendant un instant, les paisibles habitants de Macondo ôtèrent leurs masques pour mieux contempler l'éblouissante créature couronnée d'émeraudes et revêtue d'une cape d'hermine, qui n'avait pas seulement l'air d'une souveraine couverte de paillettes et de papier crépon, mais paraissait investie d'une autorité légitime. Il se trouva bien quelqu'un d'assez clairvoyant encore pour suspecter qu'il s'agissait là d'une provocation. Mais Aureliano le Second coupa tout de suite court à cette perplexité, déclara que les nouveaux arrivants étaient leurs hôtes d'honneur et, à la manière de Salomon, fit asseoir Remedios la Belle et l'autre reine intruse sur le même piédestal. Jusqu'à minuit, les étrangers déguisés en bédouins participèrent au délire collectif et y rajoutèrent encore par une somptueuse pyrotechnie et des qualités d'acrobates qui rappelèrent l'art et les artifices des gitans. Tout à coup, au paroxysme de la fête, quelqu'un rompit le fragile équilibre.

— Vive le parti libéral! s'écria-t-on. Vive le colonel Aureliano Buendia!

Les salves de fusils éclipsèrent l'éclat des feux d'artifice, les cris de terreur étouffèrent la musique et l'allégresse générale fut balayée par la panique. Bien des années plus tard, on continua de prétendre que la garde royale de la souveraine étrangère était constituée par les soldats d'un escadron de l'armée régulière qui, sous leurs somptueuses djellabas, dissimulaient leurs armes réglementaires. Par communiqué spécial, le gouvernement fit savoir qu'il réfutait cette accusation et promit d'enquêter sur cet épisode sanglant jusqu'à ce que toute la lumière fût faite. Mais l'affaire ne fut jamais élucidée et la version qui prévalut définitivement fut celle selon laquelle la garde royale, sans provocation d'aucune sorte, se mit en position de combat sur un signe de son commandant et, sans aucune pitié, ouvrit le feu sur la foule. Lorsque le calme fut rétabli, il ne restait plus au village un seul des faux bédouins et sur la place, raides morts ou seulement blessés, demeuraient étendus neuf clowns, quatre colombines, dix-sept rois de jeu de cartes, un diable, trois musiciens, deux pairs de France et trois impératrices japonaises. Dans la confusion qui résulta de cette panique, José Arcadio le Second réussit à mettre Remedios la Belle à l'abri et Aureliano le Second porta dans ses bras, jusqu'à la maison, la souveraine étrangère dont le costume était en lambeaux et la cape d'hermine toute maculée de sang. Elle s'appelait Fernanda del Carpio. On l'avait désignée comme la plus belle d'entre les cinq mille plus belles femmes du pays, et on l'avait conduite à Macondo en lui promettant de la nommer reine de Madagascar. Ursula s'occupa d'elle comme de sa propre fille. Le village, plutôt que de mettre son innocence en doute, eut pitié de sa candeur. Six mois après le massacre, quand les blessés se furent rétablis et que se furent flétries les dernières fleurs jetées sur la fosse commune, Aureliano le Second s'en alla la quérir dans la lointaine cité où elle vivait avec son père, et l'épousa à Macondo au cours d'une noce à tout casser qui dura vingt jours.

Le mariage faillit tourner court au bout de deux mois du fait qu'Aureliano le Second, voulant réparer ses torts envers Petra Cotes, fit exécuter son portrait, vêtue en reine de Madagascar. Lorsque Fernanda l'apprit, elle boucla à nouveau ses malles de jeune mariée et quitta Macondo sans dire adieu. Aureliano le Second la rattrapa sur le chemin du marigot. Après maintes prières et promesses de s'amender, il parvint à la ramener à la maison, et laissa tomber sa concubine.

Petra Cotes, consciente de sa force, ne parut pas se faire de souci. C'était elle qui avait fait de lui un homme. Alors qu'il n'était encore qu'un enfant, elle l'avait sorti du cabinet de travail de Melquiades, la tête pleine d'idées fantastiques et sans aucun contact avec la réalité, et elle lui avait donné sa place dans le monde. La nature en avait fait un être renfermé, farouche, porté sur la méditation solitaire, mais elle lui avait modelé un tempérament à l'opposé de celui-là, plein de vie, expansif, elle l'avait ouvert, lui avait communiqué sa joie de vivre, le plaisir de faire la noce et de jeter l'argent par les fenêtres, et l'avait ainsi transformé au-dedans comme au-dehors en l'homme auquel elle avait rêvé pour elle-même depuis l'adolescence. Il s'était donc marié, comme tôt ou tard se marient les garçons qu'on a enfantés. Il n'osa pas l'en avertir à l'avance. En l'occurrence, il se comporta de manière si puérile qu'il en vint à feindre de fausses rancœurs, des ressentiments imaginaires, cherchant tout ce qui pourrait inciter Petra Cotes à prendre l'initiative de la rupture. Un jour qu'Aureliano le Second lui adressait injustement quelque reproche, elle évita de tomber dans le piège et mit les choses au point :

— Ce qu'il y a, lui dit-elle, c'est que tu veux épouser la reine.

Aureliano le Second, tout honteux, simula un collapsus dû à la colère, se déclara incompris et outragé, et cessa de lui rendre visite. Petra Cotes, sans se départir un seul instant de sa superbe assurance de fauve au repos, prêta l'oreille à la musique et aux pétarades de la noce, à l'effréné tohu-bohu des réjouissances publiques, comme si tout cela n'avait été qu'une nouvelle frasque d'Aureliano le Second. Elle tranquillisait d'un sourire ceux qui venaient s'apitoyer sur son sort : « Ne vous en faites pas, leur disait-elle. Chez moi, ce sont les reines qui font mes commissions. » A une voisine qui lui apportait des cierges fabriqués à dessein pour allumer autour du portrait de l'amant perdu, elle répondit avec une mystérieuse assurance :

— La seule bougie qui le fera revenir est toujours allumée.

Comme elle l'avait prévu, Aureliano le Second s'en retourna chez elle dès que fut achevée la lune de miel. Il se fit accompagner de ses compagnons de toujours, d'un photographe ambulant, et apporta le costume et la cape d'hermine maculée de sang que Fernanda avait portés le jour du carnaval. Dans la chaleur des festivités qui eurent lieu cet après-midi là, il fit habiller Petra Cotes en reine, la couronna souveraine absolue et à vie de Madagascar, et distribua à ses amis des tirages du portrait qui fut fait d'elle. Non seulement elle se prêta au jeu, mais, dans le secret de son cœur, elle eut pitié de lui en songeant à la peur bleue qu'il avait dû éprouver pour imaginer pareille extravagance afin de se réconcilier avec elle. A sept heures du soir, encore costumée en reine, elle le reçut dans son lit. Cela faisait à peine deux mois qu'il était marié mais elle se rendit compte sur le champ que les choses n'allaient pas très fort dans le lit conjugal, et elle se complut dans les délices de la vengeance consommée. Pourtant, deux jours plus tard, lorsque, n'osant revenir lui-même, il dépêcha un intermédiaire pour régler les modalités de la séparation, elle comprit qu'il lui faudrait plus de patience que prévu, car il paraissait disposé à se sacrifier pour sauver les apparences. Là encore, elle ne se fit pas de mauvais sang. Derechef elle facilita les choses en faisant montre d'une soumission qui renforça l'avis général selon lequel ce n'était qu'une pauvre femme, et pour tout souvenir ne garda d'Aureliano le Second qu'une paire de bottines vernies dont il voulait, avait-il précisé, qu'on le chaussât dans son cercueil. Elle les conserva au fond d'une malle, enveloppées dans des chiffons, et se prépara à nourrir une attente sans désespoir.

— Il faudra bien qu'il revienne tôt ou tard, se disait-elle, ne serait-ce que pour enfiler ces bottines.

Elle n'eut pas à attendre autant qu'elle le supposait. En fait, depuis sa nuit de noces, Aureliano le Second avait compris qu'il retournerait chez Petra Cotes bien avant le jour où il lui faudrait chausser ses bottines vernies : Fernanda était une femme perdue pour le monde. Elle était née et avait grandi à mille kilomètres de la mer, dans une cité lugubre que sillonnaient encore, au long des ruelles pavées, cahotant dans les nuits d'épouvante, les carrosses des vice-rois. Trente-deux clochers sonnaient le glas des morts à six heures de l'après-midi. Nul ne vit jamais le soleil entrer dans la demeure seigneuriale dallée de pierres funéraires. L'air avait cessé de vivre dans les cyprès du patio, les pâles tentures des chambres et sous les arcades suintantes du jardin aux tubéreuses. Jusqu'à l'âge de la puberté, Fernanda ne reçut d'autres nouvelles du monde que les gammes mélancoliques exécutées au piano depuis une maison voisine par quelqu'un qui, des années et des années durant, prit la liberté de ne jamais faire la sieste. Dans la chambre de sa mère malade, toute verte et jaune sous la poussiéreuse lumière qui tombait des vitraux, elle prêtait l'oreille à ces exercices musicaux auxquels on se livrait avec application, ténacité et découragement à la fois, et elle songeait que cette musique était dans le monde alors qu'elle-même languissait à tresser des couronnes de palmes funéraires. Suant à grosses gouttes sous l'effet de la fièvre de cinq heures de l'après-midi, sa mère lui parlait des splendeurs du passé. Toute petite, par une nuit de lune, Fernanda avait vu une très belle femme vêtue de blanc traverser le jardin en direction de la chapelle. Ce qui l'inquiéta le plus dans la vision fugace de cette femme, ce fut qu'elle la sentit en tous points semblable à elle-même, comme si elle s'était vue vingt ans après. « C'est ton arrière-grand-mère, la reine, lui dit sa mère entre deux quintes de toux. La tête lui a tourné en coupant une branche de tubéreuse, et elle en est morte. » Nombre d'années plus tard, lorsqu'elle commença à se sentir ressembler à son arrière-grand-mère, Fernanda se prit à douter de la vision de son enfance, mais sa mère lui fit reproche de son incrédulité.

— Nous sommes immensément riches et puissants, lui dit-elle. Un jour, tu seras reine.

Elle le crut, bien qu'ils ne se missent à la longue table couverte de nappes de lin et de vaisselle d'argent que pour prendre une tasse de chocolat à l'eau avec un morceau de cassonade. Jusqu'au jour de son mariage elle rêva d'un règne de légende bien que son père, don Fernando, dût hypothéquer la maison pour lui acheter son trousseau. Ce n'était pas ingénuité, ni folie des grandeurs. On l'avait éduquée ainsi. Depuis qu'elle était parvenue à l'âge de raison, elle se rappelait qu'on lui faisait faire ses besoins dans un petit pot de chambre en or avec l'écusson aux armes de la famille. C'est à douze ans qu'elle sortit pour la première fois de chez elle, dans une voiture attelée qui n'eut que deux rues à traverser pour la conduire au couvent. Ses condisciples furent étonnées de la voir tenue à l'écart, assise sur une chaise à très haut dossier, et de ce qu'elle ne se mêlât pas à leurs jeux durant la récréation. « Elle est différente, expliquaient les sœurs. C'est qu'elle va être reine. » Ses compagnes le crurent, car c'était déjà la plus jolie, la plus distinguée, la plus pudique jeune fille qu'il leur avait jamais été donné de voir. Au bout de huit années, ayant appris à versifier en latin, à jouer du clavecin, à parler fauconnerie avec les hommes et apologétique avec les archevêques, à élucider les affaires d'Etat avec les gouvernants étrangers et les affaires de Dieu avec le Pape, elle s'en revint chez ses parents tresser les palmes funéraires. Elle trouva la maison mise à sac. Il restait à peine quelques meubles indispensables, les candélabres et le service en argent : les ustensibles domestiques avaient été vendus un à un pour payer ce qu'avait coûté son éducation. Sa mère avait succombé aux poussées de fièvre de la tombée du jour. Son père, don Fernando, tout habillé de noir, étranglé par son col dur, une chaîne d'or en travers de la poitrine, lui remettait chaque lundi une pièce d'argent pour faire face aux dépenses du foyer et emportait les couronnes funéraires confectionnées dans la semaine qui venait de s'achever. Il passait la plus grande partie de la journée enfermé dans son bureau et, les rares fois où il mettait le nez dehors, il rentrait avant six heures pour dire son chapelet avec elle. Il ne fut l'ami intime de personne.

Jamais elle n'entendit parler des guerres qui saignèrent à blanc le pays. Jamais elle ne manqua d'entendre les exercices au piano vers trois heures de l'après-midi. Elle commençait même à ne plus se faire d'illusions sur son avenir de reine quand, péremptoires, retentirent deux coups de heurtoir à la porte du vestibule : elle ouvrit à un militaire de belle prestance, aux manières cérémonieuses, qui portait une cicatrice à la joue et une médaille d'or sur la poitrine. Il alla s'enfermer avec son père dans le bureau. Au bout de deux heures, celui-ci s'en vint la chercher à l'atelier de couture : « Préparez vos affaires, lui dit-il. Vous avez un long voyage à accomplir. » C'est ainsi qu'on la conduisit jusqu'à Macondo. En un jour, d'un seul coup brutal, la vie lui assena tout le poids d'une réalité que ses parents avaient passé tant d'années à lui dissimuler. De retour à la maison, elle se cloîtra dans sa chambre pour pleurer, indifférente aux prières et aux explications de don Fernando, essayant d'oublier la brûlure que lui avait laissée cette farce si extraordinaire. Elle s'était juré ne plus sortir de sa chambre jusqu'à sa mort quand Aureliano le Second vint la chercher. Ce fut par un inconcevable coup de chance, car dans sa stupéfaction indignée, dans l'état de fureur où l'avait mise sa propre honte, elle lui avait menti afin qu'il ne connût jamais sa véritable identité. Les seuls indices réels dont disposait Aureliano le Second au moment de partir à sa recherche, étaient sa façon de parler des habitants des hauts plateaux, qu'on ne pouvait confondre avec aucune autre, ainsi que son métier de tresseuse de palmes funéraires. Il la chercha comme un forcené. Faisant preuve d'une témérité aussi effarante que celle de José Arcadio Buendia quand il traversa la sierra pour fonder Macondo, d'un orgueil aussi aveugle que celui d'Aureliano Buendia quand il déclencha toutes ses guerres inutiles, d'une ténacité aussi insensée que celle d'Ursula tout le temps qu'elle assura la survie de sa descendance, ainsi Aureliano le Second rechercha-t-il Fernanda, sans se décourager un seul instant. Lorsqu'il s'enquit de l'endroit où l'on vendait des palmes funéraires, on le conduisit d'une maison à l'autre pour qu'il choisît les meilleures. Lorsqu'il demanda où se trouvait la plus belle femme qu'il eût été donné de voir sur cette terre, toutes les mères lui amenèrent leurs filles. Il se perdit dans des défilés embrumés, des espaces de temps réservés à l'oubli, des labyrinthes de désillusion.

Il traversa un désert tout jaune où l'écho répétait les pensées qu'on avait dans la tête, et où l'anxiété suscitait des mirages prémonitoires. Au bout de plusieurs semaines sans résultat, il parvint jusqu'à une cité inconnue où toutes les cloches sonnaient le glas. Bien qu'il ne les eût jamais vus par le passé, et que personne ne les lui eût décrits, il reconnut sur-le-champ les murs rongés par le sel des os, les balcons vermoulus dont les champignons faisaient éclater le bois, et, cloué sur une porte d'entrée, presque effacé par la pluie, le petit carton le plus triste du monde : *Couronnes funéraires à vendre*. Entre ce moment et le petit matin gelé où Fernanda quitta la maison sous la garde de la mère supérieure, c'est à peine si les sœurs eurent le temps de coudre le trousseau et d'entasser dans des malles au nombre de six les candélabres, le service en argent et le petit pot de chambre en or, ainsi que les innombrables et inutilisables débris d'une catastrophe familiale qui avait attendu deux siècles pour se consommer. Don Fernando déclina l'invitation qui lui fut faite de les accompagner. Il promit de s'y rendre plus tard, quand il en aurait fini avec ses affaires en cours, et, dès qu'il eut donné sa bénédiction à sa fille, il alla s'enfermer à nouveau dans son bureau pour lui écrire ces sortes de faire-part aux douloureuses images, marqués aux armes de la famille, qui devaient être, entre Fernanda et son père, le premier contact humain de toute leur existence. Pour elle, ce fut sa vraie date de naissance. Pour Aureliano le Second, ce fut presque simultanément le début et la fin du bonheur.

Fernanda portait sur elle un précieux almanach avec de petites clefs dorées, dans lequel son directeur de conscience avait marqué à l'encre violette les jours d'abstinence dans les rapports entre époux. En retirant la Semaine sainte, les dimanches, les fêtes de précepte, les premiers vendredis du mois, les retraites, les sacrifices et les empêchements périodiques, la partie utile de son annuaire se réduisait à quarante-deux jours éparpillés dans une forêt de croix violettes. Aureliano le Second, convaincu que le temps ne tarderait pas à coucher ce réseau de barbelés hostiles, prolongea les réjouissances de la noce bien au-delà de la durée prévue. Epuisée de jeter aux ordures tant et tant de bouteilles vides de brandy et de champagne qui eussent fini par envahir la maison, mais intriguée dans le même temps de voir les jeunes mariés dormir à des heures différentes et faire chambre à part alors que continuaient les pétarades, la musique et les sacrifices de bêtes, Ursula se souvint de sa propre expérience et se demanda si Fernanda ne portait pas elle aussi une ceinture de chasteté qui provoquerait tôt ou tard les quolibets de tout le village et donnerait naissance à une tragédie. Mais Fernanda lui avoua qu'elle laissait tout simplement passer deux semaines avant de permettre à son époux de la toucher pour la première fois. Passé ce délai, en effet, elle ouvrit la porte de sa chambre, résignée au sacrifice comme l'eût été quelque victime expiatoire, et Aureliano le Second put contempler la plus belle femme de la terre, l'éclat de ses yeux d'animal effrayé, et ses longs cheveux cuivrés étalés sur l'oreiller. Il était si fasciné par cette vision qu'il resta un moment sans se rendre compte que Fernanda avait revêtu une chemise de nuit blanche qui lui descendait jusqu'aux chevilles, avec des manches jusqu'aux poignets et une grande boutonnière de forme ronde, ourlée d'exquise manière, à hauteur du ventre. Aureliano le Second ne put retenir une explosion de rire.

— Voici la chose la plus obscène que j'aie vue de ma vie! s'écria-t-il avec un éclat de rire qui retentit dans toute la maison. Je me suis marié avec une petite sœur des pauvres!

Au bout d'un mois, n'ayant toujours pas obtenu que son épouse ôtât sa chemise de nuit, il alla faire exécuter le portrait de Petra Cotes costumée en reine. Plus tard, lorsqu'il obtint que Fernanda s'en revînt à la maison, elle céda à ses exigences dans la fièvre de la réconciliation, mais elle ne sut jamais lui procurer ce repos dont il rêvait lorsqu'il partit la rechercher dans la cité aux trente-deux clochers. Aureliano le Second ne rencontra en elle qu'un sentiment de profonde détresse. Une nuit, peu avant que ne vînt au monde leur premier fils, Fernanda se rendit compte que son mari était retourné clandestinement dans le lit de Petra Cotes.

— C'est vrai, reconnut-il, et il lui expliqua sur un ton résigné, avec accablement : Il fallait bien, pour que les bêtes continuent à mettre bas.

Il lui fallut quelque temps pour la convaincre de la nécessité d'un expédient si étrange, mais quand ce fut enfin chose faite, moyennant des preuves qui parurent irréfutables, Fernanda se borna à exiger de lui la promesse qu'il ne se laisserait pas surprendre par la mort dans le lit de sa maîtresse. Ainsi continuèrent-ils à vivre tous les trois, sans se gêner, Aureliano le Second fidèle à l'une comme à l'autre et amoureux des deux, Petra Cotes se pavanant à la suite de cette réconciliation, et Fernanda feignant d'ignorer la vérité.

Pourtant, cet arrangement ne réussit pas à incorporer vraiment Fernanda à la famille. En vain Ursula insista-t-elle pour qu'elle se débarrassât du petit cache-col en laine qu'elle mettait pour se lever lorsqu'elle venait de faire l'amour, et qui faisait chuchoter les voisins. Elle ne parvint pas à la convaincre d'utiliser les bains, ni de se servir du vase de nuit, ni de vendre son pot de chambre en or au colonel Aureliano Buendia afin qu'il en fît des petits poissons. Amaranta se sentit si incommodée par sa façon de parler « pointu » et l'habitude qu'elle avait de désigner chaque chose par euphémisme, qu'en sa présence elle ne manquait jamais de parler charabia :

— *Elfèlefe estfè defe cesfé-gensfan quifi fontfon lesfè défégoûfoutésfé defevantfan leurfeur profoprefe merferdefe.*

Un jour, irritée par cette moquerie, Fernanda voulut savoir ce que disait Amaranta et celle-ci ne se servit pas d'euphémisme pour lui répondre :

— Je dis que tu fais partie de celles qui prennent leur cul pour la Semaine sainte.

A compter de ce jour, elles ne s'adressèrent plus la parole. Lorsque les circonstances les y contraignaient, elles s'envoyaient des messages, ou se disaient les choses indirectement. En dépit de l'évidente hostilité de la famille, Fernanda ne renonça point à vouloir imposer ses usages ancestraux. Elle mit un terme à la mauvaise habitude de manger à la cuisine et quand quelqu'un avait faim, elle l'obligeait à attendre les repas pris à heures fixes sur la grande table de la salle à manger recouverte de nappes de lin et où l'on disposait les candélabres et le service en argent. La solennité de cet acte qu'Ursula avait toujours considéré comme le plus simple de la vie quotidienne finit par faire régner une affectation contre laquelle se rebella en premier lieu, malgré son caractère taciturne, José Arcadio le Second. Mais cette coutume triompha, comme celle de dire son chapelet avant dîner, qui attira si bien la curiosité des voisins que le bruit ne tarda pas à courir que les

Buendia ne se mettaient pas à table comme les autres mortels, mais avaient transformé l'acte de manger en une véritable grand-messe. Et jusqu'aux superstitions d'Ursula, nées de l'inspiration du moment plutôt qu'issues de la tradition, qui entrèrent en conflit avec celles que Fernanda avait héritées de ses parents et qui étaient parfaitement répertoriées et définies pour chaque circonstance. Tant qu'Ursula conserva toutes ses facultés, quelques-unes des anciennes habitudes subsistèrent et ses inspirations continuèrent d'exercer une certaine influence sur la vie de la famille, mais quand elle eut perdu la vue et que le poids des ans l'eut reléguée dans un coin, le cercle rigide qu'avait commencé d'instaurer Fernanda dès son arrivée acheva de se refermer et, plus que de tout autre, ce fut d'elle que dépendit désormais le destin de la famille. Le commerce de gâteaux et de petits animaux en caramel, que Sainte Sophie de la Piété perpétuait selon la volonté d'Ursula, constituait aux yeux de Fernanda une activité indigne à laquelle elle ne tarda pas à mettre fin. Les portes de la maison, qu'on laissait grandes ouvertes depuis le lever du jour jusqu'à l'heure de se coucher, furent closes pendant la sieste, sous prétexte que le soleil rendait intenable la chaleur dans les chambres, et furent bientôt tenues définitivement fermées. Le bouquet d'aloès et le pain accrochés au linteau depuis l'époque de la fondation furent remplacés par une niche abritant le Sacré-Cœur de Jésus. Le colonel Aurelliano Buendia en vint à se rendre compte de ces modifications et eut l'intuition de leurs suites. « Nous sommes en train de devenir des gens de la haute, protestait-il. A ce train-là, nous finirons par nous battre une nouvelle fois contre le régime conservateur, mais à présent, ce sera pour mettre un roi à la place. » Fernanda, avec beaucoup de tact, évita de le heurter de front. Son esprit indépendant, son aversion pour toute forme de contrainte sociale, lui déplaisaient profondément. Elle était exaspérée par ses bols de café à cinq heures du matin, par le désordre de son atelier, sa couverture effilochée, l'habitude qu'il avait de s'asseoir sur le pas de la porte en fin d'après-midi. Mais elle dut permettre que subsistât cette pièce détachée du mécanisme familial, car elle avait la conviction que le vieux colonel était un animal radouci par les ans et la désillusion, mais qui, dans un accès de révolte sénile, était encore capable d'arracher la maison jusqu'à ses fondations. Quand son mari résolut de donner à leur premier fils le nom de son arrière-grand-père, elle n'osa pas s'y opposer, car cela faisait à peine un an qu'elle était arrivée. Mais quand naquit leur première fille, elle déclara sans ambage qu'elle était décidée à l'appeler Renata, comme sa propre mère. Ursula avait décrété qu'elle s'appellerait Remedios. Au terme d'une controverse serrée dans laquelle Aureliano le Second joua les médiateurs amusés, on la baptisa Renata-Remedios, mais Fernanda continua l'appeler Renata tout court tandis que la famille de son mari et tout le village continuèrent à l'appeler « Meme », diminutif de Remedios.

Au début, Fernanda ne parlait jamais des siens mais, avec le temps, elle se mit à idéaliser son père. Elle parlait de lui à table comme d'un être exceptionnel qui avait renoncé à toute forme de vanité et était en train de devenir un saint. Aureliano le Second, étonné par cette glorification intempestive de son beau-père, ne résistait pas à la tentation de faire dans le dos de son épouse quelques plaisanteries bénignes à ce sujet. Le reste de la famille suivit son exemple. Ursula elle-même, qui veillait avec un soin jaloux sur l'harmonie familiale et qui souffrait en secret de toutes les frictions domestiques, se permit d'avancer quelquefois que son petit arrière-petit-fils avait son avenir de pape assuré puisqu'il était « petit-fils de saint et fils de reine et d'un voleur de bestiaux ». Malgré cette souriante conspiration, les enfants s'habituèrent à penser au grand-père comme à un être légendaire, qui leur recopiait des poèmes d'inspiration religieuse dans ses lettres et leur envoyait, chaque année à Noël, une caisse de cadeaux qu'on pouvait à peine passer par la porte de la rue. C'étaient, en réalité, les derniers vestiges du patrimoine seigneurial. On s'en servit pour édifier dans la chambre des enfants un autel avec des saints grandeur nature, auxquels leurs yeux de verre donnaient une inquiétante apparence de vie, et quant à leurs vêtements de drap artistiquement brodés, aucun habitant de Macondo n'en avait jamais porté de meilleurs. Peu à peu, la somptuosité funèbre de la vieille demeure glacée se trouva transférée jusque dans la lumineuse maison des Buendia. « On nous a déjà expédié tout le cimetière familial, remarqua un jour Aureliano le Second. Il ne manque plus que les saules pleureurs et les pierres tombales. » Bien que les caisses ne continssent jamais rien qui pût servir de jouet aux enfants, ceux-ci passaient l'année à attendre décembre car, en fin de compte, ces cadeaux désuets et toujours imprévisibles constituaient quelque chose de neuf dans la maison. Pour le dixième Noël, alors que le petit José Arcadio se préparait déjà à partir pour le séminaire, arriva avec un peu plus d'avance que les années passées l'énorme caisse du grand-père, clouée avec soin, imperméabilisée par une couche de goudron et adressée, sur l'habituelle étiquette rédigée en caractères gothiques, à la très distinguée señora doña Fernanda del Carpio de Buendia. Cependant qu'elle lisait la lettre d'envoi dans sa chambre, les enfants s'empressèrent d'ouvrir la caisse. Aidés comme de coutume par Aureliano le Second, ils firent sauter les scellés du goudron, déclouèrent le couvercle, ôtèrent la couche de sciure protectrice et trouvèrent à l'intérieur un long coffre de plomb fermé par des boulons de cuivre. Devant l'impatience des enfants, Aureliano le Second dévissa les huit boulons et, soulevant la plaque de plomb, c'est à peine s'il eut le temps de pousser un cri et d'écarter les enfants à la vue de don Fernando tout habillé de noir, un crucifix posé sur la poitrine, son épiderme crevé éructant des gaz pestilentiels, et mijotant à petit feu dans un court-bouillon écumant de perles vives.

Peu après la venue au monde de la petite fut proclamé le jubilé du colonel Aureliano Buendia, auquel personne ne s'attendait et que le gouvernement avait décidé pour fêter un nouvel anniversaire du traité de paix de Neerlandia. Cette décision était si peu en accord avec la politique officielle que le colonel s'y déclara violemment hostile et en refusa l'hommage. « C'est la première fois que j'entends ce mot de *jubilé,* confiait-il. Mais quoi que cela veuille dire, ce ne peut être que pour se payer ma tête. » L'étroit atelier d'orfèvrerie se remplit d'émissaires. On vit revenir, bien plus décatis, bien plus solennels, les avocats en robes sombres qui tournoyaient jadis au-dessus du colonel comme une bande de corbeaux. Lorsque ce dernier les vit reparaître, eux qui étaient jadis parvenus à enliser la guerre, il ne put supporter le cynisme de leurs félicitations. Il leur donna ordre de lui ficher la paix, il insista sur le fait qu'il n'avait rien de commun avec cette grande figure nationale pour laquelle ils voulaient le faire passer, mais qu'il n'était qu'un artisan sans souvenirs, rêvant seulement de mourir de fatigue dans l'oubli et la misère de ses petits poissons en or. Ce qui le mit au comble de l'indignation, ce fut d'apprendre que le président de la République en personne songeait à assister aux cérémonies de Macondo pour lui décerner l'Ordre du Mérite. Le colonel Aureliano Buendia lui fit savoir, mot pour mot, qu'il attendait avec une très réelle impatience cette occasion, tardive mais bien méritée, de lui envoyer une balle dans le corps, non pour lui faire payer les mesures tyraniques et anachroniques de son régime, mais pour avoir manqué de respect à un vieillard qui ne faisait de mal à personne. Il proféra cette menace avec une telle véhémence que le président de la République annula son voyage à la dernière minute et lui fit parvenir sa décoration par quelque représentant personnel. Le colonel Gerineldo Marquez, en butte à toutes sortes de pressions, quitta son lit de paralytique pour aller persuader son ancien compagnon d'armes. Lorsque ce dernier vit apparaître le fauteuil à bascule porté par quatre hommes et, juché dessus entre de gros oreillers, l'ami qui avait partagé avec lui, depuis sa jeunesse, succès et revers de fortune, il ne douta pas un seul instant qu'il n'avait consenti cet effort que pour venir lui exprimer sa solidarité. Mais quand il apprit le véritable motif de sa visite, il le mit à la porte de l'atelier.

— Il est trop tard pour m'en convaincre, lui dit-il, mais je t'aurais rendu un fier service en te laissant fusiller.

Aussi bien le jubilé fut-il célébré sans qu'aucun membre de la famille y assistât. Le hasard voulut qu'il coïncidât avec la semaine du carnaval mais personne ne parvint à ôter de la tête du colonel Aureliano Buendia, qui ne voulait pas en démordre, que le gouvernement avait également prévu cette coïncidence des dates pour que la dérision fût plus cruelle encore. Depuis son atelier solitaire, il entendit les marches militaires, les coups de canon en son honneur, le carillon du Te Deum, et quelques phrases des discours prononcés devant la maison lorsqu'on baptisa la rue à son nom. Il était si indigné, si enragé par sa propre impuissance que ses yeux se mouillèrent et, pour la première fois depuis le temps de la défaite, il souffrit de ne plus être capable des audaces de sa jeunesse pour déclencher une guerre qui effacerait dans le sang jusqu'au dernier vestige du régime conservateur. Les derniers échos de cet hommage ne s'étaient pas encore estompés qu'Ursula vint frapper à la porte de l'atelier.

— Qu'on ne me dérange pas, répondit-il. Je suis occupé.

— Ouvre, insista Ursula avec sa voix de tous les jours. C'est pour quelque chose qui n'a rien à voir avec la fête.

Alors le colonel Aureliano Buendia ôta la barre qui condamnait la porte et découvrit dans l'embrasure dix-sept individus plus différents d'aspects les uns que les autres, de tous les types et de toutes les couleurs, mais arborant sans exception cet air de solitude qui aurait suffi à les faire identifier en n'importe quel endroit du globe. C'étaient ses fils. Sans se concerter, sans même se connaître les uns les autres, ils étaient venus des coins les plus perdus du littoral, attirés par le bruit fait autour du jubilé. Tous portaient avec fierté le prénom d'Aureliano et le nom de leur mère respective. Durant les trois jours qu'ils restèrent à la maison, à la profonde satisfaction d'Ursula et au grand scandale de Fernanda, ils opérèrent de tels bouleversements qu'on se serait cru en guerre. Amaranta chercha parmi les papiers d'autrefois le cahier de comptes où Ursula avait inscrit le nom, la date de naissance et le jour du baptême de chacun, et ajouta, sur la ligne correspondante, le domicile actuel des uns et des autres. Cette liste aurait permis de faire une récapitulation de vingt années de guerre. Grâce à elle, on aurait pu reconstituer les itinéraires nocturnes du colonel, depuis cette aube où il partit de Macondo à la tête de vingt et un hommes, sur le chemin d'une rébellion chimérique, jusqu'au jour où il s'en revint pour la dernière fois, enveloppé dans une couverture tout empesée de sang. Aureliano le Second ne perdit par cette occasion de fêter la venue de ses cousins en faisant ripaille de manière fracassante, à grands renforts de champagne et d'accordéon, ce qu'on interpréta comme un désir de se rattraper, tardivement, après le carnaval manqué en raison du jubilé. Ils mirent en miettes la moitié de la vaisselle, ravagèrent les rosiers en poursuivant un taureau pour le faire tourner en bourrique, massacrèrent les poules à coups de pistolet, contraignirent Amaranta à danser les valses tristes de Pietro Crespi, obtinrent que Remedios-la-Belle enfilât des pantalons d'homme pour grimper au mât de cocagne, lâchèrent dans la salle à manger un cochon tout barbouillé de suif qui culbuta Fernanda, mais personne ne songea à se lamenter sur les dégâts car la maison se trouva secouée comme par un séisme de bonne santé. Le colonel Aureliano Buendia, qui avait commencé par les accueillir avec méfiance, et était allé jusqu'à mettre en doute la filiation de certains, se divertit de leurs excentricités et, avant leur départ, offrit à chacun un petit poisson en or. Il n'y eut pas jusqu'à José Arcadio le Second, pourtant si farouche, qui ne leur proposât tout un après-midi de combats de coqs, lequel faillit connaître une issue tragique, plusieurs Aureliano s'y entendant si bien en arbitrage de combats de coqs qu'ils découvrirent du premier coup d'œil les subterfuges du père Antonio Isabel. Aureliano le Second entrevit les possibilités de réjouissances sans fin qu'offrait une parentèle aussi turbulente, et décida que tout le monde resterait à travailler avec lui. Le seul à accepter fut Aureliano le Triste, un grand mulâtre plein d'impétuosité comme son grand-père, ayant le même goût de l'exploration, qui avait déjà cherché fortune en parcourant le monde et auquel il importait peu de s'installer ici ou là. Les autres, bien qu'ils fussent encore célibataires, considéraient que leur sort était déjà tranché. C'étaient tous d'habiles artisans, hommes casaniers, faits pour vivre en paix. Le mercredi des cendres, avant qu'ils ne partissent se disperser sur tout le littoral, Amaranta les décida à revêtir un costume du dimanche et à l'accompagner à l'église. Plus amusés que recueillis, ils se laissèrent conduire jusqu'à la sainte table où le père Antonio Isabel leur dessina la croix de cendre sur le front. Ils s'en revinrent à la maison mais lorsque le plus jeune voulut se nettoyer le front, il s'aperçut que la marque était indélébile et qu'il en était de même pour ses frères. Ils essayèrent encore avec de l'eau et du savon, avec de la terre sur un torchon, et pour finir avec une pierre ponce et de l'eau de javel, mais ne réussirent pas à effacer la croix. En revanche, Amaranta et les autres qui s'étaient également rendus à la messe, la firent disparaître sans mal. « C'est beaucoup mieux pour vous, leur dit Ursula en guise d'adieu. Désormais, personne ne pourra plus vous confondre. » Ils partirent en troupe, précédés par les musiciens et faisant éclater des pétards, laissant dans le village l'impression que la lignée des Buendia avait des graines semées pour de nombreux siècles. Aureliano le Triste, avec sa croix de cendre sur le front, aménagea aux abords du village la fabrique de glace dont José Arcadio Buendia avait rêvé dans ses délires d'inventeur.

Quelques mois après son arrivée, déjà connu et estimé de tous, Aureliano le Triste, cherchant une maison où faire venir sa mère et une sœur restée célibataire (qui n'était pas la fille du colonel), s'intéressa à la grande maison décrépite qui paraissait abandonnée à un angle de la place. Il demanda à qui elle appartenait. On lui répondit que la maison n'était à personne, qu'autrefois y avait vécu en solitaire une certaine veuve qui se nourrissait de terre et de la chaux des murs, et qu'on n'aperçut que deux fois dans la rue, au cours de ses dernières années, avec un chapeau orné de minuscules fleurs artificielles et des souliers couleur de vieil argent, traversant la place pour aller jusqu'au bureau de poste où elle envoya des lettres à l'évêque. On lui précisa que sa seule compagne avait été une servante sans cœur qui tuait chiens et chats, ou tout animal pénétrant dans la maison, et jetait les cadavres au beau milieu de la rue pour empoisonner le village avec la puanteur de la putréfaction. Cela faisait si longtemps que le soleil avait momifié la défroque de peau du dernier animal, que tout le monde donnait pour acquis que la propriétaire et sa servante étaient mortes bien avant que les guerres ne prissent fin; si la maison tenait encore debout, c'est qu'on n'avait pas eu d'hiver rigoureux ni de vent dévastateur ces dernières années. Les gonds émiettés par la rouille, les portes à peine retenues par des amas de toiles d'araignée, les fenêtres soudées par l'humidité, le dallage cassé par les herbes et les fleurs sauvages, dans les fentes duquel nichaient les lézards et toutes sortes de bestioles, tout paraissait confirmer la version selon laquelle aucun être humain n'avait vécu là depuis au moins un demi-siècle. Impulsif comme il était, Aureliano le Triste n'avait pas besoin d'autant de preuves pour passer à l'action. Il donna un coup d'épaule dans la porte principale et l'assemblage de bois vermoulu s'écroula sans fracas, en un cataclysme étouffé ne laissant choir que poussière, matières terreuses des nids de termites. Aureliano le Triste demeura sur le seuil, attendant que se dissipât le nuage, et découvrit alors, au centre de la pièce, cette femme décharnée, encore vêtue d'une toilette du siècle précédent, avec quelques rares cheveux jaunes sur son crâne pelé, mais de grands yeux toujours superbes, dans lesquels s'étaient éteintes les dernières étoiles de l'espoir, et la peau du visage toute fendillée par l'aridité de la solitude. Ebranlé par cette vision d'un autre monde, c'est à peine si Aureliano le Triste remarqua que la femme pointait sur lui un très ancien pistolet militaire.

— Je vous demande pardon, murmura-t-il.

Elle demeura de marbre au centre de cette pièce tout encombrée de vieilleries, détaillant minutieusement ce géant aux épaules carrées avec son tatouage de cendre au front, et, à travers le nuage de poussière, c'est dans la brume d'une autre époque qu'elle le vit, un fusil de chasse à deux coups en bandoulière et un chapelet de lapins de garenne à la main.

— Pour l'amour de Dieu, s'exclama-t-elle à voix basse, ce n'est pas juste qu'on vienne maintenant jusque chez moi avec ce souvenir!

— Je veux louer la maison, fit Aureliano le Triste.

Alors la femme braqua son pistolet, visant d'une poigne ferme la croix de cendre, et releva le chien de l'arme avec une détermination inébranlable.

— Allez-vous en, ordonna-t-elle.

Ce soir-là, au cours du dîner, Aureliano le Triste raconta cet épisode à la famille et Ursula, consternée, ne put retenir ses larmes. « Dieu tout-puissant! s'écria-t-elle en se prenant la tête entre les mains. Elle est encore vivante! » Le temps, les guerres, les innombrables calamités quotidiennes lui avaient fait oublier Rebecca. La seule à n'avoir un seul instant perdu conscience qu'elle était en vie, croupissant dans son jus de larves, était l'implacable Amaranta, elle-même fort décatie. Elle songeait à elle dès l'aube, lorsque la glace de son cœur la réveillait dans son lit solitaire, et elle pensait encore à elle quand elle savonnait ses seins tout flasques et son ventre flétri, quand elle enfilait les blancs jupons et jupes à volants de la vieillesse, et lorsqu'elle changeait la bande noire de sa main, rappel de sa terrible expiation. Sans arrêt, quelle que fût l'heure, endormie ou éveillée, dans les moments les plus sublimes comme dans les plus sordides, Amaranta pensait à Rebecca, car la solitude avait fini par trier ses souvenirs, avait incinéré les encombrants monceaux d'ordure nostalgique que la vie avait accumulés dans son cœur, et purifié, magnifié, rendu éternels les autres, les plus amers. Par elle, Remedios-la-belle connaissait l'existence de Rebecca. Chaque fois qu'elles passaient devant la demeure en ruines, elle lui racontait quelque incident pénible, quelque fable ignominieuse, essayant ainsi de faire partager à sa nièce son exténuante rancœur, afin de la prolonger au-delà de sa propre mort, mais elle ne put arriver à ses fins car Remedios était réfractaire à tous sentiments dictés par la passion, et plus encore à ceux d'autrui. Ursula, en revanche, avait subi une évolution contraire à celle d'Amaranta et se mit à évoquer Rebecca d'après un souvenir exempt d'impuretés, car l'image de cette créature pitoyable qu'on avait amenée à la maison avec l'étui rempli d'ossements de ses parents prévalut sur l'offense qui l'avait rendue indigne de vivre plus longtemps rattachée au tronc familial. Aureliano le Second décida qu'il fallait la ramener à la maison et l'héberger mais ses bonnes résolutions se heurtèrent à l'intransigeance sans faille de Rebecca, qui avait eu besoin de tant d'années de souffrance et de misère pour conquérir les privilèges de la solitude, et n'était plus disposée à y renoncer en échange d'une vieillesse troublée par les illusoires attraits de la miséricorde.

En février, quand les seize fils du colonel Aureliano Buendia s'en revinrent, toujours marqués de la croix de cendre, Aureliano le Triste leur parla de Rebecca dans le tumulte des festivités et il ne leur fallut qu'une demi-journée pour redonner quelque apparence à la maison, changer portes et fenêtres, repeindre la façade de couleurs gaies, étayer les murs et répandre un ciment nouveau sur le sol, mais ils ne purent obtenir l'autorisation de poursuivre leurs réparations à l'intérieur. Rebecca ne se montra même pas à la porte. Elle les laissa terminer leur étourdissant travail de restauration, puis calcula le montant des dépenses et leur envoya par l'intermédiaire d'Argénida, la vieille servante qui lui tenait toujours compagnie, une poignée de pièces de monnaie déjà retirées de la circulation depuis la dernière guerre mais qui, dans l'esprit de Rebecca, continuaient d'avoir cours. C'est alors qu'on put mesurer à quel inconcevable degré elle s'était coupée du reste du monde, et l'on comprit qu'il serait impossible de l'enlever à son opiniâtre retraite tant qu'il lui resterait un souffle de vie.

Lors de la seconde visite que rendirent à Macondo les fils du colonel Aureliano Buendia, un autre d'entre eux, Aureliano le Centième, resta à travailler avec Aureliano le Triste. Il avait été l'un des premiers à venir à la maison pour être baptisé, et Ursula et Amaranta se souvenaient fort bien de lui car au bout de quelques heures, il avait brisé tous les objets fragiles qui lui étaient passés entre les mains. Le temps avait modéré l'ardeur avec laquelle il avait grandi et forci à l'origine, et c'était à présent un homme de taille moyenne, marqué par les cicatrices de la petite vérole, mais l'étonnant pouvoir de destruction de ses mains était resté intact. Il cassa tant d'assiettes, parfois sans même y toucher, que Fernanda préféra lui acheter un service en étain avant qu'il n'en terminât avec les dernières pièces de sa précieuse vaisselle, ce qui n'empêcha pas les assiettes de métal, pourtant robustes, d'être écaillées et tordues en un rien de temps. Mais en contrepartie de cette irrémédiable faculté, dont il était lui-même exaspéré, il était d'une cordialité qui inspirait immédiatement confiance, et sa capacité de travail était formidable. En peu de temps, il accrut la production de glace dans de telles proportions qu'elle déborda le marché local et qu'Aureliano le Triste dut songer à une éventuelle extension de son affaire aux autres bourgades du marigot. C'est alors qu'il imagina un pas décisif, non seulement pour la modernisation de son industrie, mais pour le rattachement du village au reste du monde.

— Il faut faire venir le chemin de fer jusqu'ici, dit-il.

C'était la première fois qu'on entendait prononcer ces mots à Macondo. A la vue du plan que dessina à table Aureliano le Triste, et qui descendait en droite ligne des schémas par lesquels José Arcadio Buendia avait illustré son projet de guerre solaire, Ursula se trouva confirmée dans son impression que le temps tournait en rond. Mais, à la différence de son grand-père, Aureliano le Triste ne perdait ni le sommeil ni l'appétit, et ne tourmentait personne avec des crises de mauvaise humeur; au contraire, il concevait les plus extravagants projets comme des possibilités immédiates, en évaluait rationnellement le prix de revient et les investissements, et les conduisait à terme sans avoir à passer par des intermèdes d'exaspération. Quant à Aureliano le Second, s'il tenait de son arrière-grand-père quelque chose qu'il n'avait pas hérité du colonel Aureliano Buendia, c'était bien une incapacité absolue à tirer les leçons d'un échec, et il déboursa l'argent pour faire venir le chemin de fer avec la même insouciance qu'il en avait déboursé pour financer l'absurde compagnie de navigation de son frère. Aureliano le Triste consulta le calendrier et s'en fut le mercredi suivant pour être de retour après la saison des pluies. On ne reçut pas d'autres nouvelles. Aureliano le Centième, débordé par la prospérité de sa fabrique, avait déjà commencé à expérimenter la fabrication de la glace à partir de jus de fruits en remplacement de l'eau, et, sans le savoir ni le vouloir, découvrit de la sorte les fondements essentiels de l'invention du sorbet, en voulant diversifier la production d'une entreprise qu'il supposait lui appartenir en propre dans la mesure où son frère, après la saison des pluies et que se fut écoulé tout un été sans nouvelles, n'avait toujours pas donné signe de vie. Au début de l'hiver suivant, pourtant, une femme qui lavait du linge à la rivière à l'heure la plus chaude de la journée, se mit à traverser la grand-rue en poussant des hurlements stridents, dans un tel état de commotion que c'en était alarmant.

— Il arrive un machin épouvantable, réussit-elle à expliquer, comme une cuisine traînant après elle un village entier.

A ce moment précis, la petite agglomération fut ébranlée par un coup de sifflet qui retentit de manière effrayante et par une extraordinaire respiration essoufflée. Au cours des semaines passées, on avait bien remarqué les équipes qui posaient les traverses et les rails, mais personne n'y avait prêté attention car on pensait qu'il s'agissait là d'une nouvelle invention des gitans qui s'en revenaient avec leurs pipeaux et tambourins à grelots dont les rengaines centenaires avaient perdu tout prestige, vantant les incomparables vertus de Dieu sait quel exquis élixir laxatif des excentriques djalalis de Djalalabad. Mais, quand ils se furent remis de la surprise provoquée par les sifflements et les halètements, tous les habitants se précipitèrent dans la rue pour apercevoir Aureliano le Triste, juché sur la locomotive, les saluant de la main, et découvrir, médusés, le train tout décoré de fleurs qui arrivait pour la première fois avec un retard de huit mois sur son horaire. Cet innocent train jaune qui devait amener tant d'incertitudes et d'évidences, tant de satisfactions et de mésaventures, tant de changements, de calamités et de nostalgies à Macondo.

Eblouis par tant d'inventions, et si merveilleuses, les gens de Macondo ne savaient par où commencer à s'étonner. Ils passaient des nuits blanches à contempler les pâles ampoules alimentées par un groupe électrogène qu'avait rapporté Aureliano le Triste du second voyage effectué par le train, et à l'obsédant teuf-teuf duquel on ne s'habitua qu'à la longue, péniblement. Ils furent indignés par les vivantes images que le riche commerçant qu'était devenu don Bruno Crespi projetait dans le théâtre aux guichets en gueules de lion, à cause d'un personnage mort et enterré dans certain film, sur le malheur duquel on versa des larmes amères, et qui reparut bien vivant et métamorphosé en arabe dans le film suivant. Le public, qui payait deux centavos pour partager les retours de fortune des personnages, ne put supporter cette inqualifiable moquerie et brisa tous les sièges. Le maire, cédant aux instances de don Bruno Crespi, dut faire expliquer par l'annonceur public que le cinéma n'était qu'une machine à illusions, laquelle ne méritait pas ces débordements passionnels du public. A la suite de cette décevante explication, beaucoup estimèrent qu'ils avaient été victimes d'une nouvelle et spectaculaire affaire de gitans, si bien qu'ils choisirent de ne plus remettre les pieds au cinéma, considérant qu'ils avaient assez de leurs propres peines pour aller encore pleurer sur les malheurs d'êtres imaginaires. Il se produisit quelque chose d'analogue avec les phonographes à cylindres apportés par les gaies matrones de France en remplacement des vieux orgues de Barbarie, et qui, pendant un certain temps, portèrent si gravement préjudice à l'orchestre de musiciens. Au début, la curiosité multiplia la clientèle du quartier réservé, et l'on sut même que de très respectables dames se déguisaient en gens du peuple pour aller voir de plus près cette nouveauté du phonographe, mais les gens l'examinèrent tant et si bien, et de si près, qu'ils en arrivèrent très vite à la conclusion qu'il ne s'agissait pas de moulins à sortilèges, comme tout le monde pensait et que l'affirmaient les matrones, mais d'une vulgaire mécanique qui ne pouvait se comparer avec quelque chose d'aussi émouvant, d'aussi humain, d'aussi chargé de vérité quotidienne qu'un orchestre de musiciens. Cette désillusion fut si profonde qu'à l'époque où l'usage des phonographes se répandit dans le peuple au point qu'on en rencontrât dans chaque maison, on ne put se résoudre à les considérer comme des objets servant au divertissement des adultes, mais tout juste bons à être démantibulés par les enfants. En revanche, le jour où quelqu'un du village eut l'occasion de vérifier la réalité palpable du téléphone installé dans la gare du chemin de fer, et bien qu'on le prît, à cause de la manivelle, pour une version rudimentaire du phonographe, même les plus incrédules se trouvèrent déconcertés. C'était comme si Dieu avait résolu de mettre à l'épreuve leur faculté de s'étonner et voulait maintenir les habitants de Macondo dans ce perpétuel va-et-vient entre le plaisir et le désenchantement, le doute et la révélation, tant et si bien qu'à la limite, nul ne savait déjà plus de science certaine où commençait et où finissait la réalité. Ces vérités et ces illusions mêlées faisaient un tel salmigondis que le spectre de José Arcadio Buendia, sous le châtaignier, fut pris de convulsions d'impatience et se trouva contraint d'arpenter la maison même en plein jour. Dès lors que le chemin de fer fut inauguré officiellement, qu'il commença d'arriver régulièrement tous les mercredis à onze heures et qu'on eut édifié une baraque de planches servant de gare avec bureau, téléphone et guichet pour vendre les billets, on vit les rues de Macondo sillonnées par des hommes et des femmes qui feignaient de se comporter communément, comme les gens ordinaires, mais qui, en réalité, avaient l'air de gens de cirque. Ces équilibristes du petit commerce ambulant, qui, avec la même volubilité, vous proposaient une marmite siffleuse ou un régime de vie pour le salut de l'âme au septième jour, n'avaient rien de bon à attendre d'un village déjà échaudé par l'expérience des gitans; mais, entre ceux qui se laissaient persuader de guerre lasse et les perpétuels naïfs, ils se faisaient des bénéfices considérables. Un mercredi comme les autres, parmi tous ces personnages de bateleurs en culotte de cheval et houseaux, avec leur chapeau de liège, leurs lunettes à monture d'acier, leurs yeux topaze et leur peau de chapon fin, débarqua à Macondo et vint déjeuner à la maison le souriant et replet Mr. Herbert.

A table, nul ne le remarqua tant que ne fut pas entamé le premier régime de bananes. Aureliano le Second était tombé sur lui par hasard; l'homme protestait dans un espagnol laborieux parce qu'il ne restait plus une chambre libre à l'Hôtel de Jacob et, comme il le faisait souvent avec nombre d'étrangers, Aureliano l'avait emmené à la maison. Il faisait commerce de ballons captifs qu'il avait colportés dans une foule de pays avec de très substantiels profits, mais il n'avait convaincu personne, à Macondo, de s'élever dans les airs, car on considérait cette invention comme une régression par rapport aux tapis volants des gitans qu'on avait déjà eu l'occasion de voir et d'essayer. Il repartait donc par le prochain train. Lorsqu'on servit à table le régime de bananes tigrées qu'on suspendait parfois dans la salle à manger à l'heure du déjeuner, il détacha le premier fruit sans grand enthousiasme. Mais, tout en parlant, il continua à manger, savourant, mastiquant, avec une distraction d'intellectuel plutôt que l'air de se régaler du gros mangeur, puis, venu à bout du premier régime, il supplia qu'on lui en apportât un second. Il sortit alors de la boîte à outils qui ne le quittait jamais un petit étui contenant des instruments d'optique. Avec l'attention perplexe d'un courtier en diamants, il examina scrupuleusement une banane, la sectionnant avec un bistouri spécial, pesant chacun des morceaux sur un trébuchet de pharmacien et calculant leur diamètre avec une jauge d'armurier. Puis il sortit de la boîte une série d'instruments avec lesquels il mesura la température, le degré hygrométrique de l'atmosphère et l'intensité de la lumière. Tout le monde était si intrigué par cette cérémonie que personne ne put manger tranquillement, attendant que Mr. Herbert finît par rendre quelque jugement révélateur, mais il ne dit rien qui permît d'avoir même une légère idée de ses intentions.

Dans les jours qui suivirent, on le vit muni d'un filet et d'un petit panier, chasser les papillons aux alentours du village. Le mercredi débarqua un groupe d'ingénieurs, d'agronomes, d'hydrologues, de topographes et d'arpenteurs qui passèrent plusieurs semaines à explorer les mêmes lieux que parcourait Mr. Herbert à chasser les papillons. Plus tard arriva Mr. Jack Brown, dans un wagon supplémentaire accroché en queue du train jaune et tout plaqué d'argent, avec des fauteuils couverts de velours épiscopal et une verrière bleutée en guise de toit. Dans ce wagon spécial arrivèrent également, voletant autour de Mr. Brown, ces avocats pleins d'emphase, tout de noir vêtus, qui suivaient autrefois le colonel Aureliano Buendia dans ses moindres déplacements, ce qui donna à penser aux gens que ces agronomes, hydrologues, topographes et arpenteurs, ainsi que Mr. Herbert avec ses ballons captifs et ses papillons multicolores, et Mr. Brown avec son mausolée roulant et ses féroces bergers allemands, avaient tous quelque chose à voir avec la guerre. Néanmoins, on n'eut pas le temps de s'attarder beaucoup sur cette pensée car à peine les habitants de Macondo eurent-ils commencé à se demander, méfiants, ce que diable il était en train de leur advenir, que leur village s'était déjà transformé en un campement de bicoques en bois recouvertes de zinc, peuplé d'étrangers qui arrivaient en foule par le train, non seulement sur les sièges et les plates-formes mais jusque sur le toit des wagons. Les amerloks, qui firent venir par la suite leurs langoureuses épouses vêtues de toilettes en mousseline et de grands chapeaux de gaze, constituèrent un village séparé de l'autre côté de la ligne de chemin de fer, avec des rues bordées de palmiers, des maisons aux fenêtres grillagées, avec des petites tables blanches sur les terrasses et des ventilateurs en forme de croix suspendus au plafond, et de grandes pelouses bleues pleines de cailles et de paons. Tout le secteur, comme un gigantesque poulailler, était clôturé par un grillage électrifié qui, pendant les mois plus frais d'été, était tout noir d'hirondelles brûlées vives au point du jour. Nul ne savait encore ce que ces gens étaient venus chercher, ou si ce n'étaient rien de plus, en vérité, que des philanthropes, mais ils avaient déjà provoqué un énorme chamboulement, beaucoup plus perturbateur que celui qu'avaient créé jadis les gitans et à la fois moins passager et moins compréhensible. Dotés de moyens qui étaient autrefois réservés à la divine Providence, ils modifièrent le régime des pluies, précipitèrent le cycle des récoltes, firent sortir la rivière du lit qu'elle occupait depuis toujours et la transportèrent avec ses pierres blanches et ses courants gelés jusqu'à l'autre bout du village, derrière le cimetière. C'est à cette occasion qu'ils édifièrent une forteresse de béton sur la tombe délavée de José Arcadio, afin que l'odeur de poudre du cadavre n'allât pas contaminer les eaux. Pour les étrangers qui arrivaient sans amour, ils transformèrent la rue des caressantes matrones de France en un village encore plus étendu que l'autre, et, par un glorieux mercredi, ils firent venir tout un convoi d'inimaginables putains, femelles babyloniennes rompues à des procédés immémoriaux et pourvues de toutes sortes d'onguents et accessoires pour stimuler les désarmés, dégourdir les timides, assouvir les voraces, exalter les modestes, corriger les amateurs de parties carrées aussi bien que les solitaires. La rue aux Turcs, enrichie par les lumineux magasins d'épices qui prirent la place des vieux bazars aux couleurs criardes, s'emplissait durant la nuit du samedi du bourdonnement de la foule d'aventuriers qui se bousculaient entre les tables de jeux, les stands de tir à blanc, la ruelle où l'on devinait l'avenir et interprétait les rêves, et les tables chargées de fritures et de boissons qu'on retrouvait, le dimanche matin, renversées pêle-mêle entre des corps étendus qui étaient parfois ceux d'ivrognes béats et presque toujours ceux de badauds abattus par les coups de feu, les coups de poing, les coups de couteau et les coups de bouteille de quelque querelle. Ce fut une invasion si tumultueuse et intempestive que, les premiers temps, il fut impossible de mettre le nez dehors à cause des meubles et des malles qui obstruaient la rue, de l'incessant va-et-vient des pièces de menuiserie charriées par ceux qui se préparaient, sans demander l'autorisation à personne, à planter leur bicoque sur n'importe quel terrain vague, et du scandaleux spectacle des couples qui suspendaient leur hamac entre les amandiers et faisaient l'amour sous la toile, en plein jour et à la vue de tous. Le seul havre de tranquillité fut celui que ménagèrent les paisibles noirs des Antilles, dessinant une rue en retrait avec leurs maisons de bois sur pilotis, devant lesquelles ils s'asseyaient en fin d'après-midi pour chanter des hymnes mélancoliques dans leur confus et gazouillant patois. Il s'opéra tant de changements en si peu de temps que, huit mois après la visite de Mr. Herbert, les anciens habitants de Macondo devaient se lever de bon matin pour reconnaître leur propre village.

— Regardez les ennuis que nous nous sommes attirés rien que

d'avoir invité un amerlok à manger des bananes, avait alors coutume de dire le colonel Aureliano Buendia.

Aureliano le Second, par contre, ne se sentait plus de joie devant pareille avalanche d'étrangers. D'un seul coup, la maison se remplit d'hôtes inconnus, d'imbattables noceurs de classe mondiale, et il fallut rajouter des chambres dans le patio, agrandir la salle à manger, remplacer l'ancienne table par une autre où tenir à seize, et renouveler vaisselle et couverts, et encore dut-on ainsi faire plusieurs services pour le déjeuner. Fernanda fut bien obligée de ravaler ses scrupules et de recevoir comme des rois des invités représentant le comble de la dépravation, qui mettaient de la boue partout sous la véranda avec leurs bottes, urinaient dans le jardin, étendaient leurs nattes de jonc tressé n'importe où pour faire la sieste et déblatéraient sans s'arrêter à des susceptibilités de dames, ni à des minauderies de messieurs bien élevés. Amaranta fut tellement scandalisée par cette invasion de la populace qu'elle se remit à manger à la cuisine comme au bon vieux temps. Le colonel Aureliano Buendia, persuadé que la majorité de ceux qui venaient le saluer dans son atelier ne le faisaient nullement par sympathie ou par estime mais poussés par la curiosité, pour être admis à voir une relique de l'Histoire, un fossile de muséum, préféra s'enfermer et mettre la barre à sa porte, si bien qu'on ne le revit plus qu'en de rares occasions où il alla encore s'asseoir à la porte de la rue. Ursula, en revanche, même à cette époque où elle ne marchait qu'en traînant les pieds et en suivant les murs à tâtons, éprouvait une joie puérile quand approchait l'heure d'arrivée du train. « Il faut mettre à cuire de la viande et du poisson », ordonnait-elle aux quatre cuisinières qui faisaient vinaigre pour être dans les temps, sous l'imperturbable direction de Sainte Sophie de la Piété. « Il faut faire de tout, insistait-elle, parce qu'on ne sait jamais ce que les étrangers veulent à manger. » Le train arrivait à l'heure la plus chaude de la journée. Au moment de déjeuner, un tumulte de foire faisait trembler toute la maison et les convives en sueur, qui ne savaient même pas qui étaient leurs amphitryons, accouraient en troupeau pour occuper les meilleures places à table, cependant que les cuisinières entraient en collision avec leurs énormes marmites de soupe, les grands fait-tout pleins de viande, les saladiers de légumes et les plateaux de riz, et distribuaient par inépuisables louchetées la limonade en barriques. Il régnait un tel désordre que Fernanda se mettait dans tous ses états à l'idée que beaucoup mangeaient deux fois, et il lui arriva à plus d'une reprise de soulager sa bile en déversant des insultes de vraie poissarde sur le convive embarrassé qui lui demandait l'addition. Il s'était écoulé plus d'un an depuis la visite de Mr. Herbert et la seule chose qu'on savait, c'était que les étrangers avaient l'intention de planter des bananiers dans la région enchantée que José Arcadio Buendia et ses hommes avaient traversée à l'époque où ils cherchaient la route des grandes inventions. Deux autres fils du colonel Aureliano Buendia, avec leur croix de cendre sur le front, débarquèrent eux aussi, propulsés par cette sorte d'éruction volcanique, et justifièrent leur détermination par une phrase qui rendait compte, peut-être, des raisons de tout un chacun.

— Nous sommes venus, dirent-ils, parce que tout le monde vient.

Remedios la Belle fut la seule à ne pas être contaminée par cette peste bananière. Elle se fixa dans une adolescence magnifique, toujours plus réfractaire aux conventions, plus indifférente à la malice et à la suspicion, heureuse dans un monde aux réalités toutes simples et bien à elle. Comme elle ne comprenait pas pourquoi les femmes se compliquaient la vie avec toutes sortes de corsets et de jupons, elle se confectionna une ample soutane en grosse toile de chanvre qu'elle n'avait qu'à enfiler par la tête, et résolut sans autre forme de procès le problème de l'habillement, sans s'ôter l'impression d'être nue qui, selon sa manière de voir les choses, était la seule tenue décente qu'on dût avoir chez soi. On la tourmenta tellement pour qu'elle coupât ses cheveux qui lui tombaient en pluie jusqu'aux chevilles, et pour qu'elle se fît des chignons à l'aide de peignes et des tresses nouées de rubans vermillon, qu'elle se coupa tout simplement les cheveux à ras et s'en servit pour faire des perruques aux saints. L'étonnant, dans ce don qu'elle avait de tout simplifier, c'était que plus elle délaissait la mode pour ce qui était pratique et passait outre aux conventions pour n'obéir qu'à sa spontanéité, plus son incroyable beauté créait de désordres et plus son comportement vis-à-vis des hommes paraissait provocant. Lorsque les fils du colonel Aureliano Buendia s'en vinrent pour la première fois à Macondo, Ursula se rappela que dans les veines de chacun coulait le même sang que dans celles de son arrière-petite-fille, et une terreur qu'elle croyait oubliée la fit de nouveau frémir : « Ouvre bien les yeux, la prévint-elle. Avec n'importe lequel de ceux-là, les enfants te sortiront du ventre avec une queue de cochon. » Elle fit si peu cas de l'avertissement qu'elle s'habilla en homme et se roula dans le sable pour grimper au mât de cocagne, et faillit provoquer une tragédie parmi les dix-sept cousins auxquels cet insoutenable spectacle avait fait perdre la tête. C'était la raison pour laquelle aucun ne couchait à la maison quand ils venaient en visite au village, et les quatre qui étaient restés vivaient, selon ce qu'avait disposé Ursula, dans des chambres louées. Remedios la Belle, quant à elle, serait morte de rire si elle avait eu connaissance de pareilles précautions. Jusqu'au dernier moment de son passage en ce bas monde, elle ignora que son irrémédiable destin de femelle explosive constituait un désastre quotidien. Chaque fois qu'elle faisait son apparition dans la salle à manger, contrevenant aux ordres d'Ursula, elle suscitait une exaspération panique parmi les étrangers. Il n'était que trop évident qu'elle était complètement nue sous sa grossière camisole, et nul ne pouvait comprendre que son crâne rasé, si parfait, n'était pas un défi, que l'impudeur avec laquelle elle découvrait ses cuisses pour avoir moins chaud ne relevait d'aucune provocation criminelle, non plus que son plaisir à se sucer les doigts quand elle venait de manger quelque chose à pleines mains. Ce que les membres de la famille restèrent sans savoir, c'est que les étrangers ne tardèrent pas à se rendre compte que Remedios la Belle exhalait un souffle troublant, dont chaque bouffée mettait les gens au supplice, et qui demeurait perceptible plusieurs heures après qu'elle fut passée. Des hommes experts en désespoirs d'amour, dont le savoir était reconnu dans le monde entier, affirmaient n'avoir jamais connu de transes semblables à celles où les mettait l'odeur naturelle de Remedios la Belle. Sous la véranda aux bégonias, au salon, en n'importe quel lieu de la maison, il était possible de préciser l'endroit exact où elle était restée et depuis combien de temps elle avait cessé d'y être. C'était une trace bien discernable, qu'on ne pouvait confondre avec aucune autre, que nul dans la maison ne pouvait déceler parce qu'elle faisait partie depuis trop longtemps des odeurs quotidiennes, mais que les étrangers identifiaient sur-le-champ. Aussi bien étaient-ils les seuls à comprendre que le jeune commandant de la garde fût mort d'amour et qu'un cavalier venu d'autres contrées se fût abandonné au désespoir. Inconsciente de cette inquiétante orbite à l'intérieur de laquelle elle se mouvait, de l'insupportable état de sinistrés où elle laissait les gens sur son passage, Remedios la Belle traitait les hommes sans la moindre malice et achevait de les affoler par ses complaisances ingénues. Quand Ursula réussit à lui faire entendre qu'elle devait manger à la cuisine avec Amaranta pour la soustraire à la vue des étrangers, elle se sentit plus à l'aise puisqu'en fin de compte elle échappait désormais à toute discipline. En fait, il lui importait peu de devoir manger ici ou là, non plus à heures fixes mais suivant les caprices de son appétit. Il lui arrivait de se lever pour prendre son déjeuner à trois heures du matin, puis elle dormait toute la journée et passait plusieurs mois à vivre selon des horaires fantaisistes, jusqu'à ce qu'un incident fortuit la rendît à l'ordre habituel. Quand tout allait pour le mieux, elle se levait à onze heures du matin et s'enfermait dans les bains jusqu'à deux heures, complètement nue, tuant des scorpions tout en se sortant de sa longue et profonde torpeur. Puis elle s'aspergeait avec l'eau de la citerne qu'elle puisait dans un vase en fruit de totumo. Cette opération durait si longtemps, était si méticuleuse, si riche en pauses cérémonieuses que quiconque ne la connaissait pas suffisamment aurait jugé qu'elle sacrifiait à l'adoration méritée de son propre corps. Pour elle, cependant, ce rite solitaire était exempt de toute sensualité; ce n'était qu'une manière de tuer le temps en attendant qu'elle eût faim. Un jour qu'elle commençait à se baigner, un étranger souleva une tuile du toit et resta le souffle coupé devant l'extraordinaire spectacle de sa nudité. Elle aperçut ses yeux chavirés à travers les tuiles cassées et sa réaction ne fut pas de honte mais de peur.

— Attention! s'exclama-t-elle. Vous allez tomber!

— Je ne veux rien d'autre que vous voir, murmura l'étranger.

— Ah bon, répondit-elle. Mais faites attention, toutes ces tuiles sont pourries.

Le visage de l'étranger avait une douloureuse expression de stupeur et il paraissait lutter sourdement contre ses impulsions primaires afin de ne pas faire s'évanouir le mirage. Remedios la Belle pensa qu'il était tenaillé par la peur que les tuiles ne vinssent à casser, et elle se baigna plus rapidement que de coutume pour éviter à l'homme de demeurer plus longtemps en danger. Tout en s'aspergeant avec l'eau de la citerne, elle lui raconta que c'était tout un problème pour elle que le toit fût dans un tel état, car elle pensait que c'était à cause de la couche de feuilles pourries par la pluie que les bains étaient infestés de scorpions. L'étranger vit dans ce bavardage une façon de dissimuler sa complaisance, si bien qu'il ne put résister à la tentation de faire un pas en avant lorsqu'elle commença à se savonner.

— Laissez-moi vous savonner, murmura-t-il.

— Merci pour cette bonne intention, lui dit-elle, mais j'ai assez de mes deux mains.

— Seulement le dos, supplia l'étranger.

— Ce serait vraiment du temps perdu, répondit-elle. Jamais on n'a vu les gens se savonner le dos.

Puis, tandis qu'elle se séchait, l'étranger la supplia, les yeux remplis de larmes, qu'elle voulût bien se marier avec lui. Elle lui répondit avec franchise qu'elle n'épouserait jamais un homme assez niais pour perdre presque une heure, et rester même sans déjeuner, rien que pour voir une femme se baigner. Pour finir, lorsqu'elle enfila sa soutane, l'homme ne put supporter cette confirmation de ce que tout le monde suspectait, à savoir qu'elle ne mettait rien dessous, et il se sentit marqué à jamais du fer rouge de ce secret. Il enleva alors deux tuiles de plus pour pouvoir se glisser à l'intérieur du bain.

— C'est très haut, l'avertit-elle avec frayeur. Vous allez vous tuer!

Les tuiles pourries volèrent en éclats dans un fracas épouvantable et l'homme n'eut que le temps de pousser un cri de terreur avant de se briser le crâne et mourir sans agonie sur le sol cimenté. Les étrangers, qui avaient entendu ce bruit de vaisselle cassée depuis la salle à manger, s'empressèrent d'enlever le cadavre sur la peau duquel ils purent déceler la suffocante odeur de Remedios la Belle. Le corps était si pénétré de cette odeur que du crâne fissuré ne coulait pas du sang mais une huile ambrée tout imprégnée de ce parfum secret, et les gens comprirent alors que l'odeur de Remedios la Belle continuait à torturer les hommes par-delà la mort et jusqu'à ce que leurs os ne fussent plus que poussière.

Pourtant, ils ne firent pas le rapprochement entre cet horrible accident et l'histoire des deux hommes qui étaient déjà morts pour Remedios la Belle. Il s'en fallait encore d'une victime pour que les étrangers, et beaucoup de gens parmi les anciens de Macondo, donnassent crédit à la légende selon laquelle ce n'était pas un souffle d'amour qu'exhalait Remedios la Belle, mais une émanation mortelle. On eut l'occasion de le vérifier quelques mois plus tard, un après-midi où Remedios la Belle était allée, en compagnie d'un groupe d'amies, visiter les nouvelles plantations. Les gens de Macondo avaient trouvé matière à distraction nouvelle dans ces promenades le long de ces allées humides, interminables, bordées de bananiers, où le silence semblait venu d'ailleurs, un silence qui n'avait pas encore servi et qui paraissait d'autant plus lourd à remuer pour que la voix se transmît. Parfois, on n'entendait pas très bien ce qui était prononcé à cinquante centimètres de distance mais les mêmes paroles s'avéraient tout à fait compréhensibles à l'autre bout de la plantation. Les jeunes filles de Macondo trouvaient dans ce nouveau jeu prétexte à rire, à sursauter, à prendre peur et à se moquer, et, le soir venu, on parlait de cette promenade comme d'une expérience de rêve. On faisait un tel battage autour de ce silence qu'Ursula ne se sentit pas le cœur à priver Remedios la Belle d'une pareille distraction, et lui donna la permission d'y aller voir, un après-midi, à condition qu'elle mît un chapeau et une toilette convenable. Dès l'instant où le groupe d'amies entra dans la plantation, l'air s'imprégna d'un parfum mortel. Les hommes qui travaillaient dans les tranchées entre chaque rangée d'arbres se sentirent soudain en proie à une fascination étrange, menacés par quelque invisible danger, et beaucoup cédèrent à une irrésistible envie de pleurer. Remedios la Belle et ses amies épouvantées parvinrent à se réfugier dans une maison voisine alors qu'une bande de mâles féroces était sur le point de les attaquer. Elles ne tardèrent pas à être délivrées par les quatre Aureliano dont les croix de cendre inspiraient un respect religieux, comme s'il se fût agi du signe de quelque caste ou de la marque de leur invulnérabilité. Remedios la Belle ne raconta à personne qu'un de ces hommes, profitant de la confusion, réussit à l'agripper au ventre avec une main qui ressemblait plutôt à une serre d'aigle se cramponnant au bord du précipice. Dans une sorte d'éblouissement qui dura le temps d'un éclair, elle fit face à son agresseur et découvrit son regard désolé dont l'image se fixa dans son cœur apitoyé comme un charbon ardent. Cette nuit-là, dans la rue aux Turcs, l'homme se vanta de son audace et présuma trop de sa bonne fortune : quelques minutes plus tard, un cheval lui défonça la poitrine d'un coup de sabot et une cohue d'étrangers le virent agoniser au milieu de la rue, vomissant des caillots de sang qui le faisaient étouffer.

L'hypothèse d'après laquelle Remedios la Belle détenait certains pouvoirs de mort, reposait désormais sur quatre faits irréfutables. Quelques hommes, beaux parleurs, se plaisaient à répéter qu'une nuit d'amour avec une femme si troublante valait bien qu'on y laissât la vie, mais, à la vérité, nul ne tenta le moindre effort en vue de l'obtenir. Peut-être aurait-il suffi, pour la vaincre mais également pour conjurer ses dangers, d'un sentiment aussi primitif et simple que l'amour, mais ce fut bien la seule chose qui ne vint à l'esprit de personne. Ursula cessa de s'occuper d'elle. Autrefois, quand elle n'avait pas encore renoncé à l'idée de la récupérer, de la rendre à une vie normale, elle chercha à l'intéresser aux rudiments de la vie domestique. « Les hommes sont plus exigeants que tu ne crois, lui disait-elle avec mystère. Il faut cuisiner sans relâche, balayer tout le temps et souffrir souvent pour des petits riens, tu ne peux pas te figurer. » Dans son for intérieur, elle savait qu'elle se leurrait à vouloir lui enseigner comment créer un foyer heureux, car elle était convaincue qu'une fois sa passion assouvie, il ne se trouverait pas un homme au monde pour supporter, ne fût-ce qu'une journée, cette insouciance qui était au-delà de toute compréhension. La naissance du dernier José Arcadio et son inébranlable volonté d'en faire un pape, achevèrent de la détourner de son arrière-petite-fille dont elle ne se préoccupa plus. Elle l'abandonna à son sort, se disant avec confiance qu'un miracle se produirait tôt ou tard et qu'en ce monde où l'on trouvait de tout, il finirait bien par se trouver un homme assez flegmatique pour se la flanquer sur les bras. Bien avant cela, Amaranta avait déjà renoncé à faire la moindre tentative pour la changer en femme utile à quelque chose. Depuis ces après-midi oubliés qu'elles passaient dans l'atelier de couture et où sa nièce, tournant la manivelle de la machine à coudre, n'avait pas l'air de s'intéresser beaucoup à ce qu'elle faisait, elle en était arrivée à la simple conclusion que Remedios était idiote. « On va devoir te mettre en loterie », lui disait-elle, intriguée par son insensibilité aux paroles que lui adressaient les hommes. Plus tard, quand Ursula se mit en tête d'envoyer Remedios la Belle à la messe, le visage dissimulé sous une mantille, Amaranta pensa qu'un tel accessoire, augmentant le mystère, n'en serait que plus provocant et qu'il se trouverait très rapidement un homme, sa curiosité suffisamment attisée, pour chercher avec patience le point faible de son cœur. Mais quand elle vit de quelle manière insensée elle méprisa ce prétendant qui, à bien des égards, était plus désirable qu'un prince, elle se fit à l'idée que tout espoir était perdu. Fernanda, quant à elle, n'essaya même pas de la comprendre. Quand elle vit Remedios la Belle costumée en reine, au cours du carnaval sanglant, elle se dit qu'il s'agissait là d'une créature extraordinaire. Mais lorsqu'elle la vit manger avec ses doigts, incapable de fournir une réponse qui ne fût un prodige de simplicité d'esprit, elle ne trouva à se plaindre que d'une chose : que les idiots, dans la famille, vécussent si longtemps. Bien que le colonel Aureliano Buendia persistât à croire et à répéter que Remedios la Belle était en réalité l'être le plus lucide qu'il eût jamais rencontré, et qu'elle en donnait la preuve à tout moment par l'étonnante finesse avec laquelle elle se moquait de tous, on l'abandonna à la grâce de Dieu. Remedios la Belle continua d'errer dans le désert de la solitude, sans endurer aucun malheur, s'épanouissant dans ses rêves jamais entrecoupés de cauchemars, dans ses bains interminables, ses repas à n'importe quelle heure, ses longs et profonds silences à ne remâcher nul souvenir, jusqu'à cet après-midi de mars où Fernanda décida d'aller au jardin plier ses draps de toile de Brabant, et demanda de l'aide aux femmes de la maison. A peine avaient-elles commencé qu'Amaranta remarqua l'intense pâleur de Remedios la Belle, qui la rendait presque diaphane.

— Tu ne te sens pas bien? lui demanda-t-elle.

Remedios la Belle, qui avait empoigné le drap par l'autre bout, eut un sourire de commisération.

— Au contraire, dit-elle, jamais je ne me suis mieux trouvée.

A ces mots, Fernanda sentit une brise légère et lumineuse lui arracher les draps des mains et les déplier dans toute leur largeur. Amaranta éprouva comme un frissonnement mystérieux dans les dentelles de ses jupons et voulut s'accrocher au drap pour ne pas tomber, à l'instant où Remedios la Belle commençait à s'élever dans les airs. Ursula, déjà presque aveugle, fut la seule à garder suffisamment de présence d'esprit pour reconnaître la nature de ce vent que rien ne pouvait arrêter, et laissa les draps partir au gré de cette lumière, voyant Remedios la Belle lui faire des signes d'adieu au milieu de l'éblouissant battement d'ailes des draps qui montaient avec elle, quittaient avec elle le monde des scarabées et des dahlias, traversaient avec elle les régions de l'air où il n'était déjà plus quatre heures de l'après-midi, pour se perdre à jamais avec elle dans les hautes sphères où les plus hauts oiseaux de la mémoire ne pourraient eux-mêmes la rejoindre.

Bien entendu, les étrangers pensèrent que Remedios la Belle avait enfin succombé à son implacable destin de reine des abeilles, et que sa famille voulait sauver l'honneur par cette mensongère histoire de lévitation. Fernanda, dévorée par l'envie, finit par admettre le prodige et, longtemps, continua de prier Dieu qu'il lui rendît ses draps. La plupart des gens crurent au miracle et l'on alla jusqu'à allumer des cierges et faire des neuvaines. Peut-être fût-on resté longtemps sans parler d'autre chose si l'extermination barbare dont furent victimes les Aurelianos n'avait substitué l'épouvante à l'émerveillement. Bien qu'il n'en eût jamais eu de présages, d'une certaine manière, le colonel Aureliano Buendia avait prévu la fin tragique que devaient connaître ses fils. Quand Aureliano Serrador et Aureliano Arcaya, les deux qui débarquèrent au milieu de la confusion générale, manifestèrent leur volonté de s'installer à Macondo, leur père tenta de les en dissuader. Il ne voyait pas ce qu'ils allaient pouvoir faire dans un village qui, du jour au lendemain, était devenu un endroit peu sûr. Mais Aureliano le Centième et Aureliano le Triste, soutenus par Aureliano le Second, leur fournirent du travail dans leurs propres entreprises. Le colonel Aureliano Buendia avait des raisons, mais très confuses encore, de ne pas cautionner une telle décision. Depuis qu'il avait vu Mr. Brown dans la première automobile à faire son entrée à Macondo — une décapotable orange pourvue d'un klaxon dont les aboiements terrorisaient tous les chiens — le vieux guerrier fut indigné par les cris d'admiration servile des gens, et se rendit compte des changements qui s'étaient opérés dans le caractère des hommes depuis cette époque où, le fusil sur l'épaule, ils abandonnaient femmes et enfants et partaient pour la guerre. Les autorités locales, après l'armistice de Neerlandia, ne comprenaient plus que des maires sans initiative, des magistrats décoratifs, choisis parmi les conservateurs, pacifiques et bien fatigués, de Macondo. « Quel régime de pauvres types! faisait le colonel Aureliano Buendia quand il voyait passer les policiers, pieds nus, armés d'un bâton en forme de quille. Dire que nous avons livré tant de guerres et pourquoi? Pour qu'on ne nous peigne pas la maison en bleu. » Néanmoins, quand s'implanta la compagnie bananière, les fonctionnaires locaux furent remplacés par des étrangers autoritaires que Mr. Brown emmena vivre dans le poulailler électrifié afin qu'ils pussent y trouver, expliqua-t-il, toute la dignité requise par leurs nouvelles nominations, et n'eussent pas à endurer la chaleur, les moustiques, l'absence de commodités et les privations du village. Aux anciens policiers furent substitués de vrais sicaires armés de machettes. Enfermé dans son atelier, le colonel Aureliano Buendia songeait à tous ces changements et, pour la première fois dans le cours silencieux de ces années de solitude, il se sentit obsédé par une certitude absolue : ç'avait été une erreur de ne pas poursuivre la guerre jusqu'à ses ultimes conséquences. Un jour, à la même époque, un frère de ce colonel Magnifico Visbal qu'on avait bien oublié à présent, emmena son petit-fils âgé de sept ans prendre un rafraîchissement à l'une des voiturettes installées sur la place, et, comme l'enfant buta accidentellement contre un brigadier de police, renversant la boisson sur son uniforme, le barbare le hacha menu à coups de machette et décapita d'un seul coup le grand-père qui voulait s'interposer. Tout le village vit passer le décapité, porté jusque chez lui par un groupe d'hommes, et la misérable tête qu'une femme ramenait en la tenant par les cheveux, et le sanglant baluchon où l'on avait réuni les morceaux de l'enfant.

Pour le colonel Aureliano Buendia, cette scène marqua la fin de son expiation. Subitement, il éprouva avec douleur la même indignation qu'il avait connue dans sa jeunesse, devant le cadavre de la femme massacrée à coups de bâton parce qu'un chien enragé l'avait mordue. Il considéra les groupes de curieux rassemblés devant sa maison et, de son ancienne voix de stentor que le profond mépris qu'il s'inspirait alors à lui-même lui avait fait recouvrer, il déversa sur eux tout le poids de haine qu'il n'en pouvait plus de garder sur le cœur.

— Un de ces jours, leur cria-t-il, je vais armer mes garçons pour qu'ils en finissent avec ces fumiers d'amerloks!

Dans le courant de la même semaine, en divers endroits du littoral, ses dix-sept fils furent chassés comme des lapins par des criminels invisibles qui les visèrent tous au centre de leur croix de cendre. Aureliano le Triste sortait de chez sa mère, vers sept heures du soir, quand un coup de fusil tiré soudain dans le noir lui troua le front. Aureliano le Centième fut retrouvé dans son hamac, qu'il avait coutume de suspendre à l'intérieur de la fabrique, avec un piquet à glace enfoncé jusqu'à la garde entre les sourcils. Aureliano Serrador avait raccompagné sa fiancée jusque chez ses parents, après l'avoir emmenée au cinéma, et s'en revenait par la rue aux Turcs encore illuminée, quand un individu, qu'on ne put identifier dans la foule, lui tira un coup de revolver qui le fit culbuter dans un chaudron de graisse bouillante. Quelques minutes plus tard, quelqu'un vint frapper à la porte de la chambre où Aureliano Arcaya s'était enfermé avec une femme, et lui cria : « Dépêche-toi, on est en train d'assassiner tes frères. » Plus tard, la femme qui était avec lui raconta qu'Aureliano Arcaya sauta du lit et ouvrit la porte où l'attendait une décharge de Mauser qui lui fracassa le crâne. Durant cette nuit de mort, tandis que la maison s'apprêtait à veiller les quatre cadavres, Fernanda parcourut tout le village comme une folle à la recherche d'Aureliano le Second que Petra Cotes avait enfermé dans une armoire, persuadée que la consigne d'extermination concernait tous ceux qui portaient le prénom du colonel. Elle ne l'en laissa sortir qu'au bout du quatrième jour, quand les télégrammes reçus de divers endroits du littoral permirent de comprendre que l'acharnement de cet ennemi invisible était seulement dirigé contre les frères marqués d'une croix de cendre. Amaranta chercha le cahier de comptes où elle avait noté les coordonnées de ses neveux et, au fur et à mesure qu'arrivaient les télégrammes, elle se mit à rayer les noms l'un après l'autre, jusqu'à ce qu'il ne restât plus que celui de l'aîné. Ils se souvenaient très bien de ce dernier à cause du contraste entre sa peau très sombre et ses grands yeux verts. Il s'appelait Aureliano l'Amoureux, était menuisier de son état et vivait dans un village perdu des contreforts de la sierra. Après avoir attendu pendant deux semaines le télégramme annonçant sa mort, Aureliano le Second lui dépêcha un émissaire pour le prévenir, pensant qu'il ignorait tout de la menace qui pesait sur lui. L'émissaire revint, rapportant la nouvelle qu'Aureliano l'Amoureux était sain et sauf. La nuit de l'extermination, deux hommes étaient venus le dénicher jusque chez lui, avaient déchargé sur lui leurs revolvers, mais n'avaient pas réussi à atteindre sa croix de cendre. Aureliano l'Amoureux était parvenu à franchir la clôture du patio et s'était évanoui dans les dédales de la sierra qu'il connaissait comme sa poche grâce à l'amitié des Indiens avec qui il faisait commerce de bois. Depuis, on ne savait plus rien de lui.

Ce furent de sombres jours pour le colonel Aureliano Buendia. Le président de la République lui envoya un télégramme de condoléances dans lequel il promettait une enquête exhaustive, et rendait hommage aux disparus. Sur son ordre, le maire se présenta, le jour de l'enterrement, avec quatre couronnes funéraires qu'il voulut placer sur chacun des cercueils, mais le colonel le mit à la porte. Après les obsèques, il rédigea et alla porter lui-même un télégramme particulièrement violent adressé au président de la République mais que l'employé du télégraphe refusa de transmettre. Alors il l'enrichit encore d'expressions d'une singulière âpreté, le glissa dans une enveloppe et le mit à la poste. Ainsi qu'il lui était déjà arrivé à la mort de sa femme et tant de fois pendant la guerre, chaque fois que mourait l'un de ses meilleurs amis, il n'éprouvait pas de chagrin mais était rempli d'une rage aveugle, sans objet précis, une exténuante impression d'impuissance. Il en vint à accuser de complicité le père Antonio Isabel qui avait marqué ses fils de cendre indélébile pour permettre à leurs ennemis de les identifier. Le vieux prêtre, qui n'arrivait plus très bien à mettre de l'ordre dans ses idées et qui commençait à effrayer les paroissiens avec les folles exégèses dans lesquelles il s'aventurait du haut de la chaire, s'en vint à la maison, un après-midi, muni d'un bol où il préparait les cendres du mercredi dont il voulut oindre toute la famille afin de prouver qu'elles s'enlevaient fort bien avec de l'eau. Mais la crainte du malheur était si fortement ancrée dans les esprits que Fernanda elle-même refusa de se prêter à l'expérience et jamais plus on ne vit un Buendia s'agenouiller à la sainte table un mercredi des cendres.

Le colonel Aureliano Buendia resta longtemps sans parvenir à retrouver ses esprits. Il abandonna la fabrication des petits poissons, mangeait à grand-peine, arpentait la maison comme un somnambule, traînant sa couverture et remâchant une sourde colère. En trois mois ses cheveux étaient devenus cendrés, son ancienne moustache aux pointes cosmétiquées retombait à présent sur ses lèvres sans couleur, mais, par contre, ses yeux étaient redevenus comme deux charbons ardents, tels qu'ils avaient jadis effrayé ceux qui l'avaient vu naître et tels qu'autrefois, rien qu'à les regarder, ils faisaient basculer les chaises. Dans son furieux tourment, il essayait vainement de susciter ces présages qui avaient guidé sa jeunesse par de périlleux sentiers jusqu'au désert désolé de la gloire. Il était perdu, comme foudroyé dans une maison étrangère où déjà plus rien ni personne ne lui donnait à éprouver le moindre vestige d'affection. Un jour, cherchant les traces d'un passé antérieur à la guerre, il rouvrit la chambre de Melquiades mais ne trouva que décombres, saletés, ordures accumulés au fil de tant d'années d'abandon. Dans les reliures des livres que nul n'avait jamais relus et dans les vieux parchemins détrempés par l'humidité s'était développée une flore livide, et dans l'air de cette pièce, qui avait été le plus pur et le plus lumineux de toute la maison, flottait une insupportable odeur de souvenirs pourris. Un matin, il trouva Ursula en larmes sous le châtaignier, assise sur les genoux de son défunt mari. Le colonel Aureliano Buendia était le seul, dans la maison, à ne pas voir comme par le passé le puissant vieillard tout courbé par un demi-siècle d'intempéries. « Viens saluer ton père », lui dit Ursula. Il s'arrêta un instant devant le châtaignier et put constater que cet espace vide, lui non plus, ne réveillait en lui aucun sentiment d'affection.

— Qu'est-ce qu'il dit? demanda-t-il.

— Il est très triste, lui répondit Ursula. Il croit que tu vas mourir.

— Dites-lui, fit le colonel en souriant, qu'on ne meurt pas quand on veut, mais seulement quand on peut.

Ce présage de son père mort remua les restes de superbe arrogance qui couvaient encore dans son cœur, mais il les prit pour un soudain regain d'énergie. C'est ainsi qu'il harcela Ursula pour qu'elle lui révélât l'endroit du patio où se trouvaient enterrées les pièces d'or qu'ils avaient découvertes dans la statue en plâtre de San José. « Tu ne le sauras jamais, lui dit-elle avec une fermeté que lui inspirait sa vieille et cruelle expérience. Un jour, ajouta-t-elle, le propriétaire de cette fortune finira par venir et lui seul pourra la déterrer. » Tout le monde se demandait pourquoi cet homme, qui avait toujours paru si désintéressé, s'était mis à convoiter si fébrilement l'argent, non par modestes quantités qui lui auraient suffi pour faire face à quelque obligation soudaine, mais alors qu'il s'agissait d'une fortune qui s'élevait à un montant tellement déraisonnable qu'Aureliano le Second, rien qu'à l'entendre évaluer, fut plongé dans un abîme de stupéfaction. Les vieux compagnons auprès desquels il courut demander de l'aide se cachèrent pour ne pas le recevoir. C'est vers cette époque qu'on l'entendit prononcer ces mots : « Actuellement, la seule différence entre libéraux et conservateurs, c'est que les libéraux vont à la messe de cinq heures et les conservateurs à celle de huit heures. » Cependant, il mit tant d'insistance et d'acharnement, il supplia tant et si bien, contrevint si complètement à tous ses principes de dignité que, ici et là, petit peu par petit peu, s'introduisant partout avec un zèle discret et une impitoyable constance, il réussit en huit mois à récolter plus d'argent qu'Ursula n'en avait enfoui sous terre. Alors il rendit visite au colonel Gerineldo Marquez, toujours impotent, pour qu'il l'aidât à déclencher une guerre totale.

A une certaine époque, le colonel Gerineldo Marquez aurait été le seul en vérité, même depuis son fauteuil de paralytique, à pouvoir tirer les fils rouillés de la rébellion. Après l'armistice de Neerlandia, tandis que le colonel Aureliano Buendia se réfugiait dans l'exil de ses petits poissons en or, il resta en contact avec les officiers rebelles qui lui étaient demeurés fidèles jusqu'à la débâcle. Il connut avec eux la guerre morose de l'humiliation quotidienne, des suppliques et des mémorandum, du repassez-demain, du presque-tout-de-suite, du nous-sommes-en-train-d'étudier-votre-cas-avec-toute-l'attention-voulue; cette guerre irrémédiablement perdue contre ces gens très aimables qui assuraient de leur profond dévouement et qui devaient accorder mais n'accordèrent jamais les pensions à vie. L'autre guerre, celle qui fit couler le sang pendant vingt ans, leur avait causé moins de tracas que cette guerre corrosive des éternels atermoiements. Le colonel Gerineldo Marquez, qui avait échappé à trois attentats, survécu à cinq blessures et était finalement sorti indemne d'innombrables batailles, succomba lui-même à cet atroce blocus de l'attente et sombra dans la misérable débâcle de la vieillesse, songeant à Amaranta entre les losanges de lumière d'une maison prêtée. Quant aux derniers vétérans dont on eût des nouvelles, on découvrit leur photographie dans un journal, redressant indignement la tête, à côté d'un anonyme président de la République qui leur fit cadeau de quelques boutons à son effigie pour qu'ils les missent à leurs revers, et leur restitua un drapeau souillé de poudre et de sang pour qu'ils en recouvrissent leur cercueil. Les autres, les plus fiers, attendaient encore une lettre dans la pénombre de la charité publique, crevant de faim, survivant par colère, moisissant de vieillesse dans l'exquis merdier de la gloire. Aussi bien, quand le colonel Aureliano Buendia l'invita à déclencher une explosion mortelle qui raserait tout vestige d'un régime de corruption et de scandales soutenu par l'envahisseur étranger, le colonel Gerineldo Marquez ne put réprimer un tremblotement de pitié :

— Eh bien, Aureliano, fit-il en soupirant. Je savais que tu étais vieux, mais je me rends compte à présent que tu es beaucoup plus vieux que tu n'en as l'air.

Dans le vertige des toutes dernières années, Ursula n'avait disposé que de très rares moments de répit pour s'occuper de la formation papale de José Arcadio, quand on s'avisa qu'il fallait préparer en toute hâte son départ pour le séminaire. Sa sœur Meme, partagée entre la raideur de Fernanda et l'amertume d'Amaranta, arriva presque en même temps à l'âge auquel on avait prévu de l'envoyer en pension chez les sœurs, où on ferait d'elle une virtuose du clavecin. Ursula se sentait en proie à de graves incertitudes sur l'efficacité des méthodes par lesquelles on avait adouci et désarmé l'esprit de l'apprenti souverain pontife, si languide, mais elle n'en imputait pas la faute à sa vacillante vieillesse, non plus qu'aux épaisses nuées qui lui laissaient à peine entrevoir le contour des objets, mais à quelque chose qu'elle-même ne parvenait pas à définir en clair et qu'elle imaginait confusément comme une détérioration progressive du temps. « Les années de maintenant ne sont plus comme dans le temps », avait-elle coutume de dire, sentant la réalité quotidienne lui échapper des mains. Autrefois, pensait-elle, les enfants tardaient beaucoup à grandir. Il n'était que de se souvenir du temps qu'il avait fallu pour que José Arcadio, l'aîné, s'en allât avec les gitans, et de tout ce qui s'était passé avant qu'il ne revînt peinturluré comme une couleuvre et s'exprimant comme un astronome, et des événements qui s'étaient produits à la maison avant qu'Amaranta et Arcadio n'oubliassent la langue des Indiens pour apprendre à parler espagnol. Il n'était que de revoir toutes ces journées de soleil et ces nuits à la belle étoile qu'avait supportées le pauvre José Arcadio Buendia sous son châtaignier, et tout le temps qu'il avait fallu pleurer sa mort avant qu'on n'amenât le colonel Aureliano Buendia moribond, lequel, au sortir de tant de guerres et après qu'on eut tant souffert pour lui, n'avait pas encore atteint la cinquantaine. Jadis, après toute une journée passée à confectionner de petits animaux en caramel, il lui restait encore du temps pour s'occuper des enfants et voir dans le blanc de leurs yeux s'ils avaient besoin d'une potion à l'huile de ricin. A présent, au contraire, alors qu'elle n'avait rien à faire et qu'elle déambulait du matin au soir en portant José Arcadio à califourchon sur sa hanche, cette baisse de qualité du temps l'obligeait à laisser les choses à moitié. La vérité était qu'Ursula s'entêtait à ne pas vouloir vieillir alors même qu'elle ne se rappelait plus son âge, et qu'elle était toujours là où il ne fallait pas, essayant de fourrer son nez partout, importunant les étrangers à force de leur demander s'ils n'avaient pas laissé en garde à la maison, du temps de la guerre, en attendant la fin de la pluie, un saint José en plâtre. Nul ne put dire de science certaine quand elle commença à perdre la vue. Jusque dans les dernières années de sa vie, alors qu'elle ne pouvait plus sortir de son lit, elle avait l'air tout simplement vaincue par la décrépitude mais personne n'avait découvert qu'elle était devenue complètement aveugle. Elle-même s'en était rendu compte bien avant la naissance de José Arcadio. Au début, elle croyait qu'il ne s'agissait que d'un affaiblissement passager et elle prenait en cachette du sirop de moelle ou se mettait du miel d'abeille dans les yeux, mais elle ne tarda pas à être convaincue qu'elle s'enfonçait irrémédiablement dans les ténèbres, à tel point qu'elle n'eut jamais une notion très exacte de ce que fut l'invention de la lumière électrique car, lorsqu'on installa les premières ampoules, elle ne pouvait qu'en deviner vaguement l'éclat. Elle n'en dit rien à personne car c'eût été donner à reconnaître publiquement qu'elle était devenue inutile. Elle se lança avec obstination dans un discret apprentissage de la distance de chaque chose, et de la voix de chacun, afin de continuer à voir de mémoire ce que ne lui permettaient plus de distinguer les nuées opaques de la cataracte. Plus tard elle devait découvrir le secours inattendu des odeurs qu'elle se mit à percevoir, dans les ténèbres, avec une force beaucoup plus convaincante que les volumes et les couleurs, et qui la sauvèrent définitivement de la honte qu'il y aurait eu à renoncer. Dans l'obscurité de sa chambre, elle était capable d'enfiler une aiguille et de faire une boutonnière, et elle savait quand le lait, sur le feu, était sur le point de se sauver. Elle acquit une connaissance si infaillible de l'emplacement de chaque chose qu'elle en oubliait parfois elle-même sa cécité. Un jour, Fernanda ameuta toute la maison parce qu'elle avait perdu son anneau de mariage et ce fut Ursula qui le découvrit sur une étagère, dans la chambre des enfants. Tout naturellement, tandis que les autres allaient et venaient de tous côtés sans faire attention, elle les surveillait à l'aide des quatre sens qui lui restaient, afin que nul ne la prît en défaut, et elle put découvrir au bout d'un certain temps que chaque membre de la famille répétait quotidiennement, sans s'en rendre compte, le même itinéraire, les mêmes gestes, et presque les mêmes paroles à heure fixe. Ce n'est que lorsqu'ils s'écartaient de cette routine réglée dans le moindre détail qu'ils couraient le risque d'égarer quelque chose. Si bien qu'à entendre Fernanda se lamenter sur la perte de son alliance, Ursula n'eut qu'à se rappeler la seule variante dans ses faits et gestes de ce jour-là, à savoir qu'elle était allée exposer au soleil les nattes où dormaient les enfants parce que Meme, la nuit précédente, avait découvert une punaise dans la sienne. Comme les enfants assistaient au nettoyage, Ursula pensa que Fernanda avait dû poser son alliance au seul endroit qu'ils ne pouvaient atteindre : sur l'étagère. Fernanda, au contraire, ne la chercha que sur le trajet de ses allées et venues quotidiennes, sans savoir que la recherche des objets perdus est entravée par la routine, les habitudes, qui font qu'on a tant de mal à les retrouver.

L'éducation de José Arcadio aida Ursula dans cette tâche épuisante qui consistait pour elle à se maintenir au courant des moindres changements intérieurs à la maison. Quand elle se rendait compte qu'Amaranta était en train d'habiller les statues de saints de la chambre à coucher, elle feignait d'enseigner à l'enfant les différences entre les couleurs.

— Voyons voir, lui disait-elle, dis-moi un peu de quelle couleur est vêtu saint Raphaël l'Archange.

Ainsi l'enfant lui fournissait-il le renseignement dont la privaient ses yeux et, bien avant qu'il ne partît pour le séminaire, Ursula était devenue capable de distinguer, en palpant le tissu, les différentes couleurs des vêtements des saints. Parfois se produisaient des incidents imprévus. Un après-midi, Amaranta brodait sous la véranda aux bégonias quand Ursula vint buter contre elle.

— Pour l'amour de Dieu, protesta Amaranta, faites attention où vous allez!

— C'est toi qui n'es pas assise à ta place, lui répondit Ursula. Pour elle, cela ne faisait aucun doute. Mais ce jour-là, elle commença à se rendre compte d'une chose dont personne n'avait eu vent jusque-là, à savoir qu'au fil des mois le soleil changeait imperceptiblement de position et que ceux qui s'installaient sous la véranda devaient eux aussi changer de place, peu à peu et sans même s'en apercevoir. Dès lors, Ursula n'avait qu'à se rappeler quel jour et en quel mois on était pour connaître l'emplacement exact où était assise Amaranta. Bien que le tremblement de ses mains fût de plus en plus perceptible et qu'elle pût à peine se traîner, jamais on ne vit sa petite figure toute rabougrie en autant d'endroits à la fois. Elle était presque aussi active et empressée qu'à l'époque où elle avait toute la maison sur les bras. Pourtant, dans l'impénétrable solitude de son arrière-vieillesse, elle bénéficia d'une telle clairvoyance pour examiner jusqu'aux plus insignifiantes péripéties de l'histoire de la famille, que, pour la première fois, elle put faire toute la lumière sur des vérités que ses occupations d'autrefois l'avaient empêchée de bien voir. A l'époque où l'on préparait le départ de José Arcadio pour le séminaire, elle avait déjà effectué une récapitulation infinitésimale de ce qui avait été la vie de la maison depuis la fondation de Macondo, et avait complètement révisé l'opinion que, depuis toujours, elle s'était faite sur ses descendants. Elle se rendit compte que le colonel Aureliano Buendia ne s'était pas endurci à la guerre au point de perdre tout amour de la famille, comme elle le croyait jadis, mais qu'il n'avait jamais aimé personne, pas même Remedios, son épouse, ni les innombrables femmes d'une nuit qui étaient passées dans sa vie, et ses fils encore bien moins. Elle crut deviner que ce n'était pas par idéalisme, comme tout le monde pensait, qu'il avait livré tant de combats, ni par fatigue, comme pensait tout le monde, qu'il avait renoncé à la victoire imminente, mais qu'il avait gagné et perdu pour le même motif, par pur péché d'orgueil. Elle en arriva à la conclusion que ce fils pour qui elle aurait donné sa vie n'était qu'un être incapable d'amour. Une nuit qu'elle le portait encore dans son ventre, elle l'avait entendu pleurer. C'était une plainte si distincte que José Arcadio Buendia, qui dormait à côté d'elle, se réveilla et se réjouit à l'idée que l'enfant allait être ventriloque. Il se trouva d'autres gens pour prédire qu'il serait devin. Elle-même, en revanche, fut prise de tremblements, convaincue que ce profond grognement était le premier indice de la terrible queue de cochon, et elle pria Dieu qu'il lui laissât mourir ce rejeton dans le ventre. Mais la clairvoyance de son infinie vieillesse lui permit de constater, et de se répéter à de nombreuses occasions, que les pleurs d'enfants dans le ventre de leur mère n'étaient pas signe de ventriloquie ni de facultés divinatoires, mais annonçaient sans risque d'erreur des êtres incapables d'aimer. Cette dévalorisation de son image éveilla en elle toute la pitié qu'elle s'aperçut devoir à son fils. Amaranta, dont la dureté de cœur l'épouvantait si fort et dont l'amertume concentrée l'affligeait, lui apparut au contraire, à la faveur de cette ultime révision, comme la femme la plus aimante qui eût jamais existé, et elle comprit avec une lucidité attendrie que les injustes tourments qu'elle avait fait subir à Pietro Crespi ne lui avaient pas été dictés par quelque désir de vengeance, comme tout le monde pensait, et que ce n'était pas le fiel de son amertume, comme pensait tout le monde, qui l'avait décidée à faire de la vie du colonel Gerineldo Marquez un lent martyre, mais qu'en l'un et l'autre cas, ç'avait été une lutte à mort entre un amour démesuré et une invincible lâcheté, qui s'était soldée par le triomphe de cette peur irrationnelle qu'inspirait depuis toujours à Amaranta son propre cœur déchiré. C'est vers cette époque qu'Ursula commença à appeler Rebecca par son nom, à l'évoquer avec une vieille tendresse exaltée par le repentir tardif et une soudaine admiration, ayant compris que seule Rebecca, celle qu'elle n'avait jamais nourrie de son lait mais qui mangeait la terre de la Terre et la chaux des murs, celle dans les veines de qui ne coulait pas le même sang qu'en ses veines, mais le sang inconnu de gens inconnus dont les ossements continuaient à caqueter dans leur tombe, cette Rebecca au cœur impatient, au ventre avide, avait été la seule à posséder cet implacable courage qu'elle avait tant espéré trouver dans sa propre progéniture.

— Rebecca, disait-elle en tâtonnant le long des murs, comme nous avons été injustes envers toi!

A la maison, on se borna à penser qu'elle radotait, surtout depuis qu'il lui prit de se promener avec le bras droit levé, comme l'archange Gabriel. Fernanda eut néanmoins conscience qu'il y avait comme un soleil de grande lucidité dans l'ombre épaisse de ce délire, car Ursula était capable de dire sans hésiter combien d'argent on avait dépensé à la maison durant l'année écoulée. Amaranta eut presque la même idée le jour où elle vit sa mère à la cuisine, en train de remuer la soupe dans une marmite, s'écrier soudain, ignorant qu'on l'écoutait, que le moulin à maïs acheté jadis aux premiers gitans, et qui avait disparu bien avant que José Arcadio n'eût fait soixante-cinq fois le tour du monde, se trouvait encore chez Pilar Ternera. Bientôt centenaire elle aussi, mais robuste et agile malgré son incroyable obésité qui faisait peur aux enfants comme, autrefois, son rire effrayait les colombes, Pilar Ternera ne fut pas surprise de voir combien Ursula avait deviné juste, car sa propre expérience commençait à lui indiquer qu'une vieillesse en éveil permet de mieux discerner les choses que toutes les investigations dans les cartes.

Cependant, du jour où Ursula se rendit compte qu'elle n'avait pas eu le temps de bien consolider la vocation de José Arcadio, elle se laissa abattre par la consternation. Elle commença à commettre certaines erreurs en voulant voir avec les yeux des choses que l'intuition lui permettait de distinguer avec plus de clairvoyance. Un matin, croyant que c'était de l'eau de fleurs, elle versa sur la tête de l'enfant le contenu d'un encrier. Sa manie de fourrer son nez partout fut à l'origine de tant de disputes et d'incidents qu'elle se sentit toute perturbée par la mauvaise humeur qu'on déversait sur elle, et elle essaya de se délivrer de ces ténèbres qui avaient fini par s'enrouler autour d'elle comme une camisole tissée par une araignée géante. C'est alors qu'il lui vint à l'esprit que sa maladresse ne constituait pas la première victoire de la décrépitude et de l'obscurité, mais une défaillance du temps. Elle se disait qu'autrefois, quand le bon Dieu ne trichait pas avec les mois et les années comme les Turcs lorsqu'ils mesuraient une aune de percale, les choses étaient différentes. Maintenant, non seulement les enfants grandissaient plus vite, mais les sentiments eux-mêmes évoluaient d'autre manière. A peine Remedios la belle était-elle montée au ciel corps et âme que, déjà, sans plus d'égards,

Fernanda s'en allait ronchonner dans son coin parce qu'elle avait emporté les draps. A peine les cadavres des Aureliano s'étaient-ils refroidis dans leurs tombes que, sans plus attendre, Aureliano le Second avait de nouveau illuminé la maison, remplie d'ivrognes qui jouaient de l'accordéon et barbotaient dans le champagne, comme si ce n'étaient pas des chrétiens mais des chiens qui venaient de mourir, et comme si cette maison de fous qui avait coûté tant de migraines et tant de petits animaux en caramel était prédestinée à devenir la décharge publique de toutes les perditions. Se remémorant tout cela tandis qu'on préparait la malle de José Arcadio, Ursula se demandait s'il n'était pas préférable qu'elle se couchât une fois pour toutes au fond de sa sépulture et qu'on jetât de la terre sur elle, et, sans peur, elle demandait à Dieu s'il croyait en vérité que les gens étaient en fer pour supporter tant de peines et de mortifications; et, de demande en demande, elle ne faisait qu'accroître son propre scandale, et se sentait l'irrépressible envie de se laisser aller à dégoiser comme un amerlok, de se permettre enfin un instant de rébellion, l'instant si souvent désiré et tant de fois différé de se mettre la résignation quelque part et de se ficher de tout une bonne fois, et de se soulager le cœur des tonnes et des tonnes de gros mots qu'elle avait dû ravaler durant tout un siècle de longue patience.

— *Carajo!* s'écria-t-elle.

Amaranta, qui commençait à disposer les vêtements dans la malle, crut qu'un scorpion l'avait piquée.

— Où est-il? demanda-t-elle, alarmée.

— Quoi?

— La bestiole! expliqua Amaranta.

Ursula se posa un doigt à l'endroit du cœur.

— Ici, répondit-elle.

Un jeudi, à deux heures de l'après-midi, José Arcadio partit pour le séminaire. Par la suite, Ursula devait toujours l'évoquer comme elle l'imagina alors en lui disant adieu, tout languide et sérieux, s'abstenant de verser une seule larme comme elle lui avait appris, étouffant de chaleur dans son costume en velours côtelé vert à boutons de cuivre et avec son ruban amidonné autour du cou. Il laissa la salle à manger tout imprégnée de la pénétrante odeur d'eau de fleurs qu'elle lui mettait sur la tête pour pouvoir le suivre à la trace dans la maison. Tout le temps que dura le déjeuner d'adieu, la famille dissimula sa nervosité sous des apparences enjouées, et applaudit avec un enthousiasme exagéré aux bons mots du père Antonio Isabel. Mais quand on emporta la malle doublée de velours à coins d'argent, ce fut comme si on avait sorti de la maison un cercueil. Le seul à refuser de prendre part aux adieux fut le colonel Aureliano Buendia.

— Il ne nous manquait plus que ça comme emmerdement, bougonna-t-il : Un pape!

Trois mois plus tard, Aureliano le Second et Fernanda emmenèrent Meme en pension et s'en revinrent avec un clavecin qui prit la place du piano mécanique. C'est vers cette époque qu'Amaranta se mit à tisser son propre linceul. La fièvre de la banane était tombée. Les anciens habitants de Macondo étaient refoulés et coincés par les nouveaux venus et se raccrochaient péniblement aux précaires moyens d'existence d'autrefois, réconfortés malgré tout par l'impression d'avoir survécu à quelque naufrage. A la maison, on continua de recevoir des invités à déjeuner, mais en réalité il fallut attendre, plusieurs années plus tard, le départ de la compagnie bananière, pour voir rétablies les anciennes habitudes de vie. On assista cependant à des changements radicaux dans le sens traditionnel de l'hospitalité, car c'était désormais Fernanda qui imposait ses lois. Ursula se trouvant reléguée dans ses ténèbres et Amaranta tout absorbée dans la confection de son suaire, l'apprentie souveraine de jadis eut toute liberté de sélectionner les convives et de les soumettre aux normes rigides que lui avaient inculquées ses propres parents. Sa sévérité transforma la maison en bastion de belles manières retrouvées, dans un village convulsionné par la vulgarité avec laquelle les étrangers dilapidaient leurs rapides fortunes. Pour elle, il n'était pas besoin de chercher plus loin : les gens de bien étaient ceux qui n'avaient rien à voir avec la compagnie bananière. Jusqu'au jour où son propre beau-frère, José Arcadio le Second, fut victime de son ardeur discriminatoire, parce qu'il avait de nouveau adjugé ses magnifiques coqs de combat et, dans l'enthousiasme bouillonnant de la première heure, s'était embauché comme contremaître à la compagnie bananière.

— Tant qu'il aura la gale des étrangers, qu'il ne remette plus les pieds dans cette maison, dit Fernanda.

L'austérité imposée à la maison devint telle qu'Aureliano le Second, en définitive, se sentit beaucoup plus à l'aise chez Petra Cotes. Tout d'abord, sous prétexte de décharger son épouse d'une partie de ses soucis, il y transféra ses orgies. Ensuite, sous prétexte que les bêtes étaient en train de perdre de leur fécondité, il y transporta étables et écuries. Pour finir, sous prétexte qu'il faisait moins chaud chez sa concubine, il y déménagea le petit bureau où il s'occupait de ses affaires. Quand Fernanda prit conscience qu'elle était une veuve dont le mari n'était pas encore mort, il était déjà trop tard pour revenir à l'ancien état des choses. Aureliano le Second venait à peine manger à la maison et les quelques apparences qu'il continuait à sauvegarder, comme celle de dormir à côté de son épouse, ne suffisaient plus à convaincre personne. Une nuit, par mégarde, le petit matin le surprit dans le lit de Petra Cotes. Fernanda, contrairement à son attente, ne lui adressa pas le moindre reproche et ne poussa pas le plus léger soupir de ressentiment, mais, ce même jour, lui fit expédier chez sa concubine ses deux malles pleines de vêtements. Elle les lui fit parvenir en plein jour, avec ordre de les acheminer par le milieu de la rue, afin que tout le monde les vît, pensant que son mari égaré ne pourrait supporter pareille honte et s'en reviendrait tête basse au bercail. Mais ce geste héroïque fut une preuve supplémentaire, s'il en était besoin, qu'elle méconnaissait non seulement le caractère de son mari mais la nature profonde d'une communauté qui n'avait rien à voir avec celle dont avaient fait partie ses parents, car tous ceux qui virent passer les malles se dirent que c'était là, en fin de compte, l'issue normale d'une histoire dont nul n'ignorait plus les intimes détails, et quant à Aureliano le Second, il célébra cette liberté offerte par un festin qui dura trois jours. Pour encore mieux désavantager l'épouse, cependant que celle-ci amorçait une mauvaise maturité dans ses sombres vêtements ecclésiastiques, avec ses médaillons anachroniques et son orgueil déplacé, la concubine paraissait regorger d'une seconde jeunesse, boudinée dans de somptueuses toilettes en soie naturelle, les yeux tigrés par le feu de la revendication. Aureliano le Second se rendit de nouveau à elle avec la fougue de l'adolescence, comme autrefois, quand Petra Cotes ne l'aimait pas pour lui-même mais parce qu'elle le confondait avec son frère jumeau et que, couchant avec les deux à la fois, elle pensait que Dieu lui avait octroyé la bonne fortune d'avoir un homme qui faisait l'amour comme deux. Cette passion retrouvée s'avérait si pressante qu'en mainte occasion, alors qu'ils s'apprêtaient à manger, ils se regardaient dans les yeux et, sans rien dire, reposaient les couvercles sur les plats pour s'en aller dans leur chambre mourir de faim et d'amour. Inspiré par tout ce qu'il avait vu au cours des visites qu'il avait furtivement rendues aux matrones françaises, Aureliano le Second acheta à Petra Cotes un lit à baldaquin archiépiscopal, mit des rideaux de velours aux fenêtres et couvrit le plafond et les murs de la chambre de grands miroirs en cristal de roche. On le vit alors plus bambocheur et gaspilleur que jamais. Par le train qui arrivait chaque jour sur les onze heures, il recevait des caisses et toujours plus de caisses de champagne et de brandy. En revenant de la gare, il entraînait vers une bamboche improvisée quiconque se trouvait sur son chemin, natif du village ou étranger, connu ou inconnu, sans distinctions d'aucune sorte. Ne vit-on pas jusqu'au fuyant Mr Brown, qui ne savait répartir qu'en langue étrangère, se laisser séduire par les signes tentateurs que lui adressait Aureliano le Second, et, à plusieurs reprises, se saouler à mort au domicile de Petra Cotes, et faire en sorte que les féroces bergers allemands qui le suivaient partout se missent à danser sur des airs texans que lui-même mâchonnait n'importe comment au rythme de l'accordéon.

— Hors de mon chemin, bande de vaches! beuglait Aureliano le Second au paroxysme de la fête. Place! La vie est si courte!

Jamais il n'eut meilleure mine, jamais il ne fut tant aimé, jamais la reproduction de ses animaux n'atteignit des proportions aussi énormes. Au cours de ces interminables festins, on sacrifiait tant de têtes de bétail, tant de porcs et de volailles que la terre du patio devint noire et fangeuse à cause de tout ce sang versé. Ce n'était plus qu'un éternel amoncellement d'os et de tripes, un dépotoir où l'on jetait les restes et les détritus, et il fallait à tout moment allumer des cartouches de dynamite pour empêcher les urubus de venir arracher les yeux des convives. Aureliano le Second devint gros et gras, violacé, tout tortufié, en raison d'un appétit à peine comparable à celui de José Arcadio lorsqu'il s'en revint de son tour du monde. Le prestige de sa gloutonnerie surhumaine, de son incommensurable prodigalité, de son hospitalité sans précédents, franchit les limites du marigot et attira les goinfres parmi les mieux qualifiés du littoral. De toutes parts débarquèrent de fabuleux bâfreurs, venus participer aux fantastiques tournois de résistance et de capacité qui s'organisaient chez Petra Cotes. Aureliano le Second demeura le champion incontesté de la mangeaille jusqu'à ce malheureux samedi où apparut Camila Sagastume, femelle totémique qu'on connaissait dans le pays sous le bon nom de l'Eléphante. Le duel se prolongea jusqu'au mardi à l'aube. Au bout des premières vingt-quatre heures, ayant ingurgité une génisse accompagnée de manioc, d'igname et de bananes frites, sans compter une caisse et demie de champagne, Aureliano le Second tenait sa victoire pour assurée. Il faisait montre de plus d'enthousiasme et d'entrain que son imperturbable adversaire dont le style, de toute évidence, était davantage d'un professionnel, mais, par là même, touchait moins le public bigarré que la maison avait peine à contenir. Cependant qu'Aureliano le Second dévorait à belles dents, emporté par la soif du triomphe, l'Eléphante sectionnait sa viande avec une science de chirurgien, et la mangeait sans se presser, avec même un certain plaisir. Elle était massive et gigantesque mais chez elle la tendresse de la féminité l'emportait sur la colossale corpulence, et son visage était si beau, ses mains si fines et soignées, son charme personnel si irrésistible qu'au moment où il la vit entrer dans la maison, Aureliano le Second confia à voix basse qu'il aurait préféré que le tournoi se fît au lit plutôt qu'à table. Plus tard, lorsqu'il la vit venir à bout d'un cuisseau de veau sans enfreindre une seule fois les bonnes manières, il affirma très sérieusement que, d'un certain point de vue, ce délicat, fascinant et insatiable proboscidien représentait pour lui la femme idéale. Il ne se trompait pas. Sa réputation de grand rapace charognard, qui la précédait en tous lieux, ne reposait sur rien. Elle n'avait rien d'une étrangleuse de bœufs vivants, comme on racontait, et elle n'était pas davantage la femme à barbe d'un cirque grec, mais dirigeait un cours de chant. Elle avait appris à manger ainsi, alors qu'elle était déjà une respectable mère de famille, en cherchant une méthode qui permît à ses enfants de mieux s'alimenter, non pas en stimulant artificiellement l'appétit mais par une absolue tranquillité d'esprit. Sa théorie, qui se vérifia dans la pratique, reposait sur le principe qu'un être parfaitement en règle avec sa conscience pouvait manger sans trêve jusqu'à ce que la fatigue le vainquît. De sorte que ce fut pour des raisons morales, et non par intérêt sportif, qu'elle abandonna foyer et cours de chant pour aller se mesurer à un homme dont la réputation de grand mangeur sans principes avait fait le tour du pays. Dès l'instant où elle le vit pour la première fois, elle comprit que ce qui flancherait chez Aureliano le Second, ce n'était point son estomac mais son caractère. Au bout de la première nuit, tandis que l'Eléphante ne se départissait pas de son impassibilité, Aureliano le Second s'épuisait à tant rire et à tant parler. Ils dormirent quatre heures. Au réveil, chacun avala le jus de cinquante oranges, huit litres de café et une trentaine d'œufs crus. Au matin du deuxième jour, au bout de longues heures de veille et après avoir liquidé deux porcs entiers, un régime de bananes et quatre caisses de champagne, l'Eléphante soupçonna Aureliano le Second d'avoir découvert sans s'en apercevoir la même méthode qu'elle, mais par le biais absurde d'une totale irresponsabilité. Il s'avérait donc plus dangereux qu'elle ne l'avait pensé. Pourtant, lorsque Petra Cotes apporta sur la table deux dindons rôtis, Aureliano le Second n'était qu'à un doigt de la congestion.

— Si vous n'en pouvez plus, arrêtez-vous de manger, lui dit l'Eléphante. Restons à égalité.

Elle le proposait de bon cœur, comprenant qu'elle non plus ne pouvait avaler une bouchée supplémentaire à cause du remords qu'elle avait de contribuer ainsi à la mort de son adversaire. Mais Aureliano le Second interpréta son attitude comme un nouveau défi et se bourra la gorge de dindon, bien au-delà de son incroyable capacité. Il perdit connaissance. Il piqua du nez dans le plat où ne restaient que les os, la babine écumante, comme un chien, s'étouffant dans les râles de l'agonie. Au milieu des ténèbres, il se sentit poussé du haut d'une tour dans un précipice sans fond et, dans un dernier éclair de lucidité, il se rendit compte qu'au bas de cette interminable chute l'attendait la mort.

— Qu'on m'emmène auprès de Fernanda, eut-il encore la force de prononcer.

Les compagnons qui le déposèrent chez lui crurent qu'il avait tenu la promesse faite à son épouse de ne pas mourir dans le lit de sa concubine. Petra Cotes avait ciré les bottines vernies qu'il souhaitait chausser dans son cercueil, et elle se préoccupait déjà de chercher quelqu'un pour les lui porter quand on vint la prévenir qu'Aureliano le Second était hors de danger. Il fut effectivement rétabli en moins d'une semaine et, quinze jours plus tard, il célébra par un festin sans précédent ce jour de gloire où il lui avait été donné de survivre. Il continua d'habiter chez Petra Cotes mais rendait visite quotidiennement à Fernanda et restait parfois à déjeuner en famille, comme si le destin s'était plu à inverser les situations et en avait fait l'époux de sa concubine et l'amant de sa propre épouse.

Ce fut une manière de soulagement pour Fernanda. Dans les chagrins de l'abandon, ses seules distractions étaient les exercices de clavecin à l'heure de la sieste et les lettres de ses enfants. Dans les missives détaillées qu'elle leur envoyait tous les quinze jours, il n'y avait pas une ligne de vérité. Elle leur dissimulait ses peines. Elle leur passait sous silence la mélancolie d'une maison qui, malgré la lumière sur les bégonias, malgré la chaleur suffocante de deux heures de l'après-midi, malgré le vent de fête qui soufflait par fréquentes rafales depuis la rue, de jour en jour ressemblait davantage à la demeure coloniale de ses parents. Fernanda errait dans sa solitude entre trois fantômes vivants et le fantôme mort de José Arcadio Buendia qui s'en venait parfois s'asseoir dans la pénombre du salon, prêtant à tout une attention sourcilleuse, tandis qu'elle jouait du clavecin. Le colonel Aureliano Buendia n'était plus qu'une ombre. Depuis sa dernière sortie où il était allé proposer une guerre sans avenir au colonel Gerineldo Marquez, c'était à peine s'il quittait son atelier pour aller pisser sous le châtaignier. Il ne recevait d'autres visites que celles du coiffeur toutes les trois semaines. Il se nourrissait de ce que voulait bien lui apporter Ursula une fois par jour, et bien qu'il continuât de fabriquer ses petits poissons en or avec la même ferveur qu'autrefois, il cessa de les vendre dès qu'il sut que les gens ne les achetaient pas comme bijoux mais comme des reliques historiques. Il avait fait un grand feu dans le patio avec les poupées de Remedios qui avaient décoré sa chambre depuis le jour de leur mariage. Ursula, à laquelle rien n'échappait, se rendit compte de ce que son fils était en train de faire, mais ne put l'empêcher.

— Tu as une pierre à la place du cœur, lui dit-elle.

— Il ne s'agit pas d'une affaire de cœur, lui répliqua-t-il. La chambre est en train d'être envahie par les mites.

Amaranta tissait son suaire. Fernanda ne comprenait pas pourquoi il lui arrivait d'écrire des lettres à Meme, et même de lui envoyer des cadeaux, alors qu'elle ne voulait pas dire un mot au sujet de José Arcadio. « Elle mourra sans savoir pourquoi », répondit Amaranta lorsqu'elle lui posa la question par l'entremise d'Ursula, et cette réponse sema dans son cœur une énigme qu'elle ne parvint jamais à élucider. Grande, pareille à une longue tige écanguée, hautaine, toujours vêtue d'abondants jupons bouillonnant de dentelles, avec cet air distingué qui résistait aux années et aux mauvais souvenirs, Amaranta semblait porter au front la croix de cendre de la virginité. En fait, c'était à la main qu'elle la portait, sous la bande noire qu'elle n'ôtait même pas pour dormir et qu'elle lavait et repassait elle-même. A broder son linceul, la vie s'en allait. On aurait dit qu'elle y travaillait dans la journée et défaisait son ouvrage la nuit venue, non dans l'espoir de vaincre ainsi sa solitude, mais, tout au contraire, pour l'entretenir.

Ce qui préoccupait le plus Fernanda, durant ses années d'abandon, c'était que Meme s'en vînt passer ses premières vacances à la maison sans y trouver Aureliano le Second. La congestion mit fin à ses craintes. Lorsque Meme fut de retour, ses parents s'étaient mis d'accord, non seulement pour faire croire à la fillette qu'Aureliano le Second était resté un mari tout à fait domestiqué, mais pour empêcher qu'elle ne remarquât la tristesse de la maison. Chaque année, pendant deux mois, Aureliano le Second jouait son rôle d'époux modèle et organisait de petites fêtes où l'on servait des glaces, des gâteaux secs, et qu'égayait l'écolière enjouée et pleine de vie en se mettant au clavecin. Il était déjà devenu évident qu'elle n'avait hérité que très peu du caractère de sa mère. On aurait dit plutôt une seconde version d'Amaranta, à l'époque où cette dernière ne connaissait pas encore l'amertume et semait une joyeuse panique dans la maison avec ses pas de danse, quand elle avait douze ou quatorze ans, avant cette passion secrète pour Pietro Crespi, qui, dans son cœur, marqua un changement de cap définitif. Mais, à la différence d'Amaranta, et contrairement à tous, Meme ne paraissait pas encore promise au destin solitaire de la famille et avait l'air parfaitement accordée au monde, même quand elle s'enfermait au salon, vers deux heures de l'après-midi, pour travailler son clavecin avec une discipline inflexible. On devinait très clairement qu'elle se plaisait dans cette maison, qu'elle passait toute l'année à rêver au joli chahut d'adolescentes rameutées par son arrivée, et qu'elle n'était pas très éloignée de partager la vocation de fêtard et le sens de l'hospitalité débordant de son père. Le premier signe de cet héritage malheureux apparut lors des troisièmes grandes vacances, le jour où Meme débarqua à la maison en compagnie de quatre religieuses et de soixante-huit camarades de classe qu'elle avait invitées à venir passer une semaine dans sa famille, de sa propre initiative et sans prévenir personne.

— Quel désastre! gémit Fernanda. Cette enfant est aussi barbare que son père!

Il fallut emprunter des lits et des hamacs aux voisins, faire neuf services pour les repas, fixer des horaires pour l'occupation des bains et réussir à se faire prêter une quarantaine de tabourets pour que les fillettes en uniformes bleus et botillons d'homme ne passassent toute la journée à papillonner en tous sens. Cette invitation fut un fiasco car les turbulentes collégiennes avaient à peine fini de prendre leur petit déjeuner qu'il fallait déjà entamer le premier service du déjeuner, et ainsi de suite jusqu'au dîner, si bien que dans la semaine elles ne purent faire qu'une seule promenade jusqu'aux plantations. A la tombée de la nuit, les religieuses étaient épuisées, incapables de se mouvoir, de donner un ordre de plus, alors que le troupeau d'adolescentes infatigables était encore dans le patio à chanter d'insipides couplets scolaires. Un jour, elles faillirent renverser Ursula qui s'obstinait à vouloir se rendre utile là où elle gênait précisément le plus. Un autre jour, ce furent les religieuses qui firent un esclandre parce que le colonel Aureliano Buendia s'en vint pisser sous le châtaignier sans se préoccuper que les pensionnaires étaient dans le patio. Amaranta faillit semer la panique quand une des sœurs fit irruption dans la cuisine au moment où elle salait la soupe et ne trouva rien d'autre à lui demander que la nature de cette poudre blanche qu'elle mettait par poignées.

— De l'arsenic, répondit Amaranta.

Le soir de leur arrivée, voulant se rendre aux lieux d'aisance avant de se coucher, les jeunes étudiantes créèrent un tel embouteillage qu'à une heure du matin les toutes dernières étaient encore en train de rentrer. Fernanda fit alors l'acquisition de soixante-deux pots de chambre, mais ne réussit qu'à transformer le problème nocturne en problème matinal car on put voir à l'aube, devant les lieux, une longue file de jeunes filles, chacune tenant son pot à la main et attendant son tour de le vider. Hormis quelques-unes qui eurent des poussées de fièvre et plusieurs dont les piqûres de moustiques s'infectèrent, la plupart d'entre elles, face aux difficultés les plus pénibles, firent montre d'une résistance à toute épreuve, et on les vit même à l'heure la plus chaude flâner dans le jardin. Quand elles finirent par s'en aller, les fleurs étaient saccagées, les meubles brisés et les murs tout couverts de dessins et d'inscriptions, mais Fernanda fut si soulagée de les savoir parties qu'elle leur pardonna leurs ravages. Elle rendit les lits et les tabourets prêtés et conserva les soixante-deux pots de chambre dans le cabinet de Melquiades. Cette pièce qu'on tenait fermée, autour de laquelle tournait autrefois la vie spirituelle de la maison, fut connue dès lors sous le nom de *la chambre aux pots*. Pour le colonel Aureliano Buendia, c'était d'ailleurs l'appellation qui lui convenait le mieux, car, tandis que le reste de la famille continuait à s'émerveiller de ce que la pièce de Melquiades restât préservée de la poussière et de la destruction, lui-même la voyait transformée en une véritable poubelle. De toute manière, il lui importait peu de savoir qui avait raison, et il n'apprit le nouveau destin de cette chambre qu'incidemment, parce que Fernanda le dérangea dans son travail tout un après-midi en passant et repassant pour aller ranger ses pots.

C'est vers cette époque que José Arcadio le Second refit son apparition à la maison. Il filait tout droit sous la véranda, sans saluer personne, et allait s'enfermer dans l'atelier où il conversait avec le colonel. Bien qu'elle ne pût le voir, Ursula analysait le bruit que faisaient les talons de ses bottes de contremaître, et était surprise de constater quel fossé impossible à combler le séparait à présent du reste de la famille, même de son frère jumeau avec lequel, enfant, il jouait à inventer d'ingénieux stratagèmes pour qu'on les confondît, mais avec lequel il n'avait déjà plus aucun trait commun. Il était tout en longueur, avec un air solennel, une attitude pensive, une tristesse de Sarrasin et comme un éclat lugubre sur son visage couleur d'automne. Il était celui qui ressemblait le plus à sa mère, Sainte Sophie de la Piété. Ursula se reprochait d'avoir tendance à l'oublier quand elle parlait de la famille, mais, lorsqu'elle le sentit de nouveau à la maison et qu'elle remarqua que le colonel l'admettait dans son atelier pendant les heures de travail, elle se reprit à examiner ses vieux souvenirs et acquit la conviction qu'à certain moment de leur enfance, il s'était interverti avec son frère jumeau, car c'était bien lui et non ce dernier qui aurait dû s'appeler Aureliano. Personne ne connaissait les détails de son existence. A une certaine époque, on sut qu'il n'avait pas de domicile fixe, qu'il élevait des coqs de combat chez Pilar Ternera et qu'il y restait parfois dormir, mais en fait il passait presque toutes ses nuits dans les chambres des matronnes venues de France. Il allait à la dérive, sans affections, sans ambitions, comme une étoile filante dans le système planétaire d'Ursula.

En vérité, José Arcadio le Second n'était plus membre de la famille, et ne devait appartenir à aucune autre, depuis cette aube lointaine où le colonel Gerineldo Marquez l'avait emmené à la caserne, non pour qu'il assistât à une exécution mais afin que restât gravé dans sa mémoire, pour le restant de ses jours, ce sourire triste et un peu moqueur du fusillé. Ce n'était pas seulement son plus ancien souvenir mais le seul qu'il gardait de son enfance. L'autre, celui d'un vieillard qui portait un gilet anachronique et un chapeau en ailes de corbeau, et racontait des merveilles devant une fenêtre par où passait un jour aveuglant, il ne réussissait à le situer dans aucune époque. Celui-ci était un souvenir incertain, tout à fait dépourvu d'enseignements ou de nostalgie, au contraire du souvenir du fusillé qui avait réellement décidé de l'orientation de sa vie et qui lui revenait de plus en plus nettement en mémoire au fur et à mesure qu'il vieillissait, comme si le cours du temps l'en rapprochait. Ursula essaya de se servir de José Arcadio le Second pour faire sortir le colonel Aureliano Buendia de sa retraite. « Convainc-le d'aller au cinéma, lui disait-elle. Même si les films ne lui plaisent pas, il aura du moins l'occasion de respirer l'air pur. » Mais elle ne tarda pas à se rendre compte qu'il demeurait aussi insensible à ses prières qu'aurait pu l'être le colonel, et qu'une même cuirasse les rendait imperméables à toute forme d'affection. Bien qu'elle ne sût jamais, et que tout le monde restât sans savoir de quoi ils pouvaient bien parler au cours de leurs aparte prolongés dans l'atelier, il lui vint à l'esprit qu'ils étaient bien les deux seuls membres de la famille à avoir l'air unis par leurs affinités.

La vérité était que José Arcadio le Second lui-même ne serait pas parvenu à faire sortir le colonel de sa retraite. Avec l'invasion des collégiennes, les limites de sa patience avaient été dépassées. Sous prétexte que la chambre nuptiale était livrée aux mites malgré la destruction des affriolantes poupées de Remedios, il suspendit un hamac dans l'atelier qu'il ne quitta désormais que pour aller faire ses besoins au jardin. Ursula ne parvenait pas à avoir avec lui la conversation la plus banale. Elle savait qu'il ne jetait pas un seul coup d'œil sur les plats qu'elle lui servait, mais qu'il les plaçait à un bout de son établi afin de pouvoir terminer l'un de ses petits poissons, et il lui importait peu que sa soupe fût figée ou que la viande devînt froide. Il se montra de plus en plus dur à compter du jour où le colonel Gerineldo Marquez refusa de le seconder dans la guerre sénile qu'il voulait déclencher. Il se renferma en lui-même à double tour et, dans la famille, on finit par penser à lui comme à un mort. On ne lui connut plus aucune réaction humaine jusqu'à ce onze octobre où il sortit sur le pas de la porte pour assister dans la rue au défilé d'un cirque. Pour le colonel Aureliano Buendia, cette journée avait été identique à toutes celles de ses dernières années. A cinq heures, le bruit des crapauds et des grillons, de l'autre côté du mur, l'avait réveillé. Il tombait une petite pluie fine qui persistait depuis le samedi précédent, mais, pour le savoir, il n'aurait pas eu besoin d'entendre son minuscule chuchotement sur les feuilles du jardin : de toute façon, il l'aurait sentie au froid qui le pénétrait jusqu'aux os. Il était emmitouflé comme toujours dans sa couverture de laine, et avait passé ces longs caleçons de cotonnade qu'il continuait à porter par commodité, bien qu'en raison de leur poussiéreux anachronisme il les appelât lui-même des « caleçons conservateurs ». Il enfila ses pantalons étroits sans en nouer les ganses, de même qu'il ne mit pas à son col de chemise le bouton en or qu'il portait toujours, car il avait l'intention de prendre un bain. Puis il se couvrit la tête de sa couverture, comme d'une cagoule, peigna avec ses doigts sa moustache dégoulinante, et s'en fut pisser au jardin. Il s'en fallait encore de beaucoup pour qu'émergeât le soleil et José Arcadio Buendia dormait toujours sous son auvent de palmes pourries par la pluie. Il ne l'avait jamais vu et il ne le vit pas davantage cette fois-ci, pas plus qu'il n'entendit la phrase incompréhensible que lui adressa le spectre de son père, réveillé en sursaut par le jet d'urine fumante qui lui éclaboussait les souliers. Il remit le bain à plus tard, non pas à cause du froid et de l'humidité mais à cause de ce brouillard d'octobre qui l'oppressait. De retour à l'atelier, il perçut l'odeur de cierge mouché des fourneaux qu'était en train d'allumer Sainte Sophie de la Piété, et attendit à la cuisine que le café fût chaud pour en emporter un bol sans sucre. Comme tous les matins, Sainte Sophie de la Piété lui demanda quel jour de la semaine on était, et il lui répondit qu'on était mardi, le onze octobre. A la vue de cette femme si impavide, dorée par les reflets du feu, laquelle à cet instant précis, pas plus qu'à tout autre moment de sa vie, ne paraissait exister tout à fait, il se rappela tout à coup qu'un onze octobre, en pleine guerre, il avait été réveillé par la conviction soudaine que la femme qui était couchée avec lui était morte. Elle l'était bel et bien, et il ne pouvait oublier cette date parce qu'elle aussi lui avait demandé, une heure auparavant, quel jour on était. Malgré cette évocation, il ne mesura pas, cette fois encore, combien les présages l'avaient abandonné, et tandis que le café bouillait il continua par pure curiosité, mais sans le plus infime risque de nostalgie, à penser à cette femme dont il ne sut jamais le nom et dont il ne vit jamais le visage en vie, car elle était parvenue jusqu'à son hamac en trébuchant dans l'obscurité. Pourtant, dans le flou de tant de femmes qui firent intrusion dans sa vie de semblable manière, il omit de se souvenir que ce fut elle qui, dans le délire de leur première rencontre, faillit naufrager dans ses propres larmes et, une heure à peine avant de mourir, lui avait juré de l'aimer jusqu'à sa mort. Il ne songea plus à elle, non plus qu'à aucune autre, pénétra dans son atelier avec son bol fumant et fit la lumière pour compter les petits poissons en or qu'il conservait dans une écuelle de fer-blanc. Il y en avait dix-sept. Depuis qu'il avait décidé de ne plus les vendre, il continuait à fabriquer deux petits poissons par jour, et lorsqu'il arrivait au nombre de vingt-cinq, il les fondait à nouveau dans le creuset pour se remettre à les fabriquer à nouveau. Il s'absorba toute la matinée dans son travail, sans penser à rien, sans se rendre compte qu'à dix heures il pleuvait de plus belle, sans entendre quelqu'un passer dans l'atelier en criant qu'on fermât bien les portes si l'on ne voulait pas que la maison fût inondée, et sans avoir conscience de sa propre existence, jusqu'à ce qu'Ursula fît son entrée, portant le déjeuner et éteignant la lumière.

— Quelle pluie! dit Ursula.

— Octobre, répondit-il.

Il prononça ce mot sans lever les yeux du premier petit poisson de la journée dont il était en train de sertir les yeux de rubis. Ce n'est que lorsqu'il l'eut achevé qu'il le plaça avec les autres dans l'écuelle et se mit à boire sa soupe. Puis il mangea très lentement le morceau de viande en ragoût accompagné d'oignons, de riz blanc et de tranches de bananes frites servis dans la même assiette. Son appétit ne s'altérait ni dans les meilleures ni dans les pires circonstances. Après déjeuner, il connut le malaise du désœuvrement. Par une espèce de superstition scientifique, il laissait toujours s'écouler deux heures de digestion sans travailler, ni lire, ni se baigner, ni faire l'amour, et cette croyance était si ancrée en lui qu'il lui arriva plusieurs fois de retarder des opérations militaires pour ne pas faire courir à ses hommes le risque d'une congestion. Il se coucha donc dans son hamac, s'occupant à ôter la cire de ses oreilles à l'aide d'un canif, et, au bout de quelques minutes, s'endormit. Il rêva qu'il pénétrait dans une demeure vide, aux murs tout bancs; l'impression pesante d'être le premier humain à y entrer le rendait inquiet. Dans ce même rêve, il se rappela qu'il avait rêvé la même chose la nuit précédente et au cours de nombreuses nuits de ces dernières années, et il sut que cette image se trouverait effacée de sa mémoire dès son réveil, car le rêve, dans sa récurrence, avait cette particularité qu'on ne pouvait s'en souvenir qu'à l'intérieur du même rêve. De fait, au bout d'un moment, quand le coiffeur frappa à la porte de l'atelier, le colonel Aureliano Buendia se réveilla avec l'impression qu'il s'était assoupi malgré lui, pendant quelques brèves secondes, et n'avait eu le temps de rêver à rien.

— Pas aujourd'hui, dit-il au coiffeur. On se verra vendredi.

Il avait une barbe de trois jours toute mouchetée de flocons blancs, mais il ne jugeait pas nécessaire de se raser s'il devait se faire couper les cheveux le vendredi suivant et pouvait parer à tout en même temps. Cette sieste malencontreuse l'avait mis en sueur et le liquide collant avait réveillé les cicatrices de furoncles de ses aisselles. La pluie s'était arrêtée mais le soleil n'avait pas encore paru. Le colonel Aureliano Buendia émit un rot sonore qui lui remit en bouche l'acidité de la soupe, et qui fut pour lui comme un ordre de son organisme lui commandant de se jeter la couverture sur les épaules et de se rendre aux lieux d'aisance. Il y demeura plus longtemps qu'il n'était nécessaire, accroupi au-dessus de l'intense fermentation qui montait du caisson de bois, jusqu'à ce que par routine il s'aperçût que l'heure était venue de reprendre son travail. Tout le temps que dura cette attente, il se rappela à nouveau qu'on était mardi et que José Arcadio le Second n'était pas venu à l'atelier parce que c'était jour de paie à la compagnie bananière. Ce rappel, comme tous ses souvenirs de ces dernières années, l'amena sans qu'il s'en rendît compte à penser à la guerre. Il se rappela que le colonel Gerineldo Marquez lui avait promis un jour de lui procurer un cheval portant une étoile blanche au front, et qu'il n'en avait jamais plus entendu parler. Puis il dériva d'un épisode à l'autre en ordre dispersé, se bornant à les évoquer sans porter de jugement sur aucun, car à force de ne pouvoir fixer son esprit sur autre chose il avait appris à penser à froid, afin que ces souvenirs inéluctables n'atteignissent plus sa sensibilité. De retour à l'atelier, il constata que l'atmosphère devenait plus sèche et résolut que c'était le moment de prendre un bain, mais Amaranta l'avait déjà devancé. Alors il commença le deuxième petit poisson de la journée. Il était en train de souder la queue quand le soleil émergea avec tant de force que son éclat craqua comme une balandre. L'air lavé par trois jours de pluie se remplit de fourmis volantes. Il se sentit alors envie d'uriner mais se rendit compte qu'il était en train de se retenir jusqu'à ce qu'il eût fini de dorer le petit poisson. A quatre heures dix, il se rendit au jardin quand il entendit retentir des cuivres dans le lointain, des battements de grosse caisse et des enfants joyeux, et pour la première fois depuis son jeune âge il se laissa délibérément tomber dans un piège que lui tendait la nostalgie, et revécut le prodigieux après-midi des gitans, quand son père l'avait emmené faire connaissance avec la glace. Sainte

Sophie de la Piété quitta ce qu'elle était en train de faire à la cuisine et se précipita vers la porte d'entrée.

— C'est le cirque! s'écria-t-elle.

Au lieu de continuer en direction du châtaignier, le colonel Aureliano Buendia se dirigea lui aussi vers la porte de la rue et se mêla aux curieux qui contemplaient le défilé. Il vit une femme toute costumée d'or sur la nuque d'un éléphant. Il vit un dromadaire mélancolique. Il vit un ours vêtu en femme de Hollande qui marquait le rythme de la fanfare avec une louche et une casserole. Il vit des clowns faire des pirouettes en queue de défilé, et il vit à nouveau le misérable spectacle de sa solitude quand tout fut passé et qu'il ne resta plus rien à voir que la plage lumineuse de la rue, l'air rempli de fourmis volantes et quelques curieux penchés au bord du gouffre de l'incertitude. Il se rendit alors sous le châtaignier, pensant au cirque, et voulut continuer d'y penser tout en urinant, mais il n'en retrouva déjà plus trace dans ses souvenirs. Il rentra sa tête dans ses épaules comme les poussins et demeura immobile, le front contre le tronc du châtaignier. La famille ne fut au courant que le lendemain, quand Sainte Sophie de la Piété voulut se rendre au fond du jardin pour vider les ordures et eut son attention attirée par le vol d'urubus qui descendait.

Les dernières vacances de Meme coïncidèrent avec la période de deuil qui suivit la mort du colonel Aureliano Buendia. Dans la maison fermée, il n'y avait plus place pour les fêtes. On ne parlait qu'en sussurant, il fallait se taire à table et réciter le rosaire trois fois par jour, et dans la chaleur de la sieste les exercices au clavecin avaient eux-mêmes des résonances funèbres. Malgré la secrète hostilité qu'elle vouait au colonel, ce fut Fernanda, impressionnée par la solennité avec laquelle le gouvernement célébra la mémoire de son ennemi disparu, qui imposa le deuil dans toute sa rigueur. Comme de coutume, Aureliano le Second s'en revint coucher à la maison pour la durée des vacances de sa fille et il fallut bien que Fernanda fît quelque chose pour recouvrer ses privilèges d'épouse légitime car l'année suivante, Meme trouva chez elle une petite sœur nouvellement née qu'on baptisa, contre le gré de sa mère, du nom d'Amaranta Ursula.

Meme avait achevé ses études. La virtuosité avec laquelle elle interpréta des thèmes populaires du XVIIe siècle, lors de la fête organisée pour célébrer le couronnement de ses études et qui marqua la fin de la période de deuil, montra qu'elle avait bien mérité le diplôme qui la consacrait claveciniste. Plus que son art, ce fut sa dualité peu commune qui força l'admiration des invités. Son caractère frivole et quelque peu puéril ne paraissait la prédisposer à aucune activité sérieuse mais, lorsqu'elle s'asseyait au clavecin, elle se transformait en une jeune fille toute différente, à laquelle sa maturité inattendue donnait des airs d'adulte. Il en fut toujours ainsi. Au vrai, elle n'avait pas de vocation bien précise mais avait réussi à obtenir les meilleures notes par une discipline inflexible et pour ne pas contrarier sa mère. Lui aurait-on imposé l'apprentissage de n'importe quel autre métier, les résultats eussent été les mêmes. Depuis sa plus tendre enfance, elle avait subi la sévérité de Fernanda, sa manie de décider pour les autres, et, plutôt que de se heurter à son intransigeance, elle aurait été capable de sacrifices beaucoup plus pénibles que de simples leçons de clavecin. Le jour de la cérémonie de clôture, elle eut l'impression que le diplôme aux lettres gothiques, avec ses majuscules enluminées, la libérait d'un engagement auquel elle avait consenti par commodité plutôt que par soumission, et elle s'imagina que l'opiniâtre Fernanda ne reviendrait plus désormais sur cet instrument que les religieuses elles-mêmes considéraient comme un fossile de musée. Les premières années, elle crut que ses calculs étaient faux, car non contente d'avoir endormie la moitié de la population par des récitals donnés au salon mais également dans toutes les soirées de bienfaisance, matinées scolaires et commémorations patriotiques qui s'organisaient à Macondo, sa mère ne se découragea pas d'inviter tout nouvel arrivant qu'elle supposait capable d'apprécier les dons de sa fille. Ce n'est qu'après la mort d'Amaranta, quand la famille se cloîtra pour une nouvelle période de deuil, que Meme put refermer son clavecin et égarer la clef dans quelque armoire sans que Fernanda prît la peine de vérifier à quel moment et par la faute de qui elle s'était trouvée perdue. Meme supporta ces exhibitions aussi stoïquement qu'elle s'était consacrée à son apprentissage. C'était le prix de sa liberté. Fernanda était si satisfaite de sa docilité et si fière de l'admiration que suscitait son art, qu'elle ne s'opposa jamais à ce que ses amies envahissent la maison, à ce qu'elle passât l'après-midi dans les plantations ou accompagnât au cinéma Aureliano le Second, ou des femmes en qui elle avait confiance, pourvu que le film n'eût pas été déconseillé en chaire par le père Antonio Isabel. En ces moments de gaie distraction se révélaient les véritables goûts de Meme. Son bonheur était à l'extrême opposé de la discipline, dans les fêtes bruyantes, les confidences amoureuses, les longues réunions secrètes entre amies où elles apprenaient à fumer et parlaient de questions d'hommes, et où il leur arriva une fois de dépasser la mesure, ayant ingurgité trois bouteilles de rhum et se retrouvant toutes nues en train de jauger et comparer chacune des parties de leur corps. Meme ne devait jamais oublier cette soirée où elle rentra à la maison en mâchonnant des bâtons de réglisse, et, sans que personne remarquât son bouleversement, prit place à la table où Fernanda et Amaranta dînaient sans s'adresser la parole. Elle avait passé, dans la chambre d'une amie, deux heures terribles à pleurer de rire et de peur à la fois, et par-delà cette crise avait découvert ce si précieux courage qui lui avait fait défaut pour s'enfuir de la pension et dire à sa mère, de cette manière ou plus crûment encore, qu'elle pouvait bien se mettre son clavecin quelque part. Assise au haut bout de la table, buvant un bouillon de poulet qui lui tombait dans l'estomac comme un élixir de résurrection, Meme découvrit alors Fernanda et Amaranta entourées du halo accusateur de la réalité. Elle dut faire un grand effort pour ne pas leur jeter à la face tout ce qui n'était chez elles qu'affectation, pauvreté d'esprit, folie des grandeurs. Elle savait déjà depuis ses secondes vacances que son père ne vivait à la maison que pour sauver les apparences, et, connaissant Fernanda comme elle la connaissait, s'étant arrangée par la suite pour faire la connaissance de Petra Cotes, elle donna raison à son père. Tout comme elle-même aurait préféré être la fille de la concubine. Un peu éméchée sous l'effet de l'alcool, Meme songeait avec volupté au scandale qu'elle aurait provoqué en exprimant à haute voix ce qui lui passait alors par la tête, et cette espièglerie lui procura une satisfaction si intense que Fernanda ne fut pas sans la remarquer.

— Qu'est-ce qui t'arrive? lui demanda-t-elle.

— Rien, répondit Meme. Rien sinon qu'il m'a presque fallu attendre ce soir pour découvrir combien je vous aime.

Toute la charge de haine manifestement contenue dans cette déclaration glaça Amaranta. Mais Fernanda en fut si bouleversée qu'elle crut devenir folle lorsque Meme se réveilla sur le coup de minuit, la tête prête à éclater tant elle souffrait, vomissant des torrents de bile qui la faisaient s'étouffer. Elle lui administra une fiole d'huile de castor, lui posa des cataplasmes sur le ventre et des vessies de glace sur la tête, et lui imposa une diète et un isolement complet de cinq jours ordonnés par le nouvel et extravagant médecin français qui, après l'avoir examinée pendant plus de deux heures, en était arrivé à la nébuleuse conclusion qu'elle était atteinte de quelque maladie de femme. Le courage abandonna

Meme qui, dans un lamentable état de démoralisation, n'eut d'autre recours que de prendre son mal en patience. Ursula, déjà tout à fait aveugle mais encore active et lucide, fut la seule à pressentir quel pouvait être le diagnostic exact. « Pour moi, se dit-elle, ça ressemble en tous points à ce qui arrive aux pochards. » Mais elle chassa cette idée de son esprit et alla même jusqu'à se reprocher d'avoir des pensées si futiles. Aureliano le Second sentit sa conscience le tirailler lorsqu'il vit Meme ainsi prostrée, et se jura de s'occuper d'elle à l'avenir. C'est ainsi que naquirent entre le père et la fille des rapports de franche et joyeuse camaraderie qui devaient libérer provisoirement le premier de l'amère solitude de ses fêtes, et libérer la seconde de la tutelle de Fernanda sans avoir à provoquer cette crise domestique qui paraissait déjà inévitable. Aureliano le Second renvoyait alors tous ses engagements à plus tard, afin de rester avec Meme et de l'emmener au cinéma ou au cirque, et lui consacrait la plus grande partie de ses loisirs. Ces derniers temps, la gêne provoquée par cette monstrueuse obésité qui l'empêchait déjà de lacer ses propres souliers, ainsi que la satisfaction abusive de toutes sortes d'appétits, avaient commencé de lui aigrir le caractère. La découverte de sa propre fille le rendit à son ancienne jovialité, et le goût qu'il avait de se trouver en sa compagnie l'écarta progressivement de la débauche. Meme accédait à l'âge où la jeune fille en fleurs devient fruitière. Elle n'était pas belle, comme ne le fut jamais Amaranta, mais en revanche elle attirait la sympathie, n'était pas compliquée pour un sou et faisait toute de suite bonne impression. Elle avait une tournure d'esprit moderne qui heurtait la retenue vieillote de Fernanda et le cœur avare qu'elle dissimulait mal, mais qui trouvait en revanche un défenseur en Aureliano le Second. Ce fut lui qui décida de lui faire quitter la chambre à coucher qu'elle occupait depuis l'enfance, où les yeux farouches des statues de saints continuaient à alimenter ses terreurs d'adolescente, et meubla pour elle une chambre pourvue d'un lit de reine, d'une large coiffeuse et de tentures de velours, sans se rendre compte qu'il était en train de confectionner une seconde version de la propre chambre de Petra Cotes. Il se montrait si prodigue avec Meme qu'il ne savait même pas combien d'argent il lui donnait, pour la bonne raison qu'elle puisait elle-même dans ses poches, et il la tenait au courant de tous les nouveaux produits et accessoires de beauté qui arrivaient aux comptoirs de la compagnie bananière. La chambre de Meme se remplit de fragments de pierre ponce pour se polir les ongles, de fers à friser, de pâtes pour avoir une dentition éclatante, de collyres pour rendre le regard plus langoureux, de tant de cosmétiques et maquillages si nouveaux que, chaque fois qu'elle entrait dans cette pièce, Fernanda était scandalisée à l'idée que la coiffeuse de sa fille devait être en tous points identique à celle des matrones françaises. A cette époque, cependant, Fernanda partageait tout son temps entre la petite Amaranta Ursula, capricieuse et maladive, et de palpitants échanges de correspondance avec les médecins invisibles. Si bien que lorsqu'elle s'aperçut de la complicité qui régnait entre le père et la fille, la seule promesse qu'elle put arracher à Aureliano le Second fut qu'il n'emmènerait jamais Meme chez Petra Cotes. Cette admonition n'avait d'ailleurs aucun sens, car la concubine était si indisposée par la camaraderie qui s'était établie entre son amant et sa fille qu'elle ne voulait pas entendre parler de cette dernière. Une crainte jusqu'alors inconnue la tourmentait, comme si son instinct lui laissait entendre que Meme n'avait qu'à lever le petit doigt pour obtenir ce que s'était toujours vu refuser Fernanda : qu'elle-même se retrouvât privée d'un amour qu'elle avait déjà tenu pour assuré tant qu'elle vivrait. Pour la première fois, Aureliano dut endurer que sa concubine lui fît la tête et supporter ses railleries empoisonnées, et en vint à appréhender que ses malles, transportées d'un domicile à l'autre, ne reprissent le chemin de celui de sa légitime épouse. Ceci n'arriva point. Nulle ne connaissait son homme mieux que Petra Cotes son amant, et elle savait que les malles resteraient là où on les feraient porter, pour cette raison qu'Aureliano le Second ne détestait rien tant que de se compliquer la vie avec des rectifications et des déménagements. Les malles restèrent donc là où elles étaient et Petra Cotes s'évertua à reconquérir le mari en aiguisant les seules armes dont la fille ne pouvait faire usage pour le lui disputer. Efforts tout aussi inutiles car Meme n'avait jamais eu le dessein d'intervenir dans les affaires de son père et, s'en fût-elle mêlée, c'eût été en faveur de la concubine. Elle n'avait pas assez de temps à elle pour trouver celui d'ennuyer personne. Elle balayait elle-même sa chambre et faisait son lit comme lui avaient appris les religieuses. Au cours de la matinée, elle prenait soin de ses vêtements, brodant sous la véranda ou cousant sur la vieille machine à manivelle d'Amaranta. Tandis que les autres faisaient la sieste, elle s'exerçait pendant deux heures au clavecin, sachant que, grâce à ce sacrifice journalier, Fernanda garderait l'esprit en repos. Pour le même motif, elle continua à donner des récitals à l'occasion de ventes ecclésiastiques et de soirées scolaires, bien que les sollicitations se fissent de moins en moins fréquentes. En fin d'après-midi, elle s'arrangeait un peu, revêtait une toilette des plus simples, chaussait ses dures galoches et, si rien ne la retenait auprès de son père, elle se rendait chez des amies où elle restait jusqu'à l'heure du dîner, Sauf exception, Aureliano le Second venait alors la chercher pour la conduire au cinéma.

Parmi les camarades de Meme se trouvaient trois Nord-Américaines qui avaient rompu le barrage électrifié de leur poulailler pour venir se lier d'amitié avec des jeunes filles de Macondo. L'une d'elles était Patricia Brown. Reconnaissant de l'hospitalité que lui avait offerte Aureliano le Second, Mr. Brown ouvrit sa maison à Meme et l'invita aux bals du samedi qui étaient bien les seuls où les amerloks acceptaient de se mêler aux autochtones. Quand Fernanda l'apprit, elle oublia momentanément Amaranta et Ursula, ainsi que les médecins invisibles, et fit tout un mélodrame : « Imagine un peu ce que va penser le colonel dans sa tombe », dit-elle à Meme. Bien entendu, elle cherchait ainsi le soutien d'Ursula. Mais la vieille aveugle, contrairement à ce que tout le monde attendait, considéra qu'il n'y avait rien de répréhensible à ce que Meme se rendît à ces bals et entretînt des liens d'amitié avec les Nord-américaines de son âge, pourvu qu'elle gardât sa fermeté de jugement et ne se laissât point convertir à la religion protestante. Meme saisit fort bien la pensée de son arrière-grand-mère et, au lendemain de chaque bal, elle se levait plus tôt que d'habitude pour se rendre à la messe. L'opposition de Fernanda tint bon jusqu'au jour où Meme put la désarmer en l'informant que les Nord-Américains désiraient l'entendre jouer du clavecin. Il fallut une fois de plus sortir l'instrument de la maison et le porter jusque chez Mr. Brown où, effectivement, la jeune interprète reçut les plus sincères applaudissements, les félicitations les plus enthousiastes. Dès lors, on l'invita non seulement aux bals mais aussi à venir se baigner le dimanche dans la piscine, et déjeuner une fois par semaine. Meme apprit à nager comme une championne, à jouer au tennis et à manger le jambon de Virginie avec des tranches d'ananas. Entre les bals, la piscine et les parties de tennis, elle sut rapidement se débrouiller en anglais. Aureliano le Second fut tellement ravi des progrès de sa fille qu'il acheta à quelque colporteur une encyclopédie anglaise en six volumes, comportant de nombreuses planches en couleurs, que Meme se mit à lire durant ses heures de liberté. La lecture mobilisa toute l'attention qu'elle portait jusque-là, avec ses amies, aux confidences amoureuses ou aux expériences en petit comité, non qu'elle se l'imposât comme une discipline mais parce qu'elle avait déjà perdu tout intérêt à débattre de tels mystères tombés dans le domaine public. Elle se souvenait de leur scène d'ivresse comme d'une aventure enfantine et elle lui semblait si drôle qu'elle la narra à Aureliano le Second, qui parut s'en divertir encore plus qu'elle. « Si ta mère savait ça! », dit-il en pouffant de rire, comme il lui disait toujours chaque fois qu'elle lui faisait une confidence. Il lui avait fait promettre qu'elle le tiendrait au courant de sa première liaison, avec la même confiance, et Meme lui avait raconté qu'elle sympathisait avec un rouquin du Nord qui était venu passer ses vacances auprès de ses parents. « Quelle horreur! fit Aureliano le Second en riant. Si ta mère savait ça! » Mais Meme lui confia également que le jeune homme s'en était retourné dans son pays et n'avait plus donné signe de vie. Sa maturité d'esprit garantissait la paix domestique. Aureliano le Second consacrait alors davantage de son temps à Petra Cotes et, bien qu'il n'eût plus le corps ni l'âme assez solides pour s'adonner à des fêtes comme celles d'autrefois, il ne perdait pas une occasion d'en organiser et de sortir de son étui l'accordéon dont quelques touches se trouvaient déjà rafistolées à l'aide de lacets de soulier. A la maison, Amaranta continuait de broder son interminable linceul, et Ursula se laissait entraîner par la décrépitude vers les bas-fonds des ténèbres où plus rien n'était visible pour elle que le spectre de José Arcadio Buendia sous son châtaignier. Fernanda affermissait son autorité. Ses lettres mensuelles à son fils José Arcadio ne comportaient plus une ligne de mensonge et elle se bornait à dissimuler sa correspondance avec les médecins invisibles qui lui avaient diagnostiqué une tumeur bénigne au gros intestin, et s'employaient à la préparer en vue de pratiquer sur elle quelque intervention par télépathie.

On aurait pu dire que dans la demeure fourbue des Buendia régnait désormais pour longtemps une paix et un bonheur routiniers, mais la mort subite d'Amaranta provoqua un nouveau scandale. On ne s'attendait pas à un pareil événement. Bien qu'elle fût vieille et vécût à l'écart de tous, on la voyait encore solide, droite comme un piquet, avec la santé de fer qu'on lui connut toujours. Personne ne sut plus rien de ce qu'elle pensait depuis cet après-midi où elle avait définitivement repoussé le colonel Gerineldo Márquez et s'était recluse pour pleurer. Quand elle refit son apparition, elle avait épuisé toutes ses larmes. On ne la vit pas pleurer le jour de l'ascension de Remedios la Belle, ni au moment de l'extermination des Aureliano, non plus que pour la mort du colonel Aureliano Buendia, qui était l'être qu'elle avait le plus aimé en ce monde, bien qu'elle ne pût se le prouver qu'après la découverte de son cadavre sous le châtaignier. Elle aida à soulever le corps. Elle le revêtit de ses ornements guerriers, le rasa, le peigna et lui cosmétiqua les moustaches avec encore plus de soin qu'il n'en mettait lui-même en ses années de gloire. Nul ne songea qu'il pouvait y avoir de l'amour dans de tels gestes car tout le monde s'était habitué à la familiarité d'Amaranta avec le rituel de la mort. Fernanda s'offusquait de ce qu'elle ne comprît rien aux rapports de la foi catholique avec la vie, mais seulement à ses rapports avec la mort, comme si ce n'avait pas été une religion mais un prospectus de pompes funèbres. Amaranta était trop empêtrée dans les rêts de ses souvenirs pour comprendre tant de subtilités apologétiques. Elle était parvenue au dernier âge de l'existence avec toutes ses nostalgies encore vivaces. Lorsqu'elle écoutait les valses de Pietro Crespi, elle se sentait les mêmes envies de pleurer qu'elle éprouvait du temps de son adolescence, comme si les ans, les épreuves, l'expérience n'avaient servi de rien. Les rouleaux de musique qu'elle avait elle-même jetés aux ordures sous prétexte qu'ils étaient en train de pourrir à cause de l'humidité, continuaient de tourner et de heurter des petits marteaux dans sa mémoire. Elle avait tenté de les faire disparaître derrière cette passion fangeuse qu'elle avait osé porter à son neveu Aureliano José, et avait essayé de se réfugier sous la calme et virile protection du colonel Gerineldo Márquez, mais elle n'était pas parvenue à s'en défaire, même en se livrant à l'acte le plus désespéré de sa vieillesse, lorsque, baignant le petit José Arcadio, trois ans avant son départ pour le séminaire, elle l'avait caressé de tout autre façon qu'une grand-mère avec son petit-fils, mais comme l'eût fait une femme vis-à-vis d'un homme, comme on racontait que s'y employaient les matrones françaises et comme elle-même avait tant désiré le faire sur la personne de Pietro Crespi, à douze ou quatorze ans, lorsqu'elle l'avait vu dans son pantalon collant de danseur, frappant de sa baguette magique au rythme du métronome. Parfois elle souffrait d'avoir laissé derrière elle cette traînée de boue et d'autres fois elle enrageait tellement qu'elle se piquait les doigts avec ses aiguilles, mais plus elle avait mal et plus elle enrageait, plus la rendait amère ce chagrin d'amour parfumé et véreux dont elle devait laisser des traînées jusqu'à sa mort. Comme le colonel Aureliano Buendia ne pouvait éviter de penser à la guerre, Amaranta ne pouvait s'empêcher de penser à Rebecca. Mais, alors que son frère avait réussi à stériliser ses souvenirs, elle n'était parvenue qu'à rendre les siens plus brûlants. Pendant de longues années, la seule chose qu'elle pria Dieu de lui épargner fut le châtiment de mourir avant Rebecca. Chaque fois qu'elle passait devant la maison et qu'elle notait les progrès de sa ruine, elle se plaisait à penser que Dieu l'entendait. Un après-midi qu'elle était occupée à coudre sous la véranda, elle eut soudain la certitude que la nouvelle de la mort de Rebecca lui serait portée un jour qu'elle serait assise au même endroit, dans la même position, éclairée par la même lumière. Elle resta assise à l'attendre comme quelqu'un qui attend une lettre, et il est vrai qu'à une certaine époque elle se mit à arracher ses boutons pour pouvoir les recoudre, afin que l'inaction ne rendît pas plus longue et plus angoissante son attente. A la maison, nul ne remarqua qu'à dater d'alors, Amaranta se mit à tisser un somptueux linceul pour Rebecca. Plus tard, quand Aureliano le Triste raconta qu'il l'avait vue changée en ce qu'il pensait être une apparition, avec sa peau toute craquelée et les quelques touffes jaunâtres qui lui restaient sur le crâne, Amaranta ne fut pas surprise car le spectre ainsi décrit était semblable à ce qu'elle imaginait depuis longtemps. Elle avait projeté de restaurer le cadavre de Rebecca, de dissimuler les ravages du visage à l'aide de paraffine et de lui faire une perruque avec les cheveux des statues de saints. Elle confectionnerait un beau cadavre et, dans le linceul de lin et un cercueil capitonné de peluche avec des volants de pourpre, elle le confierait aux bons soins des vers en de magnifiques funérailles. Elle en élabora le plan avec une telle haine que l'idée qu'elle aurait pu en faire tout autant par amour la fit frémir, mais elle ne se laissa pas démonter par cet instant de confusion et continua de mettre au point les moindres détails, avec tant de méticulosité qu'elle en devint non pas seulement une spécialiste, mais une vraie virtuose des rites de la mort. Le seul détail dont elle ne tint pas compte dans son terrible projet était qu'en dépit de ses prières au bon Dieu, elle pouvait fort bien mourir avant Rebecca. Ce qui arriva dans les faits. Mais, quand la fin sonna, Amaranta ne se sentit pas frustrée et se trouva au contraire libérée de toute amertume, car la mort lui avait accordé le privilège de s'annoncer avec plusieurs années d'avance. Elle la vit par un midi brûlant, en train de coudre à côté d'elle sous la véranda, peu après le départ en pension de Meme. Elle la reconnut sur-le-champ et ne lui trouva rien d'effrayant : la mort était une femme vêtue de bleu, aux cheveux longs, l'air un peu passée de mode, à qui l'on pouvait trouver une certaine ressemblance avec Pilar Ternera du temps qu'elle aidait à la cuisine. Il arriva à plusieurs reprises que Fernanda fût présente mais elle ne la remarqua point malgré son caractère bien réel et si humain qu'une fois, elle en vint à demander à Amaranta de bien vouloir enfiler son aiguille. La mort ne lui précisa pas quand elle devait mourir ni si sa dernière heure était inscrite avant celle de Rebecca, mais elle lui donna l'ordre de commencer à tisser son propre linceul dès le 6 avril suivant. Elle lui permit de s'en faire un aussi ouvragé, aussi ravissant qu'il lui chantait, à condition qu'elle y mît autant de probité qu'à confectionner celui de Rebecca, et l'avertit qu'elle devait mourir sans douleur ni peine ni amertume, à la tombée du jour où elle en viendrait à bout. Essayant de perdre le plus de temps possible, Amaranta envoya chercher du fil de lin d'une extrême finesse et fabriqua elle-même la toile. Elle y mit tant de soins que cette seule opération lui prit quatre ans. Puis elle commença les travaux de broderie. Au fur et à mesure que se rapprochait le terme fatal, elle comprit que seul un miracle pourrait lui permettre de prolonger son labeur au-delà de la mort de Rebecca, mais sa concentration d'esprit lui dispensa le calme dont elle avait besoin pour se faire à l'idée d'une éventuelle frustration. C'est alors qu'elle perçut la signification du cercle vicieux des petits poissons en or, dans lequel s'était enfermé le colonel Aureliano Buendia. Le monde s'arrêta désormais à la surface de son épiderme et l'intérieur resta préservé de toute amertume. Elle souffrit de ne pas avoir connu cette révélation nombre d'années auparavant, quand il lui était encore possible de purifier ses souvenirs et de reconstruire l'univers sous un jour nouveau, d'évoquer sans frémir l'odeur de lavande de Pietro Crespi au crépuscule et d'enlever Rebecca à la misère dans laquelle elle baignait, non plus par amour ni par haine mais par cette compréhension sans limites dont la douait la solitude. La haine qu'elle crut remarquer un soir dans les paroles de Meme ne la troubla point parce qu'elle s'était sentie visée mais parce qu'elle se découvrit soudain répétée dans une autre adolescence, aussi propre apparemment qu'avait dû sembler la sienne, et pourtant gâtée par la rancœur. Mais elle était déjà si profondément résignée à l'accomplissement de son destin qu'elle ne se laissa pas tourmenter par la certitude que tout retour en arrière et toute rectification étaient devenus impossibles. Elle n'eut plus d'autre but que d'achever son linceul. Au lieu d'en retarder la fin par de vaines fioritures comme elle avait fait au début, elle accéléra le rythme de son travail. Une semaine à l'avance, elle calcula qu'elle ferait le dernier point dans la nuit du 4 février et, sans en révéler la raison, elle suggéra à Meme, qui ne l'écouta pas, de décaler la date d'un récital de clavecin prévu pour le lendemain. Amaranta chercha alors quelque façon de se prolonger elle-même de quarante-huit heures et elle put penser que la mort avait répondu à ses vœux quand, dans la nuit du 4 février, un orage fit sauter l'installation électrique. Mais le lendemain matin, à huit heures, elle mit le point final au plus ravissant ouvrage qu'aucune femme eût jamais achevé, et annonça, sans dramatiser le moins du monde, qu'elle mourrait avant la tombée du jour. Elle ne se contenta pas de prévenir sa famille, mais avertit également tout le village car Amaranta s'était mise dans l'idée qu'elle pouvait réparer toute une vie de mesquineries par un dernier service rendu au monde, et pensa qu'il n'en était pas de meilleur que de porter des lettres aux morts.

La nouvelle qu'Amaranta Buendia levait l'ancre à la tombée du jour en se chargeant du courrier de la mort se répandit dans tout Macondo avant midi et, vers trois heures, il y avait déjà dans la salle commune une grande boîte pleine de missives. Ceux qui préféraient ne pas écrire confièrent à Amaranta des messages oraux qu'elle consigna dans un cahier avec le nom du destinataire et sa date de décès. « Ne vous faites pas de soucis, disait-elle en tranquillisant les expéditeurs. La première chose que je fais en arrivant, c'est de demander à le voir pour lui remettre votre message. » Tout cela avait l'air d'une comédie. Amaranta ne paraissait inquiète d'aucune manière, ni souffrir le moins du monde, et allait même jusqu'à sembler légèrement rajeunie par le sentiment du devoir accompli. Elle était toujours aussi élancée, aussi droite. Sans ses pommettes saillantes, devenues plus dures, et les quelques dents qui lui manquaient, elle aurait eu l'air bien moins âgée qu'elle ne l'était en réalité. Elle veilla à ce que les lettres fussent placées dans une caisse étanche et indiqua comment la disposer à l'intérieur de sa tombe afin de la mieux préserver de l'humidité. Au cours de la matinée, elle avait fait appel à un menuisier qui prit ses mesures pour le cercueil, debout au milieu de la salle, comme s'il se fût agi d'une robe. Durant ses dernières heures se réveilla en elle un tel dynamisme que Fernanda eut l'impression qu'elle était en train de se payer leur tête. Ursula, sachant par expérience que les Buendia ne mouraient pas de maladie, ne mit pas en doute qu'Amaranta avait reçu le présage de sa mort, mais elle craignait par-dessus tout que cet afflux de lettres et l'impatience de les voir acheminer au plus vite ne conduisissent les expéditeurs, dans leur égarement, à l'enterrer vivante. C'est pourquoi elle s'obstina à faire évacuer la maison, se disputant à grands cris avec les intrus, et, vers quatre heures de l'après-midi, elle était arrivée à ses fins. A la même heure, Amaranta achevait de distribuer ses affaires personnelles aux pauvres, et n'avait gardé sur son sévère cercueil de bois brut que les vêtements de rechange et les modestes chaussons en velvantine qu'elle emporterait dans la mort. Elle n'avait pas omis de prendre cette précaution car elle se souvenait qu'à la mort du colonel Aureliano Buendia, on avait dû lui acheter une paire de souliers neufs parce qu'il n'avait plus rien à se mettre aux pieds, hormis les pantoufles qu'il chaussait dans son atelier. Peu avant cinq heures, Aureliano le Second s'en vint chercher Meme pour le récital et fut surpris de voir la maison préparée comme pour un enterrement. Si quelqu'un avait l'air tout à fait vivant à cette heure-là, c'était bien Amaranta, si calme qu'elle avait même trouvé le temps d'émincer et de poncer ses durillons. Aureliano le Second et Meme prirent congé d'elle en lui faisant par plaisanterie leurs adieux, et lui promirent de faire la fête, le samedi suivant, pour célébrer sa résurrection. Attiré par la rumeur publique d'après laquelle Amaranta se faisait confier des lettres destinées aux morts, le père Antonio Isabel arriva sur le coup de cinq heures avec le viatique, et dut attendre un bon quart d'heure que la moribonde sortît de son bain. Lorsqu'il la vit apparaître en chemise de nuit de percale, les cheveux épars sur ses épaules, le vieux curé crut qu'on se moquait de lui et renvoya l'enfant de chœur. Il pensa pourtant profiter de l'occasion pour confesser Amaranta après bientôt vingt ans de refus obstinés. Amaranta se borna à répliquer qu'elle n'avait besoin d'aucune sorte d'assistance spirituelle puisqu'elle avait la conscience nette. Fernanda en fut outrée. Sans prendre garde à ne pas être entendue, elle se demanda à voix haute quel épouvantable péché avait bien pu commettre Amaranta pour préférer une mort sacrilège à la honte de se confesser. C'est alors qu'Amaranta se coucha et obligea Ursula à attester publiquement qu'elle était restée vierge.

— Que personne ne se fasse d'illusions, cria-t-elle pour être entendue de Fernanda. Amaranta Buendia quitte ce monde comme elle y est venue.

Elle ne se releva plus. Calée entre des oreillers comme si elle avait été vraiment malade, elle tressa ses longues nattes et se les enroula sur chaque oreille, ainsi que la mort lui avait dit devoir être apprêtée dans son cercueil. Puis elle demanda un miroir à Ursula et, pour la première fois depuis quarante ans, elle vit son visage ravagé par l'âge et le martyre qu'elle avait souffert, et fut surprise de constater combien elle ressemblait à l'image mentale qu'elle s'était faite d'elle-même. Au silence qui régnait dans la chambre, Ursula comprit qu'il avait commencé à faire sombre.

— Fais tes adieux à Fernanda, la supplia-t-elle. Une seule minute de réconciliation mérite mieux que toute une vie d'amitié.

— Ça n'est déjà plus la peine, répondit Amaranta.

Meme ne put s'empêcher de penser à elle quand se rallumèrent les feux de la scène improvisée et que commença la seconde partie du programme. Au milieu du morceau, quelqu'un vint lui annoncer la nouvelle à l'oreille et la représentation fut interrompue. Lorsqu'il arriva à la maison, Aureliano le Second dut jouer des coudes pour se frayer un chemin à travers la foule, afin de contempler le cadavre de la vieille pucelle, hideux, d'une sale couleur, avec sa bande noire autour de la main, enveloppé dans un linceul ravissant. On l'avait exposé dans la salle commune à côté de la grosse boîte à lettres.

Après les neuf nuits passées à veiller Amaranta, ce fut le tour d'Ursula de ne plus se relever. Sainte Sophie de la Piété s'occupa d'elle. Elle lui servait à manger dans sa chambre, lui apportait de l'essence de sassafras pour sa toilette, et la tenait au courant de tout ce qui se passait à Macondo. Aureliano le Second lui rendait fréquemment visite, lui apportait des vêtements qu'elle posait à côté de son lit, avec les objets les plus indispensables à la vie de tous les jours, si bien qu'elle réussit en peu de temps à se fabriquer un monde à portée de la main. Elle sut éveiller une grande affection chez la petite Amaranta Ursula, qui lui ressemblait en tout et à qui elle apprit à lire. Sa lucidité, l'habileté qu'elle mettait à se suffire à elle-même, faisaient naturellement penser qu'elle était écrasée sous le poids de ses cent ans d'âge, mais, s'il était évident qu'elle y voyait mal, nul ne soupçonna jamais qu'elle était complètement aveugle. Elle disposait alors de tant de temps, et d'un tel silence intérieur pour surveiller la vie de la maison, qu'elle fut la première à se rendre compte de la muette affliction de Meme.

— Viens ici, lui dit-elle. Maintenant que nous sommes seules, tu peux dire ce qui t'arrive à une pauvre vieille comme moi.

Meme eut un rire saccadé et esquiva la conversation. Ursula se garda d'insister mais trouva confirmation de ses soupçons dans le fait que Meme ne vint plus la voir. Elle savait qu'elle se préparait plus tôt que de coutume, qu'elle ne pouvait rester tranquille une minute dans l'attente de l'heure où elle pourrait sortir, qu'elle passait des nuits entières à se tourner et se retourner sur son lit, dans la chambre voisine, et que les voltigements d'un papillon suffisaient à la mettre au supplice. Un beau jour, elle l'entendit affirmer qu'elle s'en allait voir Aureliano le Second, et Ursula fut frappée de constater à quel point Fernanda manquait d'imagination pour ne rien soupçonner quand son mari s'en vint à la maison demander après sa fille. Il n'était que trop évident que Meme était déjà requise par de secrets problèmes, des rendez-vous pressants, des impatiences mal réprimées, bien avant cette soirée où Fernanda ameuta toute la maison parce qu'elle l'avait trouvée en train d'embrasser un homme en plein cinéma.

Meme était alors si renfermée sur elle-même qu'elle accusa Ursula de l'avoir dénoncée. En réalité, elle seule s'était dénoncée. Depuis un certain temps, elle laissait derrière elle tout un faisceau de pistes qui eussent éveillé l'attention du plus endormi, et Fernanda ne tarda tellement à les découvrir que parce qu'elle-même était obnubilée par ses secrets rapports avec les médecins invisibles. Même ainsi, elle finit par remarquer les profonds silences, les tressaillements soudains, les sautes d'humeur et les contradictions de sa fille. Elle se livra à une surveillance aussi implacable qu'elle était discrète. Elle la laissa aller avec ses éternelles amies, l'aida à s'habiller pour les petites fêtes du samedi, et jamais ne lui posa aucune question gênante qui eût pu l'alerter. Elle avait déjà accumulé de nombreuses preuves que Meme faisait des choses toutes différentes de celles qu'elle prétendait faire, mais elle se garda bien de laisser paraître ses soupçons, attendant une occasion propice. Un soir, Meme l'avertit qu'elle se rendait au cinéma en compagnie de son père. Peu après, Fernanda entendit éclater les pétards de la fête, du côté de chez Petra Cotes, et l'accordéon d'Aureliano le Second sur lequel on ne pouvait se méprendre. Elle s'habilla aussitôt, entra au cinéma et, dans la pénombre des places d'orchestre, elle reconnut sa fille. Cette victoire lui procura une telle émotion qu'elle en fut tout étourdie et elle ne put distinguer l'homme qu'était en train d'embrasser Meme, mais elle réussit à percevoir sa voix tremblante au milieu des quolibets et de la tempête de rire qui secoua le public. « Je suis désolé, mon amour », put-elle l'entendre dire et elle força Meme à quitter les lieux, sans prononcer une parole, lui fit subir la honte de la conduire par la rue aux Turcs grouillante de monde, et l'enferma à clef dans sa chambre.

Le lendemain, vers six heures du soir, Fernanda reconnut la voix de l'homme qui venait lui rendre visite. Il était jeune, avait le teint bistre et un regard sombre et mélancolique qui l'eût moins surprise si elle avait connu les gitans, et un air de rêve qui eût suffi à faire entrer n'importe quelle femme au cœur moins endurci dans les raisons de sa fille. Ses vêtements de toile étaient tout usés, il portait des souliers conservés de haute lutte par des croûtes superposées de blanc de zinc et tenait à la main un canotier acheté le samedi précédent. De toute son existence il n'avait connu ni ne devait connaître une peur pareille à celle qu'il éprouva alors, mais il gardait une dignité et une maîtrise de soi qui le mettaient à l'abri de toute humiliation, ainsi qu'une élégance innée, seulement battue en brèche par ses mains calleuses et ses ongles écaillés à cause du rude labeur qui était le sien. Il suffit pourtant à Fernanda de le voir une seule fois pour deviner qu'il travaillait de ses mains. Elle se rendit compte qu'il portait sur lui tout son linge propre du dimanche et que, sous cette chemise, sa peau était rongée par la gale de la compagnie bananière. Elle ne le laissa pas parler. Elle ne lui permit même pas de passer la porte qu'elle dut bientôt fermer à cause des papillons jaunes qui envahissaient la maison.

— Allez-vous-en, lui dit-elle. Vous n'avez rien à venir chercher parmi les honnêtes gens.

Il s'appelait Mauricio Babilonia. Il avait vu le jour et grandi à Macondo et était apprenti mécanicien dans les ateliers de la compagnie bananière. Meme avait fait sa connaissance par hasard, un après-midi qu'elle était allée chercher la voiture, avec Patricia Brown, pour faire un tour à travers les plantations. Le chauffeur étant malade, c'est lui qu'on avait chargé de les conduire et Meme put enfin satisfaire son envie de s'asseoir près du volant pour observer de près le mécanisme de la conduite automobile. A la différence du chauffeur en titre, Mauricio Babilonia se livra pour elle à une démonstration pratique. Cela se passait vers l'époque où Meme commençait juste à fréquenter la maison de Mr. Brown et l'on considérait encore qu'il était indigne des dames de conduire une voiture. Aussi dut-elle s'en tenir à un apprentissage théorique et elle resta plusieurs mois sans revoir Mauricio Babilonia. Plus tard, elle devait se rappeler qu'au cours de cette promenade, sa beauté virile avait attiré son attention, mise à part la rudesse de ses mains, mais qu'elle avait ensuite parlé avec Patricia Brown de la gêne qu'avait suscitée en elle son assurance un peu altière. Le premier samedi où elle se rendit au cinéma avec son père, elle revit Mauricio Babilonia vêtu de propre, assis non loin de l'endroit où ils se trouvaient, et elle remarqua combien il se désintéressait du film pour se retourner et la regarder, non pas tant pour la voir que pour qu'elle s'aperçût qu'il la regardait. La vulgarité de ce manège indisposa Meme. A la fin du film, Mauricio Babilonia s'avança pour saluer Aureliano le Second et ce n'est qu'à ce moment que Meme apprit que les deux hommes se connaissaient déjà, car il avait travaillé à la toute première installation électrique d'Aureliano le Triste et s'adressait à son père comme à un supérieur. Cette constatation dissipa la contrariété qu'avait d'abord produite en elle son extrême fierté. Ils n'eurent pas l'occasion de se voir en tête à tête, ni d'échanger autre chose qu'un bonjour ou un bonsoir, jusqu'à cette nuit où elle rêva qu'il la sauvait d'un naufrage et qu'elle n'éprouvait pour lui aucun sentiment de gratitude mais une grande fureur. C'était comme si elle lui avait fourni l'occasion qu'il attendait tant, alors que Meme n'avait de plus pressant désir que de l'éviter, non seulement lui, Mauricio Babilonia, mais tout homme qui s'intéressait à elle. C'est pourquoi elle fut saisie d'une telle indignation quand, après son rêve, au lieu de le détester, elle se sentit éprouver un irrésistible besoin de le voir. Son impatience se fit de plus en plus grande au cours de la semaine et, le samedi venu, son désir était devenu si pressant qu'elle dut fournir un immense effort pour que Mauricio Babilonia, en la saluant au cinéma, ne remarquât pas que son cœur était en train de lui sortir par la bouche. Comme aveuglée par une impression confuse de plaisir et de rage, elle lui tendit pour la première fois la main qu'à ce moment seulement Mauricio Babilonia osa serrer dans la sienne. Pendant une fraction de seconde, Meme parvint à se repentir de l'impulsion qu'elle avait eue, mais le repentir se transforma aussitôt en cruelle satisfaction lorsqu'elle constata que sa main à lui était tout aussi moite et glacée que la sienne. Cette nuit-là, elle comprit qu'elle n'aurait pas un instant de répit tant qu'elle n'aurait pas démontré à Mauricio Babilonia combien son ambition était vaine, et elle passa la semaine à papillonner autour de ce nouveau désir. Elle eut recours à toutes sortes de ruses inutiles pour que Patricia Brown l'emmenât chercher l'automobile. Finalement, elle se servit du rouquin nord-américain qui, vers cette époque, était venu passer ses vacances à Macondo, et, sous prétexte d'aller examiner les nouveaux modèles de voitures, se fit conduire jusqu'aux ateliers.

Dès l'instant où elle le revit, Meme cessa de se leurrer et comprit qu'en réalité, elle en était arrivée à ne plus pouvoir contenir son envie d'être seule à seul avec Mauricio Babilonia, mais la certitude que ce dernier l'avait compris en la voyant arriver la mit hors d'elle-même.

— Je viens regarder les nouveaux modèles, fit Meme.

— C'est un bon prétexte, répliqua-t-il.

Meme se rendit compte qu'elle était en train de se brûler les ailes à la flamme de son orgueil et chercha désespérément quelque moyen de l'humilier. Mais il ne lui en laissa pas le temps. « N'aie pas peur, lui dit-il à voix basse. Ce n'est pas la première fois qu'une femme devient folle d'un homme. » Elle se sentit si désemparée qu'elle quitta l'atelier sans regarder les nouveaux modèles et passa la nuit, du soir au matin, à se tourner et se retourner sur son lit et à verser des larmes de révolte. Le rouquin nord-américain, qui avait réellement commencé à l'intéresser, lui fit l'effet d'un nourrisson dans ses langes. C'est alors qu'elle remarqua les papillons jaunes qui précédaient chaque apparition de Mauricio Babilonia. Elle avait déjà noté leur présence, surtout à l'atelier de mécanique où elle avait pensé que les attirait l'odeur de peinture. Quelquefois, elle les avait sentis voleter au-dessus de sa tête dans la pénombre du cinéma. Mais quand Mauricio Babilonia se mit à la poursuivre comme un spectre qu'elle seule pouvait identifier dans la foule, alors elle comprit que les papillons avaient quelque chose à voir avec lui. Mauricio Babilonia se trouvait toujours parmi le public des récitals, au cinéma, à la grand-messe, et elle n'avait nul besoin de le voir pour découvrir sa présence que lui signalaient les papillons. Un jour, Aureliano le Second se montra si irrité par ce battement d'ailes importun qu'elle se sentit l'envie soudaine de lui dévoiler son secret, comme elle le lui avait promis, mais son instinct lui fit comprendre que, cette fois-ci, il n'allait pas en rire comme à l'accoutumée : « Que dirait ta mère si elle savait ça! » Un matin qu'elles étaient occupées à tailler les rosiers, Fernanda poussa un cri d'épouvante et entraîna Meme hors de l'endroit où elle se trouvait et d'où Remedios la Belle avait quitté le jardin pour monter aux cieux. L'espace d'un instant, elle avait eu l'impression que le miracle allait se reproduire en sa fille, à cause d'un soudain battement d'ailes qui était venu la déranger dans sa tâche.

C'étaient les papillons. Meme les vit, comme engendrés spontanément par la lumière, et son cœur bondit. Au même moment fit son entrée Mauricio Babilonia, porteur d'un paquet qui n'était rien d'autre, prétendit-il, qu'un cadeau de Patricia Brown. Meme rougit et eut du mal à avaler sa salive, mais elle encaissa ce coup de l'adversité et réussit même à arborer un sourire naturel pour lui demander de bien vouloir poser le paquet sur la balustrade parce qu'elle avait les doigts pleins de terre. La seule chose que remarqua Fernanda chez cet homme que, quelques mois plus tard, elle devait mettre à la porte sans se rappeler l'avoir jamais vu, ce fut son teint bilieux.

— Voilà un homme bien étrange, dit Fernanda. On lit sur sa figure qu'il ne va pas tarder à mourir.

Meme pensa que sa mère était encore sous le coup de l'apparition des papillons. Lorsqu'elles eurent fini de tailler la roseraie, elle alla se laver les mains et porta le paquet dans sa chambre pour l'ouvrir. C'était une espèce de jouet chinois formé de cinq coffrets s'emboîtant les uns dans les autres avec, dans le dernier, une petite carte péniblement gribouillée par quelqu'un qui savait à peine écrire : *on se voit samedi au cinéma*. Après coup, Meme resta hébétée à l'idée que la boîte était restée si longtemps sur la balustrade à portée de la curiosité de Fernanda, et bien qu'elle se sentît flattée par l'audace et l'ingéniosité dont Mauricio Babilonia avait fait preuve, elle fut attendrie par la naïveté qui lui faisait espérer la voir venir au rendez-vous. Meme savait déjà qu'Aureliano le Second était empêché pour la soirée du samedi. Cependant, elle brûla d'une telle impatience, au fur et à mesure que la semaine passait, qu'elle convainquit son père, le samedi venu, de la laisser entrer seule au cinéma et de ne revenir la chercher qu'à la fin de la séance. Un papillon de nuit voleta au-dessus de sa tête tout le temps que les lampes demeurèrent allumées. Puis arriva ce qui devait arriver. Dès que les lampes s'éteignirent, Mauricio Babilonia vint s'asseoir à côté d'elle. Meme se sentit patauger dans un marécage où la peur la faisait s'enliser, et dont seul pouvait la sortir, comme cela s'était déjà passé dans son rêve, cet homme parfumé à l'huile de moteur qu'elle distinguait à peine dans la pénombre.

— Si tu n'étais pas venue, lui dit-il, tu ne m'aurais jamais revu.

Meme sentit le poids de sa main sur son genou et sut qu'à cet instant ils venaient de passer ensemble de l'autre côté du désert des désemparés.

— Ce qui me choque, chez toi, lui dit-elle en souriant, c'est que tu t'arranges toujours pour dire exactement ce que tu ne devrais pas dire.

Elle devint folle de lui. Elle perdit le sommeil et l'appétit et s'enfonça si profondément dans la solitude que son père même devint pour elle une gêne. Elle conçut un inextricable réseau de faux rendez-vous dans le but d'égarer Fernanda, perdit de vue ses amies et foula aux pieds les bonnes mœurs afin de pouvoir rencontrer Mauricio Babilonia quelle que fût l'heure et en tout lieu. Au début, la rudesse de ses manières l'incommodait. La première fois qu'ils se retrouvèrent seuls, dans les prés déserts derrière l'atelier de mécanique, il la réduisit sans pitié à un tel état de bestialité qu'elle en sortit exténuée. Elle mit un certain temps à comprendre que c'était encore une forme de tendresse et c'est à compter de ce jour qu'elle perdit toute quiétude et ne vécut plus que pour lui, tellement avide de sombrer dans sa terrible odeur d'huile frottée à la lessive qu'elle en perdait la tête. Peu avant la mort d'Amaranta, elle fut soudain arrêtée par une zone de lucidité à l'intérieur de sa propre folie, et l'incertitude de l'avenir la fit trembler. Elle entendit alors parler d'une femme qui lisait l'avenir dans les cartes et alla lui rendre visite en secret. C'était Pilar Ternera. Dès qu'elle la vit entrer, elle devina les motifs cachés de Meme. « Assieds-toi, lui dit-elle. Je n'ai pas besoin de cartes pour chercher à connaître l'avenir d'une Buendia. » Meme ignorait et ignora toujours que cette pythonisse centenaire n'était autre que son arrière-grand-mère. Elle ne l'aurait pas cru davantage après qu'elle lui eut révélé, avec un réalisme aggressif, que ce genre d'exaltation amoureuse ne se calmait qu'au lit. Mauricio Babilonia partageait ce point de vue mais Meme faisait tout son possible pour ne pas y croire, l'imputant au fond à quelque mauvaise tournure d'esprit propre aux ouvriers. Elle pensait alors que cette sorte d'amour détruisait l'autre amour, parce qu'il était dans le tempérament des hommes de répudier leur faim une fois leur appétit comblé. Non seulement Pilar Ternera dissipa son erreur, mais elle lui proposa également le vieux lit de sangle où elle avait conçu Arcadio, le grand-père de Meme, et où fut ensuite conçu

Aureliano José. En outre, elle lui enseigna comment empêcher une conception jugée indésirable, à l'aide d'un cataplasme à la farine de moutarde en guise de bouillotte, et lui donna diverses recettes de potions qui, en cas d'embêtements, faisaient rejeter « jusqu'aux remords de conscience ». Cette entrevue remplit Meme du même courage qu'elle avait déjà éprouvé l'après-midi où elle avait bu plus que de raison. Cependant, la mort d'Amaranta l'obligea à différer sa décision. Tout le temps que durèrent les neuf nuits de veille, elle ne quitta pas un instant Mauricio Babilonia, perdu au milieu de la foule qui avait envahi la maison. Vinrent ensuite la longue période de deuil et la réclusion obligatoire, et ils durent rester séparés pour un temps. Ces journées virent régner en elle une telle agitation intérieure, une telle impatience impossible à contenir et tant d'ardents désirs contenus que, le premier après-midi où elle réussit à sortir, Meme se rendit directement chez Pilar Ternera. Elle se donna sans résistance à Mauricio Babilonia, sans pudeur, sans faire montre d'aucun formalisme, avec un élan si naturel et une intuition si savante que tout homme plus méfiant que le sien les eût pris pour la quintessence de l'expérience. Ils s'aimèrent deux fois par semaine pendant plus de trois mois, protégés par l'innocente complicité d'Aureliano le Second qui ajoutait foi, sans penser à mal, aux alibis de sa fille, simplement pour la voir échapper à l'inflexibilité maternelle.

Le soir où Fernanda les surprit au cinéma, Aureliano le Second se sentit si accablé par le poids de sa conscience qu'il alla voir Meme dans la chambre où l'avait enfermée Fernanda, confiant qu'elle se soulagerait auprès de lui de toutes les confidences qu'elle lui devait. Mais Meme nia tout en bloc. Elle avait l'air si sûre d'elle-même, si cramponnée à sa propre solitude qu'Aureliano le Second eut l'impression qu'il n'existait déjà plus aucun lien entre eux, que leur camaraderie et leur complicité n'étaient déjà plus qu'illusions perdues. Il songea à s'entretenir avec Mauricio Babilonia, croyant que son autorité d'ancien patron le ferait renoncer à ses projets, mais Petra Cotes le convainquit que c'étaient là des choses qui ne regardaient que les femmes et il resta ainsi à flotter dans les limbes de l'indécision, à peine soutenu par l'espoir qu'au terme de son emprisonnement prendraient fin les tribulations de sa fille.

Meme ne donna aucun signe d'affliction. Bien au contraire, depuis la chambre voisine, Ursula put constater qu'elle avait un sommeil paisible, qu'elle vaquait en toute quiétude à ses occupations, qu'elle prenait ses repas régulièrement et qu'elle profitait bien. La seule chose qui intrigua Ursula au bout de bientôt deux mois de punition, c'était que Meme ne se baignât pas le matin comme tout le monde, mais vers sept heures du soir. Quelquefois, elle pensa la prévenir de faire attention aux scorpions, mais Meme se montrait si revêche à son égard, convaincue que c'était elle qui l'avait dénoncée, qu'elle préféra ne pas la déranger avec ses outrecuidances d'arrière-grand-mère. Les papillons jaunes envahissaient la maison dès la tombée du jour. Chaque soir, en revenant du bain, Meme trouvait Fernanda au désespoir, massacrant les papillons avec la bombe à insecticide. « Quelle malédiction, disait-elle. Toute ma vie on m'a raconté que les papillons de nuit appellent le mauvais sort. » Un soir que Meme était encore au bain, Fernanda pénétra par hasard dans sa chambre et y trouva une telle masse de papillons qu'on pouvait à peine respirer. Elle se saisit du premier chiffon venu pour les chasser et son cœur se glaça d'effroi quand elle fit le rapprochement entre les bains nocturnes de sa fille et les cataplasmes à la farine de moutarde qui venaient de rouler par terre. Elle n'attendit pas le moment opportun, comme elle avait fait la première fois. Le lendemain, elle convia à déjeuner le nouveau maire du village, qui était descendu comme elle des hauts plateaux, et lui demanda de disposer une garde pour la nuit dans l'arrière-cour, car elle avait l'impression qu'on était en train de lui voler des poules. Ce soir-là, la garde abattit Mauricio Babilonia alors qu'il soulevait les tuiles pour pénétrer dans les bains où l'attendait Meme, nue et tremblante d'amour au milieu des scorpions et des papillons, comme elle l'avait attendu presque tous les soirs de ces derniers mois. Un projectile incrusté dans sa colonne vertébrale le cloua au lit pour le restant de ses jours. Il mourut de vieillesse, solitaire, sans une plainte, sans une protestation, sans se laisser aller une seule fois à trahir son secret, tourmenté par les souvenirs et par les papillons jaunes qui ne lui accordèrent aucun moment de répit, et mis au ban de la société comme voleur de poules.

Les événements qui devaient infliger le coup mortel à Macondo commençaient juste à se préciser quand on amena à la maison le fils de Meme Buendia. La situation générale était alors si aléatoire que personne n'avait la tête à s'occuper de scandales privés, si bien que Fernanda put profiter de ce climat favorable pour tenir l'enfant caché comme s'il n'avait jamais existé. Elle fut bien forcée de l'accepter, les circonstances dans lesquelles il lui fut apporté rendant impossible son refus. Elle fut forcée de le supporter contre son gré, pour le restant de ses jours, à cause de cette minute de vérité où elle n'eut pas le courage de mettre à exécution ce qu'elle avait secrètement résolu : de le noyer dans le bassin. Elle le tint enfermé dans l'ancien atelier du colonel Aureliano Buendia. Elle réussit à convaincre Sainte Sophie de la Piété qu'elle l'avait trouvé dérivant dans une corbeille. Ursula devait mourir sans connaître ses origines. La petite Amaranta Ursula, qui pénétra un jour dans l'atelier et trouva Fernanda en train de nourrir l'enfant, crut elle aussi à la version de la corbeille flottante. Aureliano le Second, qui avait définitivement pris le large vis-à-vis de son épouse à cause du rôle absurde qu'elle avait joué dans la tragédie de Meme, ne connut l'existence de son petit-fils que trois ans après son arrivée à la maison, l'enfant ayant profité d'un moment de distraction de Fernanda pour échapper à sa captivité et se montrer sous la véranda pendant une fraction de seconde, complètement nu, les cheveux en broussaille, arborant un sexe impressionnant semblable aux excroissances charnues d'un bec de dindon, comme s'il ne se fût pas agi d'un être humain mais de la définition encyclopédique de l'anthropophage.

Fernanda ne s'attendait pas à ce mauvais tour de son incorrigible destin. L'enfant fut comme la résurgence d'une honte qu'elle croyait avoir extirpée définitivement de la maison. On n'avait pas plus tôt emporté Mauricio Babilonia avec son épine dorsale fracturée que Fernanda avait déjà imaginé jusqu'au moindre détail d'un plan destiné à laver toute trace de l'ignominie. Sans demander l'avis de son mari, elle avait fait ses bagages dès le lendemain, rangé dans une petite valise les trois toilettes de rechange dont sa fille pouvait avoir besoin, et était allée chercher cette dernière dans sa chambre une demi-heure avant l'arrivée du train.

— Allons-y, Renata, lui dit-elle.

Elle ne lui fournit aucune explication. Meme, pour sa part, n'en attendait aucune et ne souhaitait pas qu'elle lui en donnât. Non seulement elle ignorait leur destination, mais il lui aurait été parfaitement égal de se voir conduite à l'abattoir. Elle n'avait pas rouvert la bouche et ne devait plus prononcer un mot de toute sa vie, depuis le moment où elle avait entendu le coup de feu dans l'arrière-cour et, simultanément, le hurlement de douleur de Mauricio Babilonia. Lorsque sa mère lui ordonna de sortir de sa chambre, elle ne prit le soin ni de se peigner ni de se laver le visage et monta dans le train comme une somnambule sans même remarquer les papillons jaunes qui continuaient de l'accompagner partout. Fernanda ne sut et ne se donna jamais la peine de vérifier si c'était volontairement qu'elle restait muette comme une tombe ou si elle était devenue incapable de proférer un mot sous le coup de la tragédie. Meme fut à peine consciente du voyage qu'elle effectua à travers l'ancienne région enchantée. Elle ne vit pas les interminables et ombreuses bananeraies de part et d'autre de la voie ferrée. Elle ne vit pas passer les maisons blanches des étrangers, ni leurs jardins rendus arides par la poussière et la chaleur, ni les femmes en shorts et chemises à raies bleues qui jouaient aux cartes sous les porches. Elle ne vit pas les charrettes tirées par les bœufs et chargées de régimes sur les chemins poussiéreux. Elle ne vit pas les jeunes filles bondir comme des aloses dans les transparentes rivières pour laisser aux passagers du train le cuisant regret de leurs seins magnifiques, ni les misérables baraques bariolées des travailleurs parmi lesquelles voletaient les papillons jaunes de Mauricio Babilonia, et sur le seuil desquelles on voyait des enfants verts et hâves assis sur leur pot, et des femmes enceintes qui criaient des énormités au passage du train. Cette vision fugitive, dont elle se faisait une fête lorsqu'elle revenait du collège, traversa le cœur de Meme sans l'éveiller de son engourdissement. Elle ne jeta pas un seul regard par la vitre, même lorsque fut passée l'humidité brûlante des plantations et que le train eut traversé le champ de coquelicots où se dressait encore la carcasse carbonisée du galion espagnol, pour déboucher ensuite sur le même rivage à l'air diaphane et à la mer écumante et sale où, bientôt un siècle auparavant, étaient venues échouer les illusions de José Arcadio Buendia.

A cinq heures de l'après-midi, elles arrivèrent à la dernière station du marigot et Meme, pour imiter Fernanda, descendit du train. Elles montèrent dans une petite voiture qui ressemblait à une énorme pipistrelle, tirée par un cheval asthmatique, et traversèrent la cité désolée en empruntant d'interminables rues rongées par le salpêtre, entre lesquelles se faisaient entendre des exercices au piano tout pareils à ceux qu'écoutait Fernanda durant les heures de sieste de son adolescence. Elles s'embarquèrent sur un bateau de la navigation fluviale dont la grande roue en bois faisait un bruit de déflagration et dont on voyait les aubes métalliques, rongées par l'oxyde, flamboyer comme la gueule d'un four. Meme s'enferma dans la cabine. Deux fois par jour, Fernanda venait déposer un plateau de nourriture près de son lit, et deux fois par jour devait le remporter sans qu'elle y eût touché, non que Meme eût résolu de se laisser mourir de faim mais la seule odeur des mets la dégoûtait et son estomac refusait de garder jusqu'à l'eau qu'elle buvait. Elle-même ignorait alors que sa fécondité avait déjoué les cataplasmes à la moutarde, tout comme Fernanda ne devait l'apprendre qu'un peu moins d'un an après, quand on lui amena l'enfant. Dans l'atmosphère suffocante de la cabine, rendue malade par la vibration des cloisons métalliques et l'insupportable odeur de boue que brassait la roue du navire, Meme finit par se perdre dans le décompte des jours. Beaucoup de temps s'était écoulé lorsqu'elle vit le dernier papillon jaune se déchiqueter contre les pales du ventilateur, et elle accepta comme une vérité irrémédiable que Mauricio Babilonia fût mort. Pourtant, elle ne se laissa pas vaincre par la résignation. Elle ne cessa de penser à lui durant la pénible traversée à dos de mulet qui leur fit parcourir le haut désert hallucinant où s'était jadis perdu Aureliano le Second, à la recherche de la plus belle femme qui se vît sur terre, ni quand elles gravirent la cordillère en empruntant les sentiers des Indiens, pour pénétrer dans la cité lugubre dont les ruelles caillouteuses et escarpées retentissaient du glas d'airain de trente-deux églises. Elles dormirent cette nuit-là dans la demeure coloniale abandonnée, sur des planches que Fernanda disposa à même le sol d'une chambre envahie par les ronces, se protégeant avec des lambeaux de rideaux qu'elles arrachèrent aux fenêtres et qui tombaient en miettes chaque fois qu'elles se tournaient. Meme apprit où elles se trouvaient en voyant passer, dans l'épouvante de l'insomnie, le gentilhomme vêtu de noir qu'on avait apporté à la maison dans un coffre plombé, un lointain réveillon de Noël. Le lendemain, après la messe, Fernanda la conduisit jusqu'à un édifice sinistre que Meme reconnut aussitôt en se rappelant comment sa mère avait coutume d'évoquer le couvent où elle avait reçu son éducation de reine, et elle comprit dès lors qu'elles étaient arrivées à destination. Tandis que Fernanda s'entretenait avec quelqu'un dans le bureau voisin, elle dut rester dans un salon échiqueté de grandes peintures à l'huile représentant des archevêques de l'époque coloniale, tremblante de froid à cause de la toilette d'étamine à petites fleurs noires qu'elle portait encore et de ses rudes brodequins boursouflés par le gel des hauts plateaux. Elle demeurait plantée au milieu du salon, songeant à Mauricio Babilonia dans les rayons de lumière jaune des vitraux, quand sortit du bureau une novice d'une grande beauté, portant sa petite valise avec les trois toilettes de rechange qu'elle contenait. En passant près de Meme, elle lui tendit la main sans même s'arrêter.

— Allons-y, Renata, lui dit-elle.

Meme lui prit la main et se laissa conduire. Fernanda l'aperçut pour la dernière fois, tâchant de régler son pas sur celui de la novice, alors que venait de se refermer sur elle la herse de fer du cloître. Elle pensait encore à Mauricio Babilonia, à son odeur d'huile et aux papillons qui l'environnaient, et elle continuerait d'y penser chaque jour de sa vie jusqu'à cette aube d'un automne encore éloigné où elle mourrait de vieillesse, sous une autre identité que la sienne et sans avoir prononcé une parole, dans quelque ténébreux hospice de Cracovie.

Fernanda s'en revint à Macondo dans un train protégé par des policiers en armes. Au cours du voyage, elle remarqua la nervosité des passagers, les préparatifs militaires dans les villages traversés par la ligne de chemin de fer, cette raréfaction de l'air qui accompagne la certitude que quelque chose de grave est sur le point de se produire, mais il lui fallut attendre d'arriver à Macondo pour avoir de plus amples renseignements, quand on lui raconta que José Arcadio le Second était en train d'inciter les travailleurs de la compagnie bananière à se mettre en grève. « Il ne nous manquait plus que ça, se dit Fernanda. Un anarchiste dans la famille. » La grève éclata deux semaines plus tard et n'eut pas les conséquences dramatiques qu'on craignait. Les ouvriers souhaitaient ne plus être astreints à couper et embarquer les régimes de bananes le dimanche et cette réclamation parut si légitime que le père Antonio Isabel lui-même plaida en sa faveur parce qu'il la trouvait conforme avec la loi de Dieu. Le triomphe de cette action, ainsi que d'autres qui furent menées au cours des mois suivants, sortit José Arcadio le Second de l'anonymat où il s'était effacé, lui dont on avait l'habitude de dire qu'il n'avait été bon qu'à remplir le village de putains françaises. Par une décision aussi impulsive que celle qui lui fit vendre ses coqs de combat dans le but de créer une compagnie de navigation extravagante, il avait renoncé à ses fonctions de chef d'équipe à la compagnie bananière pour prendre le parti des travailleurs. Très rapidement, on le signala comme l'agent de quelque conspiration internationale destinée à troubler l'ordre public. Une nuit, alors qu'il sortait d'une réunion secrète — toute la semaine avait été assombrie par de sinistres rumeurs — il échappa miraculeusement aux quatre coups de revolvers tirés sur lui par un inconnu. Dans les mois suivants, l'atmosphère fut si tendue qu'Ursula elle-même s'en rendit compte dans les ténèbres où elle était confinée, et elle eut l'impression de revivre cette funeste époque où son fils Aureliano Buendia venait d'empocher les petites pastilles homéopathiques de la subversion. Elle voulut parler à José Arcadio le Second pour le mettre au fait d'un tel précédent mais Aureliano le Second l'informa que, depuis la nuit de l'attentat, on ignorait où il avait élu domicile.

— La même chose qu'avec Aureliano! s'exclama Ursula. C'est comme si le monde faisait des tours sur lui-même.

L'incertitude de ces journées n'atteignit point Fernanda. Elle n'avait presque plus de contacts avec le monde extérieur depuis la violente altercation qu'elle avait eue avec son mari pour avoir disposé du sort de Meme sans son consentement; Aureliano le Second était résolu à délivrer sa fille avec l'aide de la police s'il le fallait, mais Fernanda lui exhiba des papiers prouvant que sa fille était entrée au cloître de son plein gré. Meme les avait effectivement signés alors qu'elle se trouvait de l'autre côté de la herse de fer, et l'avait fait avec le même mépris qu'elle s'était laissée conduire jusque-là. Aureliano le Second ne crut jamais au fond de lui-même à la validité de ces preuves, comme il n'avait jamais cru que Mauricio Babilonia se fût introduit dans la cour pour voler des poules, mais ces deux prétextes lui servirent à tranquilliser sa propre conscience, et il put ainsi retourner sans remords dans le giron de Petra Cotes auprès de laquelle il eut tout loisir de reprendre ses fêtes bruyantes et ses éhontées ripailles. Etrangère à l'inquiétude du village, sourde aux terrifiants pronostics d'Ursula, Fernanda mit la dernière main à son plan, désormais fin prêt. Elle écrivit une longue lettre à son fils José Arcadio, qui allait déjà recevoir les ordres mineurs, l'y informant que sa sœur Renata, atteinte de fièvre jaune, avait rendu l'âme dans la paix de Notre-Seigneur. Puis elle chargea Sainte Sophie de la Piété de s'occuper d'Amaranta Ursula et s'attacha à remettre de l'ordre dans sa correspondance avec les médecins invisibles, perturbée par les contretemps qu'avait occasionnés Meme. Elle n'eut rien de plus pressé que de fixer la date définitive de l'intervention télépathique qui s'était trouvée retardée. Mais les médecins invisibles lui répondirent que ce n'était guère prudent tant que durerait le climat d'agitation sociale à Macondo. Elle était si impatiente et si mal informée qu'elle rédigea une autre lettre pour leur expliquer qu'il n'y avait rien de semblable à ce prétendu climat d'agitation mais que tout était dû aux extravagances d'un beau-frère à elle dont le syndicalisme était actuellement la tocade comme, autrefois, l'avaient été les combats de coq et la navigation. Ils ne s'étaient pas encore mis d'accord quand arriva ce mercredi torride où vint frapper à la porte de la maison une vieille religieuse, l'anse d'une corbeille accrochée au bras. En lui ouvrant, Sainte Sophie de la Piété crut qu'il s'agissait d'un cadeau et voulut la débarrasser de la corbeille couverte d'un ravissant napperon de dentelle. Mais la religieuse l'en empêcha car elle avait pour instructions de la remettre personnellement et dans la plus grande discrétion à doña Fernanda del Carpio de Buendia. C'était le fils de Meme. L'ancien directeur de conscience de Fernanda lui expliquait dans une lettre qu'il était né deux mois auparavant et qu'on s'était permis de le baptiser du nom d'Aureliano, comme son grand-père, car la mère, invitée à faire part de ses volontés, n'avait pas desserré les dents. Fernanda s'insurgea en elle-même contre cette mauvaise farce du destin, mais trouva assez de forces pour n'en rien laisser paraître devant la religieuse.

— Nous dirons que nous l'avons trouvé flottant dans cette corbeille, fit-elle en souriant.

— Personne ne le croira, répondit la religieuse.

— Si on l'a cru dans les Saintes Ecritures, rétorqua Fernanda, je ne vois pas pourquoi on ne me croirait pas moi aussi.

La religieuse déjeuna à la maison en attendant le passage du train qui devait la reconduire et, aussi discrète qu'on lui avait demandé de l'être, ne fit aucune allusion à l'enfant, mais Fernanda continua de voir en elle un témoin indésirable de sa honte et regretta que se fut perdue la coutume médiévale d'étrangler tout messager porteur de mauvaises nouvelles. C'est alors qu'elle décida de noyer l'enfant dans la citerne dès que la religieuse s'en serait allée, mais elle n'eut pas le cœur à exécuter son projet et préféra attendre patiemment que l'infinie bonté de Dieu la libérât de cet encombrant fardeau.

Le nouvel Aureliano venait d'avoir un an lorsque la tension populaire, sans prévenir, explosa brusquement. José Arcadio le Second et d'autres responsables syndicaux, qui étaient restés jusque-là dans la clandestinité, réapparurent inopinément en fin de semaine et déclenchèrent des manifestations dans les villages de la région bananière. La police se contenta de maintenir l'ordre. Mais, dans la nuit du lundi, on fit sortir les responsables de chez eux et on les expédia à la prison du chef-lieu de province avec des fers de cinq kilos aux pieds. Parmi eux se trouvèrent embarqués José Arcadio le Second et Laurenzo Gavilan, colonel de la révolution mexicaine exilé à Macondo et qui disait avoir été témoin de l'héroïque comportement de son *compadre,* Artemio Cruz. Ils se retrouvèrent néanmoins en liberté avant trois mois, le gouvernement et la compagnie bananière n'ayant pu se mettre d'accord sur celui ou celle qui devait assurer leur subsistance en prison. Cette fois, le mécontentement des travailleurs venait de l'insalubrité des habitations, des escroqueries dans les services médicaux et des conditions iniques dans lesquelles on les faisait travailler. Ils prétendaient d'autre part qu'on ne les payait pas en argent liquide mais avec des bons qui ne servaient qu'à acheter du jambon de Virginie aux comptoirs de la compagnie. José Arcadio le Second fut emprisonné pour avoir révélé que ce système de bons n'était qu'un moyen, pour la compagnie, de financer ses bateaux fruitiers, lesquels auraient été contraints de revenir à vide depuis la Nouvelle-Orléans jusqu'aux ports d'embarquement des bananes s'ils n'avaient dû approvisionner les comptoirs. Les autres griefs étaient de notoriété publique. Les médecins de la compagnie n'examinaient pas les malades mais les faisaient stationner en file indienne devant les dispensaires, et une infirmière leur déposait sur la langue une pilule couleur turquoise, qu'ils fussent atteints de paludisme, de blennorragie ou de constipation. Cette thérapeutique était si généralisée que les enfants se glissaient plusieurs fois dans la même file et, au lieu d'avaler les pilules, les emportaient chez eux pour marquer les numéros sortants au jeu de loto. Les ouvriers de la compagnie étaient entassés dans de misérables cabanes. Les ingénieurs, au lieu d'aménager des latrines, apportaient au camp, pour la Noël, une sorte de water portatif par groupe de cinquante personnes, et se livraient à des démonstrations publiques sur la façon de s'en servir pour les conserver en état le plus longtemps possible. Les avocats chenus, tout vêtus de noir, qui étaient venus assiéger autrefois le colonel Aureliano Buendia, et depuis lors étaient devenus fondés de pouvoir de la compagnie bananière, désamorçaient toutes ces accusations avec des expédients qui paraissaient relever de la magie. Lorsque les travailleurs eurent rédigé un cahier de doléances unanimement approuvé, ils passèrent un bon bout de temps à vainement vouloir le remettre aux officiels de la compagnie bananière. Dès qu'il connut l'accord auquel ils étaient parvenus, Mr. Brown fit accrocher au train son luxueux wagon de verre et disparut de Macondo avec les plus en vue des représentants de son entreprise. Néanmoins, quelques ouvriers découvrirent l'un d'eux le samedi suivant, dans un bordel, et lui firent signer un exemplaire du cahier de doléances alors qu'il était tout nu avec la femme qui avait accepté de l'attirer dans ce guet-apens. Les avocats, avec leurs figures d'enterrement, prouvèrent au tribunal que cet individu n'avait rien à voir avec la compagnie et, pour que personne ne mît en doute leur argumentation, le firent emprisonner comme usurpateur. Plus tard, Mr. Brown fut surpris en train de voyager incognito dans un wagon de troisième classe, et on lui fit signer un autre exemplaire du cahier de doléances. Le lendemain, il comparut devant les juges avec les cheveux teints en noir et parlant couramment espagnol. Les avocats prouvèrent que ce n'était pas là Mr. Jack Brown, surintendant de la compagnie bananière, né à Prattville, Alabama, mais un inoffensif marchand de plantes médicinales, né à Macondo où il avait également été baptisé du nom de Dagoberto Fonseca. Peu de temps après, devant une nouvelle tentative des travailleurs, les avocats firent afficher dans quelques lieux publics le certificat de décès de Mr. Brown, authentifié par maints consuls et attachés d'ambassade, lequel faisait foi que le neuf juin dernier, il s'était trouvé écrasé à Chicago par une voiture de pompiers. Lassés de ce délire d'herméneutique, les travailleurs renoncèrent à s'adresser aux autorités de Macondo et remontèrent avec leurs doléances jusqu'aux tribunaux suprêmes. Arrivés là, les illusionnistes du droit prouvèrent que leurs réclamations n'avaient aucune valeur pour la simple raison que la compagnie bananière n'avait pas, n'avait jamais eu et n'aurait jamais de travailleurs à son service, mais qu'elle se bornait à les recruter occasionnellement et de façon toute temporaire. Ainsi furent dissipées la fable du jambon de Virginie, celles des pilules miraculeuses et des waters de la Nativité, et fut établi par arrêt du tribunal, avant d'être proclamé solennellement, que les travailleurs n'existaient pas.

La grève générale éclata. Les cultures furent interrompues à mi-chemin, les fruits se gâtèrent entre les fourches des arbres et les convois de cent-vingt wagons s'immobilisèrent dans les derniers embranchements. Les villages regorgèrent d'ouvriers désœuvrés. La rue aux Turcs retrouva tout son éclat dans ce samedi indéfiniment prolongé et, dans la salle de billards de l'hôtel de Jacob, il fallut organiser un roulement vingt-quatre heures sur vingt-quatre. C'est là que se trouvait José Arcadio le Second le jour où on annonça que l'armée avait été chargée de rétablir l'ordre public. Bien qu'il ne fût pas homme à présages, cette nouvelle fut pour lui comme l'annonce de la mort qu'il avait attendue depuis cette lointaine matinée où le colonel Gerineldo Marquez lui avait permis d'assister à une exécution. Ce mauvais signe n'altéra pourtant pas sa solennité. Il joua le coup qu'il avait médité et ne manqua pas son carambolage. Peu après, le feu nourri des roulements de tambour, les aboiements du clairon, les cris, les piétinements précipités des gens lui indiquèrent que ce n'était pas seulement sa partie de billard qui venait enfin de s'achever, mais également cette partie muette et solitaire qu'il jouait avec lui-même depuis le petit matin de l'exécution. Il mit alors le nez dehors et les aperçut. C'étaient trois régiments dont le pas, au rythme du tambour de galériens, faisait trembler la terre. Leur haleine de dragon multicéphale chargea d'une vapeur pestilentielle l'atmosphère limpide de la mi-journée. Ils étaient petits, massifs, bestiaux. Ils suaient une sueur de cheval, leur odeur était celle de la viande macérée par le soleil et leur air intrépide, impénétrable et taciturne, celui des hommes des hauts plateaux. Bien qu'il leur fallût plus d'une heure pour défiler du premier jusqu'au dernier, on aurait pu penser qu'il ne s'agissait que de quelques escouades tournant en rond, tant ils paraissaient identiques les uns aux autres, fils de la même mère supportant avec le même air abruti le poids des sacs et des bidons de soldats, la honte de leurs fusils avec la baïonnette au canon, le chancre de l'obéissance aveugle et du sens de l'honneur. Ursula les entendit passer depuis son lit de ténèbres et leva la main en croisant deux doigts. Sainte Sophie de la Piété revint un instant à la vie, penchée sur la nappe brodée qu'elle finissait de repasser, et songea à son fils, José Arcadio le Second, lequel regarda défiler les derniers soldats devant la porte de l'hôtel de Jacob sans qu'un muscle de son visage tressaillît.

La loi martiale aurait permis à l'armée de jouer un rôle d'arbitre dans ce conflit mais il n'y eut aucune tentative de conciliation. Dès qu'ils se furent exhibés dans tout Maconbo, les soldats rangèrent leurs fusils, coupèrent et chargèrent les bananes et firent de nouveau rouler les trains. Les travailleurs, qui s'étaient jusque-là contentés d'attendre, gagnèrent la montagne, armés des seules machettes qui étaient leurs outils de travail, et se mirent à saboter ce sabotage. Ils incendièrent les domaines et les comptoirs, détruisirent les voies ferrées pour empêcher le trafic des trains qui commençaient à se frayer un chemin avec des tirs de mitrailleuses, et sectionnèrent les lignes du télégraphe et du téléphone. Les ruisseaux se teignirent de sang. Mr. Brown, qui était bien vivant dans le poulailler électrifié, fut évacué de Macondo avec sa famille et celles d'autres de ses compatriotes, et tout ce monde fut conduit en lieu sûr sous la protection de l'armée. La situation menaçait de dégénérer en guerre civile aussi sanglante qu'inégale, quand les autorités appelèrent tous les travailleurs à se rassembler à Macondo. Par cet appel était annoncée pour le vendredi suivant la venue du commandant civil et militaire de la province, désireux de s'interposer dans le conflit.

José Arcadio le Second se trouvait parmi la foule qui s'était massée devant la gare dès le début de la matinée du vendredi. Il avait participé à une réunion de dirigeants syndicaux et avait été mandaté, avec le colonel Gavilan, pour se mêler à la foule et l'orienter suivant les circonstances. Il ne se sentait pas bien et malaxait contre son palais une pâte à goût de salpêtre depuis qu'il avait remarqué les nids de mitrailleuses disposés par l'armée tout autour de la petite place et les pièces d'artillerie destinées à protéger, derrière son réseau de barbelés, la cité de la compagnie bananière. Vers les midi, attendant un train qui n'arrivait pas, plus de trois mille personnes, parmi lesquelles des travailleurs, des femmes et des enfants, n'avaient plus trouvé place sur l'esplanade devant la gare et se pressaient dans les rues attenantes que l'armée boucla par des haies de mitrailleuses. Plus qu'une cérémonie de bienvenue, on aurait dit alors quelque foire pleine d'une joyeuse animation. On avait déménagé les stands des marchands de fritures et les débits de boisson de la rue aux Turcs, et les gens supportaient avec un très beau courage l'ennui de l'attente et le soleil brûlant. Peu avant trois heures, le bruit courut que le train n'arriverait pas avant le lendemain. La foule fatiguée laissa échapper un soupir de découragement. Un lieutenant de l'armée se hissa alors sur le toit de la gare où se trouvaient quatre nids de mitrailleuses pointées sur la multitude, et une sonnerie se fit entendre pour réclamer silence. A côté de José Arcadio le Second se tenait une très grosse femme, pieds nus, accompagnée de deux enfants qui pouvaient avoir quatre et sept ans. Elle prit le plus jeune dans ses bras et demanda à José Arcadio le Second, sans même le connaître, de soulever l'autre pour qu'il entendît mieux ce qui allait se dire. José Arcadio le Second mit l'enfant à califourchon sur ses épaules. Bien des années plus tard, ce même enfant devait raconter encore, sans être cru de personne, comment il avait vu le lieutenant, un pavillon de gramophone en guise de porte-voix, donner lecture du décret n° 4 du commandant civil et militaire de la province. Ce décret était signé par le général Carlos Cortes Vargas ainsi que par son secrétaire, le major Enrique Garcia Isaza, et, en trois acticles de quatre-vingts mots, qualifiait les grévistes de *bande de malfaiteurs* et donnait pouvoir à l'armée de les abattre à vue.

Le décret lu, tandis que s'élevaient des huées de protestations assourdissantes, un capitaine prit la place du lieutenant sur le toit de la gare et, avec le pavillon de gramophone, fit signe qu'il voulait parler. La foule redevint silencieuse.

— Mesdames et Messieurs, fit le capitaine d'une voix faible, lente et un peu fatiguée, vous avez cinq minutes pour dégager le terrain.

Les sifflets et les cris redoublés étouffèrent la sonnerie de clairon qui annonçait le commencement de ce délai. Personne ne bougea.

— Les cinq minutes se sont écoulées, reprit le capitaine sur le même ton. Encore une minute et l'on fera feu.

José Arcadio le Second, glacé de sueur, se déchargea de l'enfant qu'il portait sur les épaules et le rendit à la femme. « Ces cons sont capables de tirer » murmura-t-elle. José Arcadio le Second n'eut pas le temps de répondre car, au même moment, il reconnut la voix rauque du colonel Gavilan qui faisait écho, dans un cri, aux paroles de la femme. Grisé par la tension de la foule, par la densité merveilleuse de son silence, et convaincu de plus que rien ne ferait bouger cette multitude pétrifiée par la fascination de la mort, José Arcadio le Second se haussa sur la pointe des pieds, au-dessus des têtes qu'il avait devant lui, et, pour la première fois de sa vie, éleva la voix :

— Bande de cons! s'écria-t-il. On vous fait cadeau de la minute qui vous manque!

A peine eut-il lancé son cri que se produisit quelque chose qui ne suscita en lui aucune épouvante mais une sorte d'hallucination. Le capitaine donna ordre de tirer et quatorze nids de mitrailleuses lui répondirent aussitôt. Mais tout avait l'air d'une opérette. On aurait dit que les mitrailleuses avaient été chargées avec de fausses munitions de feu d'artifice car si l'on entendait leurs cliquetis haletants, si l'on apercevait leurs crachats incandescents, on ne remarquait pas la plus légère réaction, pas une voix, pas même un soupir dans cette foule compacte qui paraissait soudée par une soudaine invulnérabilité. Tout à coup, d'un côté de la gare, monta un cri de mort et le charme en fut brutalement rompu : « Aaaaïe, ma mère! » Une poussée sismique, une éructation volcanique, un rugissement de cataclysme firent explosion au milieu de la foule avec une force de propagation extraordinaire. José Arcadio le Second eut à peine le temps de soulever l'enfant tandis que la mère et l'autre étaient absorbés par cette foule centrifugée par la panique.

Bien des années plus tard, l'enfant devait encore raconter, bien que ses voisins continuassent de le prendre pour un vieux radoteur, comment José Arcadio le Second l'avait soulevé au-dessus de sa tête et s'était laissé entraîner, presque dans les airs, comme porté par la terreur de la foule sur laquelle il flottait, en direction d'une rue adjacente. La position privilégiée de l'enfant lui permit de voir, au même moment, la masse emballée qui commençait à atteindre le coin de la rue et la rangée de mitrailleuses qui ouvrit le feu. Plusieurs voix hurlèrent en même temps :

— Plaquez-vous au sol! Plaquez-vous au sol!

Déjà les premières lignes l'avaient fait, balayées par les rafales de mitraille. Les survivants, au lieu de se plaquer au sol, voulurent revenir sur la petite place et c'est alors que la panique, comme un coup de queue de dragon, les envoya rouler en grosses vagues serrées contre la houle compacte qui venait en sens inverse, refoulée par un coup de queue de dragon de la rue opposée où d'autres mitrailleuses tiraient également sans relâche. Ils étaient coincés dans cet enclos, pris dans un tourbillon gigantesque qui fut peu à peu réduit à son épicentre dans la mesure où la frange circulaire se trouvait systématiquement découpée, comme on pèle un oignon, par les cisailles insatiables et bien réglées de la mitraille. L'enfant remarqua une femme agenouillée, les bras en croix, dans un espace dégagé mystérieusement épargné par la fusillade. C'est en cet endroit que le déposa José Arcadio le Second au moment où il allait s'écrouler, la figure en sang, avant que la gigantesque cohue ne vînt balayer à son tour cet espace vide, avec la femme agenouillée, le haut ciel lumineux de la saison sèche, et ce putain de monde où Ursula Iguaran avait vendu tant et tant de ses petits animaux en caramel.

Quand José Arcadio le Second revint à lui, il était étendu sur le dos dans les ténèbres. Il se rendit compte qu'il roulait dans un interminable et silencieux convoi, qu'il avait les cheveux collés par le sang coagulé et que tous ses os lui faisaient mal. Il se sentit une irrésistible envie de dormir. Il s'apprêtait à sombrer dans le sommeil pendant de nombreuses heures, délivré de toute terreur, de toute horreur, et il se mit à l'aise sur le côté qui le faisait le moins souffrir; ce n'est qu'alors qu'il découvrit qu'il était couché sur des morts. Hormis le couloir central, il n'y avait pas un espace libre dans tout le wagon. Il avait dû s'écouler plusieurs heures depuis le massacre car les cadavres avaient la même température que les plâtres en automne, la même consistance d'écume pétrifiée, et ceux qui les avaient chargés dans le wagon avaient pris le temps de les ranger en bon ordre et dans le bon sens, tout comme étaient transportés les régimes de bananes. José Arcadio le Second voulut fuir ce cauchemar et se traîna de wagon en wagon, dans le sens de la marche du train, et à la faveur des éclairs qui s'allumaient soudain entre les lattes de bois au passage des villages endormis, il voyait les morts hommes, les morts femmes et les morts enfants qu'on emmenait pour les précipiter à la mer comme des régimes de bananes au rebut. Il ne put reconnaître qu'une femme qui vendait des rafraîchissements sur la place, ainsi que le colonel Gavilan qui tenait encore, enroulé autour de la main, le ceinturon à boucle d'argent de Morelia avec lequel il avait essayé de se frayer un chemin dans l'affolement général. Lorsqu'il eut atteint le premier wagon, il fit un saut dans les ténèbres et resta étendu dans le fossé jusqu'à ce que le convoi eût fini de passer. C'était le plus long qu'il eût jamais vu, presque deux cents wagons de marchandises, avec une locomotive à chaque bout et une troisième au milieu. Aucune lumière n'y était accrochée, pas même les feux de position rouges et verts, et il se glissait avec une célérité nocturne et feutrée. Sur le toit des wagons, on pouvait vøir les formes confuses et sombres des soldats avec leurs mitrailleuses en batterie.

Il était minuit passé quand s'abattit une averse torrentielle. José Arcadio le Second ignorait où il avait sauté mais il savait qu'en marchant en sens contraire à celui du train, il parviendrait à Macondo. Au bout de plus de trois heures de marche, trempé jusqu'aux os, avec un mal de tête terrible, il put discerner les premières maisons dans la lumière du petit matin. Attiré par l'odeur de café, il pénétra dans une cuisine où se tenait une femme, un enfant dans les bras, penchée au-dessus de son fourneau.

— Bonjour, lui dit-il, à bout de forces. Je m'appelle Buendia, José Arcadio le Second.

Il prononça son nom au complet, en détachant les syllabes, pour se convaincre lui-même qu'il était bien en vie. Il eut raison de le faire car la femme, voyant sur le pas de la porte cette silhouette sale et sinistre, la tête et les vêtements souillés de sang, touchée par la solennité de la mort, avait cru à une apparition. Elle le connaissait. Elle lui apporta une couverture pour qu'il s'en couvrît tandis que ses vêtements sécheraient au-dessus de l'âtre, elle lui mit de l'eau à chauffer pour laver sa blessure qui n'était qu'une simple écorchure, et lui donna un linge propre pour se bander la tête. Puis elle lui servit une tasse de café sans sucre, comme on lui avait dit que le buvaient les Buendia, il étendit ses vêtements près du feu.

José Arcadio le Second attentit pour parler d'avoir fini de boire son café.

— Ils devaient être au moins trois mille, murmura-t-il.

— Quoi donc?

— Les morts, expliqua-t-il. Ce devait être tous ceux qui se trouvaient à la gare.

La femme le considéra avec pitié. « Il n'y a pas eu de morts par ici, lui dit-elle. Depuis l'époque de ton oncle, le colonel, il ne s'est rien passé à Macondo. » Dans trois cuisines où s'arrêta José Arcadio le Second avant d'arriver jusque chez lui, on lui répéta la même chose : « Il n'y a pas eu de morts. » Il passa par la petite place de la gare, vit les tables où l'on mangeait les fritures empilées les unes sur les autres, et là non plus ne trouva nulle trace de l'hécatombe. Les rues étaient désertes sous la pluie persistante et les maisons demeuraient fermées, sans apparence de vie intérieure. Le seul signe humain fut la première sonnerie de cloches appelant à la messe. Il frappa à la porte du colonel Gavilan. Une femme enceinte, qu'il avait maintes fois rencontrée, lui referma la porte au nez. « Il est parti, lui dit-elle d'un air effrayé. Il est retourné dans son pays. » L'entrée principale du poulailler entouré de barbelés était gardée comme à l'accoutumée par deux policiers locaux qui avaient l'air changés en statues, sous la pluie, avec leurs casques et leurs cirés. Dans leur petite rue à l'écart, les noirs antillais chantaient en chœur les psaumes du samedi. José Arcadio le Second passa par-dessus la clôture du patio et entra dans la maison par la cuisine. Sainte Sophie de la Piété éleva à peine la voix : « Que Fernanda ne te voie pas, lui dit-elle. Elle était en train de sortir du lit il y a un moment. » Comme si elle s'acquittait de quelque pacte jamais prononcé, elle conduisit son fils jusqu'à la *chambre aux pots,* lui arrangea le lit de sangle tout branlant de Melquiades et, vers deux heures de l'après-midi, tandis que Fernanda faisait la sieste, elle lui fit passer par la fenêtre un plateau de nourriture.

Aureliano le Second avait dormi à la maison, la pluie l'y ayant surpris, et, vers trois heures de l'après-midi, il était encore là à attendre qu'elle cessât. Secrètement informé par Sainte Sophie de la Piété, il rendit alors visite à son frère dans la chambre de Melquiades. Lui non plus ne voulut pas croire à l'histoire du massacre ni au cauchemar du train chargé de morts qui roulait vers la mer. La veille au soir, on avait lu une adresse spéciale au pays pour informer les gens que les ouvriers s'étaient pliés à l'ordre d'évacuation de la gare et avaient repris le chemin de chez eux en cortèges pacifiques. Cet avis disait également que les dirigeants syndicaux, avec un sens élevé du patriotisme, avaient réduit leurs revendications à deux points : réforme des services médicaux et édification de latrines sur les lieux d'habitation. Plus tard, on fut informé qu'aussitôt que les chefs militaires eurent obtenu l'accord des travailleurs, ils s'empressèrent d'en communiquer le contenu à Mr. Brown qui ne se contenta pas d'accepter les nouvelles conditions mais offrit de régaler la population pendant trois jours afin de célébrer la fin du conflit. Néanmoins, lorsque les militaires lui demandèrent pour quelle date on pouvait annoncer la signature de l'accord, il contempla par la fenêtre le ciel strié d'éclairs et eut un morne geste d'expectative.

— Ce sera pour quand la pluie cessera, dit-il. Tant qu'elle tombera, toutes nos activités sont suspendues.

Cela faisait trois mois qu'il ne pleuvait pas et on était en pleine époque de sécheresse. Mais à peine Mr. Brown eut-il fait part de sa décision que dégringola sur toute la zone bananière l'averse torrentielle qui surprit José Arcadio le Second sur le chemin de Macondo. Une semaine plus tard, il pleuvait encore. La version officielle, mille fois répétée et rabâchée dans tout le pays par tous les moyens d'information dont avait pu disposer le gouvernement, finit par s'imposer : il n'y avait pas eu de morts, les travailleurs satisfaits étaient rentrés avec leurs familles et la compagnie bananière suspendait ses activités jusqu'à ce que la pluie cessât. La loi martiale était maintenue en vigueur pour le cas où il s'avérerait nécessaire de prendre des mesures d'urgence contre la famine consécutive à cette averse interminable, mais les troupes étaient consignées. Dans la journée, les soldats déambulaient à travers les torrents des rues, les pantalons retroussés jusqu'à mi-jambes, jouant avec les enfants aux naufrages. Durant la nuit, après le couvre-feu, ils défonçaient les portes à coups de crosse, sortaient du lit les suspects et les embarquaient pour un voyage sans retour. Il s'agissait toujours de la recherche et de l'extermination des malfaiteurs, assassins, incendiaires et autres rebelles du décret numéro quatre, mais les militaires refusaient de l'avouer aux parents mêmes de leurs victimes qui venaient envahir le bureau de l'état-major en quête de nouvelles. « Vous avez sûrement rêvé, disaient les officiers avec insistance. A Macondo, il ne s'est rien passé, il ne se passe rien et il ne se passera jamais rien. Ce village est un village heureux. » Ainsi vinrent-ils à bout de l'extermination des responsables syndicaux.

Le seul et unique survivant fut José Arcadio le Second. Une nuit de février, on entendit, parfaitement reconnaissables, les coups de crosse contre la porte. Aureliano le Second, qui attendait toujours que la pluie cessât pour sortir, s'en vint ouvrir à six soldats sous le commandement d'un officier. Dégouttant de pluie, sans prononcer une parole, ils fouillèrent la maison pièce après pièce, armoire après armoire, des salles jusqu'au grenier. Ursula se réveilla lorsqu'ils firent la lumière dans sa chambre, et, tout le temps que dura la perquisition, ne laissa pas échapper un soupir mais garda ses doigts en croix, tournés vers les soldats et les suivant dans leurs va-et-vient. Sainte Sophie de la Piété parvint à avertir José Arcadio le Second, qui dormait dans la chambre de Melquiades, mais il comprit qu'il était trop tard pour essayer de fuir. Sainte Sophie de la Piété referma alors la porte et il passa sa chemise, enfila ses souliers et s'assit sur le lit de camp en attendant leur venue. Au même moment, ils étaient en train de fouiller l'atelier d'orfèvrerie. Après avoir fait ouvrir le cadenas, l'officier avait rapidement balayé la pièce avec sa lanterne, le temps d'apercevoir l'établi et la vitrine, avec les flacons d'acide et les outils toujours à la même place où les avait laissés leur propriétaire, et il eut l'air de comprendre que, dans cette pièce, ne vivait personne. Cependant, il demanda finement à Aureliano le Second s'il était orfèvre, et ce dernier lui expliqua qu'ils se trouvaient dans l'atelier du colonel Aureliano Buendia. « C'est bien ça » dit l'officier, et il fit la lumière pour organiser une perquisition si minutieuse que ne purent leur échapper les dix-huit petits poissons en or qui n'avaient pas été refondus, cachés derrière la rangée de flacons dans leur écuelle en fer blanc. L'officier les examina un à un sur l'établi et, dès ce moment, s'humanisa tout à fait. « Sauf votre permission, j'aimerais bien en emporter un, dit-il. Il fut un temps où c'était un signe de reconnaissance de la subversion, mais à présent c'est devenu une relique. » L'homme était jeune, presque un adolescent, n'avait rien d'un couard et, bien que cela ne fût pas apparu jusqu'alors, attirait naturellement la sympathie. Aureliano le Second lui fit cadeau du petit poisson. L'officier le glissa dans la poche de sa chemise, les yeux brillants comme ceux d'un enfant, et refit tomber les autres dans l'écuelle pour les replacer où il les avait trouvés.

— C'est un souvenir qui n'a pas de prix, dit-il. Le colonel Aureliano Buendia fut un des plus grands hommes de notre histoire.

Cette soudaine humanisation ne modifia pourtant en rien son attitude professionnelle. Devant la chambre de Melquiades, qui était de nouveau cadenassée, Sainte Sophie de la Piété misa sur un dernier espoir : « Ça doit faire un siècle que personne ne loge plus dans cette pièce. » L'officier la fit ouvrir, la parcourut du faisceau de sa lampe; Aureliano le Second et Sainte Sophie de la Piété aperçurent les yeux mauresques de José Arcadio le Second au moment où son visage se trouva balayé par la lumière, et ils comprirent qu'à ce moment prenait fin une angoisse et en commençait une autre qui ne trouverait d'apaisement que dans la résignation. Mais l'officier continua d'inspecter la pièce à l'aide de sa lanterne et ne fit montre d'aucun intérêt particulier jusqu'à ce qu'il eût découvert les soixante-deux petits pots de chambre entassés les uns sur les autres dans les armoires. Il fit alors la lumière. José Arcadio le Second était assis sur le bord du lit de camp, prêt à bondir hors de la pièce, plus solennel et songeur que jamais. Au fond s'alignaient les étagères avec les livres décousus, les rouleaux de parchemin, et, propre et bien rangée, la table de travail; l'encre était encore fraîche dans les encriers. Il y avait dans l'air la même pureté, la même diaphanéité, le même privilège contre la poussière et la destruction qu'avait connus dans son enfance Aureliano le Second, et que seul le colonel Aureliano Buendia n'avait pu percevoir. Mais l'officier ne s'intéressa qu'aux pots de chambre.

— Combien de personnes vivent sous ce toit? demanda-t-il.

— Cinq.

L'officier resta naturellement sans comprendre. Son regard s'arrêta sur la zone où Aureliano le Second et Sainte Sophie de la Piété continuaient de voir José Arcadio le Second, et ce dernier se rendit compte également que le militaire était en train de le fixer sans le voir. Puis il éteignit et referma la porte. En l'entendant parler aux soldats, Aureliano le Second comprit que le jeune militaire venait de voir la chambre avec les mêmes yeux que, jadis, le colonel Aureliano Buendia.

— C'est vrai que personne n'a vécu dans cette chambre depuis au moins un siècle, dit l'officier à ses soldats. Il doit même y avoir des couleuvres.

Lorsque la porte se fut refermée, José Arcadio le Second eut la certitude que sa guerre était terminée. Bien des années auparavant, le colonel Aureliano Buendia lui avait parlé de la fascination de la guerre et avait essayé d'en témoigner par d'innombrables exemples tirés de sa propre expérience. Il l'avait cru. Mais cette nuit-là, quand les militaires l'eurent regardé sans le voir alors qu'il songeait à la tension de ces derniers mois, à la vie misérable en prison, à la panique qui avait régné autour de la gare, au train chargé de morts,

José Arcadio le Second en arriva à la conclusion que le colonel Aureliano Buendia n'avait été rien de plus qu'un cabotin ou qu'un imbécile. Il ne comprenait pas qu'il lui eût fallu tant de mots pour expliquer ce qu'il avait ressenti à la guerre, si un seul mot pouvait suffire : la peur. Dans la chambre de Melquiades, en revanche, protégé par la lumière surnaturelle, par le bruit de la pluie, par la sensation d'être invisible, il trouva le repos qu'il n'avait connu à aucun moment de sa vie passée, et seule persista en lui la peur d'être enterré vivant. Il s'en ouvrit à Sainte Sophie de la Piété qui lui apportait ses repas quotidiens, et elle lui promit de tout faire pour rester en vie au-delà de ses propres forces, afin de s'assurer qu'on ne l'enterrerait que mort. Débarrassé de toute crainte, José Arcadio le Second se consacra dès lors à lire et à relire maintes fois les parchemins de Melquiades, avec d'autant plus de plaisir qu'il les comprenait moins. Il s'accoutuma au bruit de la pluie qui, au bout de deux mois, ne fut plus qu'une nouvelle forme du silence; seules perturbaient encore sa solitude les entrées et les sorties de Sainte Sophie de la Piété. Aussi la supplia-t-il de laisser ses repas sur le rebord de la fenêtre et de remettre le cadenas sur la porte. Le reste de la famille l'oublia, même Fernanda qui ne vit aucun inconvénient à le laisser là quand elle apprit que les militaires l'avaient vu sans le reconnaître. Au bout de six mois de cette retraite, l'armée ayant quitté Macondo, Aureliano le Second alla retirer le cadenas, cherchant quelqu'un avec qui bavarder en attendant que la pluie cessât. Dès qu'il eut ouvert la porte, il se sentit assailli par l'odeur pestilentielle des pots de chambre disposés par terre et dont chacun avait de nombreuses fois servi. José Arcadio le Second, rongé par la pelade, indifférent à ces émanations nauséabondes qui rendaient l'atmosphère irrespirable, continuait à lire et à relire les incompréhensibles parchemins. Il était éclairé par une sorte de rayonnement séraphique. C'est à peine s'il leva les yeux lorsqu'il sentit la porte s'ouvrir mais ce regard suffit à son frère pour y lire la répétition de l'irréparable destin de leur arrière-grand-père.

— Ils étaient plus de trois mille, se borna à dire José Arcadio le Second. Maintenant, je suis sûr que c'étaient tous ceux qui se trouvaient à la gare.

Il plut pendant quatre ans onze mois et deux jours. Il y eut des époques où il ne fit que pleuvoter et tout le monde se mit sur son trente et un, se composa une mine de convalescent pour célébrer l'éclaircie, mais bientôt l'habitude fut prise de ne voir dans ces pauses que les signes d'une recrudescence. Le ciel se vidait avec un grand bruit de casse en bourrasques dévastatrices et le Nord dépêchait des ouragans qui écornèrent les toits, démolirent les murs et déracinèrent les dernières souches des plantations. A l'exemple de ce qui était arrivé pendant la peste de l'insomnie, dont Ursula vint à se souvenir au cours de ces journées, le fléau lui-même était en train de susciter des moyens de défense contre l'ennui. Aureliano le Second compta parmi ceux qui firent le maximum pour ne pas se laisser vaincre par l'oisiveté. Il était passé à la maison pour quelque raison fortuite, le soir même où Mr. Brown avait appelé la tourmente, et Fernanda voulut le dépanner avec un parapluie plus ou moins retourné qu'elle retrouva dans un placard. « Pas besoin, lui dit-il. Je reste ici jusqu'à ce que la pluie cesse. » L'engagement qu'il prenait là n'était certes pas inéluctable mais il s'en fallut de peu qu'il ne le suivît à la lettre. Comme sa garde-robe se trouvait chez Petra Cotes, il ôtait tous les trois jours les effets qu'il portait et attendait en caleçon qu'on les lavât. Afin de ne pas trouver le temps long, il se fixa pour tâche de réparer les nombreuses détériorations qu'avait subies la maison. Il rajusta les charnières, graissa les serrures, revissa les verrous, redressa les espagnolettes. Pendant plusieurs mois, on le vit errer en tous endroits, muni d'une boîte à outils que les gitans avaient dû oublier du temps de José Arcadio Buendia, et nul n'aurait pu dire si ce fut à cause de cette gymnastique involontaire, de l'ennui hivernal ou de l'abstinence forcée que sa bedaine se dégonfla peu à peu comme une outre, que sa figure de tortue béate devint moins sanguine, et moins protubérant son double menton, tant et si bien que, dans l'ensemble, il devint moins pachydermique et put de nouveau lacer ses propres souliers. A le voir poser des poignées de porte et dérégler les horloges, Fernanda se demanda s'il n'était pas en train de se laisser saisir du même vice de faire pour mieux défaire, comme le colonel Aureliano Buendia avec ses petits poissons en or, Amaranta avec ses boutons et son linceul, José Arcadio le Second avec les parchemins et Ursula avec ses propres souvenirs. Mais ce n'était pas exact. Ce qui n'allait pas, c'était que la pluie saccageait tout, qu'entre les engrenages des machines les moins fertiles poussaient des fleurs si on oubliait de les huiler tous les trois jours, que les fils de brocart s'oxydaient et que sur le linge mouillé croissaient des algues de safran. L'atmosphère était si humide que les poissons auraient pu entrer par les portes et sortir par les fenêtres, naviguant dans les airs d'une pièce à l'autre. Un matin, au réveil, Ursula sentit sa fin approcher en une sorte d'évanouissement paisible, et elle avait déjà demandé qu'on lui amenât le père Antonio Isabel, sur un brancard s'il le fallait, quand Sainte Sophie de la Pitié découvrit qu'elle avait le dos couvert d'une mosaïque de sangsues. Avant qu'elles n'eussent fini de la saigner à blanc, on les en détacha une à une, les faisant griller avec des tisons. Il fallut creuser des canaux pour évacuer l'eau de la maison, la débarrasser des escargots et des crapauds, afin que les sols pussent sécher, retirer les briques placées sous les pieds de lits et recommencer à marcher avec des souliers. Distrait par les multiples petits bricolages qui retenaient toute son attention, Aureliano le Second ne se rendit pas compte qu'il était en train de prendre un coup de vieux, jusqu'à cette fin de journée où, contemplant le précoce coucher de soleil dans un fauteuil à bascule, il songea sans frémir à Petra Cotes. Il n'aurait vu aucun inconvénient à s'en revenir auprès de l'insipide amour de Fernanda, dont la beauté était devenue plus reposée avec l'âge mûr, mais la pluie l'avait mis à l'abri de toute urgence passionnelle et lui avait infusé la sérénité spongieuse de l'inappétence. Il se plut à penser aux choses qu'il aurait pu faire jadis avec cette pluie qui tombait déjà depuis bientôt un an. Il avait été l'un des premiers à importer des plaques de zinc à Macondo, bien avant que la compagnie bananière ne les eût mises à la mode, dans le seul but d'en recouvrir la chambre à coucher de Petra Cotes et de goûter la sensation d'intimité profonde que lui donnait à cette époque le crépitement de la pluie sur le toit. Mais ces souvenirs fous de sa jeunesse extravagante le laissaient eux-mêmes insensible, comme s'il avait épuisé lors de sa dernière fête la forte inclination à la luxure qui lui était échue en partage, et que lui était seulement restée cette merveilleuse contrepartie de pouvoir les évoquer sans amertume ni remords. Il aurait pu se dire que le déluge lui avait donné l'occasion de s'asseoir pour réfléchir, et que cette fièvre des tenailles et des burettes avait réveillé en lui la nostalgie de tant de métiers utiles qu'il aurait pu exercer et n'exerça point dans sa vie, mais ne pouvait jurer de l'un ni de l'autre, car s'il laissait tourner autour de lui la tentation d'une existence plus sédentaire et domestique, ce n'était pas pour en avoir longuement médité ni par désir de faire pénitence. Cette attirance lui venait de beaucoup plus loin, comme déterrée par la fourchette de la pluie, de cette époque où il lisait, dans le cabinet de Melquiades, les prodigieuses histoires de tapis volants et celles de baleines se nourrissant de bateaux avec tous leurs équipages. C'est par une de ces journées que, profitant d'un moment d'inattention de Fernanda, apparut sous la véranda le petit Aureliano, et son grand-père fut mis dans le secret de son existence. Il lui coupa les cheveux, l'habilla, lui apprit à ne plus avoir peur des gens et l'on ne tarda pas à s'apercevoir qu'il avait tout d'un véritable Aureliano Buendia, avec ses pommettes saillantes, son regard étonné et son comportement solitaire. Fernanda s'en trouva soulagée. Il y avait longtemps qu'elle avait jugé démesuré l'orgueil dont elle avait fait preuve, mais elle ne savait comment y remédier : plus elle songeait à des solutions, moins elles lui paraissaient raisonnables. Si elle avait su qu'Aureliano le Second allait prendre les choses comme il les prit, avec une complaisance de bon grand-père, elle aurait pu s'abstenir de tant de détours et de délais et se serait trouvée, depuis un an déjà, délivrée de cette mortification. Pour Amaranta Ursula, qui avait déjà poussé de nouvelles dents, ce neveu fut comme un jouet insaisissable qui la consola de l'ennui de la pluie. Aureliano le Second se souvint alors de l'encyclopédie anglaise à laquelle personne n'avait plus touché dans l'ancienne chambre de Meme. Il commença par montrer les images aux enfants, particulièrement les planches d'animaux, et plus tard les cartes de géographie, les photographies de pays lointains et de personnages célèbres. Comme il ne savait pas l'anglais et pouvait à peine reconnaître les villes les plus célèbres et les personnalités les plus familières, il se mit à inventer des noms et des légendes pour satisfaire à l'insatiable curiosité des enfants.

Fernanda croyait sincèrement que son époux attendait la fin de la pluie pour retourner chez sa concubine. Au cours des premiers mois de pluie, elle eut peur qu'il n'essayât de s'introduire jusque dans sa chambre et de devoir essuyer la honte de lui révéler que, depuis la naissance d'Amaranta Ursula, elle n'était plus apte à se réconcilier avec lui. C'était là la cause de cette correspondance fiévreuse qu'elle entretenait avec les médecins invisibles, interrompue par de fréquents désastres dans l'acheminement du courrier. Dans les tout premiers mois, quand on apprit que les trains déraillaient dans la tourmente, une lettre des médecins invisibles l'avertit que les siennes étaient en train de s'égarer. Plus tard, quand ses rapports avec ses correspondants inconnus se trouvèrent suspendus, elle songea sérieusement à se mettre le masque de tigre dont s'était servi son mari lors du carnaval sanglant, pour aller se faire examiner sous un faux nom par les médecins de la compagnie bananière. Mais, parmi la floppée de gens qui passaient souvent à la maison pour apporter les ingrates nouvelles du déluge, quelqu'un l'informa que la compagnie était en train de démanteler ses dispensaires pour les transporter sous un ciel plus clément. Alors elle perdit tout espoir. Elle se résigna à attendre que cessât la pluie et que le courrier redevînt normal et, pendant ce temps, puisa dans les ressources de son inspiration de quoi se soulager de ses secrets malaises, car elle eût préféré mourir plutôt que de se mettre entre les mains du seul médecin restant à Macondo, l'extravagant Français qui se nourrissait d'herbe pour les ânes. Elle s'était rapprochée d'Ursula, certaine qu'elle connaîtrait quelque palliatif à ce qui s'était cassé en elle. Mais la tortueuse habitude qu'elle avait de ne pas appeler les choses par leur nom la conduisit à parler du devant comme si c'était le derrière, à substituer expulser à accoucher et à remplacer les pertes par des brûlures, afin que tout fût moins honteux, de sorte qu'Ursula en arriva à la conclusion logique que ses troubles n'étaient pas utérins mais intestinaux, et lui conseilla de prendre à jeun un sachet de calomel. Si la pluie n'avait contribué à cette souffrance qui n'aurait rien eu d'impudique pour quiconque ne fût pas atteint également de pudibonderie, et si elle n'avait été cause que ses lettres se fussent perdues, Fernanda s'en serait moquée car, en fin de compte, toute la vie s'était passée pour elle comme s'il n'avait cessé de pleuvoir. Elle ne modifia en rien les horaires ni n'omit aucun rite. Alors que la table se trouvait encore rehaussée par des briques et les chaises posées sur des planches pour éviter aux convives de se mouiller les pieds, elle continuait à servir sur des nappes de lin et dans des services de Chine, et mettait les candélabres pour dîner, car elle considérait qu'on ne pouvait prendre prétexte des calamités pour relâcher les bonnes habitudes. Nul n'avait plus remis le nez dehors. Si cela avait dépendu de Fernanda, on n'y serait plus jamais retourné, non seulement depuis qu'il avait commencé à pleuvoir mais à compter de bien avant, parce que les portes, d'après elle, n'avaient été inventées que pour être fermées, et que la curiosité pour ce qui se passait dans la rue était affaire de gourgandines. Pourtant, elle fut la première à y regarder lorsqu'on la prévint que l'enterrement du colonel Gerineldo Marquez était en train de passer, et, bien qu'elle n'y eût alors assisté que par sa fenêtre entrebâillée, il la laissa dans un tel état d'affliction qu'elle se repentit longtemps de cet instant de faiblesse.

On aurait pu difficilement imaginer convoi plus misérable. On avait posé le cercueil sur une charrette à bœufs, que l'on avait surmontée d'un petit auvent en feuilles de bananier, mais la pluie tombait avec tant de force et les rues étaient si embourbées qu'à chaque pas les roues s'enlisaient et l'auvent était sur le point de se démantibuler. Les trombes d'eau triste qui tombaient sur le cercueil étaient en train de lessiver le drapeau qu'on avait posé dessus et qui n'était autre que l'étendard sanglant et poudreux qu'avaient renié les plus vénérables des vétérans. On avait également disposé sur le cercueil le sabre avec ses glands de cuivre et de soie, le même que suspendait le colonel Gerineldo Marquez au portemanteau du salon avant d'entrer sans défense dans l'atelier de couture d'Amaranta. Derrière la charrette, certains nu-pieds, tous avec leurs pantalons relevés à mi-jambes, les derniers survivants de la reddition de Neerlandia pataugeaient dans la boue, tenant d'une main le bâton de paysan servant d'aiguillon, et de l'autre une couronne de fleurs en papier décolorées par la pluie. Ils apparurent comme un mirage dans cette rue qui portait encore le nom du colonel Aureliano Buendia, et tous regardèrent la maison au passage avant de tourner au coin de la place où il leur fallut demander de l'aide pour désembourber la charrette. Ursula s'était fait porter sur le seuil par Sainte Sophie de la Piété. Elle suivit les péripéties de l'enterrement avec une telle attention qu'il ne vint à personne l'idée de douter qu'elle le voyait, d'autant que de sa main levée d'archange annonciateur elle battait la mesure au rythme des cahots du tombereau.

— Adieu Gerineldo, mon fils, s'écria-t-elle. Salue les miens de ma part et dis-leur qu'on se verra quand la pluie aura cessé.

Aureliano le Second l'aida à regagner son lit et, avec la même désinvolture dont il faisait toujours montre à son égard, lui demanda la signification de cet adieu.

— C'est la vérité, lui dit-elle. Je n'attends plus rien que la fin de la pluie pour mourir.

L'état des rues inquiéta Aureliano le Second. Tardivement préoccupé du sort de ses animaux, il se jeta une toile cirée sur le dos et se rendit chez Petra Cotes. Il la trouva dans la cour, de l'eau jusqu'à la ceinture, essayant de renflouer le cadavre d'un cheval. Aureliano le Second vint à sa rescousse, muni d'une barre de fer, et l'énorme corps tuméfié fit un tour sur lui-même et se trouva entraîné par le torrent de boue liquide. Depuis le début de la pluie, Petra Cotes avait passé tout son temps à débarrasser sa cour des animaux morts. Au cours des premières semaines, elle envoya des messages à Aureliano le Second pour qu'il prît des mesures d'urgence, mais il avait répondu que rien ne pressait, que la situation n'était pas alarmante et qu'il réfléchirait à quelque chose dès que la pluie cesserait. Elle lui fit savoir que les pâturages étaient en train d'être inondés et que le bétail se réfugiait dans les hautes terres où il n'aurait rien à manger et se trouverait à la merci du tigre et de la peste. « On n'y peut rien, lui répondit Aureliano le Second. Quand la pluie cessera, il en naîtra d'autres. » Petra Cotes avait vu mourir les bêtes agglutinées par régimes entiers et c'est à peine si elle avait eu le temps de délivrer au couteau celles qui demeuraient enlisées. Avec une sourde impuissance, elle vit le déluge détruire sans rémission une fortune qui avait été considérée à une certaine époque comme la plus importante et la plus solide de tout Macondo, et dont il ne restait rien que cette puanteur. Lorsque Aureliano le Second se décida à aller voir ce qui se passait, il ne trouva que le cadavre du cheval et une mule squelettique dans les décombres de l'écurie. Petra Cotes le vit débarquer sans surprise, sans joie ni ressentiment, et à peine se permit-elle un petit sourire ironique :

— A la bonne heure! lui dit-elle.

Elle avait bien vieilli, n'avait plus que la peau sur les os, et ses yeux lancéolés de bête carnassière étaient devenus tristes et apprivoisés à force de tant regarder la pluie. Aureliano le Second resta plus de trois mois chez elle, non qu'il s'y sentît mieux, désormais, que dans sa propre maison où l'attendaient les siens, mais parce qu'il eut besoin de tout ce temps pour prendre la décision de se jeter à nouveau le morceau de toile cirée sur le dos. « Rien ne presse, dit-il comme il avait déjà dit dans l'autre maison. Attendons, peut-être qu'il va cesser de pleuvoir dans les heures qui viennent. » Au cours de la première semaine, il put s'accoutumer aux ravages qu'avaient causés le temps et la pluie sur l'état de santé de sa maîtresse, et peu à peu se mit à la revoir comme elle était autrefois, se remémorant ses joyeuses privautés et la délirante fécondité que son amour suscitait chez les animaux, et, un peu par amour et un peu par intérêt, une nuit de la seconde semaine, il la réveilla avec de pressantes caresses. Petra Cotes ne réagit pas. « Reste tranquille à dormir, murmura-t-elle. Ce n'est plus le moment. » Aureliano le Second aperçut son reflet dans les miroirs qui surplombaient le lit, et vit l'épine dorsale de Petra Cotes comme une rangée de bobines de fil embrochées sur un axe de nerfs fanés, et il comprit qu'elle avait raison, non pas à cause du moment, mais d'eux-mêmes, parce que ces choses-là n'étaient plus de leur âge.

Aureliano le Second s'en retourna chez lui avec ses malles, convaincu que tous les habitants de Macondo, et pas seulement Ursula, attendaient qu'il cessât de pleuvoir pour mourir. Il les avait vus en passant, assis dans les salles communes, le regard perdu, les bras croisés, sentant passer le temps d'une seule coulée, un temps laissé en friche, puisqu'il était inutile de le diviser en mois et en années, et les jours en heures, quand on ne pouvait rien faire d'autre que contempler la pluie. Les enfants accueillirent gaiement Aureliano le Second qui se remit à jouer pour eux de son accordéon asthmatique. Mais ce concert ne retint pas autant leur attention que les séances d'encyclopédie, si bien qu'ils reprirent leurs petites réunions dans la chambre de Meme où l'imagination d'Aureliano le Second transforma le ballon dirigeable en éléphant volant cherchant un endroit où dormir parmi les nuages. Un jour, il tomba sur un cavalier que son faste exotique n'empêchait pas de garder un air de famille et, après l'avoir longuement examiné, il en arriva à la conclusion que c'était un portrait du colonel Aureliano Buendia. Il le montra à Fernanda, laquelle admit également qu'il y avait un air de ressemblance entre cet homme à cheval et le colonel, mais aussi avec tous les membres de la famille, bien qu'il se fût agi en vérité d'un guerrier tartare. Ainsi passa pour lui le temps, entre le colosse de Rhodes et les charmeurs de serpents, jusqu'au jour où son épouse lui annonça qu'il ne restait plus que six kilos de viande salée et un sac de riz au grenier.

— Et alors, que veux-tu que j'y fasse? demanda-t-il.

— Je n'en sais rien, répliqua Fernanda. Ces choses-là regardent les hommes.

— Fort bien, répondit Aureliano le Second, on y pourvoira quand il aura cessé de pleuvoir.

Il continua à montrer plus d'intérêt pour l'encyclopédie que pour ce problème domestique, même lorsqu'il dut se contenter de miettes de viande et d'un peu de riz à déjeuner. « Il est impossible de rien faire maintenant, disait-il. Il ne va pas pleuvoir toute la vie. » Et plus il renvoyait aux calendes grecques les nécessités pressantes du grenier, plus grande se faisait l'indignation de Fernanda, jusqu'à ce que ses protestations accidentelles, ses explosions peu fréquentes finissent par déborder en un torrent impossible à contenir, véritablement déchaîné, qui commença un beau matin comme une monocorde ritournelle de guitare, et, au fur et à mesure que s'avançait la journée, monta d'un ton, de plus en plus nourri, de plus en plus généreux. Aureliano le Second ne prit conscience de cette litanie de reproches que le jour suivant, après le petit déjeuner, lorsqu'il se sentit tout étourdi par un bourdonnement qui se faisait encore entendre plus limpide et sur des notes plus hautes que la rumeur de la pluie, et ce n'était rien d'autre que Fernanda qui déambulait dans toute la maison, se plaignant qu'on l'eût éduquée comme une reine pour finir comme une bonniche dans une maison de fous, avec un mari fainéant, idolâtre, libertin, qui se couchait de tout son long en attendant que du ciel le pain lui tombât tout cuit, tandis qu'elle s'esquintait les reins à essayer de maintenir à flot un foyer retenu par des épingles à nourrice, où il y avait tant à faire, tellement de choses à supporter et à redresser, depuis que le bon Dieu faisait naître le jour jusqu'à l'heure de se coucher, qu'elle se mettait au lit les yeux remplis de poudre de verre, et, malgré tout cela, personne ne lui avait dit Bonjour, Fernanda, tu as passé une bonne nuit, Fernanda, et on ne lui avait pas davantage demandé, ne fût-ce que par déférence, pourquoi elle était si pâle et pourquoi elle se réveillait avec des cernes violets, bien qu'elle n'attendît certainement pas cela du reste de la famille qui, en fin de compte, l'avait toujours considérée comme une gêne, comme la guenille servant à prendre la marmite sans se brûler, comme un vulgaire pantin dessiné sur le mur, et qui était toujours en train de déblatérer contre elle dans les coins, la traitant de bigote, la traitant de pharisienne, la traitant de fieffée coquine, et jusqu'à Amaranta, qu'elle repose en paix, qui avait osé dire à haute voix qu'elle était de celles qui confondent leur rectum avec la Semaine sainte, béni soit Dieu, qu'est-ce qu'il ne faut pas entendre, et elle avait tout enduré sans rien dire, se pliant à la volonté du Père éternel, mais n'avait pu en supporter davantage quand ce scélérat de José Arcadio le Second avait prétendu que la perdition de la famille venait de ce qu'on eût laissé entrer à la maison une précieuse ridicule, imaginez un peu, une précieuse qui aurait voulu porter la culotte, mon Dieu on aura tout vu, une précieuse, fille de la mauvaise salive et de la même pâte que ces freluquets envoyés par le gouvernement pour massacrer les travailleurs, non mais dites-moi, et ne se référait ainsi à personne d'autre qu'à elle-même, filleule du duc d'Albe, dame dont le haut lignage donnait des crises de foie aux femmes des présidents, quelqu'un qui appartenait comme elle à la noblesse de sang et qui avait le droit de signer de onze patronymes de la métropole ibérique, et qui était la seule mortelle en ce village de bâtards à ne pas s'emmêler quand elle avait seize couverts différents devant elle, pour s'entendre dire après par son adultère de mari, mort de rire, qu'un si grand nombre de cuillères et de fourchettes et de couteaux et de petites cuillères ne convenait pas aux bons chrétiens mais aux mille-pattes, et la seule aussi à pouvoir dire les yeux fermés quand on devait servir le vin blanc, de quel côté et dans quelle coupe, et quand on devait servir le vin rouge, dans quelle coupe et de quel côté, et non pas comme cette paysanne d'Amaranta, qu'elle repose en paix, qui croyait que le vin blanc se servait de jour et le vin rouge le soir, et aussi la seule sur tout le littoral à pouvoir se vanter de n'avoir jamais fait ses besoins ailleurs que dans des pots de chambre en or, pour que le colonel Aureliano Buendia, qu'il repose en paix, ait eu ensuite l'audace de lui demander, avec sa mauvaise bile de franc-maçon, d'où elle avait mérité semblable privilège, si c'était qu'elle ne chiait pas de la merde, mais des fleurs d'astromelia, rendez-vous compte, s'entendre dire des choses pareilles, et pour que Renata, sa propre fille, qui de manière indiscrète l'avait vue faire son gros besoin dans sa chambre à coucher, ait pu répondre qu'en vérité le pot était tout en or et en choses héraldiques, mais que ce qu'il y avait dedans était bel et bien de la merde, de la merde organique, et pire encore que les autres parce que c'était de la merde de précieuse ridicule, non mais imaginez, sa propre fille, tant et si bien qu'elle ne s'était jamais fait d'illusions sur le restant de la famille, mais avait droit, de toute façon, d'attendre un peu plus de considération de la part de son époux, puisque pour le meilleur et pour le pire le sacrement du mariage en avait fait son conjoint, son ayant-cause, son dépuceleur légal, et qu'il avait pris sur lui, en toute liberté et en toute souveraineté, la grave responsabilité de la faire sortir du vieux manoir paternel où jamais elle ne fut privée ni ne souffrit de rien, où elle tressait des palmes funéraires pour le plaisir de s'occuper, et puisque son parrain lui-même avait envoyé une lettre, avec sa signature et le sceau de sa bague imprimé dans la cire à cacheter, simplement pour dire que les mains de sa filleule n'étaient pas faites pour les besognes de ce bas monde, sauf de jouer du clavecin, et, malgré tout cela, son fou de mari l'avait fait sortir de chez elle avec un tas de reproches et de menaces, et l'avait ramenée jusqu'en ce chaudron d'enfer où régnait une telle chaleur qu'on ne pouvait respirer, et avant même qu'elle n'eût fini d'observer l'abstinence de Pentecôte il avait déjà filé avec ses malles transhumantes et son accordéon de fêtard, prendre du bon temps dans l'adultère avec une misérable dont il lui suffisait de voir les fesses, tant pis, ce qui est dit est dit, qu'il lui suffisait de voir remuer ses fesses de pouliche pour deviner que c'était une, que c'était une, une tout le contraire d'elle-même, elle qui savait rester une dame dans son château comme à la porcherie, à table comme au lit, une dame de haute naissance, craignant Dieu, obéissant à ses lois, soumise à ses desseins, et avec laquelle il ne pouvait évidemment pas faire ces parties de jambes-en-l'air, ni mener cette vie de va-nu-pieds qu'il connaissait avec l'autre, qui sans doute se prêtait à tout, comme les matrones françaises, et pis encore, en y réfléchissant bien, parce que ces dernières avaient du moins l'honnêteté de placer une petite lampe rouge à leur porte, des cochonneries pareilles, imaginez un peu, il ne manquait plus que ça, avec la bien-aimée fille unique de doña Renata Argote et don Fernando del Carpio, et plus particulièrement de celui-ci, ça va de soi, le saint homme, chrétien de la plus haute espèce, chevalier de l'Ordre du Saint-Sépulcre, faisant partie de ceux qui reçoivent directement de Dieu le privilège de se conserver intacts dans leur tombeau, la peau nette et brillante comme le satin d'une robe de fiançailles, les yeux vifs et diaphanes comme des émeraudes.

— Voilà qui n'est pas vrai, l'arrêta Aureliano le Second. Quand on l'a apporté, il empestait déjà.

Il avait eu la patience de l'écouter toute une journée jusqu'à ce qu'il la prît en faute. Fernanda n'y prêta aucun cas mais baissa la voix. Ce soir-là, pendant le dîner, l'exaspérant bourdonnement de cette litanie avait chassé jusqu'à la rumeur de la pluie. Aureliano le Second mangea peu, le nez dans son assiette, et se retira de bonne heure dans sa chambre. Le lendemain, au petit déjeuner, Fernanda était toute tremblante, l'air d'avoir passé une mauvaise nuit, mais semblait s'être totalement soulagée de ce qu'elle avait sur le cœur. Pourtant, quand son mari demanda s'il ne lui serait pas possible de manger un œuf à la coque, elle ne se borna pas à répondre simplement que les œufs étaient terminés depuis la semaine précédente, mais se lança dans une violente diatribe contre les hommes qui passaient leur temps à adorer leur nombril et avaient l'aplomb de demander ensuite qu'on leur servît des foies d'alouettes. Aureliano le Second emmena les enfants regarder l'encyclopédie, comme toujours, et Fernanda fit semblant de mettre de l'ordre dans la chambre de Meme pour qu'il l'entendît marmonner qu'il fallait avoir un sacré culot pour dire à ces pauvres innocents que le colonel Aureliano Buendia était représenté dans l'encyclopédie. L'après-midi, tandis que les enfants faisaient la sieste, Aureliano le Second prit place sous la véranda et Fernanda vint le poursuivre jusque-là, le provoquant, l'asticotant, tournant autour de lui avec son implacable bourdonnement de grosse mouche, disant que, comme de juste, alors qu'il n'y avait plus que des pierres à se mettre sous la dent, son mari restait assis comme un sultan de Perse à contempler la pluie, parce qu'il n'était rien de plus qu'un fainéant, un maquereau, un bon à rien, plus mou qu'une houppe de coton, habitué à vivre des femmes et convaincu qu'il s'était marié avec l'épouse de Jonas, celle qui était restée si tranquille après l'histoire de la baleine. Aureliano le Second l'écouta pendant plus de deux heures, imperturbable, comme s'il était devenu sourd. Il se garda de l'interrompre jusqu'à une heure très avancée de l'après-midi où il ne put plus supporter ce roulement de grosse caisse qui lui faisait mal à la tête.

— Tais-toi, par pitié, la supplia-t-il.

Fernanda, au contraire, haussa le ton. « Je n'ai aucune raison de me taire, lui dit-elle. Celui qui ne veut pas m'entendre n'a qu'à partir. » Aureliano le Second perdit alors le contrôle de lui-même. Il se redressa sans hâte, comme s'il ne songeait qu'à s'étirer, puis, avec une rage parfaitement contrôlée et méthodique, il saisit l'un après l'autre les jardinières de bégonias, les baquets de fougères, les pots d'origan, et l'un après l'autre les fracassa par terre en mille morceaux. Fernanda eut peur car, jusque-là, elle n'avait pas pris une conscience très claire de la terrible force de frappe intérieure qu'avait sa litanie, mais il était déjà trop tard pour vouloir revenir en arrière. Emporté par ce torrent libérateur impossible à contenir, Aureliano le Second brisa le verre de la vitrine et, une à une, sans se presser, sortit les pièces du service et les réduisit en poussière contre le sol. Systématiquement, dans le plus grand calme, avec le même flegme dont il avait fait preuve en tapissant toute la maison de billets de banque, il se mit ensuite à briser contre les murs les cristaux de Bohême, les vases décorés à la main, les tableaux de jouvencelles dans des gondoles chargées de roses, les miroirs aux cadres dorés, et tout ce qu'il était possible de casser de la salle commune au grenier, et il termina par la grande cruche qui se trouvait dans la cuisine et qui éclata au milieu du patio dans un grand bruit creux d'explosion. Puis il se lava les mains, se jeta la toile cirée sur le dos et, avant que minuit n'eût sonné, s'en revint avec quelques lambeaux coriaces de viande salée, plusieurs sacs de riz et de maïs pleins de charançons et quelques régimes de bananes tout ratatinés. Désormais, les vivres ne vinrent plus à manquer.

Amaranta Ursula et le petit Aureliano devaient se souvenir du déluge comme d'une époque heureuse. En dépit de la sévérité de Fernanda, ils barbotaient dans les flaques de boue du patio, chassaient les lézards pour les écarteler et s'amusaient à empoisonner la soupe en y jetant de la poudre d'ailes de papillons quand Sainte Sophie de la Piété ne faisait pas attention. Ursula était pour eux le jouet le plus divertissant. Ils la prirent pour une grande poupée décrépite qu'ils conduisaient ou portaient dans tous les coins, déguisée à l'aide de vieux chiffons multicolores et le visage barbouillé de suie ou de rocou, et ils faillirent un jour lui arracher les yeux comme ils le faisaient aux crapauds avec le sécateur. Rien ne les mettait en joie comme ses radotages. En effet, il dut se passer quelque chose dans son cerveau durant la troisième année de pluie, car elle perdit peu à peu le sens de la réalité et se mit à confondre l'époque présente et certaines périodes reculées de sa vie, à tel point qu'il lui arriva une fois de rester trois jours à pleurer, inconsolable, la mort de Petronila Iguaran, sa propre arrière-grand-mère, enterrée depuis plus d'un siècle. Elle sombra dans un état de confusion si extravagant qu'elle croyait voir, dans le petit Aureliano, son fils le colonel aux environs de l'époque où on l'avait emmené faire connaissance avec la glace, et, dans le José Arcadio qui se trouvait alors au séminaire, son aîné qui était parti avec les gitans. Elle parla tant et si bien de la famille que les enfants apprirent à lui organiser des visites imaginaires de gens qui n'étaient pas seulement morts depuis longtemps, mais avaient vécu à des époques tout à fait différentes. Assise sur son lit, les cheveux couverts de cendres et le visage dissimulé sous un foulard rouge,

Ursula était heureuse au milieu de tout ce parentage irréel que les enfants décrivaient sans omettre de détails, comme si en vérité ils l'eussent connu. Ursula s'entretenait avec ses ancêtres d'événements antérieurs à sa propre existence, prenait plaisir aux nouvelles qu'ils lui donnaient et pleurait avec eux sur des morts bien plus récents que ceux-là mêmes qui se trouvaient rassemblés. Les enfants ne tardèrent pas à remarquer qu'au cours de ces rencontres de fantômes, Ursula glissait toujours une question destinée à établir quel était celui qui avait apporté à la maison, pendant la guerre, un Saint José en plâtre grandeur nature pour qu'on le lui gardât jusqu'à ce que la pluie eût cessé. C'est ainsi qu'Aureliano le Second se souvint de la fortune enterrée en quelque endroit qu'Ursula était seule à connaître, mais toutes ses questions furent vaines, comme toutes les manœuvres astucieuses dont il eut idée, car elle paraissait conserver dans les labyrinthes de son égarement une certaine marge de lucidité qui lui permettait de défendre ce secret, qu'elle devait seulement révéler à celui qui ferait la preuve de ce qu'il était le véritable propriétaire de l'or enseveli. Elle était si habile et sa mémoire si exacte, que le jour où Aureliano le Second fit la leçon à un de ses compagnons de débauche pour qu'il se fît passer pour celui auquel devait revenir la fortune, elle le laissa s'embrouiller au fil d'un interrogatoire des plus précis, semé de pièges subtils.

Convaincu qu'Ursula emporterait le secret dans sa tombe, Aureliano le Second embaucha une équipe de terrassiers, sous prétexte d'aménager des canaux d'écoulement dans la cour et l'arrière-cour, et lui-même se mit à sonder le sol avec des pics en fer et toutes sortes de détecteurs de métaux, sans rien trouver qui ressemblât à de l'or au bout de trois mois de fouilles exhaustives. Plus tard, il s'en remit à Pilar Ternera dans l'espoir que les cartes y verraient plus clair que les terrassiers, mais elle commença par lui expliquer qu'il serait vain d'essayer tant que ce ne serait pas Ursula qui couperait le jeu de cartes. En revanche, elle confirma l'existence du trésor, précisant même qu'il s'agissait de sept mille deux cent quatorze pièces de monnaie enterrées dans trois sacs en toile goudronnée, trélingués avec du fil de cuivre, dans un cercle de cent vingt-deux mètres de rayon ayant pour centre le lit d'Ursula, mais elle le prévint qu'on ne le trouverait pas avant que la pluie eût cessé et que les soleils de trois mois de juin consécutifs eussent changé tous les bourbiers en poussière. Pour Aureliano le Second, l'abondance et la méticuleuse imprécision de ces données parurent tellement s'apparenter aux histoires de spiritisme qu'il persévéra dans son entreprise, bien qu'on fût en août et qu'il eût fallu attendre au moins trois ans pour remplir toutes les conditions de la prophétie. Ce qui le laissa d'abord stupéfait, bien que sa confusion s'en trouvât augmentée d'autant, ce fut de constater qu'il y avait exactement cent vingt-deux mètres du lit d'Ursula à la clôture de l'arrière-cour. Fernanda appréhenda qu'il fût tout aussi fou que son frère jumeau quand elle le vit effectuer ses mesures, et, plus grave encore, quand il donna l'ordre aux équipes de terrassiers d'approfondir d'un mètre toutes les tranchées. Pris d'un délire d'exploration qu'on ne pouvait comparer sans exagération à celui de son arrière-grand-père quand il cherchait la route des grandes inventions, Aureliano le Second perdit les dernières poches de graisse qui lui restaient et son ancienne ressemblance avec son frère jumeau s'en trouva de nouveau accentuée, non seulement dans sa silhouette étriquée mais dans cet air distant et cette attitude renfermée qu'il prenait. Il ne s'occupa plus des enfants. Il mangeait à n'importe quelle heure, boueux des pieds à la tête, dans un coin de la cuisine, répondant à peine aux questions que lui posait de temps à autre Sainte Sophie de la Piété. A le voir travailler de la sorte, comme jamais elle n'avait rêvé qu'il en serait capable, Fernanda prit sa témérité pour de l'empressement à bien faire, sa convoitise pour de l'abnégation et son opiniâtreté pour de la persévérance, et son cœur fut déchiré de remords à cause de la violence avec laquelle elle avait dégoisé sur sa paresse. Mais Aureliano le Second n'était pas disposé alors à de miséricordieux rabibochages. Enfoncé jusqu'au cou dans un grand bourbier de branchages morts et de fleurs pourries, il mit toute l'étendue du jardin sens dessus dessous, après en avoir terminé avec la cour et l'arrière-cour, et fora si profondément dans les fondations de l'aile orientale de la maison qu'une nuit, tout le monde se réveilla terrorisé par ce qui paraissait être un cataclysme, à en juger par tous ces tremblements autant que par un épouvantable craquement souterrain, et qui n'était autre que l'affaissement et l'effondrement de trois chambres et l'apparition, depuis la véranda jusqu'à la chambre de Fernanda, d'une longue lézarde à donner le frisson. Aureliano le Second ne renonça pas pour autant à ses fouilles. Même lorsque ses derniers espoirs furent éteints et que seules les prédictions des cartes semblèrent avoir conservé quelque sens, il consolida les soubassements où il avait fait une brèche, colmata la fissure avec du mortier et se remit à creuser sur l'aile ouest de la maison. Il y était encore la seconde semaine du mois de juin de l'année suivante, quand la pluie commença à se calmer, que les nuages reprirent de l'altitude et qu'on put s'attendre à la voir s'arrêter d'un moment à l'autre. Ce qui ne manqua pas d'arriver. Un vendredi, vers deux heures de l'après-midi, le monde se trouva éclairé d'un soleil tout bête, roux et rugueux comme de la poussière de brique, presque aussi frais que l'eau, et pendant dix années de suite il ne plut plus.

Macondo était en ruines. Dans les rues marécageuses étaient restés des meubles démantibulés, des squelettes d'animaux couverts de lis rouges, dernières traces des hordes d'étrangers qui s'étaient enfuis de Macondo dans un affolement semblable à celui de leur arrivée. Les maisons, qui avaient poussé comme des champignons pendant la fièvre de la banane, avaient été abandonnées. La compagnie bananière avait démonté ses installations. De l'ancienne cité clôturée ne subsistaient que les abatis. Les maisonnettes en bois, les fraîches terrasses où s'écoulaient de paisibles après-midi de parties de cartes, semblaient avoir été rasées par une préfiguration de ce vent prophétique qui, des années plus tard, devait faire disparaître Macondo de la face du monde. Le seul vestige humain laissé par ce souffle déchaîné fut un gant de Patricia Brown dans l'automobile étouffée par les pensées en fleurs. La région enchantée qu'avait explorée José Arcadio Buendia à l'époque de la fondation du village, et où avaient ensuite prospéré les plantations de banane, n'était plus qu'une immense fondrière de souches en putréfaction à l'horizon lointain de laquelle on put voir, pendant plusieurs années, l'écume silencieuse de la mer. Le premier dimanche où il passa des vêtements secs et partit en reconnaissance dans le village, Aureliano le Second connut un moment de cruel abattement. Les survivants de la catastrophe, les mêmes qui étaient déjà à Macondo avant que le village ne fût secoué par l'ouragan de la compagnie bananière, se tenaient assis au beau milieu de la rue à profiter des premiers soleils. Leur peau gardait encore le vert d'algue et l'odeur de renfermé dont les avait imprégnés la pluie, mais, dans le fond de leur cœur, ils paraissaient satisfaits d'avoir retrouvé le village où ils étaient nés. La rue aux Turcs était redevenue celle d'autrefois, celle du temps où les Arabes, avec leurs babouches, leurs anneaux aux oreilles, parcourant le monde à échanger des cacatoès contre de la bimbeloterie, trouvèrent à Macondo un bon petit coin de terre où se reposer de leur condition millénaire de gens du voyage. Par-delà ces années de pluie, les marchandises des bazars étaient en train de tomber en capilotade, les produits exposés devant la porte se madraient de mousse, les comptoirs étaient minés par les termites et les murs rongés par l'humidité, mais les Arabes de la troisième génération restaient assis à la même place et dans la même position que leurs parents et grands-parents, taciturnes, impavides, sans être atteints ni par le temps ni par le désastre, tout aussi vivants ou tout aussi morts qu'ils l'avaient été après la peste de l'insomnie et les trente-deux guerres du colonel Aureliano Buendia. Ils faisaient preuve d'une force d'âme si étonnante devant ces décombres des tables de jeu, des voitures des marchands de fritures, des stands de tir à blanc, de la petite ruelle où l'on interprétait les rêves et prédisait l'avenir, qu'Aureliano le Second, avec sa désinvolture habituelle, leur demanda à quels moyens mystérieux ils avaient eu recours pour ne pas sombrer dans cette tourmente, comment diable ils avaient fait pour ne pas périr noyés, et l'un après l'autre, de porte en porte, lui renvoyèrent un sourire rusé et un regard songeur, et tous lui fournirent sans se donner le mot la même réponse :

— En nageant.

Petra Cotes était sans doute la seule autochtone à avoir un cœur d'Arabe. Elle avait assisté à la destruction finale de ses étables et de ses écuries emportées par la tourmente, mais elle avait fait en sorte que la maison restât debout. Au cours de la dernière année, elle avait envoyé des messages pressants à Aureliano le Second et ce dernier lui avait répondu qu'il ne savait quand il reviendrait chez elle, mais qu'il rapporterait de toute manière un grand coffre de pièces d'or, de quoi paver toute leur chambre à coucher. Alors elle avait raclé le fond de son cœur pour y puiser le reste d'énergie qui lui permettrait de survivre à la catastrophe, et elle en avait ramené une rage lucide et juste qui la fit jurer de restaurer cette fortune dilapidée par son amant et que le déluge achevait d'anéantir. Sa décision était si bien ancrée en elle qu'Aureliano le Second, revenant chez elle huit mois après le dernier message, la trouva toute verte, mal peignée, les yeux enfoncés dans les orbites, la peau givrée par la gale, mais en train d'inscrire des numéros sur des petits bouts de papier pour organiser une loterie. Aureliano le Second resta si interloqué, et il était devenu si maigre, si solennel, que Petra Cotes eut la certitude que celui qui revenait la chercher n'était pas l'amant de toute sa vie mais son frère jumeau.

— Tu es folle, lui dit-il. A moins que tu ne penses mettre les ossements en loterie.

Elle lui demanda alors d'aller jeter un coup d'œil dans la chambre à coucher, et Aureliano le Second y découvrit la mule. Elle n'avait que la peau sur les os, comme sa propriétaire, mais était aussi vivante, aussi résolue qu'elle-même. Petra Cotes l'avait nourrie de sa propre rage et lorsqu'il ne lui était plus resté de fourrage, ni de maïs, ni de racines, elle l'avait hébergée dans sa chambre et lui avait donné à brouter les draps de percale, les tapis persans, les dessus de lit en peluche, les doubles rideaux en velours et le dais brodé au fil d'or et garni de glands de soie du lit épiscopal.

Ursula dut fournir un gros effort pour respecter sa promesse de mourir quand il aurait cessé de pleuvoir. Ses brefs éclairs de lucidité qui étaient demeurés si rares durant la pluie se firent plus fréquents à partir du mois d'août, lorsque se mit à souffler le vent sec qui étouffait les rosiers cramoisis et pétrifiait les bourbiers, et finit par répandre sur Macondo cette brûlante poussière qui devait recouvrir à jamais les toits de zinc oxydés et les amandiers centenaires. En découvrant qu'elle avait servi de jouet aux enfants pendant plus de trois ans, Ursula fut si peinée qu'elle en pleura. Elle lava son visage peinturluré, se débarrassa des bandes d'étoffe multicolores dont elle était coiffée, des lézards de muraille et des crapauds desséchés, ainsi que des chapelets et des anciens colliers arabes qu'on lui avait accrochés sur tout le corps, et, pour la première fois depuis la mort d'Amaranta, elle quitta son lit sans le secours de personne pour se réincorporer à la vie familiale. La vaillance de son cœur invincible la guidait dans les ténèbres. Ceux qui remarquèrent ses faux pas ou qu'elle heurta de son bras archangélique toujours levé à hauteur d'yeux, pensèrent qu'elle avait bien des ennuis avec son corps, mais il ne leur vint pas encore à l'idée qu'elle était aveugle. Elle n'avait nul besoin d'y voir pour se rendre compte que les corbeilles de fleurs, cultivées avec tant de soin depuis la première reconstruction, avaient été massacrées par la pluie et anéanties par les excavations d'Aureliano le Second, et que les murs et le sol cimenté étaient tout lézardés, les meubles branlants et délavés, les portes sorties de leurs gonds, et la famille elle-même menacée par un esprit de résignation et d'accablement qui eût été inconcevable en son temps. Se déplaçant à tâtons à travers les chambres vides, elle percevait le crépitement continu des termites taraudant le bois, et le bruit de ciseaux des mites dans les armoires, et le bacchanal dévastateur des fourmis rouges géantes qui avaient proliféré pendant le déluge et sapaient à présent les fondations de la maison. Un jour, elle ouvrit la malle où étaient rangés les vêtements des saints et dut appeler Sainte Sophie de la Piété à son secours pour l'aider à se débarrasser des cafards qui en avaient jailli et qui avaient déjà réduit ses vêtements en poussière. « On ne peut pas vivre dans un tel laisser-aller, disait-elle. A ce train-là, nous finirons dévorés par toutes ces bestioles. » Dès lors, elle n'eut plus un instant de repos. Levée bien avant l'aube, elle mobilisait toutes les énergies disponibles, même les enfants. Elle étendit au soleil les rares vêtements qui étaient encore susceptibles d'être portés, mit les cafards en fuite par des attaques surprises à l'insecticide, racla les galeries des termites dans les portes et les fenêtres et asphyxia les fourmis dans leurs trous avec de la chaux vive. Cette fièvre de retauration finit par la conduire jusqu'aux chambres oubliées. Elle fit déblayer les décombres et ôter les toiles d'araignée de la pièce où José Arcadio Buendia s'était desséché la cervelle à rechercher la pierre philosophale, rangea l'atelier d'orfèvrerie qui avait été mis sens dessus dessous par les soldats, et demanda en dernier lieu les clefs de la chambre de Melquiades pour voir en quel état elle se trouvait. Fidèle à la volonté de José Arcadio le Second qui avait défendu qu'on s'y introduisît tant que ne serait pas apparu quelque indice réel de sa mort, Sainte Sophie de la Pitié eut recours à toutes sortes de subterfuges pour empêcher Ursula d'arriver à ses fins. Mais elle était si farouchement décidée à ne pas abandonner aux insectes le plus secret recoin de la maison, ou le moins utilisable, qu'elle renversa tous les obstacles en travers de son chemin et, au bout de trois jours d'obstination, obtint qu'on lui ouvrît la chambre. Elle dut se retenir au montant de la porte pour ne pas tomber, terrassée par la puanteur, mais il ne lui fallut pas plus de deux secondes pour se rappeler qu'on avait relégué là les soixante-deux petits pots de chambre des pensionnaires et qu'une patrouille de soldats, une nuit, tout au début de la pluie, avait fouillé la maison en quête de José Arcadio le Second sans pouvoir mettre la main dessus.

— Dieu béni! s'exclama-t-elle, comme si tout lui revenait

devant les yeux. Dire qu'on s'est employé à tant vouloir t'inculquer les bonnes manières, pour que tu finisses par vivre comme un goret!

José Arcadio le Second continuait à relire les parchemins. Rien n'était plus discernable dans la broussaille touffue de son système pileux que ses dents hachurées de vert-de-gris et ses yeux immobiles. En reconnaissant la voix de son arrière-grand-mère, il tourna la tête vers la porte, essaya de sourire et, sans le savoir, répéta une ancienne phrase d'Ursula.

— Que voulez-vous, murmura-t-il, le temps passe.

— C'est un fait, répondit Ursula, mais pas à ce point-là.

En disant ces mots, elle se rendit compte qu'elle était en train de lui adresser la même réplique qu'elle avait reçue du colonel Aureliano Buendia dans sa cellule de condamné et, une fois de plus, elle fut ébranlée par cette autre preuve que le temps ne passait pas — comme elle avait fini par l'admettre — mais tournait en rond sur lui-même. Pourtant, pas plus qu'avant elle ne laissa à la résignation l'occasion d'en profiter. Elle gronda José Arcadio le Second comme si ç'avait été un enfant et insista pour qu'il se baignât, se rasât et lui prêtât main-forte pour achever de restaurer la maison. A la seule idée d'abandonner la chambre qui lui avait dispensé la paix, José Arcadio le Second fut terrorisé. Il cria qu'il n'existait pas de pouvoir humain capable de l'en faire sortir, car il ne voulait pas voir le convoi de deux cents wagons chargés de morts qui, chaque jour en fin d'après-midi, quittait Macondo à destination de la mer. « Ce sont tous ceux qui se trouvaient à la gare, hurlait-il. Il y en a trois mille quatre cent huit. » Ursula en vint alors seulement à comprendre qu'il était dans un monde de ténèbres plus impénétrable que le sien, aussi solitaire et fermé que celui de son arrière-grand-père. Elle le laissa dans cette chambre mais obtint qu'elle ne fût plus fermée au cadenas, qu'on y fît le ménage chaque jour, qu'on ne conservât qu'un pot de chambre et jetât tous les autres aux ordures, qu'on s'arrangeât pour garder José Arcadio le Second aussi propre et présentable que l'avait été l'arrière-grand-père durant sa longue captivité sous le châtaignier. Au début, Fernanda ne voyait dans cet affairement qu'un accès de folie sénile, et réprimait à grand-peine son exaspération. Mais, vers cette époque, José Arcadio lui fit savoir depuis Rome qu'il pensait venir à Macondo avant de prononcer ses vœux perpétuels, et cette bonne nouvelle la remplit d'un tel enthousiasme que, du jour au lendemain, elle se prit à arroser les fleurs quatre fois par jour pour que la vue de la maison ne laissât pas son fils sur une mauvaise impression. Cette perspective stimulante la poussa également à hâter sa correspondance avec les médecins invisibles et à remplacer, sous la véranda, les pots de fougères et d'origan et les jardinières de bégonias bien avant qu'Ursula n'eût appris que la fureur destructrice d'Aureliano le Second en avait eu raison. Plus tard, elle vendit l'argenterie et acheta un service en céramique, des soupières et louches en étain et des couverts en maillechort, et en appauvrit les buffets habitués à la porcelaine de la compagnie des Indes et aux cristaux de Bohême. Ursula n'avait de cesse qu'on allât toujours plus avant. « Qu'on ouvre portes et fenêtres, s'écriait-elle. Qu'on prépare de la viande et du poisson, qu'on achète les plus grosses tortues qui se puissent trouver, que les étrangers viennent étendre leurs nattes dans les coins et pisser sur les rosiers, qu'ils prennent place à table et mangent autant de fois qu'ils le voudront, qu'ils rotent et dégoisent et salissent tout avec leurs bottes, et qu'ils fassent de nous ce qui leur plaira parce que c'est la seule et unique façon de faire peur à la déchéance. » Mais ce n'était qu'une illusion bien vaine. Elle était déjà trop vieille et vivait trop au-dessus de ses forces pour renouveler le miracle des petits animaux en caramel, et aucun de ses descendants n'avait hérité de son énergie. Par ordre de Fernanda, la maison demeura fermée.

Aureliano le Second, qui avait remporté ses malles chez Petra Cotes, disposait à peine de moyens suffisants pour que sa famille ne mourût pas de faim. Grâce à la mule qu'ils avaient mise en loterie, Petra Cotes et lui avaient acheté d'autres animaux avec lesquels ils réussirent à remettre sur pied une affaire de tombola encore précaire. Aureliano le Second faisait du porte à porte, proposant les petits billets qu'il dessinait lui-même avec des encres de couleurs pour les rendre plus attractifs et convaincants, sans probablement s'apercevoir que beaucoup ne lui en achetaient que par gratitude, et la plupart des gens par pitié. Cependant, même les acheteurs les plus compatissants avaient la possibilité de gagner un cochon pour vingt centavos et une vachette pour trente-deux, et cet espoir les rendait si enthousiastes que, le mardi soir, on ne pouvait tous les faire tenir dans le patio de Petra Cotes, attendant le moment où un enfant choisi au hasard tirerait de la bourse le numéro gagnant. Tout cela ne tarda pas à prendre des allures de foire hebdomadaire car, dès la fin de l'après-midi, on se mit à installer dans la cour des tables pour manger les fritures et des débits de boisson, et, parmi les gens que le sort désignait, nombreux étaient ceux qui sacrifiaient sur place l'animal qu'ils avaient gagné, à condition que d'autres fournissent la musique et l'eau-de-vie, de sorte que, sans l'avoir voulu, Aureliano le Second se reprit rapidement à jouer de l'accordéon et à participer à de modestes tournois de gloutonnerie. Ces ternes répliques des fêtes d'autrefois permirent à Aureliano le Second de mesurer lui-même combien ses ardeurs étaient retombées, à quel point s'était tarie son ingéniosité de magistral bambochard. Ce n'était plus le même homme. Les cent vingt kilos qu'il était arrivé à peser à l'époque où l'Eléphante l'avait défié, s'étaient ramenés à soixante-dix-huit; sa figure de tortue, candide et bouffie, était devenue d'iguane, et il se sentait toujours au bord de l'ennui, de la fatigue. Pour Petra Cotes, néanmoins, il ne fut jamais meilleur homme qu'alors, peut-être parce qu'elle prenait pour de l'amour la pitié qu'il lui inspirait et cet esprit de solidarité que la misère avait fait naître entre eux. Le lit privé de tout son gréement ne fut plus un lieu de débauche mais se convertit en refuge pour les confidences. Délivrés de leurs doubles dans les miroirs qu'ils avaient vendus aux enchères pour acquérir des animaux à mettre en loterie, et des damas et des velours sensuels qu'avait broutés la mule, ils restaient sans dormir jusqu'à une heure très avancée de la nuit, dans l'innocence de deux vieillards en éveil, mettant à profit, pour faire les comptes et transvaser leurs sous, le temps qu'ils dépensaient jadis à se dépenser eux-mêmes. Parfois les premiers cocoricos les surprenaient en train de faire et de défaire les petits tas de pièces de monnaie, ôtant un peu à l'un pour en remettre à l'autre, de manière à faire face aux exigences de Fernanda avec celui-ci, et acheter avec celui-là les souliers d'Amaranta Ursula, et donner cet autre à Sainte Sophie de la Piété qui n'avait pas étrenné de nouvelle toilette depuis les temps héroïques, et cet autre pour commander le cercueil au cas où Ursula viendrait à mourir, et celui-là pour le café qui augmentait d'un centavo par livre tous les trois mois, et celui-ci pour le sucre qui sucrait de moins en moins, et cet autre pour le bois qui était encore mouillé après le déluge, et cet autre aussi pour le papier et l'encre de couleur des billets de loterie, et ce qui restait pour tenter d'amortir la perte de la génisse d'avril dont on avait pu miraculeusement récupérer le cuir et qui avait montré les symptômes du charbon alors que tous les numéros de tombola étaient déjà presque vendus. Il y avait une telle pureté dans la célébration de ces messes de misère que la meilleure part se trouvait toujours destinée à Fernanda, non qu'ils le fissent jamais par remords ni par charité mais parce que son bien-être leur importait plus que le leur. Ce qui leur arrivait en fait, bien que ni l'un ni l'autre ne s'en rendît compte, c'était que tous deux pensaient à Fernanda comme à la fille qu'ils auraient aimé et ne purent avoir, à tel point qu'ils se résignèrent une fois à manger pendant trois jours un brouet à la farine de maïs pour qu'elle pût acheter une nappe de Hollande. Pourtant, ils avaient beau se tuer au travail, rafler beaucoup d'argent et imaginer nombre d'expédients, leurs anges gardiens tombaient de fatigue et s'assoupissaient tandis qu'ils rajoutaient et retiraient des pièces de monnaie aux petits tas, tâchant d'en garder au moins assez pour vivre. Dans l'insomnie où les laissaient les plus maigres bilans, ils se demandaient ce qui avait bien pu se passer dans le monde pour que les bêtes ne missent plus bas avec la même frénésie que par le passé, ce qui faisait que l'argent filait entre les doigts, pourquoi les gens qui, récemment encore, dilapidaient des liasses de billets de banque à bambocher, considéraient qu'on leur coupait la gorge quand on leur faisait payer douze centavos pour un gros lot de six poules. Aureliano le Second pensait en lui-même que le mal n'était pas dans le monde mais en quelque endroit secret du cœur mystérieux de Petra Cotes, où quelque chose était advenu, pendant le déluge, qui avait rendu les bêtes stériles et l'argent fuyant. Intrigué par cette énigme, il voulut tellement connaître en profondeur les sentiments dont elle était animée qu'il rencontra l'amour à chercher son intérêt, tombant amoureux d'elle à force de vouloir s'en faire aimer. Petra Cotes, pour sa part, l'aimait davantage à mesure qu'elle sentait croître l'affection qu'il lui portait et c'est ainsi que, dans la plénitude de l'automne, elle se laissa reprendre par cette superstition de jeunesse qui voulait que le dénûment fût une des servitudes de l'amour. Tous deux évoquaient alors comme autant d'obstacles les fêtes insensées, la richesse par trop voyante et la fornication effrénée, et se lamentaient sur toute cette partie de leur vie qu'il leur avait fallu payer pour découvrir le paradis de la solitude à deux. Follement amoureux l'un de l'autre au bout de tant d'années de complicité stérile, ils pouvaient jouir du miracle de s'aimer à table tout autant qu'au lit, et parvinrent à un tel degré de bonheur que, devenus deux vieillards épuisés, ils continuaient encore à folâtrer comme des petits lapins et à se chamailler comme des chiens.

Le rendement des tombolas ne s'améliora guère. Au début, Aureliano le Second passait trois jours par semaine dans son ancien bureau d'éleveur de bétail, dessinant billet après billet, peignant avec une certaine habileté une petite vache rouge, un petit cochon vert ou un groupe de petites poules bleues suivant les bêtes mises en loterie, et moulant en caractères d'imprimerie bien imités le nom dont Petra Cotes avait jugé bon de baptiser leur affaire : *Tombolas de la Divine Providence*. A la longue, pourtant, il se sentit si fatigué après avoir dessiné jusqu'à deux mille billets dans la semaine, qu'il fit faire des timbres en caoutchouc des animaux, du nom et des numéros, et son travail se réduisit dès lors à les humecter sur des tampons-encreurs de différentes couleurs. Au cours des dernières années, ils eurent l'idée de remplacer les numéros par des devinettes, le lot étant réparti entre ceux qui trouvaient la solution, mais ce système se révéla si compliqué et se prêtait à tant de contestations qu'ils durent y renoncer dès la seconde tentative.

Aureliano le Second était si occupé à vouloir consolider la renommée de ses tombolas qu'il lui restait à peine le temps de voir ses enfants. Fernanda mit Amaranta Ursula dans un cours privé qui n'accueillait pas plus de six élèves, mais s'opposa à ce qu'Aureliano fréquentât l'école publique. Elle considérait qu'elle avait déjà fait une concession trop grande en acceptant qu'il quittât la chambre. En outre, seuls étaient accueillis dans les écoles, à cette époque, les enfants légitimes issus de mariages catholiques, et sur l'acte de naissance fixé avec une épingle de nourrice sur sa brassière, quand on l'apporta à la maison, Aureliano était déclaré comme enfant trouvé. Aussi bien resta-t-il enfermé, livré à la surveillance charitable de Sainte Sophie de la Piété et aux alternatives mentales d'Ursula, découvrant l'univers restreint de la maison d'après les explications que lui fournissaient les grands-mères. Il était plein de finesse et de gravité, d'une curiosité qui faisait sortir de leurs gonds les adultes, mais, au contraire de celui du colonel à son âge, inquisiteur et parfois pénétrant, son regard était papillotant, un peu distrait. Tandis qu'Amaranta Ursula restait dans son jardin d'enfant, il chassait les vers de terre et torturait les insectes au jardin. Mais un beau jour, Fernanda le surprit en train de recueillir des scorpions dans une boîte pour les glisser sur la paillasse d'Ursula, et elle l'enferma dans l'ancienne chambre de Meme où il trompa ses heures de solitude en étudiant à nouveau les planches de l'encyclopédie. C'est là qu'Ursula tomba sur lui, un après-midi où elle déambulait dans la maison, l'aspergeant d'eau de rosée nocturne avec un bouquet d'orties, et, bien qu'elle se fût trouvée déjà de nombreuses fois avec lui, elle lui demanda qui il était.

— Je suis Aureliano Buendia, lui dit-il.

— C'est vrai, répliqua-t-elle. Il est temps que tu commences à apprendre l'orfèvrerie.

Ursula se mit de nouveau à le confondre avec son fils car le vent chaud d'après le déluge, qui avait imprimé à son cerveau d'éphémères accès de lucidité, avait fini de passer par là. Elle ne recouvra plus la raison. Lorsqu'elle pénétrait dans sa chambre, c'était pour y trouver Petronila Iguaran, avec l'encombrante crinoline et le boléro en perles tissées qu'elle portait pour se rendre à tous ses rendez-vous, et y trouver Tranquilina Maria Miniata Alacoque Buendia, son aïeule, s'éventant avec une plume de paon dans son fauteuil de paralytique, et son arrière-grand-père Aureliano Arcadio Buendia, avec son faux dolman de la garde vice-royale, et Aureliano Iguaran, son père, qui avait inventé un orémus pour griller tout vifs et faire tomber les varrons des vaches, et sa timorée de mère, et le cousin à queue de cochon, et José Arcadio Buendia, et ses enfants morts, tous assis sur des chaises qu'on avait repoussées contre le mur comme s'il ne s'était pas agi d'une visite de famille mais d'une veillée funèbre. De fil en aiguille elle se faisait une conversation babillarde et colorée, commentant des faits en rapport avec des lieux très éloignés, à des époques qui ne coïncidaient pas, de telle manière qu'Amaranta Ursula, quand elle rentrait de l'école, et Aureliano, quand il était lassé par l'encyclopédie, la trouvaient assise sur son lit, parlant toute seule, perdue dans un labyrinthe de morts. «Au feu!», s'écria-t-elle un jour, terrorisée, semant pour un instant la panique dans toute la maison, mais ce dont elle voulait prévenir, c'était de l'incendie d'une écurie auquel elle avait assisté à l'âge de quatre ans. Elle en arriva à si bien mêler le passé et l'actualité qu'à l'occasion des deux ou trois sursauts de lucidité qu'elle eut avant de mourir, nul n'aurait pu dire en pleine connaissance de cause si elle parlait de ce qu'elle ressentait alors ou de ce qu'elle se rappelait. Progressivement on la vit se réduire, redevenir fœtus, se momifier de son vivant, à tel point que, dans les derniers mois, on aurait dit un vieux pruneau nageant dans sa chemise de nuit, et son bras toujours levé avait fini par ressembler à une patte de papion. Elle restait immobile plusieurs jours d'affilée et Sainte Sophie de la Piété devait la secouer pour se convaincre qu'elle était encore en vie, et la prenait sur ses genoux pour l'alimenter avec de petites cuillerées d'eau sucrée. Elle avait l'air d'une vieille nouveau-née. Amaranta Ursula et Aureliano la traînaient et la transbahutaient à travers la chambre, la couchaient sur l'autel pour constater qu'elle était à peine plus grande que l'Enfant Jésus et, un après-midi, la cachèrent dans une armoire du grenier où les rats auraient pu la dévorer. Un dimanche de Rameaux, ils pénétrèrent dans sa chambre alors que Fernanda se trouvait à la messe, et transportèrent Ursula en la tenant par la nuque et par les chevilles.

— Pauvre petite arrière-arrière-grand-mère, fit Amaranta Ursula, voilà qu'elle est morte de vieillesse.

L'effroi fit bondir Ursula.

— Je suis vivante! s'écria-t-elle.

— Tu vois, reprit Amaranta Ursula en retenant son rire, elle ne respire même plus.

— Mais je parle! hurla Ursula.

— Elle ne parle même plus, dit Aureliano. Elle est morte comme un cri-cri.

Ursula se rendit alors à l'évidence. « Mon Dieu! s'exclama-t-elle à voix basse. Ainsi, c'est cela la mort. » Elle entama une oraison interminable, d'une voix morne et précipitée, qui se prolongea plus de deux jours durant et, le mardi, avait dégénéré en un salmigondis de prières vers Dieu et de conseils pratiques pour éviter que les fourmis rouges ne fissent s'écrouler la maison, pour qu'on ne laissât jamais s'éteindre la lampe devant le daguerréotype de Remedios et pour qu'aucun Buendia n'allât se marier avec quelqu'un de même sang, car il en naîtrait des enfants à queue de cochon. Aureliano le Second essaya de profiter de son délire pour lui faire avouer où était enterré l'or, mais, encore une fois, toutes ses adjurations furent vaines. « Quand son propriétaire se présentera, dit Ursula, Dieu éclairera sa lanterne, afin qu'il le découvre. » Sainte Sophie de la Piété acquit la certitude qu'on allait la trouver morte d'un moment à l'autre car elle avait observé, ces jours-ci, un certain trouble dans la nature : les roses sentaient le parfum de la patte-d'oie, elle fit tomber un bol de pois chiches et les graines s'immobilisèrent par terre en ordre géométrique parfait, décrivant la forme d'une étoile de mer, et une nuit, elle vit passer à travers ciel une file de disques lumineux de couleur orangée.

On la trouva morte à l'aube du Jeudi saint. La dernière fois qu'on l'avait aidée à faire le compte de son âge, à l'époque de la compagnie bananière, elle avait calculé que c'était entre cent quinze et cent vingt-deux ans. On l'enterra dans une petite caisse à peine plus grande que la corbeille dans laquelle avait été apporté Aureliano, et bien peu de monde assista à l'enterrement, en partie parce que ceux qui se souvenaient d'elle n'étaient plus nombreux, mais également parce qu'il fit si chaud, en ce milieu de journée, que les oiseaux désorientés frappaient les murs comme des volées de plomb et rompaient les grillages des fenêtres pour venir mourir dans les chambres.

Au début, on crut que c'était une sorte de peste. Les ménagères s'épuisaient à tant balayer d'oiseaux morts, surtout à l'heure de la sieste, et les hommes allaient les jeter à la rivière par charretées entières. Le dimanche de la Résurrection, le père Antonio Isabel, qui était centenaire, affirma en chaire que la mort des oiseaux avait été dictée par la mauvaise influence du Juif errant qu'il avait lui-même aperçu la nuit passée. Il le décrivit comme un être hybride issu du croisement d'un bouc et d'une femelle hérétique, bête infernale dont l'haleine calcinait l'air et dont le passage serait cause que les jeunes mariées engendreraient des avortons. Rares furent ceux qui prêtèrent attention à son sermon apocalyptique, car le village était persuadé que le curé radotait en raison de son âge. Mais, le mercredi à la première heure, une femme s'en vint réveiller tout le monde parce qu'elle avait découvert des empreintes de bipède à sabots fourchus. Elles étaient si évidentes et si reconnaissables que ceux qui y allèrent voir ne doutèrent pas de l'existence d'une créature épouvantable, analogue à celle que le curé avait décrite, et, d'un commun accord, installèrent des pièges dans leurs patios. Ainsi réussirent-ils la capture. Deux semaines après la mort d'Ursula, Petra Cotes et Aureliano le Second furent réveillés en sursaut par les pleurs, en provenance du voisinage, d'un veau énorme. Quand ils furent levés, un groupe d'hommes était déjà en train d'extraire le monstre, qui avait cessé de beugler, des piques acérées qu'ils avaient disposées au fond d'une fosse couverte de feuilles sèches. Il était aussi lourd qu'un bœuf, bien que sa taille ne dépassât pas celle d'un adolescent, et de ses blessures coulait un sang vert et onctueux. Il avait le corps couvert d'une toison rêche pleine de petites tiques et le cuir comme pétrifié par une carapace de rémoras, mais, à la différence de la description qu'en avait faite le curé, ses parties humaines étaient plus d'un ange valétudinaire que d'un homme, car il avait des mains fines et polies comme celles d'un prestidigitateur, de grands yeux crépusculaires, et, sur les omoplates, des moignons cicatrisés, calleux, d'ailes puissantes qui avaient dû être taillées à coups de serpe de paysan. Ils le pendirent par les chevilles à un amandier de la place, afin qu'il ne restât ignoré de personne, et, quand il se mit à pourrir, on l'incinéra sur un bûcher, faute d'avoir pu déterminer si sa nature bâtarde était d'un animal qu'on jette à la rivière ou d'un chrétien auquel on donne sépulture. Jamais on ne put établir si ce fut vraiment à cause de lui qu'étaient morts les oiseaux, mais les jeunes mariées n'engendrèrent pas les avortons qui avaient été annoncés, et la chaleur ne diminua pas d'intensité pour autant.

Rebecca mourut à la fin de cette même année. Argénida, qui l'avait servie toute sa vie, demanda de l'aide aux autorités pour forcer la porte de la chambre où sa maîtresse était enfermée depuis trois jours, et on la trouva dans son lit de solitude, recroquevillée comme une crevette, la tête pelée par la teigne et le pouce enfoncé dans la bouche. Aureliano le Second s'occupa de l'enterrement et voulut restaurer la maison pour la revendre, mais la ruine faisait tellement corps avec elle que les murs s'écaillaient à peine repeints, qu'on ne trouva pas de mortier assez épais pour empêcher la mauvaise herbe de concasser les sols, ni le lierre de pourrir les poutres et les étais.

Ainsi en allait-il de toutes choses depuis le déluge. La nonchalance des gens contrastait avec la voracité de l'oubli qui, peu à peu, rongeait impitoyablement les souvenirs, à tel point que, vers cette époque, à l'occasion d'un nouvel anniversaire du traité de Neerlandia, quand arrivèrent à Macondo des émissaires du président de la République chargés de remettre enfin la décoration maintes fois refusée par le colonel Aureliano Buendia, ils durent perdre tout un après-midi à chercher quelqu'un qui pût leur indiquer où trouver un de ses descendants. Aureliano le Second fut tenté de l'accepter, croyant que c'était une médaille en or massif, mais Petra Cotes, alors que les émissaires préparaient déjà les avis et les discours pour la cérémonie, parvint à le persuader que c'était une indignité. Vers cette époque également revinrent les gitans, derniers héritiers du savoir de Melquiades, et ils trouvèrent le village si éteint, ses habitants si éloignés du reste du monde, qu'ils s'introduisirent de nouveau dans les maisons en traînant des barres de fer aimantées, comme si ç'avait été en vérité la dernière découverte des savants de Babylone, et se remirent à concentrer les rayons solaires à l'aide de leur loupe géante, et il ne manqua pas de gens pour rester bouche bée en voyant choir les poêles et rouler les chaudrons, et pour payer cinquante centavos le droit de regarder, avec un étonnement panique, une gitane ôter et remettre son dentier. Un train jaune, détraqué, qui n'emportait ni ne ramenait personne et s'arrêtait à peine dans la gare déserte, voilà tout ce qui restait du train bondé auquel Mr. Brown accrochait son wagon à toit de verre et à fauteuils épiscopaux, ainsi que des convois fruitiers de cent vingt wagons qui passaient sans interruption pendant tout un après-midi. Les envoyés des tribunaux qui étaient venus enquêter à la nouvelle de l'étrange hécatombe d'oiseaux et du sacrifice du Juif errant, trouvèrent le père Antonio Isabel en train de jouer à colin-maillard avec les enfants, crurent que ses informations étaient le résultat de quelque hallucination sénile, et l'emmenèrent dans un asile. Ils envoyèrent peu après le père Augusto Angel, nouveau Croisé de la dernière cuvée, intransigeant, sûr de lui, téméraire, qui n'hésitait pas à sonner lui-même les cloches plusieurs fois par jour pour empêcher les esprits de tomber en léthargie, et faisait du porte à porte pour réveiller les paresseux afin qu'ils se rendissent à la messe, mais il ne fallut pas plus d'un an pour qu'il se trouvât vaincu à son tour par ce laisser-aller qu'on respirait avec l'air, par cette poussière brûlante qui vieillissait et enlisait toutes choses et par cette envie de dormir que lui donnaient les boulettes du déjeuner dans l'insupportable chaleur de la sieste.

A la mort d'Ursula, la maison retomba dans un abandon dont ne pouvait pas même la sortir une volonté aussi farouche et vigoureuse que celle d'Amaranta Ursula, laquelle, bien des années plus tard, devenue une femme sans préjugés, gaie et moderne, les pieds sur terre, devait ouvrir portes et fenêtres pour faire échec à la ruine, restaurer le jardin, exterminer les fourmis rouges qui déambulaient déjà en plein jour sous la véranda, et essayer vainement de ressusciter le goût bien oublié de l'hospitalité. La passion de Fernanda pour la vie recluse avait dressé un infranchissable barrage en travers des cent années torrentueuses d'Ursula. Non seulement elle se refusa à ouvrir les portes quand passa le vent de sécheresse, mais elle fit condamner les fenêtres à l'aide de planches clouées en croix, obéissant ainsi à la consigne paternelle de s'enterrer tout vivants. La dispendieuse correspondance avec les médecins invisibles se termina par un fiasco. Après de multiples ajournements, elle finit par s'enfermer dans sa chambre à la date et à l'heure fixées, seulement couverte d'un drap blanc, la tête dirigée vers le nord et, à une heure du matin, elle sentit qu'on la bâillonnait avec un mouchoir imbibé d'un liquide glacial. Lorsqu'elle se réveilla, le soleil brillait par la fenêtre et elle avait une grossière couture en forme d'arc qui lui partait de l'aine pour aboutir au sternum. Cependant, avant d'avoir pu se reposer comme il était recommandé, elle reçut une lettre déconcertée des médecins invisibles, lesquels disaient l'avoir fouillée pendant six heures sans rien trouver qui correspondît aux symptômes tant de fois et si scrupuleusement décrits par elle. En fait, l'habitude pernicieuse qu'elle avait de ne pas appeler les choses par leur nom avait donné naissance à une nouvelle confusion, car, en tout et pour tout, ces chirurgiens télépathiques n'avaient trouvé qu'une descente d'utérus qui pouvait se corriger à l'aide d'un pessaire. Fernanda, déçue, chercha à obtenir des renseignements plus précis, mais les correspondants inconnus ne répondirent plus à ses lettres. Elle se sentit si accablée par le poids de ce mot étrange qu'elle décida de faire taire sa honte et de s'enquérir de la nature de cet appareil, et ce n'est qu'alors qu'elle apprit que le médecin français s'était pendu à une poutre, trois mois auparavant, et avait été enterré contre la volonté de tout le village par un ancien compagnon d'armes du colonel Aureliano Buendia. Elle se confia alors à son fils José Arcadio et celui-ci lui envoya le pessaire depuis Rome, avec un mode d'emploi qu'elle jeta aux cabinets après l'avoir appris par cœur, afin que personne ne sût la nature de son infirmité. Ses précautions étaient bien inutiles car c'était à peine si les seules gens qui vivaient à la maison la prenaient en compte. Sainte Sophie de la Piété vaguait dans une vieillesse solitaire, cuisinant le peu qu'ils mangeaient, se consacrant presque entièrement au service de José Arcadio le Second. Amaranta Ursula, qui avait hérité certains charmes de Remedios la Belle, accordait à ses travaux scolaires tout le temps qu'elle perdait autrefois à tourmenter Ursula, et commençait à faire preuve d'un bon jugement et d'une dévotion à l'étude qui firent renaître en Aureliano le Second les espoirs heureux que Meme lui avait inspirés. Il lui avait promis de l'envoyer terminer ses études à Bruxelles, selon une coutume établie du temps de la compagnie bananière, et cette illusion l'avait conduit à tenter de rendre vie aux terres dévastées par le déluge. Les rares fois qu'on le voyait encore venir à la maison, c'était pour Amaranta Ursula car, à la longue, il était devenu un étranger pour Fernanda et le petit Aureliano se montrait farouche et renfermé au fur et à mesure qu'approchait la puberté. Aureliano le Second était confiant que la vieillesse adoucirait le cœur de Fernanda afin que l'enfant pût s'incorporer à la vie d'un village où sûrement personne ne se donnerait la peine de faire de soupçonneuses suppositions sur sa naissance. Mais Aureliano lui-même paraissait préférer la réclusion et la solitude et n'ébauchait pas la moindre ruse pour faire connaissance avec le monde qui commençait à la porte de la rue. Quand Ursula fit ouvrir la chambre de Melquiades, il se mit à rôder devant, à jeter des regards curieux par la porte entrouverte, et nul ne sut à quel moment José Arcadio le Second et lui finirent par se lier d'affection. Aureliano le Second découvrit cette amitié longtemps après qu'elle avait vu le jour, en entendant l'enfant parler de la tuerie de la gare. Cela se passa à table, un jour que quelqu'un se plaignait de la ruine où avait sombré le village après le départ de la compagnie bananière, et Aureliano lui porta la contradiction avec une expérience et une maturité de grande personne. Son point de vue, contraire à l'interprétation générale, était que Macondo avait été un endroit prospère, bien conduit, jusqu'au jour où vint y semer le désordre, le corrompre et le presser comme un fruit la compagnie bananière, dont les ingénieurs avaient provoqué le déluge pour s'en servir de prétexte à ne pas tenir leurs engagements vis-à-vis des travailleurs. Parlant avec un tel discernement que Fernanda crut y voir une parodie sacrilège de la scène de Jésus au milieu des docteurs, l'enfant décrivit avec maints détails précis et convaincants comment l'armée avait mitraillé plus de trois mille travailleurs acculés devant la gare, et comment on avait chargé les cadavres sur un convoi de deux cents wagons pour les précipiter à la mer. Convaincue, comme la plupart des gens, de la vérité officielle d'après laquelle il ne s'était rien passé, Fernanda se scandalisa à l'idée que l'enfant avait hérité les instincts anarchistes du colonel Aureliano Buendia, et lui ordonna de se taire. Aureliano le Second, par contre, reconnut la version des faits que lui avait donnée son frère jumeau. En réalité, bien que tout le monde le tînt pour fou, José Arcadio le Second était en ce temps-là l'être le plus lucide à habiter la maison. Il apprit à lire et à écrire au petit Aureliano, l'initia à l'étude des parchemins et lui inculqua une interprétation si personnelle de ce qu'avait signifié pour Macondo la compagnie bananière que, nombre d'années plus tard, quand Aureliano se fut incorporé au reste du monde, chacun devait penser que la version qu'il racontait était le produit d'une hallucination, car elle était diamétralement opposée à la fausse version que les historiens avaient admise et consacrée dans les textes scolaires. Dans la petite pièce isolée que n'atteignirent jamais le vent aride, ni la poussière, ni la chaleur, tous deux évoquaient la vision atavique d'un vieillard coiffé d'un chapeau en ailes de corbeau, qui parlait du monde en tournant le dos à la fenêtre, bien des années avant que l'un et l'autre ne fussent nés. Tous deux découvrirent en même temps qu'en cet endroit on était toujours en mars, et toujours lundi, et ils comprirent alors que José Arcadio Buendia n'avait pas été aussi fou que le racontait la famille, mais qu'il avait été le seul à bénéficier d'assez de lucidité pour entrevoir cette vérité que le temps lui aussi était victime de heurts et d'accidents, et pouvait par conséquent partir en éclats, et laisser dans une chambre une de ses fractions éternelles. José Arcadio le Second avait d'autre part réussi à opérer une classification des cryptogrammes des parchemins. Il était sûr qu'ils correspondaient à un alphabet de quarante-sept à cinquante-trois caractères, lesquels, pris isolément, ressemblaient à de petites araignées et à des pattes de mouche, mais qui, merveilleusement calligraphiés par Melquiades, avaient l'air de linge mis à sécher sur un fil de fer. Aureliano se rappelait avoir vu un tableau analogue dans l'encyclopédie anglaise et il l'apporta jusque dans la chambre pour le comparer avec celui de José Arcadio le Second. Ils étaient en effet identiques.

Vers l'époque où il eut l'idée de la tombola à devinettes, Aureliano le Second se réveillait avec un nœud dans la gorge, comme s'il avait voulu réprimer des envies de pleurer. Petra Cotes y vit un des nombreux troubles consécutifs à leur mauvaise passe, et chaque matin, pendant plus d'un an, elle lui badigeonna le palais au miel d'abeille et lui donna à boire du sirop de raifort. Le nœud qu'il avait dans la gorge se faisant si opprimant qu'il avait du mal à respirer, Aureliano le Second se rendit chez Pilar Ternera pour voir si elle ne connaissait pas quelque espèce d'herbe qui le soulagerait. La robuste grand-mère, que rien ne pouvait briser, parvenue aux cent ans d'âge à la tête d'un petit bordel clandestin, déclara ne pas se fier aux superstitions thérapeutiques mais prit l'avis des cartes en cette affaire. Elle vit le cavalier de carreau la gorge ouverte par l'épée du valet de pique, et en déduisit que Fernanda essayait d'obtenir que son mari revînt à la maison, usant du procédé bien déprécié qui consistait à enfoncer des épingles dans son portrait, mais, n'ayant qu'une pratique maladroite de ce genre de maléfices, elle lui avait causé une tumeur interne. Comme Aureliano le Second n'avait pas d'autres photos que celles de son mariage et qu'il n'en manquait aucune dans l'album de famille, il continua à chercher dans toute la maison, profitant des moments d'inattention de son épouse, et finit par découvrir, au fond de la garde-robe, une demi-douzaine de pessaires dans leurs petites boîtes d'origine. Croyant que ces anneaux de caoutchouc rouge étaient des objets de sorcellerie, il en glissa un dans sa poche afin de le montrer à Pilar Ternera. Elle ne put en déterminer la nature mais il lui parut si suspect que, de toute manière, elle se fit rapporter la demi-douzaine et les brûla sur un grand feu qu'elle fit dans le patio. Pour conjurer le mauvais sort que Fernanda était supposée lui avoir lancé, elle prescrivit à Aureliano le Second de tremper dans l'eau une poule couveuse et de l'enterrer vivante au pied du châtaignier, et il le fit de si bonne foi qu'ayant juste fini de recouvrir de feuilles mortes la terre remuée, il se sentit mieux respirer. De son côté, Fernanda interpréta la disparition des anneaux comme les représailles des médecins invisibles et elle cousit à l'intérieur de son corsage une poche dissimulée dans l'ourlet où elle conserva les nouveaux pessaires que lui envoya son fils.

Six mois après avoir enterré la poule, Aureliano le Second fut réveillé au milieu de la nuit par un accès de toux et eut l'impression qu'on voulait l'étrangler de l'intérieur avec des pinces de crabe. C'est alors qu'il comprit qu'il aurait beau détruire maints pessaires magiques et sacrifier maintes volailles d'exorcisme, l'unique et triste vérité était qu'il était en train de mourir. Il ne le dit à personne. Tourmenté par la crainte de disparaître sans pouvoir envoyer Amaranta Ursula à Bruxelles, il se mit à travailler comme jamais et, au lieu d'une loterie par semaine, il en organisa trois. Très tôt le matin on le voyait parcourir le village, jusqu'aux quartiers les plus reculés et les plus misérables, essayant de vendre ses petits billets avec une fébrilité qui n'était concevable que chez un moribond. « Voici la Divine Providence! criait-il à la ronde. Ne la laissez pas passer, elle n'arrive qu'une fois tous les cent ans. » Il déployait de touchants efforts pour paraître gai, sympathique, loquace, mais il suffisait de remarquer combien il suait, combien il était pâle, pour deviner qu'il n'en pouvait plus. Parfois il s'écartait de son chemin et allait dans les terrains vagues où il ne serait vu de personne, et s'asseyait un moment pour se reposer de ces pinces qui le déchiquetaient de l'intérieur. A minuit il était encore dans le quartier de tolérance, s'évertuant à consoler avec des promesses de bonne fortune les femmes solitaires qui sanglotaient près des phonographes à haut-parleurs : « Ce numéro-ci n'est pas sorti depuis quatre mois, leur disait-il en leur présentant ses petits billets. Ne le laisse pas filer, la vie est plus courte qu'on ne croit. » On finit par lui manquer de respect, par se moquer de lui, et, dans les derniers mois, on ne l'appelait plus don Aureliano, comme on l'avait toujours fait, mais, même en sa présence, on disait Monsieur Divine Providence. Sa voix se remplissait de fausses notes, se désaccordait et finit par s'éteindre en un rauque râlement de chien, mais il trouva encore assez de volonté pour ne pas laisser se relâcher l'attente des gros lots dans le patio de Petra Cotes. Pourtant, à force de rester sans voix, et se rendant compte qu'il ne pourrait bientôt plus endurer sa douleur, il en vint à comprendre que ce n'était pas avec des cochons et des chevreaux mis en loterie que sa fille pourrait aller à Bruxelles, si bien qu'il conçut l'idée d'organiser la fabuleuse loterie de toutes les terres ravagées par le déluge et que pouvaient fort bien remettre en état ceux qui disposaient de capitaux. Ce fut une initiative si spectaculaire que le maire lui-même s'offrit à l'annoncer publiquement, et des sociétés se constituèrent pour acheter des billets à cent pesos l'un, qui furent épuisés en moins d'une semaine. La nuit du tirage au sort, les gagnants organisèrent une fête à tout casser, à peine comparable à celles de la belle époque de la compagnie bananière, et Aureliano le Second interpréta à l'accordéon, une dernière fois, les airs oubliés de Francisco l'Homme, mais sans plus pouvoir les chanter.

Amaranta Ursula partit pour Bruxelles deux mois plus tard. Aureliano le Second lui remit non seulement l'argent de cette extraordinaire loterie, mais également celui qu'il était parvenu à mettre de côté au cours des mois précédents, et la très maigre somme qu'il retira de la vente du piano mécanique, du clavecin et autres bibelots tombés en disgrâce. D'après ses calculs, ce fonds devait suffire à ses études et seul resterait à trouver le prix de la traversée de retour. Fernanda s'opposa jusqu'à la dernière minute à ce voyage, scandalisée à l'idée que Bruxelles se trouvait si près du lieu de perdition qu'était Paris, mais elle fut tranquillisée par une lettre que lui remit le père Angel, adressée à une pension de jeunes catholiques tenue par des religieuses et où Amaranta Ursula promit de vivre jusqu'à la fin de ses études. En outre, le curé obtint qu'elle voyageât sous la surveillance d'un groupe de franciscaines qui allaient à Tolède où elles espéraient trouver des gens de confiance qui la conduiraient en Belgique. Tandis qu'allait bon train cette correspondance empressée par laquelle fut rendue possible une telle coordination, Aureliano le Second, avec l'aide de Petra Cotes, s'occupa des bagages d'Amaranta Ursula. La nuit où ils préparèrent l'une des malles de jeune mariée qui appartenaient à Fernanda, tout était si bien paré que l'étudiante connaissait par cœur les toilettes et les souliers plats en velours avec lesquels elle devait effectuer la traversée de l'Atlantique, et le manteau de drap bleu à boutons de cuivre ainsi que les chaussures en cuir de Cordoue qu'elle devait mettre pour débarquer. Elle savait aussi comment elle devait marcher pour ne pas tomber à l'eau quand elle monterait à bord par la passerelle, qu'à aucun moment elle ne devait se séparer des religieuses ni sortir de sa cabine à moins que ce ne fût pour manger, et qu'elle ne devait sous aucun prétexte répondre aux questions que les inconnus, quel que fût leur sexe, viendraient à lui poser en haute mer. Elle emportait un petit flacon de gouttes contre le mal de mer et un cahier rédigé de la main même du père Angel, contenant six prières pour conjurer la tempête. Fernanda lui confectionna une ceinture en grosse toile où garder son argent, et lui indiqua la manière de la porter ajustée à même le corps, de sorte qu'elle n'eût pas à l'enlever, même pour dormir. Elle voulut lui faire cadeau de son pot de chambre en or lavé à l'eau de Javel et désinfecté à l'alcool, mais Amaranta Ursula déclina cette offre de peur que ses compagnes, au collège, ne se moquassent d'elle. Quelques mois plus tard, à l'article de la mort, Aureliano le Second devait se rappeler la dernière image qu'il avait gardée d'elle, essayant vainement de baisser la vitre poussiéreuse du wagon de seconde classe pour pouvoir entendre les ultimes recommandations de Fernanda. Elle portait une toilette en soie rose avec un petit bouquet de pensées artificielles à l'agrafe de l'épaule gauche, les chaussures en cuir de Cordoue avec sous-pieds et talons plats, et des bas satinés avec des jarretières élastiques aux mollets. Elle avait un corps menu, de longs cheveux épars, les yeux vifs d'Ursula à son âge, et une façon de dire adieu, sans pleurer mais sans sourire, qui révélait la même force de caractère. Marchant à côté du wagon au fur et à mesure qu'il prenait de la vitesse et tenant Fernanda par le bras pour qu'elle ne trébuchât pas, Aureliano le Second put à peine répondre par un geste de la main au baiser que lui envoya sa fille du bout des doigts. Les deux époux restèrent immobiles sous le soleil brûlant, à regarder le train se confondre avec le point noir de l'horizon, se tenant par le bras pour la première fois depuis le jour de leurs noces.

Le neuf août, avant que l'on eût reçu la première lettre de Bruxelles, José Arcadio le Second conversait avec Aureliano dans la chambre de Melquiades et, passant du coq à l'âne, lui dit :

— Souviens-toi toujours qu'ils étaient plus de trois mille et qu'on les a précipités à la mer.

Puis il tomba le nez dans les parchemins et mourut les yeux grands ouverts. Au même instant, dans le lit de Fernanda, son frère jumeau arriva au terme du long et terrible martyre que lui avaient fait endurer les crabes de fer qui lui déchiquetaient la gorge. Cela faisait une semaine qu'il était revenu à la maison, sans voix, à bout de souffle, n'ayant presque plus que la peau sur les os, avec ses malles transhumantes et son accordéon de fêtard, pour tenir sa promesse de mourir auprès de son épouse. Petra Cotes l'aida à ramasser ses effets et lui dit adieu sans verser une larme, mais elle omit de lui donner les chaussures vernies qu'il voulait porter dans son cercueil. Aussi, dès qu'elle apprit qu'il était mort, elle s'habilla de noir, enveloppa les bottines dans un journal et demanda à Fernanda la permission de voir le cadavre. Fernanda ne la laissa pas franchir le seuil de la porte.

— Mettez-vous à ma place, lui dit Petra Cotes d'un ton suppliant. Imaginez combien j'ai pu l'aimer pour supporter pareille humiliation.

— Il n'est pas d'humiliation que ne mérite une concubine, répliqua Fernanda. Attendez donc qu'en meure un autre, parmi tous ceux qui vous restent, pour lui enfiler ces bottines.

Respectant la promesse qu'elle avait faite, Sainte Sophie de la Piété égorgea avec un couteau de cuisine le cadavre de José Arcadio le Second afin d'être assurée qu'on ne l'enterrerait pas vivant. Les corps furent disposés dans des cercueils semblables et on put alors constater qu'ils étaient redevenus identiques dans la mort, comme ils l'avaient été jusqu'à leur adolescence. Les vieux compagnons de débauche d'Aureliano le Second vinrent poser sur sa caisse une couronne portant un ruban mauve avec cette inscription : « *Hors de mon chemin, les vaches, la vie est si courte.* » Fernanda fut si indignée par un tel manque de respect qu'elle fit jeter la couronne aux ordures. Dans la bruyante confusion de dernière minute, les tristes ivrognes qui les sortirent de la maison confondirent les cercueils et enterrèrent chacun dans la tombe de l'autre.

Aureliano resta longtemps sans quitter la chambre de Melquiades. Il apprit par cœur les légendes fantastiques du livre aux feuillets volants, la synthèse des traités d'Hermann, le paralytique, les notes sur la science démonologique, les clés pour la pierre philosophale, les Centuries de Nostradamus et ses recherches sur la peste, tant et si bien qu'il parvint à l'adolescence sans rien connaître de son époque mais nanti de la culture de base d'un homme du Moyen Age. Quelle que fût l'heure où elle faisait irruption dans la chambre, Sainte Sophie de la Piété le trouvait absorbé dans ses lectures. Dès l'aube elle lui apportait un bol de café sans sucre, et à midi une assiette de riz garnie de tranches de bananes frites qui était le plat unique servi à la maison depuis la mort d'Aureliano le Second. Elle avait soin de lui couper les cheveux, de le débarrasser de ses lentes, de retailler pour lui de vieux vêtements qu'elle trouvait dans des malles oubliées, et quand il commença à avoir une ombre de moustache, elle lui procura le rasoir et le petit bol pour la mousse qui avaient appartenu au colonel Aureliano Buendia. Aucun des enfants de ce dernier, pas même Aureliano José, n'eut un tel air de ressemblance avec lui, surtout par ses pommettes saillantes et la ligne résolue et un peu impitoyable de ses lèvres. Tout comme Ursula quand Aureliano le Second étudiait dans la chambre, Sainte Sophie de la Piété croyait qu'Aureliano parlait tout seul. En fait, il conversait avec Melquiades. Par un midi brûlant, peu après la mort des frères jumeaux, il vit se découper sur la réverbération de la fenêtre le lugubre vieillard avec son chapeau en ailes de corbeau, comme la matérialisation d'un souvenir logé dans sa mémoire depuis bien avant sa naissance. Aureliano avait achevé la classification de l'alphabet des parchemins. Aussi, quand Melquiades lui demanda s'il avait découvert en quelle langue ils étaient rédigés, il ne marqua aucune hésitation pour répondre :

— En sanscrit.

Melquiades lui révéla qu'il ne pouvait revenir dans cette chambre qu'un nombre très limité de fois. Mais il partait l'esprit tranquille vers les grandes prairies de la mort définitive, car Aureliano avait le temps d'apprendre le sanscrit au cours des années qui manquaient encore pour que les manuscrits eussent un siècle révolu et pussent être déchiffrés. Ce fut lui qui lui signala également que, dans la petite impasse qui donnait sur la rivière et où on devinait l'avenir et interprétait les songes du temps de la compagnie bananière, certain savant catalan tenait une librairie où se trouvait un *Sanskrit Primer* qui serait dévoré par les mites avant six ans s'il ne se dépêchait pas de l'acheter. Pour la première fois de sa longue existence, Sainte Sophie de la Piété laissa paraître ce qu'elle ressentait, et ce fut une profonde stupeur, quand Aureliano lui demanda de lui ramener le livre qu'elle devait trouver entre la *Jérusalem libérée* et les poèmes de Milton, à l'extrême-droite de la seconde rangée d'étagères. Comme elle ne savait pas lire, elle retint par cœur son long exposé et se procura l'argent nécessaire en vendant l'un des dix-sept petits poissons en or qui restaient dans l'atelier et dont seuls Aureliano et elle connaissaient la cachette depuis la nuit où les soldats avaient perquisitionné la maison.

Aureliano progressait dans l'étude du sanscrit tandis que Melquiades se faisait chaque fois moins assidu et plus lointain, s'estompant dans l'éblouissante clarté de midi. Le dernière fois qu'Aureliano crut le deviner, c'était à peine plus qu'une présence invisible et qui murmurait : « Je suis mort des fièvres dans les laisses de Singapour. » Alors la chambre devint soudain vulnérable à la poussière, à la chaleur, aux termites, aux fourmis rouges, aux mites qui devaient convertir en sciure tout le savoir des livres et des parchemins.

On ne manquait pas de quoi manger à la maison. Le lendemain de la mort d'Aureliano le Second, l'un des amis qui avaient apporté la couronne avec son inscription irrévérencieuse, offrit de rembourser à Fernanda quelque argent dont il était resté redevable à son mari. A compter de ce jour, un commissionnaire vint tous les mercredis apporter un panier de nourriture qui suffisait amplement pour la semaine. Nul ne sut jamais que ces victuailles, c'était Petra Cotes qui les envoyait : pour elle, continuer à faire la charité à celle qui l'avait humiliée était une manière de lui rendre cette humiliation. Pourtant, sa rancœur se dissipa beaucoup plus tôt qu'elle ne s'y attendait elle-même; si elle ne cessa alors de leur envoyer de quoi manger, ce fut par orgueil, et finalement par compassion. A maintes reprises, quand le courage de vendre ses petits billets lui fit défaut et que l'intérêt des gens pour ses loteries vint à se perdre, elle resta sans manger pour que Fernanda pût manger, et, jusqu'à ce qu'elle vît passer son enterrement, ne faillit jamais à cette promesse.

Sainte Sophie de la Piété devait trouver dans la réduction du nombre des habitants de la maison le repos qu'elle avait bien mérité après plus d'un demi-siècle de travail. Jamais on n'avait entendu une seule plainte de cette femme discrète, impénétrable, qui avait inséminé la famille avec les germes angéliques de Remedios la belle et la mystérieuse solennité de José Arcadio le Second, qui avait consacré toute une vie de solitude et de silence à élever quelques enfants qui se rappelaient à peine qu'ils étaient ses propres enfants et petits-enfants, et qui s'était occupée d'Aureliano comme s'il était sorti de son ventre, sans même savoir qu'elle était son arrière-grand-mère. Partout ailleurs que dans cette maison, on aurait trouvé impensable qu'elle eût toujours couché sur une natte de jonc tressé qu'elle étendait par terre, au grenier, au milieu du remue-ménage des rats, sans avoir osé confier à personne qu'elle avait été réveillée, une nuit, par la sensation effrayante qu'on était en train de la regarder dans le noir, et que c'était une vipère qui lui rampait sur le ventre. Elle n'ignorait pas que, le racontant à Ursula, celle-ci lui eût fait partager son lit, mais c'était l'époque où personne ne se rendait compte de rien tant qu'on ne se mettait pas à le crier sous la véranda, à cause des durs travaux de boulange, des péripéties de la guerre, des soins requis par les enfants, qui ne laissaient pas le temps de songer au bonheur d'autrui. Petra Cotes, qu'elle ne vit jamais, était la seule à se souvenir d'elle. Elle veillait à ce qu'elle eût une bonne paire de souliers pour sortir, à ce qu'elle ne manquât pas de vêtements, même à l'époque où il fallait faire des miracles avec le peu d'argent des tombolas. Quand Fernanda débarqua à la maison, elle eut toutes les raisons de penser qu'il s'agissait d'une servante éternisée là et, bien qu'elle entendît dire à maintes reprises que c'était la mère de son mari, cela lui paraissait si incroyable qu'il lui fallait moins de temps pour l'oublier que pour se le mettre dans la tête. Sainte Sophie de la Piété ne parut jamais se formaliser de cette condition subalterne. Au contraire, on avait l'impression qu'elle se plaisait à aller et venir dans les coins, sans jamais prendre de repos ni se plaindre, veillant au bon ordre et à la propreté de l'immense maison où elle avait vécu depuis son adolescence et qui, surtout à l'époque de la compagnie bananière, tenait davantage de la caserne que du foyer. Pourtant, lorsque Ursula mourut, le zèle surhumain de Sainte Sophie de la Piété, son extraordinaire capacité de travail commencèrent à faiblir. Non seulement elle avait vieilli et était à bout de forces, mais du jour au lendemain, toute la maison sombra dans une crise de sénilité. Une mousse tendre se mit à ramper sur les murs. Quand il n'y eut plus un seul espace nu dans les patios, les mauvaises herbes firent éclater par en-dessous le ciment de la véranda, le craquelèrent comme du cristal et l'on vit sortir par les fentes les mêmes petites fleurs jaunes qu'Ursula avait trouvées, bientôt un siècle auparavant, dans le verre contenant le dentier de Melquiades. N'ayant ni le temps ni les moyens d'empêcher les débordements de la nature, Sainte Sophie de la Piété passait la journée dans les chambres à chasser les lézards qui entreraient de nouveau la nuit venue. Un matin, elle vit les fourmis rouges abandonner les fondations minées, traverser le parterre de fleurs, monter le long de la balustrade où les bégonias avaient pris une couleur terreuse, et entrer dans les profondeurs de la maison. Elle essaya d'abord de les tuer à coups de balai, puis avec de l'insecticide et en dernier lieu avec de la chaux, mais le lendemain elle les retrouvait encore au même endroit, n'arrêtant pas de défiler, tenaces et invincibles. Fernanda, écrivant lettre sur lettre à ses enfants, ne se rendait pas compte de l'incoercible offensive de la destruction. Sainte Sophie de la Piété continua seule à se battre luttant contre les mauvaises herbes pour qu'elles n'envahissent pas la cuisine, arrachant aux murs les grandes houppes de toiles d'araignée qui repoussaient en quelques heures, râclant les galeries de termites. Mais quand elle vit que la chambre de Melquiades, qu'elle avait beau nettoyer et balayer trois fois par jour, restait pleine de poussière et de toiles d'araignée, et, malgré sa frénésie de ménage, était menacée par les décombres et cet air de profonde misère dont seuls le colonel Aureliano Buendia et le jeune officier chargé de la perquisition avaient eu la vision avant elle, alors elle comprit qu'elle était vaincue. Elle passa ses habits élimés du dimanche, chaussa de vieux souliers qui avaient appartenu à Ursula, enfila une paire de bas en coton dont lui avait fait cadeau Amaranta Ursula et fit un petit baluchon des deux toilettes de rechange qui lui restaient.

— Je me rends, dit-elle à Aureliano. Il y a trop à faire dans cette maison pour ma pauvre carcasse.

Aureliano lui demanda où elle comptait aller et elle fit un geste dans le vague, comme si elle n'avait pas la moindre idée de sa destination. Elle s'appliqua pourtant à préciser qu'elle allait passer les dernières années de sa vie chez une cousine germaine qui habitait Riohacha. Cette explication n'était pas vraisemblable. Depuis la mort de ses parents, elle n'avait eu de contact avec personne au village, n'avait reçu ni lettre ni message, et jamais on ne l'avait entendu parler de quelconques parents. Comme elle était prête à partir avec son misérable avoir, qui se montait à un peso et vingt-cinq centavos, Aureliano lui remit quatorze petits poissons en or. Par la fenêtre de la chambre, il la vit traverser le patio avec son petit baluchon de vêtements, traînant les pieds, voûtée par les ans, et il la vit encore passer une main par un trou du portail pour tirer le verrou après être sortie. On ne sut plus jamais rien d'elle.

Quand elle apprit cette désertion, Fernanda vociféra à tort et à travers pendant une journée entière, vérifiant malles, commodes et armoires, une chose après l'autre, pour se rendre à l'évidence que Sainte Sophie de la Piété était partie sans rien emporter. Elle se brûla les doigts en voulant allumer un fourneau pour la première fois de sa vie et dut prier Aureliano de lui apprendre à préparer le café. A la longue, ce fut lui qui finit par s'occuper de la cuisine. A son lever, Fernanda trouvait le petit déjeuner servi, et elle ne quittait à nouveau sa chambre que pour prendre les plats qu'Aureliano laissait mijoter pour elle sur un coin du feu et qu'elle portait jusqu'à table pour pouvoir manger sur des nappes de lin, entre des candélabres, assise toute seule à un bout devant quinze chaises vides. Même en de telles circonstances, Aureliano et Fernanda ne partagèrent pas leur solitude mais continuèrent à vivre chacun dans la sienne, faisant le ménage dans leur chambre respective, cependant que les toiles d'araignée continuaient à enneiger les rosiers, à draper les poutres et à capitonner les murs. C'est vers cette époque que Fernanda eut l'impression que la maison était envahie par les esprits. On aurait dit que les objets, surtout les plus utilisables, avaient acquis la faculté de changer de place par leurs propres moyens. Fernanda passait son temps à chercher les ciseaux qu'elle était sûre d'avoir posés sur son lit et, après avoir remué ciel et terre, les découvrait sur une étagère de la cuisine où elle était persuadée de n'avoir mis les pieds depuis quatre jours. Brusquement, il n'y avait plus une fourchette dans le tiroir à couverts et elle en trouvait six sur l'autel et trois autres au lavoir. Cette bougeote des choses la mettait encore plus au désespoir lorsqu'elle s'asseyait pour écrire. L'encrier qu'elle plaçait à sa droite se retrouvait à sa gauche, le tampon-buvard s'égarait et elle le découvrait deux jours plus tard sous son oreiller, et les pages adressées à José Arcadio se mêlaient à celles destinées à Amaranta Ursula, et elle risquait toujours quelque vexation pour avoir glissé des lettres dans des enveloppes interchangées, comme cela arriva effectivement plusieurs fois. Un jour, elle perdit sa plume. Elle lui fut rendue au bout de deux semaines par le facteur qui l'avait découverte dans sa sacoche et faisait du porte à porte pour retrouver à qui elle appartenait. Au début, elle crut que tout cela était l'œuvre des médecins invisibles, comme la disparition des pessaires, et elle alla jusqu'à commencer à leur écrire une lettre pour les supplier de la laisser en paix, mais elle dut s'interrompre pour faire quelque autre chose et, quand elle revint dans sa chambre, non seulement elle ne retrouva plus la lettre commencée, mais elle avait même oublié son intention de l'écrire. Pendant un certain temps, elle crut que c'était Aureliano. Elle s'appliqua à le surveiller, à disposer certains objets sur son passage pour essayer de le surprendre au moment où il les déplacerait, mais il lui fallut très vite se convaincre qu'Aureliano ne quittait la chambre de Melquiades que pour se rendre à la cuisine ou aux lieux d'aisance, et qu'il n'était pas homme à faire des farces. Aussi finit-elle par croire qu'il s'agissait de tours que lui jouaient des esprits, et choisit-elle d'amarrer chaque chose à l'endroit où elle était censée s'en servir. Elle attacha les ciseaux à son chevet à l'aide d'une longue cordelette. Elle attacha le porte-plume et le tampon-buvard au pied de la table, et fixa l'encrier avec de la colle à même le dessus, à droite de l'emplacement où elle avait l'habitude d'écrire. Les problèmes ne furent pas résolus du jour au lendemain car au bout de quelques heures de couture, la cordelette des ciseaux ne permettait déjà plus de s'en servir pour couper, comme si les esprits ne cessaient de la raccourcir. Il arriva la même chose avec la ficelle qui retenait la plume, et jusqu'à son propre bras qui, au bout d'un petit moment passé à écrire, n'atteignait plus l'encrier. Pas plus Amaranta Ursula à Bruxelles que José Arcadio à Rome ne surent jamais rien de ces insignifiantes mésaventures. Fernanda leur racontait qu'elle était heureuse, et en réalité elle l'était, précisément parce qu'elle se sentait déliée de toute obligation, comme si la vie l'avait de nouveau entraînée dans l'univers de ses parents où l'on n'était pas atteint par les problèmes journaliers parce qu'ils étaient résolus d'avance en imagination. Cette interminable correspondance lui fit perdre la notion du temps, surtout après le départ de Sainte Sophie de la Piété. Elle s'était accoutumée à compter les jours, les mois et les années en prenant comme points de repère les dates prévues pour le retour des enfants. Mais quand ceux-ci se mirent à modifier coup sur coup les délais, elle finit par confondre les dates, s'embrouiller dans les échéances, et les journées ressemblèrent tant les unes aux autres qu'elle ne les sentit plus passer. Au lieu de perdre patience, elle prenait au fond plaisir à ce retard. Elle ne s'inquiétait pas de ce que, bien des années après lui avoir annoncé qu'il était à la veille de prononcer ses vœux perpétuels, José Arcadio continuât à prétendre qu'il attendait d'en avoir terminé avec ses études supérieures de théologie pour entreprendre celles de diplomatie, car elle comprenait qu'il était très haut et jonché d'obstacles, l'escalier en colimaçon qui conduisait jusqu'au siège de Saint-Pierre. En revanche, son esprit s'exaltait au reçu de nouvelles qui eussent paru dépourvues d'intérêt à tout autre, comme de savoir que son fils avait aperçu le pape. Elle ressentit une joie analogue lorsqu'Amaranta Ursula la fit prévenir que ses études se prolongeaient au-delà de la durée prévue, parce que ses excellents classements lui avaient valu certains privilèges que son père avait omis de prendre en considération en faisant ses comptes.

Quand Aureliano fut parvenu à traduire le premier parchemin, il s'était écoulé plus de trois ans depuis que Sainte Sophie de la Piété lui avait rapporté l'ouvrage de grammaire. Ça n'avait pas été un travail inutile mais il représentait à peine le premier pas sur un chemin dont la longueur était impossible à prévoir, car le texte en espagnol ne signifiait rien : il s'agissait de vers chiffrés. Aureliano manquait d'éléments pour déterminer le code qui lui permettrait de leur arracher leur secret, mais, Melquiades lui ayant dit que la boutique du vieux savant catalan recélait les livres dont il aurait besoin pour découvrir le sens profond des manuscrits, il se décida à parler à Fernanda pour qu'elle lui permît d'aller les chercher. Dans la chambre envahie par les décombres dont l'incoercible prolifération avait fini par le laisser vaincu, il réfléchissait à la façon la plus adéquate de formuler sa demande, envisageait toutes les circonstances, calculait l'occasion la plus favorable, mais quand il rencontrait Fernanda venue retirer son repas de sur le feu, alors que c'était le seul et unique moment où il pouvait lui parler, il s'embrouillait dans sa requête si laborieusement préparée et en perdait l'usage de la parole. Ce fut la seule fois où il l'espionna. Il était suspendu à ses allées et venues dans sa chambre. Il l'écoutait se diriger vers la porte pour recevoir les lettres de ses enfants et remettre les siennes au facteur, et prêtait l'oreille jusqu'à une heure très avancée de la nuit au dur et passionné bruit de plume sur le papier, avant d'entendre le déclic de l'interrupteur et le marmonnement des prières dans le noir. Ce n'est qu'alors qu'il s'endormait, confiant que le lendemain lui fournirait l'occasion attendue. Il se berça tellement d'illusions avec cette idée que la permission ne lui serait pas refusée qu'un beau matin, il se coupa les cheveux qui lui descendaient jusqu'aux épaules, rasa sa barbe broussailleuse, passa des pantalons étroits et une chemise à faux-col qu'il avait hérités d'il ne savait trop qui, et attendit dans la cuisine que Fernanda s'en vînt déjeuner. Ce ne fut pas la femme de tous les jours qui arriva, celle au port de tête altier et à la démarche de statue, mais une vieille femme d'une beauté surnaturelle, portant une cape d'hermine jaunie, une couronne en carton doré, l'allure languide de quelqu'un qui a beaucoup pleuré en secret. En fait, depuis qu'elle l'avait retrouvé dans les malles d'Aureliano le Second, Fernanda avait souvent revêtu son costume mité de souveraine. Quiconque l'aurait vue devant son miroir, extasiée par ses propres manières de monarque, aurait pu la tenir pour folle. Mais elle ne l'était pas. Elle avait tout simplement transformé ces signes extérieurs de la royauté en machine à se souvenir. La première fois qu'elle les revêtit, elle ne put empêcher son cœur de se nouer et ses yeux de se remplir de larmes car elle perçut au même instant l'odeur de cirage des bottes du militaire qui était venu la quérir chez elle pour la faire reine, et son âme se cristallisa autour de cette nostalgie de rêves perdus. Elle se sentit si vieille, si près de la fin, si éloignée des meilleures heures de sa vie, qu'elle regretta même celles qui étaient restées les pires dans son souvenir, et ce n'est qu'alors qu'elle découvrit combien lui manquaient ces bouffées d'origan sous la véranda, l'haleine des rosiers à la tombée du jour et jusqu'au tempérament bestial des étrangers qui débarquaient. La cendre tassée de son cœur, qui avait résisté sans être atteint aux coups les mieux appliqués de la réalité quotidienne, s'éboula aux premiers assauts de la nostalgie. Le besoin de se sentir mélancolique se transformait en vice au fur et à mesure que la ravageaient les années. La solitude la rendit plus humaine. Pourtant, le matin où elle pénétra dans la cuisine et se vit proposer une tasse de café par un adolescent osseux et pâle avec une lueur hallucinée dans les yeux, elle se sentit brutalement meurtrie par le ridicule. Non seulement elle lui refusa son autorisation mais, désormais, elle garda sur elle les clefs de la maison dans la poche où elle conservait les pessaires encore inutilisés. C'était une précaution bien inutile car s'il l'avait voulu, Aureliano aurait pu s'échapper et même revenir à la maison sans être aperçu. Mais la captivité prolongée, la méconnaissance du monde et l'habitude d'obéir avaient desséché dans son cœur les graines de la rébellion. Aussi bien s'en retourna-t-il à sa retraite, lisant et relisant les parchemins et écoutant Fernanda sangloter dans sa chambre jusqu'à une heure avancée de la nuit. Un matin, il s'en vint comme à l'accoutumée allumer le fourneau, et trouva sur les cendres éteintes le repas qu'il avait laissé la veille à son intention. Il alla alors passer la tête par la porte de la chambre et la vit étendue sur son lit, couverte de la cape d'hermine, plus belle que jamais, la peau changée en une coquille d'ivoire. Lorsque José Arcadio arriva, quatre mois plus tard, il la trouva intacte.

Il était impossible d'imaginer homme plus ressemblant à sa mère. Il portait un costume de taffetas funèbre, une chemise à col rond et dur, et un ruban de soie qu'il avait noué en guise de cravate. Il avait le teint livide, l'air languide, un regard inexpressif, les lèvres molles. Ses cheveux noirs, lisses et lustrés, partagés en leur milieu par une raie droite et exsangue, paraissaient tout aussi postiches que ceux des statues de saints. L'ombre de barbe soigneusement défrichée sur son visage de paraffine semblait une ombre de sa conscience. Il avait des mains blêmes parcourues de nervures vertes, avec des doigts parasitaires et un anneau en or massif à l'index gauche, surmonté d'une opale de forme ronde. Quand il lui ouvrit la porte de la rue, Aureliano n'aurait pas eu besoin de se demander qui c'était pour deviner qu'il venait de très loin. Sur son passage, la maison s'imprégna de l'odeur d'eau parfumée qu'Ursula lui mettait sur la tête, lorsqu'il était enfant, pour pouvoir le retrouver dans les ténèbres. D'une certaine manière impossible à préciser, José Arcadio était demeuré cet enfant automnal, terriblement triste et solitaire. Il se dirigea directement vers la chambre de sa mère qu'Aureliano avait remplie de vapeurs de mercure pendant quatre mois à l'aide de l'athanor qui avait appartenu au grand-père de son grand-père, afin de conserver le corps selon la formule de Melquiades. José Arcadio ne posa aucune question. Il donna un baiser sur le front du cadavre, releva sa jupe pour faire apparaître la petite poche cachée dans l'ourlet où se trouvaient trois pessaires encore non utilisés ainsi que la clef de la garde-robe. Il faisait tout cela avec des gestes précis et résolus qui contrastaient avec son air languide. Il sortit de l'armoire un petit coffret damasquiné portant l'écusson familial et trouva à l'intérieur, qui sentait bon le santal, la volumineuse missive dans laquelle Fernanda avait soulagé son cœur des innombrables vérités qu'elle lui avait cachées. Il la lut sans s'asseoir, avec avidité mais sans fébrilité, marqua un temps d'arrêt à la troisième page et examina Aureliano d'un œil nouveau, comme pour reconsidérer sa première impression.

— Alors, lui dit-il d'une voix qui avait quelque chose de tranchant comme un rasoir, c'est toi le bâtard.

— Je suis Aureliano Buendia.

— Va dans ta chambre, répliqua José Arcadio.

Aureliano s'en fut et la curiosité ne le fit même pas ressortir lorsqu'il perçut la rumeur des funérailles auxquelles n'assista personne. Parfois, depuis la cuisine, il apercevait José Arcadio qui déambulait dans la maison, avec sa respiration haletante qui le faisait étouffer, et, passé minuit, il prêtait l'oreille à ses allées et venues dans les chambres en ruine. Il resta de nombreux mois sans entendre le son de sa voix, non seulement parce que José Arcadio ne lui adressait jamais la parole mais parce que lui-même n'en avait nul désir, non plus que le temps de songer à autre chose qu'aux parchemins. A la mort de Fernanda, il avait sorti l'avant-dernier des petits poissons en or et était allé chercher à la librairie du savant catalan les livres dont il avait besoin. Rien de ce qu'il vit en chemin ne l'intéressa, peut-être parce qu'il manquait de souvenirs pour faire des rapprochements, et les rues désertes et les maisons en proie à la désolation étaient toutes semblables à ce qu'il avait imaginé à une époque où il aurait vendu son âme pour les connaître. Il s'était accordé à lui-même l'autorisation que lui avait refusée Fernanda, mais pour une fois seulement, dans un seul but et pour le minimum de temps indispensable, si bien qu'il parcourut d'une seule traite les onze pâtés de maisons qui séparaient la sienne de la ruelle où l'on interprétait jadis les songes, et pénétra hors d'haleine dans le local borgne et obscur où il y avait à peine place pour se mouvoir. Plus que d'une librairie, celle-ci avait l'air d'une poubelle de livres d'occasion, disposés pêle-mêle sur les étagères ébréchées par les termites, dans les coins battus en brèche par les toiles d'araignée, et jusque dans les endroits qui auraient dû rester libres pour aller et venir. Sur une longue table également encombrée d'énormes volumes, le maître des lieux rédigeait une prose infatigable d'une écriture violette, un peu délirante, sur des feuilles détachées d'un cahier d'écolier. Il avait une belle chevelure argentée qui lui retombait sur le front comme le panache des cacatoès et ses yeux bleus, vifs et un peu bridés, révélaient la mansuétude de l'homme qui a lu tous les livres. Il était en caleçon, inondé de sueur et il demeura absorbé par ce qu'il était en train d'écrire, sans se donner la peine de regarder qui était entré. Aureliano n'eut aucun mal à repêcher dans ce fabuleux désordre les cinq livres qu'il était venu chercher car ils se trouvaient à l'endroit exact que lui avait indiqué Melquiades. Sans dire mot, il les remit avec le petit poisson en or au savant catalan qui les examina en plissant ses paupières comme des valves de clovisses. « Il faut que tu sois fou » fit-il dans sa langue en haussant les épaules, et il rendit à Aureliano les cinq livres et le petit poisson.

— Emporte-les, dit-il en espagnol. Le dernier à avoir lu ces livres a dû être Isaac l'Aveugle et tu ferais bien de réfléchir à ce que tu fais.

José Arcadio restaura, la chambre de Meme, fit nettoyer et raccommoder les rideaux de velours et le damas du baldaquin du lit vice-royal, et remit en service les bains désaffectés dont le réservoir en ciment était recouvert d'une croûte noirâtre, fibreuse et rêche. A ces deux lieux se réduisit son empire de pacotille, de produits exotiques en piteux état, de parfums trafiqués et de pierreries en toc. La seule chose qui parut le gêner dans le reste de la maison, ce furent les statues de saints de l'autel domestique qu'il incinéra complètement, un après-midi, sur un feu qu'il fit dans le patio. Il faisait la grasse matinée jusqu'à onze heures passées. Il allait se baigner dans une tunique effilochée brodée de dragons dorés, chaussé de pantoufles à pompons jaunes, et officiait alors selon un rituel qui, par sa méticulosité et sa durée, n'était pas sans rappeler celui de Remedios la belle. Avant de se mettre au bain, il aromatisait le bassin avec des sels qu'il apportait dans trois flacons en albâtre. Il ne se faisait pas d'ablutions avec le vase en fruit de totumo mais s'immergeait brusquement dans les eaux parfumées et faisait la planche jusqu'à deux heures, engourdi par l'agréable fraîcheur et par le souvenir d'Amaranta. Quelques jours après son arrivée, il abandonna son costume de taffetas qui n'était pas seulement trop chaud pour vivre au village mais également le seul qu'il avait, et le troqua contre des pantalons moulants fort ressemblants à ceux de Pietro Crespi pendant ses leçons de danse, et une chemise de soie tissée avec le ver vivant, portant ses initiales brodées à l'endroit du cœur. Deux fois par semaine, il lavait toute sa garde-robe dans le bassin et restait en tunique jusqu'à ce qu'elle fût sèche, car il n'avait rien d'autre à se mettre. Jamais il ne prenait ses repas à la maison. Il sortait lorsque s'atténuait la grosse chaleur de la sieste et ne revenait que fort tard dans la nuit. Alors le reprenaient ses va-et-vient angoissants, respirant comme un chat et ne songeant qu'à Amaranta. Les deux souvenirs qu'il avait conservés de la maison, c'étaient elle et le regard terrifiant des saints dans la lumière louche de la lampe de chevet. Maintes fois, dans l'hallucinant mois d'août de Rome, il lui était arrivé d'ouvrir les yeux au beau milieu d'un rêve et de voir Amaranta surgir d'une vasque en marbre brocatelle avec ses jupons de dentelles et sa main bandée, idéalisée par l'impatience fébrile de l'exil. Au contraire d'Aureliano José qui avait essayé d'étouffer cette image dans le sanglant bourbier de la guerre, il s'était efforcé de la garder vivante en se vautrant dans celui de la concupiscence, tout en continuant d'abuser sa mère avec les interminables racontars sur sa vocation pontificale. Il ne lui vint jamais à l'idée, pas plus qu'à Fernanda, que leur correspondance n'était qu'un échange d'affabulations. José Arcadio, qui avait quitté le séminaire dès son arrivée à Rome, avait continué d'alimenter sa légende de théologie et de droit canon pour ne pas mettre en péril le fabuleux héritage dont lui parlaient les lettres délirantes de sa mère et qui devait le sortir de la vie de misère et d'avilissement qu'il partageait avec deux amis dans une mansarde du Trastevere. Quand il reçut la dernière lettre de Fernanda, dictée par le pressentiment que sa mort était imminente, il mit dans une valise les derniers vestiges de sa fausse splendeur et traversa l'océan à fond de cale avec des émigrants qui se pelotonnaient comme des bêtes à l'abattoir, mangeant des macaronis froids et du fromage rempli de vers. Avant d'avoir lu le testament de Fernanda qui n'était rien d'autre qu'une minutieuse et tardive récapitulation de ses malheurs, déjà les meubles disjoints et la mauvaise herbe qui poussait sous la véranda lui avaient indiqué qu'il était tombé dans un piège dont il ne pourrait plus jamais s'extirper, exilé à vie de la lumière de diamant et de l'air immémorial du printemps romain. Au cours des insomnies exténuantes dues à son asthme, il mesurait et remesurait toute la profondeur de son infortune en arpentant la ténébreuse demeure où les cris d'orfraie sénile d'Ursula lui avaient communiqué la peur du monde. Pour être assurée de ne pas le perdre dans les ténèbres, elle lui avait désigné un coin de la chambre où se tenir, le seul où il pourrait éviter les morts qui déambulaient dans la maison à partir de la tombée du jour. « Quoi que tu fasses de vilain, lui disait Ursula, les saints me le répéteront. » Les soirées craintives de son enfance se réduisirent à ce coin-là où il demeurait immobile jusqu'à l'heure de se coucher, en nage tant il avait peur sur son tabouret, sous le regard vigilant et glacé des saints rapporteurs. C'était une torture bien inutile car, déjà à cette époque, il était terrorisé par tout ce qui l'entourait et avait été préparé à prendre peur de tout ce qu'il pourrait rencontrer dans la vie : les femmes de la rue, qui abîmaient le sang; les femmes d'intérieur, qui accouchaient d'enfants à queue de cochon; les coqs de combat, qui provoquaient des morts d'hommes et des remords de conscience pour le restant de la vie; les armes à feu qui, rien que d'y toucher, vous condamnaient à vingt ans de guerre; les entreprises déraisonnables qui ne conduisaient qu'aux lendemains amers et à la folie; et tout, finalement, tout ce que Dieu avait créé dans son infinie bonté et que le diable avait perverti. Au réveil, moulu par la roue des cauchemars, il était délivré de ses terreurs par la clarté de la fenêtre, les caresses d'Amaranta dans le bain et la volupté avec laquelle elle le talquait entre les jambes avec un gland de soie. Ursula elle-même était différente dans la lumière éblouissante du jardin car elle ne lui parlait plus alors de choses épouvantables mais elle lui frottait les dents avec du poussier pour qu'il eût le sourire éclatant d'un pape, lui coupait et lui polissait les ongles pour que les pèlerins venus à Rome des quatre coins du monde pussent s'extasier sur la beauté et la pureté des mains du pape quand il viendrait à leur donner sa bénédiction, le peignait comme un pape et le trempait dans l'eau parfumée pour que son corps et ses habits sentissent une bonne odeur de pape. Dans les jardins de Castelgandolfo, il avait aperçu le pape à un balcon, adressant le même discours en sept langues à une multitude de pèlerins, et les seules choses en effet qui retinrent son attention furent la blancheur de ses mains, dont on aurait dit qu'elles avaient macéré dans l'eau de Javel, l'éclat éblouissant de son habit d'été et le discret parfum d'eau de Cologne qu'il exhalait.

Presque un an après son retour à la maison, alors qu'il avait vendu pour se nourrir les candélabres d'argent et le pot de chambre héraldique, lequel, en cette minute de vérité, s'avéra ne pas être en or hormis les incrustations de l'écusson, la seule et unique distraction de José Arcadio consistait à ramasser des enfants dans le village pour les emmener jouer chez lui. On le voyait avec eux à l'heure de la sieste et il les faisait sauter à la corde dans le jardin, chanter sous la véranda et jouer les équilibristes sur les meubles de la salle de séjour, tandis que lui-même allait d'un groupe à l'autre en donnant des leçons de bonne conduite. A cette époque, ses pantalons étroits et sa chemise en soie étaient hors d'usage et il portait une tenue tout à fait ordinaire achetée dans les boutiques d'Arabes, mais il gardait intactes sa dignité languide et ses manières papales. Les enfants s'emparèrent de la maison comme l'avaient fait autrefois les compagnes de Meme. Jusqu'à une heure avancée de la nuit on les entendait courir et chanter et danser des zapatéados, si bien que la maison avait fini par prendre des airs d'internat sans discipline. Aureliano ne se soucia pas de cette invasion tant qu'ils ne vinrent pas le déranger dans la chambre de Melquiades. Un matin, deux enfants poussèrent sa porte et furent épouvantés par la vision de cet homme repoussant et velu qui continuait à déchiffrer les parchemins à sa table de travail. Ils n'osèrent pas entrer mais restèrent à rôder autour de la pièce. Ils jetaient des regards furtifs par les fentes en chuchotant, jetaient des bêtes vivantes par les claires-voies et, certain jour, ils clouèrent de l'extérieur la porte et la fenêtre qu'Aureliano mit toute une demi-journée à forcer. Amusés par l'impunité dont bénéficiaient leurs espiègleries, quatre enfants pénétrèrent un autre matin dans la chambre, alors qu'Aureliano se trouvait à la cuisine, déterminés à détruire les parchemins. Mais dès qu'ils se saisirent des feuilles toutes jaunies, une force angélique les souleva du sol et les tint suspendus en l'air jusqu'à ce qu'Aureliano fût de retour et leur arrachât les manuscrits. Désormais, ils ne revinrent plus le déranger.

Les quatre plus grands parmi les enfants, qui portaient encore des culottes courtes bien qu'ils fussent déjà au seuil de l'adolescence, s'occupaient à soigner l'apparence personnelle de José Arcadio. Ils arrivaient plus tôt que les autres et consacraient leur matinée à le raser, à lui faire des massages avec des serviettes chaudes, à lui couper et polir les ongles des mains et des pieds, à le parfumer avec de l'eau de fleurs. Il leur arriva plusieur fois de pénétrer dans le bassin pour le savonner de la tête aux pieds cependant qu'il faisait la planche en songeant à Amaranta. Puis ils le séchaient, lui talquaient le corps et l'habillaient. L'un des enfants, qui avait des cheveux blonds tout frisés et des yeux de verre rose comme les lapins, couchait de temps à autre à la maison. Les liens qui l'unissaient à José Arcadio étaient si solides qu'il l'accompagnait dans ses insomnies d'asthmatique, sans parler, déambulant avec lui à travers la maison plongée dans les ténèbres. Une nuit, dans l'alcôve où avait dormi Ursula, ils aperçurent un flamboiement jaunâtre à travers le ciment changé en cristal, comme si quelque soleil souterrain avait transformé en vitrail le sol de la chambre. Ils n'eurent pas besoin d'allumer. Ils n'eurent qu'à soulever les dalles brisées du renfoncement où s'était toujours trouvé le lit d'Ursula, et où le flamboiement était le plus intense, pour découvrir la crypte secrète qu'Aureliano le Second s'était épuisé à tant chercher dans son délire de fouilles. On pouvait y voir les trois sacs de toile trélingués avec du fil de cuivre et, à l'intérieur, les sept mille deux cent quatorze doublons de quatre qui continuaient à étinceler comme des braises dans l'obscurité.

La découverte du trésor fit l'effet d'une déflagration. Au lieu de regagner Rome avec cette fortune si soudaine qui avait été son rêve mûri dans la misère, José Arcadio transforma la maison en paradis décadent. Il fit refaire avec du velours neuf les rideaux de la chambre et le baldaquin du lit, fit daller le sol des bains et recouvrir les murs de carreaux de faïence. Le buffet de la salle à manger se remplit de pâtes de fruits, de jambons et de condiments conservés dans le vinaigre, et la réserve désaffectée s'ouvrit de nouveau pour emmagasiner les vins et les liqueurs que José Arcadio allait lui-même retirer à la gare de chemin de fer, dans des caisses marquées à son nom. Une nuit, les quatre garçons et lui firent une fête qui se prolongea jusqu'à l'aube. A six heures du matin, ils sortirent tout nus de la chambre, vidèrent le bassin et le remplirent de champagne. Ils plongèrent en chœur, évoluant dans le vin comme une volée de moineaux dans un ciel doré de bulles parfumées, cependant que José Arcadio faisait la planche, en marge de la fête, rêvant les yeux ouverts à Amaranta. Il demeura ainsi absorbé dans ses propres pensées, remâchant l'amertume de ses plaisirs équivoques, bien après que les enfants fatigués s'en furent retournés en troupeau jusque dans la chambre où ils arrachèrent les rideaux de velours pour se sécher, fêlèrent la glace du miroir en cristal de roche et démolirent le baldaquin du lit dans la mêlée qui résulta de leur intention de se coucher. Quand José Arcadio s'en revint du bain, il les trouva endormis, pelotonnés les uns contre les autres, dans le plus simple appareil, au milieu d'une alcôve en naufrage. Moins poussé par le spectacle de ces ravages que par le dégoût mêlé de pitié qu'il éprouvait vis-à-vis de lui-même dans ce vide consternant où l'avait laissé la saturnale, il s'arma des quelques disciplines de dresseur de chrétiens qu'il gardait au fond de sa malle avec un cilice et d'autres chaînes de mortification et de pénitence, et expulsa les enfants de la maison en hurlant comme un fou et en les flagellant sans miséricorde, comme il n'eût pas fait pour une meute de coyotes. Il resta complètement effondré, avec une crise d'asthme qui dura plusieurs jours et lui donna tout l'air d'un moribond. Au bout de sa troisième nuit de tortures, vaincu par l'asphyxie, il s'en fut trouver Aureliano dans sa chambre pour le prier d'aller lui acheter dans une pharmacie voisine quelque poudre à aspirer. C'est ainsi qu'Aureliano sortit pour la seconde fois dans la rue. Il n'eut qu'à longer deux pâtés de maisons pour parvenir à la petite pharmacie à la vitrine poussiéreuse avec ses flacons de porcelaine portant des inscriptions en latin, où une jeune fille à la beauté secrète comme un serpent du Nil lui remit un médicament dont José Arcadio lui avait écrit le nom sur un papier. La seconde vision qu'il eut du village désert, à peine éclairé par les ampoules jaunâtres des rues, n'éveilla guère plus de curiosité en Aureliano que la première fois. José Arcadio en était déjà à penser qu'il avait pris la fuite quand il le vit réapparaître, un peu hors d'haleine à cause de sa précipitation, se traînant sur ses jambes que la réclusion et le manque d'exercice avaient affaiblies et engourdies. Son indifférence au monde était si manifeste qu'au bout de quelques jours, José Arcadio viola la promesse qu'il avait faite à sa mère et le laissa libre de sortir à son gré.

— Je n'ai rien à faire dehors, lui répliqua Aureliano.

Il continua à vivre enfermé, absorbé par les parchemins auxquels il arrachait peu à peu leur contenu mais dont il n'arrivait pas à traduire la signification. José Arcadio venait dans sa chambre lui porter des tranches de jambon, des confitures de fleurs qui laissaient dans la bouche un arrière-goût de printemps, et, par deux fois, un verre de bon vin. Il ne prêta aucun intérêt aux parchemins qu'il considérait tout au plus comme un passe-temps ésotérique, mais son attention fut attirée par le savoir exceptionnel et l'inexplicable connaissance que ce parent morose avait du monde. Il apprit alors qu'il était capable de comprendre l'anglais dans les textes et qu'entre deux parchemins il avait lu de la première à la dernière page, comme s'il se fût agi d'un roman, les six tomes de l'encyclopédie. C'est à cela qu'il attribua d'abord le fait qu'Aureliano pût parler de Rome comme s'il y avait vécu de nombreuses années, mais il ne tarda pas à se rendre compte que certaines de ses connaissances n'étaient pas encyclopédiques, comme sa notion du prix des choses. « Tout se sait », se borna à lui répondre Aureliano quand il le questionna sur la manière dont il avait obtenu ces informations. Pour sa part, Aureliano fut surpris de constater combien José Arcadio, vu de près, était différent de l'image qu'il s'était faite de lui en le voyant déambuler à travers la maison. Il était capable de rire, de se permettre de temps à autre quelque allusion nostalgique au passé de la demeure, de montrer du souci pour l'atmosphère misérable qui régnait dans la chambre de Melquiades. Ce rapprochement entre deux solitaires du même sang était très éloigné de l'amitié mais leur permit à tous deux de mieux supporter l'insondable solitude qui les séparait et les unissait à la fois. José Arcadio put alors faire appel à Aureliano pour démêler certains problèmes domestiques qui le faisaient bouillir. Aureliano pouvait de son côté venir s'asseoir et lire sous la véranda, recevoir les lettres d'Amaranta Ursula qui continuaient d'arriver avec une immuable ponctualité, et utiliser les bains dont l'avait banni José Arcadio dès son arrivée.

Par un petit matin déjà chaud, tous deux furent réveillés en sursaut par des coups frappés avec insistance à la porte de la rue. C'était un sombre vieillard avec de grands yeux verts qui donnaient à son visage une phosphorescence spectrale, et une croix de cendre sur le front. Ses vêtements en haillons, ses chaussures déchirées, la vieille musette qu'il portait sur l'épaule pour tous bagages, lui conféraient l'aspect d'un mendiant mais son maintien avait une dignité qui contrastait nettement avec ses apparences. Il suffisait de le contempler une seule fois, même dans la pénombre de la salle commune, pour se rendre compte que la force secrète qui lui permettait de vivre n'était pas l'instinct de conservation mais l'habitude de la peur. C'était Aureliano l'Amoureux, l'unique survivant des dix-sept fils du colonel Aureliano Buendia, qui errait dans l'attente de quelque trêve dans sa longue et funeste carrière de fugitif. Il déclina son identité, supplia qu'on lui donnât refuge dans cette maison à laquelle il avait songé dans ses nuits de paria comme au dernier asile qui lui restait dans la vie. Mais José Arcadio et Aureliano ne se souvenaient pas de lui. Croyant qu'ils avaient affaire à un vagabond, ils le jetèrent à la rue sans ménagements. Depuis la porte, tous deux purent alors assister au dénouement d'un drame qui avait débuté bien avant que José Arcadio n'eût atteint l'âge de raison. Deux auxiliaires de la police qui avaient poursuivi Aureliano l'Amoureux pendant des années, qui l'avaient pisté comme des chiens un peu partout dans le monde, surgirent d'entre les amandiers du trottoir d'en face et tirèrent sur lui deux balles de mauser qui lui trouèrent bien proprement le front à l'endroit de la croix de cendre.

En réalité, depuis qu'il avait chassé les enfants de la maison, José Arcadio attendait des nouvelles d'un transatlantique qui devait partir pour Naples avant Noël. Il en avait fait part à Aureliano et avait même fait des plans pour lui laisser un commerce tout monté qui lui permît de vivre, car le panier de victuailles n'arrivait plus depuis l'enterrement de Fernanda. Pourtant ce rêve final devait, lui non plus, ne pas se réaliser. Un matin de septembre, après avoir bu le café avec Aureliano à la cuisine, José Arcadio finissait de prendre son bain comme tous les jours quand, par les brèches dans le toit de tuiles, firent irruption les quatre garçons qu'il avait expulsés de chez lui. Sans lui donner le temps de se défendre, ils entrèrent tout habillés dans le bassin, l'empoignèrent par les cheveux et lui maintinrent la tête sous l'eau jusqu'à ce qu'eut disparu de la surface le bouillonnement de l'agonie et que le blême et silencieux corps du dauphin eut glissé jusqu'au fond des eaux parfumées. Ils emportèrent ensuite les trois sacs d'or dont eux seuls et leur victime connaissaient la cachette. Ce fut une action si rapidement menée, si méthodique et brutale qu'on aurait dit une attaque de l'armée. Aureliano, enfermé dans sa chambre, ne se rendit compte de rien. L'après-midi, ne l'ayant pas trouvé à la cuisine, il chercha José Arcadio dans toute la maison et le découvrit flottant dans les miroirs odorants du bassin, énorme, tuméfié, et songeant encore à Amaranta. Ce n'est qu'alors qu'il comprit combien il s'était mis à l'aimer.

Amaranta Ursula s'en revint avec les premiers anges de décembre, poussée par les brises de la marine à voiles, ramenant son époux tenu en laisse à l'aide d'une cordelette de soie. Elle fit son apparition sans avoir aucunement prévenu, dans une robe de couleur ivoire avec une rangée de perles qui lui descendait presque jusqu'aux genoux, des émeraudes et des topazes aux doigts, et ses cheveux coupés courts et lisses qui finissaient au niveau des oreilles en queues d'hirondelles. L'homme avec lequel elle s'était mariée six mois auparavant était un Flamand d'âge mûr à la taille élancée, aux airs de navigateur. Elle n'eut qu'à pousser la porte de la salle de séjour pour comprendre que son absence avait duré plus longtemps et causé plus de ravages qu'elle ne le supposait.

— Mon Dieu! s'écria-t-elle, plus joyeuse que vraiment inquiète. Ça se voit qu'il n'y a pas de femme dans cette maison!

Ses bagages ne pouvaient tous tenir sous la véranda. En plus de l'ancienne malle de Fernanda avec laquelle on l'avait expédiée au collège, elle ramenait deux garde-robes tout en hauteur, quatre grandes valises, un long sac pour les ombrelles, huit cartons à chapeaux, une gigantesque cage avec une cinquantaine de canaris, ainsi que le vélocipède de son mari, en pièces détachées dans un étui spécial qui permettait qu'on le portât comme un violoncelle. Elle ne s'accorda même pas un jour de repos au terme de ce long voyage. Elle enfila une combinaison de toile usagée que son mari avait apportée parmi d'autres tenues de mécanicien et se lança dans une nouvelle entreprise de restauration de la maison. Elle mit en déroute les fourmis rouges qui avaient déjà pris possession de la véranda, ressuscita les rosiers, arracha les mauvaises herbes jusqu'à la racine et repiqua de nouveau des fougères, des plants d'origan et de bégonias dans les jardinières de la balustrade. Elle prit la tête d'un commando de menuisiers, serruriers et maçons qui rapetassèrent les sols crevassés, replacèrent portes et fenêtres dans leurs gonds, remirent à neuf les meubles et blanchirent les murs au-dedans comme au-dehors, tant et si bien que, trois mois après son arrivée, on respirait derechef l'atmosphère de jeunesse et de fête qui régnait du temps du piano mécanique. Jamais on ne vit à la maison quelqu'un de meilleure humeur, quelle que fût l'heure et en toute circonstance, ni personne qui fût plus encline à chanter, à danser, à jeter à la poubelle les choses et les habitudes tournées à l'aigre. D'un coup de balai, elle en termina avec les souvenirs funèbres et les tas d'oiseaux morts et d'attirails de superstition pelotonnés dans les coins, et ne conserva, par gratitude envers Ursula, que le daguerréotype de Remedios au salon. « Voyez ce que je me paie! s'écria-t-elle, morte de rire. Une arrière-grand-mère de quatorze ans! » Quand l'un des maçons lui raconta que la maison était peuplée de revenants et que la seule façon de les en chasser était de rechercher les trésors qu'ils y avaient laissés enfouis, elle répliqua entre deux éclats de rire qu'elle n'ajoutait pas foi aux superstitions des hommes. Elle était si spontanée, si émancipée, d'une forme d'esprit si libre et moderne qu'Aureliano, la voyant venir à lui, ne sut quelle contenance adopter. « Quel barbare! s'exclama-t-elle tout heureuse en lui ouvrant les bras. Regardez-moi comme il a grandi mon anthropophage adoré! » Avant qu'il n'eût eu le temps de réagir, elle avait déjà posé un disque sur le phonographe portatif qu'elle avait apporté et s'employait à lui apprendre les danses à la mode. Elle l'obligea à changer les pantalons étriqués qu'il avait hérités du colonel Aureliano Buendia, lui fit don de chemises de jeune homme et de souliers bicolores, et, quand elle trouvait qu'il passait trop de temps dans la chambre de Melquiades, elle le poussait sans ménagements jusque dans la rue.

Aussi active, menue et indomptable qu'Ursula, et presque aussi belle et provocante que Remedios la belle, elle était douée d'un rare instinct qui lui permettait de toujours devancer la mode. Quand elle recevait par la poste les patrons de couture les plus récents, c'était à peine s'ils lui servaient à vérifier qu'elle ne s'était pas trompée dans les modèles de son invention qu'elle cousait sur la rudimentaire machine à manivelle d'Amaranta. Elle était abonnée à toutes les revues de mode, d'information artistique et de musique populaire qui se publiaient en Europe et il lui suffisait d'y jeter un simple coup d'œil pour se rendre compte que les choses allaient de par le monde comme elle se les était imaginées. On ne pouvait comprendre qu'une telle femme, avec un esprit pareil, fût revenue dans un village mort, écrasé sous la poussière et la chaleur, et encore moins avec un mari qui avait suffisamment d'argent de côté pour mener une existence aisée en n'importe quel endroit du globe et qui l'aimait au point d'accepter qu'elle le conduisît et l'eût ramené tenu en laisse avec une cordelette de soie. Cependant, au fur et à mesure que le temps passait, son intention de rester paraissait plus évidente car elle ne concevait de plans qui ne fussent à long terme et ne prenait de décisions qui n'eussent visé à se ménager une existence confortable et une vieillesse paisible à Macondo. La cage aux canaris était une preuve que ces desseins ne dataient pas de la veille. Se rappelant une lettre de sa mère où celle-ci lui avait fait part de l'extermination des oiseaux, elle avait retardé son voyage de plusieurs mois jusqu'à trouver un bâtiment qui fît escale aux Iles Fortunées, où elle sélectionna vingt-cinq couples de canaris de la plus belle espèce pour repeupler le ciel de Macondo. Ce fut la plus lamentable de ses nombreuses initiatives avortées. Au fur et à mesure que se reproduisaient les oiseaux, Amaranta Ursula n'avait de cesse d'en relâcher un nombre égal qui ne se sentaient pas plus tôt libres qu'ils s'enfuyaient du village. En vain essaya-t-elle de leur faire prendre goût à la volière qu'avait construite Ursula lors de la première restauration. En vain leur fabriqua-t-elle de faux nids en alfa dans les amandiers, leur jeta-t-elle du millet sur les toits; elle eut beau ameuter les prisonniers pour que leurs chants dissuadassent les déserteurs, ceux-ci prenaient de l'altitude à la première occasion et décrivaient un cercle dans le ciel, juste le temps nécessaire pour trouver le chemin du retour et mettre le cap sur les Iles Fortunées.

Un an après son retour, bien qu'elle n'eût réussi à se lier d'amitié avec personne, non plus qu'à organiser aucune fête, Amaranta Ursula persistait à croire qu'il était possible d'arracher au malheur cette population qu'il avait élue. Gaston, son mari, se gardait bien de la contrarier, bien qu'il eût compris, depuis sa descente de train par un midi mortel, que la résolution de sa femme avait été dictée par un mirage de la nostalgie. Certain qu'elle se trouverait vaincue par la réalité, il ne se donna même pas la peine de remonter son vélocipède mais s'occupa à rechercher, parmi les toiles d'araignée que décrochaient les maçons, les plus beaux œufs qu'il ouvrait avec les ongles et dont il regardait sortir les minuscules bébés-araignées, restant des heures à les contempler à la loupe. Plus tard, estimant qu'Amaranta Ursula ne poursuivait ses réformes que pour ne pas s'avouer vaincue, il se décida à monter son magnifique vélocipède dont la roue antérieure était beaucoup plus grande que celle de derrière, et se consacra à la chasse et à la dissection de tous les insectes aborigènes qu'il trouvait dans les parages et qu'il expédiait dans des bocaux à marmelade à son ancien professeur d'histoire naturelle, à l'université de Liège où il avait fait des études poussées d'entomologie bien que sa vocation dominante fût l'aéronautique. Pour rouler sur son vélocipède, il portait des pantalons d'acrobate, des chaussettes de cornemuseur et une casquette de détective mais, pour aller à pied, il revêtait un costume de toile écrue irréprochable, avec des souliers blancs, une petite cravate de soie, un canotier sur la tête et une badine d'osier à la main. Il avait des prunelles pâles qui accentuaient son air de navigateur, et une moustache en poils d'écureuil. Bien qu'il eût au moins quinze ans de plus que son épouse, ses goûts juvéniles, sa vigilante détermination à la rendre heureuse, ajoutés à ses qualités de bon amant, compensaient cette différence d'âge. En fait, ceux qui voyaient ce quadragénaire aux façons circonspectes, avec sa cordelette de soie autour du cou et sa bicyclette de cirque, n'auraient pu imaginer qu'il avait signé avec sa jeune épouse un pacte d'amour éperdu, ni qu'ils cédaient ensemble à cette attirance réciproque dans les endroits les moins indiqués, là où les surprenait l'inspiration, ainsi qu'ils avaient fait depuis le jour de leur première rencontre, avec une passion que le cours du temps et les circonstances chaque fois plus insolites rendaient de jour en jour plus profonde et plus riche. Non seulement Gaston était un amant féroce, d'une science et d'une imagination intarissables, mais c'était sans doute le premier homme, dans toute l'histoire de l'espèce, à avoir effectué un atterrissage forcé et failli se tuer avec sa fiancée dans le seul but de faire l'amour au milieu d'un champ de violettes.

Ils s'étaient connus trois ans avant leur mariage, un jour que le biplan de sport dans lequel il faisait des pirouettes au-dessus du collège d'Amaranta Ursula tenta une manœuvre intrépide pour éviter le mât des couleurs et que cette primitive carcasse de toile goudronnée et de feuilles d'aluminium resta accrochée par la queue aux câbles de l'énergie électrique. Depuis lors, sans se préoccuper de sa jambe éclissée, il s'en allait chaque fin de semaine chercher Amaranta Ursula à la pension religieuse où elle vécut toujours, dont le règlement n'était pas aussi sévère que l'avait souhaité Fernanda, et l'emmenait à son club sportif. Ils commencèrent à s'aimer à cinq cents mètres d'altitude, dans l'air dominical au-dessus des landes, et plus les êtres sur terre leur paraissaient minuscules, plus ils se sentaient pénétrés l'un de l'autre. Elle lui parlait de Macondo comme du village le plus lumineux et le plus paisible du monde, et d'une gigantesque maison qui sentait bon l'origan, où elle aurait aimé vivre jusqu'à ses vieux jours aux côtés d'un mari fidèle et deux garçons rusés qui s'appelleraient Rodrigo et Gonzalo, et en aucun cas Aureliano ni José Arcadio, et d'une fille qui aurait nom Virginia, et en aucun cas Remedios. Elle avait montré tant d'ardeur et de ténacité dans ses évocations du village idéalisé par la nostalgie que Gaston comprit qu'elle n'aurait pas voulu se marier s'il ne l'avait emmenée vivre à Macondo. Il accepta, comme il le fit plus tard pour la cordelette de soie, parce qu'il pensa que c'était là quelque caprice éphémère qu'il valait mieux circonvenir à temps. Mais, quand se furent écoulés deux ans à Macondo sans qu'Amaranta Ursula parût moins contente qu'au premier jour, il commença à donner des signes d'inquiétude. Il en était au moment où il avait déjà disséqué tout ce qui se trouvait d'insectes à disséquer dans la région, parlait espagnol comme un indigène et avait résolu tous les mots croisés des revues qu'ils recevaient par la poste. Il ne pouvait prétexter le climat pour hâter leur retour car la nature l'avait doté d'un foie colonial qui résistait sans ennuis aux vapeurs de la sieste et à l'eau remplie d'asticots. Il appréciait tant la cuisine créole qu'il lui arriva de manger un jour quatre-vingt-deux œufs d'iguane en grappe. Amaranta Ursula, par contre, se faisait livrer par train poissons et crustacés dans des caisses de glace, des conserves de viande et des fruits au sirop, les seules choses qu'elle pouvait manger, et continuait à s'habiller à la mode européenne et à recevoir des modèles par la poste, bien qu'elle n'eût d'endroit où aller ni personne à qui rendre visite et qu'au point où on en était, son mari n'était pas en humeur d'apprécier ses tenues légères, ses feutres sur l'oreille ni ses colliers à sept rangs. Son secret paraissait résider dans le fait qu'elle trouvait toujours une façon de s'occuper, résolvant des problèmes domestiques qu'elle se créait elle-même et faisant mal certaines choses qu'elle corrigeait le lendemain, avec un zèle pernicieux qui aurait rappelé à Fernanda le vice héréditaire de faire pour défaire. Son génie des fêtes était demeuré si vivace que, recevant de nouveaux disques, elle conviait Gaston à veiller très tard au salon pour répéter les pas de danse que ses amies de collège lui décrivaient à l'aide de croquis, et ils finissaient généralement par faire l'amour dans les fauteuils viennois ou à même le sol nu. Il ne lui manquait plus que de donner le jour à des enfants pour être tout à fait heureuse, mais elle respectait le pacte qu'elle avait conclu avec son mari, de ne pas en avoir avant cinq ans de mariage.

Cherchant de quoi occuper ses temps morts, Gaston allait de temps à autre passer la matinée dans la chambre de Melquiades en compagnie du farouche Aureliano. Il se plaisait à évoquer avec lui les coins les plus intimes de son pays natal, qu'Aureliano connaissait comme s'il y avait longtemps séjourné. Quand Gaston lui demanda comment il avait fait pour se procurer des renseignements qui ne figuraient même pas dans l'encyclopédie, il s'attira la même réponse que José Arcadio : « Tout se sait. » En plus du sanscrit, Aureliano avait appris l'anglais et le français, et un peu de grec et de latin. Comme il sortait désormais tous les après-midi et qu'Amaranta Ursula lui avait alloué une certaine somme, chaque semaine, pour ses dépenses personnelles, sa chambre ressemblait à présent à une section de la librairie du savant catalan. Il lisait avec avidité jusqu'à une heure très avancée de la nuit bien que, de la manière dont il se référait à ses lectures, Gaston déduisait qu'il n'achetait pas ces livres pour s'informer mais pour vérifier l'exactitude de ses propres connaissances, et qu'aucun ne l'intéressait plus que les parchemins auxquels il consacrait les meilleures heures de la matinée. Gaston aussi bien que son épouse auraient aimé le voir s'incorporer à la vie familiale mais Aureliano était un être hermétique, entouré d'un nuage de mystère qui devenait plus dense avec le temps. Il était d'un caractère si imperméable que les efforts de Gaston pour se rapprocher de lui se soldèrent par un échec et que celui-ci dut se chercher d'autres passe-temps pour occuper ses heures mortes. C'est vers cette époque que lui vint l'idée d'organiser un service de courrier aérien.

Ce n'était pas un projet nouveau. En réalité, il se trouvait déjà assez avancé quand il avait connu Amaranta Ursula, à ceci près qu'il n'était pas conçu pour Macondo mais pour le Congo belge où sa famille avait des actions dans l'huile de palme. Le mariage et la décision de passer quelques mois à Macondo pour faire plaisir à son épouse, l'avaient contraint à le différer. Mais quand il s'aperçut qu'Amaranta Ursula s'était obstinée à mettre en place un comité de rénovation publique et était allée jusqu'à rire de lui parce qu'il avait fait allusion à l'éventualité du retour, il comprit que les choses risquaient de durer longtemps et il se remit en rapport avec ses lointains associés de Bruxelles, pensant que, pour être pionnier, les Caraïbes valaient bien l'Afrique. Tandis que progressaient les démarches, il prépara un champ d'atterrissage dans l'ancienne région enchantée qui ressemblait alors à une plaine aussi dure que le silex et toute craquelée, il étudia la direction des vents, la géographie du littoral et les itinéraires les mieux adaptés à la navigation aérienne, sans s'apercevoir que son empressement, qui ressemblait tant à celui de Mr. Herbert, était en train d'éveiller dans le village de dangereux soupçons, à savoir que son dessein n'était pas d'établir des plans de vol mais de planter de la banane. Enthousiasmé par cette idée subite qui, après tout, pouvait justifier son installation définitive à Macondo, il effectua plusieurs voyages jusqu'à la capitale de la province, rencontra les autorités, obtint des permis et souscrivit des contrats d'exclusivité. Cependant, il entretenait avec ses associés de Bruxelles une correspondance qui ressemblait à celle de Fernanda avec les médecins invisibles, et finit par les convaincre d'expédier par bateau le premier aéroplane en le confiant à un mécanicien expérimenté qui en remonterait les pièces détachées dans le port le plus proche et l'amènerait par la voie des airs jusqu'à Macondo. Un an après les premiers arpentages et calculs météorologiques, confiant dans les promesses réitérées de ses correspondants, l'habitude lui était venue de se promener dans les rues, observant le ciel, attentif aux ouï-dire de la brise, dans l'attente que l'aéroplane apparût.

Bien qu'elle-même ne l'eût pas remarqué, le retour d'Amaranta Ursula provoqua un changement radical dans la vie d'Aureliano. Après la mort de José Arcadio, il était devenu un client assidu de la librairie du savant catalan. En outre, la liberté dont il jouissait désormais, et le temps dont il disposait, éveillèrent en lui une certaine curiosité pour le village qu'il avait découvert sans surprise. Il parcourut les rues poussiéreuses et solitaires, examinant avec un intérêt plus scientifique qu'humain l'intérieur des maisons en ruine, les grillages métalliques des fenêtres rompus par l'oxyde et les oiseaux moribonds, et les habitants écrasés par les souvenirs. Il essaya de reconstituer en imagination la splendeur réduite à néant de l'ancienne cité de la compagnie bananière dont la piscine asséchée était pleine à ras-bord de souliers masculins et de chaussures de femmes en état de putréfaction, et où il trouva, parmi les maisons démolies par la mauvaise herbe, un squelette de berger allemand encore attaché à son anneau par une chaîne d'acier, et un téléphone qui sonnait, sonnait, sonnait, jusqu'à ce qu'il décrochât pour entendre ce qu'une femme angoissée lui demandait de très loin en anglais, à quoi il répondit que oui, que la grève était terminée, que les trois mille morts avaient été jetés à la mer, que la compagnie bananière était partie et que Macondo était finalement en paix depuis de nombreuses années. Ces excursions le conduisirent jusqu'au quartier de tolérance, tombé au plus bas, où l'on brûlait jadis des liasses de billets pour animer la fête, et qui n'était plus alors qu'un dédale de rues plus sinistres et misérables les unes que les autres, avec quelques lanternes rouges encore allumées, des salles de bal dépeuplées, ornées de lambeaux de guirlandes, où les grosses veuves flétries de personne, les bisaïeules de France et les matriarches babyloniennes continuaient d'attendre près des gramophones à haut-parleurs. Aureliano ne trouva personne qui se souvînt de sa famille, ni même du colonel Aureliano Buendia, excepté le plus vieux des noirs antillais, vieillard à qui sa tête couverte de coton donnait un air de négatif de photographie, et qui continuait à chanter sous son portique les psaumes lugubres de la tombée du jour. Aureliano bavardait avec lui dans l'embrouillé jargon antillais qu'il apprit en l'espace de quelques semaines seulement, et partageait parfois le bouillon de têtes de coq que lui préparait son arrière-petite-fille, une grande négresse bien charpentée, avec des hanches de jument et des seins comme de guillerets melons, et une tête toute ronde, parfaite, casquée d'un dur cabasset de cheveux de fil de fer qui avait l'air d'un heaume de guerrier moyenâgeux. Elle s'appelait Nigromanta. Vers cette époque, Aureliano vivait de la vente des couverts, chandeliers et autres ustensiles de la maison. Quand il était sans le sou, ce qui était le plus fréquent, il obtenait qu'on lui fît cadeau, dans les auberges autour du marché, des têtes de coq qu'on allait jeter aux ordures et il les portait à Nigromanta pour qu'elle lui préparât ses soupes additionnées de pourpier et parfumées à la menthe. A la mort du bisaïeul, Aureliano cessa de fréquenter la maison mais retrouvait Nigromanta sous les ombreux amandiers de la place où elle attirait, de ses sifflements de bête sauvage, les rares noctambules qui passaient. Il lui tint maintes fois compagnie, parlant en patois antillais de soupes aux têtes de coq et autres délices de la misère, et il aurait continué si elle ne lui avait fait comprendre que sa compagnie éloignait la clientèle. Bien qu'il en eût éprouvé parfois la tentation, et bien que Nigromanta elle-même n'y eût vu qu'un aboutissement naturel à leur commune nostalgie, il ne couchait pas avec elle. Tant et si bien qu'Aureliano se trouvait encore puceau quand Amaranta Ursula revint à Macondo et lui donna une étreinte fraternelle qui lui coupa le souffle. Chaque fois qu'il l'apercevait, et pis encore quand elle lui enseignait les danses à la mode, il sentait ses os comme des éponges se dérober sous lui, comme il était arrivé à son trisaïeul le jour où Pilar Ternera, au grenier, s'était servi avec lui du prétexte des cartes. Essayant de noyer son tourment, il se plongea plus à fond dans les parchemins et se mit à éviter les innocentes câlineries de cette tante qui empoisonnait ses nuits par d'angoissants effluves, mais plus il cherchait à la fuir, plus il attendait fébrilement son rire rocailleux, ses hurlements de chatte nageant dans le bonheur et ses couplets de gratitude, râlant d'amour à n'importe quelle heure du jour et en des endroits de la maison dont on avait le moins idée. Une nuit, à dix mètres de son lit, sur l'établi de l'atelier d'orfèvrerie, les deux époux au ventre en dérangement finirent par démolir la vitrine et par s'aimer dans une flaque d'acide muriatique. Non seulement Aureliano ne put fermer l'œil une minute mais il passa la journée du lendemain avec de la fièvre à sangloter de rage. Elle lui sembla mettre une éternité à venir, la première nuit où il attendit Nigromanta à l'ombre des amandiers, traversé par les aiguilles de glace de l'incertitude et serrant dans son poing le peso et les cinquante centavos qu'il avait demandés à Amaranta Ursula, non pas qu'il en eût vraiment besoin mais comme pour la compromettre, l'avilir et la prostituer elle-même de quelque façon avec son aventure. Nigromanta l'entraîna dans sa chambre éclairée par une flamme propre à conjurer les sorts, puis dans son lit pliant à la toile souillée par des amours à la manque, puis contre son corps de chienne avide, enragée, impitoyable, qui s'apprêtait à l'expédier comme s'il se fût agi d'un enfant apeuré, et qui se trouva tout à coup devant un homme dont l'extraordinaire vigueur exigea de ses entrailles un mouvement de réaccommodation sismique.

Ils devinrent amants. Aureliano passait toute la matinée à déchiffrer des parchemins et se rendait à l'heure de la sieste jusque dans la chambre sommeilleuse où Nigromanta l'attendait pour lui apprendre tout d'abord à faire comme les vers de terre, puis comme les escargots et enfin comme les crabes, jusqu'à ce qu'elle fût forcée de le quitter pour aller se poster à l'affût d'amours dévoyées. Il lui fallut plusieurs semaines pour découvrir qu'elle portait autour de la taille une sorte d'anneau qui paraissait fait avec une corde de violoncelle, mais dur comme de l'acier et pourtant sans soudure, parce qu'il était né et avait grandi avec elle. Presque toujours, entre amour et amour, ils mangeaient nus sur le lit, dans la chaleur hallucinante et sous les étoiles diurnes que l'oxyde faisait éclore dans le toit de zinc. C'était la première fois que Nigromanta avait un homme fixe, un baiseur à demeure, comme elle le disait, morte de rire, et elle commençait même à nourrir des illusions dans son cœur quand Aureliano lui avoua sa passion contrariée pour Amaranta Ursula, qu'il n'avait pas réussi à guérir par cette substitution, mais qui lui tordait de plus en plus les entrailles au fur et à mesure que l'expérience élargissait pour lui l'horizon de l'amour. Dès lors, Nigromanta continua à l'accueillir avec la même chaleur que toujours mais se fit payer ses services avec une telle rigueur que, les jours où Aureliano n'avait pas d'argent, elle se mit à les porter sur son compte qu'elle ne tenait pas à l'aide de chiffres mais par de petits traits marqués derrière la porte avec l'ongle du pouce. A la tombée de la nuit, cependant qu'elle demeurait à louvoyer entre les ombres de la place, Aureliano traversait la véranda en étranger, saluant à peine Amaranta Ursula et Gaston qui d'ordinaire dînaient à cette heure, et allait de nouveau s'enfermer dans sa chambre, incapable de lire ou d'écrire, voire même de penser, à cause de l'état de transes où le mettaient les rires, les chuchotements, les ébats préliminaires, puis les explosions de joie mourante dont les nuits à la maison ne désemplissaient pas. Telle était sa vie deux ans avant que Gaston ne se mît à attendre l'arrivée de l'aéroplane, et telle elle était encore cet après-midi où il se rendit à la librairie du savant catalan et tomba sur quatre jeunes braillards acharnés à discuter des méthodes pour venir à bout des cafards au Moyen Age. Le vieux libraire, qui connaissait le goût d'Aureliano pour des livres que Bède le Vénérable avait été le seul à lire, l'invita instamment, non sans une certaine malice paternelle, à s'entremettre dans la controverse et ainsi ne prit-il même pas sa respiration pour expliquer que le cafard, le plus ancien des insectes ailés apparu sur terre, était déjà la victime de choix des coups de savates dans l'Ancien Testament, mais qu'en tant qu'espèce, il était définitivement réfractaire à toute méthode d'extermination, des tranches de tomate au borax jusqu'à la farine au sucre, car ses seize cent trois variétés avaient résisté à la plus ancienne, à la plus tenace et à la plus impitoyable persécution que l'homme eût jamais déployée depuis ses origines à l'encontre d'un être vivant, y compris de l'homme lui-même, à tel point que s'il était attribué au genre humain un instinct de reproduction, il fallait lui en reconnaître un autre, plus précis et plus contraignant encore, à savoir l'instinct de tuer les cafards, lesquels n'étaient parvenus à échapper à la férocité des hommes qu'en se réfugiant dans les ténèbres, où ils devinrent invulnérables à cause de la peur congénitale qu'inspire l'obscurité à l'homme, mais en revanche s'avérèrent vulnérables à l'éclat du plein jour, de telle sorte qu'au Moyen Age déjà, aujourd'hui même et pour les siècles des siècles, le seul recours efficace pour venir à bout des cafards était la lumière aveuglante du soleil.

Ce fatalisme encyclopédique fut à l'origine d'une grande amitié. Aureliano continua à se réunir tous les après-midi avec les quatre discuteurs, qui avaient noms Alvaro, German, Alfonso et Gabriel, et qui furent les premiers et les derniers amis qu'il eut de sa vie. Pour un homme comme lui, embastillé dans la réalité écrite, ces séances orageuses qui commençaient dans la librairie vers six heures du soir pour finir à l'aube au bordel, furent une révélation. Jusqu'alors, il ne lui était jamais venu à l'idée que la littérature fût le meilleur subterfuge qu'on eût inventé pour se moquer des gens, comme le démontra Alvaro au cours d'une nuit de débauche. Il fallut un certain temps à Aureliano pour se rendre compte qu'un jugement si arbitraire n'avait d'autre source que l'exemple même du savant catalan, pour qui le savoir était peine perdu s'il n'était possible de s'en servir pour inventer une nouvelle manière d'accommoder les pois chiches.

L'après-midi où Aureliano fit son cours sur les cafards, la discussion se termina dans cette maison appelée *Aux gamines qui font l'amour pour manger,* bordel de faux-semblants dans les faubourgs de Macondo. La tenancière était une souriante mère-poule tourmentée par sa manie d'ouvrir et de fermer les portes. Son éternel sourire semblait naître de la crédulité des clients qui admettaient comme quelque chose d'indubitable un établissement qui n'existait qu'en imagination, car même les choses tangibles y étaient irréelles : les meubles qui se démantibulaient quand on s'asseyait, le haut-parleur éventré à l'intérieur duquel couvait une poule, le parterre de fleurs en papier, les calendriers d'années antérieures à la venue de la compagnie bananière, les cadres contenant des lithographies découpées dans des revues jamais éditées. Même les petites putains timides qui accouraient du voisinage quand la tenancière les prévenait de l'arrivée des clients, n'étaient que pure invention. Elles surgissaient sans dire bonjour, dans leurs petites robes à fleurs de quand elles avaient cinq ans de moins, qu'elles ôtaient avec la même ingénuité que pour se les passer, et au paroxysme de l'amour, elles s'écriaient avec frayeur : Tu as vu c'est épouvantable le plafond est en train de tomber, et sitôt qu'elles avaient reçu leur peso et demi elles l'échangeaient contre un pain et un morceau de fromage que leur vendait la tenancière, plus souriante que jamais parce qu'elle était la seule à savoir que ce manger, pas plus que le reste, n'était vrai. Aureliano, dont le monde d'alors commençait aux parchemins de Melquiades et finissait à la chambre de Nigromanta, trouva dans la fréquentation de ce petit bordel imaginaire un remède de cheval contre sa timidité. Au début, il ne parvenait nulle part à se satisfaire dans des chambres où la tenancière entrait aux meilleurs moments de l'amour et faisait toutes sortes de commentaires sur les charmes intimes des partenaires. Mais il réussit à la longue à tant se familiariser avec ces petits désagréments de la vie qu'une nuit plus chavirée que les autres, il se dénuda dans le petit salon d'accueil et parcourut toute la maison en portant une bouteille de bière en équilibre sur sa prodigieuse virilité. Ce fut lui qui mit à la mode ce genre d'extravagances auxquelles la propriétaire répondait par son éternel sourire, sans protester, sans y ajouter foi, tout comme le jour où German voulut incendier la maison pour prouver qu'elle n'existait pas, ou quand Alfonso tordit le cou au perroquet et le jeta dans la marmite où commençait à bouillir le pot-au-feu de poule.

Bien qu'Aureliano se sentît lié aux quatre amis par une égale affection et une même solidarité, à tel point qu'il pensait à eux comme s'il se fut agi d'un seul, il était plus proche de Gabriel que des autres. Cette union naquit une nuit où il vint fortuitement à parler du colonel Aureliano Buendia, et Gabriel fut le seul à ne pas croire qu'il était en train de se moquer de quelqu'un. Même la tenancière, qui d'ordinaire ne s'immisçait pas dans les conversations, protesta avec une passion rageuse de sage-femme que le colonel Aureliano Buendia, dont elle avait effectivement entendu parler à diverses reprises, était un personnage inventé par le gouvernement comme prétexte à massacrer les libéraux. Gabriel, au contraire, ne doutait pas de la réalité du colonel Aureliano Buendia, pour la bonne raison qu'il avait été le compagnon d'armes et l'inséparable ami de son propre arrière-grand-père, le colonel Gerineldo Marquez. Ces velléités de la mémoire se faisaient encore plus critiques quand on venait à parler de la tuerie des travailleurs. Chaque fois qu'Aureliano abordait la question, non seulement la propriétaire mais également certaines personnes plus âgées qu'elle repoussaient violemment l'histoire des travailleurs parqués dans la gare et du train de deux cents wagons chargés de morts et, partant, soutenaient ce qui restait après tout consigné dans les dossiers judiciaires et les manuels de l'école primaire : que la compagnie bananière n'avait jamais existé. Ainsi Gabriel et Aureliano étaient-ils unis par une sorte de complicité, reposant sur des faits réels auxquels nul ne croyait et qui avaient affecté à tel point leurs existences que tous deux se retrouvaient à la dérive, dans le ressac d'un monde fini dont ne restait plus rien que la nostalgie. Gabriel dormait là où le surprenait l'heure. Aureliano l'installa à plusieurs reprises dans l'atelier d'orfèvrerie, mais il ne pouvait fermer l'œil de la nuit, dérangé par le déchargement des morts qui allaient et venaient d'une chambre à l'autre jusqu'au petit matin. Plus tard, il le confia à Nigromanta qui l'emmenait jusqu'à sa petite chambre populeuse quand elle était libre, et inscrivait ses comptes avec de petits traits verticaux, derrière la porte, dans le peu d'espaces libres qu'avaient laissés les dettes d'Aureliano.

Malgré leur vie dissipée, tout le groupe s'évertuait à commettre quelque chose d'impérissable pour répondre aux instances du savant catalan. C'était lui, avec son expérience d'ancien professeur de lettres classiques et sa réserve de livres rares, qui les avait mis à même de passer toute une nuit à chercher la trente-septième situation dramatique, dans un village où personne n'avait plus intérêt ni possibilité d'aller au-delà de l'école primaire. Fasciné par la découverte de l'amitié, ahuri par les sortilèges d'un monde dont l'avait privé la mesquinerie de Fernanda, Aureliano délaissa le dépouillement des manuscrits au moment précis où ils commençaient à se révéler à lui comme étant des prophéties en vers chiffrés. Mais quand il put constater ultérieurement qu'il y avait un temps pour tout sans qu'il fût nécessaire de renoncer aux bordels, il retrouva le courage de retourner dans la chambre de Melquiades, décidé à ne pas faiblir dans son obstination, jusqu'à ce qu'il découvrît les dernières clefs. Ce fut l'époque où Gaston commençait à attendre l'arrivée de l'aéroplane et où Amaranta Ursula se trouvait si seule qu'un beau matin elle fit irruption dans la chambre.

— Holà, anthropophage, lui dit-elle. Te revoilà dans ta tanière.

Elle était irrésistible dans cette robe de son invention, avec l'un des longs colliers de vertèbres d'alose qu'elle fabriquait elle-même. Elle avait renoncé à la cordelette de soie, convaincue de la fidélité de son mari et, pour la première fois depuis son retour, paraissait disposer d'un moment de loisir. Aureliano n'aurait pas eu besoin de la voir pour savoir qu'elle était là. Elle s'accouda à sa table de travail, si proche et si désarmée qu'Aureliano put percevoir la profonde rumeur de ses os, et s'intéressa aux parchemins. Essayant de surmonter son trouble, il rattrapa sa voix qui le quittait, sa vie qui s'en allait, sa mémoire qui se transformait en un polype fossilisé, et lui parla du destin lévitique du sanscrit, de la possibilité scientifique de voir le futur par transparence dans le temps comme on peut voir à contre-jour ce qui est écrit au verso d'une feuille de papier, de la nécessité de chiffrer les prophéties pour qu'elles ne s'altèrent pas d'elles-mêmes, et des *Centuries* de Nostradamus et de la destruction de la Cantabrie annoncée par saint Millan. Tout à coup, sans interrompre l'exposé, mu par une impulsion qui sommeillait en lui depuis ses origines, Aureliano posa la main sur la sienne, pensant que cette décision finale mettrait un terme à son naufrage. Cependant, elle lui saisit l'index avec la même innocence câline que dans leur enfance où elle le fit si souvent, et le garda dans sa main tandis qu'il continuait de répondre à ses questions. Ils demeurèrent ainsi, unis par un index de glace qui ne transmettait rien ni dans un sens ni dans l'autre, jusqu'à ce qu'elle s'éveillât de son rêve éphémère en se frappant le front. « Les fourmis! » s'écria-t-elle. Alors elle oublia les manuscrits, gagna la porte sur un pas de danse et, de là, envoya à Aureliano le même baiser du bout des doigts qu'elle avait adressé à son père l'après-midi où on l'envoya à Bruxelles.

— Tu m'expliqueras plus tard, lui dit-elle. J'avais oublié qu'aujourd'hui, c'est le jour de jeter de la chaux sur les fourmilières.

Elle continua de venir dans la chambre à l'occasion, quand elle avait à faire dans les parages, et y restait quelques brèves minutes, cependant que son mari ne cessait de scruter le ciel. Abusé par ce changement, Aureliano resta désormais prendre ses repas en famille, ce qu'il ne faisait plus depuis les premiers mois du retour d'Amaranta Ursula. Gaston en fut content. Au cours des conversations d'après le dessert, qui se prolongeaient parfois pendant plus d'une heure, il se plaignait de ce que ses associés étaient en train de le tromper. Ils lui avaient annoncé le chargement de l'aéroplane sur un bateau qui n'arrivait pas, et, tandis que ses correspondants maritimes persistaient à affirmer qu'il n'arriverait jamais pour la simple raison qu'il ne figurait pas sur les listes des bâtiments à destination des Caraïbes, ses associés s'obstinaient à prétendre que l'expédition avait été correcte et allaient jusqu'à insinuer que Gaston pouvait fort bien leur mentir dans ses lettres.

La correspondance atteignit un tel degré de suspicion réciproque que Gaston choisit de ne plus écrire et se mit à suggérer l'éventualité d'un voyage rapide à Bruxelles pour éclaircir la situation et s'en revenir avec l'aéroplane. Pourtant, le projet s'évanouit dès le moment qu'Amaranta Ursula eut réitéré sa ferme résolution de ne pas bouger de Macondo même si elle devait rester sans mari. Les premiers temps, Aureliano partagea l'idée généralement répandue selon laquelle Gaston n'était qu'un imbécile à deux roues, et cela éveilla en lui un vague sentiment de pitié. Plus tard, quand il recueillit dans les bordels une information plus complète sur la nature des hommes, il pensa que la mansuétude de Gaston n'avait d'autre origine que sa passion sans bornes. Mais, quand il le connut mieux, il se rendit compte que son véritable caractère était en contradiction avec son comportement soumis, et il en conçut une telle méfiance qu'il soupçonna l'attente de l'aéroplane de n'être autre chose qu'une bonne plaisanterie. Il se dit alors que Gaston n'était pas aussi bête qu'il en avait l'air mais que c'était au contraire un homme d'une constance, d'une habileté et d'une patience infinies, qui avait projeté de vaincre l'épouse en la lassant par une éternelle complaisance, en ne lui disant jamais non, en simulant une adhésion sans limites, en la laissant s'entortiller dans sa propre toile d'araignée, jusqu'au jour où elle ne pourrait plus endurer davantage l'ennui des illusions à portée de la main, et où elle ferait elle-même leurs valises pour s'en retourner en Europe. L'ancienne pitié d'Aureliano se changea en violente animosité. Le système de Gaston lui apparut si pervers, mais en même temps si efficace, qu'il osa en avertir Amaranta Ursula. Mais elle se moqua de sa méfiance maladive, sans même discerner la déchirante charge d'amour, d'incertitude et de jalousie qu'elle contenait. Il ne lui était jamais venu à l'idée qu'elle pouvait éveiller en Aureliano quelque chose de plus qu'une affection fraternelle, jusqu'au jour où elle se piqua un doigt en voulant ouvrir une boîte de pêches et qu'il se précipita pour sucer son sang avec une avidité et une dévotion qui lui donnèrent la chair de poule.

— Aureliano! s'écria-t-elle avec un rire inquiet. Tu as trop d'idées derrière la tête pour faire un bon vampire.

Alors Aureliano s'emporta. Tout en déposant des petits baisers orphelins dans le creux de sa main blessée, il ouvrit les orifices les plus secrets de son cœur et laissa sortir une interminable tripaille en décomposition, le terrible animal parasitaire qu'il avait couvé durant son martyre. Il lui raconta comment il se levait au milieu de la nuit pour pleurer de rage et d'abandon sur le linge intime qu'elle laissait à sécher dans les bains. Il lui raconta avec quelle impatience fébrile il demandait à Nigromanta de criailler comme une chatte et de lui sangloter dans l'oreille gaston gaston gaston, et avec quelle ruse il faisait main basse sur ses flacons de parfum pour pouvoir en dénicher la trace dans le cou des gamines qui se mettaient au lit pour ne plus avoir faim. Epouvantée par la frénésie d'un tel épanchement, Amaranta Ursula referma ses doigts qui se rétractèrent comme un mollusque, jusqu'à ce que sa main blessée, délivrée de toute douleur et de tout vestige de miséricorde, ne fut plus qu'un nœud d'émeraudes, de topazes et d'osselets de pierre insensibles.

— Sale brute! lança-t-elle comme en crachant. Je m'en vais en Belgique par le premier bateau.

Un de ces après-midi là, Alvaro était arrivé à la librairie du savant catalan en annonçant à grands cris sa dernière trouvaille : un bordel zoologique. Il s'appelait *l'Enfant d'or* et c'était une immense salle ouverte à tous les vents, par où se promenaient à leur guise pas moins de deux cents butors qui donnaient l'heure en poussant un gloussement à se boucher les oreilles. Dans les enclos entourés de fil de fer qui cernaient la piste de danse, et parmi de grands camélias amazoniens, on pouvait voir des hérons multicolores, des caïmans engraissés comme des cochons, des serpents à douze sonnettes et une tortue à la carapace dorée qui faisait des plongeons dans un minuscule océan artificiel. Il y avait un chien blanc, doux et pédéraste, qui néanmoins rendait des services comme inséminateur pour qu'on lui donnât à manger. L'air y avait une densité toute nouvelle, comme si on finissait juste de l'inventer, et les belles mulâtresses qui attendaient sans espoir entre les pétales sanglants et les disques passés de mode, connaissaient des offices de l'amour que l'homme avait oublié d'emporter du paradis terrestre. La première nuit où le groupe s'en vint rendre visite à cette serre à illusions, la splendide et taciturne doyenne, qui surveillait les entrées dans un fauteuil à bascule en rotin, sentit le temps revenir à ses sources premières quand elle découvrit parmi les cinq nouveaux arrivants un homme aux os saillants, au teint bistre, aux pommettes tartares, marqué depuis le commencement du monde et à jamais par la vérole de la solitude.

— Aïe! soupira-t-elle. Aureliano!

Elle était en train de revoir le colonel Aureliano Buendia comme elle l'avait vu à la lumière d'une lampe bien avant toutes les guerres, bien avant la désolation de la gloire et l'exil de la désillusion, par cette aube lointaine où il s'en vint jusqu'à sa chambre donner un ordre pour la première fois de sa vie : l'ordre qu'on lui fît l'amour. C'était Pilar Ternera. Il y avait des années de cela, quand elle avait atteint ses cent quarante-cinq ans, elle avait renoncé à la pernicieuse habitude de tenir les comptes de son âge et continué à vivre dans le temps statique et marginal des souvenirs, dans un futur parfaitement révélé et en vigueur, bien au-delà des futurs perturbés par les embûches et les suppositions captieuses des cartes.

Depuis cette nuit-là, Aureliano s'était réfugié dans la tendresse et la compatissante compréhension de sa trisaïeule ignorée. Assise dans son fauteuil à bascule en rotin, elle évoquait le passé, reconstituait la grandeur et l'infortune de la famille et la splendeur de Macondo réduite à néant, cependant qu'Alvaro effrayait les caïmans de ses fracassants éclats de rire, qu'Alfonso inventait une truculente histoire de butors, lesquels avaient arraché à coups de bec les yeux de quatre clients qui s'étaient mal conduits la semaine passée, et que Gabriel était dans la chambre de la mûlatresse perdue dans ses pensées, qui ne faisait pas payer l'amour en espèces sonnantes mais en lettres pour quelque fiancé contrebandier qui était gardé prisonnier sur l'autre rive de l'Orénoque, parce que les garde-frontières lui avaient donné une purge et l'avaient fait asseoir sur un pot de chambre qu'il laissa plein de merde avec des diamants. Cet authentique bordel, avec sa tenancière maternelle, était le monde dont Aureliano avait peuplé ses rêves durant sa longue captivité. Il se sentait si bien, si proche de l'accord parfait qu'il ne songea point à chercher refuge ailleurs l'après-midi où Amaranta Ursula mit toutes ses illusions en miettes. Il y allait dans l'intention de se soulager avec des mots, pour que quelqu'un desserrât les nœuds qui lui oppressaient la poitrine, mais il ne parvint à se libérer qu'en laissant couler de chaudes larmes réparatrices dans le giron de Pilar Ternera. Elle le laissa finir, lui grattant la tête avec le bout des doigts, et sans qu'il lui eût révélé que c'était d'amour qu'il pleurait, elle reconnut sur-le-champ les plus anciennes larmes de l'histoire de l'humanité.

— Bon, mon tout petit, fit-elle en le consolant. A présent dis-moi de qui il s'agit.

Quand Aureliano le lui eut dit, Pilar Ternera émit un rire intérieur, son ancien rire si expansif ayant fini par ressembler à un roucoulement de colombes. Il n'y avait, dans le cœur d'un Buendia, nul mystère qu'elle ne pût pénétrer, dans la mesure où un siècle de cartes et d'expérience lui avait appris que l'histoire de la famille n'était qu'un engrenage d'inévitables répétitions, une roue tournante qui aurait continué à faire des tours jusqu'à l'éternité, n'eût été l'usure progressive et irrémédiable de son axe.

— Ne t'en fais pas, lui dit-elle avec un sourire. Où qu'elle se trouve en ce moment, elle est en train de t'attendre.

Il était quatre heures et demie de l'après-midi quand Amaranta Ursula sortit du bain. Aureliano la vit passer devant sa chambre dans un peignoir aux plis ténus, une serviette enroulée autour de la tête comme un turban. Il la suivit presque sur la pointe des pieds, son ébriété le faisant chanceler, et pénétra dans la chambre nuptiale au moment où elle ouvrait son peignoir, qu'elle referma épouvantée. Elle fit un signe discret en direction de la chambre contiguë dont la porte était entrouverte et où Aureliano savait que Gaston s'était mis à écrire une lettre.

— Va-t-en, lui dit-elle en remuant seulement les lèvres.

Aureliano sourit, la prit à deux mains par la taille, la souleva comme un pot de bégonias et la fit tomber à la renverse sur le lit. D'une secousse brutale, il la dépouilla de son peignoir de bain avant qu'elle n'eût eu le temps de l'en empêcher, et se pencha sur l'abîme d'une nudité fraîchement lavée dont il n'était pas une nuance de peau, pas une moirure de duvets, pas un grain de beauté dissimulé qu'il n'eût imaginés dans les ténèbres d'autres chambres. Amaranta Ursula se défendait avec sincérité, usant de ruses de femelle experte, embelettant davantage son fuyant et flexible et parfumé corps de belette, tout en essayant de lui couper les reins avec les genoux et de lui scorpionner la figure avec les ongles, mais ni lui ni elle ne laissaient échapper un soupir qu'on ne pût confondre avec la respiration de quelqu'un qui eût contemplé le frugal crépuscule d'avril par la fenêtre ouverte. C'était un combat féroce, une lutte à mort qui paraissait pourtant dénuée de toute violence, parce qu'elle était faite d'attaques contorsionnées et de dérobades décomposées, ralenties, cauteleuses, solennelles, de sorte qu'entre les unes et les autres les pétunias avaient le temps de refleurir et Gaston celui d'oublier ses rêves d'aéronautique dans la chambre voisine, comme s'il se fût agi de deux amants ennemis essayant de se réconcilier au fond d'un aquarium diaphane. Dans le grondement de ce corps à corps acharné et plein de cérémonie, Amaranta Ursula comprit que tout le soin qu'elle mettait à garder le silence était tellement absurde qu'il aurait pu éveiller les soupçons de son mari, à côté, bien plus que le vacarme guerrier qu'ils essayaient d'éviter. Alors elle se mit à rire les lèvres serrées, sans renoncer à la lutte, mais se défendant par de feintes morsures et en débelettant peu à peu son corps, jusqu'à ce qu'ensemble ils eussent conscience d'être tout à la fois adversaires et complices, et cette mêlée dégénéra en ébats conventionnels, et les attaques se firent caresses. Brusquement, presque en jouant, comme une espièglerie de plus, Amaranta Ursula négligea de se défendre et, lorsqu'elle voulut réagir, effrayée par ce qu'elle-même avait rendu possible, il était déjà trop tard. Un choc énorme l'immobilisa en son centre de gravité, l'ensemença sur place, et sa volonté défensive fut réduite à rien par l'irrésistible appétit de connaître quels étaient ces sifflements orangés et ces sphères invisibles qui l'attendaient de l'autre côté de la mort. A peine eut-elle le temps de tendre la main, de chercher à tâtons la serviette de toilette et de se la mettre entre les dents comme un bâillon, pour empêcher que ne sortissent les petits miaulements de chatte qui étaient déjà en train de lui déchirer les entrailles.

Pilar Ternera mourut dans son fauteuil à bascule en rotin, une nuit de fête, surveillant l'entrée de son paradis. Conformément à sa dernière volonté, on l'enterra sans cercueil, assise dans son fauteuil à bascule que huit hommes descendirent avec des cordes dans un énorme trou creusé au centre de la piste de danse. Les mulâtresses vêtues de noir, pâles de tant pleurer, improvisaient des offices des ténèbres tout en ôtant leurs boucles d'oreilles, leurs broches et leurs bagues qu'elles jetaient dans la fosse avant qu'on ne la scellât d'une pierre sans nom ni date et qu'on ne la recouvrît d'un promontoire de camélias amazoniens. Après avoir empoisonné les bêtes, elles condamnèrent portes et fenêtres avec des briques et du mortier et se dispersèrent à travers le monde avec leurs coffres en bois tapissés à l'intérieur d'images pieuses, de chromos découpés dans des revues et de portraits de fiancés éphémères, lointains et fantastiques, qui chiaient des diamants, ou mangeaient des cannibales, ou se faisaient couronner rois de jeu de cartes en haute mer.

C'était la fin. Dans la tombe de Pilar Ternera, parmi les psaumes et la verroterie des putains, se décomposaient les derniers vestiges du passé, le peu qu'il en était resté après que le savant catalan eut fermé la librairie et s'en fut reparti dans le village méditerranéen de sa naissance, vaincu par la nostalgie d'un printemps tenace. Nul n'aurait pu pressentir sa décision. Il était arrivé à Macondo au temps de la splendeur de la compagnie bananière, fuyant l'une des si nombreuses guerres, et il n'avait rien imaginé de plus pratique que d'installer cette librairie d'incunables et d'éditions originales en plusieurs langues que les clients de hasard feuilletaient avec méfiance, comme s'il se fût agi de livres orduriers, tandis qu'ils attendaient leur tour pour faire interpréter leurs songes dans la maison d'en face. Il passa une moitié de sa vie dans la torride arrière-boutique, à gribouiller de son écriture tarabiscotée à l'encre violette, sur des feuilles qu'il arrachait à des cahiers d'écolier, sans que personne ne sût de science certaine ce qu'il pouvait bien écrire. Quand Aureliano fit sa connaissance, il avait déjà deux caisses pleines de ces feuilles barbouillées qui, par quelque côté, faisaient penser aux parchemins de Melquiades, et entre cette époque et le moment de son départ il en avait rempli une troisième, ce qui permettait de penser raisonnablement qu'il n'avait rien fait d'autre au cours de son séjour à Macondo. Les seuls êtres avec lesquels il resta en relation furent les quatre amis dont il échangea contre des livres les toupies et les cerfs-volants, et auxquels il fit lire Sénèque et Ovide alors qu'ils fréquentaient encore l'école primaire. Il traitait les classiques avec familiarité, sans façons, comme s'ils avaient tous été, à une époque ou à une autre, ses compagnons de chambrée, et savait beaucoup de choses qu'on ne devait tout bonnement pas savoir, comme le fait que saint Augustin portait sous l'habit un paletot de laine dont il ne se sépara pas pendant quatorze ans, et qu'Arnaud de Villeneuve, le nécromant, fut rendu impuissant dès l'enfance à cause d'une piqûre de scorpion. Dans sa ferveur pour le discours écrit s'entrecroisaient un solennel respect et la désinvolture des faiseurs de commérages. Jusqu'à ses propres manuscrits qui n'étaient pas à l'abri d'une telle dualité. Ayant appris le catalan pour pouvoir les traduire, Alfonso fourra un rouleau de pages dans ses poches, qu'il avait toujours pleines de coupures de presse et de manuels de métiers rares, et, une nuit, vint à les égarer chez les gamines qui faisaient l'amour pour manger. Quand il l'apprit, au lieu de lui faire la scène qu'il appréhendait, le savant aïeul déclara, mort de rire, que c'était là le destin naturel de la littérature. Par contre, il n'y eut de pouvoir humain capable de le convaincre de ne pas emporter les trois caisses quand il s'en retourna vers son pays natal, et il se répandit en injures en langue punique contre les contrôleurs du chemin de fer qui essayaient de les faire expédier comme bagages accompagnés, jusqu'à ce qu'il obtînt de rester avec elles dans le wagon de voyageurs. « Le monde, dit-il alors, le monde aura fini de s'emmerder le jour où les hommes voyageront en première classe et la littérature dans le fourgon à bagages. » Ce furent les ultimes paroles qu'on lui entendit prononcer. Il avait passé une semaine noire à mettre la dernière main aux préparatifs du voyage, car au fur et à mesure que l'heure approchait, son humeur devenait massacrante, il se perdait dans le fouillis de ses intentions, les choses qu'il plaçait en un endroit réapparaissaient ailleurs, étant aux prises avec les mêmes esprits qui avaient tourmenté Fernanda.

— *Collons!* jurait-il. Je chie sur le décret 27 du synode de Londres.

German et Aureliano le prirent en charge. Ils lui vinrent en aide comme à un enfant, attachèrent ses billets et ses papiers d'émigration dans ses poches avec des épingles à nourrice, lui dressèrent une liste détaillée de ce qu'il avait à faire entre le moment où il quitterait Macondo et son débarquement à Barcelone, ce qui de toute façon ne l'empêcha pas de jeter aux ordures, sans s'en rendre compte, un pantalon qui contenait la moitié de sa fortune. La veille du départ, après avoir cloué les caisses et rangé ses vêtements dans la même valise qu'il avait en arrivant, il plissa ses paupières en valves de clovisse, désigna avec une espèce de geste de bénédiction éhontée les tas de livres en compagnie desquels il avait supporté son exil, et dit à ses amis :

— Je vous laisse là cette merde!

Trois mois plus tard, ils reçurent une grande enveloppe contenant vingt-neuf lettres et plus de cinquante photos qui s'étaient accumulées pendant les loisirs de haute mer. Bien qu'il n'eût pas mis de dates, l'ordre dans lequel il avait écrit ces lettres était évident. Dans les premières, il racontait avec son humour habituel les péripéties de la traversée, ses envies de jeter par-dessus bord le maître d'équipage qui l'empêcha d'introduire les caisses dans sa cabine, la belle imbécillité d'une dame qui était atterrée d'avoir le numéro 13, non par superstition mais parce qu'il lui semblait que c'était un numéro auquel il manquait encore quelque chose, et le pari qu'il gagna au cours du premier dîner en reconnaissant dans l'eau servie à bord le goût de betteraves nocturnes des sources de Lérida. Au fil des jours, cependant, il devenait de plus en plus indifférent à la réalité du bord et même les événements les plus récents et les plus banals lui paraissaient dignes de nostalgie, car au fur et à mesure que le bateau s'éloignait, sa mémoire se faisait mélancolique. Ce processus de nostalgisation progressive était tout aussi évident sur les photos. Sur les premières, il avait l'air heureux, avec sa chemise d'invalide et sa mèche de cheveux neigeux, dans les ricochets de lumière de l'octobre caraïbe. Sur les dernières, on le voyait enveloppé d'un manteau sombre et d'une écharpe de soie, pâle reflet de lui-même, entaciturné par l'absence, sur le pont d'un bateau de regrets qui commençait à somnambuler sur des océans automnaux. German et Aureliano répondaient à ses lettres. Il en écrivit tellement, au cours des premiers mois, qu'ils en venaient à se sentir plus proches de lui qu'à l'époque où il résidait à Macondo, et leur colère de le voir partir s'en trouvait presque apaisée. Au début, il leur faisait savoir que tout continuait comme avant, qu'il avait encore dans sa maison natale le même escargot rose, que les harengs saurs avaient le même goût sur la tartine de pain, que les cascades du village se parfumaient toujours à la tombée de la nuit. C'étaient de nouveau les feuilles de cahier toutes ravaudées de gribouillis violets, dans lesquelles il consacrait un paragraphe spécial à chacun. Pourtant, bien que lui-même ne parût point s'en apercevoir, ces lettres de ressaisissement, d'élans encourageants, se transformaient peu à peu en pastorales désabusées. Durant les nuits d'hiver, tandis que la soupe bouillait dans la cheminée, il avait la nostalgie de son arrière-boutique torride, du bruissement du soleil dans les amandiers poussiéreux, du sifflement du train dans la somnolence de la sieste, de la même façon qu'il regrettait à Macondo la soupe d'hiver dans la cheminée, les cris du marchand de café dans la rue et les rapides alouettes du printemps. Etourdi par deux nostalgies qui se faisaient face comme des miroirs parallèles, il perdit son merveilleux sens de l'irréalité, au point qu'il finit par leur recommander à tous de quitter Macondo, d'oublier tout ce qu'il leur avait enseigné sur le monde et le cœur humain, d'envoyer chier Horace, et, en quelque endroit qu'ils fussent, de toujours se rappeler que le passé n'était que mensonge, que la mémoire ne comportait pas de chemins de retour, que tout printemps révolu était irrécupérable et que l'amour le plus fou, le plus persistant, n'était de toute manière qu'une vérité de passade.

Alvaro fut le premier à écouter son conseil d'abandonner

Macondo. Il vendit tout, jusqu'au tigre prisonnier qui se moquait des passants dans la cour de sa maison, et acheta un billet éternel pour un train qui n'arriverait jamais à destination. Dans les cartes postales qu'il expédiait depuis les gares traversées, il décrivait à grand renfort d'exclamations les instantanés qu'il avait découverts par la baie du wagon, et c'était comme d'émietter pour le jeter à l'oubli le long poème de la fugacité : les noirs chimériques dans les champs de coton de Louisiane, les chevaux ailés sur l'herbe bleue du Kentucky, les amants grecs dans le crépuscule infernal de l'Arizona, la jeune fille en pull rouge qui peignait des aquarelles sur les lacs du Michigan et qui lui adressa avec ses pinceaux un signe qui n'était pas d'adieu mais d'espérance, parce qu'elle ignorait que le train qu'elle voyait passer était sans retour. Par la suite partirent Alfonso et German, un samedi, avec l'intention de revenir le lundi, et jamais on n'en eut plus de nouvelles. Un an après le départ du savant catalan, le seul à rester à Macondo était Gabriel, encore à vau-l'eau, à la merci de la charité aléatoire de Nigromanta, répondant aux questionnaires d'un concours paru dans une revue française et dont le premier prix était un voyage à Paris. Aureliano, auquel était adressé l'abonnement, l'aidait à remplir les formulaires, parfois chez lui mais presque toujours parmi les flacons de porcelaine et dans l'air chargé de valériane de l'unique pharmacie restante à Macondo, où vivait Mercedes, la fiancée secrète de Gabriel. C'était tout ce qui subsistait d'un passé dont l'anéantissement n'arrivait pas à se consommer, parce qu'il continuait indéfiniment à s'anéantir, se consumant de l'intérieur, finissant à chaque minute mais n'en finissant jamais de finir. Le village en était arrivé à un tel degré d'inertie que le jour où Gabriel remporta le concours et partit pour Paris avec deux costumes de rechange, une paire de souliers et les œuvres complètes de Rabelais, il dut faire des signes au mécanicien pour que le train s'arrêtât le prendre. L'ancienne rue aux Turcs n'était plus alors qu'un coin à l'abandon, où les derniers Arabes se laissaient conduire à la mort par leur habitude millénaire de s'asseoir sur le pas de leur porte, bien que depuis de nombreuses années déjà ils eussent vendu la dernière aune de diagonale et que fussent seuls restés, dans la pénombre des vitrines, les mannequins décapités. La cité de la compagnie bananière, que peut-être Patricia Brown s'évertuait à évoquer pour ses petits-enfants dans les soirées d'intolérance et de cornichons au vinaigre de Prattville, Alabama, n'était plus qu'une plaine herbeuse et inculte. Le vieux curé qui avait remplacé le père Angel et dont personne ne prit la peine de chercher à savoir le nom, attendait la pitié de Dieu, couché bien à son aise dans un hamac, tourmenté par l'arthrite et l'insomnie du doute, cependant que les lézards et les rats se disputaient l'héritage de l'église toute proche. Dans ce Macondo oublié jusque par les oiseaux, sur lequel la poussière et la chaleur avaient une telle emprise qu'il fallait se donner du mal pour respirer, prisonniers de la solitude et de l'amour et de la solitude de l'amour dans une demeure où il était presque impossible de fermer l'œil en raison du grondement confus des fourmis rouges, Aureliano et Amaranta Ursula étaient les seuls êtres heureux, et les plus heureux de la terre.

Gaston s'en était retourné à Bruxelles. Un beau jour, lassé d'attendre l'aéroplane, il fourra dans une petite valise son nécessaire et les archives de sa correspondance, et s'en alla avec l'intention de revenir par la voie des airs, avant que ses concessions ne fussent cédées à un groupe d'aviateurs allemands qui avaient présenté aux autorités provinciales un projet plus ambitieux que le sien. Depuis l'après-midi du premier amour, Aureliano et Amaranta Ursula avaient continué à mettre à profit les rares moments d'inattention du mari, s'aimant avec des transports qu'il leur fallait bâillonner, en de hasardeuses rencontres presque toujours interrompues par quelque retour à l'improviste. Mais, quand ils se retrouvèrent seuls à la maison, ils s'abandonnèrent au délire des arriérés de l'amour. C'était une passion insensée, complètement déréglée, qui faisait trembler d'effarement les ossements de Fernanda dans sa tombe, et qui maintenait l'un et l'autre dans un état d'exaltation permanente. Les petits miaulements d'Amaranta Ursula, ses chants de moribonde éclataient tout aussi bien sur la table de la salle à manger, vers deux heures de l'après-midi, qu'à deux heures du matin au grenier. « Ce qui me fait le plus souffrir, disait-elle en riant, c'est tout le temps que nous avons perdu. » Dans le vertige de cette passion, elle vit les fourmis ravager le jardin, satisfaisant leur fringale préhistorique sur les boiseries de la maison, et vit ce torrent de lave vivante se rendre à nouveau maître de la véranda, mais elle ne se soucia d'en enrayer l'invasion qu'au moment où elle le trouva parvenu jusque dans sa chambre. Aureliano délaissa les parchemins, ne remit plus les pieds hors de la maison et répondait n'importe comment aux lettres du savant catalan. Ils perdirent le sens de la réalité, la notion du temps, le rythme des habitudes journalières. Ils fermèrent à nouveau portes et fenêtres pour ne pas perdre de temps à s'habiller pour se redéshabiller, et allaient et venaient dans la maison comme Remedios la Belle avait toujours souhaité être, et se vautraient tout nus dans les bourbillons du patio, et faillirent se noyer, un après-midi, en faisant l'amour dans le bassin. En peu de temps, ils commirent plus de dégâts que les fourmis rouges : ils détruisirent le mobilier du salon, mirent en lambeaux, avec leurs folies, le hamac qui avait résisté aux tristes amours de campagne du colonel Aureliano Buendia, et éventrèrent les matelas qu'ils vidèrent par terre pour s'étouffer dans des tempêtes de coton. Bien qu'Aureliano fût un amant aussi féroce que son rival, c'était Amaranta Ursula qui donnait les ordres dans ce paradis de calamités, avec son ingéniosité extravagante et sa voracité débordante de lyrisme, comme si elle avait entièrement dévolu à l'amour l'indomptable énergie que sa trisaïeule avait consacrée à la fabrication de petits animaux en caramel. En outre, tandis qu'elle chantait de plaisir et mourait de rire à cause de ses propres inventions, Aureliano se faisait plus songeur et silencieux, car sa passion s'était repliée sur elle-même et le calcinait. Tous deux en arrivèrent cependant à de tels prodiges de virtuosité qu'harassés par leur frénésie, ils n'en tiraient que meilleur parti de leur fatigue. Ils s'adonnaient à l'idolâtrie de leurs corps en découvrant que ce qui répugnait dans l'amour recélait des possibilités inexplorées, beaucoup plus riches que celles du désir. Tandis qu'il massait avec des blancs d'œufs les seins érectiles d'Amaranta Ursula, ou adoucissait à l'huile de palme ses cuisses élastiques et la peau de pêche de son ventre, elle jouait à la poupée avec l'impressionnant zizi d'Aureliano, lui dessinait des yeux de clown avec du rouge à lèvres et des moustaches de turc au fusain à sourcils, et lui mettait des petits cravates d'organsin et des petits chapeaux en papier d'argent. Une nuit, ils s'enduirent des pieds à la tête avec des abricots au sirop, se léchèrent comme des chiens et s'aimèrent comme des fous à même le sol de la véranda où les fit revenir à eux un torrent de fourmis carnivores qui s'apprêtaient à les dévorer tout vifs.

Dans les moments de répit que lui laissait leur délire, Amaranta Ursula répondait aux lettres de Gaston. Elle le sentait si éloigné et si occupé qu'elle jugeait son retour impossible. Dans une de ses premières lettres, il raconta que ses associés avaient envoyé effectivement l'aéroplane, mais qu'une compagnie maritime de Bruxelles l'avait fait embarquer par erreur à destination du Tanganika où on l'avait livré à la tribu dispersée des Makondos. Cette confusion entraîna une telle suite de contretemps que la seule récupération de l'aéroplane pouvait demander deux ans. Amaranta Ursula écarta donc l'éventualité d'un retour inopportun. Aureliano, pour sa part, n'avait plus aucun contact avec le monde extérieur hormis les lettres du savant catalan et les nouvelles qu'il recevait de Gabriel par l'intermédiaire de Mercedes, la silencieuse apothicaire. Au début, c'étaient des contacts bien réels. Gabriel s'était fait rembourser son voyage de retour pour pouvoir rester à Paris, vendant les vieux journaux et les bouteilles vides que sortaient les femmes de chambre d'un lugubre hôtel de la rue Dauphine. Aureliano pouvait alors l'imaginer avec son pull à col roulé qu'il n'enlevait qu'à l'époque où les terrasses de Montparnasse se remplissaient d'amoureux printaniers, dormant le jour et écrivant la nuit pour tromper sa faim, dans la chambre qui sentait l'écume de choux-fleurs bouillis et où devait mourir Rocamadour. Cependant, ses nouvelles devinrent progressivement si floues, et les lettres du savant si sporadiques et empreintes de mélancolie, qu'Aureliano s'habitua à penser à eux comme Amaranta Ursula pensait à son mari, et tous deux restèrent à flotter dans un univers vide où la seule réalité, quotidienne et éternelle, était l'amour.

Tout à coup, comme une grande explosion dans ce monde d'inconscience heureuse, arriva la nouvelle du retour de Gaston. Aureliano et Amaranta Ursula rouvrirent les yeux, sondèrent leur âme, se regardèrent en face, la main sur le cœur, et comprirent qu'ils étaient devenus l'un à l'autre si identiques qu'ils préféraient mourir plutôt que de se séparer. Alors elle écrivit à son mari une lettre pleine de vérités contradictoires, dans laquelle elle lui réaffirmait son amour et sa vive impatience de le revoir, en même temps qu'elle admettait comme un dessein fatal l'impossibilité de vivre sans Aureliano. Contrairement à ce qu'ils pouvaient escompter, Gaston leur envoya une réponse pleine de sérénité, presque paternelle, avec deux grandes pages destinées à les prévenir contre les alternances de la passion, et un paragraphe final où il formait des vœux sans équivoque pour qu'ils fussent aussi heureux qu'il l'avait lui-même été durant sa brève expérience conjugale. Cette attitude était si imprévisible qu'Amaranta Ursula se sentit humiliée à l'idée d'avoir fourni à son mari le prétexte qu'il attendait pour l'abandonner à son sort. Sa rancœur s'aggrava, six mois plus tard, quand Gaston lui écrivit de nouveau de Léopoldville, où il avait enfin reçu l'aéroplane, pour demander qu'on lui expédiât son vélocipède, lequel, parmi tout ce qu'il avait laissé à Macondo, était la seule chose qui eût gardé pour lui une valeur sentimentale. Aureliano supporta avec patience le dépit d'Amaranta Ursula, s'efforça de lui démontrer qu'il pouvait être aussi bon mari dans le bon temps que dans l'adversité, et les nécessités quotidiennes qui les assaillirent quand ils vinrent à bout du dernier argent de Gaston créèrent entre eux un lien de solidarité qui n'était pas aussi brillant ni enivrant que la passion, mais qui leur servit à s'aimer autant et à rester aussi heureux que durant les années folles de la luxure. Quand Pilar Ternera mourut, ils attendaient un enfant.

Pendant sa somnolente grossesse, Amaranta Ursula essaya d'organiser une petite industrie de colliers en vertèbres de poissons. Mais à l'exception de Mercedes qui lui en acheta une douzaine, elle ne trouva personne à qui les vendre. Aureliano prit pour la première fois conscience que son don des langues, son savoir encyclopédique, sa rare faculté de se rappeler sans les avoir connus des faits et des sites très éloignés, étaient tout aussi inutiles que le coffre de vraies pierres précieuses de sa femme, qui devait valoir à l'époque tout l'argent dont auraient pu disposer, en se mettant ensemble, les derniers habitants de Macondo. Ils ne survivaient que par miracle. Bien qu'Amaranta Ursula ne se départît pas de sa bonne humeur, ni de son talent en matière de lutineries érotiques, elle prit peu à peu l'habitude de venir s'asseoir sous la véranda après déjeuner, dans une sorte de sieste éveillée et songeuse. Aureliano lui tenait compagnie. Parfois ils demeuraient silencieux jusqu'à la tombée de la nuit, face à face et se regardant dans les yeux, s'aimant en toute quiétude avec autant d'amour qu'ils s'étaient auparavant aimés à grand fracas. L'incertitude de l'avenir suscita dans leur cœur un retour au passé. Ils se revirent l'un et l'autre dans le paradis perdu du déluge, pataugeant dans les flaques boueuses du patio, tuant les lézards de muraille pour les accrocher à Ursula, s'amusant à l'enterrer vivante, et ces évocations leur révélèrent qu'en vérité, ils avaient été heureux ensemble aussi loin que remontait leur mémoire. Creusant dans le passé, Amaranta Ursula se souvint de l'après-midi où elle était entrée dans l'atelier d'orfèvrerie et où sa mère lui avait raconté que le petit Aureliano n'était le fils de personne parce qu'on l'avait trouvé flottant dans une corbeille. Bien que cette version leur parût invraisemblable, les renseignements leur faisaient défaut pour la remplacer par la bonne. La seule chose dont ils étaient sûrs, après avoir examiné toutes les possibilités, c'était que Fernanda n'était pas la mère d'Aureliano. Amaranta Ursula inclina à penser qu'il était le fils de Petra Cotes, dont elle n'avait gardé nul souvenir hormis des histoires d'infamie, et cette supposition provoqua au plus profond d'eux-mêmes une violente crispation d'horreur.

Tourmenté par la certitude qu'il était le frère de sa femme, Aureliano s'enfuit jusqu'au presbytère pour rechercher dans les archives suintantes et dévorées par les mites quelque indice authentique de sa filiation. L'acte de baptême le plus ancien qu'il put trouver était celui d'Amaranta Buendia, baptisée en pleine adolescence par le père Nicanor Reyna, vers l'époque où celui-ci essayait de prouver l'existence de Dieu à l'aide de subterfuges au chocolat. Il en vint à se faire des illusions, pensant qu'il pouvait être l'un des dix-sept Aurelianos dont il rechercha les actes de naissance dans quatre tomes différents, mais les dates de baptême étaient trop reculées pour son âge. Le voyant perdu dans des labyrinthes de sang, tremblant d'incertitude, le curé arthritique qui l'observait depuis son hamac lui demanda d'un ton compatissant quel était son nom.

— Aureliano Buendia, lui répondit-il.

— Alors ne te tue pas à chercher! s'exclama le curé avec une conviction formelle. Voici de nombreuses années, il y avait par ici une rue qui s'appelait ainsi, et en ce temps-là les gens avaient l'habitude de donner à leurs enfants les noms des rues.

Aureliano frémit de rage.

— Ah! s'écria-t-il, parce que vous non plus n'y croyez pas.

— A quoi?

— Que le colonel Aureliano Buendia a livré trente-deux guerres civiles et les a toutes perdues, répondit Aureliano. Que l'armée a acculé et mitraillé trois mille travailleurs et qu'on emporta les cadavres dans un train de deux cents wagons pour les précipiter à la mer.

Le curé le toisa avec un regard de profonde pitié.

— Hélas, mon fils, fit-il en soupirant. Pour ma part, je me contenterais d'être sûr que toi et moi existons vraiment à l'heure qu'il est.

Aussi bien Aureliano et Amaranta Ursula acceptèrent-ils la version de la corbeille, non qu'ils y crussent mais parce qu'elle les mettait à l'abri de leurs propres terreurs. Au fur et à mesure qu'avançait la grossesse, ils se métamorphosaient en un être unique et s'intégraient chaque jour davantage à la solitude d'une maison à laquelle il ne manquait qu'un dernier souffle pour s'écrouler. Ils s'étaient repliés dans un espace réduit à l'essentiel, entre la chambre de Fernanda où ils entrevirent les charmes de l'amour sédentaire, et le début de la véranda où Amaranta Ursula s'asseyait pour tricoter des chaussons et des bonnets de nouveau-né, et Aureliano pour répondre aux lettres fortuites du savant catalan. Le reste de la maison se rendit au siège tenace de la destruction. L'atelier d'orfèvrerie, la chambre de Melquiades et ce qui était à l'origine les silencieux royaumes de Sainte Sophie de la Piété, demeurèrent enfouis sous une brousse domestique où nul n'aurait eu la témérité de pénétrer. Encerclés par la voracité de la nature, Aureliano et Amaranta Ursula continuaient de cultiver l'origan et les bégonias et défendaient leur petit monde avec des lignes de démarcation à la chaux, construisant les dernières tranchées de la guerre immémoriale entre l'homme et les fourmis. Ses longs cheveux négligés, les épanchements de sang qui lui apparaissaient sur le visage, l'enflure de ses jambes, la déformation du si joli corps de belette qu'elle avait autrefois, avaient changé en Amaranta Ursula cette apparence juvénile du temps où elle était arrivée à la maison avec sa cage d'infortunés canaris et son mari captif, mais n'avaient en rien altéré sa vivacité d'esprit. « Merde! lançait-elle parfois en riant. Qui aurait cru que nous finirions vraiment par vivre comme des anthropophages! » Le dernier fil qui les reliait au reste du monde se rompit au sixième mois de grossesse, lorsqu'ils reçurent une lettre qui, manifestement, n'était pas du savant catalan. Elle avait été postée à Barcelone mais l'enveloppe était rédigée avec une encre bleue tout à fait ordinaire, dans une calligraphie propre à l'administration, et elle avait cet air innocent et impersonnel des messages ennemis. Aureliano l'arracha des mains d'Amaranta Ursula alors qu'elle s'apprêtait à l'ouvrir.

— Pas celle-ci, lui dit-il. Je ne veux pas savoir ce qu'elle raconte.

Tout comme il le pressentait, le savant catalan n'écrivit plus. La lettre étrangère, que personne ne lut, resta à la merci des mites sur l'étagère où Fernanda avait oublié un jour son alliance, et y continua à se consumer au feu intérieur de sa mauvaise nouvelle, cependant que les amants solitaires naviguaient à contre-courant des ultimes années, années d'impénitence et d'infortune qui s'épuisaient à vainement vouloir les faire dériver jusqu'au désert de la désillusion et de l'oubli. Conscients d'une pareille menace, Aureliano et Amaranta Ursula passèrent ces derniers mois en se tenant par la main, achevant en d'innocentes amours l'enfant qu'ils avaient commencé dans une fornication effrénée. La nuit, couchés dans les bras l'un de l'autre, ils ne se laissaient pas effrayer par les explosions sublunaires des fourmis, ni par le vacarme des mites, ni par le sifflement continu et net que faisait entendre la poussée des mauvaises herbes dans les pièces voisines. Il leur arriva maintes fois d'être réveillés par l'affairement fébrile des morts. Ils entendirent Ursula se battre contre les lois de la création pour préserver sa lignée, et José Arcadio Buendia chercher la vérité chimérique des grandes inventions, et Fernanda prier, et le colonel Aureliano Buendia s'abrutir dans des subterfuges guerriers et des petits poissons en or, et Aureliano le Second mourir à petit feu de solitude dans l'étourdissant vertige de ses fêtes, et dès lors ils surent que les obsessions dominantes l'emportaient sur la mort, et ils recommencèrent à être heureux avec la certitude qu'ils continueraient à s'aimer dans leur devenir de fantômes, longtemps après que d'autres espèces animales à venir auraient ravi aux insectes ce paradis de misère que les insectes finissaient de ravir aux hommes.

Un dimanche, à six heures de l'après-midi, Amaranta Ursula sentit qu'elle allait accoucher d'un moment à l'autre. La souriante sage-femme des gamines qui faisaient l'amour pour manger, la fit se jucher sur la table de la salle à manger, monta à califourchon sur son ventre et lui fit subir de rudes galops jusqu'à ce que ses cris fussent stoppés par les beuglements d'un formidable mâle. A travers ses larmes, Amaranta Ursula put voir qu'il s'agissait d'un Buendia de la grande espèce, costaud et entêté comme les José Arcadios, avec les yeux ouverts et extra-lucides des Aureliano, qui avait tout pour recommencer cette lignée par le début et la purifier de ses vices pernicieux comme de sa vocation solitaire, car il était le seul en tout un siècle à avoir été engendré avec amour.

— Il a tout d'un anthropophage, remarqua-t-elle. Il s'appellera Rodrigo.

— Non, opposa son mari. Il s'appellera Aureliano et remportera trente-deux guerres.

Après lui avoir coupé le cordon ombilical, la sage-femme, qu'Aureliano éclairait avec une lampe, se mit à enlever avec un linge l'onguent bleuâtre qui couvrait le corps de l'enfant. Ce n'est qu'après l'avoir retourné sur le ventre qu'ils remarquèrent qu'il avait quelque chose de plus que le reste des hommes, et ils se penchèrent pour l'examiner. C'était une queue de cochon.

Ils ne se firent pas de mauvais sang. Aureliano et Amaranta Ursula ignoraient le précédent qu'il y avait eu dans la famille, et ne se souvenaient pas davantage des avertissements épouvantables d'Ursula, et la sage-femme acheva de les tranquilliser en émettant l'avis que cette queue inutile pourrait être coupée au moment où l'enfant pousserait de nouvelles dents. Par la suite, ils n'eurent plus l'occasion d'y repenser car Amaranta Ursula était en train de perdre tout son sang qui jaillissait sans qu'on pût l'arrêter. Ils essayèrent de la secourir avec des compresses de toile d'araignée et des colmatages de cendre, mais c'était comme de vouloir boucher un jet d'eau avec les mains. Au cours des premières heures, elle faisait des efforts pour garder sa bonne humeur. Elle prenait la main d'Aureliano qu'elle voyait effrayé, le suppliait de ne pas s'en faire, disant que les gens comme elle n'étaient pas faits pour mourir contre leur gré, et étouffait de rire devant les truculents expédients auxquels avait recours la sage-femme. Mais, au fur et à mesure que tout espoir abandonnait Aureliano, elle se faisait de moins en moins visible, comme si on était en train de l'effacer de la lumière, jusqu'à ce qu'elle sombrât dans un profond sommeil.

Le lundi à l'aube, ils firent venir une femme qui récita à son chevet des prières cautérisantes, infaillibles pour les hommes autant que pour les bêtes, mais le sang passionné d'Amaranta Ursula était insensible à tout autre moyen que l'amour. Dans l'après-midi, au bout de vingt-quatre heures de désespoir, ils reconnurent qu'elle était morte en voyant le débit tarir de lui-même, son profil devenir effilé, les rougeurs de son visage s'évanouir en une aurore d'albâtre et qu'elle se mit de nouveau à sourire.

Il fallait qu'Aureliano en arrivât là pour comprendre combien il aimait ses amis, combien ils lui manquaient, combien il aurait donné pour se trouver avec eux à ce moment-là. Il déposa l'enfant dans la corbeille que sa mère lui avait préparée, recouvrit le visage du cadavre avec une couverture et erra sans but à travers le village désert, en quête de quelque étroit passage par où revenir au passé. Il frappa à la porte de la pharmacie où il n'était pas retourné ces derniers temps et n'y trouva rien d'autre qu'un atelier de menuiserie. La vieille qui lui ouvrit, portant une lampe à la main, compatit à son égarement mais persista à dire que non, ça n'avait jamais été une pharmacie, et qu'elle n'avait jamais connu de femme au cou délié et aux yeux endormis du nom de Mercedes. Il pleura, le front appuyé contre la porte de l'ancienne librairie du savant catalan, conscient de ce qu'il était en train de verser tous les arriérés de larmes d'une mort qu'il n'avait pas voulu pleurer en son temps pour ne pas rompre les sortilèges de l'amour. Il se brisa les poings contre les murs de ciment de *l'Enfant d'or,* appelant Pilar Ternera, indifférent aux lumineux disques orangés qui se croisaient à travers ciel et qu'il avait tant de fois contemplés avec une fascination puérile, pendant les nuits de fête, depuis le patio aux butors. Dans le dernier bal ouvert du quartier de tolérance abandonné, un ensemble d'accordéons jouait les airs de Rafael Escalona, le neveu de l'évêque, héritier des secrets de Francisco l'Homme. Le buvetier, qui avait un bras tout sec et comme grillé pour l'avoir levé sur sa mère, convia Aureliano à boire une bouteille d'eau-de-vie, et Aureliano l'invita à en boire une seconde. Le buvetier lui parla des malheurs de son bras. Aureliano lui parla des malheurs de son cœur, tout sec et grillé pour l'avoir élevé vers sa sœur. Ils finirent par pleurer en duo et Aureliano eut momentanément l'impression que sa douleur s'était calmée. Mais quand il se retrouva seul dans le dernier petit matin de Macondo, il ouvrit les bras au beau milieu de la place, résolu à réveiller le monde entier, et se mit à hurler de toute son âme :

— Les amis sont des enfants de putain!

Nigromanta le ramassa dans une flaque de vomi et de larmes. Elle le ramena dans sa chambre, le lava, lui fit boire une tasse de bouillon. Croyant le consoler ainsi, elle biffa d'un trait au charbon les innombrables amours qu'il lui devait encore, et évoqua à dessein les plus solitaires déboires, afin de ne pas le laisser seul dans les pleurs. Au matin, après un bref sommeil de plomb, Aureliano reprit conscience de son mal à la tête. Il ouvrit les yeux et se souvint de l'enfant.

Il ne le trouva pas dans la corbeille. Sur le coup, il éprouva comme une explosion de joie à la pensée qu'Amaranta Ursula s'était réveillée de la mort pour s'occuper du bébé. Mais le cadavre faisait sous la couverture comme un monticule de pierres. Se rappelant qu'en arrivant il avait trouvé la porte de la chambre ouverte, Aureliano traversa la véranda saturée par les exhalaisons matinales de l'origan et fit irruption dans la salle à manger où se trouvaient encore les vestiges de l'accouchement : la grande marmite, les draps ensanglantés, les pots de cendre et le cordon tout tortillé de l'enfant, dans une couche dépliée sur la table, entre la paire de ciseaux et la ligature. L'idée que la sage-femme était revenue chercher l'enfant dans le courant de la nuit lui ménagea un moment de répit pour réfléchir posément. Il se laissa tomber dans le fauteuil à bascule, le même où s'était assise Rebecca aux temps héroïques de la maison pour dispenser ses leçons de broderie, et dans lequel Amaranta avait joué aux dames avec le colonel Gerineldo Marquez, et où enfin Amaranta Ursula avait cousu la layette de l'enfant, et, durant cet éclair de lucidité, il prit conscience de ce que son âme était incapable de résister à ce poids écrasant de tant de passé. Blessé par les lances mortelles de toutes ces nostalgies personnelles et étrangères à lui, il se mit à admirer l'impassible défi de la toile d'araignée dans les rosiers morts, la persévérance de l'ivraie, la sérénité de l'air dans cette aube radieuse de février. Et c'est alors qu'il vit l'enfant. Ce n'était plus qu'une outre gonflée et desséchée que toutes les fourmis du monde étaient en train de péniblement traîner vers leurs repaires souterrains par le petit chemin de pierres du jardin. Aureliano ne put faire un geste. Non qu'il fût paralysé de stupeur mais parce qu'en cet instant prodigieux venaient de lui être révélées les clés définitives de Melquiades, et qu'il vit cette épigraphe des parchemins parfaitement mise en place dans le temps et l'espace des homme : *Le premier de la lignée est lié à un arbre et les fourmis sont en train de se repaître du dernier.*

A aucun moment de sa vie Aureliano n'avait été aussi lucide qu'en cet instant où il oublia ses morts et la douleur de ses morts, et se remit à clouer portes et fenêtres avec les croisillons de Fernanda, afin de ne se laisser déranger par aucune tentation du monde extérieur, car il savait à présent que dans les parchemins de Melquiades était écrit son destin. Il les retrouva intacts parmi les plantes préhistoriques et les mares fumantes et les insectes lumineux qui avaient fait disparaître de la chambre toute trace du passage des hommes sur cette terre, et il n'eut pas la sérénité de sortir les lire à la lumière, mais sur place, debout, sans la moindre difficulté, comme s'il les eût trouvés écrits en espagnol sous les rayons éblouissants de midi, il se mit à les déchiffrer à haute voix. C'était l'histoire de la famille, rédigée par Melquiades jusque dans ses détails les plus quotidiens, avec cent ans d'anticipation. Il l'avait écrite en sanscrit, qui était sa langue maternelle, et avait chiffré les vers pairs à l'aide du code personnel de l'empereur Auguste et les impairs avec les codes militaires lacédémoniens. La dernière défense, qu'Aureliano commençait à percer à jour quand il se laissa terrasser par l'amour d'Amaranta Ursula, avait consisté pour Melquiades à ne pas échelonner les faits dans le temps conventionnel des hommes, mais à concentrer tout un siècle d'épisodes quotidiens de manière à les faire tous coexister dans le même instant. Fasciné par cette trouvaille, Aureliano lut à voix haute, sans sauter une ligne, les encycliques chantées que Melquiades lui-même avait fait écouter à Arcadio, et qui étaient en fait la prophétie de son exécution, et il trouva annoncée la naissance de la femme la plus belle du monde, qui était en train de monter au ciel corps et âme, et il apprit la venue au monde de deux défunts jumeaux qui avaient renoncé à déchiffrer les parchemins, non seulement par incapacité et inconstance, mais parce que leurs tentatives étaient prématurées. A ce point, impatient d'apprendre sa propre naissance,

Aureliano sauta tout un passage. Alors commença à se lever le vent, tiède et tout jeunet, plein de voix du passé, des murmures des géraniums anciens, de soupirs de désillusions encore antérieures aux plus tenaces nostalgies. Il n'y fit pas attention car il était à cet instant en train de découvrir les premiers indices de son être, dans la personne d'un grand-père concupiscent qui se laissait entraîner par la frivolité à travers un désert halluciné, en quête d'une très belle femme qu'il ne devait pas rendre heureuse. Aureliano le reconnut, continua de suivre les chemins occultes de sa descendance et découvrit l'instant de sa propre conception, entre les scorpions et les papillons jaunes d'un bain crépusculaire où un simple ouvrier assouvissait son goût de la luxure avec une femme qui se donnait à lui par rébellion. Il était si absorbé qu'il ne perçut pas davantage la seconde et impétueuse attaque du vent, dont la puissance cyclonale arracha portes et fenêtres de leurs gonds, souffla le toit de la galerie est et déracina les fondations. Ce n'est qu'alors qu'il découvrit qu'Amaranta Ursula n'était pas sa sœur, mais sa tante, et que Francis Drake n'avait pris d'assaut Riohacha que pour leur permettre de se chercher dans les labyrinthes du sang les plus embrouillés, jusqu'à engendrer l'animal mythologique qui devait mettre un point final à la lignée. Macondo était déjà un effrayant tourbillon de poussière et de décombres centrifugé par la colère de cet ouragan biblique, lorsque Aureliano sauta onze pages pour ne pas perdre de temps avec des faits trop bien connus, et se mit à déchiffrer l'instant qu'il était en train de vivre, le déchiffrant au fur et à mesure qu'il le vivait, se prophétisant lui-même en train de déchiffrer la dernière page des manuscrits, comme s'il se fût regardé dans un miroir de paroles. Alors il sauta encore des lignes pour devancer les prophéties et chercher à connaître la date et les circonstances de sa mort. Mais avant d'arriver au vers final, il avait déjà compris qu'il ne sortirait jamais de cette chambre, car il était dit que la cité des miroirs (ou des mirages) serait rasée par le vent et bannie de la mémoire des hommes à l'instant où Aureliano Babilonia achèverait de déchiffrer les parchemins, et que tout ce qui y était écrit demeurait depuis toujours et resterait à jamais irrépétible, car aux lignées condamnées à cent ans de solitude, il n'était pas donné sur terre de seconde chance.

ACHEVÉ D'IMPRIMER LE 9 SEPTEMBRE 1984
SUR LES PRESSES DE L'IMPRIMERIE HÉRISSEY
POUR LE COMPTE DE FRANCE LOISIRS
123, BOULEVARD DE GRENELLE, PARIS

Imprimé en France
Dépôt légal : septembre 1984
N° d'imprimeur : 35383 — N° d'éditeur : 9684